suhrkamp taschenbuch
wissenschaft 1826

Bis heute ist die Vorstellung weit verbreitet, daß Musik mehr ist als eine akustische Dekoration des Alltags mit therapeutischen Nebeneffekten. Wir unterstellen vielmehr, daß Musik einen Sinn hat, den wir verstehen und artikulieren können. So attraktiv diese Vorstellung ist, so alt sind die Schwierigkeiten, sie zu verteidigen. Denn Musik zeichnet sich gerade durch ihre Sprach- und Gegenstandslosigkeit aus – sie sperrt sich daher gegen jeden Versuch, ihren vermeintlichen Gehalt »auf den Begriff zu bringen«. Die theoretischen Entwicklungen der letzten Zeit haben diese Spannungen nicht entschärft – im Gegenteil: Sprachphilosophie und Philosophie des Geistes lassen wenig Hoffnung für die Möglichkeit von Verstehen und Bedeutung jenseits der Sprache; die Kulturwissenschaften haben umgekehrt die Vorstellung der »reinen Musik« einer weitreichenden Kritik unterzogen; die Hirnforschung schickt sich an, das Erleben von Musik allein auf der Basis der funktionalen Struktur des Gehirns zu erklären. Die Beiträge des Bandes aus Philosophie, Musikwissenschaft und Hirnforschung stellen sich dieser Problemlage, ohne die Idee der Verstehbarkeit von Musik preiszugeben.

Alexander Becker ist Lehrbeauftragter am Zentrum für Philosophie und Grundlagen der Wissenschaft der Justus-Liebig-Universität Gießen. Im Suhrkamp Verlag sind erschienen *Gene, Meme und Gehirne. Geist und Gesellschaft als Natur. Eine Debatte* (hg. gemeinsam mit C. Mehr, H.H. Nau, G. Reuter und D. Stegmüller, 2003, stw 1643) sowie *Platon: Theätet. Übersetzung (von Friedrich Schleiermacher, überarbeitet) und Kommentar* (2007, stb 9).
Matthias Vogel ist Professor für Philosophie am Zentrum für Philosophie und Grundlagen der Wissenschaft der Justus-Liebig-Universität Gießen. Im Suhrkamp Verlag sind erschienen *Medien der Vernunft* (2001, stw 1556) sowie *Wissen zwischen Entdeckung und Konstruktion. Erkenntnistheoretische Kontroversen* (hg. gemeinsam mit Lutz Wingert, 2003, stw 1591).

Musikalischer Sinn

Beiträge zu einer Philosophie der Musik

Herausgegeben von
Alexander Becker
und Matthias Vogel

Suhrkamp

Dieses Buch wurde klimaneutral produziert.

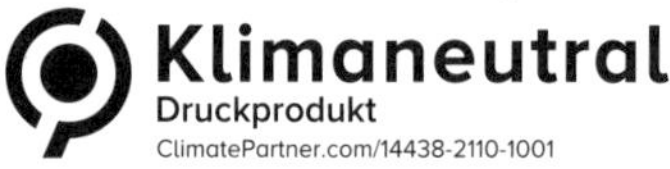

3. Auflage 2022

Erste Auflage 2007
suhrkamp taschenbuch wissenschaft 1826

Umschlag nach Entwürfen von
Willy Fleckhaus und Rolf Staudt
Satz (in TEX): M. Vogel, Frankfurt am Main
Druck und Bindung: C. H. Beck, Nördlingen
Printed in Germany
ISBN 978-3-518-29426-0

Inhalt

Einleitung

Das Verhältnis der Philosophie zur Musik gilt gemeinhin als spannungsreicher als das zu den anderen Kunstgattungen. Auf seiten der Philosophie zeigen sich vor allem extreme Positionen: einerseits schlichte Ignoranz oder bestenfalls die abwertende Reduktion der Musik auf bloßen sinnlichen Genuß, andererseits ihre faszinierte Erhebung sogar über die Philosophie hinaus. Die beiden negativen Positionen, die nach wie vor deutlich überwiegen, werden häufig darauf zurückgeführt, daß die Beschäftigung mit der Musik besondere technische Kenntnisse verlangt. Wenn dies in der Tat ein Grund für die Distanz vieler Philosophen zur Musik ist, dann dürfte es sich allerdings eher um die Auswirkung einer anderen Besonderheit der Musik handeln. Kant – der prominenteste unter den philosophischen Verächtern der Musik – hat diese Besonderheit hellsichtig erfaßt: Er gesteht der Musik zwar eine beträchtliche Mitteilungsfähigkeit zu, führt sie aber darauf zurück, daß sie jenen »Ton« oder jene »Modulation«, die jeden Ausdruck der Sprache begleite und »dem Sinn desselben angemessen ist«, »für sich allein in ihrem ganzen Nachdrucke, nämlich als Sprache der Affekten ausübe«.[1] Musik verdankt ihre Mitteilungsfähigkeit also dem Umstand, daß sie sich auf die nichtbegrifflichen Teile der menschlichen Kommunikation beschränkt, auf die »Form und Zusammensetzung dieser Empfindungen (Harmonie und Melodie)«, alles Begriffliche aber dem Assoziationsvermögen des Hörers überläßt.

So gesehen liegt der Grund für das philosophische Desinteresse an der Musik weniger an technischen Hürden des Zugangs als an ihrer radikalen Nichtgegenständlichkeit – an dem Eindruck, daß sie ihren Sinn, wenn überhaupt, nur geborgt hat und sich die ihr eigene Wirkung auf das Spiel mit unseren Empfindungen beschränkt (weshalb Kant ihren Wert für die »Erweiterung jener Vermögen, die in der Urteilskraft zusammenwirken«, sehr gering einschätzte). Soll Musik über die Ebene der Empfindungen hinaus Bedeutung haben, hat man somit anscheinend nur zwei Optionen zur Verfügung: Entweder begibt man sich auf die Ebene ihrer technischen Verfertigung, oder man konzentriert sich auf diejenigen Inhalte, die

1 Dieses und die folgenden Zitate finden sich in Kant (1790), § 53, B 219 f.

durch die Musik per Assoziation aufgerufen werden. Letzteres hieße, sich damit abzufinden, daß sie »an sich« sinnlos und folglich keiner besonderen Aufmerksamkeit wert ist.

Kant spricht im gleichen Zusammenhang allerdings auch davon, daß Musik gerade kraft ihrer Beschränkung auf die Form »die ästhetische Idee eines zusammenhängenden Ganzen einer unnennbaren Gedankenfülle« auszudrücken vermag. War dies ursprünglich sicherlich nicht als Lob gemeint, wurde die »Unnennbarkeit« dessen, was die Musik ausdrückt, bald darauf zu der Losung, mittels deren man die Musik über die Philosophie stellen konnte: Denn wenn Musik einen Sinn hat, der mit dem vergleichbar ist, den die Sprache zu artikulieren vermag, und folglich mit dieser konkurrieren kann, dann kehrt sich die Begriffslosigkeit der Musik in die Aussicht um, vermeintliche oder tatsächliche Grenzen der Sprache (und aller Unternehmungen, die an die Sprache gebunden sind) vermittels der Musik überwinden zu können. So konnte nicht nur Schopenhauer auf die Idee kommen, daß in der Musik das Wesen der Welt zum Ausdruck komme. Aus dieser Perspektive gewinnt auch die technische oder formale Dimension der Musik eine neue Bedeutung, die nun nicht länger als ein handwerkliches Spezialwissen angesehen wird, das denjenigen nicht zu interessieren braucht, der bloß das Produkt genießen will. Vielmehr handelt es sich um die Grammatik eines Mediums, das auszudrücken erlaubt, woran die Sprache scheitert. Ein frühes Dokument dieser neuen Einstellung ist die berühmte Rezension von Beethovens *Fünfter Symphonie* durch E.T.A. Hoffmann. Beethoven ist für Hoffmann der Komponist, der wie kein anderer das romantische Wesen der (Instrumental-)musik realisiert, nämlich »alle durch Begriffe bestimmbaren Gefühle« zurückzulassen, »um sich dem Unaussprechlichen hinzugeben«.[2] Was bleibt dem Rezensenten dann noch zu tun, der seinen Lesern ein Werk im Medium der Sprache vorstellen möchte? Nichts außer einem »sehr tiefen Eingehen in die innere Struktur Beethovenscher Musik«, und dies ist es denn auch, worauf Hoffmann sich in seiner Rezension konzentriert.[3]

2 Hoffmann (1810), S. 23.

3 Hoffmann (1810), S. 26. Faktisch konzentriert sich Hoffmann darauf, die thematische Einheit der Sätze und der Symphonie insgesamt vorzuführen; diese Einheit scheint für ihn die technische Seite des Ausdrucks eines Unendlichen gewesen zu sein: »Es gibt keinen einfacheren Gedanken als den, welchen der Meister dem ganzen Allegro zum Grunde legte, und mit Bewunderung wird man gewahr, wie er alle Nebengedanken,

Die Attraktivität einer solchen Verbindung zwischen der formalen Dimension der Musik und ihrem Gehalt reichte weit über den spezifischen Kontext der romantischen Musikästhetik hinaus. Ein sehr viel späteres, in seiner Dichte und Knappheit beeindruckendes Dokument jener Intuition ist Adornos »Fragment über Musik und Sprache«. Adorno ist sich, deutlicher vermutlich als seine romantischen Vorläufer, über die Grenzen der Analogie zwischen Musik und Sprache im klaren. »Sprachähnlich« sei die Musik »als zeitliche Folge artikulierter Laute, die mehr sind als bloß Laut«, doch: »Das Gesagte läßt sich von der Musik nicht ablösen«, denn die Musik »bildet kein System aus Zeichen«.[4] Was die Musik mit der Sprache teilt, liegt also auf der Ebene der Struktur. Dies betrifft zum einen die Syntax: Auch Musik ist aus »Sätzen« oder »Phrasen« aufgebaut, die sich in Vorder- und Nachsätze gliedern; diese Sätze wiederum lassen sich als Haupt- und Nebensätze hierarchisch ordnen. Zum anderen ist die Abfolge solcher »Sätze« in der Musik sowenig beliebig wie in einem argumentativ strukturierten Text: Auch in der Musik scheint ein Abschnitt einer Komposition aus einem anderen zu folgen. Musik weist, kurz gesagt, eine Struktur auf, die nicht zufällig, kein bloßes Naturprodukt ist, sondern einen Sinn hat, den der Hörer verstehen kann. Dieser Sinn ist aber kein Inhalt, der sich auch anders zum Ausdruck bringen ließe; es ist nichts Bezeichnetes, auf das man sich auch mit anderen Zeichen – beispielsweise solchen der Sprache – beziehen könnte. Es ist ein ganz und gar unübersetzbarer Sinn, der sich nur im Medium der Musik, vielleicht sogar nur durch je eine bestimmte Komposition ausdrücken läßt.

Während Adorno an der Idee einer Konkurrenz zwischen Musik und Sprache festhält,[5] haben andere Erben der romantischen Musikästhetik im späteren 20. Jahrhundert einen solchen Anspruch nicht

alle Zwischensätze durch rhythmischen Verhalt jenem einfachen Thema so anzureihen wußte, daß sie nur dazu dienten, den Charakter des Ganzen, den jenes Thema nur andeuten konnte, immer mehr und mehr zu entfalten. Alle Sätze sind kurz, nur aus zwei, drei Takten bestehend, und noch dazu verteilt im beständigen Wechsel der Saiteninstrumente und Blasinstrumente. Man sollte glauben, daß aus solchen Elementen nur etwas Zerstückeltes, schwer zu Fassendes entstehen könnte: aber statt dessen ist es ebenjene Einrichtung des Ganzen sowie auch die beständig aufeinanderfolgende Wiederholung der kurzen Sätze und einzelner Akkorde, welche das Gemüt festhält in einer unnennbaren Sehnsucht.« (S. 33)

4 Adorno (1956), S. 251.

5 »Gegenüber der meinenden Sprache ist Musik eine von ganz anderem Typus. In ihm

mehr erhoben und sich ganz auf die Sinnhaftigkeit der Form konzentriert. Dies gilt zumal für die deutschsprachige Musikwissenschaft seit den siebziger Jahren, für die der (sehr viel ältere[6]) Begriff einer »musikalischen Logik« eine Art von Leitfunktion hatte.[7] Ein logisch gegliederter Zusammenhang ist offensichtlich mehr als eine bloße Ordnung. Es ist ein Zusammenhang, den man nicht anders als mittels der Sprache entlehnter Begriffe beschreiben kann. Wo logische Verhältnisse herrschen, folgt eines aus dem anderen, lassen sich richtige und falsche Folgerungen unterscheiden, und vor allem gibt es etwas zu verstehen. Denn man erfaßt etwas, das logisch gegliedert ist, nur dann, wenn man erkannt hat, daß und wie die inneren Bezüge den Regeln und Gesetzen der Logik entsprechen. Die Rede von einer musikalischen Logik erzeugt gleichsam die Aura sprachlich ausdrückbarer Inhalte, weil man kaum erläutern kann, was eine Folgerung ist, ohne auf gehaltvolle (sprachliche) Sätze zurückzugreifen; zugleich aber erlaubt sie es, auf jede Bestimmung vermeintlicher Inhalte der Musik zu verzichten und sich ganz auf die Ebene von Struktur und Form zu beschränken. Eine musikalische Logik entfaltet Zusammenhänge, die man unmittelbar als »Sinnzusammenhänge« bezeichnen kann, ohne je den Sinn des Ganzen oder seiner Glieder angeben zu müssen. Man kann so der Musik einen Sinn zuschreiben, der in keiner Weise die Einbeziehung von Außermusikalischem erfordert,[8] und dabei vermeiden, die Musik zu einem selbstreferentiellen Unternehmen zu machen – denn der Sinn der Musik ist gar nicht an

liegt ihr theologischer Aspekt. Was sie sagt, ist als Erscheinendes bestimmt zugleich und verborgen. Ihre Idee ist die Gestalt des göttlichen Namens. Sie ist entmythologisiertes Gebet, befreit von der Magie des Einwirkens; der wie immer auch vergebliche menschliche Versuch, den Namen selber zu nennen, nicht Bedeutungen mitzuteilen.« (1956, S. 252) Wie immer man die Differenz zur Sprache verstehen mag, die Adorno hier zu ziehen versucht, klar ist der Anspruch, daß auch die Musik von der Welt handelt.

6 Zur Geschichte des Begriffs vgl. Dahlhaus (1984), S. 66 ff.

7 Vgl. z. B. die folgenden Bemerkungen von Dahlhaus: »Analyse ist ohne die tragende Kategorie ›musikalische Logik‹ – als Inbegriff motivischer und harmonischer Momente, die zusammenhangbildend wirken und dadurch einen tönenden Vorgang als geschlossenes Werk erscheinen lassen – kaum denkbar. [...] Kompositionslehre setzt, um überhaupt möglich zu sein, den Begriff der ›musikalischen Logik‹ und den des ›zielgerichtet sich entwickelnden Werkes‹ immer schon voraus [...].« (1982b, S. 88)

8 Vgl. Eggebrecht (1988), S. 11: »Sie [die Musik] definiert ihren Sinn durch sich selbst: durch ihre Form, ihre Strukturierung, das Spiel ihrer Elemente, das als Spiel in sich selbst sinnvoll ist und das, wenn wir zuhören, unsere Sinne in dieses Spiel hinüber-

die Referenz gebunden.[9] Der Begriff der musikalischen Logik leistet aber noch mehr: Der Zusatz »musikalisch« signalisiert die Autonomie jener Logik; sie gleicht der sprachlichen nur in den Merkmalen, die sie überhaupt zu einer Logik machen, gehorcht ansonsten aber ihren eigenen Regeln. Dies sichert die alte Intuition der prinzipiellen Unübersetzbarkeit der Musik. Eine Logik ist ferner objektiv, sie steht nicht in der Verfügung des einzelnen Hörers oder Komponisten; vielmehr liefert sie einen Maßstab, nach dem sich richtiges und falsches Hören und vielleicht sogar richtiges und falsches Komponieren unterscheiden lassen. Weiterhin können die Regeln und Gesetze einer Logik zwar explizit gemacht werden, aber wiederum zeigt das Beispiel der Sprache, daß dies zum Verstehen nicht nötig ist: So wie ein kompetenter Sprecher des Deutschen auch ohne das Absolvieren eines Logikkurses richtige von falschen Argumenten unterscheiden kann, so gibt es eine Kompetenz des Hörers, die nicht auf die Musiktheorie angewiesen ist, an die die Musiktheorie aber ebenso nahtlos anknüpfen kann, wie die formale Logik als Kalkül des natürlichen Schließens eingeführt werden kann. Und nicht zuletzt ist eine Logik ein herausragendes Produkt des menschlichen Geistes: Logische Verhältnisse sind, so eine allseits akzeptierte Überzeugung, grundsätzlich von naturgesetzlichen Verhältnissen verschieden. Sie herzustellen ist, ähnlich wie das Verfertigen eines Arguments, eine schöpferische und bewußte Tätigkeit. So führt die Rede von der musikalischen Logik unmittelbar dazu, die Musik als ein genuin geistiges Produkt und Phänomen einzustufen; sie ist – in Hanslicks berühmter Formulierung – »Arbeit des Geistes in geistfähigem Material«.

Die Attraktivität der romantischen Idee, die Form der Musik zu ihrem Gehalt zu machen, liegt also auf der Hand, zumal wenn sie in der metaphysisch schlichten Gestalt der Annahme einer musikalischen Logik auftritt. Nahezu alle Intuitionen, die über die Musik

und hineinzieht, so daß wir – jenseits aller Begriffe, allen begrifflichen Erkennens – das Spiel verstehen lernen und zu Mitspielern werden.«

9 Die musikalische Semiotik, die in den siebziger und achtziger Jahren einigen als neue musikästhetische Grunddisziplin erschien, übersah die Möglichkeit, Sinn und Referenz zu entkoppeln, völlig, denn ein musikalisches »Zeichen«, steht (qua Semiose) immer in einer Bezeichnungsrelation zu »seinem Objekt« (vgl. Peirce (1906), S. 282), einerlei, ob es mit ihm kausal kovariiert (Index), zu ihm isomorph (oder ähnlich) ist (Ikon) oder sich durch Konvention auf es bezieht (Symbol). Daran ändert sich auch dann nichts, wenn man statt nach musikexternen Referenten nach musikalischen Referenten sucht. Vgl. dazu auch Karbusicky (1986), S. 17.

kursieren und die zum Teil kaum miteinander vereinbar erscheinen – etwa ihre Verständlichkeit bei grundsätzlicher Unübersetzbarkeit in die Sprache –, lassen sich nun leicht zusammenfügen; zudem ist die musikalische Logik aus theoriestrategischer Sicht interessant, denn sie macht die Musik zu einem angemessen Gegenstand geisteswissenschaftlicher Reflexion und stellt ein Kontinuum her zwischen dem theoriegeleiteten, analytischen Umgang mit der Musik und dem alltäglichen Hören. Dennoch ist das Konzept der musikalischen Logik in den letzten zwei Jahrzehnten einer Reihe von Angriffen ausgesetzt gewesen, die seinen Kern so weit ausgehöhlt haben dürften, daß all die Merkmale der Musik, die es zusammenband, nun in verschiedene Richtungen auseinanderzudriften scheinen.

Eine Linie der Kritik richtete sich auf den dem Begriff der Logik innewohnenden Anspruch auf Universalität. Sofern dieser Anspruch faktisch damit einherging, eine bestimmte Musikrichtung – in der Regel die Wiener Klassik – zur Norm zu erheben, mußte er im weiteren Verlauf des 20. Jahrhunderts »unter dem dreifachen Druck des Historismus, der Ethnologie und der Neuen Musik« zusammenbrechen.[10] Das erschütterte allerdings noch nicht das Konzept einer musikalischen Logik selbst. Ein Ausweg schien die historische und kulturelle Lokalisierung und Kontextualisierung der musikalischen Logik zu sein: Warum sollte es nicht unterschiedliche Regeln und Gesetze des musikalischen Hörens geben, die jeweils durch die Eingewöhnung in eine bestimmte musikalische Kultur erworben werden?[11]

Ein solcher Verzicht auf eine allgemeine, vielleicht gar in Gesetzen der Wahrnehmung verankerte Logik zieht allerdings neue Probleme nach sich. Insbesondere stellt sich die Frage, wie die Kulturen und ihre fundamentalen Prinzipien, die die jeweilige Logik konstituieren sollen, voneinander abzugrenzen sind. Bilden vielleicht schon Stile oder Gattungen eigene »Logiken« aus? Können verschiedene »Logiken« koexistieren? Welches Ausmaß an Pluralisierung verträgt die Idee einer musikalischen Logik überhaupt? Ferner ist das Verhältnis zur expliziten Musiktheorie erklärungsbedürftig: Geht man

10 Vgl. Dahlhaus (1984), S. 115.

11 Vgl. Eggebrecht (1988), S. 11: »Es [das Kind] lernt, Musik zu verstehen und hervorzubringen, lernt es, wie es das Sprechen lernt und die Sprache – nicht Sprache schlechthin, sondern die Muttersprache, und so auch nicht Musik schlechthin, sondern die westliche Art von Musik, die uns umgibt, und innerhalb dieser westlichen Art die tonale [. . .].«

davon aus, daß die explizite musiktheoretische und -ästhetische Reflexion und ihre Terminologie nicht nur vernachlässigbare nachträgliche Fixierungen sind, dann ist unklar, inwieweit die Kenntnis der Theorie und Ästhetik einer Kultur oder eines Stils Voraussetzung des Verstehens der entsprechenden Musik ist. Dies zieht wiederum die Frage nach dem Verständnis der jeweiligen Theorie und ihrer Begrifflichkeit nach sich: Lassen sich diese Begriffe übersetzen? Wenn ja, welche Auswirkungen hat das für die unterstellte musikalische Logik? Wenn nein, ist dann die Musik anderer Kulturen überhaupt verständlich?[12] Auch an diesen Fragen zeigt sich, daß das Modell der Logik der Sprache nicht umstandslos auf die Musik zu übertragen ist, denn die Musik weist nicht die gleiche offensichtliche Universalität wie die Sprache auf (die sich in der universellen Übersetzbarkeit jeder Sprache in jede andere zeigt). Ohne eine solche Allgemeingültigkeit sind aber der Objektivitätsanspruch und die normative Funktion einer musikalischen Logik gefährdet.

Ein weiterer Angriff aus dem Feld der Geisteswissenschaften zielt vielleicht noch direkter ins Zentrum der Idee einer musikalischen Logik, nämlich auf die Möglichkeit, den Sinn der Musik in ihrer Form zu verankern. Die Annahme, es gebe so etwas wie eine musikalische Logik, war aufs engste verbunden mit dem Primat der »reinen« Instrumentalmusik und der Kritik an einer einem Text oder einer Handlung dienenden Rolle der Musik. Im 19. Jahrhundert erfuhr diese Opposition eine Neuauflage im Streit um die Programmusik. Die Neigung, sich Musik durch die Assoziation mit Außermusikalischem verständlich zu machen, ist jedoch durch diese Auseinandersetzungen nicht geringer geworden, was insofern nicht verwundert, als sie durchaus starke und respektable Motivationen auf ihrer Seite hat. Zum einen ist da die nicht von der Hand zu weisende Expressivität der Musik, die immerhin ein Leitmotiv der Reflexion über die Musik bis ins späte 18. Jahrhundert war. Diese Variante der Musikästhetik wurde vor allem in der angelsächsischen Diskussion seit den fünfziger Jahren des 20. Jahrhunderts mit einigem Erfolg

12 Dahlhaus (1982b, S. 81 f.) sieht es sogar als erforderlich an, das Konzept der musikalischen Logik selbst zu historisieren, möchte allerdings an seiner systematischen Rolle festhalten, indem er das Vorliegen einer musikalischen Logik offenbar zum Kriterium »des Ausmaßes« macht, »in dem es glückte oder mißlang, in tönenden Gebilden Geist zu objektivieren«. (S. 85)

wiederbelebt.[13] Es gibt also zumindest auf den ersten Blick keinen Grund, einen musikalischen Sinn auszuschließen, der sich mit Hilfe solcher Begriffe erfassen läßt, mit denen wir unser emotionales Erleben beschreiben. Im Gegenteil, anders als ein Sinn, der gänzlich im Bereich der Musik verbleibt, macht ein solcher Sinn vielleicht sogar besser verständlich, warum Menschen sich überhaupt mit Musik beschäftigen. Zum anderen ließ die Einsicht, daß das Ideal der »reinen« (Instrumental-)Musik Produkt einer Ideologie von historisch begrenzter Gültigkeit ist,[14] nicht bloß alternative Möglichkeiten des Verstehens wiederauferstehen, angefangen von der Übertragung rhetorischer Modelle auf die Musik bis hin zu programmatischen Deutungen;[15] sie legt vielmehr auch nahe, die Musterbeispiele vermeintlich »reiner Musik« auf ihren sozialen und politischen Kontext zu beziehen. Wie immer man die Qualität solcher Versuche im einzelnen beurteilen mag, sie haben jedenfalls klargemacht, daß die musikalische Logik keineswegs die einzige, ja vielleicht noch nicht einmal die primäre Erklärung dafür liefert, daß wir Musik einen Sinn zuschreiben und wie wir diesen Sinn verstehen. Selbst die Annahme, die musikalische Logik erfasse eine fundamentale Schicht des Verstehens, auf der andere – expressive oder programmatische – Deutungen aufbauten, ist fraglich geworden, weil expressive oder programmatische Deutungen nicht selten selbst eine bestimmte Strukturierung eines Musikstücks begründen.

Die Verbindung von Sinn und Form, die man in Gestalt der musikalischen Logik zu finden gehofft hatte, wird auch durch die Entwicklung der Musikpsychologie im 20. Jahrhundert in Frage gestellt. In ihren Anfängen konzentrierte sich die Musikpsychologie auf elementare Phänomene wie die Konsonanz- und Dissonanzwahrnehmung oder das Erfassen einfacher melodischer Gestalten. Solche Vorgänge laufen unbewußt ab und lassen sich nur durch Reiz-Reaktions-Experimente erforschen, nicht aber durch die Rekonstruktion geistiger, intentionaler Prozesse. Zwar sind solche elementaren Phänomene noch weit von dem entfernt, worin sich die musikalische Logik manifestieren sollte, aber die Musikpsychologie richtet seit der »kognitiven Wende« der sechziger und siebziger Jahre ihr Augenmerk zunehmend auch auf komplexe musikalische Formen; dabei stand

13 Vgl. z. B. Meyer (1956), Kivy (1980) und Budd (1985).

14 Vgl. Kerman (1985).

15 Vgl. Agawu (1991), Newcomb (1984) und (1987) sowie Kramer (1991).

nicht zuletzt das Vorbild der Linguistik Pate, die vormachte, wie man das Bilden und Erfassen hochkomplexer grammatischer Strukturen auf wenige Regeln reduzieren kann, die kognitiv implementiert sind und unbewußt ablaufen.[16] Gewiß kann man auch eine solche Tätigkeit der unbewußten strukturellen Analyse von Äußerungen als »Arbeit des Geistes« bezeichnen, muß dann aber zugestehen, daß der Begriff des Geistes, der dabei in Anschlag gebracht wird, nur noch wenig mit demjenigen Hanslicks gemein hat, für den Geist jener Bereich intentionaler Tätigkeit ist, der ein Kontinuum aller schöpferischen Tätigkeiten des Menschen bildet, wohingegen die Linguistik und die Kognitionswissenschaften unter Geist einen Bereich von Funktionen verstehen, deren Ausübung man beobachtet und über deren Zustandekommen man Theorien bildet. Während sich aus Hanslicks Rede vom Geist einigermaßen klar ergibt, wie man zum Sinn der Musik kommt – es ist die gleiche Art von Sinn, die man einem Argument oder einer Handlung zuschreiben kann –, wird die Verbindung im Falle einer kognitionswissenschaftlichen Erforschung musikalischer Formen fraglich.[17] Gelänge es, musikalische Formen so zu erklären, wie die Linguistik die grammatischen Strukturen der Sprache erklärt,[18] dann gäbe es keinen Grund mehr, die Form als Ort irgendeines Sinns in der Musik zu betrachten.

Auch aus Sicht der Philosophie sind erhebliche Zweifel am Konzept der musikalischen Logik angebracht. Ein Grund hierfür ergibt sich aus Einsichten, die die Sprachphilosophie im 20. Jahrhundert entwickelt hat. Wie bereits erwähnt, verdankt sich die Vorstellung sinnvoller Zusammenhänge der Analogie mit der syntaktischen und inferentiellen Ebene der Sprache. Nun unterscheidet man in der Tat

16 Vgl. den Überblick über die Geschichte der Musikpsychologie in de la Motte-Haber (2005).

17 Bezeichnend in diesem Zusammenhang (und zugleich interessant) ist der Versuch von Helga de la Motte-Haber, im Rahmen der Musikpsychologie den Begriff des Musikverstehens zu retten: Sie weist eine an der Hermeneutik orientierte Verwendung als unbrauchbar zurück und plädiert statt dessen für einen »psychologischen« Verstehensbegriff: Verstehen wird nicht am Erfassen eines Inhalts festgemacht, sondern beispielsweise an Vorgängen der Assimilation des Wahrgenommenen an eine vorliegende »Denkstruktur« bzw. der Akkommodation der Denkstruktur an das Wahrgenommene, die sich auf der bewußten Ebene in einem »Gefühl der Sicherheit und Überzeugung« bemerkbar machen (vgl. de la Motte-Haber 1996, S. 17, 24).

18 Den Anspruch, daß eine solche Erklärung möglich ist, erheben Fred Lerdahl und Ray Jackendoff in ihrem Buch *A Generative Theory of Tonal Music* (1983).

zwischen syntaktischer und semantischer Richtigkeit der Sprache: Ein syntaktisch korrekt gebildeter Satz kann sowohl wahr als auch falsch sein. Ebenso gehört die Unterscheidung zwischen der korrekten inferentiellen Struktur eines Arguments und der Wahrheit oder Falschheit seiner Prämissen zu den Maßnahmen, die überhaupt erst die Logik als eigenständige Disziplin möglich gemacht haben. Die Ebenen, die der Idee der musikalischen Logik zufolge für sich stehen sollen, weisen also auch im Falle der Sprache eine gewisse Eigenständigkeit auf. Das genügt jedoch nicht, um von einem eigenen syntaktischen oder logischen Sinn zu sprechen. Erstens ist – so eine für die Sprachphilosophie grundlegende Einsicht Gottlob Freges – die Syntax von der Semantik abhängig. Die syntaktische Gliederung eines Satzes ergibt sich aus dem Beitrag seiner Bestandteile zur Bedeutung des Satzes insgesamt. Ebenso besteht die Korrektheit eines Arguments in seiner Gültigkeit, und diese ist wiederum nur mittels semantischer Begriffe wie dem der Wahrheit zu erläutern. Ob ein syntaktischer oder inferentieller Zusammenhang sinnvoll ist oder nicht, läßt sich also letztlich nur im Rückgriff auf seine Bedeutung erläutern. Zweitens läßt sich der Sinn eines Satzes oder Arguments noch nicht einmal im Rahmen der Semantik vollständig angeben; auch die Ebene der Pragmatik, also der Verwendung von Äußerungen in sprachlichen oder nichtsprachlichen Kontexten, entscheidet über ihren Sinn. Nun folgt daraus für die musikalische *Logik* zunächst nur, daß die Analogie zur Sprache sich auf ganz äußerliche Merkmale beschränkt. Das heißt aber weiter, daß die Rede vom *Sinn* in bezug auf musikalische Zusammenhänge ihres Fundaments beraubt ist. Denn wie sollen wir eine musikalische Folgerung noch als sinnvoll bezeichnen, wenn die Analogie zum sinnvollen Aufbau eines Satzes, eines Arguments oder einer Rede nicht zur Verfügung steht?[19] Der Verweis auf das Erfüllen eines Musters oder einer Regel scheint kaum auszureichen und ist zudem im Falle

19 Orientiert man sich daran, wie häufig die Sprache in den einschlägigen Formulierungen herangezogen wird, kann man kaum Zweifel an ihrer modellgebenden Funktion für die Idee der musikalischen Logik haben. Nur drei Beispiele: »In der Musik ist Sinn und Folge, aber musikalische: sie ist eine Sprache, die wir sprechen und verstehen, jedoch zu übersetzen nicht imstande sind.« (Hanslick (1854), S. 63 (1. Aufl., S. 35)) »Was ist denn Musik? – Die Musik ist Sprache. Ein Mensch will in dieser Sprache Gedanken ausdrücken; aber nicht Gedanken, die sich in Begriffe umsetzen lassen, sondern musikalische Gedanken.« (Webern (1932/33), S. 46) »›Diese Melodie sagt *etwas*‹, und es ist, als ob wir finden müßten, *was* sie sagt. Und doch weiß ich, daß

der Musik nicht angemessen (eine Komposition bildet nicht darum einen Sinnzusammenhang, weil sie den Regeln irgendeiner Kompositionslehre gehorcht). Bliebe noch der instrumentelle Sinn im Hinblick auf ein zu erreichendes Ziel – aber auch diese Möglichkeit kommt als Grundlage eines musikalisch-logischen Sinns nicht in Frage.[20]

Gibt es aus Sicht der Philosophie Alternativen zur Idee einer »musikalischen Logik«, um der Musik Gehalte zuschreiben zu können? Wie es aussieht, müßte man dazu ein Musikstück in eine semantische Relation stellen können: Es müßte möglich sein zu sagen, daß das Musikstück *M* irgendein *X bedeutet*. Geht man allerdings die in der Philosophie gängigen Kandidaten für die Spezifizierung einer solchen Relation durch, dann ergibt sich ein eher deprimierendes Bild:

(1) Die semantische Relation zwischen *M* und *X* ist *keine* Repräsentationsbeziehung. Wir können das »bedeutet« in unserer Formel nicht in dem Sinne interpretieren, daß *M* auf *X referiert*, daß *M X denotiert*, daß *M X abbildet* oder *darstellt*, und zwar schlicht deshalb nicht, weil Musik keine prädikative Struktur hat, sie also keine Gegenstände herausgreifen kann, denen sie Eigenschaften zuweist.

(2) Ebenfalls *nicht* erläutern können wir die semantische Relation, indem wir sagen, daß *M X exemplifiziert*, und zwar auch nicht metaphorisch, denn die Exemplifikationsrelation scheitert an ihrer Kriterienlosigkeit – ihrer Beliebigkeit. Letztlich kann alles alles metaphorisch exemplifizieren, solange wir keine Kriterien für gelingende metaphorische Exemplifikation angeben können. Aber das gerade können wir nicht. Deswegen ist »Exemplifikation durch Kunstwerke« eben nicht – wie Goodman einmal gesagt hat – »wie Probennehmen aus dem Meer«.[21]

(3) Die semantische Relation zwischen *M* und *X* ist auch *nicht konventioneller Natur*, denn sie stützt sich – abgesehen etwa von Fanfaren oder Jagdhornsignalen – nicht auf Verabredungen wie etwa die Bedeutung von Verkehrszeichen. Wir verstehen *M* nicht

sie nichts sagt, was ich in Worten oder Bildern ausdrücken könnte.« (Wittgenstein (1969), S. 256)

20 Siehe unten S. 18, Punkt 7.

21 Goodman/Elgin (1988), S. 35.

deshalb, weil wir *wissen*, daß dieses oder jenes Klangereignis, das in *M* vorkommt, das und das bedeutet.

(4) Die semantische Relation zwischen *M* und *X* kann *nicht* unter Rückgriff auf *Ähnlichkeitsrelationen* zwischen *M* und *X* bestimmt werden, denn alles kann mit allem in unendlich vielen Hinsichten ähnlich sein. Der Begriff der Ähnlichkeit ist selbst hochgradig erläuterungsbedürftig. Er selbst erläutert nichts.

(5) Die semantische Relation zwischen *M* und *X* kann *nicht* allein im Rückgriff auf *kausale Relationen* erläutert werden. Kurz: Wir können nicht sagen, *M* drückt *X* aus, weil *M* den (psychischen) Effekt *X* hat. Musik, die zur Steigerung der Milchleistung von Kühen in Ställen abgespielt wird, hat genausowenig die Bedeutung »Gib mehr Milch!«, wie Fahrstuhlmusik die Bedeutung »Entspanne dich, es ist zwar sozial stressig, aber nicht wirklich gefährlich in diesem Fahrstuhl« hat. Und zum anderen – das ist ein altbekanntes Problem der sogenannten »Arousal«-Theorien – müßte etwa Musik, die Wut bedeuten soll, die Hörer wütend machen. Genau das ist aber, wie man abends in der Oper beobachten kann, nicht der Fall.

(6) Die semantische Relation zwischen *M* und *X* kann *nicht* allein *psychologisch*, etwa auf der Ebene von Assoziationen, erläutert werden, die sich beim Hören von *M* einstellen mögen. Denn für die Verbindung zwischen musikalischen Stimuli und Assoziationen gibt es keine in *M* verankerten Restriktionen. Die Disposition von Hörern, auf Musikstücke mit bestimmen Assoziationen zu reagieren, sagt eher etwas über die phylo- oder ontogenetische Geschichte der Hörer als über die Musik.

(7) Die semantische Relation erschließt sich uns *nicht*, indem wir die Gründe dafür angeben, *warum* der Produzent *M* so gestaltet hat, wie er es gestaltet hat. Ästhetisches Verstehen ist *kein alltagspsychologisches Verstehen*. Das schließt nicht aus, daß Künstler mit Werken Ausdrucksintentionen verbinden, aber wir müssen die ästhetischen Bedeutungen identifizieren, *bevor* wir sie auf mögliche Absichten von Künstlern beziehen können. Es gibt, mit anderen Worten, ein *notwendiges* Primat des ästhetischen Verstehens vor dem alltagspsychologischen, denn wir müssen zunächst ästhetische Eigenschaften erfassen, um ihre Realisierung als mögliche künstlerische Absicht zuschreiben zu können.

(8) Und schließlich: *X* ist *keine Übersetzung* oder Paraphrase von *M*. Denn wenn *X* eine Übersetzung von *M* wäre, dann könnte sie *M* in wichtigen Hinsichten vertreten. Daß genau dies *nicht* möglich ist, ist unter Komponisten ebenso wie unter Musikästhetikern geradezu eine Binsenweisheit.[22]

Angesichts dieser Situation stehen wir – so scheint es – mit leeren Händen da und müssen konstatieren, daß die Musik anders ist als alles, was wir verstehen können, seien es Romane, Personen oder Bilder. Wir können uns zwar von ihr faszinieren lassen oder sie als bloße Spielerei abtun, wir können uns ihr hingeben oder sie als Klangkulisse nebenherlaufen lassen, aber es scheint unmöglich, einen Sinn in ihr finden zu können. Ist musikalischer Sinn also eine Chimäre?

Zur Beantwortung dieser Frage soll der vorliegende Band einen Beitrag leisten. An dieser Stelle seien nur zwei Gründe genannt, die uns als Herausgeber motiviert haben, die Rede vom »musikalischen Sinn« weiterhin für nützlich zu halten und davon auszugehen, daß es eine Dimension der Musik gibt, die am besten als ihr Sinn zu beschreiben ist.

Der erste Grund betrifft die Musik. Von einer komplexen Komposition wie einer Mahlerschen Symphonie geht ein Erklärungsdruck aus, der auf der Ebene der Wirkung und der dafür eingesetzten Mittel nicht einzulösen ist. Manches mag durch die erzielte Wirkung angemessen erfaßt sein, manches durch assoziierte Begriffsfelder oder Botschaften, aber dies betrifft nur einzelne Passagen und läßt nicht zuletzt die Frage außer acht, warum solche Passagen so aufeinanderfolgen, wie sie es tun. Wollte man sich auf die Wirkung, »Botschaften« der Musik oder die von ihr ausgelösten Assoziationen beschränken, müßte man folglich die Erfahrung, die man mit einem solchen Stück macht, beschneiden. Die Frage nach dem Sinn der Musik zielt also darauf, die Erfahrung von Musik differenzierter zu verstehen und reicher zu machen.

Der zweite Grund betrifft die Philosophie. Die obige »Negativliste« läßt das Unterfangen, sagen zu wollen, worin den nun der Sinn der Musik besteht, recht hoffnungslos erscheinen. Der Eindruck, hier einer Chimäre nachzujagen, kann aber auch darauf zurückgehen, daß die Liste weniger unvollständig denn verfehlt konzipiert ist.

22 Vgl. z. B. die in Fußnote 19 zitierten Passagen.

Es könnte sein, daß der naheliegende Übergang von der Rede vom Sinn zu einer einfachen semantischen Relation des Typs »*x* bedeutet *y*« falsch ist. Und das kann wiederum heißen, daß die Musik tatsächlich zu einer Erweiterung der Philosophie führen könnte – wenn auch nicht in der Weise, die manchen Autoren des 19. Jahrhunderts vorschwebte.

Die Autoren des vorliegenden Bandes entstammen verschiedenen Traditionen, die heute den Diskurs oder, besser gesagt, die Diskurse über Musik bestimmen, die merkwürdig isoliert voneinander stattfinden, wie ein Blick auf die Debatten und die Rezeption der Literatur belegt.

Stephen Davies gehört zu einflußreichsten Vertretern der analytischen Philosophie der Musik und hat sich mit einer Vielzahl musikphilosophischer Probleme auseinandergesetzt, sei es die Ontologie musikalischer Werke, die Rolle von Interpretation und Aufführung, die ästhetische Wertschätzung von Musik oder die Beziehung zwischen Musik und Emotionen. In seinem Aufsatz widmet sich Davies dem musikalischen Verstehen aus den unterschiedlichen Perspektiven von Hörern, Aufführenden, Komponisten und Musikwissenschaftlern. Dabei untersucht er insbesondere, welche Rolle Begriffe (darunter musikwissenschaftliche) für das Verstehen spielen und in welchem Umfang das Verstehen von Musik an die Bedingung geknüpft werden muß, daß Rezipienten ihr Verständnis artikulieren können.

Nicholas Cook ist ein führender und zugleich selbstkritischer Vertreter der »New Musicology«, also jener nicht unumstrittenen theoretischen Bewegung, die Musik als kulturelles Phänomen im Kontext sozialer Praktiken situiert. Im Anschluß an die kulturwissenschaftliche Revision der Idee einer absoluten Musik macht Cook in seinem Beitrag einen Vorschlag, wie man einen Mittelweg zwischen den Extremen einer totalen »sozialen« oder »kulturellen Konstruktion« der Bedeutung und der Fixierung auf »rein musikalische Eigenschaften« finden kann, die die musikalische Analyse und Theorie zu ihrem Gegenstand gemacht hat.

Albrecht von Massow steht in der Tradition Eggebrechts für die Phase der deutschen Musikwissenschaft, in der sie sich zur Philosophie geöffnet hat und sich intensiv mit den Grundlagen des eigenen Fachs, Methodenfragen und nicht zuletzt der Frage befaßt hat, wie ihr Gegenstand überhaupt zu bestimmen ist. Von Massow setzt diese

Linie fort und gehört gegenwärtig zu den wenigen deutschsprachigen Autoren, die Ziele und Zustand der Musikwissenschaft kritisch reflektieren.[23] In seinem Beitrag zu diesem Band diskutiert er unter anderem Fragen nach der Reichweite der historischen Kontextualisierung derjenigen Kategorien, mit deren Hilfe die musikalische Form beschrieben wird.

Max Paddison ist Autor einer umfassenden Monographie über Adornos Musikphilosophie, die mittlerweile den Rang eines Standardwerks hat.[24] In seinen Explikationen und Rekonstruktionen zeigt Paddison, daß Adornos musikphilosophische Texte, die gemessen an heutigen explikativen Standards als eher unzugänglich gelten, nach wie vor wichtige und weiterhin relevante Ideen bergen. In seinem Beitrag entwirft er – nicht ohne kritische Distanz – ein integriertes Bild der Adornoschen Musikästhetik, indem er zeigt, welche Linien der Vermittlung sich für Adorno im musikalischen Werk treffen.

Stefan Koelsch und *Tom Fritz* arbeiten in einem noch relativ jungen Bereich der Hirnforschung, nämlich der Erforschung jener Hirnprozesse, die an der Verarbeitung von Musik beteiligt sind. Koelsch hat unter anderem Untersuchungen zu den Auswirkungen langfristigen musikalischen Trainings auf Hirnstrukturen und zur Identifizierung jener Hirnstrukturen vorgelegt, die an der Verarbeitung von Musik in unterschiedlichen Hinsichten beteiligt sind. Dabei hat sich herausgestellt, daß Musik im wesentlichen mit Hilfe desselben kortikalen Netzwerks verarbeitet wird wie Sprache. Zu den weiteren interessanten Befunden, die der Artikel überblicksartig zusammenführt, gehören die Entdeckung, daß beim Hören von Musikstücken mit exemplarischem Charakter Aktivitätsmuster im Gehirn auftreten, die Anzeichen semantischer Priming-Effekte sind, wie auch Ergebnisse und Hinweise, die Fritz im Kontext von Forschungen zur Kulturabhängigkeit musiksyntaktischen und musiksemantischen Verstehens gewonnen hat.

Alexander Becker entwickelt in seinem Artikel einen erweiterten Begriff der Erfahrung, der unter anderem eine Erklärung dafür bietet, warum vermeintlich Musikfremdes eine zentrale Rolle für die Musikerfahrung spielt.

23 Vgl. zum Beispiel von Massow (2000).
24 Paddison (1993).

Matthias Vogel versucht in seinen Aufsatz zu erläutern, warum das Erfahren von Musik erstens als eine Form des Verstehens betrachtet werden kann und zweitens eine Lust erzeugen kann, die zu einer Erklärung beiträgt, warum wir überhaupt Musik hören.

Unser Dank gilt zuallererst den Autoren dieses Bandes, die unserem Wunsch gefolgt sind und umfangreiche Originalbeiträge verfaßt haben.[25] Angesichts der Komplexität des Gegenstands und der Tatsache, daß insbesondere Positionen der angelsächsischen Debatte hierzulande kaum bekannt sind, schien es uns sinnvoll, den einzelnen Beiträgen mehr Raum einzuräumen, als dies gewöhnlich in Sammelbänden der Fall ist. Darüber hinaus danken wir den Autoren, daß sie uns bei Übersetzungsfragen jederzeit unterstützt haben, sowie Gerson Reuter, der eine der Übersetzungen kritisch durchgesehen hat. Dem C. F. Peters Musikverlag danken wir für die freundliche Genehmigung, Schuberts »Doppelgänger« abdrucken zu dürfen. Ein letzter Dank gilt den Studierenden unserer Seminare in Frankfurt, Gießen und Wien für anregende musikphilosophische Diskussionen.

Angesichts der Herausforderungen, die die Musik für unterschiedliche Aspekte des philosophischen Denkens (Ästhetik, Semantik, Philosophie des Geistes) darstellt, ist es ein bemerkenswertes Faktum, daß Musikphilosophie in Deutschland – ganz im Gegensatz zum angelsächsischen Sprachraum – nur noch sporadisch oder in Nischen stattfindet. Wir hoffen, daß der Band zu einer Wiederbelebung dieser Debatten beiträgt.

Alexander Becker

Matthias Vogel

25 Der Beitrag von Nicholas Cook ist die Übersetzung eines Aufsatzes, den der Autor für diesen Band aktualisiert hat, nämlich: »Theorizing Musical Meaning«, in: *Music Theory Spectrum* 23, 2001, S. 170-195.

Literatur

Adorno, Theodor W. (1956): »Fragment über Musik und Sprache«, in: Ders.: *Gesammelte Schriften Bd. 16. Musikalische Schriften I-III*, Frankfurt/M.: Suhrkamp 1978, S. 251-256.

Agawu, Kofi (1991): *Playing with Signs. A Semiotic Interpretation of Classic Music*, Princeton: Princeton University Press 1991.

Budd, Malcolm (1985): *Music and the Emotions: The Philosophical Theories*, London: Routledge.

Budd, Malcolm (1989): »Music and the Communication of Emotions«, in: *Journal of Aesthetics and Art Criticism* 47, S. 129-138.

Dahlhaus, Carl (1982a): »Musikwissenschaft und systematische Musikwissenschaft«, in: C. Dahlhaus, H. de la Motte-Haber (Hg.) (1982), *Systematische Musikwissenschaft* (= Neues Handbuch der Musikwissenschaft, hg. von C. Dahlhaus, Bd. 10), S. 25-48.

Dahlhaus, Carl (1982b): »Ästhetik und Musikästhetik«, in: C. Dahlhaus, H. de la Motte-Haber (Hg.) (1982), *Systematische Musikwissenschaft* (= Neues Handbuch der Musikwissenschaft, hg. von C. Dahlhaus, Bd. 10), S. 81-108.

Dahlhaus, Carl (1984): *Die Musiktheorie im 18. und 19. Jahrhundert, Erster Teil: Grundzüge einer Systematik* (= Geschichte der Musiktheorie, hg. von Frieder Zaminer, Bd. 10), Darmstadt: Wissenschaftliche Buchgesellschaft.

Eggebrecht, Hans Heinrich (1961): »Musik als Tonsprache«, in: *Archiv für Musikwissenschaft* 18, S. 73-100.

Eggebrecht, Hans Heinrich (1988): »Musik hören – Musik verstehen«, in: *Festschrift für Carl Dahlhaus*, Laaber: Laaber, S. 11-16.

Goodman, Nelson/Elgin, Catherine Z. (1988): *Revisionen. Philosophie und andere Künste und Wissenschaften*, Frankfurt/M.: Suhrkamp 1989.

Hanslick, Eduard (1854): *Vom Musikalisch-Schönen. Ein Beitrag zur Revision der Ästhetik der Tonkunst*, Wiesbaden: Breitkopf & Härtel 1989.

Hoffmann, E.T.A. (1810): »Ludwig van Beethoven, 5. Sinfonie«, in: Ders.: *Schriften zur Musik*, hg. von H.J. Kruse, Berlin: Aufbau-Verlag 1988, S. 22-42.

Kant, Immanuel (1790): »Kritik der Urteilskraft«, in: Ders.: *Werkausgabe* Bd. 10 (hg. von W. Weischedel), Frankfurt/M.: Suhrkamp 1978.

Karbusicky, Vladimir (1986): *Grundriß der musikalischen Semantik*, Darmstadt: Wissenschaftliche Buchgesellschaft.

Kerman, Joseph (1985): *Musicology*, London: Fontana.

Kivy, Peter (1980): *The Corded Shell. Reflections on Musical Expression*. New Jersey: Princeton UP.

Kramer, Lawrence (1991): »Musical Narratology: A Theoretical Outline«, in: *Indiana Theory Review* 12, S. 141-162.

Lerdahl, Fred/Jackendoff, Ray (1983): *A Generative Theory of Tonal Music*, Cambridge (Mass.): MIT Press 1983.

von Massow, Albrecht (2000): »Nach welchen Kriterien begründet sich heutige Musikwissenschaft?«, in: Archiv für Musikwissenschaft 2000, S. 39-63.

Meyer, Leonard B. (1956): *Emotion and Meaning in Music*, Chicago, London: The University of Chicago Press 2000.

Motte-Haber, Helga de la (1996): *Handbuch der Musikpsychologie* (2. Auflage), Laaber: Laaber 1996.

Motte-Haber, Helga de la (2005): »Musikpsychologie: Gliederung des Gebiets – Historische Wandlungen des Gegenstands – Positionen«, in: H. de la Motte-Haber, G. Rötter (Hg.), *Musikpsychologie*, Laaber: Laaber 2005, S. 15-30.

Newcomb, Anthony (1984): »Sound and Feeling«, in: *Critical Inquiry* 10, S. 614-643.

Newcomb, Anthony (1987): »Schumann and Late Eighteenth-Century Narrative Strategies«, in: *19-Century Music* 11, S. 164-174.

Paddison, Max (1993): *Adorno's Aesthetics of Music*, Cambridge: CUP.

Peirce, Charles S. (1906): »Pragmatism in Retrospect«, in: J. Buchler (Hg.), *Philosophical Writings of Peirce*, New York: Dover 1955.

Webern, Anton (1932/33): *Der Weg zur neuen Musik. Vorträge 1932/1933*, Wien: Universal Edition 1960.

Wittgenstein, Ludwig (1969): »Eine philosophische Betrachtung« (Das braune Buch), in: Ders.: *Werkausgabe* Bd. 5, Frankfurt/M.: Suhrkamp 1984, S. 117-282.

Stephen Davies
Musikalisches Verstehen

In diesem Aufsatz untersuche ich die Arten des Verstehens, die wir von kompetenten Hörern, Musikern, Musikwissenschaftlern und Komponisten erwarten und auch vorfinden. Meine Überlegungen beschränken sich auf westliche, rein instrumentale Musik, wobei ich hauptsächlich die klassische Tradition im Sinn habe[1] und mich überwiegend auf die englischsprachige Literatur der »analytischen« Philosophie der Musik beziehe. Wie sich zeigen wird, geht es mir um eine Analyse, die sich um gemeinhin vertraute Aspekte der musikalischen Erfahrung dreht. Im folgenden bemühe ich mich um ein umfassendes Bild des musikalischen Verstehens, indem ich nacheinander die unterschiedlichen Aspekte des Verstehens bei erfahrenen Hörern, Aufführenden, Musikwissenschaftlern und Komponisten untersuche.

1. Das Verstehen der Hörer

Was ist beim verstehenden Hören von Musik im Spiel, und was wird dabei verstanden? Zuallererst müssen verstehende Hörer in der Lage sein, Musik von den nicht-musikalischen Geräuschen und Klängen in der Umgebung zu unterscheiden, und zwar sowohl diachron als auch synchron. Das heißt, daß sie wissen müssen, wann die Musik anfängt und aufhört, und in der Lage sein müssen, die Musik von Hintergrundgeräuschen zu unterscheiden, die während ihres Erklingens auftreten, ohne Teil von ihr zu sein. Offensichtlich ist die Grundlage für diese Unterscheidungen nicht rein phänome-

1 Für dieses Vorgehen spricht, daß es bequem und einfach ist. Westliche Musik ist die Musik, mit der meine Leser wahrscheinlich am vertrautesten sind, und die Vorstellung, daß rein instrumentale Musik – also Musik ohne gesungene Worte, literarische Titel oder assoziierte programmatische Geschichten – Inhalte darbietet, die verstehend erfaßt werden können, ist stärker und provozierender als die Alternativen. Gleichwohl glaube ich, daß ein umfassenderer Ansatz sowohl nicht-westliche Musik als auch die Vielfalt westlicher Popmusik zu berücksichtigen hätte (in Davies (1994a), (1999a) und (2001a) habe ich versucht, Beiträge dazu zu liefern). Darüber hinaus halte ich den Vorwurf für berechtigt, daß Philosophen fehlgehen könnten, wenn sie das Primat textunterlegter Vokalmusik ignorieren (vgl. Ridley 2004).

naler Natur, denn viele nicht-musikalische Klänge, z. B. Vogelgesang, ähneln musikalischen, während viele musikalische Klänge geräuschhaft, knallend oder quietschend – also nicht wie Musik – klingen. Musikalische Werke können Partien für Schreibmaschine, Amboß, Kuhglocke oder Kanone enthalten. Und einige Musikinstrumente – wie Kastagnetten, Becken oder Theremine, aber auch gewöhnliche melodische Instrumente, die auf ungewöhnliche Weise oder an den Grenzen ihres Tonumfangs gespielt werden – produzieren grunzende, klickende, krachende, kreischende, knallende und jaulende Klänge – beispielsweise wenn ein Pizzicato so heftig ist, daß die Saite auf das Griffbrett schlägt. Zudem enthalten musikalische Aufführungen Stille und Lücken zwischen den Sätzen, die von einer Stille außerhalb musikalischer Kontexte ununterscheidbar sein können.[2]

Nicht alle Klänge im Umfeld einer Aufführung oder des Erklingens von Musik sind mit der Produktion der Musik verbunden.[3] Denn die Verwendung von Musikinstrumenten bringt manchmal Klänge hervor, die nicht zum Werk gehören, das erklingt. Das ist offensichtlich der Fall, wenn versehentlich falsche Töne gespielt werden, aber auch wenn Instrumente unbeabsichtigt kreischen, Obertöne oder Wolfstöne produzieren, wenn der Dirigent hörbar summt oder singt oder versehentlich ein Notenständer umgestoßen wird. Andere Fälle sind interessanter, weil sie unvermeidliche Nebenprodukte und daher integrale Bestandteile des Prozesses der Klangpro-

2 Dieser letztere Punkt lädt dazu ein, Cages *4′33″* zu betrachten, weil es gewöhnlich als ein stilles Stück oder als eines aufgefaßt wird, das das, was sonst als Umgebungsgeräusch gelten würde, zum Inhalt hat. (Cage selbst, der sich nie wirklich klar zu diesen unterschiedlichen Auffassungen des ontologischen Status seines Werks geäußert hat, scheint doch der zweiten zuzuneigen.) Ohne das Argument hier entfalten zu können, möchte ich vorschlagen, Cages Werk am besten nicht als ein musikalisches, sondern als ein theatrales Stück über die Aufführung von Musik zu verstehen. Eine Diskussion üblicher ästhetischer Funktionen von Stille in der Musik findet sich in Judkins (1997).

3 Ich spreche sowohl vom Erklingen von Musik als auch von Aufführungen, um der Tatsache gerecht zu werden, daß zwar die meisten, keineswegs aber alle musikalischen Werke zur Aufführung bestimmt sind. Auf Platten veröffentlichte elektronische Kompositionen beispielsweise sind zum Abspielen und nicht zur Aufführung bestimmt. Solche Werke werden durch Dekodiermaschinen zum Erklingen gebracht, wobei die Person, die eine solche Maschine in Gang setzt, die Musik dadurch nicht etwa aufführt. Man kann natürlich auch Aufnahmen von Aufführungen machen, so daß sich in diesen Fällen beide Ausdrücke verwenden lassen. Eine genauere Diskussion der ontologischen Vielfältigkeit musikalischer Werke und ihrer Relationen zu Aufnahmen findet sich in Davies (2001a) und (2003b).

duktion sind. Beispiele hierfür reichen vom Zirpen und Quietschen von Blasebälgen und Zügen der Orgel über die hörbare Bewegung von Pedalen bei Klavieren, Harfen oder Becken, das Klappengerassel der Blasinstrumente, die pneumatischen Geräusche bewegter Blechbläserventile, das Atmen von Sängern und Bläsern bis zum Gleiten der Tonhöhe und zum Quietschen, das auftritt, wenn sich die Finger auf Gitarren und anderen Saiteninstrumenten von Note zu Note bewegen. Obwohl derartige Klänge nicht als Bestandteile des aufgeführten Werks gelten und Musiker sich nach Kräften bemühen, sie zu minimieren, stören sie nicht wie plappernde Nachbarn im Publikum oder vorbeifahrende Polizeisirenen. Als dezenter Nebenaspekt von Liveaufführungen können sie vielmehr zu einer intimen Atmosphäre zwischen Musikern und Publikum beitragen, denn sie lenken die Aufmerksamkeit auf die praktischen Fertigkeiten, die der Verkörperung der Musik menschliche Wärme verleihen.

Verständige Hörer müssen nicht nur Musik von Nicht-Musik unterscheiden können, sondern auch in der Lage sein, überlappende, aber nicht zusammengehörende musikalische Aufführungen oder Klänge zu unterscheiden. Sie müssen, mit anderen Worten, wissen, wann eine gegebene Aufführung beginnt und endet, und sie während ihres Erklingens von anderen gleichzeitigen Aufführungen oder Ereignissen des Erklingens unterscheiden können. So muß ein Hörer wissen, daß die Melodie der Wilhelm-Tell-Ouvertüre, die aus dem Mobiltelefon eines Nachbarn im Publikum ertönt, eine Unterbrechung und kein Teil der Aufführung von Strawinskys *Jeu de Cartes* ist (zugleich aber auch wissen, daß dieses Thema dort Teil dieses Werkes ist, wo Strawinsky es zitiert). Und wenn bei einer balinesischen Tempelzeremonie verschiedene Gamelans nur ein paar Meter voneinander entfernt lautstark unterschiedliche Stücke spielen, muß den Hörern bewußt sein, daß sie es mit verschiedenen Werken und nicht mit einem zusammengesetzten zu tun haben, selbst wenn sie nicht in der Lage sind, eines klar aus dem ganzen Getöse herauszuhören.

Die relevanten Unterscheidungen hängen häufig vom Bemerken der räumlichen Anordnung der unterschiedlichen Klangquellen in der Umgebung ab, aber sie liefert keineswegs immer verläßliche Orientierung. Denn das störende Mobiltelefon könnte sich in der Tasche des Dirigenten befinden, und ein Solist könnte versuchen, Tschaikowskys erstes Klavierkonzert zu spielen, während sich das rebellierende Orchester an einen Grieg macht. Auch von solchen Fällen abgesehen schreiben viele Werke Beiträge von nicht auf der Bühne stehenden Spielern oder physisch getrennten Orchestern vor, etwa Werke von Giovanni Gabrieli oder Karlheinz Stockhausens *Gruppen für drei Orchester*. Andere Stücke enthalten Partien für aufgenommene Musik oder Klänge, wie im Falle von Luigi Nonos *La fabbrica illuminata*, das für Sopran, ein Tonband mit elektronisch modifizierten Fabrik-Sounds und Chorgesang geschrieben ist. Zudem ist es nicht immer möglich, bestimmte Wiedergaben im Rückgriff auf jene Werke oder Melodien zu unterscheiden, von denen sie abstammen. So war Joseph Taylor der Autor des Volksliedes *Brigg Fair*, das Frederick Delius 1907 für Orchester arrangierte. Bei der ersten Aufführung »soll Joseph Taylor – so will es die Legende, – kaum daß er ›seine‹ Melodie erkannte – aufgestanden sein und sie neben dem Orchester mitgesungen haben«.[4] Dennoch konnte er Delius' Werk natürlich nicht aufführen, einfach weil es keinen Part für Sänger enthält.

Wie also funktioniert das alles? Wie unterscheiden kompetente Hörer musikalische Aufführungen oder das Erklingen musikalischer Werke von den nicht-musikalischen Klängen in ihrer Umgebung, und wie individuieren sie unterschiedliche, aber gleichzeitige musikalische Aufführungen? Weil die meisten Musikliebhaber dies ohne formale musikalische Ausbildung beherrschen, müssen die relevanten Fähigkeiten durch Erfahrung und den gewöhnlichen Prozeß der musikalischen Akkulturation erworben werden, der in der frühesten Kindheit beginnt. In dem Maße, in dem das, was als Musik gilt, von einem sozio-historischen Ort zum anderen variieren kann, kann die Fähigkeit, Musik zu erkennen, nicht rein biologisch oder natürlich sein. Weil wir andererseits aber oft in der Lage sind, Musik fremder Kulturen als Musik zu identifizieren, selbst wenn es uns nicht leicht fällt, sie zu verstehen oder ihr zu folgen, weil wir keinen Schimmer von den Prinzipien haben, die ihr zugrunde liegen, ist die Identifikation von Musik dennoch nicht ausschließlich oder unbegrenzt kulturell bedingt. Ähnliches kann über die Individuierung unterschiedlicher (aber vielleicht gleichzeitiger) musikalischer Aufführungen oder Ereignisse des Erklingens* gesagt werden. Bis zu einem gewissen Grad ist das, was als musikalische Aufführung gilt,

4 Vgl. Bird (1976), S. 111.

* Die umständliche Formulierung »Ereignisse des Erklingens« verdankt sich der Tatsache, daß es im Deutschen kein Äquivalent für »soundings« wie etwa »Erklingungen« gibt. (A. d. Ü.)

kulturell formbar und konventionell, allerdings nicht unbedingt zur Gänze oder in einem beliebigen Ausmaß.[5] Ein klareres Bild dieser Zusammenhänge läßt sich entwerfen, wenn wir untersuchen, was es heißt, Musik als solche zu erfahren oder zu verstehen. Genau darum soll es im folgenden gehen.

Nachdem sie die Aufführung oder das Erklingen lokalisiert haben, das den Gegenstand ihrer Aufmerksamkeit bildet, müssen verständige Hörer das, was sie hören, als Musik erfahren. Sie müssen, mit anderen Worten, den Klang der Musik in den Geräuschen hören, die die Musik macht. Diese Fähigkeit bildet nicht nur die Grundlage ihres Vermögens, Musik zu verstehen und um ihrer selbst willen zu schätzen, sondern auch ihrer Befähigung, Musik von anderen gleichzeitigen Klängen, die nicht Teil der Aufführung oder des Erklingens eines gegebenen Werks sind, sowie verschiedene musikalische Aufführungen bzw. Ereignisse des Erklingens voneinander zu unterscheiden. Was macht diese Fähigkeit aus?

Es gibt Musik, die im Unterschied zum Normalfall erstaunlich inkohärent oder unvorhersehbar ist, ohne deshalb weniger gut oder interessant zu sein.[6] Und es gibt Musik, die als Musik keinen Sinn hat – etwa weil sie vollständig von Zufallsprozessen generiert wird oder unterschiedslos Klänge verschiedenster Herkunft enthält –, und nur vor einem institutionellen, musikhistorischen oder sonstigen Hintergrund als Musik gilt und nicht kraft der Erfahrung, die sie im Hörer auslöst. Den Status solcher Stücke, als Musik zu gelten, kann man als parasitär gegenüber jenen archetypischen musikalischen Werken betrachten, die ihnen innerhalb einer kontinuierlichen Tradition vorausgehen. Daher sollten wir zunächst von paradigmatischen Werken ausgehen, also von Werken wie Beethovens Fünfter Symphonie.

Wenn verstehende Hörer Musik als die Musik hören, die sie ist, dann sollten sie sie als etwas hören, das einen Anfang und ein Ende hat, und zwar derart, daß sie das Ende der Musik von einem unerwarteten Abbruch durch irgendeine Störung unterscheiden können. Dies gilt sowohl mit Blick auf das Werk als Ganzes als auch hinsichtlich seiner Sätze (falls es solche hat), seiner Melodien und Abschnitte.

5 Eine Erörterung der Grundlagen der Musik findet sich in Davies (2001a), S. 47-98, zu den Individuationsbedingungen von Aufführungen vgl. Davies (1997b) und (2001a), S. 184-196.

6 Vgl. dazu Tanner (1985); Hicks (1991); Davies (1994a), S. 367-369, und Kieran (1996).

Hörer sollten im allgemeinen beurteilen können, wann eine Melodie endet und eine andere beginnt. Darüber hinaus sollten sie Wiederholungen als solche erkennen können, und zwar auch unter schwierigen Bedingungen, etwa wenn sie lange Abschnitte umfassen oder das Originalmaterial in variierter oder ausgearbeiteter Form wiederkehrt. Um Wiederholungen hören zu können, müssen Hörer vorangegangene Themen oder früheres Material wiedererkennen und reidentifizieren können – selbst dann, wenn es sich um keine exakte Wiederholung handelt. Das Verständnis beispielsweise eines Sonatensatzes in der Molltonart setzt voraus, daß Hörer das zweite Thema bei seiner Wiederholung als dasselbe Thema wiederkennen, das in der Exposition präsentiert wurde, und zwar trotz der Unterschiede, die aus der Transposition des Themas von Dur nach Moll resultieren. Oder um ein ähnliches, aber aus einem anderen Kontext stammendes Beispiel zu geben: Hörer sollten Elvis Presleys *Blue moon of Kentucky* als eine Aufnahme des Bill-Monroe-Bluegrass-Klassikers erkennen können, und zwar trotz des Wechsels von Dreiviertel- zu Viervierteltakt, oder *Star-spangled Banner* aus Jimi Hendrix' Parodie in Woodstock heraushören können.[7]

Wo die Grenzen zwischen der Variation eines gegebenen Themas und einem verwandten, davon aber verschiedenen Thema gezogen werden sollten, ist selbstverständlich keineswegs immer eindeutig – wobei Mehrdeutigkeit ein musikalisch relevantes Merkmal eines gegebenen Werkes sein kann. In anderen Fällen jedoch lassen sich klare Grenzen ziehen, und es sollte unter erfahrenen Hören hinreichend Einigkeit darüber geben, wo sie verlaufen. Darüber hinaus sollten Hörer das Zu- und Abnehmen der musikalischen Spannung und Bewegung wie auch den expressiven Charakter der Musik hören, falls sie einen solchen hat. Aufgrund häufiger Überlagerungen dieser Aspekte, die manchmal die Wirkung von Bestätigung und Unterstützung, manchmal von Herausforderung und Irritation haben, werden sie in bezug auf offensichtlichere strukturelle Elemente der Musik überlegen, was in der Musik ausgedrückt wird. Ganz allgemein müssen Hörer dem Gang der Musik so folgen, daß deren Verlauf Sinn ergibt. Dazu ist es erforderlich, daß Hörer in der Lage sind, zu jedem gegebenen Zeitpunkt vorherzusagen, wie sich die Musik entwickeln wird. Erforderlich ist zudem, daß sie dabei oft richtig liegen, und

7 Vgl. dazu Davies (2001a), S. 54-58.

dort wo sie irren, zwischen überraschenden, aber angemessenen Fortsetzungen und Aufführungs- oder Kompositionsfehlern unterscheiden zu können.[8] Gewöhnlich können Hörer Aufführungsfehler als solche erkennen, und oft wissen sie, was statt dessen hätte gespielt werden sollen. Sie erfahren die Musik als »logische« Entwicklung, innerhalb deren Vorangegangenes Nachfolgendes rechtfertigt oder als angemessen erscheinen läßt.[9]

Müssen Hörer dazu den Sog der Tonalität fühlen, die Spannung von Dissonanzen, das Bedürfnis nach Auflösung? Keineswegs immer. Denn sie könnten diese Eigenschaften der Musik wahrnehmen, ohne sie sozusagen innerlich zu fühlen, etwa so, als würden sie den glücklichen oder traurigen Charakter der Musik registrieren, ohne diese Emotionen in sich selbst mitschwingen zu lassen. Allerdings ist es unwahrscheinlich, daß sie von diesen Dingen niemals affiziert werden könnten. Wir nehmen Musik als Trägerin solcher Eigenschaften wahr, weil sie – unter vergleichbaren Bedingungen – dazu tendiert, eine entsprechende Reaktion hervorzurufen. Es gibt Eigenschaften, die Musik so zukommen wie Röte einer Kirsche. Aber wie Röte sind solche Eigenschaften nur aus der Perspektive von Lebewesen zuschreibbar, die von ihnen affiziert werden können und die sich einhergehend mit dem Interesse an der Unterscheidung dieser Eigenschaften so entwickelt haben, daß sie mit den nötigen Wahrnehmungsfähigkeiten ausgestattet sind. Diese Lebewesen bringen etwas mit, das analytische Philosophen »beobachtungsabhängige Begriffe« nennen.

8 Leonard B. Meyer (1965) hat im Rahmen seiner Erörterung der Informationstheorie viel zu einer Erklärung der Rolle des Vorhersagens für das verstehende Mitvollziehen der Musik und die Techniken beigetragen, mit deren Hilfe Komponisten die Erfüllung von Hörererwartungen durchkreuzen oder herauszögern. Weniger erfolgreich war Meyer meines Erachtens mit seiner Annahme, daß sich auch die Expressivität der Musik und die emotionale Reaktion der Hörer in derartigen Begriffen erklären ließen. Vgl. Davies (1994a), S. 25-29, 287-291.

9 Zemach (2002) schlägt vor, daß Musik wie ein Beweis der Regeln eines musikalischen Kalküls funktioniert. So weit würde ich nicht gehen. Denn Musik kann, wie ich in Davies (1994a) einräume, sowohl gelegentlich auf »die Regeln« pfeifen als auch unerklärliche Singularitäten enthalten. Dementsprechend liegt Scruton (1987), (1997) richtig, wenn er solche Regeln, wo es sie denn gibt, als Zusammenfassungen einer wandelbaren empirischen Praxis betrachtet. Sharpe (2000), S. 184, macht die interessante Beobachtung, daß Bachs Musik zu folgen dem Nachvollziehen eines Arguments ähnelt, während der Mitvollzug von Mahlers Musik eher dem Verfolgen einer Erzählung ähnlich ist.

Unsere Fähigkeit, musikalische Konfigurationen zu identifizieren und wiederzuerkennen, bringen wir, solange unser Gehör intakt ist, einfach als Teil unserer biologischen Ausstattung mit. Gleichwohl können wir diese Fähigkeit durch intensives Üben, wie in der Gehörbildung, oder durch zwanglosen Umgang verfeinern. Was wir wahrnehmen und unterscheiden können, wird darüber hinaus durch die Vertrautheit mit den Arten von Gegenständen und ihren Kontexten beeinflußt. Wenn Hörer auf eine ihnen nicht vertraute Sorte von Musik stoßen, kann es sein, daß sie nicht alle musikalisch signifikanten Elemente erkennen und wiedererkennen können. Kurz: Die biologisch angelegte Fähigkeit unterliegt einer weitreichenden soziokulturellen Verfeinerung.

Weil der Fluß von musikalischer Spannung und Auflösung eine komplexe Funktion des tonalen/modalen Systems, Genres und Stils der Musik ist und weil diese Aspekte wiederum kulturell formbar sind, entwickelt sich die Fähigkeit von Hörern, dem Fluß der Musik zu folgen und ihn vorwegzunehmen, durch Übung.[10] Weil aber nur relativ wenige Musikliebhaber formellen Unterricht in Musiktheorie und Gehörbildung genossen haben, muß sich die maßgebliche Ausbildung im alltäglichen Umgang und mit Hilfe nicht-technischer Erläuterungen vollziehen. Genauso wie unsere Muttersprache nehmen wir unsere »Mutter-Musik« seit frühestem Alter quasi osmotisch in uns auf, so daß uns ihr Sinn natürlich und unausweichlich erscheint, wobei das Verstehen vergleichsweise mühelos ist. Die meisten Leute sind mit den technischen Begriffen der Musikanalyse nicht vertrauter als mit Ausdrücken wie »Gerundium«, »Dativ« oder »Plusquamperfekt«.

Die Erwartungen der Hörer, wie Musik in einem bestimmten Moment weitergehen wird, orientiert sich nicht nur an den verinnerlichten lokalen musikalischen Konventionen, andere wichtige Informationen verdanken Hörer auch der Beobachtung, wie Musik

10 Obwohl manchmal geltend gemacht wird, daß einige tonale Systeme eine besondere Triftigkeit aufweisen, die durch die Naturtonreihe lizenziert werde, überwiegt die Ablehnung dieser These bei weitem. Alle Kulturen scheinen die Typ-Identität von Oktavtönen anzuerkennen, so daß sie Töne, die eine Oktave auseinanderliegen, als dieselben Tönen mit unterschiedlicher Tonhöhe hören, und viele Kulturen kennen die reine Quarte oder Quinte in ihren Tonleitern. Darüber hinaus ist aber alles möglich, was im Rahmen der menschlichen Unterscheidungsfähigkeit liegt, und die »Grammatiken« rhythmischer, metrischer und harmonischer Systeme sind nicht weniger flexibel.

gemacht wird. Beispielsweise entwickeln sie einen Sinn für die Charakteristika der unterschiedlichen Instrumente und die Schwierigkeiten, sie zu spielen. Und dieser Sinn ist wichtig, wenn es darum geht, Werke wie etwa virtuose Konzerte zu schätzen, die ihren Reiz solchen Aspekten verdanken.[11] Der Sinn für solche Aspekte kann darauf zurückgehen, daß man beispielsweise Violine lernt, er entwickelt sich aber auch, wenn man einfach darauf achtet, was Musiker tun. Verfügt man über dieses Wissen, dann ist es möglich, Aufnahmen mit einem angemessenen Sinn dafür zu hören, was man sehen würde, wenn man der virtuellen Aufführung beiwohnen würde, die gerade erklingt.

Die Ausbildung verständiger musikalischer Hörer kann allerdings nicht allein auf dem beruhen, was Hörer unreflektiert aufschnappen, schlicht indem sie aufmerksamen Umgang mit Musik in freier Wildbahn pflegen. Um das umfassendste Verständnis zu entwickeln, müssen sie ein Gespür für die unterschiedlichen Herausforderungen ausbilden, die sich in den verschiedenen Musikgattungen stellen, wie auch für die Probleme und Schwierigkeiten, die Komponisten ihrem eigenem Verständnis nach in ihren Werken bearbeiten.[12] Wenn sich das Interesse von Hörern auf unterschiedliche Arten und Perioden der Musik erstreckt und sie dabei eine hohe und verfeinerte Ebene des Verstehens anstreben, ist eine gewisse Kenntnis der Musikgeschichte unerläßlich: Sie müssen wissen, in welcher Reihenfolge Stile auftraten, wie sie sich verändert und herausgebildet haben, wie sich Musikinstrumente technisch entwickelt haben und welche Veränderungen der Aufführungs- und Präsentationskonventionen es gegeben hat. Und es könnte beispielsweise sogar sein, daß sie die

11 Ich bin mit denen uneins, die wie Scruton (1997) musikalische Werke als Strukturen von »reinen« Tönen und Instrumente als bloße (entbehrliche) Mittel zu ihrer Aufführung ansehen, als ob es bei einem Klavierwettbewerb zwischen einem menschlichen Interpreten und einem vorprogrammierten Computer, der ein Klangereignis mit der akustischen Charakteristik eines Klaviers produziert, keinen Sinn habe, diesem oder jenem den ersten Preis zu verleihen. Diesen merkwürdigen Klavierwettbewerb diskutiert Godlovitch (1990). Mark (1980) macht geltend, daß das Verständnis eines Werkes im Falle virtuoser Musik die Würdigung der Fähigkeiten, es spielen zu können, voraussetzt. In Davies (2001a) folge ich Levinson (1980) darin zu behaupten, daß die Instrumentierung eines Werkes zu seinen definierenden Eigenschaften gehört, jedenfalls im Falle von Werken, die nach 1750 geschrieben worden sind. Die gegenteilige Auffassung präsentiert Kivy (1988).

12 Vgl. Davies (1994b).

Entwicklung und die Rolle der musikalischen Notation bedenken müssen. Vor allem aber müssen sie eine Vorstellung von den Genealogien haben, die die Komponisten miteinander verbinden, so daß sie erkennen können, was vor dem Hintergrund des jeweils Etablierten eine originäre Errungenschaft darstellt, und somit Einflüsse, Zitate, Anspielungen, Karikaturen, Rebellionen, Homagen usf. entdecken können. Hin und wieder wird behauptet, daß ein zeitgenössischer Dichter zwar ein interessantes Sonett schreiben könne, alte musikalische Formen und Stile aber nicht auf dieselbe Weise für moderne Komponisten brauchbar seien, weil sie mit ihrer Hilfe nichts »Neues« sagen könnten oder jedenfalls nicht ausdrücken könnten, was frühere Komponisten konnten, so daß die Musik eine historisch linearere und gerichtetere Kunst sei als narrative oder darstellende Künste.[13] Auch wenn ich Vorbehalte gegen diese Behauptung habe, stimme ich der Auffassung zu, daß das umfassendste Verstehen von Musik historisch informiert sein muß. Und ein derartiger Verstehensprozeß muß bewußt und reflexiv sein, weil das entsprechende Wissen nicht durch bloßes Hören, ohne Rückgriff auf Plattenhüllentexte, Programmhefte, musikalische Abhandlungen und ähnliches erworben werden kann.

Ein weiterer grundlegender Aspekt der Herausforderung für Hörer, die Musik zu verstehen, die sie hören, muß noch zur Sprache gebracht werden. Wenn Hörer einer frei improvisierten Aufführung beiwohnen, dann gilt ihre Aufmerksamkeit dieser Aufführung, und wenn sie die CD-Wiedergabe eines rein elektronischen Werks hören, dann bildet dieses Werk ihren Fokus. Häufig müssen sie jedoch zwei Gesichtspunkte berücksichtigen, nämlich das Werk und seine Interpretation durch die Aufführung, die sie hören. Sie werden dabei überlegen müssen, was zum Werk gehört und insofern auf das Konto des Komponisten geht und was zur Interpretation des Werks durch den Aufführenden. Dabei könnten sie die Partitur zu Rate ziehen (falls es eine gibt) und überlegen, wo die Aufführung legitimerweise über die Partitur hinausgeht, indem sie die notierten Knochen mit Fleisch versieht. Sie könnten auch viele Aufführungen des jeweiligen Werks durch verschiedene begabte Interpreten hören, deren Unterschiede gewöhnlich als Artefakte der jeweiligen Inter-

13 Vgl. dazu Cavell (1977) sowie die Kommentare in Ross (1985) und Davies (1994a). Einschlägig ist auch Sharpe (2000).

pretation verstanden werden müssen. Allgemeiner: sie werden ihrem Hören eine Sichtweise zugrunde legen, die auf früheren Erfahrungen mit Musikstücken der fraglichen Art und mit den Grenzen fußt, innerhalb deren sich Interpretationen solcher Werke bewegen dürfen, ohne sie zu mißachten. Um dieser Anforderung gerecht zu werden, werden sie viele solche Werke und viele unterschiedliche Aufführungen der Werke sorgfältig hören müssen. Und weil die Bestimmtheit, mit der Werke durch ihre Schöpfer festgelegt werden, von Epoche zu Epoche und von Genre zu Genre genauso variiert wie das, was von der Ausarbeitung und Artikulation durch die Aufführenden erwartet werden kann, muß der Zugang der Hörer zu musikalischen Werken und Aufführungen den Ort des Werkes und den der Aufführung in ihren jeweiligen Epochen, Stilen und Traditionen berücksichtigen.

Sowohl musikalische Werke als auch Aufführungen können sehr unterschiedlich ausfallen. Einige sind nicht nur höchst anspruchsvoll, komplex und umfangreich, sondern auch voller subtiler Anspielung, Ironie und ähnlichem. Andere wiederum, wie *Stille Nacht*, sind kurz, einfach und durchsichtig.[14] Nahezu alle musikalisch akkulturierten Hörer werden wahrscheinlich unmittelbar und mühelos Zugang zu *Stille Nacht* finden. Es kann sein, daß sie es gerne wieder hören und sich sogar auf die Erfahrung freuen, aber sie können nicht erwarten, dabei mehr zu lernen oder das Verständnis des Stücks gegenüber dem ersten Hören zu vertiefen. Werke der ersten Art zu verstehen hingegen kann lebenslange harte Arbeit sein. Wenn Hörer zu solche Werken zurückkehren, werden sie mehr in den Werken vorfinden – manchmal haben sie das Gefühl, durch die Oberfläche zu tieferen Bedeutungsebenen vorzustoßen. Sie werden sich zu unterschiedlichen Interpretationen eines solchen Stücks hingezogen fühlen, sowohl aus eigenem Interesse als auch um der Möglichkeiten willen, die Werke im Lichte neuer Interpretationen gewinnen. In diesen Fällen ist es wahrscheinlich, daß Hörer über solche Werke

14 Mir geht es hier nicht darum, die unterschiedlichen Verdienste klassischer und populärer Musik zu beurteilen. Manche klassische Musik ist sehr einfach und geradlinig, manche Populärmusik ist raffiniert und subtil gemacht. Unterschiedliche Arten von Musik können natürlich unterschiedliche Funktionen haben und unterschiedliche musikalische Gesichtspunkte und Probleme im Auge haben. Insofern muß die angemessene Rezeptionsweise mit Blick auf die Spielarten der Musik relativiert werden. Vgl. dazu Gracyk (1999), (2001) und Davies (1999a).

und die ihnen bekannten Aufführungen nachdenken, vielleicht sogar etwas über sie lesen oder ihre Partitur studieren.

Nicht alle Hörer sind in der Lage oder hinreichend interessiert, die Tiefen von Werken der ersten Art auszuloten. Ob sie in solchen Werken etwas finden, das sie verstehen oder schätzen können, hängt davon ab, ob sich etwas auch bei flüchtiger Bekanntschaft erschließt. Manchmal erlauben das auch große Werke – wie Mozarts *Jupiter-Symphonie* –, wenngleich sie für Kenner, die sich um ein genaueres Verständnis der subtilen musikalischen Komplexität bemühen, bei weitem mehr bereithalten. In anderen Fällen sind Meisterwerke, z. B. Bachs *Kunst der Fuge*, anfangs schwierig und unzugänglich, so daß unerfahrene und uninteressierte Hörer wahrscheinlich wenig verstehen und genießen. Dennoch könnten sie ein Gespür für die Größe des Werks haben, die sie nicht zu erfassen vermögen, oder sie könnte sich ihnen einfach entziehen. Selbst verständige Hörer werden das Verstehen nicht immer als genußvoll erfahren. Sie können die Erfahrung machen, daß ein Werk, das ihnen als interessant empfohlen wurde oder zunächst so klang, die erforderliche Mühe nicht lohnt. Darüber hinaus unterscheiden sich Hörer hinsichtlich des Geschmacks, so daß nicht jeder Hörer, der Haydn schätzt, auch Mahler mag, selbst wenn er das Format beider anerkennt.[15] Trotz dieser Einschränkungen ist es kein Zufall, daß der Genuß und die Belohnung des Verstehens denen zufällt, die das differenzierteste Verständnis entwickeln, denn Musik ist oft sehr kunstvoll und komplex gestaltet, so daß erst ein Verständnis dieser Aspekte sie zu einem Gegenstand des Stauens und Genusses macht.

Ganz wie man es aufgrund der Rolle der Erfahrung und des Umgangs bei der Entwicklung der Fähigkeit erwarten würde, mehr als nur ganz schlichter Musik folgen zu können, ist auch musikalisches Verständnis eine graduelle Sache. Und genau so muß es sich auch verhalten, insofern wir unsere Fähigkeiten, insbesondere am Anfang, durch bloße nichtreflexive Praxis, ohne Rückgriff auf eine

15 Higgins (1997) beklagt zu Recht, daß Musikphilosophen infolge ihrer Konzentration auf das Begreifen »objektiver« Eigenschaften der Musik weitgehend übersehen, was an der Erfahrung der Hörer idiosynkratisch und perspektivisch ist. Die »Bedeutung für das Subjekt« wird in Koopman/Davies (2001) mit allerlei anderen Arten musikalischer Bedeutung verglichen. Die Argumente für die Subjektivität ästhetischer Werturteile sind zu zahlreich und komplex, um sie hier berücksichtigen zu können; eine interessante Betrachtung für den Fall der Musik findet sich in Sharpe (2004).

formelle Musikausbildung entwickeln können. (Ich werde später darauf eingehen, ob die höchsten Ebenen des Begreifens von Musik denen vorbehalten sind, die mit technischen musikalischen Begriffen oder formaler Analyse vertraut sind.) Ob eine Person ihre Talente als verstehender Hörer soweit wie möglich entwickeln sollte, ist eine andere Frage. Falls sie sich willentlich weigert, dies zu tun, wäre ihr weder ein ästhetischer noch ein moralischer Fehler zu attestieren. Denn es mag sein, daß sie es vorzieht, ihre Zeit der Entwicklung ihres literarischen Feingefühls zu widmen oder der Unterstützung der Armen. Wie dem auch sei, Musikliebhaber neigen dazu, einander hinsichtlich ihres Musikgeschmacks zu beurteilen. Vielleicht ist dies so, weil er oft eine derart grundlegende Rolle in ihrem Leben spielt, daß er unerläßlicher Bestandteil des Gefühls für die eigene Identität und den eigenen Wert ist.

Ich habe oben betont, daß das Verstehen von musikalischen Aufführungen und Ähnlichem vom Hörer verlangt, deren Themen und Bestandteile identifizieren und reidentifizieren zu können, wenn sie wiederholt werden – einerlei ob in der originalen oder in einer veränderten Gestalt. Dabei habe ich unterstellt, daß diese Fähigkeit den Hörern hilft, Ausdruck und Struktur des Gesamtwerks zu erfassen – was wiederum wichtig dafür ist, den Abschluß von Kadenzen zu erkennen und zu erfahren – sowie schließlich das Werk als etwas zu hören, das zu einem Ende kommt und nicht einfach aufhört. Diese Behauptung wird nicht von vielen Musikwissenschaftlern als kontrovers betrachtet, insofern Musikverstehen im Kern – wenn nicht sogar ausschließlich – als »architektonisches« Hören verstanden wird, das die Form des Werkes abbildet. Jerrold Levinson (1997) hat dieses etablierte Bild jedoch in Frage gestellt, und ich werde seine Überlegungen nun prüfen.

Levinson entwickelt und verteidigt eine Position, die er »Concatenationism« nennt und die erstmals von Edmund Gurney 1880 skizziert wurde. Ihr zufolge hat das Erfassen weiträumiger musikalischer Strukturen keine Relevanz für das vollständige Erfassen von Musik. Hörer müssen sich der lokal wahrnehmbaren Effekte bewußt sein, die auf die Organisation des Stücks zurückgehen, aber sie müssen nicht erkennen oder ein Bewußtsein davon entwickeln, was seine Form im ganzen ausmacht. Sie können die Musik angemessen verstehen und bewerten, wenn sie sich allein dessen bewußt sind, was sie momentan hören und welche Verbindungen und Implikationsbeziehungen zu Ereignissen bestehen, die ein paar Sekunden früher oder später auftreten. Dieser Auffassung gemäß können weiträumige musikalische Formen nicht direkt wahrgenommen werden, und sofern sie uns durch Nachdenken und Analyse bewußt sind, spielen sie eine relativ unbedeutende Rolle für unser Genießen und unsere Wertschätzung der Musik. Wir können vielmehr gegenwärtige Klänge hören, und wir »quasi-hören« die unmittelbar vorangegangenen Passagen, während wir die kommenden antizipieren. Quasi-Hören umfaßt nur den Zeitraum einer Minute. Daher können wir Muster, die durch längere Intervalle getrennt sind, nicht wahrnehmen, selbst wenn wir uns ihrer intellektuell bewußt sein können. Doch das Vergnügen, daß wir aus diesem Bewußtsein ziehen, ist vergleichsweise gering und hängt von jenem ab, das die momentane Musik bereitet. Darüber hinaus ist der Gegenstand solchen Vergnügens entweder die Form der Musik und nicht die Musik selbst, oder die Reaktion schließt eine Ebene der Subtilität ein (etwa das Erkennen von Anspielungen oder komplexer Ausdruckseigenschaften), die über das hinausgeht, was für das grundlegende und entscheidende musikalische Verstehen erforderlich ist.[16]

Levinson räumt ein, daß man, um einem Werk zu folgen, gewöhnlich so etwas denken muß wie »dieses Stückchen, oder etwas ähnliches, ist schon einmal früher vorgekommen«.[17] Aber er leugnet, daß solche Erfahrungen strukturelles Hören voraussetzen, weil er glaubt, daß selbst erfahrene Hörer sich nicht eindeutig daran erinnern, wann und wo das Thema erstmals auftrat.[18] Allgemeiner gesagt, ist er der Auffassung, daß der größte Teil der Verarbeitung unbewußt erfolgt und nicht in einer propositionalen Form zur Verfügung steht, so daß Hörer also nicht in der Lage sein müssen, die Musik auf eine Weise zu beschreiben, die ihren Zugriff auf die Musik offenbart.[19]

Diese Ansichten sind jedoch fragwürdig. Hörer, die Levinson als kompetent bezeichnet, sind Hörer, die ein Thema als ein früher auftretendes wiedererkennen können. Doch würde dieses Wieder-

16 Obwohl er im Unterschied zu Levinson Formen großen Maßstabs als wahrnehmbar betrachtet, verteidigt der Musikwissenschaftler Nicholas Cook (1990) die Irrelevanz formalen Hörens. Eine kritische Würdigung von Cooks Auffassung findet sich bei Kivy (1992), Ridley (1992), Davies (1994a) und Sharpe (2000).

17 Levinson (1997), S. 64.

18 Vgl. Levinson (1997), S. 65.

19 Vgl. Levinson (1997), S. ix f., 72 f.

erkennen auch für ein Verstehen bei einem Hörer hinreichen, der nicht weiß, ob er das Thema in diesem oder in einem anderen Werk schon einmal gehört hat? Falls er das Stück aber schon einige Male gehört hat (wie Levinsons Hörer[20]), wäre es allerdings irritierend, wenn er keine Ahnung hätte, wo das Thema innerhalb dieses Stücks zum erstenmal auftaucht. Levinson unterstellt, daß das Wissen, wie ein vertrautes Stück weitergeht, ein Beleg dafür ist, es zu verstehen.[21] Aber es ist schwierig zu sehen, wie irgend jemand dieses Wissen demonstrieren könnte, ohne sich an die Reihenfolge zu erinnern, in der die thematischen Hauptideen eingeführt wurden. Darüber hinaus sollten verständige Hörer in der Lage sein, zwischen der Wiederholung, der Variation eines Themas und einem ähnlichen, aber doch verschiedenen Klang zu unterscheiden. Ob Levinsons Hörer solche Unterschiede hören können, muß man jedoch bezweifeln, wenn sie sie nicht beschreiben können und sich damit zufriedengeben, »sich an Eindrücken von Verwandtschaft, Einheit im Wandel und ähnlichem zu erfreuen, die weder bewußte Reflexion voraussetzen, wo und wann musikalisches Material zuvor auftritt, noch das aktive Erfassen des Musters von Ereignissen [...] insgesamt«.[22] Levinson vertraut darauf, daß das unbewußte Gedächtnis die Dinge für den Hörer zusammenfügt, der nicht in der Lage sein muß, das Werk auf eine Weise zu beschreiben, aus der hervorgeht, daß er Unterscheidungen von der obengenannten Art macht. Obwohl die relevanten Gedanken in der Tat banal sind – »hier ist wieder der Ton, der zuerst nach der langsamen Einleitung erklang, und hier ist jetzt ein ähnlicher, aber anderer Ton« –, kann eine Person, die sie nicht artikulieren kann, sicherlich auch nicht die relevanten Unterschiede und Muster hören und deshalb auch nicht den Grad musikalischen Verstehens erreichen, den Levinson ihr zuspricht.

Mir geht es nicht bloß darum, daß Erkennen in einem größeren Ausmaß an der Art von Wahrnehmung beteiligt ist, die musikalisches Verstehen hervorbringt, als Levinson einräumt, und musikalisches Verstehen deshalb nicht so unartikuliert sein kann, wie er denkt. Es geht mir auch nicht nur darum, daß Levinson bereits über den Concatenationismus hinausgeht, wenn er die Wahrnehmung weit entfernter Wiederholungen bzw. Ähnlichkeiten oder das Hören von

20 Vgl. Levinson (1997), S. 45.
21 Vgl. Levinson (1997), S. 26.
22 Vgl. Levinson (1997), S. 82.

Themen im Verlauf von Variationen beschreibt.[23] Meine zentrale Behauptung ist vielmehr, daß, wenn das Erfassen solcher Strukturen – wenngleich es außerhalb der Reichweite des virtuellen Hörens liegt – tatsächlich wahrnehmungsartig ist, nicht zu einzusehen ist, warum nicht auch strukturelles Hören möglich und für musikalisches Verstehen relevant ist. Denn ein plausibler Ansatz muß der Tatsache Rechnung tragen, daß Hörer einen weiten Weg zurücklegen müssen, um die Form eines Werkes nachvollziehen zu können, wenn früheres Material beispielsweise wiederholt, variiert oder neu angeordnet wird.[24]

Levinson zeigt nicht, daß das Erfassen der umfassenden Form eines Werks für das musikalische Verstehen irrelevant ist, sondern daß das Bewußtsein davon der Hörerfahrung entstammen muß. Die musikalische Form sollte als etwas gehört werden, das sich aus den Wechselbeziehungen des Materials ergibt, aus dem das Werk besteht, und ihm nicht intellektuell und äußerlich wie ein Schema aus musikwissenschaftlichen Lehrbüchern übergestülpt wird. Ich stimme mit der folgenden schönen Beobachtung von Goldman überein: »Es geht nicht darum, eine abstrakte Form zu begreifen oder zu erfassen – was man viel leichter mit Hilfe der Partitur oder eines Diagramms könnte –, sondern darum, das eigene Hören an der implizit erfaßten Struktur auszurichten, so daß man eine Kadenz als Auflösung oder eine Entwicklung bzw. eine Variation als solche in Relation zu einem Hauptthema hören kann.«[25]

Diese Einwände gegen Levinsons Ansatz machen auf zwei grundlegende Punkte aufmerksam. Musik mit Verständnis nachzuvollziehen ist zuallererst in der Weise verwurzelt, in der wir sie beim Hören erfahren. Dieses Verstehen wird – wie ich oben vorgeschlagen habe – kognitiv fundiert. Das bedeutet jedoch nicht, daß man dieses Verstehen während des Hörens durch einen Kommentar verbalisiert, der parallel zur Hörerfahrung verläuft. Kognitiv informierte Wahrnehmung muß nicht von sprachlichen Gedanken begleitet werden. Der zweite Punkt vertieft diesen ersten: Wahrnehmung umfaßt mehr als das geistlose Aufnehmen sensorischen Inputs. Wir unterscheiden,

23 Vgl. Levinson (1997), S. 92.

24 Weitere kritische Erörterungen von Levinsons Ansichten finden sich in McAdoo (1997), Davies (1999b), Perrett (1999), Kivy (2001) und im Symposium der Zeitschrift *Music Perception*, Band 16, 1999, auf das Levinson (1999) reagiert.

25 Goldman (1992), S. 38.

wie bereits gesagt, Musik von zufälligen gleichzeitigen Geräuschen – und innerhalb der Musik eine Stimme von einer anderen usf. Dabei muß die entsprechende Strukturierung der wahrgenommenen Mannigfaltigkeit nicht immer bewußte Verarbeitung einschließen. Wenn wir einen Klang als den einer Oboe erkennen, dann holen wir nicht erst Erinnerungen an den Klang einer Oboe aus dem Gedächtnis hervor, um sie mit dem gegenwärtigen Klang zu vergleichen und dann zu urteilen, daß das, was wir gerade hören, eine Oboe ist. Tatsächlich wäre genau das unmöglich, denn – um einen Punkt aufzunehmen den Wittgenstein mit Blick auf die Farbwahrnehmung gemacht hat – wie sollten wir die Verläßlichkeit unserer Erinnerung prüfen können? Jedenfalls nicht, indem wir eine weitere Erinnerung an den Oboenklang aus dem Gedächtnis heraufbeschwören und mit den beiden ersten vergleichen! Davon abgesehen zeigt die Alltagserfahrung, daß das Wiedererkennen von aktivem Sich-Erinnern unabhängig ist. Ich kann viele Melodien, die ich zuvor nicht summen konnte, wiedererkennen, wenn ich sie höre; genau wie ich einen Bekannten wiedererkennen kann, obwohl ich mir sein Gesicht in seiner Abwesenheit bildlich nicht vorstellen kann. Und ich kann ein Thema wiedererkennen, das nicht meiner Erinnerung entspricht, weil es variiert worden ist, so wie ich jemanden, den ich jahrelang nicht gesehen habe, trotz seiner veränderten Erscheinung wiedererkennen kann. Der kognitive Prozeß des Wiedererkennens ist – um es im Jargon der Kognitionswissenschaftler zu sagen – modularisiert. Es gibt, mit anderen Worten, einen Input in Form von Wahrnehmungen und ein Wiedererkennen als Output, doch die neuronalen Vorgänge, die den Output aus dem Input ableiten, sind »eingekapselt« und damit für das Bewußtsein unzugänglich.

Der springende Punkt ist folgender: Wir erfahren Wiedererkennung als nahtlos mit der Wahrnehmung verbunden – als einen Aspekt des Wahrnehmungsprozesses. Sehr häufig ist uns nicht nur bewußt, daß wir jemanden aufgrund einer früheren Begegnung wiedererkennen, oft wissen wir auch, wann die frühere Begegnung stattgefunden hat und welche zeitlichen Bezüge sie zu anderen Ereignissen hat. Und auf dieselbe Weise können wir übergreifende musikalische Formen nachvollziehen.

Manchmal – man denke an die binär wiederholten Formen von Scarlattis Sonaten oder die dreiteilige Struktur von *Da-capo*-Arien und Menuetten – ist musikalische Form nicht weiträumig und leicht während des Hörens zu vergegenwärtigen. Manchmal sind weiträumige musikalische Strukturen sehr elaboriert, so daß es selbst nach wiederholtem Hören schwierig ist, ihnen zu folgen. In solchen Fällen geht es um Schwierigkeiten, die man durch Übung, Konzentration und große Aufmerksamkeit bewältigen kann. Wenn wir wollen, können wir unsere Hörfähigkeiten verbessern. Jedenfalls gibt es hier nicht die immanente Verstehensschwierigkeit, die Levinson reklamiert. Zudem bezeugen viele Hörer, daß die Anstrengung, den Strukturen langer und komplexer Stücke zu folgen, durch das erweiterte Verständnis belohnt wird. Was hier erfaßt wird, erschöpft sich nicht in einen nebensächlichen kleineren Zugewinn, sondern betrifft den Kern der Musik.

Um den Einwand festzuzurren, können wir nun nicht nur sagen, wo Levinson irrt, sondern auch, wo einige seiner Kritiker falsch liegen. Gegenüber der Rolle der bewußten Reflexion und der propositionalen Artikulation betont Levinson die Rolle der Erfahrung für das musikalische Verstehen – und dies zu Recht. Aber er unterschätzt das Ausmaß, in dem die Wahrnehmung kognitiv geprägt ist, selbst dort, wo sie sich ohne bewußtes Überlegen und Selbstreflexion vollzieht. Genauer: er scheitert daran, das Ausmaß zu erfassen, in dem Wiedererkennung typischerweise mit einem Bewußtsein zeitlicher Ordnung und Struktur getränkt ist, so daß das Wiedererkennen einer Melodie oder eines Abschnitts als Wiederholung oder Variation sowohl eine vollständig wahrnehmungsartige Erfahrung als auch eine Erfahrung struktureller Relationen ist, die die Grenzen des Quasi-Hörens überschreitet. Daher liegen seine Kritiker zwar richtig, wenn sie das Bewußtsein der Hörer von ausgedehnten musikalischen Strukturen und Mustern als Voraussetzungen des musikalischen Verstehens verteidigen, doch sie gehen in die Irre, wenn sie glauben, dieses Bewußtsein involviere bewußtes Überlegen und mentale Prozesse des Vergleichens und Berechnens, die einfach keine Bestandteile der Phänomenologie des Verstehens aller musikempfänglichen Hörer sind. Beide Seiten unterschätzen das Ausmaß, in dem die Wahrnehmung infolge modularen Prozessierens, das nicht ins Bewußtsein der Hörer dringt, kognitiv getränkt ist, und sie unterschätzen die Ausdehnung der zeitliche Spanne, die dies zur Erfahrung des Musikhörens beiträgt.

Levinson zieht aus seinem Ansatz den Schluß, daß das Verständnis der Hörer unartikulierbar sein kann, einfach weil sie ihre Erfahrung der Musik nicht intellektuell reflektieren müssen, um von Augenblick zu Augenblick mit deren Fortgang mitzuschwingen. Man könnte meinen, daß ich dieser Auffassung beipflichten solle, wenn auch nicht aus den Gründen, die Levinson nennt. Ich habe betont, daß die Verarbeitung einiger musikalischer, aber auch anders gearteter Wahrnehmungen so weitgehend modularisiert ist, daß sie introspektiv unzugänglich ist. Aus der Undurchdringlichkeit der relevanten Wahrnehmungsmodule folgt, daß der Hörer nicht beschreiben kann, was in ihm vorgeht. Und zudem rechne ich damit, daß Hörer ihre Interpretationen im Zuge des Musikhörens nicht artikulieren müssen. Aber folgt daraus auch, daß sie es nicht könnten – folgt auch, daß musikalisches Verstehen letztlich unbeschreibbar ist?

Diana Raffman[26] gehört zu den Philosophen, die denken, daß musikalische Erfahrungen nicht beschreibbare Aspekte aufweisen. Sie diskutiert sowohl strukturelle Unbeschreibbarkeit als auch die Unbeschreibbarkeit des Fühlens, aber es ist die Unbeschreibbarkeit von Nuancen, die im Mittelpunkt ihrer Aufmerksamkeit steht. Raffman behauptet, daß der Klang der Musik eine derartig feinkörnige Beschaffenheit habe, daß sie durch das Sieb unserer begrifflichen Kategorien falle. Und sie behauptet auch, daß wir keine genaueren Kategorien erfinden könnten, mit deren Hilfe sich unsere Wahrnehmungserfahrungen beschreiben ließen, weil wir das Ausmaß an sinnlicher Information, das wir erfahren, nicht im Gedächtnis behalten könnten.

Es lohnt festzuhalten, daß die Unbeschreibbarkeit der Musik im Rahmen dieses Ansatzes eine Folge der Unbeschreibbarkeit aller sinnlichen Erfahrung ist. Der Klang der Aufführung einer Beethoven-Symphonie ist nicht unbeschreibbarer als der eines Werbeclips oder der von zerspringendem Glas, und der Anblick einer Tapete ist genauso unbeschreibbar subtil wie der Anblick eines Rembrandt. Nuancen-Unbeschreibbarkeit gilt für langweilige und Allerweltsphänomene genauso wie für interessante und großartige. Aus dieser Position folgt, daß es – egal wie genau wir unsere Wahrnehmungserfahrungen beschreiben – immer Aspekte in den Details einer gegenwärtigen Wahrnehmung geben wird, die nicht beschrieben werden können. Aber es folgt nicht, daß Musik uns stumm macht oder die Erfahrung von Musik nicht detailliert beschrieben werden kann.

26 Vgl. Raffman (1993).

Manche, die unterstellen, daß Musik unbeschreibbar ist, möchten vielleicht sagen, daß sie tiefe und grundlegende, anders nicht ausdrückbare Wahrheiten vermittelt. Doch für diese Folgerung liefert Raffmans These keine Rechtfertigung. Denn die äußerst subtilen Schattierungen einer gegenwärtigen Wahrnehmung, die ihr zufolge unbeschreibbar sind, wie etwa die Unterschiede im Timbre zweier benachbarter zweiter Violinen, die dieselben Töne spielen, sind kaum die Quelle der Wichtigkeit der Musik. Wenn Raffman recht hat, dann läuft ihre Auffassung faktisch der Bedeutsamkeit von Nuancen zuwider, weil sie annimmt, daß wir die unbeschreibbaren Nuancen der Musik nur für einige Sekunden gegenwärtig halten können, nachdem wir sie wahrgenommen haben. Und wir können sie nicht im Gedächtnis behalten, weil wir – so Raffman – keine begrifflichen Schubladen haben, um sie zu speichern.

Im Zusammenhang mit einem Vergleich zwischen gewöhnlichen ungeschulten Hörern und musiktheoretisch ausgebildeten hat Mark DeBellis[27] einen Ansatz entwickelt, der ein Verständnis unbeschreibbarer Erfahrungen von Musik impliziert, das mehr Relevanz für die Frage hat, was in das Verstehen von Musik einfließt.[28] Das Hören von Experten ist theoretisch informiert. Wenn sie beispielsweise einen Dominantseptakkord hören und zugleich seine stilistisch angemessenen harmonischen Funktionen und Tendenzen empfinden, dann identifizieren sie ihn als Dominantseptakkord. Sie bringen ihn unter den Begriff eines Dominantseptakkords und kommen zu der Überzeugung, daß es sich um einen Dominantseptakkord handelt. Ihr Hören ist »theorie-äquivalent«. Ungeschulte, aber erfahrene Hörer sind sich gleichfalls der harmonischen Funktion des Akkords bewußt, insofern sie seine Tendenz erkennen, nach Auflösung in etwas zu streben, das Experten korrekt als Tonika identifizieren würden. Anders aber als Experten können ungeschulte Hörer den Akkord nicht unter den einschlägigen Begriff bringen, weil dieser ihnen fehlt. Und infolgedessen können sie nicht zu der Überzeugung kommen, daß es sich bei dem, was sie hören, um einen Dominantseptakkord handelt, obwohl sie sich ihn als einen Akkord vorstellen, der eine Tendenz zu einer bestimmten Richtung der Auflösung oder Fortschreitung hat.

27 Vgl. DeBellis (1995), (1999a) und (2005).

28 Anders als Raffman geht es DeBellis nicht darum, eine Theorie des Unbeschreibbaren in der Musik zu entwickeln. Ich verfolge hier Konsequenzen seiner Position für das gegenwärtige Thema.

DeBellis zufolge ist diese Erfahrung der Hörer *nichtbegrifflich* und insoweit unbeschreibbar.

Wenn unsere Hörer etwas Musiktheorie studieren und dabei die relevanten Begriffe erwerben würden, dann wären sie dennoch nicht notwendigerweise in der Lage, sie korrekt auf die Musikerfahrung anzuwenden. Denn es könnte sein, daß sie nicht in der Lage sind, den Dominantseptakkord als solchen zu identifizieren, weil ihr Hören nicht durch die theoretischen Begriffe informiert ist, über die sie etwas gelesen haben. Dies ist bei Hörern der Fall, die DeBellis fortgeschrittene Hörer nennt. Um es noch einmal zu sagen: Auch diese Hörer sind nicht der Überzeugung, daß es sich bei dem, was sie hören, um einen Dominantseptakkord handelt, so daß auch ihre Musikerfahrung *nichtbegrifflich* und unbeschreibbar ist.

DeBellis tritt dafür ein, daß es einen stärkeren Sinn als den bisher diskutierten gibt, in dem das Hören gewöhnlicher Hörer und fortgeschrittener Anfänger nichtbegrifflich ist. Das Verfügen über Wahrnehmungsbegriffe setzt (im Unterschied zur linguistischen Begrifflichkeit) die Fähigkeit voraus, (unter Standard-Bedingungen) in der Wahrnehmung unterschiedliche Instantiierungen unterscheiden zu können. Über die Wahrnehmungsbegriffe Rot und Orange verfüge ich, weil ich entsprechende farbige Einzelgegenstände den beiden Typen richtig zuordnen kann. Wenn ich entsprechendes im Falle von burgunder- oder zinnoberroten Dingen nicht kann, dann fehlen mir die Wahrnehmungsbegriffe für ebendiese Farben. Gewöhnliche und fortgeschrittene Hörer können Dominantseptakkorde nicht regelmäßig und zuverlässig von anderen unterscheiden, woraus folgt, daß ihnen die einschlägigen Wahrnehmungsbegriffe fehlen.

Des weiteren behauptet DeBellis, daß theorie-äquivalentes Hören eine reichere und angemessenere Erfahrung von Musik zur Folge habe, weil in der Musikerfahrung des Experten Wahrnehmungsbegriffe und theoretische Begriffe verschmelzen. Weder ist es so, daß Experten das Erreichen eines Abschlusses empfinden, während sie unabhängig davon zu Recht glauben, daß sich die Musik auf die Tonika zubewegt, noch geht es darum, daß sie die Ursache des erfahrenen Abschlusses kennen. Entscheidend ist vielmehr, daß sie das Erreichen des Abschlusses *als* das Ziel einer Bewegung zur Tonika empfinden. Sie wissen mehr über eine spürbare Eigenschaft der Musik. Weil die Theorie ihre Erfahrung der Musik imprägniert und färbt, entdecken geschulte Hörer mehr, das sich verstehen und würdigen läßt, als gewöhnliche oder fortgeschrittene Hörer. Die Erfahrung gewöhnlicher Hörer ist in dem Maße defizitär, in dem sie unbeschreibbar ist. Und selbst wenn fortgeschrittene Hörer über das gleiche Bücherwissen verfügen wie Experten, stehen sie doch nicht viel besser da, denn ihr Wissen durchdringt und erweitert nicht, was sie in der Musik hören. Um das nichtbegriffliche und deshalb unausgereifte Erfassen der Musik bei diesen Hörer in ein begriffliches, Überzeugungen generierendes Erfassen zu überführen, bedarf es DeBellis zufolge der Gehörbildung.

DeBellis' zentrale These – daß die Musikerfahrung für Nichtexperten unbeschreibbar ist und dies die Verarmung ihres Verstehens im Vergleich zu Hörern ausmacht, die Musik unter musiktheoretischen Gesichtspunkten hören, welche ihre Erfahrungen durchdringen – läuft einer verbreiteten Auffassung zuwider, die von anderen englischsprachigen Musikphilosophen vertreten wird.[29] Deren rivalisierende Position gesteht zwar zu, daß die Kenntnis der Musiktheorie und des damit einhergehenden technischen Vokabulars die Ebene des Verstehens anzuheben vermag, sie leugnet aber, daß das fehlende Wissen gewöhnliche Hörer daran hindert, eine hohe Stufe des Verstehens zu erreichten. Vertreter dieser Position unterstellen nicht immer, daß Hörer in der Lage sind, ihre Interpretationen zu artikulieren. Nichtsdestoweniger nehme ich an, daß sie es können müssen, auch wenn sie sich dabei nicht der musikologischen Terminologie bedienen müssen. Ich leugne daher, daß das musikalische Verständnis eines Hörers unbeschreibbar sein kann; es muß vielmehr auf eine Weise artikulierbar sein, die die Überprüfung seiner Wahrheit erlaubt. Um dieser Sichtweise treu bleiben zu können, muß ich sie gegen DeBellis' Argument verteidigen. Dazu nehme ich an, daß gewöhnliche und fortgeschrittene Hörer die musikalischen Unterscheidungen tatsächlich vornehmen, die dafür relevant sind, einem Musikstück folgen zu können. Um es in DeBellis' Worten zu sagen: sie verfügen über die relevanten Wahrnehmungsbegriffe. Überdies verfügen sie über alltagspsychologische Begriffe, mit deren Hilfe sie sich auf die musikalischen Gegenstände ihres Verstehens beziehen können, so daß ihr Verstehen nicht prinzipiell unbeschreibbar ist.[30]

29 Vgl. z. B. Budd (1985), Tanner (1985), Levinson (1990), Kivy (1990) und Davies (1994a).

30 Andere Einwände gegen DeBellis' Ansichten finden sich in Levinson (1996) und Ridley (1997).

Mit Blick auf DeBellis' Lieblingsbeispiele stimme ich damit überein, daß gewöhnliche, untrainierte Hörer gewöhnlich nicht in der Lage sind, die fünfte Stufe einer Tonleiter zu erkennen und wiederzuerkennen, wenn sie in einer tonalen Melodie vorkommt, oder etwa einen Dominantakkord im Rahmen einer harmonischen Sequenz, auch wenn sie als akkulturierte Hörer die melodisch und harmonisch angemessenen Implikationen ihres Vorkommens erfassen. Auch bin ich damit einverstanden, daß diejenigen, die zu den relevanten Identifikationen in der Lage sind, über ein Wissen verfügen, das gewöhnlichen Hörern fehlt. Aber ich denke nicht, daß dieses zusätzliche Wissen viel zum Erreichen einer bestimmten Ebene musikalischen Verstehens beiträgt. Denn obwohl alle Hörer mit absolutem Gehör solche Identifikationen ohne Training beherrschen und obwohl sie oft sehr musikalisch sind, nehmen wir nicht generell an, daß Leute mit absolutem Gehör notwendig ein grundlegenderes Verständnis der Musik erreichen als jene, denen es fehlt. Und dafür gibt es einen guten Grund: Musikalisches Verstehen dreht sich hauptsächlich um melodische und harmonische Gestalten (*gestalts*). Doch die Fähigkeit, deren konstitutiven Elemente zu individuieren, führt nicht unmittelbar zu einem besseren Verständnis jener übergeordneter Entitäten, weil Melodien nicht bloße Ketten von Tönen oder Intervallen sind und Akkorde keine bloßen Ton-Aggregate.

Da ich den Fall der Melodien andernorts[31] bereits ausführlich diskutiert habe, werde ich mein Argument hier nicht wiederholen,[32] sondern entsprechende Überlegungen mit Blick auf Akkorde anstellen. Es ist eine hübsche Frage, ob G-H-D (von der tiefsten zur höchsten Note gelesen) derselbe Akkord ist wie H-G-D oder D-H-G, denn die Antwort ist keineswegs so offenkundig, wie die meisten Musikwissenschaftler annehmen. Wenn diese Klänge ein und derselbe Akkord sind, sind es dann auch H-D-F, G-H-F und G-D-F? Träte irgendeine dieser Kombinationen in einem Kontext auf, in dem ihnen ein Akkord der Stufe IV oder II in C-Dur vorangeht und einer der Stufe I folgt, würden sie meiner Meinung nach zu Recht als derselbe Akkord identifiziert werden. Ein zweites Auftreten von H-D-F würde jedoch zu Recht als unterschiedlicher Akkord aufgefaßt werden, wenn er sich überraschend nach A-C-E auflösen würde. (Er

31 Vgl. Davies (2001a), S. 47-58.

32 Ein vergleichbares Argument findet sich bei Maconie (2002), S. 84 f.: Wir erinnern uns an eine Melodie eher als eine Form oder Kontur als eine Abfolge von Tonhöhen.

könnte eher als Akkord auf einem stummen E denn auf G als Grundton gehört werden.) Und C-E-G könnte als derselbe Akkord identifiziert werden wie G-H-D, weil diese beiden Akkorde funktional äquivalent wären, falls das Stück in der Zwischenzeit nach F moduliert hätte. Die Identifikation von Akkorden wird nicht einfach dadurch geregelt, daß man sich die Intervalle oder Töne vergegenwärtigt, aus denen sie bestehen. In tonaler Musik identifizieren wir sie mit Bezug auf ihre harmonische Funktion und die relative Häufigkeit, mit der sie bestimmte Vorgänger haben oder sich in andere Akkorde auflösen. Soll also eine reduktive Analyse durchgeführt werden, so muß sie von der harmonischen Sequenz zur Akkordfortschreitung verlaufen und nicht andersherum.

Wenn ich mich selbst zitieren darf: »Musik ist hierarchisch und mehrdimensional organisiert, wobei die meisten der höheren Strukturen nicht auf Aggregate oder Ketten ihrer Bestandteile reduziert werden können. Musikalische Identität und Bedeutsamkeit schließt fast den ganzen Weg die Hierarchie hinauf ein. Tatsächlich hängen die Prinzipien der Identität und der Individuierung, die für die ›einfacheren‹ Konstituenten musikalischer Klangstrukturen gelten, von den höheren ab – selbst wenn die Werke, die Komponisten hervorbringen, nicht notwendigerweise bis in die höchsten Ebenen organisiert sein müssen. Die Charakterisierung jener unterschiedlichen Elemente und Ebenen, die für die Identität eines Werkes grundlegend sind, ist daher eher eine empirische Angelegenheit.«[33]

Es geht einfach darum, daß gewöhnliche Hörer nicht viel an musikalischem Verstehen einbüßen, wenn sie wiederkehrende individuelle Tonhöhen oder Akkordtypen nicht konsistent identifizieren können. Den Inhalt, den es zu erfassen und zu verstehen gilt, bilden Gestalten (*gestalts*) höherer Komplexititätsstufe: Themen, Entwicklungen, Modulationen, harmonische Auflösungen und so fort. Gewöhnliche Hörer verfügen aber über entsprechende Wahrnehmungsbegriffe, weil sie die Gestalten erkennen und in der Wahrnehmung zwischen ihnen unterscheiden können.[34] Beispielsweise können viele gewöhnliche Hörer die Auflösung und Entspannung man-

33 Davies (2001a), S. 58.

34 DeBellis gesteht dies zu und schreibt: »Die meisten Menschen können ›Happy Birthday‹ erkennen, sie verfügen daher über einen Wahrnehmungsbegriff von ›Happy Birthday‹.« (1995, S. 65) Und: »Die meisten Menschen haben stabile Wahrnehmungsbegriffe bekannter Lieder und Themen wie auch von stilistischen und generischen

cher Akkordfolgen erkennen, darunter solche, die nach Auflösung in die Tonika streben, sie können perfekte, plagale und doppelleittönige Kadenzen in der Wahrnehmung unterscheiden, obwohl ihnen die technischen Begriffe fehlen, die sich auf die von ihnen wahrgenommenen Gegenstände beziehen – ganz so wie gewöhnliche Leute viele Arten von Gegenständen in der Natur oder auch individuelle menschliche Gesichter erkennen können, ohne immer auch deren Namen zu kennen.

Bis hierher besagt das Argument, daß die Erfahrung des gewöhnlichen Hörers auf der Ebene, auf der musikalisches Verstehen Rückhalt findet, in keinem starken Sinne nichtbegrifflich ist, obgleich ihr Modi des Hörens zugrunde liegen mögen, die im starken Sinne nichtbegrifflich sind. Der nächste Schritt, um DeBellis' Argument anzufechten, besteht darin, plausibel zu machen, daß gewöhnliche Hörer über die linguistischen Ressourcen verfügen, mit deren Hilfe sie ihre Wahrnehmungsunterscheidungen charakterisieren können, so daß sich ihr Verstehen auch nicht als im schwachen Sinne nichtbegrifflich und unbeschreibbar erweist.

DeBellis unterscheidet theorie-äquivalentes und theorie-inäquivalentes Hören.[35] Während ersteres typischerweise mit linguistisch vermittelten Gedanken verbunden sei, sei dies bei letzterem nicht der Fall. Alle seine Beispiele legen nahe, daß die relevanten sprachlichen Kategorien jene sind, die im Rahmen einer fortgeschrittenen Musikwissenschaft skizziert werden. Da gewöhnlichen Hörern ohne musiktheoretische Schulung die einschlägigen Begriffe fehlen, scheint daraus zu folgen, daß ihr Hören theorie-inäquivalent und sprachlich nicht artikulierbar ist. Jedenfalls stellt DeBellis die Sache so dar. Doch seine Konklusion ist überstürzt. Selbst wenn gewöhnliche Hörer keine formale Ausbildung haben, verfügen sie über eine Alltagsmusikologie und einen Vorrat von Begriffen, die in deren

Eigenschaften von Werken. Leicht können sie Polkas von Reggae unterscheiden, was heißt, daß ihr Repertoire an Wahrnehmungsbegriffen sich auf diese Kategorien erstreckt. Die mentalen Repräsentationen von Musik sind nur auf bestimmten Ebenen, mit Blick auf bestimmte Eigenschaften nichtbegrifflich im gegenwärtigen Sinne.« (2005, S. 56) Auf den ernsten Ton, der DeBellis (1995) prägt, folgt in DeBellis (2003) eine deutlich positivere Einschätzung der Fähigkeit intelligenter Hörer, vieles von dem intuitiv zu erfassen, was für musikalisches Verstehen nötig ist. DeBellis räumt nun ein, daß theoriegetränktes Hören davon eher ablenkt und insofern unangemessen ist.

35 Vgl. DeBellis (1995), S. 40 f.

Dienst stehen. Als kompetente Sprecher kennen und gebrauchen sie Worte wie *Melodie, Rhythmus, Takt, Lautstärke, Dissonanz, Harmonie, Akkord, Note* und *Tonart* – Worte, mit deren Hilfe sie sich auf Abschnitte der gehörten Musik beziehen können. Sie sagen etwa: »Dies ist eine Wiederholung der langsamen Melodie, die ziemlich zu Anfang kam.« Oder sie verwenden dazu anstelle einfacher Nomen Phrasen wie: »Die Akkorde, die wie ein ›Amen‹ am Schluß einer Hymne klingen, kommen nach der Stille.« Sie können den Bezug auch ostensiv herstellen, indem sie sagen: »Dieser Abschnitt, der wie ›Amen‹ am Ende einer Hymne klingt«, oder indem sie die Teile, auf die sie hinweisen wollen, summen oder pfeifen. Schließlich greifen wir auch andere Dinge, die wir namentlich nicht kennen, heraus und charakterisieren sie, indem wir uns ostensiver Hinweise oder genereller Terme und raumzeitlicher Marker bedienen: »Der Typ, der letzte Woche im Zug war, ist heute abend im Supermarkt gewesen.«

Man könnte denken, daß diese Überlegungen nur auf eine bestimmte Art von Musik zutreffen, Musik nämlich, bei der die musikalischen Ergebnisse in einigem Abstand von der technischen Basis operieren, die ihnen zugrunde liegt. Im Falle solcher Musik ist es hinreichend, daß die Hörer die Angemessenheit des Oberflächenergebnisses registrieren, ohne zu erfassen, welche verborgenen Strömungen dieses Ergebnis hervorbringen. Zu diesem Typus kann man viele romantische Symphonien rechnen. Aber es gibt auch eine andere Art von Musik, in der die technischen Details weder verborgen sind noch einfach mit einer Begrifflichkeit neu beschrieben werden können, die sich auf den expressiven oder dynamischen Charakter der Musik bezieht. Solcher Musik zu folgen heißt, (manchmal komplexen) Manipulationen ihres musikalischen Materials zu folgen. Fugen, Chaconnes, Passacaglien, Themen und Variationen wie auch virtuose Konzerte sind anschauliche Beispiele für derartige Musik.

Ein Verteidiger DeBellis' könnte nun reklamieren, daß Hörer über ein technisches Vokabular verfügen müssen, das es erlaubt, ihr Verständnis von Musik, wenn schon nicht der ersten Art, so doch dieser zweiten Art auszudrücken. Ich bezweifle jedoch auch dies. Selbst wenn es für Hörer nötig ist, Augmentation, Engführung, Inversion und Umkehrung in einer Fuge zu hören, um sie auf der höchsten Ebene zu verstehen, sollten sie in der Lage sein, ohne Rückgriff auf musikwissenschaftliches Vokabular das zu beschreiben, was diese

Ausdrücke bezeichnen. Sie sagen: »Hier ist die Melodie umgekehrt. Hier läuft sie rückwärts. Hier ist sie verlangsamt. Und jetzt stürzen die Stimmen – eine über der anderen – die Melodie hinab.«[36]

Für gewöhnliche Musikliebhaber mag der Inhalt im Hören liegen, und vielleicht versuchen sie nicht, die Musik zu beschreiben oder das, was sie von ihr denken. Aber es gibt keinen Grund anzunehmen, daß ihnen die Mittel zur Artikulation ihres Verständnisses fehlen. Wenn sie Gegenstände des Verstehens herausgreifen können – und ich habe unterstellt, daß ihr umgangssprachliches Training sie mit den Fähigkeiten einer Alltagsmusikologie ausstattet, die es ermöglicht, sich auf Melodien und ähnliches zu beziehen – dann können sie in einem nächsten Schritt eine Beschreibung ihres Erfahrens in Angriff nehmen. Wenn sie der Musik folgen, dann sollten sie in der Lage sein, eine Auffassung der Musik zu artikulieren, die offenbart, wie sie der Musik folgen, selbst wenn ihre Beschreibungen in den Ohren von Experten naiv, metaphorisch oder drollig klingen mögen. Es stimmt einfach nicht, daß nur diejenigen mit musiktheoretischem Hintergrund oder Gehörbildung über die nötigen sprachlichen Begriffe verfügen.

Nur um daran zu erinnern: der Streit dreht sich um Grade und Ebenen des Verstehens. Vieles von dem, was ich gesagt habe, könnte DeBellis einräumen und dennoch daran festhalten, daß Hörer mit theoretischem Hintergrund nahezu unausweichlich mehr von dem wahrnehmen und erfassen, was für das Begreifen von Musik wichtig ist. Vergleichen wir Hörer, die erkennen, daß eine bereits gehörte Melodie wiederkehrt, mit solchen Hörern, die diese Wiederholung als den Anfang der Reprise in einem Sonatensatz identifizieren: Hörer der ersten Sorte erkennen die Melodie, aber das gibt ihnen keine Grundlage dafür, die Sequenz von Ereignissen vorherzusehen, die nun folgen sollte. Im Gegensatz dazu erfassen Hörer der zweiten Sorte mehr, insofern sie die Melodie wiedererkennen und als Beginn der Reprise hören, sie bilden umfangreichere und differenziertere Erwartungen darüber, wie sich die Dinge entwickeln könnten. Eine Person, die ihr Hören am Wissen über strukturelle Normen orientiert, wird fast immer ein umfassenderes Verstehen erreichen als eine, die dies nicht tut.[37]

36 Weitere Erörterungen finden sich in Kivy (1990) und Davies (1994a), S. 341-356.

37 Diese Auffassung geht auf einige Kritiker Peter Kivys zurück. Vgl. Sharpe (1982), Dempster (1991) und Price (1992).

Der letztgenannten Behauptung stimme ich uneingeschränkt zu. Und ich räume ein, daß das Studium der Musiktheorie die schnellste Methode sein kann, um das eigene Bewußtsein für solche formalen Konventionen höherer Stufe zu wecken und sich für die durch sie generierten Erwartungen zu sensibilisieren. Aber ich bin nicht davon überzeugt, daß ungeschulte Hörer nicht das gleiche Verständnis entwickeln könnten. Viele musikalische Formen sind sehr offensichtlich und einfach: ABAB (Strophe und Chorus), ABA (*Da-capo*-Arie, Menuett und Trio), AA′A″ (Thema und Variationen, Chaconne, Passacaglia, Basso ostinato) oder ABACA (Rondo). Es reicht hin, eine Reihe von Stücken des jeweiligen Musters zu hören, damit es sich im Bewußtsein der Hörer einnisten kann. Sehr ausgedehnte oder komplexe Formen wie die Fuge – vorausgesetzt die Fuge sollte besser als formales Schema denn als technische Vorgehensweise betrachtet werden – oder die Sonatenhauptsatzform mögen schwieriger zu erfassen sein, aber ich sehe keinen Grund anzunehmen, daß ernsthafte, wenngleich ungeschulte Hörer sie nicht erfassen können, wenn ihnen bewußt wird, daß sie gemeinsame Schemata einer Reihe von (Sätzen von) Werken bilden.

Zum einen ging es mir bisher darum, plausibel zu machen, daß ein formeller Unterricht in Hörbildung, Analyse und Musiktheorie für die Aneignung hochentwickelter Fähigkeiten des Verstehens und Wertschätzens von Musik nicht nötig ist; und zum anderen darum, daß es möglich sein muß, dieses Verstehen mit Hilfe von Beschreibungen auszudrücken, wobei die relevanten Beschreibungen nicht technischer Natur sein müssen. Es bleibt festzuhalten, daß es weitere potentielle Anzeichen für die Einsicht von Hörern gibt.

Hörer könnten etwa emotional auf Gehörtes reagieren und dabei mehr wahrnehmen als die Oberflächentemperatur der Musik, weil oft eine wichtige Beziehung zwischen den formalen und expressiven Eigenschaften der Musik besteht.[38] Da Emotionen gewöhnlich auf Gedanken beruhen, verraten die affektiven Reaktionen der Hörer, wie sie das musikalische Geschehen wahrnehmen und verfolgen. Darüber hinaus zeigt sich das Maß ihrer Wertschätzung der Musik (oder einer Aufführung) in Form expliziter oder impliziter Bewertungen, die sich in folgendem ausdrücken: der Häufigkeit, mit

38 Ausarbeitungen dieses Gedankens finden sich in Kivy (1990), Davies (1994a), Karl/Robinson (1995) und Robinson (2005).

der sie ein Werk (oder eine Aufnahme einer Aufführung) hören – sowohl über einen langen als auch über einen kurzen Zeitraum hinweg –, den Bewertungen, die sie Stücken oder ihren Komponisten (Aufführungen oder Aufführenden) geben, den Vorlieben, die sich darin ausdrücken, welche Unterschiede sie zwischen dem Komponisten des sie interessierenden Werks und anderen Komponisten machen (oder zwischen unterschiedlichen Interpreten dieses Werks), und in den Vorlieben, die sich in ihren Präferenzen mit Bezug auf unterschiedliche Werke eines Komponisten zeigen (oder hinsichtlich unterschiedlicher Interpretationen eines Werks durch einen bestimmten Künstler).

2. Das Verstehen der Aufführenden

Weil auch aufführende Künstler Hörer sind, gilt alles, was ich über Hörer gesagt habe, auch für Interpreten. In diesem Abschnitt gehe ich auf die Art des musikalischen Verstehens ein, das für Künstler als Interpreten der Musik spezifisch ist. Auch wenn Künstler frei improvisieren können, konzentriere ich mich hier auf den Fall, in dem Künstler ein spezifisches Werk aufführen möchten, und zwar in Echzeit.[39] Des weiteren nehme ich an, daß die Musiker ihre Instrumente beherrschen, so daß ihr Tun ziemlich genau ihren Zielen und Intentionen gerecht wird.

Ein Musiker offenbart sein Verständnis eines Stücks durch die Art und Weise, in der er es spielt und interpretiert. Seine Rolle als Aufführender ist schöpferisch. Einerlei wie detailliert die Notation des Werkes ist, Aufführende sind immer mit Entscheidungen konfrontiert, wie es gespielt werden sollte, die nicht durch die Spezifikationen des Werkes festgelegt sind. Anders gesagt: musikalische Werke unterdeterminieren Aspekte ihrer getreuen Wiedergabe, und die Aufführenden sind für die Realisierung der von ihnen gespielten Werke verantwortlich.

In manchen Werken ist die Abfolge der zu spielenden Noten nicht vollständig festgelegt. So sind beispielsweise in Stücken mit

39 Einige der Unterschiede zwischen Live- und Studioaufführungen diskutiere ich in Davies (2001a), S. 186-196. Detaillierte Untersuchungen von Aufführungen finden sich in Thom (1993) und Godlovitch (1998), zu einer Diskussion von Rockmusik vgl. Gracyk (1996).

Basso continuo zwar Baßlinie und Akkorde notiert, die Realisierung der Mittelstimmen ist jedoch Sache des Interpreten. In vielen Werken müssen Melodien verziert werden, ohne daß die Verzierungen vom Komponisten festgelegt wurden. Manchmal schreibt eine Partitur dem Interpreten einfach vor, selbstgewählte Töne für einen bestimmten Zeitraum zu spielen. Das gleiche gilt für Anschlag und Ausklingen, Akzent und Artikulation, Dynamik, Tempo und Phrasierung. Natürlich besteht die Möglichkeit, all diese Eigenschaften zu notieren, und Partituren von Komponisten wie Mahler und Strawinsky sind in diesen Hinsichten sehr genau; doch selbst die detailliertesten Partituren überlassen vieles dem Ermessen des Interpreten. (Wie *staccato* ist diese *Staccato*-Note? Sollte sie genauso abgehackt sein wie ihre Vorgängerin, oder mehr oder weniger?) Die Entscheidungen der Interpreten über die technischen Details der Aufführung, wie Fingersatz, Bogenstrich, Atmung oder Pedal, haben manchmal – wenngleich keineswegs immer – mikrostrukturelle Effekte der gerade erwähnten Art, was den Interpreten auch bewußt sein dürfte.

Die kreative Steuerung mikrostruktureller Nuancen durch die Interpreten hat einen erheblichen Einfluß auf den expressiven Charakter und andere interpretationsrelevante Eigenschaften der Aufführung. Beispielsweise haben Unterschiede von Millisekunden im Timing von Takten und Rhythmen expressive Folgen und stehen im Dienst der strukturellen Eigenschaften des Werks.[40] Der Einfluß der Aufführenden ist jedoch nicht auf feinkörnige Details beschränkt, denn er formt auch die makrostrukturellen Muster der Aufführung. Statt z. B. jedem Höhepunkt unterschiedslos Betonung zu verleihen, könnten sie die Reihe von Gipfeln so anordnen, daß sie in einem strukturell zentralen Höhepunkt kulminiert. Auch durch die Art und Weise, in der sie Relationen zwischen Themen, Abschnitten und Sätzen herausarbeiten oder unterdrücken, gestalten sie die Aufführung, um die Struktur des Werkes aus einer bestimmten Perspektive zu präsentieren. Aufführende haben weitreichende Kontrolle über das, was in den Vordergrund gerückt wird, über das Betonen oder Herunterspielen von Ähnlichkeiten und Kontrasten – und ihre Handhabung dieser Dinge beeinflußt, welche Charakter-, Stimmungs- und Formaspekte des Werks in ihren Aufführungen hervortreten.[41]

40 Vgl. Repp (1998), (1999), (2000).

41 Weitere Überlegungen dazu finden sich in Levinson (1993), Davies (2001b) und Davies (2002).

Die Interpretation eines Werkes durch Musiker drückt sich in ihrer Spielweise aus und in den Entscheidungen, die sich darin niederschlagen. Heißt das nun, daß ihre Entscheidungen von einer Gesamtsicht des Werkes geleitet sind und sie eine verbale Rechtfertigung ihrer Entscheidungen im Lichte dieser Gesamtsicht liefern können? Nicht notwendigerweise. Sie könnten sich auf musikalische Intuitionen verlassen, die durch sorgfältiges Üben und wiederholtes Aufführen des Stücks geschärft worden sind, so daß sie das tun, was sich richtig anfühlt, was funktioniert oder was interessant ist, ohne sich darum zu bemühen, sprachlich zu artikulieren, was daran richtig, funktional oder interessant ist. Und im Vertrauen darauf, daß der Komponist ein Stück geschrieben hat, das als Ganzes funktioniert, solange man sich als Musiker um eine angemessene Behandlung seiner Teile bemüht, müßten sie dazu nicht einmal die Gesamtform des Werks bedenken. Ein letzter Punkt macht schließlich deutlich, warum Musiker nicht in der Lage sein müssen zu beschreiben, was sie tun und warum sie es tun: das Wissen, das sich in ihren Entscheidungen ausdrückt, ist in erster Linie ein praktisches Wissen. Sie wissen, *wie* man Musik macht, aber das setzt nicht voraus, sagen zu können, was sie tun oder warum.

Bevor man das praktische Wissen der Musiker – mithin das Musikhandwerk – betrachtet, ist es nützlich, allgemeiner zu überlegen, was derartiges Wissen auszeichnet.[42] Erworbenes praktisches Wissen schließt eine Fertigkeit oder eine Fähigkeit ein, bestimmte Handlungen auszuführen, beispielsweise radzufahren. »Know-how« kann bewußt sein, und für die meisten Menschen ist Kopfrechnen (das über das auswendig gelernte Einmaleins hinausgeht) von dieser Art. Sie befolgen beim Errechnen eines Ergebnisses eine entsprechende Regel oder einen Algorithmus. Viele praktische Fähigkeiten sind von dieser Art. Eine zweite Art von »Know-how« wird ohne bewußte Gedanken oder Überlegung ausgeübt, wenngleich es dem Bewußtsein zugänglich ist. Oft sind sich erfahrene Autofahrer der Handlungen, dank deren sie fahren, nicht bewußt oder richten ihre Aufmerksamkeit nicht auf sie. Dennoch können sie die Schritte oder Routinen beschreiben, die sie vollziehen, wenn sie darüber nachdenken, was sie tun. Eine dritte Art von »Know-how« hingegen

42 Diese Überlegungen gehen auf Davies (2004) zurück.

ist opak für unsere Introspektion: Ein Stück der neuronalen Hardware empfängt einen Input, prozessiert ihn und produziert einen Output; doch die Natur dieses Prozessierens ist dem Bewußtsein unzugänglich. Die Fähigkeit wird zwar erlernt, doch die vielfältigen computationalen, muskulären, kinästhetischen und sonstigen Aktivitäten, die mit der Anwendung oder Ausführung der Fähigkeiten verbunden sind, sind dem Bewußtsein des Handelnden nicht verfügbar. Typische Beispiele sind das Wissen, wie man geht oder seine Muttersprache spricht. Wenn eine Person eine derartige Handlung vollziehen möchte, ist sie sozusagen unmittelbar auf ihren Vollzug gerichtet. Sie hat also beispielsweise die Absicht, zur Tür zu gehen, nicht aber diesen Muskel hier so und so zu bewegen. Sie kann beabsichtigen, eine bestimmte Handlung als Output hervorzubringen, aber die damit verbundenen Zwischenschritte und Bewegungen, die auf eine ihr unzugängliche Weise gesteuert werden, sind nichts, was sie beabsichtigen kann. Ganz ähnlich wird die Ausführung der Handlung auch in jenen Fällen direkt beabsichtigt, in denen das »Know-how« zugänglich, aber automatisch ist.

Wie wird praktisches Wissen erworben? Manchmal kann man es sich im Rückgriff auf verbale Beschreibungen der angemessenen grundlegenden Handlungen und ihrer Reihenfolge oder aus den relevanten Regeln oder Algorithmen aneignen. In anderen Fällen stützt sich das Lernen auf Beispiele, aufs Nachmachen oder Probieren. Manche dieser Vorgehensweisen sind mit Blick auf bestimmte Fähigkeiten erfolgreicher als andere. Allgemein gesagt: Wenn wir Kinder und Herzinfarktpatienten ermutigen zu laufen, leiten wir sie nicht mit Beispielen an. Im Gegensatz dazu werden sprachliche Fähigkeiten oft anhand von Musterbeispielen vermittelt. Fähigkeiten, die immer bewußt sind, werden häufig erworben, indem das Verfahren oder die zu befolgende Regel vergegenwärtigt wird, während automatische, aber zugängliche Fähigkeiten, deren Anwendung unbewußt erfolgt, gewöhnlich durch physische Wiederholung erworben werden – bis die Routine in Fleisch und Blut übergegangen ist. Nichtsdestotrotz könnten selbst kognitiv unzugängliche Fertigkeiten zunächst durch das Befolgen schriftlicher Anweisungen erlernt werden. Was eine Fähigkeit unzugänglich macht, ist nicht die Methode, durch die sie erworben wurde, sondern die Unfähigkeit, die relevanten Schritte, Regeln oder Verfahren zu vergegenwärtigen oder zu beschreiben, wenn die Fertigkeit einmal verankert ist.[43]

Eine bestimmte Fertigkeit mag für eine Person kognitiv unzugänglich sein, für eine zweite vergegenwärtigbar und für eine dritte immer bewußt. Manche Leute können sich die Schuhe binden, sind aber nicht in der Lage, die Sequenz von Handlungen zu beschreiben, mit deren Hilfe sie dies tun. Andere können eine Beschreibung liefern, wenn sie danach gefragt werden, auch wenn sie ihre Schuhe gedankenlos schnüren, und wieder andere – beispielsweise Schlaganfallpatienten – können ihre Schnürsenkel nur binden, indem sie sich die Schritte während des Vorgangs aufsagen. Handlungen, die bei den meisten Leuten immer bewußt ablaufen, können für andere zugänglich und für wieder andere kognitiv unzugänglich sein. Autistische Rechner oder Schnellrechner wie im Film *Rainman* rechnen unbewußt, und es ist möglich, daß ihnen die verwendeten Verfahren oder Algorithmen immer unzugänglich bleiben. Wenn eine Handlung Anmut oder Gewandtheit voraussetzt, geht sie wahrscheinlich besser von der Hand, wenn sie automatisch und daher unbewußt abläuft. Wer Walzer tanzen kann, sich dazu aber bewußt »eins, zwei, drei, eins, zwei, drei« vorzählen und jeden Schritt mental antizipieren muß, wird sich wahrscheinlich nicht wie Fred Astair oder Ginger Rogers bewegen.

Musiker setzen jede dieser drei Arten des Know-hows ein: Vom Blatt spielen erfolgt bewußt, genauso wie die Erzeugung beabsichtigter hochstufiger interpretativer oder expressiver Effekte. Gleichwohl läuft vieles von dem, was dabei vor sich geht, unbewußt oder automatisch ab. Musiker zielen einfach das Ergebnis an – sei es, die relevanten Noten zum Erklingen zu bringen, sei es, ihre Bemühungen mit denen der anderen im Ensemble zu koordinieren –, ohne die dafür nötigen Mikroprozesse zu bedenken oder zu beabsichtigen. Ein Großteil des Know-hows von Aufführenden ist jedoch zugänglich. So sind nahezu alle Instrumentalisten in der Lage, Anfängern beizubringen, wie ihr jeweiliges Instrument zu spielen ist. Andere Aspekte des Aufführens dagegen bleiben wenigstens für einige Personen letztlich kognitiv undurchdringlich.

43 Meine Unterscheidung zwischen zugänglichem und unzugänglichem praktischen Wissen setzt die Existenz unabhängiger expliziter und impliziter Lernsysteme nicht voraus. Innerhalb der psychologischen Literatur besteht Uneinigkeit darüber, ob es ein implizites Lernsystem gibt. Vgl. dazu French/Cleeremans (2002).

Je kompetenter ein Musiker ist, desto mehr läuft das gewöhnliche Geschäft des Musizierens – das Spielen der Noten in der richtigen Reihenfolge, in der richtigen Stimmung, im richtigen Tempo usf. – automatisch ab. Tatsächlich ist dies eine Folge der Art und Weise, in der musikalische Fertigkeiten gelehrt werden. Denn Lehrer stützen sich mehr auf Demonstrationen und Beispiele als auf diskursive Anleitung, und Schüler sind ausgiebig mit sich wiederholenden Übungen beschäftigt, deren Ziel ganz offenbar darin besteht, die Fähigkeiten in Fleisch und Blut übergehen zu lassen, sie physisch und selbstvergessen werden zu lassen. Das ist aus zwei Gründen wichtig: Um überzeugend zu sein, muß eine musikalische Aufführung – obwohl sie sich aus einer Vielzahl komplexer physischer Prozesse zusammensetzt – mühelos, wie aus einem Guß wirken, und je mehr sich Musiker der technischen Details bewußt sind, desto unwahrscheinlicher ist es, daß sie die erforderliche Flüssigkeit erreichen. Der zweite Grund ist folgender: Wenn Musiker ihre Aufmerksamkeit ganz den technischen Herausforderungen widmen müssen, fehlt ihnen die Zeit oder die Kapazität, um einem umfassenderen Verständnis des Stücks Ausdruck zu verleihen. Die Wichtigkeit des Übens für das Erreichen unwillkürlicher Perfektion bedeutet nicht, daß Aufführungen hirnlos sein sollten, sie unterstreicht im Gegenteil die Notwendigkeit, die Gedanken der Musiker von der Aufführungsmechanik zu befreien, damit sie etwas Interessanteres und Aufschlußreicheres erreichen können als bloße technische Könnerschaft.

Es ist fraglich, in welchem Maße Musiker ihr Know-how in Form propositionalen Wissens rekonstruieren könnten, und falls dies in großem Umfang möglich wäre, was wären die Kosten dafür, es zu tun? Manche Musiker befürchten, daß das Hervorholen und Verbalisieren ihres praktischen Wissens die Fertigkeiten beeinträchtigen oder blockieren könnte, so daß sie Gefahr liefen, sich von ihren hart erworbenen Fähigkeiten zu entfremden.[44] Schließlich ist es durchaus möglich, daß jemand, der als Anfänger darüber nachdenken mußte, was zu tun ist, um ein Auto zu fahren, als routinierter Autofahrer deutlich schlechter fährt, wenn er sich die Details des Fahrens vergegenwärtigt und versucht, sich daran zu orientieren. Bewußte Konzentration auf die technischen Details kann auf fatale Weise die

44 In Dreyfus und Dreyfus (1986) wird eine Reihe von Fällen diskutiert.

geschmeidige Natürlichkeit hemmen, die ein wesentliches Element der erfolgreichen Ausübung der involvierten Fertigkeiten ist.

Folgendes sollte man jedoch unterscheiden: den Versuch, den Vollzug einer Handlung durch eine Analyse dieser Handlung zu begleiten, und den Versuch einer nachträglichen Beschreibung der Handlung. Es gibt keinen Grund anzunehmen, daß jemand, der die relevante Information für eine nachträgliche Beschreibung erfaßt hat, nicht in der Lage sein sollte, sie beim nächsten Versuch, die betreffende Tätigkeit an den Tag zu legen, aus seinem Bewußtsein zu verbannen. Viele Musiker sind, wie bereits gesagt, talentierte Lehrer, und zumindest einige von ihnen sind in der Lage, detaillierte und informative Beschreibungen ihres Handelns zu geben, ohne dabei ihre Aufführungs-Fähigkeiten zu gefährden.

Allerdings gibt es zwei Gründe, warum wir von Erklärungen oder Analysen des musikalischen Handwerks aus der Perspektive von Musikern nicht zuviel erwarten sollten. Denn dort, wo die Fertigkeit kognitiv opak ist, wissen sie nicht, was sie tun – selbst wenn sie das intendierte Ergebnis benennen können. Musiker können natürlich darüber spekulieren, was vor sich geht, aber dabei sind sie in einer schlechteren Position als Wissenschaftler hinsichtlich der Aufgabe herauszufinden, was in der »Black box« des relevanten Neuroprozessors abläuft. Wo die Fertigkeit zugänglich ist, mögen sie bei weiterem Nachdenken in der Lage sein, die vollzogenen Schritte und Prozesse zu beschreiben, aber das Ergebnis könnte weniger informativ sein, als wir hoffen mögen. Wenn eine komplexe Handlung in Begriffen elementarerer Subroutinen analysiert wird, dann kommt die Untersuchung bei einer geordneten Auflistung basaler Handlungen an ihr Ende. Die basalen Handlungen, die nötig sind, um Auto zu fahren, wären Tätigkeiten wie das Treten der Kupplung, das Drehen des Lenkrads und der Blick in den Rückspiegel. Wie »tief« die reduktive Analyse einer Handlung reichen kann, hängt davon ab, wie schnell wir auf solche basalen Handlungen stoßen. Im Falle der Musik geschieht dies vermutlich ziemlich bald, was zugleich der Grund dafür ist, daß Beschreibungen in diesem Kontext so schnell einem Summen oder Handwinken weichen und durch Ostension oder Beispiel abgelöst werden. Trotz der Komplexität und Raffinesse musikalischer Aufführungen läßt sich also vielleicht nicht wirklich viel über die an ihrem Vollzug beteiligten Tätigkeiten sagen. Das liegt jedoch nicht daran, daß es hier um praktische und nicht um diskursive Fertigkeiten geht, sondern daran, daß die Untersuchung in Form der Liste basaler Handlungen schnell zu einem Ende kommt. Joseph Kerman schreibt:

> Eine musikalische Gemeinschaft erhält sich nicht durch Bücher und Lernen aus Büchern am ›Leben‹. Es wird in Privatstunden weniger durch Worte als durch Körpersprache weitergegeben und nicht so sehr durch Vorschriften als durch Beispiele. Noch schwieriger ist das undurchsichtige Zeichen-Gesten-und-Grunz-System auf Worte und Schriften reduzierbar, mit dessen Hilfe professionelle Musiker bei Proben über Interpretationen kommunizieren. Dabei geht es aber nicht um einen Mangel an Gedanken über Aufführungen auf seiten der zur zentralen Tradition gehörigen Musiker. Gedanken gibt es jede Menge, aber es sind keine Gedanken von der Art, die sich leicht durch Worte ausdrücken lassen.[45]

Falls Kerman sagen möchte, daß uns die Worte schnell ausgehen, wenn es um die Beschreibung von Handlungen geht, die die Aufführungen ausmachen, dann stimme ich zu. Aber über die Gedanken und Überlegungen, in deren Folge Musiker eine Interpretation oder Spielweise gegenüber einer anderen vorziehen, läßt sich bei weitem mehr sagen, und einige Musiker sind durchaus in der Lage, beredt und klug über ihre Interpretationen zu sprechen, selbst wenn sie einander auf Proben nur zugrunzen.

3. Das Verstehen durch musikalische Analyse

Musikalische Analyse kann unterschiedlichen Zielen dienen, wobei drei besonders wichtig sind: (a) Die Analyse der Grundlage der in der Musik erfahrenen Effekte, wie Einheit, Geschlossenheit oder Instabilität, (b) das Verständnis der tatsächlichen (oder möglichen) Zusammensetzung der Musik und (c) die Analyse des Kompositionsprozesses. In manchen Fällen wird ein einziger Analyseprozeß allen drei Zielen gleichzeitig gerecht; etwa dann, wenn eine hübsche Übereinstimmung zwischen den Hintergrundprozessen und den hörbaren Effekten besteht, die auf den Hintergrundprozessen supervenieren, und diese Übereinstimmung vom Komponisten bewußt und ohne überflüssigen Aufwand herbeigeführt wurde. Häufig weisen die

45 Kerman (1985), S. 196.

Aufgaben der Analyse jedoch in unterschiedliche Richtungen. Der Prozeß des Komponierens kann tote Enden und verworfene Experimente enthalten, die später keinen Platz in der vollendeten Komposition fanden, und es mag Aspekte der musikalischen Organisation geben, die keine hörbaren Effekte zeitigen.

Neben diesen zentralen Unternehmungen können Musikwissenschaftler an den Relationen zwischen verschiedenen Werken interessiert sein (sowohl im Œuvre eines Komponisten wie auch solchen aus unterschiedlichen Quellen), etwa mit Blick auf unterschiedliche stilistische oder strukturelle Tendenzen bzw. Normen, an denen sich Werke eines Genres oder einer Epoche orientieren. Andererseits kann das Ziel der Musikwissenschaftler darin bestehen, sich nicht an das Publikum zu wenden, sondern Aufführenden zuzuarbeiten.[46] Und manche Formen der Analyse fallen eher in die Bereiche der musikalischen Soziologie, Editionsphilologie, Geschichte, der ideologischen Dekonstruktion oder Kritik. In dieser kurzen Erörterung sehe ich jedoch von diesen Möglichkeiten ab, um mich auf die obengenannten primären Ziele zu konzentrieren, die auf das Verstehen eines einzelnen Stücks gerichtet sind – also darauf, zu verstehen, wie es geht, wie es funktioniert und wie es wurde, was es ist.

Es gibt eine umfangreiche musikwissenschaftliche Literatur, in der über die Verdienste und die ideologischen Voraussetzungen unterschiedlicher Analyse-Schulen diskutiert und gestritten wird. Hier ist nicht der Raum, sich auf diese Debatten einzulassen. Ich möchte jedoch auf ein Thema eingehen, das in musikphilosophischen Diskussionen immer wieder aufgeworfen wird, nämlich die Frage nach der Hörbarkeit jener Relationen, die die musikalische Analyse als bedeutsam auszeichnet.

Wie wir bereits gesehen haben, spielt Levinson die Bedeutung der Beschreibung weiträumiger musikalischer Strukturen mit dem Hinweis herunter, daß solche Strukturen nicht unmittelbar gehört werden können. Viele derer, die seine Behauptungen über die Grenzen der Hörwahrnehmung bestreiten würden, teilen die Auffassung, daß der Wert der musikalischen Analyse nahezu ausschließlich darin besteht, auf Beziehungen und Strukturen aufmerksam und sie somit hörbar zu machen, die andernfalls unbemerkt blieben. Kivy[47]

46 DeBellis (2003).
47 Vgl. Kivy (1990).

beispielsweise wendet gegen Rudolph Retis Analyse[48] der melodischen Basis für die Einheit von Beethovens Neunter Symphonie folgendes ein: Retis Analyse nimmt eindeutig an, »daß wir diesen Unterbau nicht als Teil unserer ästhetischen Erfahrung des Werks wahrnehmen, und zwar selbst nachdem der musikalische ›Atomist‹ ihr Vorhandensein ans Licht gebracht hat«.[49] »Das ist keine Wissenschaft, es ist Astrologie. Es ist der wohlbekannte Irrtum, das zu finden, was man finden will, indem man seine Technik des ›Findens‹ keinerlei Beschränkungen unterwirft, außer der Einschränkung, niemals zuzulassen, daß sie dabei scheitert, das Gewünschte zu ›finden‹.«[50] »Wir sehen [die Beziehungen], wenn wir die Noten Retis Operationen unterziehen. Aber danach hören wir sie beim zukünftigen Hören des Werks nicht – das jedenfalls ist meine Erfahrung.«[51] Scruton steht Retis Analysen wohlwollender gegenüber,[52] stellt jedoch die Behauptungen Schenkerscher Analysen[53] in Frage, weil sie keine Rechenschaft darüber ablegen, was wir hören können.[54] Er schreibt: »Die

48 Vgl. Reti (1961).

49 Vgl. Kivy (1990), S. 133.

50 Vgl. Kivy (1990), S. 136 f. In einem verwandten Sinne bezweifelt DeBellis die Falsifizierbarkeit der generativen tonalen Grammatik, die in Lerdahl/Jackendoff (1983) beschrieben wird. Er macht geltend, daß sie nur in dem Maße falsifizierbar ist, in dem die Wahrnehmung von Hintergrundstrukturen gerade nicht in dem Ausmaß unbewußt und kognitiv modular ist, wie die beiden behaupten.

51 Kivy (1990), S. 139.

52 Vgl. Scruton (1987), S. 406-411.

53 Vgl. Schenker (1925-30).

54 Kivy (1990) beschreibt die Schenkersche Analyse als von einem Kult umgeben (S. 126), untersucht jedoch nicht, ob sie die gleichen Fehler begeht, die er in Retis Ansatz findet. DeBellis (2003) vermutet, daß Kivy Reti als Stellvertreter für Schenkers Ansatz betrachtet. Im Verlauf seiner Überlegungen, ob sich die Schenkersche Theorie im Licht von Kivys Kritik besser schlagen würde, bestreitet er, daß sie unfalsifizierbar ist, stimmt aber damit überein, daß man ein Stück nicht in Schenkerschen Begriffen hören muß, um ein intuitives Verständnis dessen zu gewinnen, was sich vollzogen hat. Scruton (1997) macht einen Unterschied zwischen Reti und Schenker. Reti gehe es darum zu zeigen, wie die musikalische Oberfläche aus den gemeinsamen thematischen Motiven entwickelt wird, was ein wertvolles Unternehmen sei, weil es sich »auf unsere musikalische Aufmerksamkeit auswirkt« (S. 393). Im Gegensatz dazu gehe Schenkers Ansatz in die entgegengesetzte Richtung, insofern er die Oberflächenvielfalt auf eine universale, unterliegende Prolongation des Durdreiklangs reduziere. Hier bin ich geneigt, mich gegen Kivy hinter Scruton zu stellen. Mir ist klar, daß Schenkersche Analysen durchgeführt werden können, aber ich bezweifle einige der Behauptungen hinsichtlich der ästhetischen Befriedigung, die sie einbringen sollen,

Probe aufs Exempel für die Schenkersche Theorie besteht darin, ob die Struktur, die durch die Theorie entwickelt wird, mit jener Struktur zusammenfällt, die verständige Hörer in der Musik hören.«[55] Und Scruton zeigt im Rahmen einer detaillierten Kritik,[56] daß Schenkers Theorie, gemeinsam mit anderen, diesen Test nicht besteht.

In ähnlichem Sinne habe ich argumentiert, als ich die Vorstellung einer Prüfung unterzog, daß musikalische Analysen unsere Erfahrung der Einheit eines Werkes im Rückgriff darauf erklären können, wie seine Oberflächenvielfalt allein durch die Transformation einer begrenzten Menge zugrunde liegender motivischer Ideen hervorgebracht wird. »Die Beziehungen, die durch die Analyse zutage gefördert werden, können die reklamierte Bedeutsamkeit nur dann aufweisen, wenn es sich um hörbare Beziehungen handelt. Musikwissenschaftler, die in den Partituren Beziehungen sehen, die von niemandem gehört werden können, werden uns kaum davon überzeugen, daß sie die Quelle der Einheit eines Werkes freigelegt haben. Musikwissenschaftler hingegen, deren Analysen uns erlauben, Beziehungen zu hören, deren wir uns zuvor nicht bewußt waren, werden uns überzeugen.«[57]

Mittlerweile glaube ich, daß diese Ansichten in dieser Form falsch sind. Der Fehler wird schnell offensichtlich, wenn wir überlegen, wie Scruton seinen Vorwurf an die Adresse von Musikwissenschaftlern auch an Komponisten richtet, die sich Kompositionstechniken bedienen, ohne daß wir ihren Beitrag hören könnten. Eine beliebte Zielscheibe solcher Vorwürfe ist der Zwöfttonserialismus der Wiener Schule, jedenfalls insoweit er alle tonalen Implikationen negiert.[58]

Die Partitur der *Lulu* – eines der großen Meisterwerke der modernen Musik – zeigt eindringlich, was ich meine. Jeder Abschnitt der Musik ist mit einem Titel in gotischer Schreibschrift überschrieben, der ihn als Exemplar eines klassischen Archetypus (Kanon, Passacaglia usf.) ausweist. Und dennoch scheint es unmöglich zu sein, die Musik so zu hören, daß sie diese klassischen Formen exemplifiziert. Die Rechtfertigung für diese Titel zu finden heißt, Details der Musik zu entdecken, die sich dem trainierten Ohr entziehen [...]. In

und hinsichtlich dessen, was Analysen angeblich mit Blick darauf beweisen, was sehr gute Musik zu großartiger macht.

55 Vgl. Scruton (1987), S. 319 f.

56 Vgl. Scruton (1987), S. 313-329 und S. 416-426.

57 Vgl. Davies (1983), S. 212.

58 Vgl. Scruton (1987) und (1997), S. 281-285, S. 294-305.

entscheidenden Momenten benutzt Berg Vorstellungen des Schönbergschen Systems nicht, um etwas Hörbares zu schaffen, sondern um die geschriebenen Noten mit einer intellektuellen Rechtfertigung zu versehen.[59]

Dieser Vorwurf ist unberechtigt, selbst wenn Scruton recht damit hat, daß man der Form nicht folgen kann. Komponisten sind mit der Leere eines weißen Blattes Papier konfrontiert und müssen etwas tun, um die Musik in Gang zu setzen, die es füllen soll. Dabei ist es für Komponisten nicht ungewöhnlich, arbiträre Kodes und Verfahren zur Hilfe zu nehmen oder sich rigide Systeme zu eigen zu machen, um ihre kreativen Kräfte zu mobilisieren und wachzurufen. So haben sie Buchstaben ihres Namens oder Solmisationen von Texten verwendet, um wichtige Noten festzulegen, sie haben gewürfelt oder andere Zufallsverfahren verwendet, sie haben komplexe mathematische Funktionen benutzt, um festzulegen, was sie notieren sollen, und sie haben verschiedene Elemente der Musik wie Tonhöhe oder Rhythmus serialisiert. Und das ist nicht erst neuerdings so: Im 13. Jahrhundert wurden modale rhythmische Sequenzen serialisiert, was in der isorhythmischen Motette der Ars Nova weiter verfeinert wurde, in der manchmal auch das melodische Schema in einer Weise wiederholt wird, die nicht mit dem rhythmischen zusammenfällt. Rätselkanons des 15. Jahrhunderts verwendeten Krebsformen, Inversionen, Spiegelungen, unterschiedliche Mensurierungen und eine Palette anderer Verfahren.

Der Tenor im *Agnus Dei* von Dufays *Missa L'homme armé* beispielsweise muß erst rückwärts mit den vollen Notenwerten gelesen werden, dann vorwärts mit den halben Notenwerten. Josquin bedient sich eines verbreiteten Verfahrens, wenn er das Thema (re, ut, re, ut, re, fa) seiner *Missa Hercules Dux Ferrarie* aus den Vokalen des Titels ableitet, und Messe-Parodien des 16. Jahrhunderts paraphrasieren und verschleiern Musik aus anderen Quellen, manchmal auf eine Weise, die sich der Entdeckung durch das Ohr entzieht. Mozart schrieb eine Abhandlung darüber, wie man Menuette mit dem Würfel komponiert.

Während eine Reihe dieser Operationen hörbar sind und intendiertermaßen hörbar sind – die Spiegelfugen in Bachs *Kunst der Fuge* sind ein einschlägiger Fall –, können viele nicht einmal von Experten-

59 Vgl. Scruton (1987), S. 171.

Hörern, die sich ihrer Gegenwart bewußt sind, entdeckt werden, und oft hat der Komponist auch gar nicht beabsichtigt, daß sie für das Publikum hörbar sind. Solche Operationen sind sozusagen Sache des Komponisten: Kunstgriffe des Handwerks, Amüsement, intellektuelle Herausforderungen oder was sonst auch immer nicht dem Vergnügen des Publikums dienen soll.[60] Und was sollte daran falsch sein? Es wäre absurd, so zu tun, als könnten wir Komponisten vorschreiben, daß jeder Aspekt der musikalischen Organisation und des Prozesses der Komposition seine Spuren im äußeren Angesicht des Werks hinterlassen soll. Daher ist Scrutons Kritik an Berg sicher fehl am Platz, insbesondere vor dem Hintergrund seines Zugeständnisses, daß *Lulu* eines »der großen Meisterwerke der modernen Musik« ist. Kivys Stellungnahme zu diesem Thema – daß das, was nicht gehört werden kann, auch kein Teil des Werkes ist – steht kaum besser da als der Versuch, das Problem per Dekret abzuschaffen.

Wenn wir einräumen, daß eine Partitur Organisationsaspekte enthalten kann, die sich für sich genommen nicht im Klang der Musik offenbaren, den die Partitur festlegt, und einräumen, daß Kompositionsprinzipien nicht immer offensichtlich sein müssen, dann ist es nur ein kleiner Schritt bis zu dem Zugeständnis, daß Musikwissenschaftler sich zu Recht für diese Aspekte der Werke interessieren. Ich habe bereits darauf hingewiesen, daß Musikwissenschaftler untersuchen können, wie sich Musik zusammensetzt (oder hätte zusammengesetzt sein können) und wie der Prozeß ihrer Komposition verlief. Ich sehe keine Gründe dafür, daß sie sich dabei auf Strukturen und technische Details beschränken sollten, deren Funktion und Wirkung in jedem Fall potentiell hörbar sind.

Wenn wir uns außerdem vergegenwärtigen, daß der Prozeß der Komposition manchmal langwierig und komplex ausfallen kann, vielleicht auch Revisionen einschließt, dann kommen wir zum selben Ergebnis. Nehmen wir einmal an, Komponisten dokumentieren die Arbeit an einer Komposition in Form von Skizzenbuchfragmenten. Sie könnten beispielsweise zeigen, daß ein Thema historisch von einem anderen abstammt, obwohl es vor seiner Integration in das Werk derart ausgearbeitet und verfeinert wurde, daß es keinerlei hörbare Beziehungen zu seinen Wurzeln aufweist. Darüber hinaus können Komponisten eine Vielzahl von Ideen ausprobieren und

60 Vgl. Davies (1994a), S. 356-360.

verwerfen, und Musikwissenschaftler – so scheint mir – können all das aufzeichnen und untersuchen. Wenn das Werk gelungen ist, wird es von hohem Interesse sein zu verstehen, wie das Material erzeugt wurde, wie es anschließend zusammengesetzt, verändert oder verworfen wurde, selbst wenn die Weise, in der sich dies vollzog, im vollendeten Stück nicht hörbar gegenwärtig ist.

Kivy und Scruton könnten darauf verweisen, daß sich diese Überlegungen um intendierte, aber unhörbare Prozeduren dreht, und vielleicht geht es ihnen darum, die Suche nach versteckten Faktoren auszuschließen, die *nicht* intendiert wurden. Aber das wäre voreilig. Denn ein unreflektierter oder naiver Komponist könnte sich bei seiner kompositorischen Auswahl auf sein Gefühl dafür verlassen, was richtig klingt, ohne sich den Kopf über die substrukturelle Grundlage der äußeren Resultate zu zerbrechen, geschweige denn sie zu planen.[61] Mit anderen Worten: Viele der Faktoren, die Kivy und Scruton zufolge Gegenstand musikwissenschaftlicher Aufmerksamkeit sind, können Faktoren sein, die nicht explizit vom Komponisten beabsichtigt wurden. In diesen Fällen können Musikwissenschaftler den Komponisten zu Recht übergehen, wenn sie unter der musikalischen Oberfläche nach den versteckten Ursachen für das suchen, was gehört wird.

Wahrscheinlicher ist es, wie wir gesehen haben, daß Kivy und Scruton die Relevanz Retischer oder Schenkerscher Analysen bestreiten, indem sie nicht nur leugnen, daß das von der Analyse Entdeckte intendiert ist, sondern daß die Analyse überhaupt eine Basis wichtiger ästhetischer Eigenschaften der Musik freilegt. So könnten Hintergrundbeziehungen beispielsweise die Einheit eines Werkes nicht erklären, wenn Hörexperten nicht auch ihren Beitrag zur Einheit wahrnehmen können. Also sind Retische oder Schenkersche Analysen irrelevant für das Verständnis der Eigenschaften eines Werkes.

Diese Argumente sollen offensichtlich gegen analytische Ansätze im allgemeinen punkten und nicht bloß gegen spezielle fragwürdige Analysen. Kivy bestreitet beispielsweise, daß die »Beziehungen«, denen Reti Signifikanz zuschreibt, ein unausweichliches Ergebnis des Beethovenschen Komponierens der Neunten Symphonie im Rahmen einer tonalen Tradition ist.[62] Sie sind seiner Meinung nach zu

61 Vgl. Davies (1983).

62 Vgl. Kivy (1990), S. 140.

einfach nachzuweisen, zu verbreitet und zu wertlos, um zu erklären, warum ein Werk eine Einheit darstellt und ein anderes nicht. Doch es ist keineswegs offensichtlich, daß Retis Methoden immer zu Ergebnissen ohne Erklärungskraft führen. Es könnte zum Beispiel sein, daß sehr einfache, tonal gebräuchliche Elemente tatsächlich zur Einheit eines gegebenen Werkes beitragen, und dieses Ergebnis würde nicht durch die Tatsache untergraben, daß das Werk manche dieser Elemente mit anderen Werken gemeinsam hat, oder durch die Tatsache, daß andere Werke, die einige dieser Elemente aufweisen, keine Einheiten bilden.[63] Davon abgesehen könnte der Retische Ansatz mehr komplexe motivische Grundlagen identifizieren als jene, die auf der Liste für Beethovens Neunte als einheitstiftende auftauchten. Der Ansatz setzt nicht voraus, daß die einheitstiftende Funktion immer oder ausschließlich durch einfache Elemente realisiert wird, die in tonaler Musik unausweichlich weitverbreitet sind.

Die zentrale Annahme ist schließlich und endlich, daß nur hörbare Beziehungen die explanatorische Kraft haben, die ihnen Musikwissenschaftler zuschreiben. Diese Intuition wird von einer Reihe von Musiktheoretikern geteilt, die ansonsten andere Auffassungen vom Wesen der musikalischen Analyse vertreten. Dempster und Brown favorisieren ein »wissenschaftliches« Modell, dem zufolge Analysen objektive Tatsachen über die Musik enthüllen und deren Wahrheit beurteilt werden kann. Sie schreiben:

> In gewissem Sinne sollten musikalische Analysen und Theorien Relationen präsentieren, die hörbar sind, zumindest aber durch das, was angemessen qualifizierte Hörer hören können, bestätigt werden können. Was um jeden Preis vermieden werden muß, ist ein Bild der Musiktheorie, dem zufolge Analysen den musikalischen Fakten zufällig und unüberprüfbar aufgepfropft werden [...]. [Unser Bild der musikalischen Analyse] privilegiert die aurale Testbarkeit und Bestätigung von Theorien und ihren entsprechenden Analysen.[64]

Im Gegensatz dazu betrachtet Nicholas Cook Analyse als teilweise subjektive Form der Interpretation, aber auch er legt großen Wert auf die Hörbarkeit dessen, was die Musikwissenschaftler diskutieren. Er betont, daß wenige gewöhnliche Hörer strukturbezogen hören oder Schenkersche Prolongationen wahrnehmen. Aber er gesteht

63 Vgl. Davies (1983).

64 Dempster/Brown (1990), S. 249.

auch zu, daß Schenker eine neue Weise des Musik*hörens* entwickelt hat, die manchen Menschen zugänglich ist; und er lehnt – teils weil er bestimmte Modelle unbewußten Wahrnehmens zurückweist[65] – musikalische Analysen ab, die sich auf Eigenschaften beziehen, die keinesfalls gehört werden können.[66]

Cook zufolge war Schenker elitär und rassistisch, insofern er den Minimalstandard für musikalisches Verstehen auf einem Niveau ansiedelte, das nur von idealen Hören erreicht werden kann, wobei er zugleich die Überlegenheit der Paradigmen westlicher klassischer Musik des 18. und 19. Jahrhunderts unterstellte. Anders als Schenker denkt Cook nicht, daß die Unfähigkeit gewöhnlicher Hörer, strukturelle Ausarbeitung und Prolongation im Schenkerschen Sinne zu hören, auf fatale Defizite ihres musikalischen Verstehens hinweist, auch wenn ihnen der Zugang zur Erfahrung strukturellen Hörens verwehrt bleibt, der dem Schenkerschen Experten offensteht.

Die obengenannten Ansichten lassen generell zu, daß Aspekte der musikalischen Hörerfahrung – also die Erfahrung von Geschlossenheit, Einheit, Gesamtkohärenz, Balance und ähnlichem – von zugrunde liegenden musikalischen Ursachen abhängen, die Hörer nicht als Ursachen der von ihnen erfahrenen Wirkungen hören. In mindestens einem Sinne des Ausdrucks sind sie sich mancher musikalisch signifikanter Elemente nicht bewußt, die gleichwohl beeinflussen, was sie an der Musik wahrnehmen. Diese Auffassungen bestehen darauf, daß es einigen Hörern möglich sein muß, den Beitrag der zugrunde liegenden Ursachen hörend wahrzunehmen. Falls das niemand kann, dann kann es keinen aussagekräftigen Test musikanalytischer Hypothesen geben und insofern auch keinen Grund, der reklamierten explanatorischen Kraft musikalischer Analysen Glauben zu schenken.

All dies mag vernünftig klingen, allerdings scheint mir die Position übertrieben restriktiv zu sein. Denn man kann die Vorstellung von unbewußter Wahrnehmung vor dem Absinken in psychologische Quacksalberei bewahren, wenn man sich auf zeitgenössische linguistische und philosophische Theorien stützt, die die Modularität einiger kognitiver Systeme, darunter auch solche der Wahrnehmung, betonen. Einige Musikologen (wie Lerdahl und Jackendoff

65 Eine philosophische Verteidigung einer ähnlichen Auffassung findet sich in Sharpe (1993).

66 Vgl. Cook (1987a), S. 220-227.

oder Narmour) beziehen sich explizit auf modulare Wahrnehmungssysteme, um zu erklären, warum die Beziehungen, um die es ihnen geht, gewöhnlich nicht wahrgenommen werden, und DeBellis charakterisiert Schenkers Theorie in ebensolchen Begriffen.[67]

Dennoch gibt es hier ein Problem. Modulare Prozesse werden als für das Bewußtsein unzugänglich beschrieben. Gleichwohl behaupten Theoretiker wie Narmour, Schenker oder Lerdahl und Jackendoff ebendiese Prozesse abzubilden, die sie, wenn sie in für das Bewußtsein unzugänglichen neuronalen Modulen ablaufen, nicht besser hören können sollten als wir. DeBellis[68] betrachtet dies als ein ernsthaftes Problem für Lerdahl und Jackendoff. Und Cumming[69] bemerkt, daß das Faktum, daß Schenkersche Analysen Einfluß darauf haben können, wie Hörer Musik hören, gegen die Modularität der beteiligten Prozesse sprechen könnte. Sie entgegnet jedoch, daß man die Modularität des Input-Systems akzeptieren könne, ohne dadurch auszuschließen, daß Lernen einen Einfluß darauf hat, wie der Input auf höheren Ebenen interpretiert wird. Um auf die Diskussion des Know-hows von Aufführenden zurückzukommen, können wir festhalten, daß Prozesse, die für einige Menschen nicht bewußtseinsfähig sind, bei anderen Menschen auf dem Wege kognitiven Bewußtseins oder der Berechnung ablaufen. Davon abgesehen zwingt uns nichts, jedem Aspekt der Theorie der kognitiven Architektur zu folgen, die in der Philosophie der gegenwärtigen Kognitionswissenschaften populär ist. Vielleicht sind manche Formen der Wahrnehmungsmodularität nicht vollständig gegenüber anderen kognitiven Systemen abgeschlossen.[70]

Bevor wir an der Kognitionswissenschaft herumpfuschen, sollten wir an einem Begriff der modularen Wahrnehmung festhalten, dem zufolge einige unterirdische musikalische Prozesse von niemandem so gehört werden können, daß sie wichtige Oberflächenresultate her-

67 Vgl. Lerdahl und Jackendoff (1983); Narmour (1990), (1991) sowie DeBellis (1991), (2002), (2003).

68 Vgl. DeBellis (1999b).

69 Vgl. Cumming (1993).

70 Laut persönlicher Mitteilung hat DeBellis folgende überzeugende Beobachtung gemacht: »Mit Blick auf das modulare Prozessieren frage ich mich, warum uns manche Analysen einleuchtender erscheinen als andere. Eine Erklärung könnte sein, daß sie das Bewußtsein des Hörers in die Sprache bewußten Abwägens ›übersetzen‹. In diesem Falle wären die Prozesse nicht vollkommen modular in dem Sinne, daß sie vom Rest der Kognition isoliert wären.«

vorbringen, selbst wenn dies tatsächlich der Fall ist (etwa durch die Arbeit von kognitiv unzugänglichen Wahrnehmungsmodulen, die solche Prozesse als Input haben). Wir könnten das obengenannte Problem angehen, indem wir anerkennen, daß Analysen eher intellektuell als wahrnehmend sind, mit dem Ergebnis, daß sie nicht daran überprüft werden können, wie Experten und andere die Musik hören. Doch diese Strategie sieht nicht sehr vielversprechend aus, weil sie uns auf eine früher erwähnte Schwierigkeit zurückwirft. Denn wenn Analysen nicht mit Blick auf die Wahrnehmung geprüft werden können, scheinen sie nicht falsifizierbar zu sein und einer empirischen Basis zu entbehren. Genau dies aber war der entscheidende Punkt sowohl für Kivy und Scruton wie auch für Dempster und Brown.

Und doch geht das Argument genau an dieser Stelle in die Irre. Wenn musikalische Analyse auf ihre Wahrheit – oder falls dies zu streng ist, auf ihre Plausibilität, Einsichtigkeit oder Kohärenz – hin prüfbar sein soll, dann muß sie sich auch empirischen Standards unterwerfen. Aber warum sollten wir annehmen, daß der relevante Test einer der Hörbarkeit sein sollte? Wenn modulares Prozessieren im Spiel ist, sollte es sich durch neurologische oder andere physiologische Untersuchungen nachweisen lassen. So könnten Wissenschaftler irgendwann einmal in der Lage sein, die Arbeit einiger unserer modularer Systeme genau zu untersuchen, so daß sie die kontrafaktische Abhängigkeit bestimmter Sorten von Output von Sorten von Input prüfen können, um auf diese Weise musikwissenschaftliche Behauptungen über unhörbare Verbindungen zwischen musikalischen Hintergrundprozessen und hörbaren Oberflächeneffekten zu bestätigen oder zu entkräften.

Manche Musiktheoretiker lassen in ihren Formulierungen die gerade beschriebene Möglichkeit zu, selbst wenn sie andernorts auf der Hörbarkeit als einzigem befriedigenden Test insistieren. So schreiben Dempster und Brown beispielsweise: »Obwohl wir darauf bestehen, daß Analysen und Theorien zur Realität passen sollten, unterstellen wir nicht, daß die theoretischen Entitäten und Strukturen selbst direkt hörbar sein müssen; wir behaupten nur, daß die von der Analyse postulierten Entitäten früher oder später empirische Konsequenzen haben.«[71]

71 Vgl. Dempster und Brown (1990), S. 248, auch im Vergleich mit dem früheren Zitat von Seite 249 (oben Seite S. 67).

Folgende Möglichkeiten bleiben übrig: Es ist möglich, daß es Organisationsformen des musikalischen Hintergrunds gibt, die keine Effekte auf der musikalischen Oberfläche hinterlassen. Es kann Formen der Organisation des Hintergrunds geben, die hörbare Oberflächeneffekte haben und wenigstens von Experten als solche gehört werden können. Es kann Organisationsformen im musikalischen Hintergrund geben, die hörbare Effekte auf der musikalischen Oberfläche zeitigen, die nicht einmal von Experten gehört werden könnten. Die Existenz dieser kausalen Verbindungen ist im Prinzip testbar, auch wenn Introspektion und genaues Hören keine verläßlichen Maßstäbe sind, weil die relevanten Verbindungen von kognitiv unzugänglichen Wahrnehmungsmodulen geschmiedet werden. Musikwissenschaftler können sich für jede dieser Organisationsformen interessieren und empirische Hypothesen darüber formulieren, ob und, wenn ja, wo sie mit hörbaren Eigenschaften des musikalischen Vordergrunds verbunden sind. Solange wir jedoch nicht über zuverlässige empirische Verfahren verfügen, um die Relationen zwischen den In- und Outputs der relevanten modularen System zu überprüfen, müssen die Theorien der Musikwissenschaftler und ihre Behauptungen über Verbindungen, die in kognitiv unzugänglichen Modulen etabliert werden, als spekulativ betrachtet werden – wodurch sie allerdings nicht zugleich als illegitim angesehen werden sollten.

4. Das Verstehen der Komponisten

Weil Komponisten bereits häufig erwähnt wurden, fallen die Anmerkungen in diesem Abschnitt kurz aus. Komponieren ist – wie Musizieren – eine praktische Fertigkeit. Es ist möglich, daß der Komponist einfach unter den Ideen, die ihm kommen, auswählt, ohne sich Gedanken darüber zu machen, warum er seine Auswahl gegenüber Alternativen präferiert, die er zurückweist. Einige Komponisten des Barock haben so viel Musik produziert, daß es schwerfällt, sich vorzustellen, woher sie die Zeit für eine Überarbeitung ihrer Werke hätten nehmen sollen. Es ist gleichfalls möglich, daß Komponisten nichts über musikalische Notation oder Musiktheorie wissen, etwa weil sie in einer Hörkultur arbeiten, in der Werke eher vermittels exemplarischer Aufführungen als anhand von Partituren verbreitet werden, oder weil sie sich der Hilfe von Schreibern bedienen. Sie könnten zudem ohne Kenntnis technisch-begrifflicher Grundlagen der Musiktheorie auf ihrem Instrument komponieren. Manche Pop-Komponisten, z. B. Lennon und McCartney, hatten offensichtlich keine Ahnung von musikalischer Notation und wußten, auch wenn sie sich zweifellos mit Hilfe von Gitarren-Tabulaturen auf Akkorde beziehen konnten, wenig über Musiktheorie.

Weil Komponieren in diesen Hinsichten praktisch ist, könnte das Verständnis der Komponisten mit Blick auf ihre Arbeit und ihre Werke weniger sachkundig und weniger differenziert sein als das eines Musikwissenschaftlers oder eines Aufführenden. Nichtsdestotrotz kann der Prozeß der Komposition so komplex sein, daß man erwarten würde, er vollziehe sich meist reflektiert, so daß Komponisten häufig ein tiefes Verständnis davon haben, was sie tun und warum. Außerdem sind die Fertigkeiten nicht in jedem Falle praktisch. Komponisten, die idiomatisch für ein großes Orchester schreiben, müssen ein beträchtliches propositionales Wissen darüber haben, was für das Spielen der unterschiedlichen Instrumente spezifisch ist, was deren Stärken und Schwächen oder spezielle Charakteristik ausmacht, aber es ist unwahrscheinlich, daß sie mehr als einige wenige von ihnen praktisch beherrschen.

Natürlich können Komponisten nicht ahnungslos gegenüber der Musik ihrer eigenen Kultur sein (oder wenigstens den Genres, die sie interessieren) und den stilistischen, strukturellen, tonalen, harmonischen und sonstigen Konventionen, die für sie gelten. Sie müssen ausreichende Kenntnisse dieser Zusammenhänge haben, wenn ihre Produkte als Musik Anerkennung finden sollen. (Sie können darüber eigene Meinungen haben, aber zu guter Letzt geht es um eine öffentliche Einschätzung, weil die Bezeichnung »Musik« ein Wort der öffentlichen Sprache ist.) Es mag sein, daß die Musik, die sie kreieren, geeignet ist, die geltenden Normen ihrer Musikkultur herauszufordern, zurückzuweisen oder zu unterlaufen – sie müssen keine musikalischen Konservativen sein. Doch selbst wenn es ihnen darum geht, revolutionäre Musik zu komponieren, müssen sie an vielem festhalten, das für den Begriff der Musik charakteristisch ist, selbst wenn sie andere damit verbundene Konventionen und Praktiken ablehnen. Im Laufe der Zeit können alle »Regeln« musikalischer Epochen erodieren oder über den Haufen geworfen werden, so daß die zeitgenössische Musik kaum mehr wie frühere Musik klingt und kaum noch von denen, die mit der früheren vertraut waren, als Musik aufgefaßt werden würde. Dieser Prozeß muß sich jedoch schrittweise vollziehen, so daß, was sich mit jeder Veränderung entwickelt, hinreichend mit dem Vorangegangenen verbunden bleibt, um vernünftigerweise als Musik gelten zu können. Wenn wir eine Zeit erreicht haben, in der Stille, Fabriklärm und vieles andere mehr als Musik gelten kann, dann zeigt das nicht, daß der Begriff leer ist, sondern daß die geschichtliche Entwicklung des Begriffs eine zentrale Rolle für seine Identität spielt.[72]

Kann nun das Verständnis, das Komponisten mitbringen müssen, gelehrt werden? Sicher, angehende Komponisten können in Notation, Akustik, Musikwissenschaft und anderen geeigneten Sparten der Musiktheorie unterrichtet werden. Sie können die Geschichte der Musik und den Wandel jener Prinzipien studieren, die den Aufbau der Musik regieren. Sie können lesen, worum es anderen Komponisten geht und warum, und sie können lesen, was Musikwissenschaftler über musikalische Werke herausgefunden haben, was dies über die Werke sagt und wie sie funktionieren. Sie können auch in den relevanten Fertigkeiten unterrichtet werden, beispielsweise indem sie Klavierauszüge orchestraler Musik instrumentieren und ihre eigenen Bemühungen mit denen der Originalkomponisten vergleichen, indem sie sich im Kontrapunkt üben oder indem sie Stile und Werke analysieren.

Mit Blick auf den Prozeß, dem Komponisten ihre eigenen Ideen verdanken, ist das einzige Gemeinsame die Unterschiedlichkeit. Kreative Individuen haben unterschiedliche Hintergründe, sie können sehr unterschiedliche Persönlichkeiten haben, und es gibt eine große Vielfalt von Vorgehensweisen, denen kreative Leute folgen. Zudem kann jedes einzelne Individuum verschiedenen Methoden zu unterschiedlichen Gelegenheiten folgen, etwa indem sie einmal an ihren Werken gewissenhaft feilen, ein andermal sich ihrer Inspiration oder Intuition überlassen.

Obwohl Komposition eine menschliche Handlung und als solche intentional ist, ist doch nicht alles, was in die Musik eingeht, ausdrücklich beabsichtigt. Die Absicht könnte darin bestehen, die Kontrolle zu reduzieren, etwa durch die Einbeziehung von Zufallsprozeduren zur Festlegung der Abfolge musikalischer Ereignisse. Oder

72 Eine aktuelle philosophische Diskussion künstlerischer Kreativität findet sich in Gaut/Livingston (2003).

die Absicht mag sich nicht auf alle Ebenen des Prozesses erstrecken, so daß ein Komponist beispielsweise erfolgreich die Absicht verfolgt, ein spannungsreiches Ende zu schreiben, ohne dabei zu kalkulieren, wie seine Musik den intendierten Effekt erreicht. Er peilt das hochstufige Ergebnis an und wählt aus, was zu diesem Ergebnis führt, ohne sich dabei auf einer grundlegenderen Ebene um die kausalen Prozesse zu kümmern, die die Ergebnisse hervorbringen. Bewußtes Auswählen kann nicht intendierte (gleichwohl aber musikalisch interessante) Nebeneffekte haben, die er nicht voraussah und die während des Komponierens unbemerkt blieben. Wie bei allen komplexen Kunstwerken gibt es oft Bedeutungsschichten für Interpreten oder Musikwissenschaftler zu entdecken, die über das hinausgehen, was die Schöpfer eines Werkes intendierten oder berechneten. Dies ist einer der Gründe, warum Komponisten nicht immer die besten oder aufschlußreichsten Interpreten ihrer Werke sind. Und schließlich können Komponisten mit einigen ihrer Intentionen scheitern, so daß das, was sie im Kopf hatten, nicht immer auch in ihren Werken zu finden ist. Ein Komponist könnte beabsichtigen, daß die Fagottlinie gegen das Orchester steht, damit aber scheitern, weil aufgrund seiner inkompetenten Behandlung der Posaunen die Struktur verwaschen ist.

Nichtsdestotrotz ist dort, wo wir die Komponistenintentionen kennen, die Bezugnahme auf sie fast immer nützlich, um anzugeben, wie ein Werk am besten aufzufassen ist, wie es funktioniert und was in ihm steckt. Sie stellen eine ideale Einführung, wenn nicht sogar das letzte Wort dar, wenn es um das Verstehen der Musik geht. In ähnlicher Weise ist auch die Aufführung eines Werkes durch seinen Komponisten fast immer von Interesse, insofern sie durch die angebotene Interpretation einen erhellenden Zugang andeutet. Doch einerlei, wie gut diese Interpretation auch immer sein mag, sie schließt andere, sehr verschiedene interpretative Strategien nicht aus, solange diese den werkbestimmenden Spezifizierungen des Komponisten hinreichend treu bleiben. Der Komponist buchstabiert aus, woraus sein Werk besteht, aber wie ich zuvor mit Blick auf die Rolle des Interpreten erklärt habe, unterdeterminiert dies die Details jeder einzelnen Aufführung, sowohl hinsichtlich der Perspektive, in der das Werk präsentiert wird, als auch hinsichtlich dessen, worin Aufführende über das hinausgehen müssen, was das Werk konstituiert. Wenn ein Komponist seine Musik aufführt, präsentiert er sowohl eine Interpretation als auch sein Werk. Diese Interpretation kann empfehlenden Charakter haben, aber sie zählt letztlich nur als eine unter vielen mögliche Interpretationen und schränkt die Freiheit anderer Interpreten, ihre Sicht des Stücks zu konturieren, nicht ein.

Aus dem Englischen von Matthias Vogel

Literatur

Bird, John (1976): *Percy Grainger*, London: Paul Elek.

Budd, Malcolm (1985): »Understanding Music«, in: *Proceedings of the Aristotelian Society*, Supp. Vol. 59, S. 233-248.

Cavell, Stanley (1977): »Music Discomposed«, in: Ders.: *Must We mean what We say?*, Cambridge: Cambridge University Press, S. 180-212.

Cook, Nicholas (1987a): *A Guide to musical Analysis*, Oxford: Oxford University Press.

Cook, Nicholas (1987b): »Musical Form and Listener«, in: *Journal of Aesthetics and Art Criticism* 46, S. 23-29.

Cook, Nicholas (1990): *Music, Imagination, and Culture*, Oxford: Clarendon Press.

Cumming, Naomi (1993): »Music Analysis and the Perceiver: A Perspective from Functionalist Philosophy«, in: *Current Musicology* 54, S. 38-53.

Davies, Stephen (1983): »Attributing Significance to Unobvious Musical Relationships«, in: *Journal of Music Theory* 27, S. 203-213. Auch in: Davies (2003), S. 233-244.

Davies, Stephen (1987): »Authenticity in Musical Performance«, in: *British Journal of Aesthetics* 27, S. 39-50.

Davies, Stephen (1994a): *Musical Meaning and Expression*, Ithaca: Cornell University Press.

Davies, Stephen (1994b): »Musical Understanding and Musical Kinds«, in: *Journal of Aesthetics and Art Criticism* 52, S. 69-81. Auch in: Davies (2003), S. 213-232.

Davies, Stephen (1997a): »John Cage's 4′33″: Is It Music?«, in: *Australasian Journal of Philosophy* 75, S. 448-462. Auch in: Davies (2003), S. 11-29.

Davies, Stephen (1997b): »So, You Want to Sing with the Beatles? Too Late!«, in: *Journal of Aesthetics and Art Criticism* 55, S. 129-37. Auch in: Davies (2003), S. 94-107.

Davies, Stephen (1999a): »Rock versus Classical Music«, in: *Journal of Aesthetics and Art Criticism* 57, S. 193-204.

Davies, Stephen (1999b): »Review of Jerrold Levinson's Music in the moment«, in: *Philosophical Quarterly* 49, S. 403-405.

Davies, Stephen (2001a): *Musical works and performances: A philosophical exploration*, Oxford: Oxford University Press.

Davies, Stephen (2001b): »Interpretation«, in: S. Sadie (Hg.): *New Grove Dictionary of Music*, London: Macmillan, zweite Auflage, Bd. 12, S. 497-499.

Davies, Stephen (2002): »The Multiple Interpretability of Musical Works«, in: M. Krausz (Hg.): *Is there a single right Interpretation?*, University Park: Pennsylvania State University Press, S. 231-250. Auch in: Davies (2003), S. 245-263.

Davies, Stephen (2003): *Themes in the philosophy of music*, Oxford: Oxford University Press.

Davies, Stephen (2003b): »Ontologies of Musical Works«, in: Davies (2003), S. 30-46.

Davies, Stephen (2004): »The Know-how of Musical Performance«, in: *Philosophy of Music Education Review* 12 (2), S. 56-61.

DeBellis, Mark (1991): »Conceptions of Musical Structure«, in: *Midwest Studies in Philosophy* 16, S. 378-393.

DeBellis, Mark (1995): *Music and conceptualization*, Cambridge: Cambridge University Press.

DeBellis, Mark (1999a): »The Paradox of Musical Analysis«, in: *Journal of Music Theory* 43 (1), S. 83-99.

DeBellis, Mark (1999b): »What is musical intuition? Tonal theory as cognitive science«, in: *Philosophical Psychology* 12, S. 471-501.

DeBellis, Mark (2002): »Musical Analysis as Articulation«, in: *Journal of Aesthetics and Art Criticism* 60, S. 119-135.

DeBellis, Mark (2003): »Schenkerian Analysis and the Intelligent Listener«, in: *Monist* 86, S. 579-607.

DeBellis, Mark (2005): »Conceptual and Nonconceptual Modes of Music Perception«, in: *Postgraduate Journal of Aesthetics* 2, S. 45-61.

Dempster, Douglas/Brown, Matthew (1990): »Evaluating Musical Analyses and Theories: Five Perspectives«, in: *Journal of Music Theory* 34, S. 247-279.

Dempster, Douglas (1991): »Review of Peter Kivy's Music alone«, in: *Journal of Aesthetics and Art Criticism* 49, S. 381-383.

Dreyfus, H.L./Dreyfus, S.E. (1986): *Mind over machine: The power of human intuition and expertise in the era of the computer*, New York: Harper & Row.

French, R.M./Cleeremans, A. (Hg.) (2002): *Implicit learning and consciousness: An empirical, philosophical and computational consensus in the making*, Hove, UK: Psychology Press.

Gaut, Berys/Livingston, Paisley (Hg.) (2003): *The creation of art: New essays in philosophical aesthetics*, Cambridge: Cambridge University Press.

Godlovitch, Stan (1990): »Artists, Programs, and Performance«, in: *Australasian Journal of Philosophy* 68, S. 301-312.
Godlovitch, Stan (1998): *Musical performance: A philosophical study*, London: Routledge.
Goldman, Alan H. (1992): »The Value of Music«, in: *Journal of Aesthetics and Art Criticism* 50, S. 35-44.
Gracyk, Theodore A. (1996): *Rhythm and noise: An aesthetics of rock music*, Durham, NC: Duke University Press.
Gracyk, Theodore A. (1999): »Valuing and Evaluating Popular Music«, in: *Journal of Aesthetics and Art Criticism* 57, S. 205-220.
Gracyk, Theodore A. (2001): »Music's Worldly Uses, or How I learned to Stop Worrying and to Love Led Zeppelin«, in: A. Neill/A. Ridley (Hg.): *Arguing about art*, London: Routledge, zweite Auflage, S. 135-147.
Hicks, Michael (1991): »Serialism and Comprehensibility: A Guide for the Teacher«, in: *Journal of Aesthetic Education* 25 (4), S. 75-85.
Higgins, Kathleen Marie (1997): »Musical Idiosyncracy and Perspectival Listening«, in: J. Robinson (Hg.): *Music and meaning*, Ithaca, New York: Cornell University Press, S. 83-102.
Judkins, Jennifer (1997): »The Aesthetics of Silence in Live Musical Performance«, in: *Journal of Aesthetic Education* 31 (3), S. 39-53.
Karl, Gregory/Robinson, Jenefer (1995): »Shostakovitch's Tenth Symphony and the Musical Expression of Cognitively Complex Emotions«, in: *Journal of Aesthetic and Art Criticism* 53, S. 401-415.
Kerman, Joseph (1985): *Musicology*, London, Fontana.
Kieran, Matthew (1996): »Incoherence and Musical Appreciation«, in: *Journal of Aesthetic Education* 30 (1), S. 39-49.
Kivy, Peter (1988): »Orchestrating Platonism«, in: T. Anderberg/T. Nilstun/I. Persson (Hg.): *Aesthetic distinction*, Lund: Lund University Press, S. 42-55.
Kivy, Peter (1990): *Music alone: Philosophical reflection on the purely musical experience*, Ithaca: Cornell University Press.
Kivy, Peter (1992): »Review of Nicholas Cook's Music, imagination, and culture«, in: *Journal of Aesthetics and Art Criticism* 50, S. 76-79.
Kivy, Peter (2001): »Music in Memory and Music in the moment«, in: Ders.: *New essays on musical understanding*, Oxford: Oxford University Press, S. 183-217.
Koopman, Constantijn/Davies, Stephen (2001): »Musical Meaning in a Broader Perspective«, in: *Journal of Aesthetics and Art Criticism* 59, S. 261-73.
Lerdahl, Fred/Jackendoff, Ray (1983): *A generative theory of tonal music*, Cambridge, MA: MIT Press.
Levinson, Jerrold (1980): »What a Musical Work Is«, in: *Journal of Philosophy* 77, S. 5-28.

Levinson, Jerrold (1990): »Musical Literacy«, in: *Journal of Aesthetic Education* 24 (1), S. 17-30.
Levinson, Jerrold (1993): »Performative vs. Critical Interpretation in Music«, in: M. Krausz (Hg.): *The interpretation of music: Philosophical essays*, Oxford: Clarendon Press, S. 33-60.
Levinson, Jerrold (1996): »Review of Mark DeBellis's Music and conceptualization«, in: *Music Perception* 14, S. 86-93.
Levinson, Jerrold (1997): *Music in the moment*, Ithaca: Cornell University Press.
Levinson, Jerrold (1999): »Reply to Commentaries on Music in the Moment«, in: *Music Perception* 16, S. 485-494.
Maconie, Robin (2002): *The second sense*, Lanham, MD: Scarecrow Press.
Mark, Thomas Carson (1980): »On Works of Virtuosity«, in: *Journal of Philosophy* 77, S. 28-45.
McAdoo, Nick (1997): »Hearing Musical Works in their Entirety«, in: *British Journal of Aesthetics* 37, S. 66-74.
Meyer, Leonard B. (1956): *Emotion and meaning in music*, Chicago: Chicago University Press.
Narmour, Eugene (1990): *The analysis and cognition of basic melodic Structures*, Chicago: Chicago University Press.
Narmour, Eugene (1991): »The Top-down and Bottom-up Systems of Musical Implication«, in: *Music Perception* 9, S. 1-26.
Perrett, Roy W. (1999): »Musical Unity and Sentential Unity«, in: *British Journal of Aesthetics* 39, S. 97-111.
Price, Kingsley (1992): »Review of Peter Kivy's Music alone«, in: *Philosophy of Music Education Newsletter* 4 (1), S. 11-20.
Raffman, Diana (1993): *Language, music, and mind*, Cambridge, MA: MIT Press.
Repp, Bruno H. (1998): »Variations on a Theme by Chopin: Relations Between Perception and Production of Timing in Music«, in: *Journal of Experimental Psychology* 24, S. 791-811.
Repp, Bruno H. (1999): »Individual Differences in the Expressive Shaping of a Musical Phrase: The Opening of Chopin's Etude in E Major«, in: S. W. Yi (Hg.): *Music, mind, and science*, Seoul: Seoul National University Press, S. 239-270.
Repp, Bruno H. (2000): »The Timing Implications of Musical Structures«, in: D. Greer (Hg.): *Musicology and sister disciplines*, Oxford: Oxford University Press, S. 60-70.
Reti, Rudolph (1961): *The thematic process in music*, London: Faber & Faber. First published 1951.
Ridley, Aaron (1992): »Review of Nicholas Cook's Music, imagination, and culture«, in: *British Journal of Aesthetics* 32, S. 91-93.

Ridley, Aaron (1997): »Review of Mark DeBellis's Music and conceptualization«, in: *British Journal of Aesthetics* 37, S. 187-189.
Ridley, Aaron (2004): *The philosophy of music: Theme and variations*, Edinburgh: Edinburgh University Press.
Robinson, Jenefer (2005): *Deeper than reason: Emotion and its role in literature, music, and art*, Oxford: Clarendon Press.
Ross, Stephanie (1985): »Chance, Constraint, and Creativity: the Awfulness of Modern Music«, in: *Journal of Aesthetic Education* 19 (3), S. 21-35.
Schenker, Heinrich (1925-30): *Das Meisterwerk in der Musik*, 3 Bde., München, Wien, Berlin: Drei Masken.
Scruton, Roger (1987): »Analytical Philosophy and the Meaning of Music«, in: *Journal of Aesthetics and Art Criticism* 46, S. 169-176.
Scruton, Roger (1997): *The aesthetics of music*, Oxford: Clarendon Press.
Sharpe, R.A. (1982): »Review of Peter Kivy's The corded shell«, in: *British Journal of Aesthetics* 22, S. 81-82.
Sharpe, R.A. (1993): »What is the Object of Musical Analysis?«, in: *Music Review* 54, S. 63-72.
Sharpe, R.A. (2000): *Music and humanism: An essay in the aesthetics of music*, Oxford: Oxford University Press.
Sharpe, R.A. (2004): *Philosophy of music: An introduction*, Chesham: Acumen.
Tanner, Michael (1985): »Understanding Music«, in: *Proceedings of the Aristotelian Society* Supp. Vol. 59, S. 215-232.
Thom, Paul (1993): *For an audience: A philosophy of the performing arts*, Philadelphia: Temple University Press.
Zemach, Eddy M. (2002): »The Role of Meaning in Music«, in: *British Journal of Aesthetics* 42, S. 169-178.

Nicholas Cook
Musikalische Bedeutung und Theorie

> Ich gehe davon aus, daß es keine Wahrheit gibt, die nicht Resultat einer Interpretation, und folglich eines sozialen Kontrakts, ist. [...] Doch wenn wir auf jene Widerstandslinien stoßen, die uns davon abhalten, bestimmte Aussagen zu machen, dann sind wir der Wahrheit so nahe, wie wir ihr überhaupt kommen können. Es gibt etwas in der Wirklichkeit, das sagt »Nein, das kannst du nicht sagen«.
>
> U. Eco[1]

Keine akademische Disziplin hat ein Privileg, das ihr ewige Existenz gewährt. Patrick McCreless beschwor das Gespenst des Untergangs der Musiktheorie, als er 1996 daran erinnerte, wie sich die Musiktheorie in den fünfziger Jahren ihren Freiraum gegen die damals die Hochschulen beherrschenden Disziplinen erkämpfte, und sich fragte, ob die Entstehung einer eher kulturwissenschaftlich orientierten Musikwissenschaft in den neunziger Jahren nicht vielleicht »der Musiktheorie das gleiche antut, was diese den Fächern Komposition und Musikwissenschaft angetan hatte«.[2] Rückblickend muß man jedoch sagen, daß das Menetekel bereits seit 1980 an der Wand steht, seit Ruth Solie ihren wegweisenden Artikel »The Living Work« veröffentlichte, dessen zentrale Botschaft (die fünf Jahre später in Joseph Kermans *Contemplating Music* erheblich erweitert wurde) lautete, daß organische Einheit kein universeller Wertmaßstab sei, sondern eher eine historische Konstruktion mit streng begrenzter Anwendbarkeit.[3] Die Herausforderung gründete selbstverständlich in dem Ausmaß, in dem der Nachweis von Einheit als Zweck der Musiktheorie angesehen wurde, wenigstens insofern sie auf die Analyse einzelner Musikstücke angewandt wurde und nicht als rein spekulatives Projekt betrieben wurde (in der erstgenannten Form hatte sie sich in den Universitäten und Konservatorien der gesamten englischsprachigen Welt fest etabliert). Im Ergebnis wurden die Grundannahmen, denen die Disziplin ihre Identität verdankte, auf nicht viel mehr als eine Falte im Verlauf der Geschichte der Musik und der

1 Eco (1998).

2 McCreless (1997), S. 295. (Zuerst veröffentlicht in *Music Theory Online* März 1996.)

3 Vgl. Solie (1980); Kerman (1985), Kapitel 3.

Ästhetik reduziert, um einen Ausdruck Michel Foucaults zu verwenden.[4]

In all dem liegt allerdings ein Moment einer unerledigten Aufgabe, denn die Dringlichkeit von McCreless' Antwort war eher eine Ausnahme als die Regel. Immerhin mußten nach wie vor Kurse unterrichtet und Stücke analysiert werden, so daß die meisten Theoretiker ihrem gewohnten Geschäft nachgingen. Die Reaktionen, die es gab, hatten meistens die Form eines direkten Gegenangriffs. Dabei war die Attacke mit der Schrotflinte, die Pieter van den Toorn in *Music, Politics, and the Academy*[5] wählte, erwartungsgemäß weniger wirkungsvoll als Kofi Agawus beständiges Bohren in den Schwachstellen der musikwissenschaftlichen Herausforderung.[6] Insbesondere stellte Agawu heraus, daß beispielsweise in McClarys Interpretation von Beethoven durchaus Analysen vorgenommen wurden, die auf den traditionellen Konzepten von harmonischer Bewegung, Kadenzorientierung usw. beruhten, die jedoch nicht thematisiert, sondern als Common sense getarnt wurden. So beschwerte er sich, daß, »anstatt neue Methoden der Analyse zu entwickeln, Methoden, die frei von konventionellen Voreingenommenheiten sind, neue Musikwissenschaftler oft auf konventionelle Methoden zurückgreifen. Die Requisiten der Bildung von Einsichten gelten als selbstevident.«[7] Oder um es anders zu sagen: Die Betonung liegt stets auf der Interpretation und nicht auf der ihr zugrundeliegenden Analyse, die entsprechend erscheint, als sei sie die Musik selbst. Daraus speist sich Agawus Beobachtung, begleitet von einem Anflug von Sarkasmus, daß »es schwierig ist, diese besondere Manifestation von Verschwiegenheit bei einigen neuen Musikwissenschaftlern mit dem forschenden, von jeder metaphysischen Trübung freien Geist postmoderner Untersuchungen in Einklang zu bringen«.

Dies verbindet sich mit einer allgemeineren Kritik, vorgebracht beispielsweise von Tia DeNora, der zufolge McClary »musikalische Kompositionen behandelt, ›als warteten sie einfach darauf, gelesen zu werden‹ – als ob ihre Bedeutungen außerhalb festgelegter Kontexte der Rezeption angesiedelt seien«. In ähnlicher Weise beklagt Stephen Miles, daß für McClary »Bedeutung eindeutig ist und bereitliegt,

4 Vgl. Foucault (1966), S. 27.

5 Vgl. van den Toorn (1995).

6 Vgl. Agawu (1997).

7 Agawu (1997), S. 302.

erfaßt zu werden: Wir müssen nur noch den Code knacken.«[8] Solche Einwände haben etwas Paradoxes. Eines der grundlegenden Prinzipien der kulturorientierten Musikwissenschaft der neunziger Jahre besagte, daß es so etwas wie »reine musikalische Bedeutung« nicht gibt: Lawrence Kramer postulierte, daß »weder Musik noch sonst etwas anders denn als weltlich durch und durch sein kann«,[9] während McClarys jüngstes Buch darauf zielt zu zeigen, daß das gesamte soziale und kulturelle Wissen, auch dasjenige, dem der Status des »rein musikalischen« zugebilligt wird, aus Konventionen besteht, von denen keine »mehr gilt denn als ein künstliches Konstrukt, das Menschen erfunden haben und das beizubehalten sie übereingekommen sind«.[10] Dies unterminiert wiederum traditionelle Positionen interpretativer Autorität und ersetzt sie durch interpretative Mobilität, die auch Kramer fordert. Und liest man McClarys Arbeiten mit einem Minimum an Sympathie, dann ist es evident, daß sie ebenso offen sind für die Vielfalt interpretativer Möglichkeiten, die musikalische Texte anbieten, und für die Vorläufigkeit jeder gegebenen Interpretation.[11] Dennoch bleibt der von DeNora und Miles beschriebene Eindruck bestehen. Zweifellos liegt ein Grund hierfür in der Art des selbstverständlichen, unreflektierten, in einem Wort *theoriefernen* Zugangs zur Analyse, den Agawu kritisierte.[12] Ich glaube allerdings, daß es noch einen weiteren Grund gibt, und er ist es, mit dem ich mich in dem vorliegenden Aufsatz befasse: Das Fehlen einer angemessenen theoriebasierten Konzeption, wie Musik die Bedeutungen, die ihr zugeschrieben werden, tragen kann (oder auch nicht).

8 DeNora (1995), S. 127; Miles (1995), S. 31. Peter Martin (1995) erhebt nicht nur die gleichen Vorwürfe gegen McClary (S. 156), sondern dehnt diese auch auf Adorno und Shepherd aus (S. 160 f.).

9 Kramer (1992), S. 9 (wiederabgedruckt als Kapitel 1 von Kramer 1995).

10 McClary (2000), S. 6.

11 Ein repräsentatives Beispiel aus ihrem Buch *Conventional Wisdom* ist eine typisch autoritative Darstellung des tonalen Dramas in Vivaldis *Concerto* op. 3, Nr. 8, gefolgt von einer Erörterung, warum sie diese spezielle kritische Strategie in diesem speziellen Fall angewandt hat (2000, S. 93).

12 Agawu deutete auch an, daß McClarys Analysen nicht immer so gewiß oder vollständig sind, wie sie sein könnten (Agawu (1993), S. 96, siehe auch Treitler (1999), S. 368). Darum geht es allerdings im gegenwärtigen Zusammenhang nicht; Timothy Jackson (1995) hat vorgeführt, wie es möglich ist, gender-basierte Interpretationen zu erstellen, die auf den gleichen Prinzipien beruhen wie diejenigen McClarys, jedoch mit allem Komfort dessen ausgestattet, was er moderne Schenkersche Theorie nennt. Gegen seine Arbeit ließen sich die gleichen Einwände vorbringen.

Daß McClarys Interpretation der Reprise des ersten Satzes von Beethovens *Neunter Symphonie*[13] auch dreizehn Jahre nach ihrer ersten Veröffentlichung nichts von ihrer provokativen Kraft verloren hat, kann niemand bezweifeln, der die E-mail-Listen von SMT oder AMS* in den letzten Jahren verfolgt hat. Doch woher rührt diese Anziehungskraft? Nicht von zeitgebundenen Wahrnehmungen, wie James Johnson und andere dargelegt haben – denn solche gibt es nicht.[14] Sofern uns die Assoziation von Beethovens Musik mit sexuell motiviertem Mord überhaupt plausibel erscheint – wäre sie schlicht unplausibel, hätte sie kaum die Kontroverse ausgelöst, die sie ausgelöst hat –, dann liegt dies zum Teil am Einfluß einer anderen unhistorischen Art zu denken: an der Freudschen Psychoanalyse, mitsamt ihrem Interesse an latenter sexueller Bedeutung. Klammert man sie aus, dann kommt eine beliebige Anzahl weiterer Metaphern in Betracht, die genausogut zur Musik passen könnten – beispielsweise mit ihren Schlachten, Scharmützeln, strategischen Rückzügen und Pyrrhussiegen (immerhin sprechen wir über den Komponisten von *Wellingtons Sieg*). Was jedoch die Plausibilität einer jeden derartigen Metapher gewährleistet, was ihr »Passen« zur Musik sichert, ist der Begriff der Homologie. Auf der offenkundigsten Ebene schließen McClarys Interpretationen die Gleichsetzung von Frustration bzw. Erfüllung musikalischer Ziele mit der Frustration bzw. Erfüllung sexueller Ziele ein; auf einer subtileren Ebene hängen ihre Interpretationen davon ab, daß die Erfüllung bzw. Subversion von normativen Mustern in der Musik mit der Erfüllung bzw. Subversion solcher Muster in Gesellschaft oder Ideologie gleichgesetzt werden. Nimmt man die Homologie weg, verliert die Interpretation ihren plausiblen Anspruch, eine Interpretation *der Musik* zu sein und nicht vielmehr

13 Vgl. McClary (1991), S. 128 f., zuerst veröffentlicht unter dem Titel »Getting Down off the Beanstalk: The Presence of a Woman's Voice in Janika Vandervelde's *Genesis II*« (*Minnesota Composer's Forum Newsletter*, Februar 1987). In *Conventional Wisdom* erwähnt McClary, daß ihre Interpretation »an so unwahrscheinlichen Orten wie *Entertainment Weekly* und *Reader's Digest*« zitiert wurde (McClary (2000), S. 189, Anm. 17).

* SMT: Society of Music Theory; die mailing list ist verfügbar unter: <http://smtmcg.acs.unt.edu>; AMS: American Musicological Society; die mailing list ist verfügbar unter: <http://www.ams-net.org/listguidelines.html>. (A. d. Ü.)

14 Vgl. Johnson (1995), S. 287 f. (Anm. 4). Treitler (1999) (S. 369) notiert ähnliche Beobachtungen zu McClarys Interpretation von Mozarts KV 453.

ihr aufgesetzt zu sein. Die Interpretation wird, in einem Wort, beliebig.

Wenn McClary behauptet, Beethovens Musik enthülle etwas über die Konstruktion der Geschlechter im frühen neunzehnten Jahrhundert, und ferner, daß »die Tonalität ... musikalische Analoga zu solchen heraufziehenden Idealen wie Rationalität, Individualismus, Fortschritt und zentrierte Subjektivität konstruierte«,[15] bezieht sie sich selbstverständlich auf die Interpretationstradition, die mit Adorno assoziiert wird (und »die so einleuchtend von Rose Subotnik erläutert wurde«, wie McClary hinzufügt[16]). Im Zentrum dieser Herangehensweise steht der Anspruch, daß – laut Adorno – Musik »in ihrem eigenen Material und nach ihren eigenen Formgesetzen die gesellschaftlichen Probleme zur Darstellung bringt, welche sie bis in die innersten Zellen ihrer Technik in sich enthält«.[17] Auf diese Weise werden die Spannungen und Widersprüche der Gesellschaft als »technische Probleme« aufgestellt,[18] woraus folgt, daß durch eine angemessene Analyse des musikalischen Texts soziale Bedeutung dekodiert werden kann. An diesem Punkt beginnen jedoch die Schwierigkeiten. Ein Kritikpunkt gegen Adorno entspricht Agawus Stichelei gegen den forschenden, metaphysikkritischen Geist postmoderner Untersuchungen: So wendet Max Paddison ein, daß Adorno »die traditionellen Begriffe des von ihm übernommenen analytischen Zugangs nicht der gleichen rigorosen und selbstreflexiven Kritik unterwirft, mit der er an seine philosophische und soziologische Methodologie herangeht«.[19] Auch ein Vorwurf, der gegen die Musikwissenschaftler der neunziger Jahre erhoben wurde, trifft – vielleicht überraschenderweise – ebenso auf Adorno zu: Miles' Einwand, daß diese »eine Beziehung zwischen Musik und Gesellschaft postulieren, jedoch nur erstere im Detail behandeln«.[20] Es geht dabei nicht allein darum, daß die Relata der Beziehung nur lose verbunden sind (wie Richard Middleton zu Dick Hebdiges Arbeit über die *mods* meinte, die auf

15 McClary (2000), S. 65.
16 McClary (2000), S. 119.
17 Adorno (1932), S. 731.
18 Adorno (1932), S. 738.
19 Paddison (1993), S. 171.
20 Miles (1997), S. 728; unter dem »Problem der Vermittlung« versteht er »die konkreten Verbindungen zwischen Musik und Gesellschaft auf den Ebenen von Produktion und Rezeption« (S. 723).

Homologien zwischen der Musik von Bands wie *The Who* und Aspekten des *mod lifestyle* und -Selbstbilds basiert[21]). (Selbstverständlich wollte ich genau dies andeuten, als ich sagte, daß die Metapher des Kriegs zur *Neunten Symphonie* genausogut paßt wie die des Sexualmordes.) Noch geht es nur darum, daß solche Homologien davon abhängen, daß Musik und Gesellschaft auf einem Abstraktionsniveau erfaßt werden, das jede Möglichkeit eines empirischen Nachweises weit hinter sich läßt.[22] Vielmehr geht es darum – wie viele von Adornos Lesern und Kritikern befanden –, daß es so schwierig ist, genau anzugeben, wie die Verbindung zwischen musikalischer und sozialer Struktur funktionieren soll. Sogar Subotnik beschreibt sie als »indirekt, komplex, unbewußt, undokumentiert und mysteriös«.[23]

Peter Martin – der Subotniks Beschreibung zitiert – stimmt mit Miles darin überein, die Schwierigkeit am sozialen oder besser soziologischen Pol der Beziehung zu lokalisieren; er beschreibt den Fehler nicht nur von Adorno, sondern auch von Shepherd und McClary als »Verdinglichung von Begriffen wie Gesellschaft und sozialer Struktur sowie als potentiell deterministische Sicht des Verhaltens« und fügt hinzu, daß es sich dabei um »Arten des Scheiterns ›strukturalistischer‹ Soziologie im allgemeinen« handelt (er denkt hier insbesondere an Durkheim).[24] Diese Kritik trifft den Kern des Problems. Letztlich behauptet Martin, daß Adorno und seine Nachfolger in den neunziger Jahren davon ausgehen, daß die Sozialstruktur eine Art von objektiver Existenz aufweist, die aufgrund einer Homologie in der Struktur der Musik repräsentiert wird; daraus resultiert der Eindruck, soziale Bedeutung inhäriere der Musik (und ebenso resultiert daraus

21 Vgl. Middleton (1990), S. 163. Middletons allgemeine Erörterung des Begriffs der Homologie (S. 159-166) betont dessen Verbindung zur britischen Tradition von *cultural studies*; zu weiteren Aspekten siehe Martin (1995), Kap. 3 und 4; Moore (1993), S. 165-167, und Shepherd/Wicke (1997), S. 31-41.

22 Dieser Einwand kann insbesondere gegen Shepherds frühe Arbeiten vorgebracht werden (z. B. Shepherd 1977), ein Werk, das allerdings mehr an Ernst Bloch als an Adorno erinnert. Um ein repräsentatives Beispiel zu geben, sei Bloch über den Stil der Wiener Klassik zitiert: »Dem beginnenden Unternehmertum entsprechen die Herrschaft der melodieführenden Oberstimme und die Beweglichkeit der übrigen ebenso, wie der *cantus firmus* in der Mitte und die gestufte Vielstimmigkeit der ständischen Gesellschaft entsprochen haben.« (Bloch (1974), S. 286) Zur Beziehung zwischen Bloch und Adorno siehe Paddison (1993), S. 74-78.

23 Subotnik (1976), S. 271.

24 Martin (1995), S. 162.

der autoritative Gestus, die Gewißheit, die Adornos Äußerungen charakterisiert). Dies führt uns nun zurück zu jenem Paradox, das ich bereits erwähnte, nur in verstärkter Form. Wie Martin erklärt, beruht die Disziplin der Soziologie auf der grundlegenden Prämisse, daß alle derartigen Strukturen und Bedeutungen sozial konstruiert sind; folglich wurde die Vorstellung des »Natürlichen«, die Vorstellung von Strukturen und Bedeutungen, die eher material denn sozial fundiert sind, Gegenstand der Kritik. In der gleichen Weise und aus den gleichen Gründen wurde die Idee des »rein Musikalischen« Gegenstand der Kritik in musikwissenschaftlichen Zirkeln. Und es ist diese Prämisse des Sozialkonstruktivismus gleichermaßen bestimmend für die (damals) »Neue« Musikwissenschaft wie für die Soziologie, die dafür sorgte, daß sich die kritische Aufmerksamkeit stets von der Frage abwandte, wie genau bestimmte Musikstücke bestimmte Bedeutungen aufweisen könnten und ob es Beschränkungen für die Bedeutungen gibt, die ein bestimmtes Musikstück aufweisen kann. Kramer schreibt auf der ersten Seite von *Music as Cultural Practice*, Bedeutung sei »unauflösbar verknüpft mit den formalen Prozessen und stilistischen Artikulationen musikalischer Werke«,[25] doch die spezifische Beschaffenheit der Verbindung bleibt ungeklärt. Und in Abwesenheit solcher Erklärungen dürfte das einzige sichere Modell der Beziehung zwischen Musik und Bedeutung das Saussuresche sein – anders gesagt: die Arbitrarität der Beziehung.

Wenn allerdings die Beziehung zwischen Musik und Bedeutung bloß arbiträr ist, gänzlich abhängig von historischer Kontingenz, dann gibt es nichts in der Musik, das die Interpretation einschränken kann. Genau wie im Falle der losen, überinterpretierten Homologien, die ich beschrieben habe, reicht die Evidenzbasis für rationale Debatten über die Interpretation nicht hin; wie Agawu anmerkt, »müssen die eigenen Einsichten keinem Test intersubjektiver Bestätigung standhalten«.[26] Deshalb arten die E-mail-Listen zu McClarys Arbeiten auch so rasch in hitzige Gefechte aus. Und daher rührt auch Treitlers bissige Bemerkung, McClarys Lesarten »scheinen bedenklich nahe an Interpretationen zu sein, die von wenig mehr motiviert sind als dem Drang, sie zu erstellen«, der er hinzufügte, daß solche Interpretationen »sich weder in der Form noch in der Wahrschein-

25 Kramer (1990), S. 1.

26 Agawu (1997), S. 301.

lichkeit von der Art von Hermeneutik des neunzehnten Jahrhunderts unterscheiden, die Beethovens *Neunte Symphonie* mit Hilfe von Bildern deutete, die Goethes *Faust* entnommen waren«.[27] In der Tat gibt es eine schlagende Parallele zwischen den Bedingungen, die den heutigen musikalischen Diskurs und jenen von vor 150 Jahren begleiten. Zieht man Middletons hilfreichen Ausdruck heran,[28] könnte man von einem »Ansturm auf die Interpretation« in der Mitte des 19. Jahrhunderts sprechen, im Zuge dessen extravagante Behauptungen über musikalische Bedeutung an die Stelle ernsthaften Einlassens auf die musikalischen Texte traten.[29] Angesichts solcher Umstände könnte man die Entwicklung formalisierterer Verfahren der Analyse im weiteren Fortgang des Jahrhunderts plausiblerweise als einen Versuch betrachten, die Debatte durch den prinzipiengeleiteten Bezug auf einschlägige empirische Daten – die Partitur – zu regulieren.

Dieser Versuch schoß weit über das Ziel hinaus, wie ich gleich zeigen werden. Das Ziel jedoch kann man nach wie vor als berechtigt ansehen. Der Zweck dieses Aufsatzes ist es demnach, einen Weg zu skizzieren, wie wir wenigstens einige der Bedeutungen, die Musik zugeschrieben werden, als zugleich und irreduzibel sowohl kulturell als auch auf engste auf die strukturellen Eigenschaften der Musik bezogen verstehen können. Nach meinem Vorschlag bildet eine solche Beschäftigung mit den Problemen musikalischer Bedeutung die Grundlage für ein theoretisches Projekt, das die Herausforderung der »Neuen Musikwissenschaft« weder zurückweist noch ignoriert, sondern vielmehr darauf aufbaut.

27 Treitler (1999), S. 369 f.; die Bemerkung zu McClary bezieht sich genauer auf ihre Analyse von Mozarts Klavierkonzert KV 453.

28 Vgl. Middleton (1990), S. 220 [Der originale Ausdruck lautet: »rush to interpretation«. (A. d. Ü.)].

29 Einen lebhaften (obwohl natürlich überzeichneten) Eindruck von der Interpretrationsblase rund um die *Neunte Symphonie* vermittelt Schumann in »Fastnachtsrede von Florestan, gehalten nach einer Aufführung der letzten Symphonie von Beethoven«, in: Schumann (1883), Bd. 1, S. 36-39.

Es ist nützlich, auf die Terminologie von Lydia Goehr zurückzugreifen und die Entwicklung der Musikkritik im 19. Jahrhundert als eine Konjunktion einer »transzendenten Bewegung vom Weltlichen und Besonderen zum Geistigen und Allgemeinen« und einer »formalistischen Bewegung« zu betrachten, »welche die Bedeutung von der Außenseite der Musik in ihr Inneres verlegte«.[30] Auf diese Weise können wir verstehen, was gegen Ende des Jahrhunderts geschah, als die transzendentale Bewegung zurückgewiesen wurde und die formalistische als einziges Kriterium für musikalische Bedeutungshaftigkeit und Wert übrigblieb.

Das deutlichste Zeichen hierfür ist die Art und Weise, wie Hanslicks *Vom Musikalisch-Schönen* allmählich als Leugnung der Fähigkeit von Musik aufgefaßt wurde, expressive Bedeutung zu tragen. Blickt man zurück, ist es nicht leicht zu begreifen, wie selbst einem so reichhaltig polysemischem Text wie *Vom Musikalisch-Schönen* eine *solche* Aussage zugeschrieben werden konnte. Eine sorgfältigere Lektüre hätte zeigen können, daß er von der Kontinuität zwischen Struktur und Bedeutung spricht und dafür plädiert, daß jedes Verstehen musikalischer Bedeutung auf einem Verstehen der Struktur beruhen muß.[31] Sie hätte Hanslicks Buch außerdem als eine Übung in ästhetischer Kategorisierung aufgefaßt, die die expressive Kraft der Musik nicht leugnet, sondern eine klare Trennlinie zwischen Ausdruck und Schönheit zieht. In diesem Kontext kommt es allerdings nicht so sehr darauf an, was Hanslick meinte, sondern wie er gemeinhin verstanden wurde. Und seit dem frühen 20. Jahrhundert besagte die allgemein akzeptierte Lesart, daß Musik ausschließlich in Begriffen der Struktur zu verstehen sei und Fragen der Bedeutung als nicht zum Thema gehörig ausgeschlossen wurden. Diese Sicht wurde zur Orthodoxie, auf der sowohl

30 Goehr (1992), S. 153.

31 Wilson Coker drückt diesen Anspruch deutlicher aus: »Damit musikalische Werke effektive Träger von metaphorischen Bedeutungen sein können, müssen sie geeignete Zeichenträger sein, die in sich kohärent organisiert sind, so daß sie pragmatische, semantische und syntaktische Dimensionen unterhalten können.« (Coker (1972), S. 153) Scott Burnham wiederholt dies eindrucksvoll, wenn er sagt, daß, »gerade weil Musik musikalisch ist, sie zu uns von Dingen sprechen kann, die nicht rein musikalisch sind« (Burnham (1997), S. 326; diese Passage findet sich auch in Burnham (1999), S. 215).

die Musiktheorie als auch (jedenfalls im Kontext der britischen empiristischen Tradition) die Philosophie der Musik gründeten; gelegentlich bekam man den Eindruck, daß die Verteidigung dieser Orthodoxie sogar zu ihrer *raison d'être* wurde. So erwarb das Konzept der Struktur jene Enge, die Joseph Dubiel beklagte – eine Enge, die ihn, wie er schreibt, dazu brachte, den Begriff nicht mehr zu verwenden.[32]

Dieses problematische Hanslicksche Erbe wird am deutlichsten sichtbar im Werk derjenigen Philosophen und in jüngerer Zeit auch Musiktheoriker, die Fragen der Bedeutung wieder in die akademische Debatte eingebracht haben, allerdings unter Bedingungen, welche die zugrundeliegenden Maßstäbe des Formalismus aufrechterhalten: Ich werde mich hauptsächlich auf Peter Kivy, Stephen Davies und Robert Hatten beziehen, könnte aber genausogut Jerrold Levinson, Jenefer Robinson, Edward T. Cone, Leo Treitler oder Eero Tarasti nennen. Diese Autoren gehen von der Prämisse aus, daß – in den Worten Hattens – »musikalische Bedeutung inhärent musikalisch« sei, so daß wir ebenso über die Musik sprechen, wenn wir von ihren expressiven Eigenschaften, von Eigenschaften wie Duldung, Resignation oder Verzicht sprechen, wie wenn wir über ihre Themen, harmonische Fortschreitungen oder formale Modelle sprechen.[33] Folglich sollten – so Kivy – expressive Begriffe in den analytischen Prozeß integriert werden, obwohl sich dies in der Praxis als eher schwierig herausstellt.[34] Kivy versucht, durch eine vergleichende Erörterung von Haydns Symphonien »La Passione« und »La Poule« vorzuführen, was er meint, doch alles, was tatsächlich geschieht, ist der Austausch technischer Termini durch expressive: Er spricht vom »Übergang von hellen zu dunklen Emotionen«, wo wir anderen vom Übergang von A-Dur nach f-Moll sprechen würden;[35] sonst ändert sich wenig. Obgleich Hattens Interpretationen

32 Vgl. Dubiel (1997), S. 313; ähnliche Bemerkungen finden sich bei Maus (1988), S. 73.

33 Hatten (1994), S. 276. Die gleiche Behauptung macht Cone: »Formale und expressive Konzepte sind nicht trennbar, sondern stellen zwei Wege dar, um das gleiche Problem zu verstehen.« (Cone (1974), S. 112), und sie findet ihr Echo bei Newcomb: »Formale und expressive Interpretationen sind tatsächlich zwei komplementäre Wege, das gleiche Phänomen zu verstehen.« (Newcomb (1984), S. 636) Treitler hat zu diesem Thema einen ganzen Artikel geschrieben (Treitler 1997).

34 Vgl. Kivy (1993a), S. 316 f. Zu einer ausführlicheren Darstellung dieses Arguments vgl. Cook, Dibben (2001), bes. S. 59-63.

35 Kivy (1993a), S. 322.

erheblich ausgefeilter sind, nicht zuletzt aufgrund seines Bemühens, strukturelle Merkmale im Kontext historisch fundierter expressiver Codes zu lokalisieren, herrscht der Eindruck vor, daß entweder eine strukturelle Interpretation im Gewand emotionalen Vokabulars vorgetragen wird (wie bei Kivy) oder daß die expressive Bedeutung im letzten Moment aufgepfropft wird (ein besonders deutliches Beispiel ist seine Erörterung des ersten Satzes von Beethovens op. 130).[36] Es ist bezeichnend, daß Hatten oft mit einer stilistisch geprägten expressiven Charakterisierung beginnt und diese dann durch strukturelle Analyse verfeinert, jedoch nie eine formale Analyse auf der Grundlage einer expressiven Interpretation neu bewertet; nur gelegentlich (z. B. in seiner Erörterung der Cavatina aus op. 130) ist ein echter Kontrapunkt von expressiver und formaler Analyse zu bemerken – etwa indem expressive Kohärenz dort nachgewiesen wird, wo die Musik strukturell inkohärent ist. Obgleich sich Hatten auf die »Wechselwirkung zwischen expressiven und strukturellen Merkmalen« in diesem Satz bezieht,[37] reflektiert er nicht auf die Art von gegensätzlicher Beziehung zwischen beiden, aus der heraus eine solche Wechselwirkung entstehen könnte – tatsächlich ist auch kaum zu sehen, wie er dies tun könnte, angesichts seiner Prämisse, daß musikalische Bedeutung inhärent musikalisch sei.[38] Ich werde auf diesen Punkt am Ende dieses Aufsatzes zurückkommen.

Es wäre bequem, wenn auch nicht ganz genau, diese Haltung als einen neo-Hanslickschen Zugang zur musikalischen Bedeutung zu

36 Vgl. z. B. seine Beschreibung der Takte 5 f. der *Cavatina* aus op. 130: »Der ›gewollte‹ (im wesentlichen schrittweise) Aufstieg nimmt einen hoffnungsvollen Charakter an, der vom stufenweise voranschreitenden Baß unterstützt wird. (Man beachte, daß die keilförmige Expansion sowohl den emotionalen Raum wie den des Tonregisters ›öffnet‹ und so die potentiell ›lamentierende‹ Konnotation eines stufenweisen Abstiegs im Baß übertrumpft.«) (Hatten (1994), S. 213 f.)

37 Hatten (1994), S. 320 (Anm. 8).

38 Eine ähnliche Ambivalenz findet sich in Karl/Robinson (1997): Sagen sie auf der einen Seite über die Beziehung zwischen Struktur und Ausdruck, daß sie »diese Dichotomie für mißglückt halten« (S. 176), behaupten sie auf der nächsten Seite, daß »die formale Funktion bestimmter Passagen exakt nur in expressiven Begriffen beschrieben werden kann«. (Die zweite Behauptung bestätigt die Dichotomie, die die erste negierte.) Zu einer weiteren Erörterung über das Ausmaß, in dem sich Autoren wie Karl und Robinson, Hatten, Maus, Fisk und Guck der »Wechselwirkung« zwischen Struktur und Ausdruck zuwenden, auf die sich einige von ihnen berufen, vgl. Cook, Dibben (2001).

bezeichnen;[39] in jedem Fall ist es eine Position, die Hanslicks eigenen Ansichten sehr viel näher steht als jene, die ihm im Jahrhundert nach der Veröffentlichung von *Vom Musikalisch-Schönen* zugeschrieben wurden, da sie die Bedeutung der Musik nicht gänzlich verwirft, sondern sie eher in den musikalischen Text einschreibt. Und gleich ob implizit oder explizit, diese Parallelisierung von Musik und Bedeutung findet Bestätigung in einer Idee, die Hanslick selbst äußerte[40] und die seitdem von Philosophen und Musiktheoretikern von Langer bis Coker und von Meyer bis Shepherd aufgegriffen wurde: nämlich, daß die energetischen oder Spannungsmuster der Musik in gewisser Weise dem entsprechen, was Langer den »logischen Ausdruck« oder die »allgemeinen Formen des Gefühls« nannte,[41] oder – in Shepherds und Wickes gewundenerer Formulierung – daß jene Muster »eine Ordnung menschlicher Beziehungen evozieren, die somatisch vermittelt sind und als kraftvoll und innere affektive Zustände umfassend erfahren werden«.[42] Allerdings sind zwei Anmerkungen zu dieser »Kontur-Theorie« des musikalischen Ausdrucks – wie Kivy sie nannte[43] – erforderlich.

Erstens ist die Beziehung, die sie zwischen Musik und Bedeutung postuliert, im Kern mysteriös. Sie ist mysteriös, weil es unmöglich ist, die »logische Form« menschlicher Gefühle zu definieren, es sei denn, man zieht Begriffe heran, die den Ausdruck der Gefühle im Verhalten – in Musik oder Tanz – beschreiben. In diesem Fall ist jedoch die Berufung auf den Begriff des Ausdrucks redundant, wie

39 Die Ungenauigkeit ist am offensichtlichsten in den Bereichen, in denen insbesondere Kivy und Hatten sich vom Hanslickschen Formalismus distanzieren, wenn es auch strittig ist, wie weit sie sich tatsächlich vom tatsächlichen oder vermeintlichen Hanslick entfernen.

40 Vgl. Hanslick (1854), S. 16 (1891, S. 32); solche Überlegungen haben eine Vorgeschichte im 18. Jahrhundert, etwa bei Johann Mattheson und Jean-Jacques Rousseau.

41 Langer (1942), S. 216, S. 234.

42 Shepherd/Wicke (1997), S. 113; zu einer eng verwandten Formulierung vgl. Sloboda (1998), S. 28. Allgemeine bibliographische Angaben zu dieser Position finden sich in Cook (1998), S. 79 (Anm. 62) und Davies (1994), S. 230. Shepherd/Wickes Erwähnung des »Somatischen« suggeriert die Möglichkeit, dieses Modell weiterzuentwickeln, indem man es mit der Rolle des Körpers als fundamentaler Metapher in der menschlichen Begriffsbildung verbindet (Johnson 1992); siehe dazu auch die Ausführungen zur Metapher in Hatten (1994), S. 162-72.

43 Um sie von der »Konventionstheorie« zu unterscheiden (der zufolge musikalischer Ausdruck auf arbiträrer Bezeichnung basiert); siehe Kivy (1980), Kapitel 8.

Roger Scruton[44] gezeigt hat: Man kann nicht sinnvollerweise für eine Beziehung zwischen A und B argumentieren, wenn man B nur durch A definieren kann. (Das Geheimnis ist genauso tief wie dasjenige, das Adornos Homologien zwischen musikalischer und sozialer Struktur bereithalten, und mit diesem eng verwandt: Wenn Shepherd und Wicke schreiben, daß »es durchaus eine strukturelle Beziehung geben könnte zwischen den internen Eigenschaften von Trommelklängen und den Logiken und Strukturen des Militärischen«,[45] ist es schwer zu bestimmen, ob Musik mit affektiven oder sozialen Strukturen verknüpft wird, aber in keinem Fall ist auch nur annähernd klar, wie man die »Logiken und Strukturen des Militärischen« definieren soll.)

Zweitens wird Bedeutung implizit einem erfahrenden Subjekt zugeschrieben, da sie in Begriffen interner affektiver Zustände aufgefaßt wird; ein Großteil der Literatur zur musikalischen Bedeutung dreht sich um die Frage, ob das erfahrende Subjekt mit dem Komponisten, dem Hörer oder gar auf irgendeine obskure Weise mit der Musik selbst gleichzusetzen ist.[46] Man könnte entsprechend einwenden, daß der gesamte Weg, obgleich er sich als allgemeine Philosophie der Musik präsentiert, auf Konstruktionen bürgerlicher Subjektivität des 19. Jahrhunderts beruht (was nicht unbegründet ist, denkt man an seinen Ursprung bei Hanslick) und daher von begrenzter historischer, geographischer und vielleicht sogar sozialer Anwendbarkeit ist.

Ein Teil von Hanslicks Erbe ist somit eine Fragmentierung des Nachdenkens über musikalische Bedeutung. Nirgends in Davies' anscheinend erschöpfendem Buch *Musical Meaning and Expression* wird ernsthaft erwogen, daß Musik soziale Bedeutung haben könnte (Adorno taucht im Haupttext beispielsweise nur einmal auf, und

44 Vgl. Scruton (1997), S. 147 (Anm. 7); eine weitere Kritik an Langer findet sich in Davies (1994), S. 132 f. Davies' Konzept von »emotionalen Charakteristika in den Erscheinungen« (S. 221-228), dem zufolge die gestischen Eigenschaften der Musik mit beobachtbaren Eigenschaften wie der »Eleganz« einer bestimmten Haltung parallelisiert werden, überwindet manche der genannten Probleme, da es verborgene mentale Zustände durch beobachtbare Eigenschaften ersetzt.

45 Shepherd/Wicke (1997), S. 156.

46 Ausgangspunkt dieser Debatte ist Cone (1974); spätere Beiträger schließen u. a. Newcomb, Kivy, Robinson und Maus ein. Eine neuere Formulierung im Kontext der Experimentalpsychologie findet sich in Watt, Ash (1998), besonders S. 49 f., während Cumming (1997) eine ausgefeilte analytische Untersuchung zur Konstruktion von Subjektivität unternommen hat.

zwar mit seiner Prophezeiung, daß die Kinder eines Tages Zwölftonmelodien pfeifen werden, wenn sie ihre Hausaufgaben abgeben!);[47] umgekehrt gelingt es Shepherd und Wicke in ihrem eher kulturwissenschaftlich orientiertem Buch, als dessen Thema die Autoren im allerersten Satz die »Prozesse von Affekt und Bedeutung in der Musik« angeben,[48] jeden Hinweis auf Kivy, Davies oder Hatten zu vermeiden (und ebenso auf Levinson, Robinson, Cone, Treitler oder Tarasti). Mit diesen Bemerkungen möchte ich nicht suggerieren, daß es eine große, vereinheitlichende Theorie musikalischer Bedeutung geben sollte oder könnte; wie Francis Sparshott bemerkt, »müssen wir womöglich eine Anzahl verschiedener Phänomene in Betracht ziehen, die nur vage miteinander verbunden sind«.[49] Allerdings scheint es wichtige Spielarten musikalischer Bedeutung zu geben, die in die Lücke zwischen der Auffassung, Bedeutung inhäriere der Musik, und der Auffassung, Bedeutung sei eine rein soziale Konstruktion, fallen. Um nur ein Beispiel herauszugreifen, auf das ich später noch zurückkommen werde: Es gehört zu den alltäglichen Erfahrungen, daß die Musik in Fernseh-Werbespots die Werbebotschaft formt und nuanciert; in solchen Fällen hängt der semiotische Prozeß von der Differenz zwischen Musik und Bedeutung ab (es geht hier fraglos um »weltliche« und nicht bloß »der Musik inhärierende« Bedeutung), doch gleichzeitig gibt es eine intime Verbindung zwischen der Entfaltung der Musik und dem Entstehen jener Bedeutung.

Daß wir häufig musikalische Bedeutung auf diese Weise sehen möchten, ist offensichtlich genug. Edward T. Cone stellt fest, daß »ein Musikstück eine weite, doch nicht unbeschränkte Fülle möglichen Ausdrucks« zuläßt;[50] konkreter (und wieder mit Bezug auf Haydns »La Poule«) argumentiert James Johnson, daß man die punktierten Rhythmen der Oboe als Henne oder ebenso als Ausdruck von Fröhlichkeit oder sogar als »wesentlichen Faden in einem Netz

47 Vgl. Davies (1994), S. 359 f.

48 Shepherd/Wicke (1997), S. 7.

49 Sparshott (1998), S. 24; zu einer Typologie musikalischer Bedeutungen vgl. Davies (1994), S. 29-36. Sparshott merkt auch an, daß es »schwierig ist zu erkennen, welchen Gegenstand eine *Theorie* in diesem Bereich haben sollte und welchem Zweck sie dienen könnte« (S. 33 f.), doch hält Scruton, wie üblich, die Antwort bereit: »Eine Theorie musikalischer Bedeutung ist eine Theorie dessen, was wir verstehen, wenn wir mit Verständnis hören.« (Scruton (1997), S. 169)

50 Cone (1974), S. 166.

unbeschreibbaren Inhalts« hören kann – unmöglich sei es jedoch zu behaupten, »es handle sich dabei um eine Totenklage, stelle den Sturm auf die Bastille dar oder befördere die Sklaverei«.[51] Derartige Formulierungen geben eine Sicht auf Musik und Bedeutung wieder, in der beide interagieren, in der sie verschieden, doch miteinander verknüpft sind. Shepherd und Wicke sprechen wiederum von der »Konstruktion von Bedeutungen durch die Klänge der Musik, die zwar als gesellschaftlich ausgehandelt, doch nicht als beliebig aufgefaßt werden darf«,[52] und selbstverständlich gibt es keinen prinzipiellen Grund, warum musikalische Bedeutung nicht zugleich kulturell konstruiert und durch die formale Struktur bedingt sein kann (wie Martin sagt, muß der Sozialkonstruktivismus nicht implizieren, daß »musikalische Bedeutungen zufällig sein müssen, oder daß ein beliebiges Klangmuster einen beliebigen Gegenstand oder eine beliebige Idee darstellt«).[53] Tatsächlich findet sich in kritischen Kommentaren zur Musik oft die implizite, allgemein geteilte Annahme, dies sei so. Doch allgemein geteilte Annahmen sind unzureichend, um einen kritischen Diskurs zu regulieren, und die ideologisch inspirierte Abwendung von Fragen der materialen Basis von Bedeutung, auf die ich hingewiesen habe, widersetzte sich der Entwicklung besser fundierter Ansätze. Die aufschlußreichste Formulierung für diesen Grund findet sich bei Richard Middleton: Er sagt, »es scheint wahrscheinlich, daß es in der Praxis Grenzen der Umbildung von Bedeutung gibt«.[54] Der Ausdruck »es scheint wahrscheinlich« verrät den dringenden Wunsch, dies zu glauben, und gleichzeitig das Fehlen irgendeiner Grundlage für eine solche Überzeugung. Die Herausforderung für den Theoretiker besteht somit darin, einen dritten Weg zu finden zwischen der Skylla inhärenter und der Charybdis sozial konstruierter Bedeutung.

51 Johnson (1995), S. 2.

52 Shepherd/Wicke (1997), S. 116.

53 Martin (1995), S. 72 (siehe auch S. 144 f.). Für Martin ist dies voll und ganz vereinbar damit, daß Bedeutungen »›arbiträr‹ in einem technischen Sinne« sind. Es ist daher notwendig, dieses spezielle Wort mit einer gewissen Vorsicht zu betrachten; vgl. Davies' Bemerkung, daß »es eine unglückliche Neigung gibt, ›konventionell‹ als äquivalent zu ›arbiträr‹ zu behandeln und davon auszugehen, daß alle Konventionen, die Symbolsysteme strukturieren, der Erzeugung von semantischem Gehalt gewidmet sind« (Davies (1994), S. 39).

54 Middleton (1990), S. 154.

2. Zwischen Skylla und Charybdis

In Diskussionen über musikalische Bedeutung gibt es eine generelle Tendenz, diese Bedeutung sprachlicher Bezeichnung anzugleichen. Miles schreibt, daß McClary »Musik behandelt, als sei sie beinahe sprachlicher Natur: dies belegt die großzügige Verwendung von Worten wie ›artikuliert‹. [...] McClarys Metaphern vermitteln zwar wirkungsvoll ihre Einsichten in die soziale Bedeutung von Musik, verdunkeln aber zugleich die Unterscheidung zwischen Musik und Sprache.«[55] Besonders verräterisch ist in diesem Zusammenhang ein vorherrschendes Mißtrauen, besonders deutlich in Kramers Arbeiten, gegen die miteinander assoziierten Ideen der Unmittelbarkeit und der Unaussprechlichkeit. Die Gründe für dieses Mißtrauen sind offensichtlich: Bedeutung, die jenseits des kritischen Diskurses liegt, präsentiert sich per definitionem als immanent und geradezu natürlich und läuft so den erwähnten sozialkonstruktivistischen Prinzipien zuwider. Da Kramer ohnehin einen literaturwissenschaftlichen Hintergrund hat, ist es kaum überraschend, wenn er Bedeutung mit Sprache gleichsetzt und von der wechselseitigen Durchlässigkeit von Text und Kommentar ausgeht.[56] Musik ist jedoch nicht Sprache, wenigstens nicht in einem mehr als partiellen und analogischen Sinn, und wenn wir schon auf andere kulturelle Praktiken zurückgreifen, um Modelle für musikalische Bedeutung zu finden, wäre es genauso sinnvoll, sich der Untersuchung der materiellen Kultur zuzuwenden, in deren Fall Probleme der Unaussprechlichkeit nicht leicht abgetan werden können.[57]

55 Miles (1995), S. 26.

56 Kramer behauptet, daß das Werk »sich einer vollständigen Aufdeckung widersetzt, daß es in wichtigen Hinsichten stumm ist und daß wir es zunächst in Begriffen verstehen, deren Artikulation wir uns selbst erarbeiten müssen« (Kramer (1990), S. 5). Auf den ersten Blick erscheint dies als Verteidigung der Unaussprechlichkeit, ist es tatsächlich jedoch nicht, denn die Prämisse von Kramers Kritik besagt, daß »Musik dazu *gebracht* werden muß, dem Verstehen Raum zu geben« (S. 6, Hervorhebung N. C.), mit anderen Worten: daß sie zum Sprechen gebracht werden kann.

57 Es ist ein merkwürdiger Umstand, daß so viele Musikwissenschaftler und -theoretiker Goehrs Bild eines »imaginären Museums musikalischer Werke« aufgegriffen haben, ohne wirklich über die implizierte Parallele zwischen musikalischen Werken und dem, was tatsächliche Museen enthalten, nachzudenken. Diese Beobachtung weiterzuverfolgen würde mich jenseits der Grenzen dieses Aufsatzes führen, doch denke ich beispielsweise an die Möglichkeit, daß die angemessensten Modelle für die Nar-

Daniel Miller schreibt in seinem Buch *Material Culture and Mass Consumption* über

> die Unangemessenheiten und Roheiten der Sprache, wenn sie Gegenständen in der alltäglichen Interaktion gegenübersteht. [...] Man stelle sich für einen Moment den Versuch vor, im Detail die Formunterschiede zwischen einer Milchflasche und einer Sherryflasche zu beschreiben, oder den Geschmack von Kabeljau im Vergleich mit dem von Schellfisch, oder das Design einer Tapete. Verglichen mit unserer Fähigkeit, feine Unterscheidungen wahrnehmbarer Eigenschaften vorzunehmen und diese inmitten eines Wirrwarrs gewöhnlicher Objekte zu erkennen und zu unterscheiden, dürfte die sprachliche Beschreibung klarerweise langsam und umständlich erscheinen.[58]

Im gleichen Geiste sprach Barthes in seinem Aufsatz über einige Szenenphotos von Eisenstein von der »stumpfen« Bedeutung visueller Bilder, die »evident«, »verstreut« und an der »eigenen Dauer haftend« sei und die sich expliziter Formulierung oder Darstellung verweigere; sie sei, wie er sagt, »theoretisch lokalisierbar, aber nicht beschreibbar«.[59] Solche Ansichten laufen parallel zur verbreiteten Intuition, daß sich auch Musik umfassender verbaler Formulierung widersetzt – Ansichten, die kaum als Nachklänge romantischer Ideologie abzutun sind (so beispielsweise im Fall von Scott Burnham, für den »wir Musik sprechen hören, nicht indem wir sie auf eine Menge anderer Umstände reduzieren, sondern ihr die Opazität ihrer eigenen Stimme zugestehen«[60]). Daraus folgt, daß die Deutung materieller Kultur durchaus ein nützliches Modell musikalischer Bedeutung bereitstellen könnte, das die verbreitete, doch oft stillschweigende Übernahme von Modellen, die aus der Sprache oder literarischen Texten abgeleitet sind, ergänzen könnte.

Wie bezeichnen nun Objekte? Durch die soziale Konstruktion von Bedeutung, ohne Zweifel; wie ein literarischer oder musikalischer Text ist einem Topf oder einem Bild eine Bedeutung nicht

rativität in der Musik nicht der Literatur entnommen werden könnten, sondern der Art und Weise, wie die Museologie der Jahrhundertwende sozial-evolutionäre und diffusionistische Paradigmen durch die Zusammenstellung materieller Artefakte vermittelte (Miller (1987), S. 110 f.).

58 Miller (1987), S. 98.

59 Barthes (1970), S. 49, S. 61.

60 Burnham (1997), S. 326.

einfach eingebaut, die bloß darauf wartet, entdeckt zu werden. Entsprechend weist Miller »die Idee der physikalischen Beschaffenheit als irgendeine ›letzte Beschränkung‹ oder letzten bestimmenden Faktor« zurück und betont statt dessen, daß

> schon eine kursorische Prüfung, wie Artefakte tatsächlich in verschiedenen Gesellschaften gebraucht werden, die extreme Verschiedenheit der Gebräuche und Konnotationen enthüllt, die physikalisch gleiche Formen aufweisen können. [...] Gesellschaften haben eine außerordentliche Fähigkeit, Gegenständen entweder Eigenschaften zuzuweisen, die Außenstehenden nicht evident erscheinen, oder Eigenschaften zu ignorieren, die den gleichen Außenstehenden als integraler Bestandteil des Gegenstands erscheinen würden.[61]

Mit der Behauptung, die Bedeutung eines Gegenstands sei sozial konstruiert, sagt Miller jedoch keineswegs, daß sie schlechthin oder ausschließlich arbiträr sei. Die Idee der Eigenschaften gestattet ihm, einen Mittelweg zwischen diesen beiden Positionen zu finden. Das Argument ist im Kern einfach: Jeder Topf und jedes Bild hat eine unbestimmte, allerdings nicht unendliche Anzahl von physikalischen Eigenschaften, und jede Gesellschaft trifft ihre eigene Auswahl und Interpretation dieser Eigenschaften. (Am leichtesten erkennt man, was gemeint ist, anhand der verschiedenen Auffassungen von Bildern zu verschiedenen Zeiten: van Meegerens Vermeer-Fälschungen beispielsweise narrten die Experten für lange Zeit, sehen heute jedoch deutlich anders aus als die Originale. Die Verschiebung in den Sichtweisen spiegelt eine unterschiedliche Auswahl von Eigenschaften wider, und der Preis hat sich entsprechend geändert.) Die Bedeutung, die ein Gegenstand in einer bestimmten Gesellschaft annimmt, stützt sich demnach auf die spezifische Auswahl von Eigenschaften, die diese Kultur getroffen hat (und trägt gleichzeitig dazu bei, diese zu stabilisieren); die Auswahl hilft dabei, den Gegenstand zu dem zu machen, der er für diese Kultur ist. Auf diese Weise wird die Bedeutung, obgleich sozial konstruiert, sowohl ermöglicht als auch beschränkt durch die verfügbaren Eigenschaften des Gegenstands.

Bevor wir jedoch in verläßlicher Weise ein Modell, das der Erforschung der materiellen Kultur entstammt, auf die Analyse der Musik anwenden können, müssen wir eine sehr offensichtliche Differenz zwischen diesen beiden Formen kultureller Praxis ansprechen.

61 Miller (1987), S. 105, S. 109.

Materielle Gegenstände sind, in der Terminologie Goodmans,[62] autographisch; sie können zwar kopiert werden, doch hat jeder Gegenstand seine eigene unabhängige Existenz. Musikalische Gegenstände sind dagegen allographisch, gleichermaßen durch Partituren, Aufführungen oder Aufnahmen instantiiert. So wird die notationale Spur, die durch die Partitur – oder besser: durch eine Anzahl mehr oder weniger voneinander abweichender Partituren – repräsentiert wird, ergänzt oder ersetzt durch die vielfältigen akustischen Spuren von Aufführungen und Aufnahmen, deren jede ihre eigenen besonderen Formen empirischen Widerstands sowohl im semiotischen Prozeß und in seiner Analyse manifestiert. Was wir als »ein Musikstück« betrachten, sollte daher als eine unendliche Reihe von Spuren aufgefaßt werden (wenn ich in diesem Aufsatz von der musikalischen Spur spreche, ist dies nur eine Abkürzung für die komplette Reihe).[63] Dies ist allerdings nur ein Teil eines umfassenderen Problems: in welchem Umfang man nämlich nützliche Analogien zwischen den autographischen und den aufführenden Künsten ziehen kann. Es ist daher hilfreich, die Analogie mit materieller Kultur durch eine weitere zu ergänzen, die den Theaterwissenschaften entstammt.

In ihrem Buch *A Semiotics of the Dramatic Text* befaßt sich Susan Melrose mit der Art und Weise, wie dramatische Bedeutung zwischen den Schauspielern ausgehandelt wird, anstatt sie als etwas zu betrachten, das dem Text inhäriert und in der Aufführung reproduziert wird. (Diese Herangehensweise ist gleichermaßen für die musikalische Aufführungspraxis relevant, doch werde ich dem an anderer Stelle nachgehen.[64]) Wo ein modernistischer Kritiker nach Kohärenz und Einheit gesucht hätte, zieht Melrose das dezentrierte Konzept eines »Bündels [...] semiotischen Potentials« heran, »das zusammengehalten wird vom differierenden energetischen Input der Gruppenmitglieder, die sich den Anforderungen unmittelbarer konkreter Arbeit gegenübersehen«, und das zwischen ihnen »unablässig ausgehandelt wird«, ein Vorgang, der zu einem »Cluster verschiedener Beiträge« führt, »die sogar ›im Moment‹, der wie eine ›einzige Handlung‹ aussieht, Spannung und eine gewisse semiotische Heterogenität

62 Vgl. Goodman (1969).

63 Siehe dazu ausführlicher Cook (1999).

64 Vgl. dazu inzwischen Cook (2003). [Neuer Zusatz 2005.]

produzieren«.[65] Als etwas, das in der Aufführung konstruiert wird, ist Bedeutung emergent: Sie wird nicht reproduziert, sondern durch den Akt der Aufführung hervorgebracht. Und es ist diese emergente Qualität, zusammen mit der Idee eines Bündels oder Clusters semiotischen Potentials, die ich für die Analyse musikalischer Bedeutung heranziehen möchte. Denn die materiellen Spuren musikalischer Werke unterstützen, genauso wie physikalische Gegenstände, einen Bereich möglicher Bedeutungen, und wie Melroses Bild der Interaktion in der Aufführung kann man sie sich als Bündel vorstellen, das aus einer unbestimmten Anzahl von Eigenschaften besteht, aus dem verschiedene Auswahlen vorgenommen werden, je nach kultureller Tradition oder je nach Gelegenheit der Interpretation. Man könnte von einem differenzierenden semantischen Gliedern sprechen, das eine Quelle der kulturellen Variabilität musikalischer Bedeutung ist; dies ist eine Weise, wie es zu einer Artikulation – einem Grad von Spiel – in der Beziehung zwischen Musik und ihren Bedeutungen kommen kann.

Es gibt jedoch noch eine weitere Quelle, die einer längeren Erklärung bedarf. Wie ich vorgeschlagen habe, besteht eines der Probleme der »Kontur-Theorie« des musikalischen Ausdrucks darin, daß sie Bedeutung so eng an die Musik bindet, daß sie ihr faktisch immanent wird; die Kontur-Theorie respektiert die gerade erwähnte Artikulation nicht. Deshalb und um der empirischen Evidenz Rechnung zu tragen, daß Hörer nicht genau darin übereinstimmen, welche Emotionen ein bestimmtes Musikstück ausdrückt, haben neo-Hanslicksche Philosophen wie Kivy und Davies argumentiert, daß Musik nur grobe emotionale Qualitäten wie Glück oder Trauer ausdrücken kann, doch keine feiner nuancierten Emotionen wie Freude, Vergnügen, Entzücken und gute Laune oder auch Kummer, Verzagtheit, Niedergeschlagenheit, Depression, Schwermut, Trübsinn und Verzweiflung (bedauerlicherweise gibt es mehr Worte für »traurig« als für »glücklich«).[66] Dieses Argument beruht auf der Prämisse, daß solche nuancierteren oder »höheren« Emotionen ein formales Objekt benötigen, in dem Sinne, daß man nicht einfach stolz oder neidisch, sondern nur stolz oder neidisch auf etwas oder jemanden sein kann; Musik kann solche formalen Objekte nicht

65 Melrose (1994), S. 221 f.

66 Vgl. Davies (1994), S. 226; dort findet sich das Argument im Detail.

bereitstellen – so jedenfalls das Argument – und ist daher auf einfache, objektlose Emotionen oder Stimmungen wie Glück und Trauer beschränkt.[67] Kurz gesagt: Musik kann nur unnuancierte Emotionen ausdrücken.

In anderen Zusammenhängen habe ich bemerkt, daß diese Konklusion kaum darauf angelegt ist, Musikwissenschaftler zufriedenzustellen (daher auch der lange, aber ergebnislose Austausch von Aufsätzen zwischen Kivy and Anthony Newcomb) – und, vielleicht überraschenderweise, daß es Hanslick war, der den Ausweg vorschlug.[68] In einer frühen Version dessen, was später als kognitive Theorie der Emotionen bekannt wurde,[69] argumentierte Hanslick, daß Emotionen wie Sehnsucht, Hoffnung oder Liebe von einem formalen Objekt abhängen, in dessen Abwesenheit »eine unbestimmte Bewegung« bleibt, »allenfalls die Empfindung allgemeinen Wohlbefindens oder Mißbehagens«.[70] (Das unterscheidet sich nicht sonderlich von dem, was die Musik laut Kivy und Davies fähig ist auszudrücken.) Hanslick verfolgt seinen Gedanken allerdings in eine andere Richtung weiter:

> Die Liebe kann ohne die Vorstellung einer geliebten, individuellen Persönlichkeit, ohne den Wunsch und das Streben nach der Beglückung, Verherrlichung, dem Besitz dieses Gegenstandes nicht gedacht werden. Nicht die Art der bloßen Seelenbewegung, sondern ihr begrifflicher Kern, ihr wirklicher, historischer Inhalt macht sie zur Liebe. Ihrer Dynamik nach kann diese ebensogut sanft als stürmisch, ebensowohl froh als schmerzlich auftreten und bleibt doch immer Liebe. Diese Betrachtung allein reicht hin, zu zeigen, daß Musik nur jene verschiedenen begleitenden Adjectiva ausdrücken könne, nie das Substantivum, die Liebe, selbst.

Kurz gesagt, Hanslick behauptet, daß Musik als Hilfsmittel zur Vermittlung von Emotionen weitgehend ineffektiv ist, daß sie jedoch sehr wohl Nuancen vermittelt.[71] Oder noch bündiger: Musik

67 Dieses Argument wird zwar weithin, doch nicht überall akzeptiert; für Ausnahmen vgl. die gegenläufigen Bestimmungen der komplexen Emotion Hoffnung bei Levinson (1990) und Karl/Robinson (1997).

68 Vgl. Cook (1998), S. 86-97.

69 Vgl. Kivy (1993b), S. 284.

70 Hanslick (1854), S. 13 f. (1891, S. 27 f.).

71 In Cook (1998), S. 94 habe ich vorgeschlagen, daß Hanslicks zugegebenermaßen nicht ausgearbeiteter Vergleich mit Silhouetten genau dies impliziert (vgl. Hanslick (1854),

vermittelt nicht Emotionen ohne Nuancen, sondern Nuancen ohne Emotionen.

Dies ist, so möchte ich vorschlagen, der Schlüssel für ein Modell musikalischer Bedeutung, das diese weder immanent noch beliebig werden läßt, sondern emergent und zu einer Sache von Übereinkunft, genau so, wie Melrose dramatische Bedeutung auffaßte. Der Punkt läßt sich auf sehr einfache Weise anhand eines Fernseh-Werbespots verdeutlichen, über den ich an anderer Stelle geschrieben habe. In diesem Werbespot sieht man einen Citroën ZX 16v gewundene Landstraßen entlangfahren; diesen Aufnahmen sind Auszüge aus der Ouvertüre von Mozarts *Le Nozze di Figaro* unterlegt.[72] Hört man sie in diesem Kontext, gruppieren sich die energetischen und expressiven Eigenschaften von Mozarts Musik – d. h. ihre Nuancen – rund um das Auto, auf das sie die mit ihnen assoziierten Eigenschaften Kraft, Schwung und Anmut übertragen, und verleihen ihm gleichzeitig die Konnotationen von Prestige und hoher Kultur. Die Musik wählt sozusagen Eigenschaften des Autos aus, und umgekehrt könnte man sagen, daß das Bild des vorbeibrausenden Citroëns die Musik interpretiert. So entsteht eine zusammengesetzte Bedeutung, die weder der Musik noch dem Auto immanent war. Selbstverständlich handelt es sich hier um ein multimediales Beispiel und nicht um einen Fall von »music alone«, wie Kivy es ausdrückte (eine Formulierung, die er Hanslick entlehnt zu haben scheint).[73] Für meine Argumentation ist es jedoch zentral, daß Musik nie »alleine« ist, daß sie immer in einem diskursiven Kontext rezipiert wird und daß Bedeutung durch die Interaktion von Musik und Interpret, von Text und Kontext konstruiert wird, so daß die einer gegebenen materiellen Spur zugeschriebene Bedeutung je nach den Umständen ihrer Rezeption variiert. Es ist demnach falsch zu sagen, daß Musik bestimmte Bedeutungen *hat*; vielmehr hat sie das Potential dafür, daß bestimmte Bedeutungen unter bestimmten Umständen emergieren. Oder, mit einem Ausdruck von J. J. Gibson:[74] Musik hat keine spezifischen Bedeutungen,

S. 22). Das gleiche allgemeine Argument findet sich bereits in Cook (1986), S. 121 f.

72 Vgl. Cook (1998), S. 4-8.

73 Kivy (1990). [Bei Hanslick findet sich die Formulierung »die Tonkunst allein«, allerdings in einem anderen Sinn als dem der »absoluten Musik«, vgl. Hanslick (1854), S. 2 (1891, S. 4). (A. d. Ü.)]

74 Auch Moore hat Gibsons Begriff des »Angebots«, der zunächst im Kontext visueller Wahrnehmung entwickelt wurde, für musikalische Bedeutung verwendet (Moore

aber sie *bietet* Empfindungen von Liebe, Anmut, Prestige, Begehren usw. *an*. Dies nun ist eine zweite Form der Artikulation in der Beziehung zwischen Musik und Bedeutung und somit eine weitere Quelle der kulturellen Variabilität musikalischer Bedeutung.

3. Die Konstruktion von Bedeutung: Eine Fallstudie

Mit der Rede von der »materiellen Spur« übernehme ich einen Ausdruck von Jean Jacques Nattiez, der in *Musicologie générale et sémiologie* damit bezeichnet, was er früher (im Anschluß an Molino) die »neutrale Ebene« genannt hatte.[75] Obwohl der neue Ausdruck immer noch die unbehagliche Vorstellung erweckt, man schleppe die Partitur hinter sich her, vermeidet er immerhin einige der offensichtlichen Schwierigkeiten des früheren: Denn immerhin hat die Idee einer neutralen Ebene etwas Paradoxes, da kaum zu erkennen ist, wie man die neutrale Ebene erfassen kann, ohne Begriffe heranzuziehen, die der »poietischen« oder »ästhesischen« Ebene angehören, wenn nicht gar beiden.*

Daß man einen derartigen Begriff dennoch braucht, erhellt erneut der Vergleich mit der materiellen Kultur. Gegenstände präsentieren sich nicht als abtrennbar von den Bedeutungen, die sie tragen. Vielmehr erscheinen sie uns bedeutungsvoll durch und durch, als ob die Bedeutung ihnen immanent wäre. In genau gleicher Weise bleibt auch die doppelte Artikulation zwischen Musik und Bedeutung, die ich erwähnt habe, unmerklich. Wenn daher McClary den Einsatz der Reprise im ersten Satz der *Neunten Symphonie* als Ausdruck »mörderischer Wut und doch einer Art von Vergnügen an der Erfüllung

(1993), S. 6; vgl. auch Cook (1998), S. 96). [Der originale englische Ausdruck lautet »afford« bzw. »affordance«; vgl. Gibson (1979), S. 37 und Kapitel 8. (A. d. Ü.)] Seit der ursprünglichen Veröffentlichung dieses Aufsatzes hat Eric Clarke in *Ways of Listening: An Ecological Approach to the Perception of Musical Meaning* (2005) eine Gibsonianische Konzeption musikalischer Bedeutung erheblich weiterentwickelt; in vielen Hinsichten stellt dies eine radikale Alternative zu den Annahmen dar, die diesem Aufsatz zugrunde liegen, und zu nahezu der gesamten Literatur zur musikalischen Bedeutung. [Neuer Zusatz 2005.]

75 Nattiez (1987), S. 34.

* In (1987) unterscheidet Nattiez drei Ebenen des musikalischen Werks: die poietische (niveau poïétique) der Produktion, die ästhetische (niveau esthésique) der Rezeption und die dazwischenliegende neutrale. (A. d. Ü.)

formaler Anforderungen«[76] beschreibt, könnte diese Reprise eines Tages von ihren Lesern auf diese Weise mit genau der gleichen Selbstverständlichkeit gehört werden, mit der sie eine frühere Generation von britischen Kritikern und Hörern als Darstellung einer kosmischen Katastrophe hörten. Tovey schrieb in den dreißiger Jahren zu diesem Repriseneinsatz, daß »wir den Himmel in Flammen sehen«, Robert Simpson sah in ihm nach dem zweiten Weltkrieg »den von Horizont zu Horizont glühenden Himmel« und Basil Lam eine »Flamme brennenden Terrors«, und alle drei Autoren vermitteln den Eindruck, nicht mit einer hermeneutischen Übung befaßt zu sein, sondern schlicht auszusprechen, wie die Musik beschaffen ist.[77] Somit ist die Pluralität der Bedeutungen von Musik nichts, was phänomenologisch gegeben ist, sondern muß aus dem Studium ihrer Rezeption abgeleitet werden.

Es ist an dieser Stelle hilfreich, die Parallele weiter zu entfalten, die ich zwischen der Erfahrung von Musik und derjenigen solcher gemischter Gattungen wie Werbespots, Film oder Video gezogen habe, in denen Worte, Bilder und Musik gewöhnlich nicht als getrennt oder wenigstens als abtrennbare Komponenten erfahren werden, sondern als miteinander verbunden und angefüllt mit Bedeutung. In meinem Buch *Analyzing Musical Multimedia* habe ich ein Modell für die Analyse solcher Kombinationen vorgestellt, das auf George Lakoffs und Mark Johnsons Begriff der Metapher beruht, ein Begriff, der in jüngerer Zeit von Mark Turner und Gilles Fauconnier unter dem Titel »begriffliche Verschmelzung« weiterentwickelt wurde.[78] Das Modell hat zwei Grundbestandteile. Das erste habe ich »die Ermöglichung von Ähnlichkeit« genannt:[79] Die beteiligten Medien (z. B. die Musik und das bewegte Bild) müssen gemeinsame Eigenschaften aufweisen, ohne die es keine Wahrnehmungsinteraktion zwischen beiden gäbe. Zweitens muß es geben,

76 McClary (1991), S. 128.

77 Tovey (1935-39), Bd. 2, S. 100; Simpson (1970), S. 60; Lam (1966), S. 161. Vgl. Cook (1993), 66 f.

78 Vgl. Cook (1998), Kapitel 2-3; Lakoff, Johnson (1980); Turner (1996); Turner/Fauconnier (1995). Ein wichtiges Element der ursprünglichen Theorie, das ich in meiner Adaption nicht berücksichtigt habe, ist die Hypothese, daß alle Metaphern letztlich in »Körperschemata« gründen, was möglicherweise eine Brücke zur »Kontur-Theorie« zu schlagen erlaubt (vgl. Anm. 43 oben).

79 Cook (1998), S. 70 [»enabling similarity« im englischen Original, A. d. Ü.].

was Turner und Fauconnier den »Verschmelzungsraum«* nennen, in dem die für beide Medien spezifischen Eigenschaften so kombiniert werden, daß eine neue Bedeutung emergiert. Der oben herangezogene Werbespot für Citroën liefert ein gutes Beispiel. Die Parallelisierung von Musik und bewegtem Bild findet offensichtlich rund um die Darstellung des Autos statt, für das geworben wird (vgl. das obere Rechteck in Fig. 1).[80]

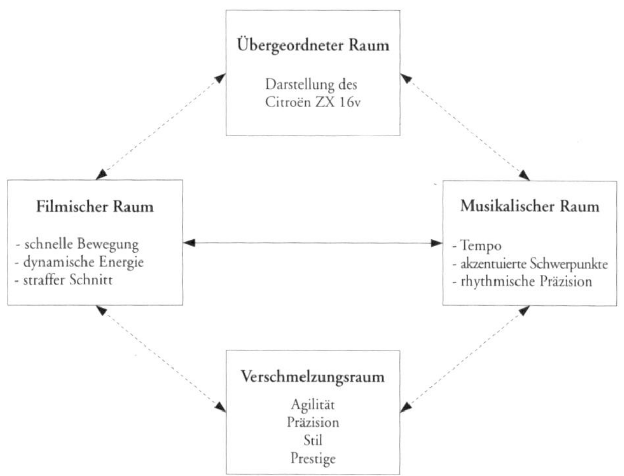

Fig. 1 Begriffliches Integrationsnetzwerk für einen Autowerbespot

Im rechten und im linken Rechteck (als filmischer bzw. musikalischer Raum gekennzeichnet) finden sich einige der einander entsprechenden Eigenschaften der beiden Medien (selbstverständlich gibt es noch mehr, aber es kommt mir hier mehr auf den Rahmen als auf Details der Analyse an). Und im unteren Rechteck haben wir den Verschmelzungsraum vor uns, in dem die Bedeutung des Werbespots entsteht: Die Eigenschaften der Agilität, Präzision, Stil

* »blended space« im englischen Original. (A. d. Ü.)

80 Die graphische Darstellung ist von Zbikowski (1999) übernommen; gemäß Turners und Fauconniers (1995) Terminologie ist es ein »conceptual integration network« (CIN).

und Prestige, alle assoziiert mit Mozarts Musik, werden dieser entnommen und auf den ZX 16v übertragen bzw. ihm zugeschrieben. In dieser Zuschreibung liegt die Botschaft des Werbenden.

Entscheidend ist, daß man die Interpretation des Repriseneinsatzes im ersten Satz der *Neunten Symphonie* auf genau die gleiche Weise modellieren kann. Fig. 2 ist eine Darstellung der Interpretation von Tovey/Simpson/Lam, die im wesentlichen auf der Eigenschaft anhaltenden, grellen Leuchtens basiert, die Beethovens Musik mit den Bildern des Himmels in Flammen teilt. Es resultiert die Übertragung der im Bild kodierten Eigenschaften auf die Musik: auf der einen Seite die Empfindung des Fernen und des Inhumanen, auf der anderen Seite die Konnotationen von Katastrophe und Terror. (Zwar liegt die Passage von Tovey dem Zweiten Weltkrieg voraus, doch kann ich mir nicht vorstellen, daß Simpson vom »von Horizont zu Horizont glühenden Himmel« und Basil Lam von der »Flamme brennenden Terrors« sprachen, ohne die Erinnerung an die vernichtenden Bombenangriffe auf britische Städte ab 1940 heraufzubeschwören – auf diese Weise sind wir doch noch bei einer kriegerischen Deutung der *Neunten* angekommen.)

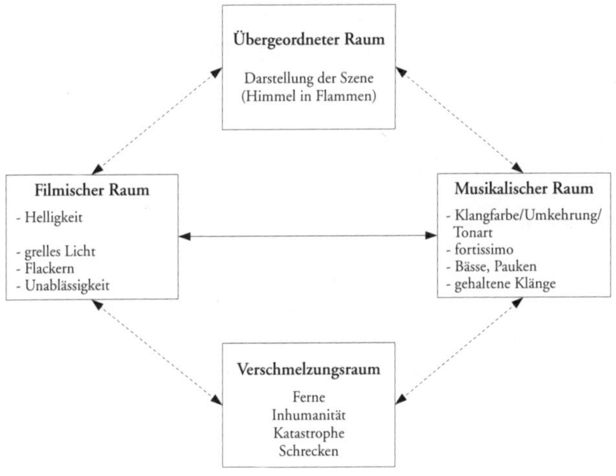

Fig. 2 Begriffliches Integrationsnetzwerk für Toveys Interpretation von Beethoven op. 125, I, T. 301 ff.

Man könnte hierbei sogar an eine Entdeckung dieser Eigenschaften in der Musik denken, in dem Sinne, daß die Interpretation auf dem semantischen Potential der Musik aufbaut. Sie tut dies aufgrund einer Anzahl spezifischer Eigenschaften der musikalischen Spur, wie sie das mit »Musikalischer Raum« bezeichnete Rechteck zeigt. Es sind dies der nackte, anhaltende Stillstand des D-Dur-Akkordes und sein durch das Fortissimo des Blechs gesteigerter Glanz, Effekte, die durch die emphatische Setzung der ersten Umkehrung betont werden; ferner die schlichte Tatsache der Dur-Tonart, die die vorausgehenden Takte in keiner Weise vorweggenommen hatten, und zu der Tovey schreibt, »diese triumphierende Durtonart« umgebe »etwas sehr Schreckliches«, und es sei »beinahe eine Erleichterung, wenn die Musik zum Moll zurückkehrt, sobald das Orchester mit dem Hauptthema hereinbricht«.[81] Vor diesem Hintergrund steht das Bild des Himmels in Flammen, und dies ist ein Beispiel für das, was ich mit einer Auswahl von Eigenschaften der musikalischen Spur meinte.

Im Unterschied dazu bezieht McClarys Interpretation eine ganz andere Auswahl von Eigenschaften ein. Es ist an dieser Stelle hilfreich, sich daran zu erinnern, was McClary tatsächlich sagt.[82] Alles hängt nämlich von einer Art von verstetigter Doppeldeutigkeit des Worts »Subjekt« ab, das McClary gleichzeitig im traditionellen analytischen Sinn (gleichbedeutend mit »Thema«) und im Sinne eines angenommenen Subjekts von Erfahrungen verwendet, welche die Musik ausdrückt. Im ersten Teil des Satzes fand die mühsame Individuierung dieses Subjekts von der »gebärmutterartigen Leere« des Beginns hin zur Konstruktion einer Identität statt, die nur »durch die beständige gewaltsame Selbstbehauptung des Subjekts« aufrechterhalten wird – eine Selbstbehauptung, welche die Form des Widerstands gegen den Wunsch nach kadenziellem Abschluß annimmt, der dem übergeordneten Narrativ des Satzes innewohnt. Das hat zur Folge, daß der Eintritt der Reprise eine doppelte Bedrohung mit sich führt: die des Verlusts der Identität durch den Regreß in den undifferenzierten Zustand des Beginns, und die unwiderstehliche Forderung nach einer Kadenz in der Tonika, auf die, wie McClary sagt, »die gesamte Hintergrundstruktur des Satzes unerbittlich hinsteuerte«.

81 Tovey (1935-39), Bd. 2, S. 100.

82 Vgl. McClary (1991), S. 128 (dort finden sich sämtliche folgenden Zitate).

Das Bild des Sexualmörders entsteht aus diesen Prämissen mit einer gewissen Folgerichtigkeit: McClary zufolge »bricht der Wunsch nach kadenzieller Ankunft, der im Laufe der Durchführung aufgebaut wurde, endlich hervor, da sich das Subjekt (aufgrund der narrativen Tradition) notwendigerweise im Kampf mit der anfänglichen Leere befindet, sich aber weigert, nachzulassen: Der gesamte erste Tonartenbereich der Reprise ist von Explosionen durchsetzt. Die konsequente Zusammenstellung von Begehren und unsäglicher Gewalt in diesem Moment erzeugt die beispiellose Fusion von mörderischer Wut und einer Art von Vergnügen an der Erfüllung formaler Anforderungen« (dies ist selbstverständlich die Passage, die ich vorhin bereits zitiert habe).

Die Verschmelzung von Musik und Bild führt hier also zu einer deutlich anderen Menge semantischer Eigenschaften als im Falle der Interpretation von Tovey/Simpson/Lam; an die Stelle eines entfernten, unmenschlichen Terrors tritt die allzumenschliche Bedrohung, eine Mischung aus Unterdrückung und Bedrängung, das unmittelbar bevorstehende Eindringen in den persönlichen Raum oder Schlimmeres. Wie Fig. 3 zeigt, artikuliert sich diese Interpretation nicht rund um den anhaltenden Glanz der Musik, sondern um ihre innere Spannung, ihre eruptiven Eigenschaften. Dies wiederum beruht auf einer deutlich anderen Auswahl von Eigenschaften der musikalischen Spur: nicht Stillstand, sondern die Auslöschung thematischer Identität; die wirkungsvollen arhythmischen, eruptiven Sechzehntel-Auftakte; und die überschreitende, beinahe gewundene Akkordprogression, durch die die Musik von der ersten Umkehrung des D-dur-Dreiklangs zu einem B-dur-Dreiklang in Grundstellung taumelt (besonders schlagend ist die – jedenfalls nach modernen Normen – inkohärente Baßlinie Fis-F-B in T. 312 f.). Trotz ihrer historischen Unplausibilität leistet McClarys sexuelle Interpretation so das gleiche wie Toveys kriegerische: Sie baut auf den objektiven Eigenschaften der musikalischen Spur in einer Weise auf, die zur Konstruktion und Kommunikation einer besonderen Art und Weise der Erfahrung jener Passage führt. (Das bedeutet, daß, *pace* Treitler, die Interpretation durchaus als von der Musik und nicht von der Notwendigkeit, sie zu interpretieren, motiviert gesehen werden kann.) In beiden Fällen führt die Verschmelzung von Musik und Bild zu einer neuen – d. h. emergierenden – Bedeutung; es könnte kaum eine deutlichere Illustration des Verfahrens geben, wie der kritische und analytische

Diskurs, der Musik umgibt, an der Hervorbringung von Bedeutung beteiligt ist.[83] Wir können unsere Erfahrung nie von dieser mächtigen Interpretation befreien – es sei denn, die nächste käme vorbei.

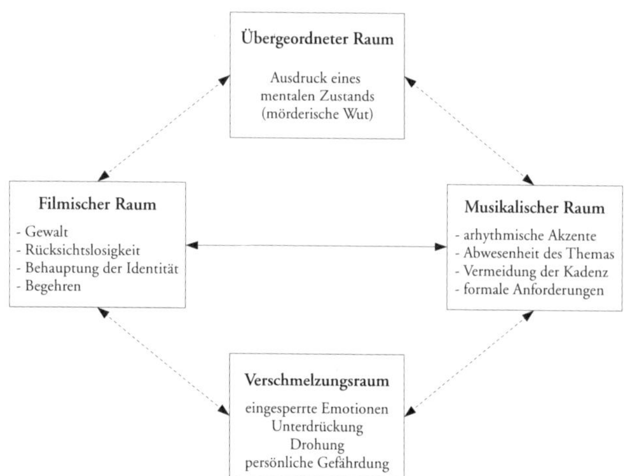

Fig. 3 Begriffliches Integrationsnetz für McClarys Interpretation von Beethoven op. 125, I, T. 301 ff.

4. Die Rehabilitierung des Unaussprechlichen

Ich habe skizziert, wie wir musikalische Bedeutung als Produkt eines Angebots (und folglich von Beschränkungen) von Eigenschaften der musikalischen Spur auffassen können und gleichzeitig ihre kulturelle Konstruiertheit anerkennen können, sowie vorgeschlagen, daß

83 Dies wird in Rabinowitz (1992) ausführlich diskutiert; siehe auch z. B. Kingsbury (1998), S. 201 (»musikwissenschaftlicher Diskurs besteht nicht einfach darin, ›über Musik‹ zu sprechen und zu schreiben, er ist vielmehr auch konstitutiv für die Musik«) und Bohlman (1993). In gewisser Weise ist dieser gesamte Abschnitt eine Illustration für Burnhams (1995, S. 31) lakonische Behauptung, Beethovens Musik sei »nicht so sehr über irgend etwas in einem direkten referentiellen Sinn, sondern agiert vielmehr als körperlose und doch zwingende Kraft, die anzieht, was immer in Reichweite liegt, sofern es auch nur entfernt kommensurabel ist«.

dies einen Weg zwischen Skylla und Charybdis weist. Wie ich nun zeigen möchte, ermöglicht es auch eine Unterscheidung zwischen »potentieller« und »aktualisierter« Bedeutung; der Umstand, daß wir das gleiche Wort für zwei deutlich verschiedene Dinge verwenden, ist für einen großen Teil der Verwirrung rund um die musikalische Bedeutung verantwortlich.[84]

Mit dem zuvor verwendeten Ausdruck »semantisches Potential« bezog ich mich auf mehr als ein bloß theoretisches Potential für Bedeutung. Die Spannungs- oder energetischen Eigenschaften, auf die sich die »Kontur«-Theorie stützt, sind in der Wahrnehmung gegeben, und ich möchte daran festhalten, daß sie auch als Potential für noch nicht bestimmte Bedeutungen *erfahren* werden.[85] Genau diese Erfahrung hatte ich im Sinn, als ich davon sprach, daß Musik Nuancen ohne Emotionen vermittelt. (Vielleicht die beste Analogie liefert eine Unterhaltung in einer unbekannten Sprache, der man zuhört: Man erfaßt zwar nicht die Bedeutung, aber man spürt die Bedeutungshaftigkeit des Gesagten.) Doch gibt es noch eine weitere Komponente dieser Erfahrung, nämlich das Bedürfnis, jene Art expliziter Bedeutung hervorzubringen, die für ihre Formulierung und Kommunikation auf Worte angewiesen ist; andernorts habe ich dieses interpretatorische Bedürfnis mit dem Drang verglichen, ein Geheimnis weiterzuerzählen.[86] Interpretieren heißt, potentielle Bedeutung

84 Die Unterscheidung, die ich hier mache, ist verwandt mit Cokers (1972, S. 151 f.) Kontrastierung »prälinguistischer« und »linguistischer« Bedeutung, obwohl mir nicht klar ist, ob Cokers »instinktive, affektive Reaktion« (S. 152) das gleiche ist wie das, was ich als Erfahrung der Bedeutungshaftigkeit bezeichne. Vgl. auch Cokers weitere Unterscheidung zwischen »Bekanntschaft« [acquaintance] und »diskursiver« Bedeutung (S. 171-181) sowie diejenige, die Lucy Green (1998) zwischen »inhärenter« und »skizzierter« [delineated] Bedeutung macht, die wiederum an Meyers (1956) »verkörperte« und »bezeichnende« [designative] Bedeutung erinnert. Eine parallele Unterscheidung wird schließlich gelegentlich zwischen »Bedeutung« [meaning] und »Interpretation« gezogen, im allgemeinen mit dem Ziel, letzterer Grenzen zu setzen (siehe unten, Anm. 94).

85 Laut Green dagegen »können wir nur dann Musik erfahren, wenn ihr inhärentes Material zeitweilig das Bewußtsein als etwas, das den Status einer historisch bestimmten und umrissenen Einheit hat, erreicht« (Green (1998), S. 33).

86 Vgl. Cook (1998), S. 267. Man könnte einwenden, daß das Bedürfnis, Musik zu interpretieren, nicht auf den verbalen Ausdruck beschränkt ist, sondern auch z. B. Tanz, Film und sogar die musikalische Aufführung umfaßt. Obwohl dies zutrifft, bringt keine dieser Arten die Form der Kontemplation mit sich, die auf den gegensätzlichen Werten von Konnotation und Denotation beruht, und die erst aus der Zuordnung

in aktualisierte Bedeutung zu überführen, in der Weise, die ich oben beschrieben habe. Genau dies geschieht jedesmal, wenn ein Autor in der neo-Hanslickschen Tradition einen expressiven Zug in der Musik identifiziert. (Tatsächlich wäre es möglich, die »Kontur«-Theorie in der Form eines »conceptual integration network«, definiert durch Spannungs- oder energetische Eigenschaften, zu reformulieren.*) Darum scheint eine Art von Taschenspielertrick vorzuliegen, wenn diese Autoren den Eindruck erwecken, sie beschrieben einfach die Musik, wie sie ist, während sie in Wirklichkeit dabei sind, Interpretationen vorzuschlagen und aktualisierte Bedeutungen zu konstruieren.

Dies führt mich nun zu einigen Themen zurück, die ich zu Beginn dieses Aufsatzes angesprochen habe. Wie wir sehen können, ergibt sich der störende Eindruck bei McClary, sie entdecke Bedeutungen, die bloß darauf warten, gelesen zu werden (so DeNoras Vorwurf), nicht aus ihren Interpretationen selbst, sondern daraus, daß McClary sie direkt der Musik zu entnehmen scheint: Die doppelte Artikulation zwischen musikalischer Spur und aktualisierter Bedeutung (in der Auswahl der Eigenschaften und in ihrer Einbettung in eine musikkritische Interpretation) bleibt verborgen hinter einer Darstellung, in der alles darauf hindeutet, es werde bloß gesagt, wie die Musik ist. Doch geht es noch um ein allgemeineres Problem. Der Sozialkonstruktivismus, dem sich die kulturwissenschaftlich orientierte Musikwissenschaft der neunziger Jahre verschrieben hatte, zog eine Absage an so etwas wie einen unmittelbaren Zugang zu musikalischer Bedeutung nach sich (und verbunden mit dieser Absage einen durchgängigen Argwohn gegen die Theorie als eine Disziplin, die angeblich der direkten Interpretation der Musik an und für sich selbst gewidmet war, ohne Bezugnahme auf die vermittelnde Rolle des sozialen und kulturellen Wissens). Allerdings hätten sich nicht alle Autoren, die mit der »Neuen« Musikwissenschaft assoziiert waren, auf dieses Glaubensbekenntnis verpflichtet – beispielsweise nicht Philip Brett, der Musik »eine Enklave in unserer Gesellschaft« nannte – »eine Schwestern- oder Bruderschaft von Liebhabern, von Musikliebhabern, vereint durch eine unmittelbare Form der Kommu-

von Musik und Worten entsteht. Man könnte in solchen Fällen von einem Prozeß der Triangulation sprechen, einer fortschreitenden Verfeinerung der Konnotation, die aus der Verschmelzung resultiert, doch handelt es sich nicht um das Gleiche.

* Vgl. oben S. 104 Anm. 80 (A. d. Ü.).

nikation, die nur durch eine unvollkommene Analogie eine Sprache genannt wird, nämlich ›die‹ Sprache des Gefühls«.[87] Das Problem ist nicht Bretts Beschreibung der Musik als unmittelbare Kommunikation: vielmehr ist es seine optimistische Beschwörung der Musik als Mittel, das kulturelle Differenzen zu überbrücken und ein Gefühl geteilter Identität zu geben vermag. Diese Haltung steht in scharfem Kontrast zu Gary Tomlinsons heftiger Kritik an den kolonisierenden Eigenschaften ästhetischer Wertschätzung und der Notwendigkeit, kulturelle Differenzen aufrechtzuerhalten – eine Kritik, die auf eine langwierige Auseinandersetzung zwischen Tomlinson und Kramer zurückgeht, in deren Verlauf Kramer Tomlinson vorwarf, eine »Musikwissenschaft ohne Musik« anzustreben.[88]

Dieses Knäuel von Meinungsverschiedenheiten sogar innerhalb des Lagers der »Neuen Musikwissenschaft« spiegelt m. E. weniger eine gesunde Vielfalt als vielmehr ein Durcheinander der verschiedenen Weisen wider, in denen Musik als bedeutungsvoll beschrieben werden kann. Wie oben dargelegt, werden musikalische Bedeutungen durch kulturell und historisch kontingente Prozesse der Interpretation aktualisiert; in dieser Weise ist Musik in der Tat eine kulturelle Konstruktion, so daß Tomlinsons Warnungen vor der Gefahr, es sich mit dem Verstehen von Musik anderer Zeiten und Orte zu leicht zu machen, und vor dem damit einhergehenden illusorischen Gemeinschaftsgefühl berechtigt sind. Dies gilt jedoch nicht für die eher prä-reflexive Ebene, auf der Musik als potentielle Bedeutung erfahren wird, gleichsam als »reine« Nuance. Natürlich ist »präreflexiv« nicht das gleiche wie »prä-kulturell«, und sogar die musikalischen Attribute, auf denen die »Kontur«-Theorie basiert, können kulturspezifische Muster der Implikation und Realisierung einschließen.[89] Doch dürfte dies nicht auf alle Eigenschaften zutreffen; es gibt empirische Belege für beständige transkulturelle Assoziationen beispielsweise zwischen klanglicher und visueller Helligkeit,[90] und

87 Brett (1994), S. 18. Treitler spricht in ähnlicher Weise von der »unmittelbaren« Erfahrung der Ahnung in der Musik (Treitler (1997), S. 44).

88 Vgl. Tomlinson (1993a), Kramer (1993) (die Bemerkung zur »Musikwissenschaft ohne Musik« findet sich auf S. 27) und Tomlinson (1993b).

89 Zu einer Erörterung der Beziehung zwischen der »Kontur«-Theorie und der Konventionstheorie vgl. Davies (1994), S. 241-243; allgemeiner siehe auch Umberto Ecos Kritik des Begriffs der Ikonizität (Eco (1979), S. 254 ff.).

90 Vgl. Marks (1978), S. 89-91.

Entsprechendes könnte man über Assoziationen zwischen Dynamik, Tempo und wahrgenommener Energie sagen. Wenn wir uns Musik als eine Folge solcher Eigenschaften durch die Zeit vorstellen, dann gibt es zumindest eine theoretische Möglichkeit, daß musikalische Erfahrungen über kulturelle Grenzen hinweg geteilt werden.[91] Wie immer beschränkt eine solche Erfahrung sein mag, verglichen mit derjenigen von vollständig kulturalisierten und informierten Hörern und gleich ob sie rechtfertigt, die Musik eine »Sprache der Gefühle« zu nennen oder nicht, sie dürfte eine ausreichende Grundlage für die Art von Gemeinschaftsgefühl bieten, auf die Brett sich beruft – und bereits dies konstituiert eine Form musikalischer Bedeutung, die durch die gemeinschaftlichen Handlungen des Spielens und Hörens konstruiert wird. Es zeichnet sich somit ab, daß man sich nicht widerspricht, wenn man sowohl Brett als auch Tomlinson zustimmt – solange man berücksichtigt, daß beide über verschiedene Dinge sprechen.

In ähnlicher Weise könnte man nun auch bezüglich der Unaussprechlichkeit der Musik argumentieren. Ich habe bereits auf Kramers Argwohn gegenüber der Behauptung hingewiesen, die Bedeutung der Musik liege jenseits der Worte, eine Behauptung, die für Kramer nur den Glauben an ihre unmittelbare Natur maskiert. Zudem habe ich mich bemüht, die Rolle der verbalen Interpretation in der Aktualisierung musikalischer Bedeutung deutlich zu machen. Die Lage ist jedoch eine ganz andere, wenn es um die Erfahrung der Musik als potentieller Bedeutung geht, wie im Fall der Nuancen ohne Emotionen.[92] In *Vom Musikalisch-Schönen* notiert Hanslick die berühmt gewordene Beobachtung, daß die Arie »Che farò senza Euridice« aus *Orfeo ed Euridice* – lange bewundert für »das Gefühl höchsten Schmerzes, welche[s] die mit ihr [der Melodie] verbundenen Worte aussprechen« – genauso wirkungsvoll wäre, würde sie Orpheus' Freude über die Wiedervereinigung mit Eurydike

91 Im Schongebiet einer Fußnote erwähne ich die Idee, daß ein solcher transkultureller »Kern« auf der »Verknüpfungsebene« der Erfahrung [concatenationist level] angesiedelt werden könnte, auf die sich Levinson (1997) als »basales musikalisches Verstehen« bezieht und die unterhalb der Ebene liegt, auf der kulturspezifische Hörerstrategien individuiert werden. Allerdings bedürfte Levinsons Modell, das offen an westlicher »Kunstmusik« ausgerichtet ist, erheblicher Verfeinerung, wenn es auf diese Weise gebraucht werden soll.

92 Raffman (1993) entwirft eine zum Teil ähnliche Konzeption der »Unaussprechlichkeit der Nuance« (mit Bezug auf die Tonhöhe).

ausdrücken.[93] Unmittelbar bezweckt Hanslick zu zeigen, daß Musik in emotionaler Hinsicht unspezifisch ist, doch ebenso wie in seinen Ausführungen zur Liebe impliziert er, daß die Spezifität der Musik in der Nuancierung von Emotionen liegt. Man kann jedoch diese Nuancen nicht einmal im Ansatz beschreiben, solange man nicht entschieden hat, ob die Musik Traurigkeit oder Freude ausdrückt. Folglich ist die Erfahrung der Musik als Nuancen ohne Emotionen eine, die nicht in Worte übersetzt werden kann, noch nicht einmal näherungsweise, weil die erforderlichen interpretatorischen Entscheidungen in ihr nicht enthalten sind. Man kann Worte benutzen, um aktualisierbare Bedeutungen anzugeben, die aus einer solchen Erfahrung entstehen können, doch dann beschreibt man nicht länger die ursprüngliche Erfahrung.[94] So werden wir zu einem auf den ersten Blick paradoxen Schluß gedrängt: Musik ist von musikkritischer Interpretation abhängig, um Bedeutung zu haben, und gleichzeitig unaussprechlich. Doch wiederum liegt hier tatsächlich kein Widerspruch vor, denn beide Behauptungen beziehen sich auf verschiedene Arten musikalischer Bedeutung.

Was ich als die Erfahrung von Musik als potentieller Bedeutung bezeichnet habe, entspricht dem, was Melrose »ein *noch nicht semantisiertes* energetisches Potential« nennt, »das aber für verschiedene Semiotisierungen verfügbar ist«; sie betont den Umfang, in dem dieses energetische Potential mit inneren, somatischen Empfindungen verbunden ist und in dem fundiert ist, was sie »das Gefühl der Worte im Mund« nennt.[95] Damit wird eine Quelle der Unaussprechlichkeit in der Theatererfahrung ausgemacht (Worte können sicherlich

93 Hanslick (1891), 46 ff. [Die Stelle fehlt in der ersten Auflage, dort findet sich statt dessen ein Beispiel aus dem *Fidelio*. Das Beispiel entstammt M. Boyé, *L'Expression musicale, mise au rang des chimères*. Amsterdam 1779, S. 14, auf den Hanslick verweist. (A. d. Ü.)] Zur weiteren Diskussion siehe Kivy (1980), S. 73-77 und (1993c), Davies (1994), S. 208 f. sowie Hatten (1994), S. 216.

94 Vgl. Greens (1988, S. 33) Beobachtung, daß »inhärente Bedeutungen nicht verständlich sind ohne Beschreibungen«. In der gleichen Weise macht die Unterscheidung zwischen »Bedeutung« und »Interpretation«, die ich oben (Anm. 84) erwähnt habe, Bedeutung unverbesserlich mysteriös (sobald man sie artikuliert, ist sie keine »Bedeutung« mehr), weshalb diese Unterscheidung ein wirksames Mittel ist, um Debatten um Interpretationen einzuschränken. Aus diesem Grund habe ich in Cook (1998), S. 96 (Anm. 125) dafür plädiert, den Begriff »Bedeutung« am besten für das zu reservieren, was ich hier »aktualisierte Bedeutung« nenne.

95 Melrose (1994), S. 207, S. 202 (Hervorhebung im Original). Man könnte einen Vergleich herstellen mit den »Tränen, dem kalten Schauer, der den Rücken herunterläuft,

nicht artikulieren, wie sie sich im Mund anfühlen), die Melrose zu einer Kritik an der theoretischen Marginalisierung des Somatischen zugunsten des Kategorischen, Geschriebenen und Gesehenen weiterentwickelt. Wie sie schreibt, »haben wir durch die Unterordnung unter das Diktat der *Literatur* ... gelernt, *im Theater habituell den Biß und den Geschmack der Worte im Mund zu vernachlässigen* [...]. Wir haben gelernt, wie unter Zwang zu *sehen*, was wir tatsächlich anderswo erfahren.«[96] Dieses Argument läßt sich gut auf die Musik übertragen (man könnte vom Empfinden der Töne in den Fingern oder den Eingeweiden sprechen), und es liefert wiederum einen Hinweis darauf, was es heißen könnte, Musik als Aufführung theoretisch zu fassen. Hier möchte ich jedoch betonen, wie die den Körper involvierende Erfahrung der Bedeutungshaftigkeit der Musik einerseits und die Begriffe andererseits auseinanderweisen, in denen wir uns als Musikwissenschaftler, d. h. als musikalische Wortschmiede, auf Musik einlassen. Wie ich vorgeschlagen habe, müssen im Rahmen des semiotischen Prozesses musikalische Werke als Bündel oder Zusammenstellungen von Eigenschaften verstanden werden, die auf unterschiedliche Weise ausgewählt und kombiniert werden und in eine gegebene Aktualisierung der Bedeutung der Musik eingebettet werden. Anders gesagt, musikalische Werke sind, betrachtet man sie als Urheber von Bedeutung, instabile Aggregate potentieller Bedeutung. Diese Art, »musikalische Werke« zu verstehen, unterscheidet sich jedoch beträchtlich von derjenigen, die durch die Musikwissenschaft konstruiert und in Partituren, Aufnahmen, Schemata und Skizzen des Vorder-, Mittel- oder Hintergrunds* präsentiert wird: In diesen Interpretationskontexten bilden sich die Werke als relativ stabile, hierarchisch strukturierte und kulturell privilegierte Einheiten heraus – als *autorisierte* Ganze. Dieses Auseinanderweisen zwischen der Instabilität der Musik als Urheber von Bedeutung und der Fixie-

und der Gänsehaut«, die – wie Sloboda gezeigt hat – in signifikanter Weise mit strukturellen Eigenarten westlicher Musik von der Klassik bis zum Jazz und zur Popmusik verbunden sind; er schreibt über sie, daß »diese Empfindungen oder Gefühle keine spezifischen Emotionen sind, obwohl sie leicht spezifische Emotionen entstehen lassen, sobald ein geeigneter Kontext oder geeignete Assoziationen vorliegen«. (Sloboda (1998), S. 27)

96 Melrose (1994), S. 218 (Hervorhebung im Original).

* Dies sind Bestandteile einer Analyse gemäß dem von Heinrich Schenker entwickelten und in der angelsächsischen Musikwissenschaft sehr verbreiteten Verfahren. (A. d. Ü.)

rung, in der ihre kulturellen Repräsentationen vorliegen, steht, so glaube ich, hinter der merkwürdig geschwätzigen Unartikuliertheit, die uns so leicht erfaßt, wenn wir über Musik sprechen.

Der Punkt läßt sich durch einen letzten Verweis auf die materielle Kultur weiter klären. Miller spricht von der »extremen Sichtbarkeit« des materiellen Gegenstands und zugleich von seiner »extremen Unsichtbarkeit«.[97] Er meint damit die zuvor beschriebene Divergenz der physikalischen Präsenz des Gegenstands – seiner unmittelbaren Selbstenthüllung als Totalität – einerseits und der verborgenen und fragmentierten Weise seiner Bedeutung andererseits. Man sieht den Gegenstand, aber man sieht nicht, wie er als Urheber von Bedeutung wirkt. Daher, so Miller, seine Eigenschaft der Unaussprechlichkeit, sein Widerstand gegen verbale Artikulation – ein Widerstand, der so stark ist, daß er Miller zu dem Schluß drängt, daß Gegenstände direkt zum Unbewußten sprechen, denn »die gewaltige Kluft zwischen der Wahrnehmungsfähigkeit und der sprachlichen Kompetenz bewußter Artikulation« belege »in tagtäglicher Erfahrung die Kraft eines Unbewußten, das eher auf Gegenstände denn auf Sprache ausgerichtet ist«.[98] Überträgt man dies auf die Musik, könnte man von der Unhörbarkeit der Wirkung der Musik als Urheber von Bedeutung sprechen, was in durchaus treffender Weise an den Titel von Claudia Gorbmans bekanntem Buch zur Filmmusik, *Unheard Melodies*, anklingt.[99] Die grundlegende Aussage von Gorbmans Buch lautet, daß Musik »durch die Maskierung der eigenen Hartnäckigkeit und das Dahinplätschern im Hintergrund des Bewußtseins«[100] ihre Beteiligung an der Erzählillusion des Kinos tarnt. Ziel einer kritischen Theorie der Filmmusik müsse daher sein, diese Tarnung aufzudecken, ihre Beteiligung zu enthüllen, kurz: die Musik hörbar zu machen. In der gleichen Weise würde eine kritische Theorie der musikalischen Bedeutung den Versuch erfordern, musikalische

97 Miller (1987), S. 108. Shepherd und Wicke sagen Ähnliches: »Das Klangbild, das als musikalischer Klang erfahren wird, kann nur schwer von der affektiven Erfahrung unterschieden werden, die stattfinden muß, wenn das Klangbild als musikalisches erfahren werden soll.« (Shepherd/Wicke (1997), S. 139)

98 Miller (1987), S. 100.

99 Vgl. Gorbman (1987); ihre von der Psychoanalyse beeinflußte Theorie des unbewußten Wirkens der Filmmusik stimmt in hohem Maße mit Millers Interpretation der materiellen Kultur überein.

100 Gorbman (1987), S. 1.

Werke nicht (oder nicht nur) als autorisierte Ganze zu hören, die von dominanten Interpretationen wie denjenigen Toveys oder McClarys stabilisiert werden, sondern auch als flüchtige Amalgame der potentiell bedeutungshaltigen Eigenschaften, die solchen Interpretationen zugrunde liegen. Anders gesagt: Es hieße, die Andersartigkeit der Musik anzuerkennen und ihr so die Opazität ihrer eigenen Stimme zuzubilligen, wie Burnham es ausdrückt, und dann »diese Stimme in Weisen heranzuziehen, die sowohl ihre als auch unsere Anwesenheit reflektieren, so wie wir anderen eine Stimme zugestehen, wenn wir uns mit ihnen unterhalten«.[101] Das gibt mir nun das Stichwort, mein früheres Versprechen einzulösen und die mögliche Rolle eines theoretischen Projekts zu skizzieren, das auf der Herausforderung durch die »Neue Musikwissenschaft« aufbaut.

5. Schluß: Theorie, Analyse und Bedeutung

Was vollständig aktualisierte Bedeutungen angeht, die durch musikkritische Interpretationen artikuliert werden, habe ich durch meine vergleichende Analyse von Tovey und McClary wenigstens einige Hinweise gegeben, wie die Musiktheorie in solche Ansätze eingebracht werden kann: Eine Vielfalt analytischer Werkzeuge vermag zum Verständnis dessen beitragen, wie eine bestimmte Interpretation nicht nur aus den Eigenschaften der musikalischen Spur hervorgeht, sondern auch die Art und Weise gestaltet, wie diese erfahren werden. Die Musiktheorie kann dadurch – so jedenfalls könnte man sie auffassen – etwas von jener regulativen Funktion übernehmen, die ich mit Blick auf Hermeneutik und Formalismus des 19. Jahrhunderts vorgeschlagen habe, und z. B. folgende Fragen aufwerfen:

– Wie genau passen musikalische Spur und Bedeutung zusammen, und wie variabel ist die Zuordnung beider in verschiedenen Kompositionen, Repertoires oder Kulturen?

101 Burnham (1997), S. 326 f.; Miles (1995, S. 28 f.) bietet ein ähnliches Argument bezüglich der Fähigkeit der Musik an, sich Interpretationen zu widersetzen, und der daraus folgenden Notwendigkeit, sich dialektisch mit ihr zu befassen. Stephen Blum stellt eine verwandte Behauptung auf: »Was wir aus Akten genauer Lektüre und genauen Hörens gewinnen, ist vor allem die Möglichkeit, wiederzulesen und wiederzuhören und so unsere Einsicht in die Grenzen von Paradigmen, ›Idealtypen‹ und anderen Konstruktionen zu erkennen.« (Blum (1993), S. 50)

- Wie detailliert muß eine Ebene sein, damit man Musik sinnvollerweise eine vollständig aktualisierte Bedeutung zuweisen kann?[102]
- Inwieweit fallen die Eigenschaften, die Bedeutungen unterstützen, mit den bestehenden analytischen Kategorien zusammen, oder könnte die Befragung der Musik als Bedeutung zu neuen Kategorien führen?

(Diese Fragen implizieren, was man den Beginn einer Auffassung von Analyse nennen könnte, der zufolge diese sich von der Bedeutung zur Musik vorarbeitet.)

Angesichts dessen, was ich zur Unaussprechlichkeit gesagt habe, ist es jedoch wenig überraschend, daß einige Autoren den gesamten Bereich einer den Körper involvierenden Erfahrung von Musik als potentieller Bedeutung vom Zugriff von Theorie und Analyse, so wie sie üblicherweise aufgefaßt werden, ausgeschlossen haben. Laut Shepherd und Wicke ist

> das Problem letztlich, daß Musiktheorie und -analyse auf der Beschreibung von Klängen als physikalischen Ereignissen *in* Zeit und Raum basieren und *als sprachliche Diskurse konstruiert sind.* Als sprachliche Diskurse sind Musiktheorie und -analyse im Charakter ihres *Denkens* jedoch deutlich verschieden und abgesondert vom Charakter musikalischer *Erfahrung.* Sie können in keiner überzeugenden oder nützlichen Weise nach der musikalischen Erfahrung greifen.[103]

Eine Schwierigkeit dieser Formulierung ist die allzusehr verallgemeinerte oder einfach uninformierte Behauptung (die die Autoren andernorts noch deutlicher wiederholen[104]), daß Theoretiker und

102 So scheint mir beispielsweise Hatten in der Zuschreibung aktualisierter Bedeutungen zu den Details der Entfaltung von Moment zu Moment eine analytisch konstruierte Weise des Hörens zu beschreiben und keine alltägliche Erfahrung der Bedeutung von Musik (er beschreibt also eine Form des »musikwissenschaftlichen« anstelle des »musikalischen« Hörens, wie ich es in Cook (1990) ausgedrückt habe).

103 Shepherd/Wicke (1997), S. 143. Die Autoren liefern noch ein zweites Argument gegen die Analyse: Musikalische Bedeutung muß im Rahmen von Traditionen der Bezeichnungspraxis aufgefaßt werden und nicht individueller Instantiierungen oder musikalischer Artefakte (S. 4).

104 »Musiktheorie und -analyse gehen nicht von der musikalischen Erfahrung aus, sondern von der Produktion von Musik. Sie beschäftigen sich, anders gesagt, mehr damit, wie Noten ›plaziert‹ werden, als damit, welche Wirkung sie haben, sobald sie plaziert sind.« (Shepherd/Wicke (1997), S. 139).

Analytiker sich nicht darum kümmern, wie Musik erfahren wird. Im Hintergrund scheint jedoch ein grundsätzlicheres Unverständnis dessen zu liegen, was Charles Seeger die »musicological juncture« nannte: die Weise, in der wir als Musikwissenschaftler oder Musiktheoretiker Worte benutzen, um zu erfassen, und uns darum kümmern, was jenseits der Worte liegt, anstatt unseren disziplinären Gesichtskreis auf das zu beschränken, was ohne Rest in Worte übersetzt werden kann. Für die Analyse musikalischer Bedeutung heißt dies, daß ihr Ziel nicht darin bestehen sollte, Bedeutung in Worte zu übertragen, sondern auf die Bedingungen des Emergierens von Bedeutung zu achten.[105] Als Form interpretierender Musikkritik mag man eine Erörterung wie diejenige Levinsons, ob Mendelssohns Hebriden-Ouvertüre Hoffnung ausdrückt oder nicht, als eine besonders dürftige Übung einstufen;[106] sogar Hattens Beethoven-Deutung könnte man in ähnlicher Weise kritisieren (und sei es nur, weil die ausgedrückte Emotion sich so oft als Verzicht oder als eine andere Spielart von Romain Rollands »Freude durch Leiden« herausstellt). Doch dies wäre ein wenig so, als ob man Schenker vorwürfe, alles auf »Alle meine Entchen« zu reduzieren: Hatten geht es nicht um die Identifikation von Emotionen an sich, sondern darum, wie expressive Eigenschaften konstruiert, unterstützt, untergraben oder verneint werden. Anders gesagt, es geht weniger um das expressive Vokabular als um die strukturelle Analyse, die seine Anwendung lenkt – die Analyse der musikalischen Spur und der expressiven Codes, die sie beeinflussen.[107] In diesem Sinne kann Hatten behaupten, daß – sofern Bedeutung inhärent musikalisch ist – man in der Analyse von Musik immer mit der Analyse von Bedeutung befaßt ist.

105 Martin bietet eine ähnliche Begründung für einen soziologischen und ethnologischen Zugang zu musikalischer Bedeutung, der seiner Ansicht nach aufrichtiger ist als einer, der auf Homologien basiert: »Die Aufmerksamkeit verschiebt sich von der Beschäftigung mit der Produktion einer autoritativen Lesart eines Textes auf den Prozeß, durch den Lesarten produziert und aufrechterhalten werden – und zu den Gründen, aus denen ›Autorität‹ beansprucht wird.« (Martin (1995), S. 157)

106 Vgl. Levinson (1990); fairerweise sei angemerkt, daß es sich nicht um einen für sich stehenden Versuch in Musikkritik handelt, sondern um ein Beispiel für die Frage, ob Musik komplexe Emotionen ausdrücken kann (vgl. Anm. 67, oben S. 100).

107 An einer Stelle verweist Hatten auf seine Vorliebe, musikalische Bedeutungen »in natürlicherer Weise durch Korrelationen mit kulturellen Einheiten« zu benennen als durch Ausdrücke für spezifische Emotionen (Hatten (1994), S. 242), doch spielen in der Praxis emotionale Identifikationen eine erhebliche Rolle in seinem Vokabular.

An dieser Stelle komme ich allerdings zurück auf meinen früheren Vorwurf, daß Hattens Interpretationen zu sehr wie strukturelle Analysen aussehen, denen man eine semantische Dimension aufgepfropft hat, mit der Folge, daß Bedeutung von der Struktur absorbiert wird und so traditionelle theoretische Annahmen bezüglich der Autonomie der Musik bestätigt werden. Wenn – wie hier vorgeschlagen – die Analyse musikalischer Bedeutung tatsächlich in fruchtbarer Weise nach dem Vorbild der multimedialen Analyse gestaltet werden kann,[108] dann gibt es einen besonderen Zugang zur Bedeutung – oder vielleicht genauer: einen Zugang zu einer besonderen Art von Bedeutung –, den ich zum Schluß noch erwähnen möchte. Die klassische Filmtheorie besteht darauf, daß die verschiedenen Elemente, die zum bewegten Bild beitragen (wie diegetische Handlung, Kamerabewegung, Schnittrhythmus etc.) innerhalb einer einzigen Hierarchie miteinander in Einklang stehen sollten, daß keine der Komponenten sich in den Vordergrund spielen sollte und daß die Beziehungen zwischen den einzelnen Medien – bewegte Bilder, Musik und der Rest – auf die globale Ebene beschränkt sein sollten. In der Realität finden sich jedoch immer wieder untergeordnete Elemente in jeder Hierarchie, die mit Elementen anderer Hierarchien interagieren (wenn beispielsweise Schnittrhythmus und musikalischer Rhythmus zusammenfallen, was traditioneller Filmtheorie zufolge tabu, in Musikvideos jedoch üblich ist). Solche Interaktionen führen dazu, die Hierarchie der einzelnen Medien zu unterminieren, zu erschüttern oder zu zerschlagen[109] – ein Effekt, der allein auf der

108 In erheblichem Umfang ist dies der Ansatz, den auch Lawrence Kramer in *Musical Meaning: Toward a Critical History* (2002) herangezogen hat. Sein Buch erschien kurz nach der Erstveröffentlichung des vorliegenden Aufsatzes und stellt eine Auffassung von musikalischer Bedeutung vor, die mit meiner weitgehend kompatibel ist. Im Zentrum von Kramers Buch stehen zwei Kapitel über die von ihm so genannten »gemischten Medien«. Ihr grundlegendes Argument besagt, daß Musik – die ihre eigene Bedeutung zu erschaffen scheint – diese in Wirklichkeit vom »Bildtext« [imagetext] empfängt (diesen Ausdruck hat er von W.J.T. Mitchell übernommen; er bezieht sich auf die dominante visuelle und verbale Schicht des Diskurses). Indem sie diese Bedeutung empfängt, transformiert sie sie jedoch, so daß eine zusammengesetzte Bedeutung entsteht, die über die Musik oder den Bildtext hinausgeht. Ein besonders interessanter Aspekt von Kramers Konzeption ist seine theoretische Erfassung dessen, was er den musikalischen Rest nennt, also des Überschusses potentieller Bedeutung, der nicht innerhalb der Verschmelzung der Medien absorbiert wird und daher für kontingente Bedeutungen verfügbar bleibt. [Neuer Zusatz 2005.]

109 Eine ausführlichere Darstellung findet sich in Cook (1998), S. 144 f.

Ebene der Wahrnehmung bestehen mag (wenn vorhandene Konzertmusik für den Soundtrack eines Films benutzt wird) oder der in das fragliche Medium eingewoben sein kann (so im Fall der in Hollywood-Manier dem Film unterlegten Musik*).

In seinen Ausführungen über die »musicological juncture« hatte Seeger vorgeschlagen, daß »Lücken, die man in unserem sprachgebundenen Denken über die Musik findet, als Zonen musikalischen Denkens in Frage kommen könnten«.[110] Das gleiche Prinzip kann man auch andersherum anwenden: In *Analysing Musical Multimedia* stelle ich eine Reihe von Analysen vor, von denen einige mit Schenkerschen Graphiken arbeiten, deren Ziel es war, Stellen musikalischer Inkohärenz, Zusammenbrüche hierarchischer Organisation, zu lokalisieren, welche die Einmischung von Worten, Bildern oder anderen Medien in die Musik reflektieren oder ausführen.[111] Hier möchte ich vorschlagen, daß in der Abwesenheit von Worten, Bildern oder anderen Medien solche Diskontinuitäten als Reflexionen oder Wirkungen der Einmischung von Bedeutung gesehen werden könnten – wobei die Bedeutung nun als eine Art von »Geist in der Maschine« erscheint (man könnte dies eine Haltung nennen, die sich von der Musik zur Bedeutung vorarbeitet).[112] Das Prinzip ist nicht unähnlich

* Die sogenannte »underscore music«. (A. d. Ü.)

110 Seeger (1997), S. 49.

111 Siehe die Analysen von Auszügen aus Lullys Oper *Armide*, die in Godards Beitrag zu dem in Kooperation gedrehten Film *Aria* verwendet wurden, in Cook (1998), Kapitel 6. Diese Analysen könnte man mit dem Beispiel 8.3 in Hatten (1994), S. 213 vergleichen, einem modifizierten Schenkerschen Graphen, der laut Hatten durch die unorthodoxe Mischung von Elementen verschiedener Stimmführungsschichten (S. 319 f., Anm. 8) die Interaktion expressiver und struktureller Merkmale darstellt. Das Ergebnis ist allerdings im wesentlichen eine orthodoxe Darstellung linear-harmonischer Kohärenz mit einem Überzug expressiver Charakterisierung (wobei die Stimmführungsschicht so justiert wird, daß sie zu dieser paßt) und wäre daher eher als Darstellung einer Fusion (und nicht einer Interaktion) zwischen Struktur und Ausdruck anzusehen.

112 Wie in Cook/Dibben (2001) erläutert, gibt es sporadische Hinweise auf eine ähnliche Konzeption in den Arbeiten etwa von Hatten, Karl und Robinson, Maus und Guck; im übrigen strebe ich in diesem Aufsatz an, die Art von theoretischem Rahmen zu umreißen, den eine hartnäckigere Entfaltung dieser Idee nach sich ziehen könnte. Es gibt zudem eine Verbindung mit jener Tradition der Musikkritik, die (vor allem) die Musik des 19. Jahrhunderts als Interaktion gegenläufiger narrativer und »rein musikalischer« Impulse auffaßt; einen Überblick hierüber gibt Micznik (2001).

jenem, das ich andernorts mit Bezug auf die Rezeption der *Neunten Symphonie* als »Erschaffung von Bedeutung aus Inkohärenz« bezeichnet habe: Scheinbare Widersprüche in Beethovens Musik – ihre generelle Heterogenität, ihre unzusammenhängende Orchestrierung, auch die Mängel in der Textvertonung – wurden von wohlwollenden Kommentatoren als Gelegenheiten zur Interpretation aufgegriffen, indem Bedeutung sozusagen in die Lücken gepreßt wurde, die der Komponist gelassen hatte.[113] Durch die Anwendung etablierter (und anderer) Analysemethoden ist es möglich, dieses Prinzip auf die Entfaltung der Musik in der Zeit auszudehnen. In Fernsehwerbespots wird die Botschaft in die Zwischenräume der Musik eingefügt, und man verläßt sich auf ihre gerichtete Bewegung, um die Logik, Konsequenz oder Kausalität zu erzeugen, die der Botschaft ansonsten fehlt.[114] Wenn dies für die miniaturisierte Kunst der Werbespots gilt, dann bieten die weitaus komplexer artikulierten Entwicklungen ausgedehnter Kompositionen entsprechend umfangreichere Möglichkeiten, Bedeutung zu formen und zu transformieren, und es ist genau diese Art komplexer Artikulation, für deren Lokalisierung und Explikation die Werkzeuge der Analyse geschaffen sind.

So kann man Werkzeuge, die unter dem Regime des Formalismus als Mittel entworfen wurden, um die Einheit und Autonomie der Musik nachzuweisen, genausogut in Dienst nehmen, um Abstufungen der Einheit zu messen, die Grenzen der musikalischen Autonomie zu kartieren und Aporien oder Punkte des Entgleitens zu lokalisieren; so werden sie zu Instrumenten dessen, was ich als kritische Theorie der musikalischen Bedeutung bezeichnet habe. Die Autonomie der Musik wiederum wird nicht zu der Voraussetzung oder dem Dogma, das die »Neuen Musikwissenschaftler« in ihr sahen und das die disziplinäre Identität der Musiktheorie sichert, diese dabei aber kultureller Irrelevanz ausliefert; vielmehr wird die Autonomie zu einer Hypothese, zu einer fragilen und provisorischen Konstruktion, mit der innerhalb spezifischer Kontexte musikalischer Produktion und Rezeption gearbeitet wurde. Und wenn sie nicht mehr als bloße Dimension autonomer musikalischer Struktur (als »inhärent musikalisch«, um nochmals Hattens Worte aufzugreifen) gesehen wird, dann stellt sich Bedeutung als autonomer Akteur heraus, als unab-

113 Vgl. Cook (1993), S. 67-71.
114 Vgl. Cook (1998), S. 16.

hängiges Prinzip in der Konstruktion und Interpretation von Musik. Ich glaube, daß dies mit jener Art dialogischer Beziehung übereinstimmt, die Burnham vorsah, als er in der oben bereits zitierten[115] Passage davon sprach, die Stimme der Musik »in Weisen heranzuziehen, die sowohl ihre als auch unsere Anwesenheit reflektieren, so wie wir anderen eine Stimme zugestehen, wenn wir uns mit ihnen unterhalten«.

Allerdings glaube ich, daß es noch mit etwas anderem übereinstimmt – und ich beginne hier ein noch unabgeschlossenes eigenes Anliegen. Eingehüllt in die traditionelle Identifikation der Musiktheorie mit Fragen der Einheit liegt die Suche nach fundamentalen Strukturen. Damit meine ich nicht den Schenkerschen Ursatz als solchen, obwohl er sicherlich ein herausragendes Beispiel ist; ich meine die Idee, daß Einheit auf einzigartig privilegierten strukturellen Elementen beruht, aus denen alle anderen Aspekte der musikalischen Organisation abgeleitet werden müssen (womit wir bei der traditionellen Arbeit der Analyse wären). Diese anderen Aspekte sind im Begriff des »design« zusammengefaßt, der in der Nachfolge Schenkers entwickelt wurde – ein Dachbegriff, der alles bezeichnet, was die Urlinie ausdrückt oder projiziert (in anderen Worten, gegeben die Eigenschaft der Einheit, alles außer der Urlinie selbst). Vor diesem Hintergrund merkt Agawu in *Playing with Signs* an, daß Themen, Topoi und andere Phänomene der musikalischen Oberfläche nicht auf die Funktion des »design« verwiesen werden sollten.[116] Wenn wir sie nicht so auffassen sollen, welche Alternative besteht aber? Die Antwort lautet fraglos: Man muß sie als autonome strukturelle Akteure auffassen, die mit der Urlinie in einer Art dialogischer Beziehung interagieren. Anders gesagt, wir sollten solchen Phänomenen nicht einfach in dem Maße Sinn zuschreiben, wie sie einer zugrundeliegenden, abstrakten Struktur entsprechen oder wir sie diese konkretisieren, sondern ebenso, insofern sie sich dieser Struktur widersetzen, ihr widersprechen oder wie auch sonst immer mit ihr (und untereinander) interagieren. Verfolgt man dies weiter, gelangt man zu einem Bild der Musik, das weniger wie eine »geschlossene Entität« aussieht,

115 Vgl. Anm. 101 oben S. 116.

116 Vgl. Agawu (1991), S. 113. Seine Forderung, dem Oberflächendetail Aufmerksamkeit um seiner selbst willen zu schenken, findet sich selbstverständlich bei Autoren wie Subotnik und insbesondere Fink wieder, deren Argumente in die gleiche Richtung wie meine weisen (Subotnik (1981), S. 84 f.; Fink (1999)).

wie Kevin Korsyn es ausdrückte – und insbesondere weniger wie die Hierarchien, die sich aus dem Modell von Urlinie und Projektion ergeben – als vielmehr wie »Netzwerke oder relationale Ereignisse«[117] (es ist kein Zufall, daß Korsyn diese Idee in direkten Zusammenhang mit Bachtins Begriff des Dialogischen bringt). Anders gesagt, man gelangt dahin, sogar Kivys »music alone« als Interaktion autonomer Akteure, als emergent zu betrachten – kurz, als nahezu genauso strukturiert wie multimediale Formen.

An diesem Punkt ereignet sich ein vielleicht unerwarteter Umschlag. Wenn wir nämlich in dieser Weise auf die musikalische Struktur blicken, wird Bedeutung zu einem weiteren autonomen Akteur. Sie wird so zu guter Letzt zu einem integralen Element der Musik – aber nur, weil wir zu Beginn anders über Musik gedacht haben. Vielleicht sollten wir daher nicht einfach davon sprechen, musikalischer Bedeutung auf die Sprünge der Theorie zu helfen, sondern davon, Wege der Analyse von Musik zu finden, die voll und ganz mit ihren emergenten Eigenschaften harmonieren, unter denen Bedeutung nur eine ist.

Aus dem Englischen von Alexander Becker

Literatur

Adorno, Theodor W. (1932): »Zur gesellschaftlichen Lage der Musik«, in: Ders.: *Gesammelte Schriften*, Bd. 18, hg. von R. Tiedemann, (= Musikalische Schriften V). Frankfurt/M.: Suhrkamp 1997, S. 729-777.

Agawu, Kofi (1991): *Playing with Signs: A Semiotic Interpretation of Classic Music*, Princeton: Princeton University Press.

Agawu, Kofi (1993): »Does Music Theory Need Musicology?«, in: *Current Musicology* 53, S. 89-98.

Agawu, Kofi (1997): »Analysing Music under the New Musicological Regime«, in: *Journal of Musicology* 15, S. 297-307.

Barthes, Roland (1970): »Der dritte Sinn. Forschungsnotizen über einige Fotogramme S.M. Eisensteins«, in: R. Barthes (1982): *L'obvie et l'obtus. Essais critiques III*. Paris: Editions du Seuil (Dt.: *Der entgegenkommende und der stumpfe Sinn. Kritische Essays III*, übers. v. D. Hornig. Frankfurt/M.: Suhrkamp 1990, S. 47-66).

117 Korsyn (1999), S. 56.

Bloch, Ernst (1974): *Zur Philosophie der Musik*, Frankfurt/M.: Suhrkamp 1998.
Blum, Stephen (1993): »In Defense of Close Reading and Close Listening«, in: *Current Musicology* 53, S. 41-54.
Bohlman, Philip (1993): »Musicology as a Political Act«, in: *Journal of Musicology* 11, S. 411-436.
Brett, Philip (1994): »Musicality, Essentialism, and the Closet«, in: Ph. Brett, E. Wood, G.C. Thomas (Hg.): *Queering the Pitch: The New Gay and Lesbian Musicology*, New York: Routledge, S. 9-26.
Burnham, Scott (1995): *Beethoven Hero*, Princeton: Princeton University Press.
Burnham, Scott (1997): »Theorists and ›the Music Itself‹«, in: *Journal of Musicology* 15, S. 316-329.
Burnham, Scott (1999): »How Music Matters: Poetic Content Revisited«, in: N. Cook/M. Everist (1999), S. 193-216.
Clarke, Erik (2005): *Ways of Listening: An Ecological Approach to the Perception of Musical Meaning*, New York: Oxford University Press.
Coker, Wilson (1972): *Music and Meaning: A Theoretical Introduction to Musical Aesthetics*, New York: The Free Press.
Cone, Edward T. (1974): *The Composer's Voice*, Berkeley: University of California Press.
Cook, Nicholas (1986): »Putting the Meaning Back in Music«, in: *Music Theory Spectrum* 18, S. 106-123.
Cook, Nicholas (1990): *Music, Imagination, and Culture*, Oxford: Clarendon Press.
Cook, Nicholas (1993): *Beethoven: Symphony No. 9*, Cambridge: Cambridge University Press.
Cook, Nicholas (1998): *Analysing Musical Multimedia*, Oxford: Clarendon Press.
Cook, Nicholas (1999): »At the Borders of Musical Identity: Schenker, Corelli, and the Graces«, in: *Music Analysis* 18, S. 179-233.
Cook, Nicholas (2003): »Music as Performance«, in: M. Clayton, T. Herbert, R. Middleton (Hg.): *The Cultural Study of Music: A Critical Introduction*, London: Routledge 2003, S. 204-214.
Cook, Nicholas/Dibben, Nicola (2001): »Musicological Approaches to Emotion«, in: P. Juslin, J. Sloboda (Hg.): *Music and Emotion: Theory and Research*, Oxford: Oxford University Press 2001, S. 45-70.
Cook, Nicholas/Everist, Mark (1999) (Hg.): *Rethinking Music*, Oxford: Oxford University Press.
Cumming, Naomi (1997): »The Subjectivities of ›Erbarme Dich‹«, in: *Music Analysis* 16, S. 5-44.
Davies, Stephen (1994): *Musical Meaning and Expression*, Ithaca: Cornell University Press.

DeNora, Tia (1995): *Beethoven and the Construction of Genius: Musical Politics in Vienna, 1792-1803*, Berkeley: University of California Press.
Dubiel, Joseph (1997): »On Getting Deconstructed«, in: *Journal of Musicology* 15, S. 308-315.
Eco, Umberto (1979): *A Theory of Semiotics*, Bloomington: Indiana UP (Dt.: *Semiotik. Entwurf einer Theorie des Zeichens*, übers. von G. Memmert. München: Fink 1987).
Eco, Umberto (1998): »Parables and the Pursuit of Everyday Meaning: interview with Domenico Pacitti«, in: *Times Higher Education Supplement* 1316 (January 23), S. 18-19.
Fink, Robert (1999): »Going Flat: Post-hierarchical Music Theory and the Musical Surface«, in: N. Cook/M. Everist (1999), S. 102-137.
Foucault, Michel (1966): *Les Mots et les choses*, Paris: Gallimard (Dt.: *Die Ordnung der Dinge*, übers. v. U. Köppen. Frankfurt/M.: Suhrkamp 1971).
Gibson, James J. (1979): *The Ecological Approach to Visual Perception*, Boston: Houghton Mifflin (Dt.: *Wahrnehmung und Umwelt*, übers. von G. Lücke und I. Kohler. München: Urban & Schwarzenberg 1982).
Goehr, Lydia (1992): *The Imaginary Museum of Musical Works: An Essay in the Philosophy of Music*, Oxford: Clarendon Press.
Goodman, Nelson (1969): *Languages of Art: An Approach to a Theory of Symbols*, Oxford: Clarendon Press (Dt.: *Sprachen der Kunst*, übers. von B. Philippi, Frankfurt/M.: Suhrkamp 1997).
Gorbman, Claudia (1987): *Unheard Melodies: Narrative Film Music*, Bloomington: Indiana University Press.
Green, Lucy (1988): *Music on Deaf Ears: Musical Meaning, Ideology, and Education*, Manchester University Press.
Hanslick, Eduard (1854): *Vom Musikalisch-Schönen*, Leipzig: J.A. Barth. (Reprint der ersten Auflage Darmstadt: WBG 1981).
Hanslick, Eduard (1891): *Vom Musikalisch-Schönen*, 8., vermehrte und verbesserte Auflage. Leipzig: J.A. Barth.
Hatten, Robert S. (1994): *Musical Meaning in Beethoven: Markedness, Correlation, and Interpretation*, Bloomington: Indiana University Press.
Jackson, Timothy (1995): »Aspects of Sexuality and Structure in the Later Symphonies of Tchaikovsky«, in: *Music Analysis* 14, S. 3-26.
Johnson, James (1995): *Listening in Paris: A Cultural History*, Berkeley: University of California Press.
Johnson, Mark (1992): *The Body in the Mind*, Chicago: University of Chicago Press.
Karl, Gregory/Robinson, Jenefer (1997): »Shostakovich's Tenth Symphony and the Musical Expression of Cognitively Complex Emotions«, in: J. Robinson (Hg.) (1997): *Music and Meaning*, Ithaca: Cornell University Press, S. 154-178.

Kerman, Joseph (1985): *Contemplating Music: Challenges to Musicology*, Cambridge: Harvard University Press.

Kingsbury, Charles (1998): *Music, Talent, and Performance: A Conservatory Cultural System*, Philadelphia: Temple University Press.

Kivy, Peter (1980): *The Corded Shell*, Princeton: Princeton University Press.

Kivy, Peter (1990): *Music Alone: Philosophical Reflections on the Purely Musical Experience*, Ithaca: Cornell University Press.

Kivy, Peter (1993): *The Fine Art of Repetition: Essays in the Philosophy of Music*, Cambridge: Cambridge University Press.

Kivy, Peter (1993a): »A New Music Criticism?«, in: P. Kivy (1993), S. 296-323.

Kivy, Peter (1993b): »What was Hanslick Denying?«, in: P. Kivy (1993), S. 276-295.

Kivy, Peter (1993c): »Something I've Always Wanted to Know about Hanslick«, in: P. Kivy (1993), S. 265-275.

Korsyn, Kevin (1999): »Beyond Privileged Contexts: Intertextuality, Influence, and Dialogue«, in: N. Cook/M. Everist (1999), S. 55-72.

Kramer, Lawrence (1990): *Music as Cultural Practice*, Berkeley: University of California Press.

Kramer, Lawrence (1992): »The Musicology of the Future«, in: *repercussions* 1, S. 5-18.

Kramer, Lawrence (1993): »Music Criticism at the Postmodern Turn: In Contrary Motion with Gary Tomlinson«, in: *Current Musicology* 53, S. 25-35.

Kramer, Lawrence (1995): *Classical Music and Postmodern Knowledge*, Berkeley: University of California Press.

Kramer, Lawrence (2002): *Musical Meaning: Toward a Critical History*, Berkeley: University of California Press.

Lakoff, George/Johnson, Mark (1980): *Metaphors We Live By*, Chicago: University of Chicago Press (Dt.: *Leben in Metaphern*, übers. von A. Hildenbrand, Heidelberg: Carl-Auer-Systeme 1998).

Lam, Basil (1966): »Ludwig van Beethoven«, in: R. Simpson (Hg.): *The Symphony*, Harmondsworth: Penguin Books 1966, Vol. 1, S. 104-174.

Langer, Susanne (1942): *Philosophy in a New Key*, Cambridge (Mass.): Harvard UP (Dt.: *Philosophie auf neuem Wege*, übers. von A. Löwith, Frankfurt/M.: Fischer 1965).

Levinson, Jerrold (1990): »Hope in the Hebrides«, in: J. Levinson, *Music, Art, and Metaphysics*, Ithaca: Cornell University Press 1990, S. 336-375.

Levinson, Jerrold (1997): *Music in the Moment*, Ithaca: Cornell University Press.

Marks, Lawrence E. (1978): *The Unity of the Senses: Interrelations among the Modalities*, New York: Academic Press.

Martin, Peter (1995): *Sounds and Society: Themes in the Sociology of Music*, Manchester University Press.

Maus, Fred Everett (1988): »Music as Drama«, in: *Music Theory Spectrum 10*, S. 56-73.
McClary, Susan (1991): *Feminine Endings: Music Gender and Sexuality*, Minneapolis: University of Minnesota Press.
McClary, Susan (2000): *Conventional Wisdom: The Content of Musical Form*, Berkeley: University of California Press.
McCreless, Patrick (1997): »Contemporary Music Theory and the New Musicology: An Introduction«, in: *Journal of Musicology* 15, S. 291-296.
Melrose, Susan (1994): *A Semiotics of the Dramatic Text*, London: Macmillan.
Meyer, Leonard B. (1956): *Emotion and Meaning in Music*, University of Chicago Press.
Micznik, Vera (2001): »Music and Narrative Revisited: Degrees of Narrativity in Beethoven and Mahler«, in: *Journal of the Royal Musical Association* 126, S. 193-249.
Middleton, Richard (1990): *Studying Popular Music*, Milton Keynes: Open University Press.
Miles, Stephen (1995): »Critics of Disenchantment«, in: *Notes* 52, S. 11-38.
Miles, Stephen (1997): »Critical Musicology and the Problem of Mediation«, in: *Notes* 54, S. 722-750.
Miller, Daniel (1987): *Material Culture and Mass Consumption*, Oxford: Blackwell.
Moore, Allan (1993): *Rock: The Primary Text*, Buckingham: Open University Press.
Nattiez, Jean-Jacques (1987): *Musicologie générale et sémiologie*, Paris: Christian Bourgois.
Newcomb, Anthony (1984): »Sound and Feeling«, in: *Critical Inquiry* 10, S. 614-643.
Paddison, Max (1993): *Adorno's Aesthetics of Music*, Cambridge University Press.
Rabinowitz, Peter (1992): »Chord and Discourse: Listening Through the Written Word«, in: S.P. Scher (Hg.): *Music and Text: Critical Inquiries*, Cambridge: Cambridge University Press 1992, S. 38-56.
Raffman, Diana (1993): *Language, Music, and Mind*, Cambridge: MIT Press.
Schumann, Robert (1883): *Musik und Musiker*, 3. Auf., 2 Bde. Leipzig: Breitkopf und Härtel 1883.
Scruton, Roger (1997): *The Aesthetics of Music*, Oxford: Clarendon Press.
Seeger, Charles (1997): *Studies in Musicology 1935-75*, Berkeley: University of California Press.
Shepherd, John (1977): »The Musical Coding of Ideologies«, in: J. Shepherd: *Whose Music? A Sociology of Musical Languages*, London: Latimer Press 1977, S. 69-124.

Shepherd, John/Wicke, Peter (1997): *Music and Cultural Theory*, London: Polity Press.
Simpson, Robert (1970): *Beethoven Symphonies*, London: British Broadcasting Corporation.
Sloboda, John (1998): »Does Music Mean Anything?«, in: *Musicae Scientiae* 2, S. 21-31.
Solie, Ruth (1980): »The Living Work: Organicism and Analysis«, in: *Nineteenth-Century Music* 4, S. 147-156.
Sparshott, Francis (1998): »Music and Feeling«, in: Ph. Alperson (Hg.): *Musical Worlds: New Directions in the Philosophy of Music*, University Park: Pennsylvania State University Press 1998, S. 23-35.
Subotnik, Rose Rosengard (1976): »Adorno's Diagnosis of Beethoven's Late Style«, in: *Journal of the American Musicological Society* 29, S. 242-75.
Subotnik, Rose Rosengard (1981): »Romantic Music as Post-Kantian Critique: Classicism, Romanticism, and the Concept of a Semiotic Universe«, in: K. Price (Hg.): *On Criticising Music: Five Philosophical Perspectives*, Baltimore: The Johns Hopkins University Press 1981, S. 74-98.
Tomlinson, Gary (1993a): »Musical Pasts and Postmodern Musicologies: A Response to Lawrence Kramer«, in: *Current Musicology* 53, S. 18-24.
Tomlinson, Gary (1993b): »Tomlinson responds«, in: *Current Musicology* 53, S. 36-40.
Tovey, Donald (1935-39): *Essays in Musical Analysis*, Oxford: Oxford University Press.
Treitler, Leo (1997): »Language and the Interpretation of Music«, in: J. Robinson (Hg.): *Music and Meaning*, Ithaca: Cornell University Press 1997, S. 23-56.
Treitler, Leo (1999): »The Historiography of Music«, in: N. Cook/M. Everist (1999), S. 356-377.
Turner, Mark (1996): *The Literary Mind*, Oxford: Oxford University Press.
Turner, Mark/Fauconnier, Gilles (1995): »Conceptual Integration and Formal Expression«, in: *Journal of Metaphor and Symbolic Activity* 10, S. 183-203.
van den Toorn, Pieter (1995): *Music, Politics, and the Academy*, Berkeley: University of California Press.
Watt, Roger/Ash, Roisin (1998): »A Psychological Investigation of Meaning in Music«, in: *Musicae Scientiae* 2, S. 33-53.
Zbikowski, Lawrence (1999): »The Blossoms of ›Trockne Blumen‹: Music and Text in the Early Nineteenth Century«, in: *Music Analysis* 18, S. 307-343.

Albrecht von Massow
Ästhetik und Analyse

Mit dieser Überschrift soll für eine selten angestrebte Verknüpfung zwischen zwei Bereichen der Musikwissenschaft geworben werden, welche sich in der Regel durch Vernachlässigung des jeweils anderen Bereichs jeweils selbst beschneiden und somit die Möglichkeiten des Fachs nicht voll ausschöpfen. Ästhetik gelangt selten über allgemeine philosophische Grundlagen, die das Wesen des Musikalischen hinsichtlich des Subjekt-Objekt-Verhältnisses betreffen, hinaus zu einer Entwicklung diesbezüglich spezifischer nicht-empirischer Kriterien für die musikalische Analyse; diese wiederum gelangt in ihrer vorrangigen Beschränkung auf Quellenrecherche, Gattungsgeschichte und Form- bzw. Strukturbeschreibung, die das Musikalische als quasi empirisches Artefakt auffassen, selten zu einer Deutung und Reflexion des Artefakts aus ästhetischer Sicht wie auch umgekehrt zu einer Reflexion ästhetischer Kriterien aus empirischer Sicht. Das Verhältnis zwischen beiden Bereichen ist überdies im Fach Musikwissenschaft asymmetrisch. Quellenrecherche sowie Edition, Gattungsgeschichte sowie Form- und Strukturbeschreibung stehen als Kernbereiche der Musikwissenschaft im Zentrum des Interesses – und zwar aus historischer, teilweise historistischer Sicht –, Ästhetik hingegen steht am Rand.

Signifikant hierfür ist beispielsweise das Verhältnis der historischen Musikwissenschaft zu Theodor W. Adorno. Von wenigen Ausnahmen abgesehen – etwa Rudolph Stephan, Carl Dahlhaus oder Hans Heinrich Eggebrecht (in seinem Buch über Gustav Mahler) – hat man zu der Art und Weise, wie Adorno Musikgeschichte begreift, Distanz gehalten, vor allem zu seiner Denkfigur der negativen Dialektik, mit der er historische Prozesse deutet. Sie ist als historische Mutmaßung über musikalische Geistesentwicklung dezidiert nicht-empirisch, da sie nicht allein das Faktische zu beschreiben sucht, sondern hinsichtlich darin wirksam werdender Motive und Widersprüche spekuliert. Spekulation ist und bleibt dies – aber hinsichtlich geistesgeschichtlicher Intentionen als nicht-empirischen ist solche Spekulation die notwendige Arbeit der Erdeutung, ohne die historische Wissenschaft sich nicht als Geisteswissenschaft verstehen kann. Man kann jene Denkfigur für überholt und erledigt halten – aber nur, um an ihrer Stelle mit einer anderen Mutmaßung als nicht-empirischer Kriterienbildung zur Erdeutung von Geschichte aufzuwarten, etwa mit dem fruchtbaren Versuch der Diskursanalyse, wie in neueren Schriften Martin Gecks.

Aber eine Theorie der Geschichte sucht die Musikwissenschaft nicht, sie hat nur alle vergangenen Theoriebildungen skeptizistisch beiseite geschoben. Epochenbegriffe – etwa *Renaissance*, *Sturm und Drang* oder *Romantik* – oder Analyseinstrumentarien – etwa die Figurenlehre – wurden bis zur Unbrauchbarkeit hinterfragt; die Reduktion auf bloße Jahres-, Jahrzehnte- und Jahrhundertezahlen sowie Opuszahlen wurde positivistisch begründet und nicht ihrerseits auf ihren Ideologiegehalt hin durchschaut.

Statt dessen hat in der Fachgeschichte – und zwar vor allem im westlichen Deutschland der Zeit nach dem Zweiten Weltkrieg, worauf noch etwas näher einzugehen sein wird – eine Arbeitsteilung stattgefunden, indem Ästhetik als Reflexionsgrundlage überwiegend ihr Forum jenseits der Kernbereiche der historischen Musikwissenschaft gefunden hat – beispielsweise mit den Schriftenreihen *Musik-Konzepte* oder *Musik & Ästhetik* –, während jene Kernbereiche sich überwiegend nicht unter ästhetischen Kriterien reflektieren.

Bevor man jedoch diese Arbeitsteilung kritisiert, um dann über Möglichkeiten einer erneuten Zusammenführung beider Bereiche nachzudenken, muß man einige Überlegungen hinsichtlich des historischen Zustandekommens jener Arbeitsteilung anstellen. Speziell im Selbstverständnis des Fachs Musikwissenschaft im Deutschland der Nachkriegszeit fällt vor allem im westlichen Teil eine Distanz zu jeglicher Form der ideologischen Vereinnahmung oder Korrumpierung wissenschaftlicher Fakten auf. Weniger hinsichtlich der Personen, die sich im zurückliegenden Dritten Reich als Vertreter des Fachs diskreditiert hatten, mehr aber hinsichtlich ihres Wissenschaftsstils suchte eine sich neu positionierende Wissenschaft Distanz zu ihrer ideologisch motivierten Vergangenheit. Orientierung schien hier ein rein empirisches Wissenschaftsverständnis, wie es vor allem im anglo-amerikanischen Raum überwiegt, zu bieten. Parallel dazu – und durchaus in einer zumindest indirekten Wechselwirkung mit dem beschriebenen Wandel der Musikwissenschaft hin zu einem primär empirischen, quasi naturwissenschaftlichen Selbstverständnis zu sehen – entwickelte sich die Kompositionsgeschichte der Neuen Musik – vor allem in ihrer seriellen, punktuellen und aleatorischen

Phase – fort von einem ideologisch korrumpierten semantischen Musikverständnis hin zu einem weitgehend positivistischen Musikverständnis. Adorno bemerkt hierzu treffend:

> War der traditionelle Begriff des musikalischen Sinns gebildet an der Sprachähnlichkeit der Musik, und hatten die revolutionären Werke der Neuen Musik in ihren Ausbrüchen gegen ihn rebelliert, um der Sprachähnlichkeit sich zu entledigen und den meist nur lax gebrauchten Begriff absoluter Musik zu verwirklichen, so blieben doch selbst die Ausbrüche Momente eines Sinnzusammenhangs. Auch das Sinnlose kann, als Kontrast und Negation des Sinns, sinnvoll werden, so wie in der Musik das Ausdruckslose eine Gestalt des Ausdrucks ist. Damit aber haben jene jüngsten Bestrebungen nichts zu tun. Ihnen wird die Sinnlosigkeit schlechterdings zum Programm, zuweilen gedeckt von Dogmen der Existentialphilosophie: an Stelle subjektiver Intentionen werde Sein selber laut. Aber solche Musik ist durch die Abstraktionsvorgänge, denen sie entspringt, alles eher als eine der Ursprünge, aufs äußerste subjektiv und historisch vermittelt.[1]

Adorno sieht hier traditionelle Musik vorrangig durch ihr sprachähnliches Vermögen gekennzeichnet und impliziert damit auch die Möglichkeit einer traditionellen Ästhetik, einem solchen Angebot auf hermeneutischem Wege zu entsprechen. Ob man diesen hermeneutischen Prozeß als einen durch die Musik nahegelegten oder ob man ihn – wie Eduard Hanslick es sieht – nur als einen durch Rezeption in die Musik hineingelegten auffaßt, ist so lange zweitrangig, wie Musik in ihrer Faktur zumindest etwas in dieser Weise einem hermeneutischen Verständnis Zugängliches anbietet. Wo jedoch genau dieses Angebot fehlt – und dies ist Adornos Auffassung zufolge in der genannten Phase der Neuen Musik nach 1950 der Fall –, fehlt eine hermeneutische Entsprechung seitens der Musikästhetik.

Es scheint, daß dieser von Adorno so beschriebene positivistische Zeitgeist der Kompositionsgeschichte nach dem Zweiten Weltkrieg sein Pendant in der Musikwissenschaft hat, und zwar nicht nur in einer adäquat erscheinenden Auseinandersetzung mit Neuer Musik, sondern zunehmend auch in einer inadäquat erscheinenden Auseinandersetzung mit traditioneller Musik – inadäquat deswegen, weil jener Zeitgeist eine Hermeneutik verweigert, für die sich eine traditionelle Musik von sich aus anbietet. Anstatt Hermeneutik – weil

1 Adorno (1954), S. 156 f.

auch diese sich in den zurückliegenden Jahrzehnten ideologisch hatte korrumpieren lassen – zu reformieren, wurde sie von der Mehrzahl der westdeutschen Fachvertreter gänzlich abgelehnt, zumal gerade auf diesem Gebiet der Ästhetik nun auch eine Abgrenzung gegen den ideologischen Mißbrauch jenes ›Erbes‹ der traditionellen Musik in den Ländern des europäischen Teils des Ostblocks notwendig erschien.

Undurchschaut blieb dabei die eigene ideologische Grundlage des empirischen, bisweilen empiristischen und positivistischen Wissenschaftsverständnisses, indem jene Grundlage nämlich hinsichtlich des Subjekt-Objekt-Verhältnisses – wie es in spezifischer Art einer jeden Wissenschaft zugrunde liegt – der Reflexion auf das Subjekt sich entzog. Als undurchschauter Platonismus scheint hier – über Jahrtausende hinweg – in der Wissenschaftswelt nach dem Zweiten Weltkrieg die Vorstellung auf, daß im Rahmen einer ›objektiven‹ Wissenschaft das Subjekt als korrumpierender Faktor der Erkenntnis auszuschalten sei, analog zu Platos Vorstellung von den menschlichen Sinnen als korrumpierendem Faktor der Ideenschau.[2]

Einbezogen in den angeblichen Ideologieverzicht wurden weitere Kriterien, die Ästhetik traditionell begleiten, nämlich philosophische und insbesondere anthropologische – letztere, weil auch sie als ideologisch korrumpiert angesehen wurden, größtenteils zu Recht – und ebenso soziologische, weil man sie nun in den gesellschaftlichen Richtungsstreiten der 1960er Jahre innerhalb Westdeutschlands aus konservativer Perspektive als Verlängerung des sozialistischen Lagers in Europa ansah.

Analyse tritt so als rein empirische im positivistischen Sinne auf – und Ästhetik tritt als Deutungsvermögen zurück. Beide kennen einander nicht mehr. Welche Defizite ergeben sich hierdurch für beide?

2 Hans Heinrich Eggebrechts Musikgeschichte *Musik im Abendland – Prozesse und Stationen vom Mittelalter bis zur Gegenwart* (Eggebrecht (1991)) wird ihr selektives Vorgehen aus eben einer solchen platonistischen Perspektive als ›subjektiv‹ angekreidet, anstatt anzuerkennen, daß eine ›subjektlose‹ Musikgeschichtsschreibung gerade die undurchschaute Ideologie und zugleich Unmöglichkeit der sogenannten ›objektiven‹ Wissenschaft ist. Schon durch das den beiden Begriffen *Subjekt* und *Objekt* gemeinsam zugrundeliegende Handlungswort *icere* ist bezeichnet, daß auch ein Objekt, nämlich im Sinne des substantivierten Verbs *obicere*, im Grunde ein Handeln ist, nämlich ein Handeln der Erkenntnis, damit aber ein Handeln, welches immer auch ein Handlungssubjekt impliziert (vgl. hierzu von Massow (2001), S. 13-18).

Welche Forderungen ergeben sich hierdurch für ein neu zu konstruierendes Verhältnis beider zueinander?

Terminologie zwischen Philosophie und Geschichte

Eine Antwort auf die Frage, welche Defizite sich durch das Auseinanderfallen von Ästhetik und Analyse ergeben, soll unter Einbeziehung des zugrundeliegenden Verhältnisses zwischen Philosophie und Geschichte versucht werden, weil schon bezüglich dieses Verhältnisses im Blick auf Musik überwiegend defizitäre Kriterien vorherrschen, die eine Ursache auch für jenes Auseinanderfallen sein können. Defizitäre Kriterien entstehen hier dann, wenn einerseits eine ausschließlich historisch-positivistische Betrachtungsweise an Sachverhalten allein deren Wandel sowie den Wandel ihrer Kontexte zu erkennen vermag und wenn andererseits eine philosophisch-anthropologische Betrachtungsweise aus handlungs- und erkenntnistheoretischen Gründen an Sachverhalten allein deren Gleichbleibendes zu erkennen vermag.

Dieses Problem entsteht zunächst schon auf der Ebene, auf der Musikwissenschaft sich selbst als historische in Worte faßt, nämlich auf der Ebene ihrer Begriffe. Die Ästhetik greift naheliegenderweise die Fachtermini der Musikwissenschaft auf, wobei sich aber, wenn man die wissenschaftliche Aufarbeitung der historischen Verwendung und Bedeutung von Begriffen kritisch betrachtet, die obengenannten Defizite ergeben. Schon hinsichtlich grundlegender Begriffe entsteht somit die Frage, ob sie als erkenntnisleitendes Begriffsinstrument, welches einer Verknüpfung von Ästhetik und Analyse zur Voraussetzung dienen könnte, hinreichend ausgeschöpft sind.

Ein Beispiel sei aus der Terminologie der Musik gewählt, weil Termini und ihre historische Aufarbeitung das Denken über Musik widerspiegeln und daher der Musikwissenschaft auch als Gegenstand der Selbstreflexion dienen können. Dabei stelle ich an eine primär historisch ausgerichtete Musikterminologie die folgenden Fragen: Können Begriffe durch denselben historischen Kontext ihre Bedeutung erhalten, den sie erschließen sollen? Denn der Nachweis, daß ihre Bedeutung durch einen historischen Kontext hervorgebracht sei, sie selbst somit in einem reaktiven Verhältnis zu ihm stehe, setzt eine Kenntnis jenes Kontextes schon voraus. Wie aber ist jene Kenntnis ihrerseits anders möglich als durch Quellen, unter anderem also durch schriftliche Zeugnisse, also durch Begriffe bzw. deren gegenwärtiges Verständnis? Wie hätten sich schon die damaligen Zeitgenossen ihren Kontext, vor allem das Neue und Fremde des historischen Wandels, durch Begriffe erdeuten und einander verständlich machen können, wenn sie nicht auf ein bereits existierendes, also auch schon vor diesem Kontext gültiges Begriffsinstrumentarium hätten zurückgreifen können, auf dessen Grundlage dann durch Neuzusammensetzungen und Neubildungen von Begriffen neue Bedeutungen möglich waren? – Es fragt sich also, welche aktiv erschließende Bedeutung Begriffe gegenüber ihren jeweiligen Kontexten haben. Wenn man nun aber erwägt, daß innerhalb der Sprache Begriffe von ihrem Kontext abhängig seien – wie ist dann hier das Verhältnis zwischen aktiver und reaktiver Denktätigkeit zu sehen? Welches ist die gemeinsame Grundlage eines vergangenen und eines gegenwärtigen Begriffsverständnisses, durch die man überhaupt plausibel machen kann, daß man ein früheres Denken verstanden habe? Oder gilt hier Historisierung radikal, so daß im Grunde tagtäglich sämtliche Ebenen der Sprache neu vereinbart werden müßten? Wenn dies offenkundig jedoch nicht der Fall ist, wie können wir dann sich ändernde Begriffsbedeutungen von überdauernden Begriffsbedeutungen unterscheiden? Gibt es Begriffsbedeutungen, die deswegen über viele Jahrhunderte Verwendung finden, weil ein wesentlicher Aspekt ihrer Bedeutung anthropologisch zu erklären ist, so daß hier der historische Wandel nicht die Begriffsbedeutung wesentlich verändert, sondern die Begriffsbedeutung in ihrer anthropologischen Fundierung helfen kann, das Neue und Fremde eines historischen Wandels mit vertrauten Mitteln eines Begreifens zu fassen?

Vor allem diese letzte Frage rührt an das Selbstverständnis einer historischen Musikterminologie, wenn deren primäres Kriterium der historische Wandel sowohl der Bedeutung als auch der Verwendung eines Begriffs ist bzw. wenn sie die belegten Verschiedenheiten der jeweiligen Begriffsverwendung als historisch zu erklärende Verschiedenheit von Bedeutungen ansieht, ohne zu prüfen, inwieweit hier möglicherweise nur verschiedene Aspekte *einer* Bedeutung betont wurden. Wenn hingegen die Unterscheidung zwischen dem Wandel einer Bedeutung und dem Wandel einer Verwendung differenziert wird im Bezug zur Unterscheidung zwischen *philosophisch-*

anthropologisch und *historisch*, so ergeben sich rein theoretisch drei weitere Kriterien, also insgesamt vier Kriterien, unter denen ein Begriff gesehen werden kann:

(1) eine historisch sich wandelnde Bedeutung und eine historisch sich wandelnde Verwendung;
(2) eine philosophisch-anthropologische Bedeutung und eine historisch sich wandelnde Verwendung;
(3) eine historisch sich wandelnde Bedeutung und eine philosophisch-anthropologische Verwendung;
(4) eine philosophisch-anthropologische Bedeutung und eine philosophisch-anthropologische Verwendung.

Für das dritte dieser vier Kriterien scheint es schwer, einen Fall zu konstruieren. Jedoch unter dem zweiten Kriterium lassen sich Aspekte eines Begriffs aufzeigen, die einer rein historischen Betrachtung entgehen. Dies soll nun am Beispiel des Lexikon-Artikels *Melodia/Melodie*, den Markus Bandur für das *Handwörterbuch der musikalischen Terminologie*[3] verfaßt hat, gezeigt werden.

Aus griechisch *mélos*, Glied, Gliederung, Klangbewegung oder Stimmbewegung, und aus *odé*, Gesang, ist das Kompositum *melodia* gebildet. Es benennt »in allen europäischen Sprachen unspezifisch *Musik als Inbegriff des geordneten und sinnlich wahrnehmbaren Erklingenden*«.[4] Im Blick auf diese unspezifische Bedeutung des Begriffs lautet eine Hauptthese des Artikels, daß die Vorstellung einer »linearen Abfolge von Tönen als sukzessiver Bewegung« eine »spezielle Vorstellung [...] im neuzeitlichen Sinne« ist, die »eine irreführende Vorstellung von vokaler Einstimmigkeit suggeriert«.[5] Bandur bringt für diese These Belege aus der Antike, welche vor allem das Unspezifische des Begriffs im Blick auf unterschiedliche Arten von Musik zeigen, so daß er nicht auf Vokalmusik eingrenzbar ist, und er bringt Belege aus dem Mittelalter, in denen der Begriff zur Bezeichnung mehrstimmiger Musik verwandt wird, und zwar in Überlagerung seiner Bedeutung mit Bedeutungen der Begriffe *concordia*, *consonantia* und *harmonia*. So gesehen wären sowohl Begriffsbedeutung als auch Begriffsverwendung einem historischen Wandel unterworfen, in dessen Fortgang die neuzeitliche Vorstellung von *Melodie* im Sinne

3 Bandur (1998).
4 Bandur (1998), Sp. 1a.
5 Bandur (1998), Sp. 3a.

einer »linearen Abfolge von Tönen als sukzessiver Bewegung«[6] als eine späte und auf das frühere Begriffsverständnis nicht übertragbare Begriffsbedeutung erschiene.

An der Recherche und Aufbereitung dieser Belege ist nichts auszusetzen. Die Aussagen, auf die Bandur sich beruft, lassen sich mit Recht so darstellen. Deswegen möchte ich auf die Referierung einzelner Belege weitgehend verzichten und mich auf die Kommentare Bandurs konzentrieren, um die folgende Frage zu diskutieren: Ist die mit dem Begriff *melodia* bezeichnete Vorstellung einer »linearen Abfolge von Tönen als sukzessiver Bewegung« wirklich nur eine »spezielle Vorstellung [...] im neuzeitlichen Sinne«, oder ist sie die explizite Akzentuierung einer grundlegenden Voraussetzung – nämlich der Dimension der *Zeit* –, die für die antiken und mittelalterlichen Begriffsbedeutungen und Begriffsverwendungen, wenn sie sie nicht selbst schon machen, zumindest implizit ebenso unverzichtbar anzunehmen ist? Und weiter ist zu fragen, inwieweit das Grundlegende dieser Voraussetzung einer »linearen Abfolge von Tönen als sukzessiver Bewegung« zumindest im Falle des Begriffsteils *odé* als Bezeichnung für Gesang eine Rückbindung an etwas anthropologisch Naheliegendes hat, das sich über Jahrhunderte hinweg zumindest als eine – wenn auch nicht einzige – Möglichkeit der Stimmbewegung nachweisen läßt. Dies anthropologisch Naheliegende steckt schon implizit in der bekannten, im Artikel ebenfalls zitierten Unterscheidung des Aristoxenos, die Bandur als Unterscheidung einer »auf diskreten Stufen beruhenden Tonhöhenbewegung der Musik von der kontinuierlichen [Tonhöhenbewegung] des Sprechens«[7] wiedergibt. Denn beides wird hier überhaupt nur miteinander verglichen, weil beides neben dem Unterschied auch etwas gemeinsam hat. Dies Gemeinsame ist die Tatsache einer wie auch immer artikulierten Tonhöhenbewegung. Diese ist im Falle des Sprechens wie des Singens – wie das Wort *Bewegung* schon sagt – *zeitlich* benannt, daher sukzessiv. Sie ist ferner im Falle eines Individuums – wenn man den Normalfall und nicht besondere Intonationstechniken nimmt – die Bewegung *einer* Stimme, also einstimmig. Und sie sucht im Normalfall die dem menschlichen Intonationsvermögen naheliegende Tonhöhenveränderung der kleinen kontinuierlichen oder diskreten Tonhöhenunter-

6 Bandur (1998), Sp. 3a.

7 Bandur (1998), Sp. 4a.

schiede, von der sich daher um so wirkungsvoller auffälligere größere Tonhöhenveränderungen – etwa im Falle eines Schreis – absetzen können. Zumindest diese drei Kennzeichen einer artikulierten Tonhöhenbewegung ermöglichen eine Gemeinsamkeit zwischen Sprache und Musik – und gerade weil sie besteht, kann beides unter ihrer Voraussetzung differenziert werden durch die Unterscheidung zwischen einer »auf diskreten Stufen beruhenden Tonhöhenbewegung der Musik« und einer »kontinuierlichen [Tonhöhenbewegung] des Sprechens«.[8]

Der unverzichtbaren Voraussetzung von Sukzession als *zeitlicher* Dimension unterläge auch eine Verwendung des Begriffs *melodia*, die nicht eine Bewegung durch Veränderung der Tonhöhe, sondern – bei gleichbleibender Tonhöhe – einen Wechsel der Intonations- bzw. Artikulationsformen bezeichnete.

Insofern wiederum Gesang eine der Wurzeln von Musik darstellt, dessen Formen der Melodiebildung auch in der Instrumentalmusik möglich sind, ist zwar nicht die Eingrenzung des Begriffs *Melodia* auf Vokalmusik gerechtfertigt, wohl aber seine Herleitung aus dem Bereich der Vokalität. Und daher ist die Anwendung des Begriffs auf Instrumentalmusik auch nicht eine Veränderung seiner Bedeutung, sondern deren Beibehaltung für eine erweiterte Anwendung auf Instrumentalmusik, gerade weil letztere durch Kennzeichen wie Phrasenbildung, Hebung und Senkung, Interpunktionen oder Pausen eine Gliederung aufweisen kann, die aus dem Bereich des Vokalen als Sprechen oder Singen bekannt ist. Dies ist um so mehr dort evident, wo frühe Instrumentalstücke ursprünglich umgearbeitete Vokalstücke sind, und bleibt auch sonst gültig, wo Instrumentalmusik als eigenständige Art von Musik weiterhin unter anderem jene Kennzeichen aufweist, was bis ins 20. Jahrhundert der Fall ist.

Die bisher genannten impliziten oder expliziten Voraussetzungen der Bedeutung des Begriffs *melodia* bleiben auch dann gültig, wenn er nicht zur Bezeichnung einstimmiger, sondern mehrstimmiger Musik verwandt wird. Denn Mehrstimmigkeit ist die Simultaneität mehrerer Einzelstimmen. Die Überlagerung der Bedeutung des Begriffs *melodia* mit Bedeutungen der Begriffe *concordia*, *consonantia* und *harmonia* ist daher möglicherweise genau aus dem eingangs erwähnten Bestreben zu erklären, einen historischen Wandel – in die-

8 Bandur (1998), Sp. 4a.

sem Falle hin zur Mehrstimmigkeit – durch Begriffsverwendungen zu fassen, durch die sich an eine bereits existierende, also auch schon vor diesem neuen Kontext gültige Begriffsbedeutung anknüpfen ließ.

Sogar die von Bandur belegte Überlagerung der Bedeutung des Begriffs *melodia* mit ästhetischen Werturteilen des Zusammenstimmens, beispielsweise dem Urteil der Süße (*suavitas*) in mittelalterlichen und frühneuzeitlichen Quellen,[9] konnte zumindest – ohne daß dies die einzige Erklärung sein muß – auf die Voraussetzung der Tonselektion durch Tonhöhenabstufungen zurückgreifen, da jene Selektion eine Ausscheidung geräuschhafter, vielleicht als störend empfundener Frequenzen bedeutet und daher als Bevorzugung einer für jeweils eine Tonhöhe dominierenden Frequenz zumindest als physikalische Voraussetzung dasjenige ermöglicht, was man als klare und schöne Intonation begrüßen mochte. Auch wenn man sich nicht in frühere Werturteile hineinversetzen kann – was schwer möglich scheint –, ist es zumindest nicht abwegig, in Selektionsprozessen dieser Art, die sich auf unterschiedliche Weise über Jahrhunderte hinweg immer wieder als Materialvoraussetzung von Musik nachweisen lassen, auch Kriterien der Ordnung und des Wohlgefallens mit zu vermuten.

Signifikant für die Deckung der Grenzen einer anthropologischen Voraussetzung des Begriffs *Melodie* mit den Grenzen seiner Geltungsreichweite sind Aussagen über solche Werke Neuer Musik, die radikal mit herkömmlicher Syntax und herkömmlichen Werturteilen brechen, weswegen sie oft als *unmelodisch* bezeichnet werden oder aber gar nicht mit herkömmlichen Begriffen wie *Melodie*, sondern mit ihnen gemäßen Begriffen angesprochen werden. Und in Abhebung von dieser Richtung des historischen Wandels im 20. Jahrhundert ist nun noch näher zu bestimmen, in welchem Sinne von *anthropologisch* zu reden ist und in welchem nicht. Von *anthropologisch* sollte *nicht* im Sinne eines Dogmas gesprochen werden, welches festzulegen versucht, wie Menschen sich verhalten können oder müssen. Ein solches Dogma besteht in der folgenden Auffassung Robert Lachs im Vorwort seines Buchs *Studien zur Entwicklungsgeschichte der ornamentalen Melopöie. Beiträge zur Geschichte der Melodie*, wenn er seiner Auffassung von Melodiebildungsgesetzen die Voraussetzung zugrunde legt, daß »die Entwicklung der Musik, wie in aller Kunst

9 Bandur (1998), Sp. 6a-12a.

überhaupt, ein von aller subjektiven, willkürlichen Beeinflussung seitens der einzelnen historischen künstlerischen Individualitäten gänzlich unabhängiger, nach Naturgesetzen rein objektiv, mit eherner Notwendigkeit sich vollziehender Naturprozeß ist – analog dem Evolutionsprinzip in den Naturwissenschaften oder in der vergleichenden Sprachwissenschaft [...]«.[10] Von einer solchen Voraussetzung her wird in der ersten Hälfte des 20. Jahrhundert unter anderem gerade auch die Neue atonale Musik scharf angegriffen als Verletzung solcher angeblichen Naturgesetze. Bei aller wissenswerten Fülle, die dieses Buch Lachs in sich birgt, ist diese Voraussetzung nicht akzeptabel, weil sie als Legitimation für die Einschränkung kompositorischer Freiheit mißbraucht werden kann. Demgegenüber sollte Anthropologie gerade jene Freiheit als etwas dem Menschen Mögliches nicht unterschlagen. Anthropologie betrifft so gesehen ein zwar Menschen *mögliches*, gleichwohl nicht immer unbedingt zu *verwirklichendes* Verhalten, und noch genauer, ein zwar vielen oder allen Menschen mögliches, gleichwohl nicht immer von allen und nicht mit jedem Gebilde unbedingt zu verwirklichendes Verhalten. Man könnte einwenden, daß es dann eigentlich nicht mehr um Anthropologie ginge, sondern um Übereinkunft, also um Form als Normbildung sowie um den Fall ihrer Übertretung, also um Soziologie. Die Frage aber bliebe, anhand von *was* Form als Normbildung und Normüberschreitung überhaupt möglich ist. Es muß etwas sein, was zumindest alle an der Normbildung Beteiligten miteinander teilen können, also beispielsweise die Voraussetzung, überhaupt mentale Wesen, ferner – wenn die Normbildung anhand von gleichem, genetisch bedingtem Somatischen geschehen soll – solche einer gleichen Gattung von Lebewesen zu sein. Also wäre so gesehen die Möglichkeit von Normbildung gerade der Beweis zumindest für eine anthropologische Voraussetzung, nämlich daß es überhaupt etwas gibt, was mehrere oder alle Menschen miteinander teilen können. Als Beispiel diene der verlautbarte oder verschriftlichte, also anhand von Somatischem geäußerte Begriff. Dieser kommunizierbare und Kommunikation ermöglichende Begriff faßt nur die verknüpfende oder vereinheitlichende Wahrnehmung unter sich, nicht aber die unverknüpfte Einzelheit hinsichtlich ihrer Individualität. Denn im Begriff ist nur das, was an den Einzelheiten als Gleiches oder Vergleichbares

10 Lach (1913), S. XI f.

gedeutet wird, abstrahiert. Auch wo sich eine Bestimmung mit dem Satz »Dies ist so und so« auf ein einzelnes »Dies« richtet, trifft sie nicht dessen einmalig Individuelles, sondern bringt vielmehr mit der Definition »ist« nur das *Beziehen* einer Eigenschaft an diesem einzelnen auf die gleiche Eigenschaft an anderem einzelnen unter die Einheit »so und so«, um sie einander zu kommunizieren. In diesem Sinne sind Begriffe stets abstrakt. Auch eine einmalige Kombination verschiedener Begriffe zur Bestimmung einer Einzelheit faßt in sich nicht mehr als die unter diesen Begriffen gefaßten verschiedenen Abstraktionen des Subjekts. Ein Begriff für etwas Einmaliges (oder nicht-kommuniziertes Mehrmaliges) müßte selbst einmalig sein und wäre somit kein kommunizierbarer, da er nicht zugleich auf anderes bezogen werden könnte und es somit nicht durch Wiederholung zu einer Normbildung, die sich mit einer Objekte aufeinander beziehenden wie auch sprachlichen Kommunikation bedingt, kommen könnte: z. B. »Dies ist ein Wukjstlöftz«. Daher muß auch die somatische Form der Verlautbarung oder Verschriftlichung zumindest in zweierlei Hinsicht gleich bleiben, nämlich erstens dadurch, daß sie überhaupt in Form von Somatischem geschieht, und zweitens, daß dies eine allen an der Übereinkunft Beteiligten mögliche und wiederholbare Form von Somatischem ist – zumindest für die Zeit der Übereinkunft; beispielsweise ändert sich im Falle eines verschriftlichten Begriffs dessen Schriftumriß nicht mit jeder Verwendung, auch wenn beides, Begriff und seine Verschriftlichung, stets aufs neue verwirklicht werden muß. Anthropologische Voraussetzung von sprachlichen Kommunikationen ist eine allen an ihr Beteiligten mögliche Wiederholbarkeit von Begriffen bzw. ihrer somatischen Form. Für musikalische Formen als Normbildungen gilt dies ebenso. Eine Einschränkung der Anthropologie könnte daher also nur lauten, daß diese Möglichkeit, der zufolge mehrere oder alle etwas miteinander teilen können, nicht immer und nicht von allen verwirklicht werden muß.

Gerade wenn also mit *Melodia* überwiegend ein anthropologischer Normalfall – wie er sich bei Aristoxenos und anderen immer wieder als implizite oder explizite Voraussetzung nachweisen läßt ist – mitgemeint ist, dann ist es logisch, daß eine Musik wie die Neue Musik des 20. Jahrhunderts, wenn sie sich sehr weit von diesem Normalfall entfernt, nicht mehr eine ihm entsprechende Bezeichnung erfährt.

Alle bisher diskutierten Fälle verschiedener Anwendungen des

Begriffs *Melodia* setzen aus meiner Sicht einen gemeinsamen Bedeutungskern des Begriffs implizit oder explizit voraus, der sich – mit den Implikationen *Zeit*, *Linearität*, *Sukzession* und *Sprachtonfall* bzw. *Stimme* – im historischen Wandel der Jahrhunderte nicht wesentlich verändert, weswegen ich diejenigen Auffassungen Bandurs, welche Bedeutungen und Verwendungen des Begriffs gemäß ihren verschiedenen historischen Kontexten auch als verschieden oder gar als miteinander unvereinbar hinstellen, als einseitig historisch ansehe, da sie jene philosophisch-anthropologischen Implikationen des Begriffs unberücksichtigt lassen.

Möglicherweise aber äußert sich darin das Dilemma zwischen dem positivistischen Objektivitätsgebot der lexikalischen Aufbereitung von Quellen, die nicht über das in ihnen Belegbare hinausgehen darf, und dem Interesse einer Reflexion, welche über das Belegbare hinaus implizite und unverzichtbare Voraussetzungen nicht beiseite lassen will. Bandur weist selbst an mehreren Stellen auf dieses Dilemma hin. So expliziert er beispielsweise die im Wort *Tonhöhenbewegung* schon angesprochene Sukzession als Dimension der Zeit als unverzichtbare und somit nicht auf eine bestimmte historische Epoche eingrenzbare Implikation des Begriffs *melodia*, obwohl dies die von ihm angeführten mittelalterlichen Quellen nicht als damaliges Begriffsverständnis bezeugen:

> Als fachsprachliche Ausdrücke bezeichnen lat. melodia und die nationalsprachlichen Äquivalente seit dem ausgehenden 16. Jh. die explizit aus der Sukzession von Einzeltönen gebildete *lineare oder horizontale Dimension des musikalischen Sinngefüges*. [...] Diese Bedeutung [...] vermittelt dadurch rückblickend ein Bewußtsein für das vermutlich immer schon selbstverständliche Gelten des Begriffs. Denn [...] [es] enthält die Zuordnung von lat. melodia zu der satztechnischen Trägerschicht einer ›Stimme‹ die im weitgefaßten mittelalterlichen Wortverständnis wohl mitgemeinte, aber erst seit dem 12. Jh. vereinzelt angedeutete Vorstellung von ›Musik‹ als einer [...] *Klang-›Bewegung‹ in der musikalischen Zeit.*[11]

Er hat (einmal abgesehen von der unglücklich gewählten Definition von Musik als Modus ihrer selbst) recht, dies, was über das in seinen Quellen Nachweisbare hinausgeht, zu bedenken. Und daß er hierbei das »immer schon selbstverständliche Gelten des Begriffs« vielleicht

11 Bandur (1998), Sp. 1b.

als Rückverweis auf eine anthropologische Voraussetzung meint – nämlich neben den anderen genannten Merkmalen die prinzipielle Bedingtheit der Musik als Zeit –, ist nach dem bisher Gesagten nicht mehr abwegig. Wenn man diese und weitere Stellen seines Artikels, an denen er manche seiner Hauptthesen relativiert, berücksichtigt, so merkt man, daß der Artikel durchzogen ist von dem Zwiespalt, einerseits das unbedingt erforderliche lexikalische Objektivitätsgebot, dem zufolge der Autor eines Artikels möglichst hinter den Belegen zurückzutreten habe, einzuhalten, doch andererseits implizite und unverzichtbare Voraussetzungen jener Belege mitreflektieren zu wollen. Der Spielraum hierzu ist innerhalb eines Lexikons gering. Und gerade gegenüber anthropologischer Mutmaßung verhält sich vor allem die historische Wissenschaft mit ihrem Verständnis von einer lexikalischen Objektivität sehr zurückhaltend, weil ihre Kriterienbildung aus der berechtigten Kritik an nicht sachgemäßer Ideologiebildung hervorgegangen ist. So ist die Berechtigung der historischen Wissenschaft unter anderem eine Konsequenz aus dem politisch-dogmatischen Mißbrauch der Anthropologie für Gesellschaftsentwürfe, deren Hauptinteresse die Legitimierung ihrer Gesetzlichkeit durch quasi ›naturgegebene Gesetzlichkeit‹ war.

Analyse zwischen Philosophie und Geschichte

Die Notwendigkeit, hinsichtlich der Bedeutungen eines Begriffs und seiner Verwendungen bzw. Anwendungen bezüglich historisch verschiedener Sachverhalte auf grundlegende und erkenntnistheoretisch als konstant anzusehende Implikationen hinzuweisen, ist nicht nur in der terminologischen Selbstreflexion zu begründen, sondern auch an dem, was Begriffe erkenntnisleitend zeigen sollen, nämlich an Sachverhalten, zu erweisen. Oder – umgekehrt – kann an historisch verschiedenen Sachverhalten das Grundlegende und als konstant Anzusehende die Triftigkeit der Terminologie belegen.

Allerdings ist dies gegenseitige Begründungsverhältnis Tautologie. Doch auch eine Sichtweise, die zwischen Bedeutungen und Verwendungen von Begriffen und Sachverhalten ein Begründungsverhältnis herstellt, welches ausschließlich dem je Verschiedenen und historisch Individuellen gilt, ist ihrerseits tautologisch. Der Grund für diese Tautologie ist das Wissenschaftssubjekt selbst. Es kann sich allerdings als solches offenlegen, indem es sich selbst als unhintergehbaren Faktor der Wissenschaft erkennt und thematisiert und indem es zugleich offenlegt, für welche Tautologie es sich entscheidet.

Wendet man also das Hin-und-Herpendeln zwischen philosophisch-anthropologischer und historischer Terminologie analog auf das Erkennen und Verstehen musikalischer Sachverhalte an, so ergeben sich vorab an eine primär historisch ausgerichtete Musikanalyse ähnliche Fragen wie im Falle einer primär historisch ausgerichteten Musikterminologie. Können musikalische Sachverhalte nur durch denselben historischen Kontext in ihrer Bedeutung erschlossen werden, in dem sie begegnen? Denn der Nachweis, daß ihre Bedeutung durch einen historischen Kontext hervorgebracht ist, ein Nachweis also, der jene musikalischen Sachverhalte nur als Ausdruck jenes Kontextes sieht, setzt eine Kenntnis jenes Kontextes schon voraus. Wie aber ist jene Kenntnis ihrerseits anders möglich als durch Quellen, unter anderem also durch schriftliche Zeugnisse, also durch Dokumente musikalischer Sachverhalte bzw. deren gegenwärtiges Verständnis? Wie hätten sich schon die damaligen Zeitgenossen ihren Kontext, vor allem das Neue und Fremde des historischen Wandels, durch Musik ausdrücken und einander verständlich machen können, wenn sie nicht auf ein bereits existierendes, also auch schon vor diesem Kontext gültiges System der Formbildung hätten zurückgreifen können, auf dessen Grundlage dann durch Neuzusammensetzungen und Neubildungen von Formen neue Bedeutungen möglich waren? – Es fragt sich also, inwieweit musikalische Sachverhalte nicht nur Ausdruck von Kontexten sind, sondern ihrerseits diese auch überhaupt erst bilden oder zumindest mitbilden. Wenn man nun erwägt, daß aber innerhalb der Musik Formen von ihrem Kontext abhängig sind – wie ist dann hier das Verhältnis zwischen aktiv und reaktiv zu sehen? Welches ist die gemeinsame Grundlage eines vergangenen und eines gegenwärtigen Formenverständnisses, durch die man überhaupt plausibel machen kann, daß man einen früheren musikalischen Sachverhalt verstanden habe? Oder gilt hier Historisierung radikal, so daß im Grunde tagtäglich sämtliche Ebenen der Musik neu vereinbart werden müßten? Wenn dies offenkundig jedoch nicht der Fall ist, wie können wir dann sich ändernde Formen von überdauernden Formen unterscheiden? Gibt es Formen, die deswegen über viele Jahrhunderte Verwendung finden, weil ein wesentlicher Aspekt ihres Gehalts anthropologisch zu erklären ist, so daß hier der historische Wandel nicht den Formgehalt wesentlich verändert, sondern der Formgehalt in seiner anthropologischen Fundierung helfen kann, das Neue und Fremde eines historischen Wandels mit vertrauten Mitteln eines Formens zu fassen?

Vor allem diese letzte Frage rührt an das Selbstverständnis einer historischen Musikanalyse, wenn deren primäres Kriterium der historische Wandel sowohl der Bildung und Verwendung als auch des Gehalts von Formen ist. Wenn hingegen die Unterscheidung zwischen dem Wandel einer Form und dem Wandel ihres Gehalts differenziert wird, und zwar im Bezug zur Unterscheidung zwischen *philosophisch-anthropologisch* und *historisch*, so ergeben sich rein theoretisch drei weitere Kriterien, also insgesamt vier Kriterien, unter denen eine Form gesehen werden kann:

(1) eine historisch sich wandelnde Form als historisch sich wandelnder Gehalt;
(2) eine philosophisch-anthropologische Form als historisch sich wandelnder Gehalt;
(3) eine historisch sich wandelnde Form als philosophisch-anthropologischer Gehalt;
(4) eine philosophisch-anthropologische Form als philosophisch-anthropologischer Gehalt.

Kann man für diese vier Kriterien überhaupt Fälle konstruieren? Im Falle der oben ausgeführten Begriffsreflexion hat sich gezeigt, daß das Verhältnis zwischen Begriff und Bedeutung bzw. Verwendung nur dann als ein willkürlich flexibles aufgefaßt werden kann, wenn man wesentliche philosophisch-anthropologische Aspekte ignoriert. Zwar bleibt die historiographische Option offen, auch Begriffe ausfindig zu machen, deren Geschichte tatsächlich jenes flexible Verhältnis aufweist; aber ebenso richtig – und wichtig zu betonen gegenüber einer Wissenschaft, die von vornherein nur auf diese historiographische Option setzt – ist der Hinweis auf die Existenz von Begriffen, die – ausgehend von einer bestimmten somatischen Form – eine gleichbleibende Bedeutung und Verwendung aufweisen, wobei dies durchaus neben sich wandelnden oder hinzutretenden Bedeutungen und Verwendungen stehen kann.

Ist bezüglich musikalischer Sachverhalte das Verhältnis zwischen Form und Gehalt überhaupt analog zu dem zwischen Begriff und Bedeutung bzw. Verwendung zu sehen? Die oben erwogenen vier

Kriterien fassen Form *als* Gehalt, jedoch Begriffe als solche *mit* Bedeutung auf. Die Unterschiede der Formulierung verweisen auf einen prinzipiellen Unterschied. Zwischen einem Begriff und dem, was er bedeutet, also seinem Sachgehalt, existiert keine somatische Ähnlichkeit: Das Wort *Rose* ist nicht in seinem Schriftumriß eine Rose und auch in seiner Materialität – etwa als Druckerschwärze oder Laut – nicht aus dem Material einer Rose. Hingegen die musikalische Figur der *exclamatio* entspricht in der Art ihrer Tonbewegung tatsächlich – wenn auch in artifizieller Form – der Lautbewegung eines Ausrufs durch Anhebung der Stimme, und dies, nämlich ein Ausruf zu sein, gegebenenfalls als Dissonanz, gedeutet als Ausdruck von Schmerz, ist ihr Gehalt.

Musik als Form und Gehalt bietet nicht zwei gänzlich trennbare Ebenen, deren Verhältnis durch historisch veränderte Zuordnung, Konnotation oder Kontextbildung (je nachdem welcher Theorie man bezüglich ihres Verhältnisses anhängt)[12] flexibel aufzufassen wäre. Sprache kann man im übertragenden Sinne auf andere Sachverhalte beziehen – Musik nicht. Deren somatische Verbindlichkeit ist zugleich ihr Gehalt, was nicht ausschließt, daß mit ihr weitere Gehalte – auch historisch sich wandelnde Gehalte – zusätzlich assoziiert werden können, und ebenfalls nicht, daß es neben ihr andere somatische Verbindlichkeiten der Musik gibt, die sich wandeln. Wenn aber eine gleich oder ähnlich bleibende somatische Verbindlichkeit in manchen Fällen über Jahrhunderte hinweg begegnet, dann kann ihr nicht beliebig ein sich wandelnder Gehalt zugesprochen werden. Ähnlich wie im Falle des Somatischen eines Begriffs, nämlich in Form seiner Verschriftlichung oder Verlautbarung, weist auch das Somatische des Musikalischen, nämlich in Form seiner Verschriftlichung oder Verlautbarung, in den vielen Verschiedenheiten seiner historischen Erscheinung Gemeinsamkeiten auf, die aus philosophisch-anthropologischer Sicht erklärbar werden lassen, warum dies Verschiedene trotz seiner historischen, syntaktischen und – mutmaßlich – auch semantischen Individualität verstanden werden kann, oder warum zumindest die Anstrengung einer späteren Epoche, die Artefakte einer früheren Epoche zu beschreiben, zu analysieren und vielleicht auch zu verstehen, nicht gänzlich fehlgehen muß. Gemeinsam ist dem jeweiligen Verstehen der

12 Vgl. hierzu von Massow (1998).

überlieferten Artefakte – Neumen, Ligaturen oder die verschiedenen späteren Punkt- und Balkennotationen –, daß es jene in irgendeiner Weise als graphische Zeichen – sei es als Anweisung zur Tonhöhenveränderung oder zur Dauernveränderung, erweitert durch weitere Anweisungen – auffaßt, somit als Dokument von *Intentionen* im Unterschied zu nicht-intentionalen Formen nicht-beseelter Gegenstände. Auch Intentionalität ist hier nicht – wie es postmoderne Philosophiegeschichte verstanden wissen wollte – historisierbar in der Art, daß sie historisch erst existiere, wenn sie thematisiert würde – etwa mit der Subjektphilosophie des 18. Jahrhunderts, vor allem Immanuel Kants –, sondern vielmehr ist in der Konsequenz der Erkenntnis- und Handlungstheorie Kants Intentionalität grundsätzlich als Wesensmerkmal des menschlichen Subjekts aufgefaßt wie auch die Formen von Intentionalität, nämlich Zeit und Raum, ferner ihr Vermögen, diese Formen kommunikativ zu verwirklichen und gegebenenfalls zu dokumentieren.[13] Musik als Zeit (als Tondauer) wie als Raum (im Wechsel der Tonhöhe – was aber als Wechsel zwischen langsameren und schnelleren Frequenzen genaugenommen ebenso zeitlich bedingt ist[14] – sowie im Wechsel des Tonorts) verwirklicht Intentionalität; und sie kann dies intersubjektiv tun. Gleichwohl sollte von ihr als Kommunikation im Sinne eines wechselseitigen Austauschs zwischen Subjekten nicht in dem Fall gesprochen werden, wenn diese Subjekte zu verschiedenen Zeiten leben, so daß das später lebende Subjekt von den Intentionen des früher lebenden Subjekts nur mündliche oder schriftliche oder anders fixierte Dokumente hat. Dieser Fall ist gleichwohl derjenige, der das Dokument als Artefakt zum Gegenstand von Geschichte macht, und zwar sowohl durch Tradierung als auch durch Erforschung dieser Tradierung, so daß nur dieser Fall zum Gegenstand der historischen Wissenschaft werden kann. Er unterscheidet sich vom Fall des nicht dokumentierten Gesprächs oder interaktiven Musizierens – einer Kommunikation im Miteinander in Zeit und Raum –, und er unterscheidet sich auch vom Fall des versendeten und beantworteten Dokuments (etwa eines Briefs) – einer Kommunikation im Getrennt-Sein in Zeit und Raum. Gleichwohl gehen wir in allen drei Fällen, so auch im ersten Fall, dem

13 Grundsätzlich hierzu Gerold Prauss (1990), Kapitel *Die Zeit als erste Stufe sich verwirklichenden Intendierens*, S. 358-401, besonders S. 395 ff.

14 Zur Ableitung der Kategorie des Raumes von der Kategorie der Zeit vgl. Prauss (1990), Kapitel *Zeit und Raum*, S. 313-338.

des überlieferten Dokuments, von einer Intention aus. Gleichwohl läßt sie sich nicht – wie etwa im kommunikativen Akt des Gesprächs oder des Briefwechsels – hinsichtlich der Formen ihrer Äußerung befragen, nämlich ob man diese, ihre Formen, als solche verstanden hat, und sie läßt sich ferner nicht befragen, ob man das, was sie als Gehalt ihrer Formen intendierte, verstanden hat. Denn Kommunikation findet immer auf mehrere Weisen statt, und zwar – vor einer Vergewisserung über kommunizierte Gehalte – schon als Vergewisserung über ihre Formen, nämlich zunächst, ob es sich bei der Empirie wahrgenommener Formen – etwa schwarze Schnörkel, Linien und Punkte – überhaupt um ein menschliches Artefakt handelt, ferner – wenn dies der Fall ist –, ob man die gewählten Formen versteht bzw. als Ausdruck von Gehalten erdeuten kann und somit als Formen der Kommunikation identifiziert. Diesbezügliche Rückfragen lassen sich an den verstorbenen Autor eines Dokuments nicht mehr stellen. Dokumente verstehen heißt hier also, sich mit einer begründeten Hypothese hinsichtlich des Intendierten und seines Gehalts begnügen zu müssen, die sich mit jedem Entziffern bzw. Lesen je aufs neue – und zwar entweder als immer wieder ähnliches Verstehen oder um ein anderes Verstehen erweitert oder aber als gänzlich anderes Verstehen – verwirklicht. Um diesen Fall handelt es sich auch beim Entziffern, Verstehen, Interpretieren und Deuten von musikalischen Handschriften oder Drucken. Ihre Schriftform wird erdeutet – und nur dies, nämlich ihre Erdeutung, haben wir, wenn wir sagen, wir hätten ein Artefakt vor uns. Doch als dieser Gegenstand der Erdeutung ist das Artefakt seinerseits so beschaffen – nämlich als Schriftform –, daß ihm von uns *a priori* unterstellt wird, es handele sich dabei um den Ausdruck einer stattgehabten Intention. Diese Hypothese wird überhaupt nur gemacht, weil von Artefakten der Eindruck gewonnen wird, daß sie Artefakte in bestimmten Formen sind – nämlich solchen, die zu bestimmten historischen Zeitpunkten intersubjektiv als Ausdruck von Intentionalität gegolten haben oder gelten – und daß spätere Subjekte erneut in der Lage seien, jene Ausdrucksformen zu verstehen. Letztlich sind es also die Formen des Ausdrucks von Intentionalität, hinsichtlich deren gemeinsamer Bildung und Verabredung als Formen intersubjektiver Übereinkunft man im Sinne des Worts *communis* von Kommunikation sprechen kann – und zwar einer Übereinkunft, deren erste und auch bei allen weiteren Ebenen der Intersubjektivität immer wieder zu verwirklichende Intention es ist, sich als solche, nämlich Form intersubjektiver Übereinkunft zu sein, kundzutun. Die immer wieder vergleichbare Wahl der Form von Lauten oder Linien, Schnörkeln und Punkten zwecks Wiedererkennbarkeit eines Worts oder eines musikalischen Sachverhalts ist Voraussetzung ihrer – der Form – Verstehbarkeit. Und ihr erster Gehalt als Intention – vor weiteren spezifischen Gehalten – ist es, als intentionale Form in intersubjektiver Übereinkunft gebildet zu sein, um verstanden zu werden. Intersubjektivität als Ausdrucksform ist ihr primärer Gehalt. Später lebende Subjekte können zwar nicht mehr über die Intentionalität früherer Subjekte mit jenen kommunizieren, aber sie können die intersubjektiven Ausdrucksformen jener früheren Intentionalität versuchen zu erschließen und zu erdeuten. Alte Handschriften entziffern ist zwar nicht ein kommunikativer Akt des Austauschs intentionaler Formen wie zwischen zwei lebenden Subjekten; aber es ist eine einseitige, gleichwohl begründbare Hypothese des später lebenden Subjekts hinsichtlich der dokumentierten Ausdrucksformen früher stattgehabter Intentionen. Deren damalige Intersubjektivität – wenn nämlich nicht jede sich äußernde Intention immer wieder neue und individuelle Ausdrucksformen bildet, sondern sich in Übereinkunft mit bereits tradierten Ausdrucksformen verwirklicht – bietet zumindest eben aufgrund ihrer Intersubjektivität und den Formen ihrer Tradierung die Möglichkeit, daß sie auch von späteren Subjekten, insofern diese an jener teilhaben, verstanden werden kann. Genau hier liegt ein wichtiges Motiv von Geschichte, nämlich nicht nur Ausdruck eines beständigen Willens nach Wandel zu sein – das ist sie auch –, sondern ebenso – in Reaktion auf den Wandel – konstante oder zumindest kontinuierliche Formen zu tradieren, mit denen in ihm Vertrautes wiedererkennbar bleibt und mit denen er verstanden werden kann, so daß sein Profil auch vor dem Hintergrund von Gleichbleibendem verdeutlicht wird.

Diese von der historischen Quellenforschung in der Regel unhinterfragt in Anspruch genommene Voraussetzung der Verstehensmöglichkeit hat aber ihrerseits zur Voraussetzung die Hypothese, daß sich intersubjektive Ausdrucksformen zumindest nicht hinsichtlich ihrer primären Intention, nämlich überhaupt Ausdruck von Intentionen zu sein, im Laufe der Geschichte – also zeitlich und räumlich – gravierend wandeln, und daß ferner auch die intersubjektiven Formen des Ausdrucks von Intention sich nicht auf allen Ebenen mit jeder Generierung und Generation im Laufe der Geschichte – zeitlich und räumlich – gravierend wandeln. Wir könnten sonst schon von Ausdrucksformen – Sprache, Schrift oder Notation –, die nur wenige Jahrzehnte zurückliegen oder wenige hundert Kilometer entfernt liegen, nichts verstehen. Um so mehr erstaunt es, wenn historische Quellenforschung – unter Mißachtung jener Grundbedingungen intentionaler Formen, die erkenntnistheoretisch zumindest hinsichtlich ihrer primären Voraussetzungen als gleichbleibend zu erachten sind – an Quellen wie auch ihrer Tradierung nur das je Spezifische, Individuelle und sich Wandelnde herausarbeitet. Hier begegnet uns demnach das gleiche Problem der unzulänglichen Erdeutung wie im oben ausgeführten Falle eines nur historisch-positivistischen Umgangs mit Begriffen bzw. ihrer Bedeutungen und Verwendungen.

An fünf der sechs nachfolgenden Beispiele ist daher nun das historisch je Verschiedene erst dann, vielleicht aber somit besser zu verdeutlichen, wenn zuvor der Grund eines Gleichbleibenden rekonstruiert worden ist, von dem es sich abheben läßt. Das Profil des historisch je Individuellen ergibt sich somit nicht nur im Vergleich mit anderem historisch je Individuellen, sondern darüber hinaus im Verhältnis zu Gleichbleibendem:

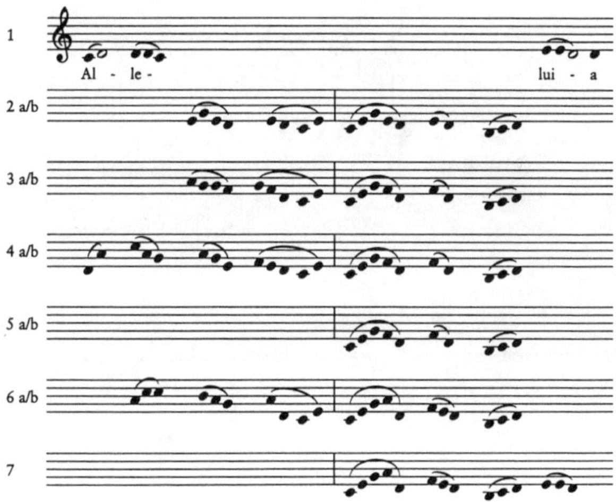

Fig. 1 Sankt Gallen, Codex 484, Sequenzmelodie Amoena *(alias* Pascha*), aus Haug (2005), S. 231*

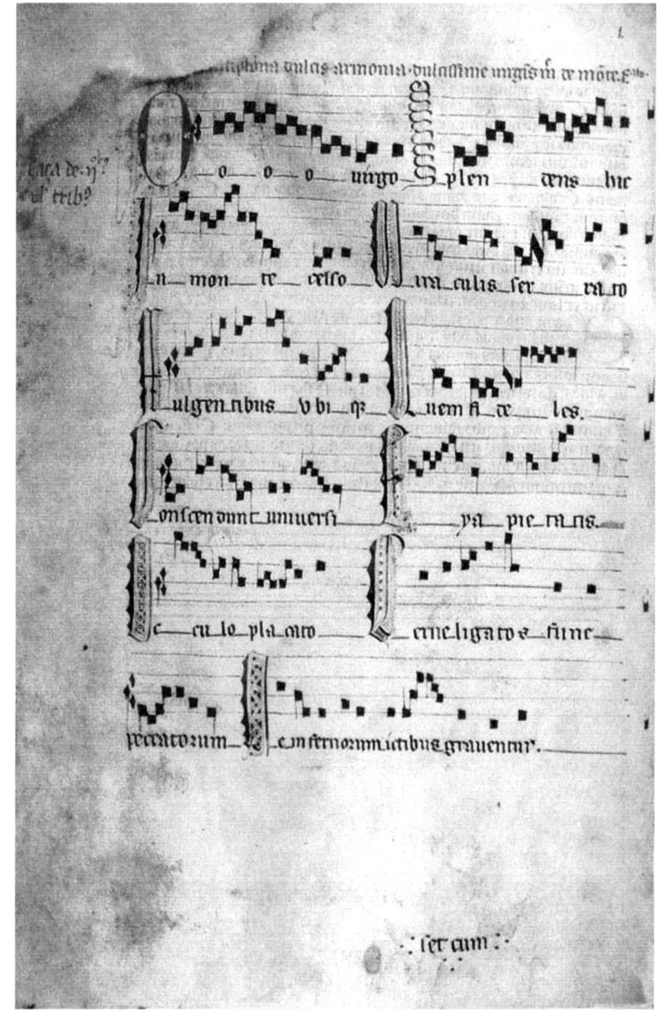

Fig. 2 Llibre Vermell, Canonmelodie O virgo splendens *(Beginn)*

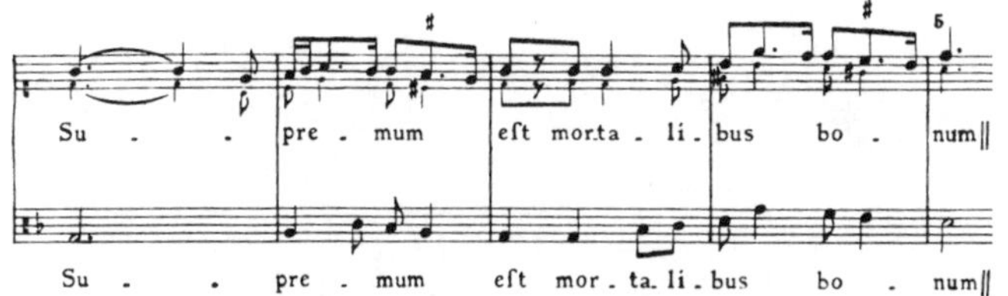

Fig. 3 Guillaume Dufay, Supremum est mortalibus bonum *(Beginn)*

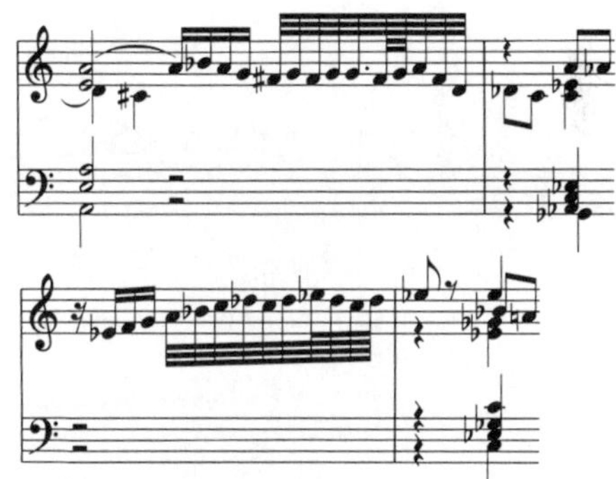

Fig. 4 Johann Sebastian Bach, Chromatische Fantasie und Fuge, *BWV 903, Rezitativ (Beginn)*

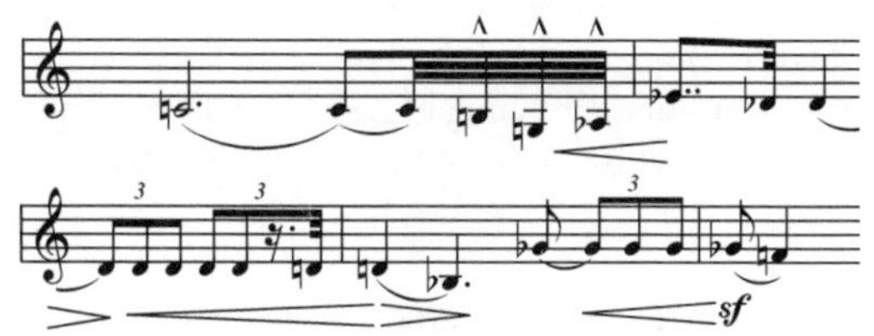

Fig. 5 Arnold Schönberg, 4. Streichquartett, *op. 37, 3. Satz (Beginn)*

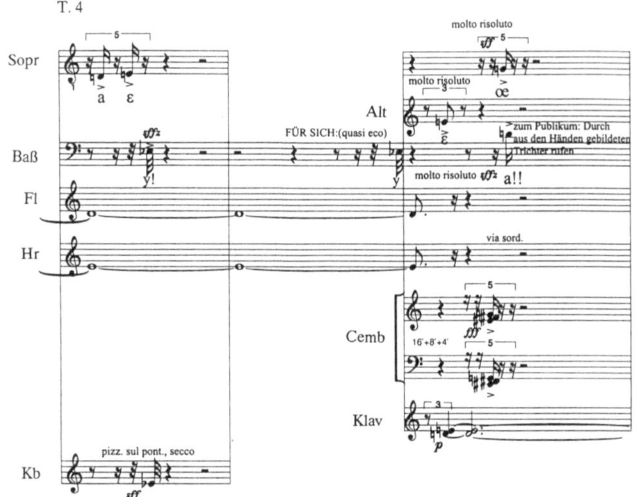

Fig. 6 György Ligeti, Nouvelles Aventures
(Beginn)

Mit Ausnahme des letzten sind diese Beispiele zumindest hinsichtlich eines Gleichbleibenden, daß sie als Intendiertes dokumentieren, interpretierbar, nämlich daß ihre horizontale Syntax sich als quasi sprachähnliche Lautform verwirklichen soll. Als sprachähnlich, gleichwohl nicht im begrifflichen Sinne, sind jene Noten dann aufzufassen, wenn man sie als Dokumente der Intention, artifizieller Sprach*laut* zu sein, begreift – also im Sinne dessen, was der Begriff *melodia* kennzeichnet –, genauer, wenn man sie als unterschiedliche Formen von Phrasenbildung begreift. Vor diesem Hintergrund wird Andreas Haugs Kennzeichnung der Sequenzmelodie *Amoena* verständlich:

Die Melodie ist aus deutlich voneinander abgegrenzten Zeilen aufgebaut. Diese melodischen Formabschnitte sind durch ihre Wiederholung definiert. Das Ende aller Binnenzeilen ist durch eine gleichbleibende Kadenzwendung auf dem Grundton artikuliert. Dieses vor dem Hintergrund der differenzier-

ten Abstufung der Einschnittbildung im römischen Gesang verhältnismäßig primitive und monotone Mittel melodischer Formartikulation kann als eine kompositorische Überkompensation des Wegfalls der Möglichkeit interpretiert werden, den Gesang im Zusammenwirken melodischer und textlicher Momente der Zäsurbildung zu gliedern.
[...]
Die Zeilen sind zweiteilig gebaut. Die ersten Zeilenhälften enden durchweg offen, mit einem quasi interrogativen Anheben der Stimme, das auf die obere Nebenstufe des Grundtons zielt. Dadurch sind sie abhängig vom Abschluß auf dem Grundton am Ende der zweiten Zeilenhälften. Diese *apertum-clausum*-Relation zwischen den Halbzeilen hat – im Sinne einer zeitlich unumkehrbaren Abfolge als antezendent und subsequent gehörter Bauteile – periodenhafte Wirkung. Die Folge von melodischem ›Nebensatz‹ (mit ›Halbschluß‹) und melodischem ›Hauptsatz‹ (mit ›Ganzschluß‹) begründet das elementare Grundmuster einer genuin melodischen Syntax, die an die Stelle der abwesenden textlichen Syntax tritt, sich eigenlogisch zu entfalten vermag, und die nicht als bloßer Nachvollzug der Syntax eines Textes dessen sprachlicher Grammatik unterliegt.[15]

Haugs Kennzeichnung der Phrasen als Zeilenbildungen im Sinne von ›Frage‹ und ›Antwort‹ mit entsprechenden Schlußbildungen, die auch in der Handschrift als Neumen signifikant zu erkennen sind, ist daher nicht vorzuwerfen, sie übertrage eine im Blick auf periodisch gebundene Musik des 18. Jahrhunderts geläufige Begrifflichkeit ahistorisch als Kriterium auf Musik des 10. Jahrhunderts; vielmehr kennzeichnet Haug damit zutreffend eine Tatsache, die als musikalische Phrasenbildung über Jahrhunderte hinweg als Vermögen der artifiziellen Typisierung von Sprachlauten begegnet. Sie wird – mit oder ohne Text, daher potentiell auch instrumentalmusikalisch – als Intention einer »genuin melodischen Syntax« musikalisch »eigenlogisch«. Historisch verschieden ist jeweils die Art der Phrasenbildung. Den Phrasenbildungen in *Amoena* sowie in *O virgo splendens* (aus dem für das Ende des 14. Jahrhundert datierten *Llibre Vermell* des spanischen Klosters Montserrat) möchte man durch bestimmte wiederkehrende Tongruppen die ausdrückliche Intention der Phrasenuntergliederung durch Schlußbildungen unterstellen, was im *Llibre Vermell* variantenreicher und zudem verdeutlicht erscheint durch die Ausziehung und Ausschmückung jeweiliger Anfangsbuchstaben

15 Haug (2005), S. 232.

einzelner Textworte ins Notensystem, wodurch die Phrasenuntergliederung visuelle Unterstützung erhält. Die musikalische Eigenlogik der Phrasen zeigt sich hier zudem in der trotz wechselnder Textworte immer gleichen Anzahl von sechzehn Tönen pro Phrase, wodurch ähnlich wie im Falle einiger der Phrasen in *Amoena* der Charakter einer Zeilenbildung verdeutlicht wird. Rückblickend von späterer Musik aus läßt sich in Haugs Übertragung von *Amoena* zudem verdeckte Zweistimmigkeit hervorheben – so gesehen als implizite Harmonik in der Einstimmigkeit –, nämlich gegen Ende der zweiten Zeile mit der zweimaligen Hinführung zum vorweggenommenen Zielton *d* von oben her (*e-d*), bevor dieser dann von unten her (*c-d*) als Zielton der Schlußbildung angesteuert wird, was – simultan gedacht – im harmonischen Satz späterer mehrstimmiger Musik zur Tenorklausel und zur leittönig geschärften Diskantklausel werden kann. Ähnliches gilt für die Schlußbildungen des *Llibre Vermell*, insofern sich im Falle einer Ausführung als zwei- oder dreistimmiger Canon – was an der linken Seite des Manuskripts mit den Worten *Caca de duobus vel tribus* vorgeschlagen ist – am Ende des elften Einsatzes zwischen der ersten Stimme (mit der elften Phrase) und der zweiten Stimme (mit der zehnten Phrase) simultan Schlußbildungen von unten her und von oben her ergeben.[16]

Dufays und Bachs Phrasenbildungen sind rhythmisch stärker differenziert. Bei Dufay begegnet zudem eine andere Art der Schlußbildung – nämlich die Terzklausel (in der Oberstimme der hier spartierten Übertragung[17] im Übergang der Takte 2/3 und der Takte 4/5) –, welche gleichwohl auch hier den Sinn hat, Phrasenenden als solche, nämlich als Erreichen von Zieltönen, zu kennzeichnen, nun im Rahmen mehrstimmiger Musik verstärkt durch das Zusammentreffen von Zieltönen mit Konsonanzen. Bachs Phrasenendungen sind im Unterschied dazu unaufgelöst, zudem Teil einer Dissonanz, was ihren Formgehalt im Sinne eines bestimmten Affekts prägt. Darüber hinaus ergeben weitere melodische Figuren und harmonische Spannungen sowie die Beschränkung auf *ein* Instrument bei Bach den Eindruck, es handele sich um den Ausdruck von Affekten eines monolo-

16 Vgl. hierzu auch die Übertragung von *O virgo splendens*, in: *Polyphonic Music of the fourteenth Century*, hg. von Guilio Cattin u. Francesco Facchin mit Maria de Carmen Gómez für das *Llibre Vermell* u. a. spanische Quellen, Vol. XXIIIB, hg. von Kurt v. Fischer u. Ian Bent, 1991, S. 381 f.

17 Vgl. de Van (1948), S. 23.

gisierenden Subjekts.[18] Gegenüber den Beispielen älterer Musik kann Bach eine weitgehende Verfügbarkeit aller Tonstufen als jeweilige Tonikagrundlage, wie sie sich im Laufe der europäischen Geschichte der Transposition herausgebildet hat, nutzen. Speziell durch reale (nicht tonale) Sequenzierung ist der reproduzierte Ausschnitt Teil einer Tonartenfolge, in deren Rahmen er mehrmals variiert auf Ganztonstufen abwärts wiederholt wird, deutbar als Affekt einer Haltlosigkeit, weil kein Sequenzglied ein kadenziell gestütztes Ziel erreicht. Schönberg wiederum bildet seine Phrasenbildung als atonale Syntax jenseits einer harmonischen Bindung heraus, wodurch aber ihr artifiziell typisierter Charakter als Sprachlaut, der seinerseits jenseits der Musik nicht tonal gebunden ist, eher noch deutlicher hervortritt als bei Bach, zumal Schönbergs Behandlung des Streichquartetts hier quasi vokale Züge hat. Seine Phrasenbildungen erinnern an litaneihafte Gesänge, vielleicht auch synagogalen Ursprungs.[19] Ligetis *Nouvelles Aventures* zeigen hingegen zusätzlich zu Entwicklungen der Musik des 20. Jahrhunderts, die – jedenfalls teilweise – weiterhin musikalische Syntax als artifiziell typisierte Sprachlautbewegung aufweisen – beispielsweise bei Henze oder Gubaidulina –, eine Entwicklung, die solche Merkmale als Formgehalt auflöst. Seine Syntax ist nicht in Stimmen gedacht; sie weist schon hinsichtlich kleiner Tongruppen keine Kontinuität der Lage, der Dynamik und der Klangfarbe auf, so daß hier alles fehlt, was im Sinne des Begriffs *Melodie* zu kennzeichnen wäre. Ligetis *Nouvelles Aventures* legen aber nicht zwangsläufig nahe, daß ihre Formen gar keinen Gehalt haben, aber sie nötigen dazu, sie als Gehalt einer anderen Form als der des artifiziell typisierten Sprachlauts zu verstehen.

Weitere Notenbeispiele sollen die artifiziell typisierte Verwirklichung des Vermögens zum Sprachlaut als spezifisches Kennzeichen eines engeren Zeitraums verdeutlichen, und zwar am Beispiel der Figur der *suspiratio*, wie sie in verschiedenen Quellen des 17. Jahrhunderts gekennzeichnet wird:[20]

18 Der hier im Ausschnitt wiedergegebene Teil der *Chromatischen Fantasie*, der offenbar wegen seiner sprachähnlichen Syntax – vermutlich von späteren Herausgebern – als *Rezitativo* überschrieben wurde, ist eine wichtige Voraussetzung für das, was Laurenz Lütteken (1998) im Blick auf das spätere 18. Jahrhundert unter dem Titel *Das Monologische als Denkform in der Musik zwischen 1760 und 1785* gekennzeichnet hat.

19 Vgl. hierzu Peter Gradenwitz (1986).

20 Vgl. hierzu Bartel (1985), S. 38 f. und S. 259 f.

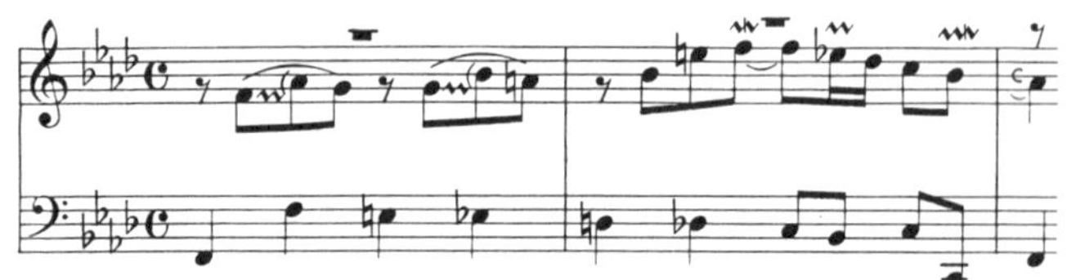

Fig. 7 Johann Sebastian Bach, Sinfonia Nr. 9,
BWV 795 (Beginn)

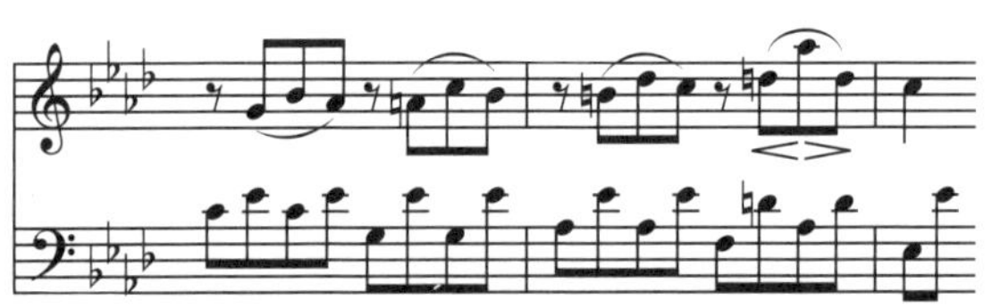

Fig. 8 Ludwig van Beethoven, Klaviersonate Nr. 1, f-Moll,
op. 2,1, 1. Satz (Takt 26 ff.)

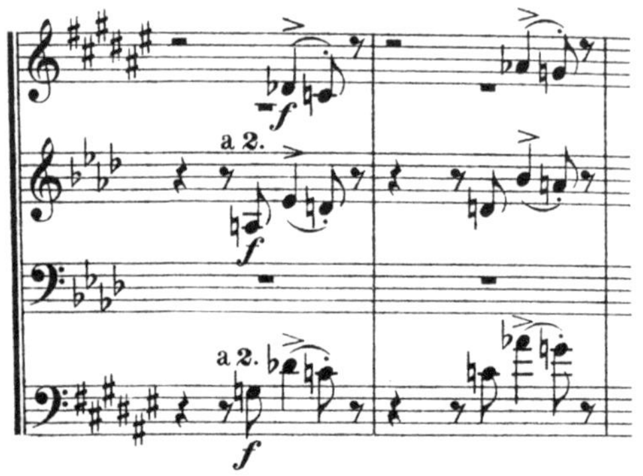

Fig. 9 Franz Liszt, Symphonische Dichtung Nr. 1
Ce qu'on entend sur la montagne *(Ziffer D, Takt 21 f.)*

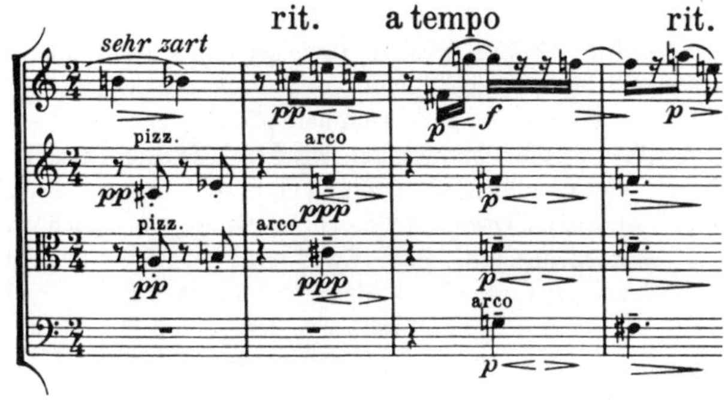

Fig. 10 Anton Webern, Fünf Sätze für Streichquartett *op. 5, 1. Satz (Takt 27 ff.)*

Die vier Beispiele zeigen eine sprachlautliche Figur als Teil musikalischer Syntax über einen engeren geschichtlichen Zeitraum hinweg als die vorigen genannten Beispiele – allerdings über einen Zeitraum, der gleichwohl immer noch historische Grenzziehungen nach Epochen und Jahrhunderten überschreitet, weil auch hier ein syntaktisches Element aufgrund seiner Verankerung in anthropologischen Potentialen übergreifend wirksam bleiben kann. Es handelt sich um die Lautbewegung des kurzen, immer wieder von Atempausen unterbrochenen Hervorstoßens von Silben, welche artifiziell typisiert als musikalische Formung der barocken Rhetorik seitens ihrer Figurenlehre *suspiratio* genannt wird. Als rhythmische Figur im Wechsel zwischen kurzer Tongruppe und Pause, wobei die Tongruppe auf der schweren Zählzeit zugleich in Form der *pathopoia*, des Halbtonschritts abwärts, absetzt, wird sie in mehreren Quellen der musikalischen Rhetorik des 17. und 18. Jahrhunderts als Tonform der Vokalmusik gekennzeichnet. Historiographisch wird sie daher zusammen mit anderen musikalischen Figuren in der Regel als spezifisches Phänomen der Barockmusik analysiert und gedeutet, zumal die Figurenlehre und ihre musiktheoretische Tradierung, wenn sie von der heutigen Musikgeschichtsschreibung überhaupt noch als kompositorisch relevant akzeptiert wird, ebenfalls vorrangig im 17. und im frühen bis mittleren 18. Jahrhundert begegnet. Als was aber wären dann die in den anderen Beispielen gezeigten Varianten jener Tonform, die im Barock *suspiratio* genannt wird, zu analysieren, wenn sie erstens nicht nur in Vokalmusik und zweitens nicht nur in jenem Zeitraum, sondern auch später begegnen? Von der Tonform her, nämlich im Wechsel zwischen Tongruppe mit Halbtonschritt abwärts auf schwerer Zählzeit und Pause, sind die Beispiele vergleichbar, wie auch gerade im Verhältnis zu diesem Vergleichbaren das je Verschiedene deutlicher hervortritt: bei Beethoven die gegenüber Bach zielgerichtetere Funktionsharmonik sowie die ausdrucksbedingte Ausweitung der Tonform zu größeren Intervallen, bei Liszt die rhythmische Zuspitzung und Akzentverstärkung und bei Webern schließlich die Herauslösung der Figur aus tonalen Bindungen bei nochmaliger Verstärkung ihres Ausdruckspotentials, so daß sie nicht mehr syntaktisch gebunden, sondern syntaxbildend erscheint. Wenn aber die genannten Beispiele miteinander vergleichbar sind hinsichtlich bestimmter Merkmale der Tonform, dann müssen sie es auch hinsichtlich ihres Gehalts sein.

Alle bisher genannten Beispiele zeigen Tonformen als Ausdruck von Intentionen, deren erstes Interesse – bis auf das Beispiel Ligetis – der Sprachähnlichkeit als Formgehalt gegolten haben muß. Davon ausgehend ergeben sich weitere Formgehalte in historisch spezifischer Weise, die zugleich als Aspekt des Formgehalts eines ganzen Satzes oder Werks erdeutet werden könnten.

Wieweit im Detail kann Analyse Aufschluß geben, z. B. mit der Frage: Warum dieser Ton an genau dieser Stelle und mit welcher Bedeutung? – Eine Antwort gebe ich nicht, weil sie im jeweiligen Ermessen liegt. Aber diese Frage stellt sich immer wieder, weil sie die Grenzen einer Analyse an immer einer anderen Stelle aufzeigt und daher irritierend bleibt, weil auf sie keine prinzipielle Antwort möglich ist.

Formgehalt und Geschichte

Musik ist empirisch und nicht-empirisch. Empirisch ist sie als Schallereignis und empirisch ist auch ihre Notation oder Aufzeichnung. Aber schon die Form, als die Empirisches erscheint, ist zugleich nichtempirisch, insofern sie mit Kriterien des Subjekts verwirklicht wird – kompositorisch oder rezeptiv –, die die Form bilden, in der Empirisches erscheint.[21] Nicht-empirisch ist ferner ihre Bedeutung, ihre Aussage, ihr Gehalt bzw. Inhalt oder wie immer man dies in Form von Empirischem ausgedrückte Intentionale nennen mag und welches hier als allgemeiner Oberbegriff für Seelisches, für Denken oder für Empfinden verwendet sein soll.

Dementsprechend ist auch Musikwissenschaft eine naturwissenschaftliche und zugleich eine geisteswissenschaftliche Disziplin.

Wenn Ästhetik erkenntnistheoretisch plausibel machen kann, musikalische Form als intentionale Form zu begreifen, wodurch wiederum jenes Intentionale als nicht-empirischer Gehalt einer empirisch in Erscheinung tretenden musikalischen Form aufzufassen ist, dann ist solches auch als Gegenstand der Analyse empirisch und zugleich nicht-empirisch aufzufassen und ferner in solcher Unterscheidung vor dem Hintergrund des bisher Gesagten wiederum jeweils unter philosophischen wie auch unter historischen Kriterien zu betrachten.

Das Pendeln zwischen philosophischen und historischen Kriterien bietet für die Betrachtung von Musik als Empirischem, dessen Wahrnehmung nicht-empirischen Kriterien unterliegt, Anlaß, meine These, Musik als Formgehalt aufzufassen,[22] in einer Hinsicht zu revidieren. Teil jener These war – ausgehend davon, daß die geläufige Unterscheidung zwischen Form und Gehalt kulturgeschichtlich durch die ältere philosophische Unterscheidung zwischen Leib und Seele sozusagen vorstrukturiert ist –, daß musikalische Form das Empirische und musikalischer Gehalt das Nicht-Empirische sei, somit beides in der These vom Formgehalt als Einheit aufzufassen sei. Philosophisch gesehen scheint aber die Reduktion von Form auf Empirisches zweifelhaft. Denn Form, nicht nur musikalische, entsteht als Syntheseleistung des Subjekts, nämlich im Beziehen von etwas auf etwas. Diese Syntheseleistung aber ist nicht-empirisch, nämlich als Verwirklichung nicht-empirischer Kriterien, a priori des Kriteriums der Zeit und des Raumes, weiter differenziert unter dem Kriterium der stofflichen Zusammengehörigkeit und der Begrenzung:

Ohne Bewußtsein, daß das, was wir denken, eben dasselbe sei, was wir einen Augenblick zuvor dachten, würde alle Reproduktion in der Reihe der

21 Vgl. Prauss (1990), Kapitel *Die Welt und wir als nicht-empirisches Problem*, S. 1-30, besonders S. 6 f. und S. 15.

22 Vgl. von Massow (1998).

Vorstellungen vergeblich sein. Denn es wäre eine neue Vorstellung im jetzigen Zustande. [...] Vergesse ich im Zählen: daß die Einheiten, die mir jetzt vor Sinnen schweben, nach und nach zueinander von mir hinzugetan worden sind, so würde ich die Erzeugung der Menge, durch diese sukzessive Hinzutuung von Einem zu Einem, mithin auch nicht die Zahl erkennen [...], denn dieser Begriff besteht lediglich in dem Bewußtsein dieser Einheit der Synthesis.
Das Wort Begriff könnte uns schon von selbst zu dieser Bemerkung Anleitung geben. Denn dieses eine Bewußtsein ist es, was das Mannigfaltige, nach und nach Angeschaute, und dann auch Reproduzierte, in eine Vorstellung vereinigt.[23]

Ferner muß gefragt werden, inwieweit musikalische Form und musikalisches Form-Erkennen bis ins kleinste infinitesimal sich verwirklicht, nämlich schon als Einzelton und Einzeltonwahrnehmung, so daß es schon unzulässig wäre, Form erst als aus bereits vorliegendem Empirischem gebildete aufzufassen, da sich dann die Frage stellt, wie Empirisches für sich erscheinen soll, wenn es für sich noch gar keine Form hat, sondern erst durch den Zusammenhang mit anderem Empirischem im Zuge der Syntheseleistung des Subjekts sozusagen bekommt, und ferner, wie sich eigentlich die Wahrnehmung von Empirischem vollziehen soll, wie nämlich, wenn man die Formen des Subjekts – nämlich Zeit und Raum sowie deren Weiterdifferenzierung – zunächst als für sich bestehend und ebenso das Empirische – noch ohne jene – als für sich bestehend ansieht, dann beides miteinander verbunden werden soll. Doch Empirisches kann dem Subjekt gar nicht anders als in Formen – Zeit und Raum – erscheinen. Von etwas zu sagen, es sei ›formlos‹, ist nur eine Metapher zur Kennzeichnung einer Form, die nicht geläufigen Formmodellen entspricht. Diese Metapher kann erkenntnistheoretisch aber nicht für sich beanspruchen zu kennzeichnen, daß es so etwas wie formlose Empirie gäbe. Das Ding an sich – jenseits der Formen des Subjekts – ist nur eine logische Folgerung des Subjekts aus seiner Hypothese, daß etwas auch als vom Subjekt nicht Wahrgenommenes existiere. Es besteht also die Gefahr, das Kriterium der Form zu verdinglichen, etwa in der Art eines Kleids, mit welchem Empirisches vom Subjekt wahrgenommen und dann quasi umhüllt würde.[24] Tatsächlich

23 Kant (1781/87), S. 149a f.; vgl. ferner Prauss (1990), S. 124-145, besonders S. 142 ff.
24 Zum Problem dieser Verdinglichung vgl. Prauss (1990), S. 12.

aber ist Form die des Subjekts, als die es überhaupt Empirisches wahrnimmt. Als Form des Subjekts wiederum ist sie nicht-empirisch, verwirklicht als Empirie.[25]

Dieser revidierte Formbegriff, nämlich Form als nicht-empirische Synthesis des Subjekts, als welche es Empirisches verwirklicht – daher identisch mit Subjekt als Intentionalität, und zwar bis ins Große und Kleine infinitesimal, daher identisch mit Subjekt als Zeit –, ist eine philosophische, daher nicht – jedenfalls nicht nach Jahrhunderten – historisierbare Bedingung, um von Form zu sprechen.[26]

Zu Form als nicht-empirischer Kategorie, durch die Empirisches – etwa ein Ton – produktiv oder reproduktiv verwirklicht wird, ist daher in einem weiteren Schritt, wenn sie zugleich Formgehalt sein soll, ebendieser ihr Gehalt als weiteres Nicht-Empirisches hinzuzudenken. Diese Betrachtung von Musik als Nicht-Empirisches im doppelten Sinne, nämlich durch die Erweiterung der nicht-empirischen Kategorie der Form, durch die Empirisches verwirklicht wird, zu der des Formgehalts, die per se nicht-empirisch ist, läßt sich ebenfalls zwischen Philosophie und Geschichte differenzieren. Denn wenn man jene Dokumente als Aufforderung begreift, sie unter anderem in Form eines sprachähnlichen Lautens umzusetzen – durch Ausführung, Interpretation und Deutung –, dann liegt es zwar einerseits nahe, diese Möglichkeit, überhaupt Form*gehalt* zu sein, als nicht zu historisierende Möglichkeit von Musik anzunehmen; andererseits liegt es aber unter dieser Voraussetzung ebenso nahe, zu fragen, was denn der spezifische Gehalt einer solchen Lautäußerung sei, und ferner, wie dies Spezifische jeweils historisch verschieden ist. Es liegt also im Falle der angeführten musikalischen Beispiele nahe, Intention nicht nur philosophisch als Formgehalt, nämlich mit artifiziellen Mitteln sprachähnlich sein zu wollen, zu bestimmen, sondern auch als je bestimmten Gehalt jenes Formgehalts, nämlich als das, *was* jenes Sprachähnliche artifiziell ausdrücken möchte, beispielsweise Erregung, Schmerz, Ruhe, Besänftigung, Bedrängung etc.

Vermittelbar ist Intentionales demnach auf dreierlei Weise, nämlich erstens, sich überhaupt als solches – nämlich als Intentionales – kenntlich zu machen im Unterschied zu anderem Nicht-Intentionalen, zweitens dies in bestimmter Weise zu tun – im Falle

25 Vgl. Prauss (1990), S. 21-30.

26 Siehe Anm. 13, oben, S. 146.

von Kunstwerken also artifiziell, somit ein *Wie* betreffend –, und drittens *etwas* zu intendieren, also darzustellen bzw. auszudrücken, etwa eine gegenständliche Wahrnehmung oder eine Empfindung bzw. ein Gefühl, somit ein *Was* betreffend. Nicht also kann Analyse von Musik als Musikverstehen beim zweiten Schritt stehenbleiben, somit an der Stelle, an der schon Hanslick eine Hermeneutik bezüglich des dritten Schritts verweigerte.[27] Dies liefe auf eine Separierung von Form und Gehalt hinaus, die ihr Analogon in dem von Prauss als ungeklärt kritisierten Verhältnis zwischen Intentionalität als Formen des Subjekts – nämlich Zeit und Raum – einerseits und empirischer Erfahrung andererseits hätte.[28] Jene Separierung, der zufolge Zeit und Raum nur als Modi empirischer Erfahrung aufgefaßt werden – als wenn es auch andere Modi empirischer Erfahrung geben könnte oder gar auch empirische Erfahrung ohne solche Modi –, verkennt, daß Zeit und Raum gerade die bedingenden, die dimensionierenden Formen sind, *in* denen überhaupt jegliche empirische Erfahrung möglich ist; das heißt aber auch, daß Zeit und Raum nicht für sich als *Wie* schon erfahrbar sind, sondern stets als Form eines *Was* überhaupt erst sich verwirklichen. Analog ist auch Intention als Musik nicht einfach so für sich schon da, sondern stets als Form von etwas, *was* intendiert wird. Zwar könnte man sich dazu überreden, daß es ausreiche, als Gehalt von Kunstwerken schon ihr Kunst-Sein anzugeben; aber dies ließe sich über alle Kunstwerke gleichermaßen sagen und bliebe hinsichtlich ihrer jeweiligen spezifischen Form und ihres Gehalts unspezifisch. Vielmehr muß sich schon ein *Was* als Gehalt einer künstlerischen Intention keineswegs auf sich als *Wie* beschränken und auch nicht nur auf sich als Somatisches – also Schall –, sondern kann als Form weitergehend etwas Bestimmtes intendieren, etwa die Darstellung einer gegenständlichen Wahrnehmung als Somatisches – musikalisch als Tonmalerei – wie auch den Ausdruck eines Gefühls als Nicht-Somatisches.[29] Hingegen Gefühl allein als einen vom Rezipienten in eine Musik hineingelegten Gehalt oder gar nur als *Wie* seines Zugangs zu ihr aufzufassen[30] bedeutet nichts Geringeres als das Intendieren von Gehalt bzw. das Vermögen, ihn

27 Beispielsweise Berger (2006).

28 Prauss (1990), Kapitel *Die Sinnlichkeit und ihre Formen*, S. 124-145.

29 Vgl. hierzu Prauss (1990), Bd. II, 1, dort Kapitel *Wir als psycho-physisches Problem*, S. 213-277.

30 Vgl. Berger (2006), S. 37.

auszudrücken, dem Komponisten rundweg abzusprechen. Aus der Perspektive dieser Auffassung wäre Beethoven unter einer falschen Prämisse angetreten, nämlich in dem Glauben, er könne etwas darstellen oder ausdrücken, was mehr ist als nur das artifizielle Form-Sein eines Schalls. Nicht nur Beethoven hätte sich vermutlich für solche ›Handreichung‹ seitens einer Wissenschaft bedankt. Etwas ganz anderes ist es hingegen, wenn Komponisten über Gehalt nicht sprechen wollen oder wenn in Worte gefaßter Gehalt banal erscheint. Damit ist zwar die Existenz von Gehalt nicht in Frage gestellt, gleichwohl aber eine Aufforderung an die Wissenschaft ergangen, nämlich zu überlegen, ob sie ihn thematisieren soll. Gleichwohl bleibt sie in dieser Entscheidung frei.

Läßt sich Intentionales zum Gegenstand von wissenschaftlicher Analyse machen? – Als Nicht-Empirisches läßt es sich nicht empirisch vergegenständlichen, sondern nur erschließen. Wenn musikalische Analyse geisteswissenschaftlich sein will, so muß daher zur Analyse, wenn sie nur Empirisches vergegenständlichen kann, etwas hinzukommen, nämlich genau jenes Erschließen als Erdeuten durch Reflexion. Ihr Mittel ist die über die Empirie hinausreichende Hypothese hinsichtlich jenes Intentionalen, welches sie erschließen möchte.

Oft wird der Versuch, Intentionales in Musik zu erschließen, als Spekulation abgetan. Er ist auch Spekulation, aber eine unumgängliche. Sich aus Angst vor einer irrtümlichen Spekulation auf das bloß empirisch Beweisbare zurückzuziehen, hieße, das Wesen einer Geisteswissenschaft zu verkennen. Versucht man nämlich eine solche Spekulation nicht, so hat man den Geist verloren, versucht man wiederum eine solche Spekulation ohne Rückbindung an empirische Analyse, so hat man die Wissenschaft verloren. Daher ist die empirische Analyse im bloßen Nachvollzug dessen, was ist, nur eine notwendige, nicht aber die hinreichende Bedingung eines Musikverstehens. Vielleicht steht dieser Einsicht auch die Auffassung im Weg, daß Analyse und Reflexion bzw. deren Mittel, nämlich Spekulation, zueinander in einem Entsprechungsverhältnis stehen müßten in der Art, wie ein Apfel dem anderen gleicht. Dies geht nicht; vielmehr ist die Hypothese zur Erschließung von Geistigem die Fortsetzung der empirischen Analyse mit anderen, nämlich nicht-empirischen Mitteln. Aber auch schon die Analyse von Empirischem muß sich – wie oben ausgeführt – ihrer nicht-empirischen Kriterien bewußt sein.

Können alle Gegenstandsebenen der musikalischen Analyse als Intentionales erschlossen werden? – Hier sollte man so weit gehen wie möglich, auch bei der als ›Material‹ bezeichneten Gegenstandsebene, etwa Tonleitern. Mit Adornos Materialbegriff wäre schon die Bildung von Tonleitern Ausdruck kollektiver Formprozesse und als solche anzusprechen, bis hin zu ihrer Funktion für Melodiebildung. In der gebräuchlichen Spielweise als regelmäßige Tonfortschreitung drückt eine Tonleiter ebendiese Regelmäßigkeit aus, ein Ausgedrücktes, an dem auch eine Melodie partizipieren kann im Sinne eines flüssigen oder konfliktlosen Vorwärtskommens, wie es – je nach Übertragung und Ausführung – als Gehalt der von Haug erwähnten Sequenzen anzunehmen ist; wiederum zum Ausdruck einer Störung oder eines Konflikts kann eine in ihrer Regelmäßigkeit unterbrochene Leiter werden, etwa im Falle der rezitativischen Melodiebildung der *Chromatischen Fantasie*. Rückschließend kann von dem Formbildungsprozeß der Tonleiter wiederum gesagt werden, daß er als gesellschaftlicher vorrangig Regelhaftigkeit, Homogenisierung und dadurch Konfliktvermeidung intendiert haben könnte. Im Unterschied dazu, gleichwohl darauf bezogen, kann vom Umgang Bachs mit der Tonleiter hier im Rezitativ gesagt werden, daß er eher Irregularität und Konfliktdarstellung intendiert haben könnte, so daß hier von der gesellschaftlichen Komponente des Formungsprozesses nur die Homogenisierung übriggeblieben ist – nämlich mit der Tatsache, daß auch Bach ein System von Tonhöhenbewegungen verwendet, wenngleich dieses nicht mehr dasselbe ist wie zur Zeit jener Sequenzen; denn gemeinsam ist beiden Formen der Tonhöhenbewegung ihr Systemcharakter. Historische Materialanalyse könnte somit die Voraussetzung zur Erschließung der möglichen Motivationen solcher gesellschaftlichen Formbildungsprozesse sein und darüber hinaus versuchen, die Frage zu beantworten, in welcher musikablen Form sie überhaupt möglich scheinen und in welcher nicht. Eine solche Reflexion kann wiederum dann genauer Kriterien einführen, unter denen sich veränderte Materialgrundlagen in Neuer Musik analysieren und deuten lassen.

Alles hier am Beispiel von Tonleitern Gesagte betrifft ihr Intentionales. Man mag einen »Versuch über das Intentionale der Tonleiter« belächeln; aber er benennt Analysedesiderate.

Wie verhalten sich Formgehalt und Geschichte zueinander? Ist musikalischen Formgehalten ihr Geschichtlich-Sein anzuhören? –

Auf den ersten Blick würde man das spontan positiv beantworten. Aber ist einem musikalischen Formgehalt, den ich als von Josquin oder von Mozart stammend identifiziere, die Autorschaft und ihr geschichtlicher Ort wirklich anzu*hören*, oder ist dies ein anhand von je spezifisch vergleichbaren Merkmalen Zusammengetragenes, welches ich *weiß*, wenn ich das Gehörte Personen zuordnen und datieren kann? Diese Unterscheidung zwischen Formgehalten als Verwirklichung eines Hörens und dem zusätzlichen Wissen bezüglich des Gehörten ist jedenfalls analog zur Frage nach der Unterscheidbarkeit zwischen musikalischen Gehalten und außermusikalischen Gehalten zu diskutieren. Die Aufhebung einer diesbezüglichen Unterscheidung würde ansonsten Musik für sich zu bloß Empirischem reduzieren, an das Gehalte – und zwar nicht mehr danach unterscheidbar, ob sie spezifisch musikalische oder außermusikalische sind – quasi von außen herangetragen würden. Eine solche Trennung von Form und Gehalt würde die somatische Verbindlichkeit einer Form nicht mehr als einen ihr eigenen Gehalt deuten, sondern ihre Wahl als mit verschiedenen Gehalten willkürlich konnotierbar ansehen. Das Verhältnis zwischen Formgehalt und Geschichte müßte umformuliert werden, nämlich als Verhältnis zwischen Form ohne Gehalt einerseits und Geschichte als einem an sie herangetragenen Gehalt andererseits. Man könnte dann ferner nicht mehr weiter unterscheiden zwischen musikalischem und außermusikalischem Gehalt. Dies aber würde im Umkehrschluß wiederum bedeuten, daß das Hören und Verstehen einer Form und das Wissen um ihre geschichtliche Bestimmtheit und ihren geschichtlichen Kontext unterschiedslos ein und dasselbe wäre. Das würde bedeuten, daß ich sämtliche Kontexte einer Formgeschichte mithöre. Aber ist dies wirklich so? *Höre* ich die negierte Tonalität in atonaler Musik? Oder *weiß* ich das nur, und zwar zusätzlich zum Gehörten? Wenn ich zwischen Hören und zusätzlich Gewußtem unterscheide, somit unterscheidbar vom Gehörten zusätzliche Gehalte annehme, so beweist dies zwar noch nicht, daß jenes Gehörte als Form seinerseits schon Gehalt ist, aber es schließt dies zumindest nicht mehr aus. Wenn aber musikalische Form nicht bloß ein nicht-empirisches Kriterium des Subjekts zur Wahrnehmung als Verwirklichung von Empirischem in derselben Weise sein soll wie im Falle von Empirischem als Naturalem, etwa als Stein, dann muß man musikalische Formen als etwas beschreiben, was über dies bloß Naturale, was sie als Schall zweifellos auch sind, hinaus etwas ausdrückt. Es genügt nicht, sie bloß zu beschreiben, sondern man muß sie deuten. Ihre bloße Beschreibung ist von einer Beschreibung sonstiger empirischer Vorgänge nicht zu unterscheiden. Beispielsweise läßt sich die Verdichtung eines Wolkenfelds, das zwischenzeitliche Durchkommen der Sonne sowie die erneute Verdichtung des Wolkenfelds als Gesamtereignis einer A-B-A-Form beschreiben. Es bei einer solchen Beschreibung als Ereignisform hinsichtlich eines Musikstücks zu belassen reicht als geisteswissenschaftliches Musikverstehen nicht aus. Formen drücken gesellschaftliche Bewältigungsmuster in artifizieller Form aus, beispielsweise im Falle einer Sonatensatzform den Umgang mit Konflikten und ihrer Lösung oder im Falle einer A-B-A-Form das Akzeptieren einer Wiederkehr – von Positivem oder Negativem – im Sinne einer Ausbalancierung des Erfahrenen. Formen sowie die Tatsache ihrer Verwendung – mag sie auch unzählige Male geschehen und daher nicht mehr einer Erwähnung wert scheinen – drücken die Bereitschaft des Komponisten aus, solche artifiziellen Bewältigungsmuster zu akzeptieren, sowie sein Angebot an die Rezipienten, desgleichen zu tun. Gerade der Konsenscharakter von musikalischen Formen ist ein weiterer mit ihnen assoziierter Gehalt, vor dem als Hintergrund das Spezifische eines jeweiligen Werks deutlich wird. Als zusätzlicher Gehalt ist dieser Konsenscharakter der Form Ergebnis einer Geschichte, die er zugleich mitgebildet hat. Wenn viele Komponisten eine Form verwenden, dann kann diese Tatsache, wenn sie Rezipienten bewußt ist, ein Gehalt werden, den sie mit einer musikalischen Form assoziieren, sie somit als wiederverwendete zu deuten, damit aber auch das, was sie spezifisch ausdrückt – etwa ein Bewältigungsmuster –, als Wiederverwendetes zu deuten oder aber – wenn sich Form im Wiederaufgreifen von Formkonventionen zugleich von diesen absetzt – das, was sie spezifisch ausdrückt, als Modifiziertes zu deuten.

Diese Überlegung bringt die Frage ins Spiel, welche zusätzlichen Formgehalte man als historische Kontexte musikalischer Formgehalte ansieht und in welcher Weise Analyse sie einbeziehen soll. – Hierzu ist eine prinzipielle Stellungnahme zum Verhältnis zwischen Kontext und Kontextualisiertem erforderlich. Es ist nicht ausreichend, die Bedeutung eines Werks erst und ausschließlich von seinem Kontext her zu erschließen, so als ob es mit ihm gleichzusetzen sei. Werke als Ausdruck geistiger Tätigkeiten sind für sich seiend nicht als quasi neutrale Projektionsfläche ohne eigenen Gehalt anzusehen; vielmehr konstituieren sie in der ihnen eigenen Form wesentlich ihren eigenen Gehalt. Die Einbeziehung von Kontexten kann also niemals die genaue Analyse des kontextualisierten Gegenstands ersetzen. Vielmehr können sie ihrerseits zum Gegenstand von Analyse werden. Sie sind also nicht nur das Mittel der Erklärung von Gehalten, sondern sie sind ihrerseits auf ihre Gehalte hin zu deuten und zu erklären, und zwar wiederum unter anderem durch das einzelne Werk, das sie mitkonstituiert. Denn Kontexte entstehen ihrerseits wiederum durch Tätigkeiten, Werke, Institutionen, Traditionen etc., die als Ausdruck von Intentionen sich konstituieren. Das heißt also, daß sich das Bestimmungsverhältnis zwischen Text und Kontext umkehren kann. Text und Kontext erdeuten sich gegenseitig. Ferner kann ein kontextualisiertes Werk zugleich Kontext eines anderen Werks werden. Diese Umkehrbarkeit ist wesentlich für die Erschließung von Bedeutung. Beachtet man sie nicht, verfällt Kontextualisierung einem unendlichen Regreß, nämlich mit der Frage nach dem Kontext eines Kontextes eines Kontextes eines Kontextes... Zwar kann dieser unendliche Regreß durchaus gedacht werden, etwa als jeweiliges Verhältnis zwischen Einzelton und Werk, zwischen Werk und Gattung, zwischen Gattung und anderen Gattungen, zwischen Musik und jeweiliger Gesellschaft, zwischen jeweiliger Gesellschaft und allgemein menschlicher Gesellschaft, zwischen allgemein menschlicher Gesellschaft und Natur, zwischen Natur und Universum, zwischen Universum und dem ›Dahinter‹ oder ›Davor‹... Pragmatisch ist dieser Regreß hinsichtlich der Bedeutung eines Werks jedoch nicht einholbar. Hingegen einholbar ist ein schon dem jeweiligen Werk oder ein schon der jeweiligen Tätigkeit immanenter Gehalt. Analyse soll also vor dem Versuch einer Erdeutung dessen, was sie als einen dem Gegenstand immanenten Gehalt ansehen könnte, nicht ausweichen auf ›seinen‹ Kontext.

Wer bestimmt eigentlich, was ›der‹ Kontext eines Werks sein soll, und zwar derart, daß hiermit nicht einfach nur eine Zuschreibung vorgenommen wird, sondern daß sich ein Zugehörigkeitsverhältnis zwischen Werk und Kontext erweisen ließe? – Die oft erhobene Forderung, man müsse etwas in seinen historischen Kontext einordnen, beruht in der Regel auf bloßer Zuschreibung. Vielleicht sollte man ihr das nicht vorwerfen, weil möglicherweise mehr als Zuschreibung gar nicht durchführbar ist. Denn auch in Fällen, wo Komponisten sich selbst in bestimmten Kontexten positionieren – es ist auf die

Länge und Breite der Geschichte gesehen der weitaus seltener dokumentierte Fall –, bleibt zu überprüfen, ob diese Selbstaussage den Tatsachen entspricht. Kontextualisierung kann also keine conditio sine qua non sein, sondern nur ein Versuch, bei dem fraglich bleibt, ob er gelingt oder nicht. Ferner muß nach dem Bedarf an diesem Versuch gefragt werden. Rezeptiv entsteht das Bedürfnis nach historischen Kontexten nicht automatisch, sondern hat in der Regel Gründe, etwa wenn ein Werk beim bloßen Hören fremd oder unverstanden scheint. Der Frage nach einem Kontext sollte daher ihr jeweiliger Grund beigegeben werden. Was den Begriff angeht, bin ich dafür, nicht von *Kontext*, sondern von *Kontextualisieren* zu sprechen. Denn die Einbeziehung von Kontexten ist in jedem Falle eine selektive Entscheidung seitens des analysierenden Subjekts aus spezifischen Gründen und nicht eine von ihm unabhängige Objektivität. Die vorherrschende Auffassung, man könne etwas *nur* in seinem Kontext verstehen, negiert das selbständige Bedeutungsvermögen des Werks zugunsten des Bedeutungsvermögens seiner Umgebung. Hingegen von *Kontextualisierung* zu sprechen bringt das analysierende Subjekt zur vollen Verantwortung, welche es weder auf das Werk noch auf Kontexte abschieben kann. Ferner legt Kontextualisierung das Interesse einer Analyse und einer Erdeutung offen. Kontextualisierung bringt Geistiges mit Geistigem in Beziehung und kann damit Fragen aufwerfen, die sich seitens des Analysegegenstands nicht stellen, die wohl aber seitens eines mit ihm weiterdenkenden Interesses erhellend sein können.

Kontextualisierung entsteht somit als intersubjektives Handeln, welches wiederum durch Geschichtsschreibung als kontextuelles rekonstruiert werden kann, wobei dies Rekonstruieren seinerseits wiederum ein kontextualisierendes intersubjektives Handeln ist, dem stets die Frage zu stellen ist, unter welchen Kriterien es kontextualisiert. Man könnte den obigen Beispielen vorwerfen, daß sie als Deutung von Formgehalten willkürlich aus verschiedenen Kontexten der Musikgeschichte herausgegriffen sind, ohne deren jeweilige kontextuelle Eigenart als Vokalmusik oder Instrumentalmusik, als gebundener Satz oder frei rezitativischer Satz, als Barock oder Klassik zu berücksichtigen. Dies stimmt; doch ist jene Willkür von dem Anspruch her begründet, Kontexte nicht als jeweilige ›Objektivität‹ schon vorauszusetzen, sondern überhaupt erst als solche Voraussetzung mitzuerarbeiten. Denn erst mit dem Hinweis auf etwas, was in den genannten Beispielen gleichbleibend oder als Wiedererkennbares modifiziert wirksam ist, sind sie deutlicher, und zwar in Relation zu jenem, als kontextuelle Eigenart profiliert. Sie ergeben dem zufolge auch nicht ein einsträngiges Gleis einer Abfolge von kontextuellen Eigenarten, sondern in ihnen wird, und zwar seinerseits schon in mehreren Gleissträngen, ein Gleichbleibendes oder ein wiedererkennbar Modifiziertes wirksam, wenngleich nicht alle Gleisstränge zu jeder Zeit und mit jeder Musik erscheinen müssen: Die Tonformen der Phrase, der Hebung und Senkung im Wechsel mit Pausen – wie Atemholen oder Interpunktionen – begegnen über Jahrhunderte hinweg, im 9. Jahrhundert wie im 20. Jahrhundert, wie auch vor diesem Zeitraum und danach sowie auch jenseits europäischer Musik. Ihre anthropologische Verankerung läßt sie als universelle Tonformen erscheinen. In Form eines gebundenen Satzes oder eines frei rezitativischen Satzes begegnen sie parallel spätestens mit der Einführung der Modalnotation, weil neben dieser, welche eine stärkere rhythmische Einbindung der Stimmen bewirkte und sich in Mensuralnotation und deren späterer Ausnutzung durch die Takt- und Periodenrhythmik fortentwickelte, freiere Satzarten weiterhin bestehen blieben – etwa in der sogenannten *ars subtilior* – und sich ihrerseits in vokalen oder instrumentalen rezitativischen Passagen des 17. und 18. Jahrhunderts bis hin zur musikalischen Prosa der Fantasiestücke Schumanns oder der Zuspitzung einer solchen Satzart in den Klavierstücken op. 19 Schönbergs modifizierten. Die Tonform der barocken *suspiratio* sowie ihre zwar nicht mehr *suspiratio* genannten, gleichwohl als solche zu analysierenden und zu verstehenden Modifikationen späterer Jahrhunderte hat gleichermaßen ihre anthropologische Verankerung in Bewegungen des Sprachlauts, scheint aber als artifiziell typisierte Tonform erst im Zuge einer Theatralisierung der musikalischen Syntax mit der Entwicklung der Oper um 1600 und ihrer affektbetonten Ausdrucksmittel Eingang in die Musikgeschichte, und zwar in die Geschichte der Kunstmusik, gefunden zu haben – wobei die Suche nach früheren Belegen vielleicht auch in anderen Bereichen, die unter anderem als affektbetontes Musizieren gedeutet werden können – etwa im Minnesang – fündig würde. Um von Komponisten verstanden und eingesetzt zu werden, braucht ihnen eine solche Figur nicht erst durch Figurenlehre beigebracht zu werden, sondern sie läßt sich – etwa durch Beethoven – schon aus dem anthropologisch Möglichen heraus verwirklichen, weswegen der Zweifel, ob ein Komponist die Figurenlehre überhaupt kannte, zum Verständnis einer solchen Figur gar nichts beiträgt. Vielmehr ist die Figurenlehre hinsichtlich der Intentionen solcher Tonformen der Beleg dafür, daß deren Gehalt als Verwirklichung anthropologischer Potentiale seitens einer Theorie und Analyse verstanden worden ist, weswegen solches Verstehen auch als Lehre berechtigterweise tradiert werden kann und als Analyseinstrumentarium bis heute gültig bleibt.

Man könnte der Deutung der obigen Beispiele ferner vorwerfen, daß sie musikalische Formgehalte nicht im Kontext außermusikalischer Geschichte sieht. Der Einwand ist berechtigt, insofern er die Tatsache berücksichtigt wissen will, daß Musik über Jahrhunderte hinweg nicht um ihrer selbst in Auftrag gegeben worden ist, sondern für gesellschaftliche Anlässe, die bis in die musikalische Syntax Auswirkungen gehabt haben. Gleichwohl greift dieser Einwand zu kurz, wenn er musikalische Syntax *nur* als außermusikalisch durch Anlässe bedingt analysieren würde. Denn diese Auffassung vernachlässigt offenkundige Eigengesetzlichkeiten einer Geschichte der Herausbildung musikalischer Syntax, nämlich ihrer Formen, wie sie unter anderem anhand der oben aufgeführten Beispiele deutlich werden. Daher ist jener Einwand unzureichend, wenn er unter der Voraussetzung gemacht wird, daß es zwei Arten von Geschichte gäbe, nämlich die ›primäre‹ der Politik, des Militärs und der Ökonomie sowie – von jener abgeleitet, sie quasi bloß widerspiegelnd – die ›sekundäre‹ der Kunst. Diese unterschwellig bis weit in die Musikwissenschaft hineinwirkende Voraussetzung affirmiert gesellschaftliche Präferenzen und deren Repräsentationen durch die verschiedenen Geschichtswissenschaften. Man sollte diese Präferenzen nicht fortschreiben. Zwar käme es keinem normalen Historiker in den Sinn, Politik als Widerspiegelung von Musik zu begreifen – wenn man jedoch mit Schopenhauers *Die Welt als Wille und Vorstellung* Sprachlaut und Musik als einen unmittelbaren Ausdruck des menschlichen Willens, hingegen in anderen Tätigkeiten bzw. Artefakten nur dessen vermittelten Ausdruck sieht, dann kehrt sich das Verhältnis zwischen ›primär‹ und ›sekundär‹ um. Jedenfalls sollte Geschichtsschreibung den jeweiligen Bereichen ihre Eigengesetzlichkeit zugestehen, die sie – und das ist nicht nur paradox – in andere Kontexte einbringen als von jenen zugleich mitbestimmte oder aber durch die sie jene Kontexte überhaupt erst mitbestimmen.

Formgehalte bewegen sich nicht *in* geschichtlichen Kontexten, etwa in der Art von Gegenständen in einem Topf, sondern sie bilden als intentionale Formen etwas, was zu geschichtlichem Kontext werden kann. Das Vermögen, intentionale Formen zu bilden, ist anthropologisch. Und ebenso ist Geschichte ein anthropologisches Vermögen der menschlichen Subjekte, wenngleich ein nicht immer und nicht überall zu verwirklichendes Vermögen. Auch Subjekt-Sein ist als Vermögen nicht historisierbar, jedenfalls nicht bezüglich der Zeiträume von zweieinhalb Jahrtausenden, in denen Musikgeschichte auf der Basis von Dokumenten als Geschichte dieses Vermögens, intentionale Formen zu bilden, betrieben werden kann; vielmehr gehört Geschichte ihrerseits zum Vermögen der Subjekte – nämlich ihres Bewußtseins von sich als *Zeit* –, ist also von ihnen produziert, auch wenn dies nicht von allen Subjekten verwirklicht werden muß. Ästhetik kann versuchen, eine Theorie zum Verhältnis zwischen Formgehalt und Geschichte als intersubjektivem Vermögen des Subjekts beizusteuern. Denn Formen sind als Formen des Subjekts intentionale Formen, und Geschichte ist die Dokumentation und Aufarbeitung stattgehabter Intentionen von Subjekten. Materialgeschichte als Geschichte der Entwicklung intersubjektiver Formen ist immer zugleich Geistesgeschichte. Geschichte ist nicht jenseits der Subjekte, sondern diese machen und erfahren sie, sie reflektieren sie. Alle Rede von einer Entsubjektivierung der Geschichte oder Gesellschaft ist Aberglaube, wenn sie Geschichte und Gesellschaft in der Art eines Gottes oder Gottesersatzes zu einem Übersubjekt jenseits der menschlichen Subjekte mystifiziert, das nachzuweisen jedoch ein ähnlich vergebliches Unterfangen bleibt wie ein spätmittelalterlicher Gottesbeweis. Geschichte ist ein Vermögen der Subjekte, nicht jenseits von ihnen, sondern ihnen eigen, nämlich als Entfaltung und Thematisierung ihrer selbst als Zeit, wenngleich von ihnen nicht immer in gewollten Auswirkungen verwirklicht, sondern auch in ungewollten.

Als Vermögen der Subjekte scheint Geschichte anthropologisch. Zwar könnte eingewendet werden, daß Anthropologisches seinerseits sich historisch, zumindest in kultur- oder evolutionsgeschichtlichen Zeiträumen wandelt. Es bliebe dann übrig der Unterschied zwischen Historizitäten unterschiedlicher Geschwindigkeit, also etwa dasjenige, was sich epochengeschichtlich wandelt im Unterschied zu dem, was sich kulturgeschichtlich, oder zu dem, was sich evolutionsgeschichtlich wandelt. Vielleicht kann man sich darauf einigen, daß dies mit der Unterscheidung zwischen Anthropologischem (als einem sich vergleichsweise sehr langsam wandelnden Vermögen der Subjekte) und Geschichte (als einem sich schneller wandelnden Vermögen der Subjekte) gemeint sein soll. Die so eingeschränkte Unterscheidung bliebe dennoch zur Beschreibung von Wiedererkennbarem an musikalischen Formgehalten sinnvoll, wenn man verstehen will, wodurch sie denn auch über lange Zeiträume hinweg überhaupt das Wiedererkennbare sein können, um dann wiederum zu verstehen, wie von diesem Wiedererkennbaren ein jeweils historisch Spezifisches sich unterscheidet. Aus dem Wechselverhältnis zwischen beidem kann Wandel entstehen, der dann als solcher auch genauer bestimmt werden kann, nämlich sowohl als Verhältnis zwischen späterem und früherem Stadium als auch als musikalischen Formgehalten immanentes Verhältnis zwischen Wiedererkennbarem und Verändertem. Geschichtsschreibung muß sich also bezüglich der von ihr betrachteten Zeiträume vergewissern, inwieweit sich etwas historisieren läßt und inwieweit nicht. Zumindest aber, wenn man der Meinung bleibt, daß alles zu historisieren ist, muß in verschiedene Geschwindigkeiten differenziert werden, um Gleichbleibendes oder wiedererkennbar Modifiziertes von sich Wandelndem unterscheiden zu können. Ferner zeigen die obigen Beispiele die Geltung von musikalischen Formgehalten, die Sprachlaut artifiziell typisieren, als Vermögen unterschiedlicher Zeiträume – im ersten Falle für über tausend Jahre, im zweiten Falle – innerhalb dieser tausend Jahre – für über vierhundert Jahre. Das anthropologisch vorauszusetzende Vermögen zum Sprachlaut – der seinerseits Formgehalt ist – verwirklicht sich somit in artifiziell typisierten Formgehalten nicht immer und nicht überall. Formgehalt und Geschichte sind somit als Verhältnis zwischen einem anthropologischen Vermögen und der historischen Dauer seiner je spezifischen Verwirklichungen zu differenzieren.

Wenn Geschichte als Darstellung von Wandel in Relation zu gleichbleibenden oder zumindest wiedererkennbar modifizierten Formgehalten gesehen wird, dann scheint es auch notwendig, *Grade* des Wandels durch jene Relation zu bestimmen. Denn mit der zu Beginn zitierten Auffassung Adornos zur Neuen Musik nach 1950 wird – weit über den Vergleich mit Wandlungen etwa zwischen der Musik des 18. und des 19. Jahrhunderts hinaus – durch das eingeführte Vergleichskriterium der Sprachähnlichkeit, welches – wie mit den obigen Beispielen gezeigt – zum Verstehen musikalischer Syntax über Jahrhunderte hinweg taugt, ein Wandel grundsätzlicher Art angenommen, nämlich durch eine offenbar bisher in der Geschichte der Kunstmusik noch nicht dagewesene, jedenfalls nicht dokumentierte enorme Entfernung von sprachlautlichen Grundlagen der Tonformen und ihrer Gehalte. Wenn man diese implizite Voraussetzung Adornos teilt, dann wäre es eine Aufgabe der Geschichtswissenschaft, sie durch eine Theorie, die zwischen Graden des Wandels differenziert, zu stützen. Wenn man diese implizite Auffassung nicht teilt, etwa weil man Grade von Wandlungen, vielleicht auch ihre Häufigkeit, mehr oder weniger regelmäßigen Gesetzmäßigkeiten unterworfen ansieht, dann müßte man die Kriterien plausibel machen, unter denen der Wandel nach 1950 anderen Wandlungen vergleichbar bleibt.

In beiden Fällen bleibt solche Kriterienbildung in der Verantwortung des geschichtswissenschaftlichen Subjekts und kann nicht auf eine angeblich von ihm unabhängige ›Objektivität‹ abgeschoben werden.

Ästhetik ist als philosophische Kriterienbildung unverzichtbares Instrument des Subjekts zur Reflexion seiner selbst als Zeit und ihrer Weiterdifferenzierung zu Geschichtlichkeit, hinsichtlich deren Formen es sich durch Analyse als anthropologisches Vermögen zur Geschichtlichkeit objektiviert.

Literatur

Adorno, Theodor W. (1954): »Das Altern der Neuen Musik«, in: Ders.: *Gesammelte Schriften*, hg. von R. Tiedemann, Bd. 14, Frankfurt/M.: Suhrkamp 1973, S. 143-167.

Bandur, Markus (1998): Artikel »Melodia/Melodie«, in: H.H. Eggebrecht (Hg.): *Handwörterbuch der musikalischen Terminologie*, Stuttgart: Steiner 1972 ff.

Bartel, Dietrich (1985): *Handbuch der musikalischen Figurenlehre*, Laaber: Laaber [2]1992.

Berger, Christian (2006): »›Musik‹ nach Kant«, in: M. Beiche/A. Riethmüller (Hg.): *Musik – Zu Begriff und Konzepten*, Stuttgart: Steiner, S. 31-41.

Eggebrecht, Hans Heinrich (1991): *Musik im Abendland – Prozesse und Stationen vom Mittelalter bis zur Gegenwart*, München/Zürich: Piper.

Gradenwitz, Peter (1986): *Arnold Schönberg. Streichquartett Nr. 4, op. 37* (*Meisterwerke der Musik*, Bd. 43), München: Fink.

Haug, Andreas (2005): »Der Beginn europäischen Komponierens in der Karolingerzeit: Ein Phantombild«, in: *Die Musikforschung*, Jg. 58, H. 3, S. 225-241.
Kant, Immanuel (1781/87): *Kritik der reinen Vernunft*, erste u. zweite Originalausgabe, neu hg. von Raymund Schmidt, Hamburg: Meiner 1956.
Lach, Robert (1913): *Studien zur Entwicklungsgeschichte der ornamentalen Melopöie. Beiträge zur Geschichte der Melodie*, Leipzig: Kahnt.
Lütteken, Laurenz (1998): *Das Monologische als Denkform in der Musik zwischen 1760 und 1785*, (*Wolfenbütteler Studien zur Aufklärung*, Bd. 24,), Tübingen: Niemeyer.
von Massow, Albrecht (1998): »Musikalischer Formgehalt«, in: *Archiv für Musikwissenschaft*, Jg. LV, H. 4, S. 269-290.
von Massow, Albrecht (2001): *Musikalisches Subjekt – Idee und Erscheinung in der Moderne*, Freiburg i. Br.: Rombach.
Prauss, Gerold (1990): *Die Welt und wir*, Bd. I, 1: *Subjekt - Sprache - Zeit*, Stuttgart/Weimar: Metzler.
de Van, Wilhelm (1948) (Hg.): *Corpus mensurabilis Musicae*, Bd. I, 2, Rom: American Institute of Musicology.

Max Paddison

Die vermittelte Unmittelbarkeit der Musik: Zum Vermittlungsbegriff in der Adornoschen Musikästhetik

> Kunst ist dem eigenen Wesen nach, in ihrer Besonderung, mehr als einzig ihr Besonderes; noch ihre Unmittelbarkeit vermittelt und soweit den Begriffen wahlverwandt.
>
> Th. W. Adorno[1]

1. Einleitung: Absolutismus, Relativismus und die Dialektik

Probleme, welche den Sinn der Kunst betreffen, ihren Anspruch auf Autonomie und ihre widersprüchlichen Beziehungen zur Gesellschaft, ihre scheinbare Verwandschaft mit der Natur, die Vergänglichkeit sowohl des Kunstwerks wie der ästhetischen Erfahrung sowie die in ihr angelegte komplexe Interaktion zwischen Subjektivität und Objektivität haben die philosophische Ästhetik schon immer vor schwierige Herausforderungen gestellt. Lange Zeit im 20. Jahrhundert konnte man den Eindruck gewinnen, die Ästhetik als philosophische Disziplin sei im Niedergang begriffen, da die Philosophie ihre Aufmerksamkeit auf anderes richtete, während gesellschaftlich die Kunst, wenigstens als autonome Kunst, durch den Triumph der Massenkultur bedroht schien. Theodor W. Adornos kritische Ästhetik und Soziologie der Kunst ragen in diesem Umfeld als der konsistenteste und umfassendste Versuch des mittleren 20. Jahrhunderts heraus, die eingangs genannten Probleme anzugehen, und zwar mit besonderer Konzentration auf die flüchtigste und unbegrifflichste aller Künste – die Musik. In den Jahrzehnten nach seinem Tod war Adornos einzigartiger Beitrag selbst heftiger Kritik ausgesetzt; seine Arbeiten wurden entweder in ihre Epoche eingeordnet, da sie altmodisch, elitär und dem bürgerlichen Erbe des 19. Jahrhunderts verhaftet seien, oder als in politischer Hinsicht zu radikal eingestuft (letzterer Vorwurf wurde seit dem Fall des Marxismus seltener erhoben). Seit den siebziger Jahren streiten zwei andere

1 Adorno (1970), S. 532.

Richtungen um das Recht, die Fackel der Ästhetik weitertragen zu dürfen: auf der einen Seite die analytische Ästhetik der angelsächsischen Tradition, auf der anderen Seite der französische Dekonstruktivismus und seine Ableger – von keiner von beiden konnte man, vielleicht verständlicherweise, erwarten, daß sie besonderes Interesse an Adorno bekundeten. Dennoch gibt es eine Reihe interessanter Ausnahmen von dieser Regel; ich denke vor allem an den englischen analytischen Philosophen Roger Scruton und den französischen Post-Strukturalisten Jean-François Lyotard, die beide großes Interesse an der Musik hatten und sich, wenn auch aus verschiedenen Perspektiven, kritisch und verständnisvoll mit Adornos Ästhetik auseinandergesetzt haben.[2] Ich möchte damit beginnen, kurz auf einige Annahmen einzugehen, die den Begriff der Subjektivität in diesen beiden weit auseinanderliegenden Position betreffen – die eine konservativ, die andere ursprünglich auf seiten der radikalen Linken –, um herauszuarbeiten, was den Begriff des bürgerlichen Subjekts in Adornos Ästhetik und den Begriff der Vermittlung auszeichnet, der meines Erachtens das bürgerliche Subjekt charakterisiert.

Die analytische Ästhetik beherrscht die philosophische Beschäftigung mit der Kunst in Großbritannien und den USA. Ihre Vorgehensweise ist skeptisch und gewissenhaft, getreu ihren Ursprüngen in der beinahe ein Jahrhundert zurückliegenden analytischen Philosophie von Moore, Russell und Wittgenstein; jeder kleine Schritt der Argumentation zielt darauf, die Wahrheitsansprüche des Untersuchungsgegenstands ebenso zu prüfen wie die sprachlichen Strukturen, in die solche Ansprüche eingebettet sind. Probleme tauchen jedoch auf, sobald eine solche Vorgehensweise auf Thesen trifft, die von der Kunst handeln, aber nicht die Begrifflichkeit der analytischen Philosophie verwenden – insbesondere sobald sie auf dasje-

2 Roger Scruton – einer der originellsten und kühnsten Autoren, die sich im Rahmen der britischen analytischen Tradition mit Ästhetik befaßt haben – scheint in den letzten Jahren Interessen entwickelt zu haben, die mit Aspekten von Adornos Werk in gewisser Weise konvergieren – was um so mehr überrascht, erinnert man sich an seine aggressive antimarxistische Haltung in den achtziger Jahren (allerdings sollte man die Andeutung solcher Konvergenzen nicht überbewerten, und es ist wahrscheinlich, daß Scruton sie nicht bemerkt hat). Unter den französischen poststrukturalistischen und postderridaschen Philosophen hat sich Jean-François Lyotard mit Adornos Ästhetik in einer Reihe von Hinsichten befaßt, die die Musik, die Moderne, die Postmoderne und das Erhabene betreffen. Insbesondere in seinen Arbeiten zum Erhabenen war Lyotard stark von Adorno beeinflußt.

nige trifft, was man dialektische Theorien der Kunst nennen könnte. Die lineare Schritt-für-Schritt-Arbeitsweise, die in der analytischen Ästhetik bevorzugt wird, hat Schwierigkeiten, die Komplexität und Simultaneität der Impulse zu rekonstruieren, die dialektische Ästhetiken als Grundlage von Kunstwerken und ästhetischer Erfahrung ausmachen; daher ist es für die analytische Ästhetik auch schwierig, solche Positionen zu kritisieren, denn sie findet sie im Kern sinnlos. Der analytischen Ästhetik fehlt ferner der begriffliche Rahmen, um mit den lästigen Problemen von Ideologie und Geschichtlichkeit der Kunst umzugehen, sowie mit der Vorstellung, daß Kunst einen immanenten sozialen Gehalt haben könnte. Der britische Philosoph Anthony Savile beispielsweise – Autor eines durchaus von Sympathie getragenen Versuchs, die Begriffe der Schönheit und Wahrheit in Adornos *Ästhetischer Theorie* von einem analytischen Standpunkt aus zu erörtern – mißversteht gründlich Adornos Begriff eines immanenten gesellschaftlichen Gehalts von Kunstwerken, wenn er schreibt: »Adornos eigener Konzeption zufolge [...] werden soziale Wahrheiten, die der Kunst einer Epoche monadisch immanent sind [...], direkt und nicht indirekt reflektiert.«[3] Daß er Adorno so versteht, als behaupte dieser, daß soziale Wahrheiten direkt (d. h. unmittelbar) in Kunstwerken reflektiert werden und nicht indirekt (bzw. vermittelt), zeigt eindeutig das Fehlen des Begriff der Vermittlung. Ferner besteht der Rückhalt der analytischen Ästhetik, trotz ihres vielfach gefeierten Skeptizismus, in einer Menge von Verhaltensnormen, die Gefahr laufen, unreflektiert zu bleiben, und die leicht die Rolle absoluter Wahrheiten annehmen, die den Anspruch erheben, auf dem Fundament dessen zu stehen, was »natürlich« ist. Ein bemerkenswertes Beispiel dieses verblüffend ideologischen Gebrauchs des Begriffs des »Natürlichen« in bezug auf das »bürgerliche Leben« – im Kern das bürgerliche Subjekt – findet man auf den letzten Seiten von Roger Scrutons einflußreichem Buch *The Aesthetics of Music* (1997), wo der Autor schreibt: »Die atonale Musik erweist sich als unfähig, eine Zuhörerschaft zu finden oder sie zu erschaffen. Ihre harschen Verbote und tadelsüchtigen Theorien bedrohten die musikalische Kultur, indem sie *das natürliche bürgerliche Leben* herabsetzten, von dem sie abhängt.«[4] Die bürgerliche Erfahrungsweise und den Begriff

3 Savile (1989), S. 142.

4 Scruton (1997), S. 506 f. (Hervorhebung M.P.)

der Subjektivität, der sie begleitet, als Normen zu naturalisieren ist entweder provokativ oder naiv – vielleicht sogar beides; doch in jedem Fall legt es eine Weltsicht nahe, die nach Elementen der Prämoderne sucht, verbunden mit nostalgischer Sehnsucht nach einer geordneteren, hierarchischen Welt, die in Harmonie mit der Natur steht. Während der achtziger Jahre, in der Hochphase der Thatcher-Regierung in Großbritannien, attackierte Scruton in seiner Kolumne in der *Times* regelmäßig die Avantgarde-Musik unter Rückgriff auf die Vorstellung eines »Normalhörers«, den er »den natürlichen bürgerlichen Menschen« nannte. Gleichzeitig allerdings weist das Konzept des bürgerlichen Subjekts als ästhetischer Norm, durch die alles andere vermittelt ist, auf eine Wahrheit hin, die der Ideologie des Ästhetischen selbst zugrunde liegt, gleich aus welcher Perspektive sie gefaßt wird, und es ist eine Position, von der selbstverständlich auch Adorno seine Philosophie nicht freihalten konnte. Während Scruton aus seiner politisch konservativen Perspektive heraus eine gewisse Affinität zu Aspekten von Adornos Ästhetik spürte, und zwar, so möchte ich behaupten, gerade weil beide die zentrale Rolle der bürgerlichen Weltsicht für die Ästhetik anerkannten, die sie seit dem Auftauchen der Disziplin im 18. Jahrhundert bei Baumgarten und Kant innehatte, gibt es zwischen beiden Positionen doch einen entscheidenden Unterschied. Für Scruton und die analytische Philosophie überhaupt gilt die bürgerliche Erfahrung (im Englischen würde man von der Erfahrung der *middle class* sprechen) als ein selbstevidentes Absolutum, als eine ontologische Gegebenheit, unterworfen all den physiologischen und psychologischen Normen, die allen Menschen zugeschrieben werden (d. h., wir hören Musik natürlicherweise so, wie wir es tun, weil unsere Ohren und Gehirne unsere Wahrnehmungen genau so organisieren); und die Musik muß sich nach diesen Normen richten, wenn sie als »verständlich« gelten soll. Ein zentrales Ziel von Scrutons Buch besteht darin, genau dies zu zeigen. Es nimmt seine Verpflichtungen gegenüber der musiktheoretischen und musikwissenschaftlichen Forschung ernst und argumentiert in überzeugender Weise im Ausgang von diesem Material. Wenn Scruton sich mit Adorno beschäftigt, stellt er dessen Position jedoch häufig falsch dar, weil er sie monolithisch anstatt dialektisch betrachtet. Schreibt er beispielsweise, es sei »der *Kollaps* der bürgerlichen Kultur, der zu der Situation führte, die Adorno beklagt – der Verlust der spontanen Gewohnheit der Hausmusik und des kollektiven Singens«,[5] dann erkennt er klarerweise nicht, wie nahe er daran ist, eine Seite von Adornos Argument widerzuspiegeln, wie es beispielsweise in dem Aufsatz »Vierhändig, noch einmal«[6] erscheint. Adorno diskutiert dort das Verschwinden der Dilettantenkultur des Vierhändigspielens großer symphonischer Werke des bürgerlichen 19. Jahrhunderts und seine Auswirkungen auf die Musikkultur seitdem. Für Adorno gibt es jedoch nichts Absolutes, an das man appellieren könnte – nicht einmal das bürgerliche Subjekt –, denn was analytische Philosophen als beständig postulieren, nämlich das unveränderliche *Sein*, ist das *vermittelte* Produkt eines Prozesses historischer Bewegung und *Werdens*. Wichtig ist aber auch sein Insistieren darauf, daß es keine *unmittelbare* Position gibt, von der aus wir die Welt erfahren und in ihr handeln könnten: Die Wahl besteht nicht zwischen vermittelter und unmittelbarer Erfahrung der Welt, sondern zwischen einer vermittelten Erfahrung, die sich irrigerweise für unmittelbar hält, und einer vermittelten Erfahrung, die sich als vermittelt begreift – die also eine *selbstreflexive* Erfahrung der Vermittlung ist. Auf diese Weise, so könnte Adorno argumentieren, vermag er zwar nicht seine eigene bürgerliche Subjektivität zu transzendieren, sowenig wie er je in der Lage wäre, über seinen eigenen Schatten zu springen, aber er kann zumindest kritisch über sie reflektieren, und auch über die Vermitteltheit der Art von Theorie, die vielleicht Produkt einer solchen Subjektivität ist. (Ich komme auf die Vermitteltheit der Theorie selbst am Ende dieses Aufsatzes zurück.)

Die Dekonstruktion auf der anderen Seite brillierte darin, sich dem stetig veränderlichen Terrain der Postmoderne anzupassen, zu feiern, was sie selbst den Untergang des bürgerlichen Subjekts und seiner heroischen Erzählungen (*récits*) nannte, und sich dem freien Spiel der Energien hinzugeben, auf deren Strom die in kreativer Weise dezentrierte schizoide Subjektivität von Deleuzes und Guattaris *Anti-Ödipus*[7] auf- und abtanzt. In diesem ideellen Kontext kritisierte Lyotard in seinem *Des dispositifs pulsionnels* Adornos Begriffe des Ausdrucks und des Subjekts: »Die Kategorie des Subjekts bleibt unkritisiert. Sie ist nicht nur Kern einer Interpretation der Gesellschaft als Entfremdung und der Kunst als deren gequälter Zeuge,

5 Scruton (1997), S. 470.
6 Adorno (1933).
7 Deleuze und Guattari (1972).

sondern Kern der gesamten Theorie des Ausdrucks.«[8] Zwar hat Lyotard recht mit der Behauptung, daß der Begriff des Subjekts Adornos gesamte Theorie durchzieht, aber er irrt mit dem Vorwurf, der Begriff bleibe unkritisiert. Adorno macht hinreichend deutlich, daß er sich auf das bürgerliche Subjekt bezieht und daß das bürgerliche Subjekt das »historische Subjekt« der bürgerlichen Epoche ist (die Tautologie scheint hier unvermeidlich zu sein, wenn man versucht, den Punkt zu betonen) und daher auch im Zentrum der Machtrelationen dieser Zeit steht. Aus diesem Grund konzentriert er sich auf das bürgerliche Subjekt und seine Produkte, und nicht auf das proletarische Subjekt, das er als Opfer der Geschichte ansieht: Sein Interesse besteht darin, die historischen Widersprüche in den Bereichen zu enthüllen, in denen sie am meisten mit Machtrelationen verflochten sind.[9]

Das bürgerliche Subjekt ist der historische Akteur in der Zeit seit der Aufklärung, und es ist Träger des Prozesses der Rationalisierung, der die Moderne charakterisiert: Der gleiche Prozeß ist in den Kunstwerken sublimiert, so jedenfalls Adornos Behauptung, und in seiner Vermittlung innerhalb des Werks kommt ein Moment des Widerstands gegen die Rationalisierung hoch, denn die Zweckrationalität wird transformiert durch die »Zweckmäßigkeit ohne Zweck«, die das autonome Kunstwerk charakterisiert. Adorno ist sich natürlich darüber im klaren, daß er selbst ein Produkt desselben bürgerlichen Milieus ist, dem die Kunstwerke entstammen, die er bespricht, und daß auch die Kritische Theorie durch diese Bedingtheit gekennzeichnet ist. Im letzten Aphorismus der *Minima Moralia* reflektiert er über dieses Problem; obgleich es für die Philosophie notwendig sei, nach einer Perspektive außerhalb ihrer selbst – »vom Standpunkt der Erlösung aus« – zu suchen, stellt er doch fest: »Aber es ist auch das ganz Unmögliche, weil es einen Standort voraussetzt, der dem Bannkreis des Daseins, wäre es auch nur um ein Winziges, entrückt ist, während doch jede mögliche Erkenntnis nicht bloß dem was ist erst abgetrotzt werden muß, um verbindlich zu geraten, sondern eben darum selber auch mit der gleichen Entstelltheit und Bedürftigkeit geschlagen ist, der sie zu entrinnen vorhat.«[10] Meines Erachtens weist dies auf ein beträchtliches Maß an kritischer Aufmerksamkeit

8 Lyotard (1973), S. 36.

9 Ich habe dieses Thema mit Bezug auf Adornos Geschichtsphilosophie in meinem Buch (1993) diskutiert, insbesondere auf S. 219-225.

10 Adorno (1951), S. 283.

für jene Schwierigkeit hin, der sich jede Philosophie gegenübersieht, die einen Standpunkt außerhalb ihrer selbst sucht, und auch für die Bedingtheit des Subjekts. Daß Adorno keine überzeugende Antwort auf dieses Problem hatte, ist kaum überraschend, lediglich sein Beharren darauf, daß der Philosoph angesichts einer solchen Unmöglichkeit keine Wahl hat, als sich um das Unmögliche zu bemühen und zu versuchen, über seinen Schatten zu springen. Wie immer man eine solche Position einstufen mag, sie ist keine Form des Relativismus – und schon gar keine Version des Absolutismus –, vielmehr stellt sie eine Kurzfassung des Prozesses der Dialektik in Aktion dar: Philosophieren ohne Absolutes im Dämmerlicht der Utopie. Lyotards Position dagegen weist sowohl in den frühen wie in den späten Schriften viele Merkmale auf, die nahelegen, daß es sich um eine Art von Relativismus handelt, in jenem generellen Sinne, daß jedes Wertsystem, in dem man ästhetische oder überhaupt irgendwelche Urteile fällen kann, notwendigerweise gänzlich relativ ist, mit der klaren Implikation, daß Werturteile deshalb nicht validiert werden können, sondern nur innerhalb einer spezifischen dominanten Erzählung legitimiert werden können, der sie sich darum anpassen müssen. Der Begriff des sich ausdrückenden Subjekts, der von der Romantik des 19. Jahrhunderts an die Moderne des frühen 20. Jahrhunderts weitergereicht wurde, ist solch ein Fall, und seine Desintegration in der zweiten Hälfte des 20. Jahrhunderts kommt allein durch den Entzug der Legitimation zustande, sobald nämlich die heroische Erzählung des radikalen Avantgarde-Subjekts angesichts des überwältigenden Triumphs der dem Kapitalismus eigenen Erzählungen der Macht nicht länger mehr zu überzeugen vermag. Es scheint mir jedoch, daß zwei Aspekte in Lyotards Diagnose des Untergangs der großen Erzählungen heroischer Subjektivität paradoxerweise das Überleben genau dieser Erzählungen in seinem Werk nahelegen, wenn auch in veränderter Form. Das eine ist, wie bereits angedeutet, die Zelebrierung der Desintegration. Dabei handelt es sich allerdings um die andere Seite der Zurückweisung dessen, was Lyotard die großen Erzählungen der Totalität nennt, »die Sehnsucht nach dem Ganzen und Einen«, wie er es in seiner *Beantwortung der Frage: Was ist postmodern?* nennt.[11] Anstelle der modernistischen Erzählung der Totalität mit ihrer Betonung der Konsistenz der Form schlägt er die

11 Lyotard (1982), S. 30.

»Darstellung des Nicht-Darstellbaren« und die Realität permanenter Instabilität und permanenten Wandels vor. Die Aufgabe der Postmoderne sei, »Anspielungen auf ein Denkbares zu erfinden, das nicht dargestellt werden kann«.[12] Der zweite Aspekt ist faktisch der gleiche wie der erste, außer daß er den *Zweck* der Zelebrierung der Desintegration, der Vermeidung von Konsistenz und »guter Form« sowie einer Situation permanenter Instabilität und Neuerfindung der Spielregeln betrifft. Dieser Zweck – um es drastisch zu sagen – besteht darin, als Mechanismus des Überlebens zu fungieren. Wie Frederic Jameson es in seiner Erörterung Lyotards in bezug auf Deleuze und Guattari ausdrückte: »Die schizophrene Ethik, die sie vorschlugen, war keineswegs revolutionär, sondern ein Weg des Überlebens im Kapitalismus.«[13] Man kann hier in vielen Hinsichten Parallelen zu Adorno ausmachen: Lyotards Rede vom »Nicht-Darstellbaren« hat eine gewisse Ähnlichkeit mit Adornos Begriff des »Nichtidentischen«; die Zurückweisung von Konsistenz und »guten Formen« ähnelt Adornos Rede von der Authentizität des Scheiterns und des Zerfalls im Sinne der Fragmentierung und Desintegration ästhetischer Formen angesichts der Ideologie von Stimmigkeit und Totalität; und die Idee der Überlebensstrategien erinnert an Adornos Bild der Flaschenpost als Form des Überlebens der entfremdeten ästhetischen Subjektivität, die in einer feindlichen Umwelt Schiffbruch erlitten hat. Der entscheidende Unterschied liegt meines Erachtens zwischen Lyotards Appell zugunsten einer gewissen Anpassung an die Welt, wie sie ist, indem man den Traum des Ganzen aufgibt, einerseits und andererseits Adornos Widerwillen, das Denken dem »bloßen Dasein« anzupassen, und seinem Beharren darauf, daß man die Welt »von Standpunkt der Erlösung aus« betrachten muß, das zumindest eine Vorstellung utopischer Ganzheit impliziert.[14] Lyotard deutet in die Richtung von Anpassung und Beschwichtigung in der *Beantwortung der Frage: Was ist postmodern?*, wenn er über die Kritiker der Postmoderne und deren Forderung nach einer Rückkehr zum Denken der Moderne spricht (er denkt hier vermutlich an Habermas) sowie über den Terror, zu dem letzteres seiner Meinung nach führt. Er schreibt: »Hinter dem allgemeinen Verlangen nach Entspannung und Beruhigung vernehmen wir nur allzu deutlich das

12 Lyotard (1982), S. 30.

13 Jameson (1984), S. XVIII.

14 Adorno (1951), S. 283.

Raunen des Wunsches, den Terror ein weiteres Mal zu beginnen, das Phantasma der Umfassung der Wirklichkeit in die Tat umzusetzen. Die Antwort darauf lautet: Krieg dem Ganzen, zeugen wir für das Nicht-Darstellbare, aktivieren wir die Differenzen, retten wir die Differenzen, retten wir die Ehre des Namens.«[15] Die Position, die Lyotard hier ausmacht, besagt, daß Totalität (im Sinne von totaler Identität) und Differenz (im Sinne von Nicht-Identität) derzeit in einem Zustand permanenter Instabilität existieren können, innerhalb dessen das Subjekt die Freiheit des Spiels hat, ohne Anforderungen der Versöhnung und Aufhebung widersprüchlicher Ansprüche ausgesetzt zu sein, Ansprüche, die selbst Zeichen einer Objektivität sind, der man sich nicht gestellt hat. Dies ist ein reaktionäres Moment in Lyotards Philosophie, und es dient dazu, den Kontrast zu Adornos anderweitig ähnlicher Position in der *Negativen Dialektik* hervorzuheben. Für Adorno ist das Bewußtsein der Spaltung zwischen der Möglichkeit subjektiver Freiheit und der Realität objektiver Unfreiheit zentral, und es bildet die Grundlage seiner Methode der Interpretation. Die Vorstellung, man könne subjektive Freiheit des Teils trotz der Unfreiheit des Ganzen erreichen, würde Anpassung an das bloße Dasein implizieren, an die Art und Weise, wie die Dinge sind, verbunden mit einer entsprechenden Verengung des individuellen Bewußtseins. Adorno zufolge wirkt die Objektivität auf die Subjektivität in der Gestalt des Leidens, und sein Ausdruck durch das Subjekt ist durch das Objekt vermittelt: »Das Bedürfnis, Leiden beredt werden zu lassen, ist Bedingung aller Wahrheit. Denn Leiden ist Objektivität, die auf dem Subjekt lastet; was es als sein Subjektivstes erfährt, sein Ausdruck, ist objektiv vermittelt.«[16] Bei Lyotard, genauso wie bei Deleuze und Guattari, kapituliert das Subjekt, und um überhaupt zu überleben, ist es zufrieden, seine Desintegration in ein Spielfeld widersprüchlicher Impulse zu akzeptieren, die unter dem Zeichen des Relativismus ohne Konflikt koexistieren. Bei Adorno besteht das Subjekt weiter, wenn auch gefährdet, zwischen dem, was ist, dem Dasein, und der Möglichkeit von Freiheit.

In Adornos Ästhetik der Moderne ist es der mimetische Ausdruck dieser Spaltung, den das moderne Kunstwerk vermittelt, ohne sie auszugleichen. Wie auch immer dies in den Werten der Tradition

15 Lyotard (1982), S. 30 f.
16 Adorno (1966), S. 29.

des deutschen Idealismus und der Musik dieser Zeit verwurzelt sein mag, Adornos Denken ist doch in der Lage, Simultaneität, Bewegung, Instabilität und Widerspruch zu erfassen und Mehrdeutigkeiten anzusprechen, ohne in einen engen Pseudoabsolutismus oder einen allumfassenden Pseudorelativismus zu verfallen. In der *Negativen Dialektik* schreibt er: »Das Ärgernis bodenlosen Denkens für Fundamentalontologen ist der Relativismus. Diesem setzt Dialektik so schroff sich entgegen wie dem Absolutismus; nicht, indem sie eine mittlere Position zwischen beiden aufsucht, sondern durch die Extreme hindurch, die an der eigenen Idee ihrer Unwahrheit zu überführen sind.«[17]

Was ich hier vorstellen werde, ist eine aus der Auseinandersetzung mit Adorno abgeleitete Theorie der musikalischen Vermittlung, die auf meine eigenen früheren Arbeiten zu diesem Thema zurückgreift[18] und die ich hier in Richtung auf breitere Anwendungen weiterentwickeln möchte, wobei die Fokussierung auf das Problem einer radikalen, selbstreflexiven Avantgarde heute beibehalten werden soll. Ich diskutiere Adornos Begriff der Vermittlung im Kontext eines Spannungsfelds zwischen der geschlossenen Welt musikalischer Werke und dem ausgeschlossenen gesellschaftlichen Anderen und schlage vor, daß seine Ästhetik im Lichte einer solchen Fokussierung mit Gewinn gelesen werden kann. In erkenntnistheoretischer Hinsicht greift meine Kritik Adornos Verfahren auf, das zu Beginn der *Philosophie der neuen Musik* umrissen wird, dort, wo er sich auf die Methode beruft, die Walter Benjamin im *Ursprung des deutschen Trauerspiels* angewandt hat; ich wende diese Methode auf Adornos eigenes Werk an. Adorno zitiert dort Benjamin folgendermaßen:

> Die philosophische Geschichte als die Wissenschaft vom Ursprung ist die Form, die da aus den entlegenen Extremen, den scheinbaren Exzessen der Entwicklung die Konfiguration der Idee als der durch die Möglichkeit eines sinnvollen Nebeneinanders solcher Gegensätze gekennzeichneten Totalität heraustreten läßt.[19]

In der *Philosophie der neuen Musik* wendet Adorno diese Methode auf die Extremfälle von Schönberg einerseits und Strawinsky andererseits

17 Adorno (1966), S. 45 f.

18 Vgl. insbesondere Paddison (2001a).

19 Walter Benjamin, *Ursprung des deutschen Trauerspiels*, zitiert nach Adorno (1949), S. 13.

an, und er tut dies nicht, um eine Mitte zwischen beiden zu finden, sondern im Gegenteil, um die Bewegung der gesellschaftlichen Totalität in jedem dieser Extremfälle zu verfolgen. Diese Interpretationsmethode gilt allerdings nicht nur für die *Philosophie der neuen Musik*. Meiner Meinung nach basiert die gesamte Adornosche Ästhetik auf einem Begriff der Vermittlung, deren dialektische Bewegung seinem Denken an jedem Punkt zugrunde liegt, auch wenn der Ausdruck selbst nicht auftaucht. Es ist Ziel dieses Aufsatzes, diese Thesen zu begründen und zu prüfen, auf welchen Ebenen die Vermittlung bei Adorno wirksam ist. Allerdings impliziert das Modell, das ich hier vorstelle, gleichzeitig eine Kritik derjenigen Annahmen, die der Verwendung des Begriffs zugrunde liegen und die man folgendermaßen formulieren könnte: Wenn der Begriff der Vermittlung so zentral für Adornos Denken und so fundamental für sein begriffliches Gefüge ist, warum hat er dies nicht klar zum Ausdruck gebracht und die Ebenen bestimmt, auf denen er den Begriff verwendet? Eine Antwort besagt, daß in vielen Fällen der Prozeß der Vermittlung nicht von dem der Dialektik selbst unterschieden werden kann und daß Adorno immer dann, wenn er von Dialektik spricht, auch vom Prozeß der Vermittlung spricht. Einer anderen Antwort zufolge war Adorno mitunter damit zufrieden, den Begriff der Vermittlung und die Ebenen, auf denen er verstanden werden kann, eher undefiniert zu lassen, weil auf diese Weise die unvermeidlichen Lücken in seinen Interpretationen weniger leicht zu erkennen sind, etwa wenn er gezwungen war, von der Ebene einer Diskussion der Subjektivität innerhalb der technischen Struktur eines Kunstwerks auf die Ebene des Kunstwerks inmitten sozioökonomischer Kräfte und Beziehungen der Produktion zu wechseln (dieser Punkt ist der Aufmerksamkeit von Carl Dahlhaus nicht entgangen). Meine Versuche, den Begriff der Vermittlung zu klären, werden diejenigen kaum zufriedenstellen, die es vorziehen, ihr Verständnis Adornos primär auf einer Ebene der poetischen Erfahrung im Gegensatz zum philosophischen Verstehen zu belassen.

Obgleich ich mich ausführlich auf frühere Forschungen beziehe, die ich zu diesem Begriff durchgeführt habe, ist dies das erste Mal, daß ich versuche, verschiedene Aspekte unter einem Dach zusammenzuführen und einen umfassenden Überblick zu geben. In Abschnitt 2 befasse ich mich mit der Stellung des Begriffs der Vermittlung in Adornos Werk – in seiner Ästhetik, Soziologie und seinen musikalischen Schriften –, und gehe auch auf seine Ursprünge insbesondere bei Hegel, Marx und Weber ein. In Abschnitt 3 entwerfe ich eine dreigeteilte Theorie der Vermittlung, die ich Adornos Begriff der Vermittlung entnehme, und zwar unter Betonung der Ebenen von Form, gesellschaftlichem Gehalt und historischer Bewegung sowie unter Konzentration auf die Begriffe von Stimmigkeit, Ideologie und Authentizität. In Abschnitt 4 geht es um Adornos Begriff der musikalischen Form als »zweiter Reflexion«, und in den Abschnitten 5 und 6 befasse ich mich weiter mit den Begriffen von Ideologie und Authentizität in bezug auf die soziologischen und historisch-philosophischen Dimensionen von Adornos Begriff der Vermittlung. In Abschnitt 7 wende ich mich den komplexen Problemen rund um die musikalische Aufführung und Reproduktion als Vermittlung zu sowie den damit verwandten Themen der musikalischen Erfahrung, der Beziehung zwischen dem Werk als Partitur, dem Werk als Aufführung und dem Werk als Ware. Der abschließende Abschnitt 8 führt die verschiedenen Themen zusammen und geht auch auf die Frage der Vermitteltheit der Theorie selbst ein.

2. Zum Vermittlungsbegriff bei Adorno

Ein wichtiges, aber unterschätztes Vermächtnis von Adornos Denken über Musik ist das Gewicht, das es auf die Notwendigkeit eines angemessenen Begriffs der Vermittlung legt; d. h. eine hinreichend nuancierte Theorie, wie soziale Beziehungen in musikalischen Beziehungen inhärieren und wie der Schein der Unmittelbarkeit, der ein primäres Charakteristikum jeder Kunst ist, sich tatsächlich als Produkt eines umfassenden Prozesses der Vermittlung erweist. Tatsächlich, so möchte ich behaupten, ist der Begriff der Vermittlung – besser sollte man im Plural von Vermittlung*en* sprechen – grundlegend für Adornos Philosophie, und ich teile Norbert Raths Ansicht, daß »Adornos Philosophie als Konstruktion von Vermittlungen begriffen werden [kann]; Begriff und Verfahren der Vermittlung stehen im Zentrum dieses Denkens«.[20] Der Begriff der Vermittlung wurde am offensichtlichsten mit der Soziologie in Verbindung gebracht,

20 Rath (1982), S. 137.

aber er hat beträchtliche Implikationen für die Musikästhetik auf der einen und für die Musikwissenschaft auf der anderen Seite, zwei Disziplinen, die traditionellerweise jede Befassung mit sozialen Verhältnissen gerne den Sozialwissenschaften überlassen. Bleibt sie auf sich gestellt, ist die Musiksoziologie aber bekanntermaßen schlecht gerüstet, um sich mit den strukturellen Eigenarten von Kunstwerken zu befassen, von der begrifflichen Allgemeinheit der philosophischen Ästhetik oder der problematischen Subjektivität ästhetischer Erfahrung ganz zu schweigen; sie läuft Gefahr, alle Punkte, die Kunst und Ästhetik betreffen, auf Fragen der Schaffung von Identitäten und Ideologie zu reduzieren. Darüber hinaus hat der Ausdruck »Vermittlung« ein breites Bedeutungsspektrum im alltäglichen Gebrauch; in einem Zeitalter der Kommunikationstechnologie, der Medienherrschaft und der Managersprache sowie deren politischen Gebrauchs und Manipulation wird er insbesondere im Zusammenhang mit generellen Vorstellungen der Übermittlung und Kommunikation verwendet. Solche Gebrauchsweisen und Bedeutungen beschwören den Anschein konfliktfreier Interaktion und Unmittelbarkeit, in deren Rahmen doch einmal auftauchende Konflikte aufzulösen sind, um zu einem Zustand fragloser Normalität zurückzukehren (der englische Ausdruck »mediation«, der mit der politischen Schlichtung industrieller Auseinandersetzungen im Großbritannien der siebziger Jahre verbunden ist, wird in Deutschland zusehends als Synonym für »Vermittlung« gebraucht, um ähnliche Prozesse der Konfliktbeseitigung zu bezeichnen).

Selbstverständlich ist der von Adorno verwendete Vermittlungsbegriff nicht derjenige der Alltagssprache, und er ist auch kein ausschließlicher Gegenstand der Ideologie (obwohl die soziologische Ideologiekritik einen wichtigen und fundamentalen Bestandteil bildet). Ferner würde ich sagen, daß Vermittlung bei Adorno nicht unter einen allgemeinen Begriff von Metapher oder Homologie subsumiert werden darf, trotz der Entschlossenheit mancher Literaturwissenschaftler, genau dies zu behaupten.[21] Der Begriff der Vermittlung muß philosophisch angegangen werden, im Rahmen der Musik allerdings muß er in spezifisch musikalischen Begriffen als etwas Materiales aufgefaßt werden: Das heißt, er fordert gleichzeitig einen Begriff des musikalischen Materials, der dessen Durchdrungensein

21 Vgl. z. B. Frow (1982).

von der gesellschaftlichen Totalität erfaßt,[22] im Unterschied zum Begriff des Stoffs mit seinen Konnotationen von Roheit, Natürlichkeit und Unmittelbarkeit – eine Differenz, die Adorno im Zusammenhang seines Materialbegriffs immer deutlich macht. Das soll allerdings nicht heißen, daß wir es in Adornos Fall mit einem Problem systematischer empirischer Forschung an gesellschaftlich bestimmtem Material zu tun haben: Wie Peter Uwe Hohendahl gezeigt hat, »halten seine Essays nur selten strikte methodologische Unterscheidungen durch. Durch die dialektische Struktur ihrer Argumentation ziehen sie es vor, auch unsichtbare, scheinbar unwahrscheinliche Verbindungen zu erkunden und dabei häufig ein kleines Detail als Ausgangspunkt zu benutzen«.[23] Adorno hält an seinem Hegelschen Prinzip fest, einen Teil zur Erhellung des Ganzen zu verwenden und zugleich zu vermeiden, den Teil mit dem Ganzen zu identifizieren.

Unsere Aufmerksamkeit gilt erstens dem philosophischen Begriff, den Adorno aus einer kritischen Hegel-Rezeption abgeleitet hat, wenn auch aus der Hegel-Marxschen Perspektive von Georg Lukács' *Geschichte und Klassenbewußtsein* und dessen prämarxistischer *Theorie des Romans*. In diesen Werken bezieht sich »Vermittlung« auf den gesamten dynamischen Prozeß der Dialektik selbst, durch den Gegensätze, als Widersprüche oder Antinomien, sowohl unversöhnt bleiben als auch in einer neuen Einheit aufgehoben werden, die jedoch instabil ist – eine Einheit, die für die Verdinglichung anfällig ist. Für Hegel gibt es nichts, das nicht vermittelt wäre – einschließlich des Wissens selbst, wie er in seiner *Wissenschaft der Logik* deutlich macht: »Es ist hiermit als faktisch falsch aufgezeigt worden, daß es ein unmittelbares Wissen gebe, ein Wissen, welches ohne Vermittlung, es sei mit Anderem oder in ihm selbst mit sich, sei.«[24] Zugleich ist dieser Begriff der Vermittlung ausreichend nuanciert, daß Hegel seinen kritischsten und am leichtesten zu übersehenden Aspekt herausstellen konnte: daß die Vermitteltheit unseres Denkens im Prozeß der Vermittlung verschwindet. Er fährt fort: »Gleichfalls ist es für faktische Unwahrheit erklärt worden, daß das Denken nur an

22 Die Beziehung zwischen Adornos Materialbegriff und seinem Vermittlungsbegriff wird in Peter Bürgers exzellentem Aufsatz »Das Vermittlungsproblem in der Kunstsoziologie Adornos« (1979) betont.

23 Hohendahl (1995), S. 167.

24 Hegel (1830), S. 164 f. (§ 75).

durch *Anderes vermittelten* Bestimmungen – endlichen und bedingten – fortgehe und daß sich nicht ebenso in der Vermittlung diese Vermittlung selbst aufhebe. Vom dem *Faktum* aber solchen Erkennens, das weder in einseitiger Unmittelbarkeit noch in einseitiger Vermittlung fortgeht, ist die *Logik* selbst und die *ganze Philosophie* das Beispiel.«[25] Wie um dies zu bestätigen, bezieht sich Hegel auch auf Leibniz' Theorie der Monade – eine abgeschlossene Einheit, die blind für das ist, was außerhalb ihrer liegt, die es jedoch in sich enthält, sich dabei aber gleichzeitig dessen nicht bewußt ist, daß sie es in sich enthält.[26] Daß die Vermitteltheit des Kunstwerks scheinbar im Prozeß der Vermittlung ausradiert wird, um den Schein der Unmittelbarkeit zu erwecken, könnte man das zentrale Problem nennen, dem sich Adornos Ästhetik selbst widmet. Kunstwerke sind sowohl, was sie scheinen, als auch mehr, als was sie scheinen. Es ist dieser Rest, der in der Unmittelbarkeit der Kunst liegt, welcher der philosophischen Interpretation von Kunstwerken einen Halt bietet. Ferner verleiht die scheinbare Unmittelbarkeit der Kunst ihre Affinität zur Natur. Diese widersprüchliche Beziehung – selbst ein Aspekt der ausradierten Vermitteltheit der Kunst, wodurch etwas Gemachtes als etwas Natürliches angesehen wird –, wird von Adorno bis zu Kants *Zweckmäßigkeit ohne Zweck* zurückverfolgt. Adorno zufolge bedeutet der Aspekt der Kunst als Artefakt die vollständige Beherrschung ihres Materials und dadurch die Beherrschung der Natur. Das Material ist aber selbst durchdrungen von der Zweckrationalität der Gesellschaft, deren Zwecke durch das Kunstwerk sublimiert und abgelenkt werden – die Rettung des Anscheins von Natur durch die totale Kontrolle des Materials, die Herstellung von Unmittelbarkeit durch die vollständige Vermittlung, welche die Form des Kunstwerks ist.

25 Hegel (1830), S. 165 (§ 75).

26 Siehe dazu Leibniz, *Monadologie* § 61: »Da nämlich alles erfüllt ist – wodurch die ganze Materie in Verknüpfung steht – und da im erfüllten Raume jede Bewegung auf die entlegenen Körper ihrer Entfernung entsprechend einwirkt, da mithin jeder Körper nicht nur von den ihn unmittelbar berührenden betroffen wird und so in gewisser Weise alles, was ihnen geschieht, verspürt, sondern mittels dieser auch die Einwirkung derjenigen, die die ersten, ihn unmittelbar berührenden, berühren – so ergibt sich, daß dieser Zusammenhang sich auf jede beliebige Entfernung erstreckt. Infolgedessen verspürt jeder Körper alles, was in der Welt geschieht, derart, daß derjenige, der alles sieht, in jedem einzelnen lesen könnte, was überall geschieht, ja selbst das, was geschehen ist oder geschehen wird, indem er im Gegenwärtigen das nach Zeit und Ort Entfernte bemerkt ... « (Leibniz (1676), S. 55)

Adorno schreibt in der *Ästhetischen Theorie*: »Kunst ist Rettung von Natur oder Unmittelbarkeit durch deren Negation, vollkommene Vermittlung.«[27]

Zweitens verdankt Adornos Begriff der Vermittlung vieles Marx, bei dem der Prozeß der Vermittlung ein materieller, historischer und substantieller ist. In seiner Revision von Marx, die er vornimmt, um die ästhetische Sphäre ohne Rückfall in einen kruden Gegensatz von Basis und Überbau erörtern zu können, faßt Adorno die Kräfte und Verhältnisse der ästhetischen Produktion als zugleich kontingent zu *und* in Konflikt mit den materiellen Produktivkräften und Produktionsverhältnissen stehend. Der relevante Bezugspunkt ist die berühmte Definition der Ware im ersten Band von Marx' *Kapital*, die durch ihre Betonung des phantasmagorischen Charakters der Ware als bestimmende Eigenschaft der Warenform die verborgene Arbeit ausmacht, die in ihre Herstellung eingegangen ist: »Das Geheimnisvolle der Warenform besteht also einfach darin, daß sie den Menschen die gesellschaftlichen Charaktere ihrer eignen Arbeit als gegenständliche Charaktere der Arbeitsprodukte selbst, als gesellschaftliche Natureigenschaften dieser Dinge zurückspiegelt. [...] Es ist nur das bestimmte gesellschaftliche Verhältnis der Menschen selbst, welches hier für sie die phantasmagorische Form eines Verhältnisses von Dingen annimmt.«[28] Das heißt: Die Ware ist vermittelte Arbeit; die Produktivkräfte und Produktionsverhältnisse sind in der Sache selbst vermittelt. Verdinglichung muß somit als ein untrennbarer Aspekt des Vermittlungsprozesses selbst verstanden werden, am offensichtlichsten erkennbar in der Ware, aber ebenso auf jeder Stufe der Produktion von Musik, gleich ob als Partitur, als Werk, als Aufführung und natürlich auch als Ware. In der Zeit seit Adornos Tod gibt es eine deutliche Tendenz, Marx' Bedeutung für Adornos Ästhetik herunterzuspielen. Ich behaupte dagegen, daß Adornos Ästhetik ihren Marxschen Unterbau beibehält; ignoriert man dies, läuft man Gefahr, daß sein Ansatz der Domestizierung und Anpassung an die derzeit die Philosophie, Soziologie und Musikwissenschaft dominierenden theoretischen Paradigmen ausgesetzt ist.[29]

Und schließlich ist auch Max Webers Theorie der Rationalisierung, besonders in ihrem Bezug auf die Musik in *Die rationalen*

27 Adorno (1970), S. 428.

28 Marx (1867), S. 86.

29 Siehe mein »Preface to the Second Edition« in Paddison (1996/2004), S. vi.

und soziologischen Grundlagen der Musik,[30] in hohem Maße für jede Theorie der musikalischen Vermittlung relevant. Man kann Webers Theorie als Ergänzung der Marxschen Theorie der Ware ansehen, insofern sie darlegt, wie Musik und ihre Techniken, Stimmsysteme, Tonsysteme und Technologien bloß ein Spezialfall der systematischen Anwendung der Zweckrationalität auf alle Bereiche des gesellschaftlichen Lebens und seiner Institutionen ist, insbesondere natürlich die Anwendung auf technische und technologische Entwicklungen, welche die westlichen Gesellschaften seit der Renaissance so sehr geprägt haben. Die technische und bürokratische Entwicklung der Gesellschaft und ihrer Institutionen ist in der Musik, ihren Technologien und Materialien vermittelt. Adorno zufolge ist die Form, welche die Rationalität innerhalb der Kunst annimmt, jedoch verschieden von ihrer Form in der Gesellschaft. Kunstwerke und die Tätigkeiten, die der Kunst intrinsisch sind, wie die Aufführung von Musik, sind durch einen mimetischen Impuls charakterisiert, und die Dialektik von *mimesis* und *ratio* innerhalb der Kunst verändert beide in ihrer Vermittlung. Albrecht Wellmer hat dies treffend ausgedrückt: »Rationalität und Mimesis müssen zusammentreten, um die Rationalität aus ihrer Irrationalität zu erlösen. Mimesis ist der Name für die sinnlich rezeptiven, expressiven und kommunikativ sich anschmiegenden Verhaltensweisen des Lebendigen. Der Ort, an dem mimetische Verhaltensweisen im Prozeß der Zivilisation als *geistige* sich erhalten haben, ist die Kunst: Kunst ist vergeistigte, d. h. durch Rationalität verwandelte und objektivierte Mimesis.«[31]

In diesem größeren Zusammenhang erweist sich auch die häufig zitierte These 7 aus dem Essay »Thesen zur Kunstsoziologie« als erhellend und genau, denn sie macht deutlich, daß Adornos Begriff der Vermittlung philosophisch aufgefaßt werden muß, auch wenn er zugleich in einem soziologischen Kontext auf die Besonderheit von Kunstwerken angewandt wird, und ferner, daß er in Abgrenzung von der vorherrschenden Identifikation von Vermittlung mit Kommunikation bestimmt wird: »Vermittlung ist ihm [Hegel] zufolge die in der Sache selbst, nicht eine zwischen der Sache und denen, an welche sie herangebracht wird. Das letztere allein jedoch wird unter Kommunikation verstanden.«[32] Adorno betont weiter, wo er die Vermittlung

30 Siehe Weber (1921).

31 Wellmer (1983), S. 141.

32 Adorno (1967), S. 374.

in bezug auf Kunstwerke angesiedelt sieht: »Ich meine, mit anderen Worten, die sehr spezifische, auf die Produkte des Geistes zielende Frage, in welcher Weise gesellschaftliche Strukturmomente, Positionen, Ideologien und was immer in den Kunstwerken selbst sich durchsetzen.«[33]

Was Adorno »Vermittlung« nennt, ist, nach seinem eigenen Eingeständnis, ein äußerst komplexer und schwieriger Begriff, da er kunstspezifische, soziologische und philosophische Momente zusammenbringt, die – auch wenn man sie getrennt voneinander behandeln kann – mit Gewinn nur in ihrer wechselseitigen Beziehung verstanden werden können – eine Beziehung, die nicht in der Auflösung von Antinomien besteht, sondern eher in ihrer Verstärkung. Tatsächlich läuft die gesellschaftliche Vermittlung von Kunstwerken auf etwas hinaus, das auf den ersten Blick als ihr exaktes Gegenteil erscheint: ihre autonome Form. So schreibt er bezüglich des Ziels seiner *Musiksoziologie*: »Die außerordentliche Schwierigkeit des Problems habe ich ungemildert hervorgehoben, und damit die einer Musiksoziologie, die nicht mit äußerlichen Zuordnungen sich begnügt; nicht damit, zu fragen, wie die Kunst in der Gesellschaft steht, wie sie in ihr wirkt, sondern die erkennen will, wie Gesellschaft in den Kunstwerken sich objektiviert.«[34] Diese bemerkenswerte Umkehrung der üblichen Prioritäten einer spezialisierten Musiksoziologie von den Wirkungen und Funktionen der Musik in der Gesellschaft zu den vermittelten und dadurch verwandelten Manifestationen der Gesellschaft in der Musik (als musikalisches Material, Werk, Aufführung, Erfahrung und, generell gesagt, im Musikleben), ist, wie Adorno weiß, undenkbar ohne die begriffliche Fundierung seiner Musikästhetik und das spezialisierte historische und technische Wissen, das eine kritische Musikwissenschaft bereitstellt.

3. Zu einer Theorie der Vermittlung

Mein Beitrag zur kritischen Interpretation von Adornos Musikästhetik durch die Konzentration auf den Vermittlungsbegriff zielt auf drei Bereiche: auf die Musikästhetik als (1) Theorie der musikalischen

33 Adorno (1967), S. 374.
34 Adorno (1967), S. 374.

Form, (2) Theorie der Gesellschaft und (3) Philosophie der Musikgeschichte (genauer: als Ästhetik der Moderne).[35] Meines Erachtens muß jeder Begriff der Vermittlung, der irgendeinen Nutzen hat, auf allen drei »Ebenen« zugleich verstanden werden (da die Rede von »Ebenen« eine Hierarchie impliziert, sollte man vielleicht besser von drei »Modi« sprechen, in denen die unterschiedlichen Sphären von formaler Autonomie, gesellschaftlicher Situierung und historischer Bewegung erfaßt und interpretiert werden). In jeder dieser Sphären muß der Vermittlungsbegriff in materialen Begriffen gefaßt werden (sowohl im musikalischen wie im Marxschen Sinne), derart, daß der Unterbau ein Begriff des musikalischen Materials ist, das als Resultat von Interaktion und Konflikt zwischen der abgeschlossenen Welt der musikalischen Kräfte und Produktionsverhältnisse einerseits und den umfassenden gesellschaftlichen Kräften und Produktionsverhältnissen andererseits aufgefaßt werden muß, die auch die ästhetische Sphäre einschließen. Allerdings ist bezüglich des von mir umrissenen Schemas eine Warnung angebracht: Präsentiert man es in einer solch knappen und konzentrierten Form, werden die Kategorien leicht als mechanistische Formeln aufgefaßt. Meine Absicht ist es nicht, Adornos ästhetische Theorie auf eine starre Ebenen-Theorie zu reduzieren, sondern eher Aspekte seines Begriffs der Vermittlung zu klären, an deren Unterscheidung Adorno anscheinend nichts lag. Die von mir skizzierten Kategorien bedürfen nun einer detaillierteren Erläuterung, um die Komplexität ihrer Interaktion im Kontext eines Begriffes zu verdeutlichen, der selbst als überwölbendes dialektisches und dynamisches Gebilde verstanden werden muß.

Um mit der formalen Ebene zu beginnen: Ich habe versucht, die immanente Dialektik des musikalischen Werks in den folgenden Begriffen darzustellen, als etwas, das selbst eine dynamische Interaktion zwischen zwei Ebenen der Form – das Besondere und das Allgemeine – und zwischen zwei Vorgehensweisen – der normativen und der kritischen – einschließt:[36]

(a) Die normative Ebene

Das Allgemeine: Form als vor-geformtes, geschichtlich tradiertes Material: Normen wie z. B. Gattungen, formale Typen, Tonsysteme

35 Ich habe dies zuerst in Paddison (1987) dargestellt und weiter ausgeführt in Paddison (1993).

36 Vgl. Paddison (1998), S. 83. Siehe auch Paddison (2002), S. 222-227.

und Schemata, Aufführungsstile, Stimmungen oder Kompositionstechniken. Das musikalische Material als sedimentierte Gesellschaft/ gesellschaftlicher Prozeß.

(b) Die kritische Ebene

Das Besondere: Die Form als Struktur des individuellen musikalischen Werks, eine Re-Kontextualisierung des historischen Materials als »zweite Reflexion«: Abweichung von und Negierung der tradierten Normen, um neue Strukturen zu erzeugen. Das individuelle Werk als eine Form kritischen Erkennens und als ein Kraftfeld von Spannungen.

Diese Dialektik spielt sich innerhalb des Musikwerks ab und konstituiert seine Struktur als dynamischer Sinnzusammenhang. Die Implikationen sind allerdings offensichtlich: Die in sich eingeschlossene, monadenähnliche Autonomie des Musikwerks ist verwandt dem phantasmagorischen Charakter der Warenform – d. h., das Musikwerk enthält in sich die Produktionsverhältnisse, weiß es aber nicht, gleich einer Leibnizschen Monade. In diesem Sinne sind Gesellschaft und gesellschaftliche Verhältnisse im musikalischen Werk vermittelt. Man kann dies auf viele Weisen einsehen. Das Material der Musik ist selbst sozial und kulturell vorgeformt, noch bevor irgendein individueller Akt der Komposition beginnt. Das Material besteht aus tradierten, vorausgegangenen Beschäftigungen mit dem Material in Gestalt von Werken, Formen, Gattungen, Stilsystemen, Kompositionsverfahren und -konventionen. Es besteht aus Techniken und Entwicklungen der Technologie von Musikinstrumenten, Tonsystemen und Stimmungen. Es schließt auch Arten der Aufführung und Reproduktion ein. Heute gehören dazu wesentlich auch Aufnahmetechniken und die Studiotechnologie, zusammen mit der Elektroakustik, der Klangproduktion und -verbreitung. All dies konstituiert das »musikalische Material« in einer Weise, die Adorno vielleicht nicht vorhersehen konnte, die jedoch ebenso als »sedimentierte Gesellschaft« und somit als Teil der materialen Transmission gesellschaftlicher Normen verstanden werden kann. Zugleich liegt auf dieser Ebene der Vermittlung der Fokus auf der immanenten strukturellen Konsistenz des Musikwerks im Verhältnis zu seiner bestimmenden musikalischen Idee. »Vermittlung« kann in diesem Fall als dasjenige verstanden werden, was Adorno »die immanente Dialektik des musikalischen Materials« nennt; es ist die Vermittlung von Subjektivität und Objektivität, des Ichs und der tradierten Formen (»zwischen Ich und Formen«, wie es bei Lukács heißt), innerhalb der scheinbaren Autonomie des musikalischen Werks (oder des »musikalischen Ereignisses«, wenn man die Assoziationen vermeiden möchte, die mit dem Werkbegriff einhergehen) und im Kontext der Beziehung zwischen Teil und Ganzem. Der Zugang zum Werk verläuft über die immanente musikalische Analyse, da die Struktur des autonomen Werks auch das Terrain sowohl für die Verbreitung als auch für die Subversion soziokultureller Normen ist, dank der beiden Ebenen der Form im Werk, nämlich der normativen und der kritischen Ebene. Man kann diese beiden Ebenen der Form mit Hilfe der Saussureschen Termini »langue« und »parole« verstehen, insofern die dynamische Beziehung zwischen beiden diejenige zwischen dem individuellen Sprechakt und dem gesamten Sprachsystem ist, von dem ersterer abgeleitet ist und mit dem er sich zugleich auseinandersetzt. Allerdings – wenn ich diese Parallele zwischen zwei sehr unterschiedlichen Denkern für einen Moment weiterverfolgen darf – wäre es ein Mißverständnis sowohl von Saussures linguistischer Theorie als auch von Adornos Theorie des musikalischen Materials, würde man annehmen, daß alle möglichen Kombinationen, die im Sprachsystem vorstellbar sind, dem individuellen Sprecher tatsächlich in jedem Moment zur Verfügung stehen. Welche Kombinationen ausgewählt werden, ist nicht einfach eine Sache der freien Entscheidung des Komponisten (in Adornos Fall) oder der Sprechergemeinschaft (in Saussures Fall), denn das verfügbare Material – bei Saussure das kombinatorische System selbst – ist historisch und gesellschaftlich bestimmt schon vor jedem kreativen Akt, der sich darauf bezieht. Es ist genau dieses Fehlen von Freiheit im Umgang mit dem historisch determinierten und tradierten Material auf seiten des Komponisten, das sich im Zusammenhang von Adornos Materialbegriff als so strittig herausstellte (und es sei nochmals betont, daß dieser Begriff die Substanz seines Begriffs der Vermittlung in bezug auf die Musik darstellt). Saussure schreibt in seinem *Cours de linguistique générale*: »In jedem Moment läßt die Solidarität mit der Vergangenheit die Wahlfreiheit scheitern.«[37] Und doch traf Saussures im wesentlichen statische Auffassung des Verhältnisses zwischen langue und parole, seine Konzeption der historischen Bestimmtheit der langue und die

37 Saussure (1915), S. 108.

resultierenden Beschränkungen der Freiheit in der Auswahl verfügbarer Kombinationen auf wenig derartige Kritik. Das legt nahe, daß die Art und Weise, wie wir unsere Beziehung zu Sprachsystemen wahrnehmen, insbesondere angesichts der weiteren Entwicklung von Semiologie und Semiotik, weniger gefühlsbeladen ist als unsere häufig unkritische Wahrnehmung der kreativen und geheimnisvollen Beziehung zwischen dem Komponisten und seinem Material.

Dieser Punkt führt uns direkt zur Untersuchung der zweiten Ebene der Vermittlung: zum dem, was ich hier, wiederum unter Rückgriff auf Adornos Terminologie, die *soziale* Dialektik des musikalischen Materials genannt habe.[38] Auf den ersten Blick handelt es sich hierbei um ein komplexes Feld. Es repräsentiert das Netz von Vermittlungen zwischen den Sphären der musikalischen Produktion und der musikalischen Rezeption, muß gleichzeitig aber als dem Prozeß von Produktion, Reproduktion, Distribution und Konsumtion inhärent verstanden werden. Der Begriff des »musikalischen Werks« und was genau unter »musikalischem Material« zu verstehen ist, stehen selbstverständlich zur Debatte; sie hängen meines Erachtens keineswegs gänzlich von Adornos eurozentrischer und an der Hochkultur orientierten Sicht ab, und sehr unterschiedliche Arten von Musik lassen sich gleichermaßen gut durch einen solchen Zugang erhellen, da keine Musik der Vermittlung durch eine soziokulturelle Totalität entkommt und kaum eine den Auswirkungen der Globalisierung und ihrer Distributionsnetzwerke. Nichtsdestoweniger liegt hauptsächlich die westliche Musik im Zentrum meiner Aufmerksamkeit. Für diese Fokussierung habe ich drei Gründe, und sie beziehen sich auf meine Diskussion der Bedingtheit bürgerlicher Subjektivität in Abschnitt 1: (i) Die Kunstmusik ist typischerweise die am gründlichsten rationalisierte und in struktureller Hinsicht am tiefsten von der herrschenden Kultur durchdrungene Musik; (ii) in ideologischer Hinsicht ist sie am meisten von ihrer Autonomie (oder, wenn man es vorzieht, Entfremdung) gegenüber diesem Prozeß und gegenüber allem, was einer direkten sozialen Funktion ähnlich sieht, überzeugt; (iii) sie hat am stärksten einen Hang zur Reflexion über ihre eigenen strukturellen Prozesse und Materialien sowie, insbesondere seit der Mitte des 19. Jahrhunderts, die deutlichste Tendenz, herrschende Orthodoxien und deren Beschränkungen sowohl

38 Vgl. Paddison (1993), S. 187.

aufzunehmen als auch zu versuchen, ihnen zu widerstehen. Daher wurde die soziale Vermittlung der Musik als komplex und vielschichtig angesehen. Entscheidend inmitten dieser Schichten der Vermittlung sind die Wirkungen dessen, was Adorno mit einem berühmt gewordenen Ausdruck die »Kulturindustrie« nannte, also das Musikgeschäft in seinem nunmehr weitgehend globalisierten Sinn. Dies ist der Punkt, an dem die Kräfte und Verhältnisse der ästhetischen Produktion, die immer noch in gewissem Umfang auf einer früheren Handwerksethik gründen, von den Kräften und Verhältnissen der gesellschaftlichen Produktion – also von den Massenmedien als »Kulturindustrie« – durchdrungen werden. Die gesamte künstlerische Produktion wird daher zur Warenproduktion, und der Umgang mit Kunst wird zur Warenkonsumtion. Es ist in dieser Hinsicht interessant, die Punkte zu berücksichtigen, an denen Widerstand oder der Eintritt in Verhandlungen möglich sind. Man muß allerdings verstehen, daß die hier dargestellte gesellschaftliche Dialektik den *Kontext* gesellschaftlicher Beziehungen von Produktion, Reproduktion, Distribution und Konsumtion bildet, innerhalb dessen *jede* Musik funktionieren muß, ob sie es will oder nicht. Denn es handelt sich einfach um den Kontext und vor allem um den Prozeß, der nicht nur hochindustrialisierte, moderne Gesellschaften beherrscht, sondern auch die noch verbliebenen traditionellen, vorindustriellen und vormodernen Gesellschaften. Und diese Dominanz bleibt meines Erachtens auch in postindustriellen, postmodernen Gesellschaften bestehen, trotz mancher Beteuerungen des Gegenteils. Zugleich ist festzuhalten, daß dieses Modell zwar auf partiturgebundener Musik und den daraus folgenden Konsequenzen für die musikalischen Werke basiert, andere Versionen für nicht-partiturgebundene oder improvisierte Musik aber möglich sind. In einer dieser Versionen fallen die Sphären von Produktion und Reproduktion im Sinne von Aufführung zusammen, so daß der Komponist und das Werk-als-Partitur überflüssig werden. Dann bezieht sich der Aufführende dialektisch auf das musikalische Material (das Aufführungstraditionen, professionellen Unterricht und technologische Entwicklungen einschließt), eine Beziehung, die immer eindeutig vermittelt bleibt, so direkt und unmittelbar sie sich auch auf den ersten Blick präsentieren mag. In dieser Version ist es angemessener, unter dem »Werk« die Aufführung oder das musikalische Ereignis zu verstehen. Angesichts des Ausmaßes von technischer Rationalisierung und Globalisierung ist es nicht nötig zu betonen, daß die Wirkungen, die Kulturindustrie und das Zur-Ware-Werden bzw. die Kommodifizierung auf das »musikalische Ereignis« ausüben, auch hier gelten. Und schließlich gibt es die Sphäre von Rezeption und Konsum. Schließt dies auch die Rezeptionsgeschichte ein, betrifft es tatsächlich doch Weisen des Hörens und Arten der musikalischen Erfahrung – beispielsweise Adornos Gebrauch von Begriffen wie »Erfahrung« (integrierende Erfahrung) und »Erlebnis« (fragmentierte Erfahrung) – und auch Arten des Verstehens (Adornos Verwendung des Begriffs »Verstehen« als Form des reflexiven Verstehens, das in der Lage ist, ein Musikstück als ganzes zu erfahren, im Gegensatz zum Ausdruck »Verständnis«, den er benutzt, um sich auf ein begrenzteres und konventionelleres musikalisches Wissen zu beziehen). Die Sphäre von Rezeption und Konsum als musikalische Erfahrung und Verstehen ist vielleicht der offensichtlichste Ort der Vermittlung von Musik durch das Subjekt, und aus dieser Perspektive ist es ein wichtiger, aber bekanntermaßen schwieriger und wenig erforschter Bereich. Die meisten Untersuchungen in diesem Gebiet betrafen und betreffen die Psychologie der Wahrnehmung und die Soziologie des Konsums und bleiben in ihrem Bezug auf die Musik selbst inadäquat.

Schließlich zu dem, was ich die »dritte Ebene der Vermittlung« genannt habe: die der historischen Dialektik des musikalischen Materials.[39] Dieser Aspekt der Vermittlung ist durch eine antagonistische Beziehung zwischen Unvereinbarem gekennzeichnet, und auch durch eine historische »Mündigkeit«, um wiederum einen Ausdruck Adornos zu gebrauchen. Es handelt sich um einen Prozeß, in dem man in zunehmendem Maße das Gewicht der tradierten Normen musikalischen Verhaltens als sublimierter kultureller Normen und zugleich die Notwendigkeit spürt, sie sowohl zu untergraben als auch sie zu ersetzen und eine neue Synthese zu schaffen. Diese Ebene der Vermittlung sucht erneut die formale Ebene auf, insofern wir hier wieder von einer scheinbar geschlossenen Welt ästhetischer Aktivität sprechen, in der das Werk als autonomer, sich selbst genügender und in sich geschlossener Text dem historisch tradierten Material gegenübersteht. Allerdings gibt es wichtige Unterschiede. Dieses erneute Aufsuchen geschieht im Lichte der zweiten Ebene der Vermittlung und der Effekte der Kommodifizierung, durch welche die »Autono-

39 Vgl. Paddison (1996/2004), S. 71.

mie« des Werks dank seiner Situierung als Ware in einem heteronomen Kontext als Ideologie einzustufen ist. Besagte »dritte Ebene der Vermittlung«, also diejenige historischer Antinomien, impliziert ein bestimmtes Maß an Selbstreflexion, nicht nur in Form einer immanenten Reflexion auf die Stimmigkeit des Werks an sich, sondern auch als Bewußtsein der Unmöglichkeit, gemäß den Kategorien der Stimmigkeit erfolgreich zu sein. Diese dritte Ebene repräsentiert (als Kritik) die gegenwärtige Notlage radikaler Musik. Sie ist geprägt durch das Ausmaß, in dem die formale Einheit des Musikwerks durch antagonistische Bestrebungen hindurch erreicht wird, durch den Konflikt zwischen seinem »autonomen Charakter« und seinem »Warencharakter« als historischer Dialektik des musikalischen Materials. Die Kluft zwischen beiden bleibt stetig offen. Jede formale Einheit wird nur in dem Umfang erreicht, in dem diese Kluft ein beständiges, wenn auch oszillierendes Merkmal des Werks bleibt. Das heißt: Die Antagonismen bleiben wie Polaritäten als ein eingebauter Konflikt zwischen dem autonomen und dem Warencharakter der Musik bestehen; sie sind eine Materialisierung der reflexiven und kritischen Dimension des Werdens des Werks. Schon Hegel sah das Moment der Reflexion als etwas dem Prozeß der Vermittlung Intrinsisches an, als etwas, das der gesamten Struktur der *Phänomenologie des Geistes* zugrunde liegt und das auf deren einleitenden Seiten deutlich herausgestellt wird: »Denn die Vermittlung ist nichts anderes als die sich bewegende Sichselbstgleichheit, oder sie ist die Reflexion in sich selbst, das Moment des fürsichseienden Ich, die reine Negativität oder, auf ihre reine Abstraktion herabgesetzt, das *einfache Werden*.«[40] Im folgenden Abschnitt möchte ich den Begriff der Reflexion in seiner Verbindung zu dem der Vermittlung darlegen.

4. Form als Reflexion

Mit Bezug auf die Musik kann man Reflexion in einer Reihe unterschiedlicher Weisen auffassen. Das Werk konstituiert für Adorno eine Art von Reflexion in sich selbst, und es ist eine Art von Erkenntnis durch seine Form. Ästhetik ist eine Weise der philosophischen Reflexion auf das Werk durch den Akt der philosophischen Interpre-

40 Hegel (1807), S. 25.

tation. Und auch die musikalisch-technische Analyse ist eine Weise der Reflexion auf das, »was im Werk vorgeht«, diesmal in Begriffen rein musikalischer Prozeduren. Von besonderer Bedeutung ist Adornos Begriff der *zweiten Reflexion.* Ihm zufolge muß sich die Ästhetik zwar durch Analyse in die Besonderheit des individuellen Werks versenken, um ihre Ignoranz gegenüber der Kunst zu überwinden, sie bleibt aber eine andere Art von Tätigkeit, als es die Analyse ist. Adorno beharrt darauf, daß es der Ästhetik darum geht, den Wahrheitsgehalt eines Werks herauszuarbeiten: »Ihre zweite Reflexion muß die Sachverhalte, auf die jene Analyse stößt, über sich hinaustreiben und durch emphatische Kritik zum Wahrheitsgehalt dringen.«[41] Ich möchte hier nicht auf den Begriff des Wahrheitsgehalts selbst eingehen (ich habe mich an anderer Stelle ausführlich damit befaßt),[42] sondern mich auf die Rede von der zweiten Reflexion konzentrieren, denn sie ist für Adornos theoretische Position grundlegend und gestattet uns einen Blick auf den Wahrheitsgehalt aus einer anderen Perspektive. Um eine erste Ebene der Reflexion handelt es sich, wenn Material offengelegt wird, ein Gehalt analysiert wird, Beziehungen identifiziert werden, eine sachlich angemessene Darstellung der Struktur gegeben wird. Nach meiner Meinung ist das Ziel einer solchen Analyse, die technische Stimmigkeit des Werks sowie seine Entsprechung zu seiner leitenden Idee als Einheit von Form und Inhalt zu etablieren (ich komme auf diese Idee im folgenden Abschnitt zurück). Eine zweite Ebene der Reflexion schließt Kritik und Interpretation ein, nicht nur bezogen auf die Verhältnisse innerhalb der abgeschlossenen Welt des Werks, welche die immanente Analyse hervorholt (dies ist ein Aspekt der »ersten Reflexion«), sondern bezogen auf die Relationen zwischen dem Werk und seinem gesellschaftlichen und historischen Kontext – ein Kontext, der, wenn ich Adorno richtig verstehe, auch die Struktur des Werks als sozial und historisch vermittelten Gehalt konstituiert. Auf dieser Ebene wird das Werk widersprüchlich und sogar ideologisch aufgrund seiner Zurückweisung der äußeren Welt und seines Rückzugs

41 Adorno (1970), S. 518.

42 Für meine Versuche, Adornos Begriff des Wahrheitsgehalts darzustellen, siehe Paddison (1987). Dieser Aufsatz vertritt ein Modell der Interpretation von Adornos Ästhetik, das in erweiterter Form die Struktur von Paddison (1993) bildet, und das als »Adorno's Aesthetics of Modernism« in Paddison (1996/2004) einer Revision unterzogen wurde.

in seine eigene Sphäre. Diese Korrespondenz zwischen den internen strukturellen Relationen des Werks und den äußeren gesellschaftlichen Beziehungen, in denen es funktioniert, steht im Zentrum von Adornos Interpretationsmethode, und sie ist natürlich auch der strittige Aspekt seiner Theorie. Adorno – soweit er sich an diesem Punkt verstehen läßt – identifiziert den gesellschaftlich-historischen Gehalt eines Werks, vermittelt durch die Form, als Wahrheitsgehalt des Werks und somit auch als *telos* seiner Hermeneutik. Er betrachtet den Wahrheitsgehalt als »unbewußte Geschichtsschreibung«, als den unterdrückten gesellschaftlichen Gehalt des Werks, der in seiner Struktur sedimentiert ist. Die Entzifferung dieses Gehalts gibt dem Werk seine Bedeutung, indem es auf sein gesellschaftliches Anderes bezogen wird. Das Werk ist nicht nur mit sich identisch, mit seiner eigenen internen Struktur, wie es die tautologische Logik der Identitätstheorie (z. B. $A = A$) erfordern würde. Noch kann es in einfacher Manier mit dem, was außerhalb liegt, als seinem gesellschaftlichen Kontext und seiner gesellschaftlichen Funktion, gleichgesetzt werden. Wenn Adorno in der *Ästhetischen Theorie* schreibt: »Verfehlt wird das Kunstwerk von der Betrachtung, die darauf sich beschränkt«, und fortfährt: »Seine innere Zusammensetzung bedarf, wie sehr auch vermittelt, dessen, was nicht seinerseits Kunst ist«,[43] weist er auf die Sedimentierung sozialen Gehalts innerhalb des Werks hin, die nicht durch immanente Analyse allein identifiziert und entziffert werden kann.

Die Schwierigkeit mit Adornos Konzeption der Vermittlung – und zugleich ihre Finesse – besteht darin, daß das Äußere, auf das er verweist, also das heteronome gesellschaftliche Andere, das von der blinden Autonomie des Werks scheinbar ausgeschlossen wird, zugleich als konstituierendes Moment der materialen Struktur des Werks selbst begriffen wird, also als Gehalt des Werks, doch in gebrochener, vermittelter Form. Dies hat weitreichende Implikationen und führt zu einer sehr eleganten und ingeniösen Wendung. Es heißt nämlich, daß die zweite Reflexion der soziologischen Kritik und philosophischen Interpretation, die Adorno zufolge sowohl getrennt als auch abhängig von der ersten Reflexion immanenter Analyse ist, ihr Vorbild *in* dem Prozeß der Vermittlung hat, der die technische Struktur des Werks konstituiert. Was Adorno also das »authentische

43 Adorno (1970), S. 518.

Werk« nennt, enthält diesen Prozeß kritischer Selbstreflexion in sich als immanenten, materialen Prozeß. Ich habe versucht, diesen Prozeß als theoretische Ebene im Rahmen der Unterscheidung zweier Ebenen der Form zu identifizieren (siehe oben, S. 193). Das Werk gilt als *authentisch*[44] in dem Maße, in dem seine Struktur Resultat dieser inneren Dialektik ist. Im Falle des modernen Werks handelt es sich dabei um eine konflikthafte Interaktion im Sinne eines Kraftfelds von Spannungen, welche die Form des Werks nicht auflöst; das Modell gilt aber genauso retrospektiv für die autonome Musik seit dem Beginn dessen, was Adorno die »bürgerliche Epoche« nennt, ganz besonders für Beethoven. (Ich sehe keinen Grund, warum man es nicht auch auf populäre Musik anwenden sollte, vor allem wenn die Musik eine kritische und selbstreflexive Haltung zur Kulturindustrie einnimmt – ich habe dies andernorts mit Bezug auf die Musik von Frank Zappa untersucht.[45]) Für Adorno stellt das authentische Werk eine Kritik dar und ist so eine Weise der Erkenntnis, da sich, wie erwähnt, in ihm selbst, im materialen Rahmen, eine Art von kritischer Selbstreflexion konstituiert.

Enthalten darin ist eine »Theorie der Form« in dem Sinne, daß sie verallgemeinerbar ist. Von Spielarten der traditionellen Formenlehre, die sich hauptsächlich mit verallgemeinerten statischen Formtypen befaßt, unterscheidet sich Adornos kritische Theorie der Form durch ihre Arbeit mit dynamischen und dialektischen anstatt mit invarianten Kategorien. Vermeintlich statische formale Normen werden also als Teil eines sich beständig verschiebenden, historisch veränderlichen musikalischen Materials angesehen, eines Materials, das sich nur im dynamischen Kontext des individuellen Werks findet, im Prozeß von Fokussierung, Auflösung und neuer Fokussierung, der die Form des Werks konstituiert. Die elementare Geometrie von Adornos Theorie der Form ist die dialektische Interaktion von Besonderem und Allgemeinem, vermittelt in der Struktur des Werks – eine Beziehung, die weiterer begrifflicher Vermittlung bedarf, um verstanden zu werden. Auf diese Weise verlangt die zweite Reflexion der Struktur des individuellen Werks nach einer entsprechenden zweiten Reflexion in der Ästhetik. Adorno erweist sich in diesem Punkt erneut als Hegelianer:

44 Adornos Begriff der Authentizität muß vom Heideggerschen Begriff der Eigentlichkeit unterschieden werden.

45 Siehe Paddison (2001b).

Wenn irgendwo, hat die Hegelsche Lehre von der Bewegung des Begriffs in der Ästhetik ihr Recht; sie hat es zu tun mit einer Wechselwirkung des Allgemeinen und Besonderen, die das Allgemeine nicht dem Besonderen von außen imputiert sondern in dessen Kraftzentren aufsucht. [...] Wo immer Kunstwerke, auf der Bahn ihrer Konkretion Allgemeines: eine Gattung, einen Typus, ein Idiom, eine Formel polemisch eliminieren, bleibt das Ausgeschiedene durch seine Negation in ihnen enthalten; dieser Sachverhalt ist konstitutiv für die Moderne.[46]

So konstituiert die Theorie – wenn auch verallgemeinerbar und in den von mir hier verwendeten Begriffen darstellbar –, was Adorno eine »materiale Formenlehre der Musik«[47] nennen würde, insofern ihre Kategorien zwar auf einer abstrakten Ebene der Allgemeinheit für die Zwecke theoretischer Diskussion identifiziert werden können, tatsächlich aber nur als vermittelte in konkreten materialen Begriffen innerhalb der Besonderheit des individuellen Werks präsent sind. Das heißt natürlich nicht, daß diese vermittelten materialen Kategorien nicht auch als Normen kompositorischer Praxis in einer bestimmten historischen Epoche fungieren und auf diese Weise eine gewisse abstrakte Geläufigkeit annehmen könnten (man sollte hier nicht unterschätzen, wie sehr akademische Kompositionsübungen dazu beitragen, daß die Verbreitung und Internalisierung solcher Normen sichergestellt wird). Es heißt aber nichtsdestoweniger, daß sich diese Normen als kompositorisches Material in individuellen Werken manifestieren und daß sich das authentische Werk (in Adornos Begriffen) mit ihnen in einem Zustand des Flusses kritisch auseinandersetzt, und nicht als statische, abstrakte Vorschriften, die unhinterfragt zu akzeptieren sind. Daß die immanente Kritik, die einzelne Kunstwerke ausüben, eine Kritik der instabilen Allgemeinheit des tradierten Materials ist, das sich in anderen Werken manifestiert, betont Adorno, wenn er kategorisch notiert: »[...] so sind die authentischen Werke Kritiken der vergangenen.«[48] Ferner: Wenn die Aufgabe der Analyse als strukturelle Kartographierung jener inneren Kritik, die das Werk selbst darstellt, rekonstruiert werden kann, dann ist es die Aufgabe der Ästhetik, diese Kritik zu interpretieren, indem Besonderes auf Allgemeines bezogen wird, die Abweichung auf das Schema, das Unvertraute auf das Vertraute, jeweils durch die

46 Adorno (1970), S. 521 f.

47 Siehe Adorno (1960), S. 193-195 sowie Adorno (1969).

48 Adorno (1970), S. 533.

Identifikation sich verschiebender Normen und des Ausmaßes ihrer Negation. Wie Adorno schreibt: »Ästhetik wird normativ, indem sie solche Kritik artikuliert.«[49]

In der *Ästhetischen Theorie* heißt es: »Kunstwerke stammen aus der Dingwelt durch ihr präformiertes Material wie durch ihre Verfahrungsweisen; nichts in ihnen, was ihr nicht auch angehörte, und nichts, was nicht um den Preis seines Todes der Dingwelt entrissen würde.«[50] In der Tat ist es dieser Übergang des Materials von der äußeren Welt der Dinge in die innere Welt des hermetisch versiegelten Werks, eine Bewegung von der Heteronomie zur Autonomie, der die Vermittlung konstituiert und, in gewissem Sinne, auch seinen Tod – es gibt einen Aspekt des Vermittlungsbegriffs, den Adorno aus Freuds Rede von der Sublimierung gewonnen hat. Die Transformation erzeugt einen vollständigen Zustandswechsel von einer Sphäre zur anderen, in der alles verschieden ist, in die monadische, hermetisch verschlossene innere Welt des Kunstwerks, in der doch Reste des Äußeren bleiben – als das, was Adorno »sedimentierte Geschichte und Gesellschaft« nennt. Allerdings gibt es keine Eins-zueins-Entsprechung zwischen diesen beiden Sphären, und die dünnen Fäden, die das Äußere mit dem Inneren verbinden und die es den Begriffen erlauben, zwischen beiden in der Dialektik der Interpretation hin- und herzupendeln, geraten leicht aus dem Blick. Dann wird das Werk zum Labyrinth, in dem wir jene Fäden verlieren, die es uns erlauben, uns zwischen den Welten vor- und zurückzubewegen. Anders gesagt, alle Spuren der Vermittlung werden im Prozeß der Vermittlung ausgelöscht, und das Werk steht vor uns mit dem Anschein der Unmittelbarkeit. Es resultiert ein vollständiger Riß zwischen dem Kunstwerk und der Welt, der es erlaubt, das Werk (und besonders das musikalische Werk) als eine abstrakte, für sich stehende Einheit »an und für sich« zu behandeln. Dies hat seine Vorteile – das Werk kann so nämlich als technische Struktur aufgefaßt werden, als Menge von internen Beziehungen und Fakten, ohne von der Außenwelt abgelenkt zu werden. Das Problem der musikalischen Analyse, wie Adorno es sieht, besteht jedoch wesentlich darin, wie man über die unmittelbare Faktizität des individuellen Werks durch Kritik und Interpretation hinausgelangen und dabei in beständigem

49 Adorno (1970), S. 533.
50 Adorno (1970), S. 201 f.

Kontakt mit ihm als empirischer Struktur bleiben kann; letztlich, wie man die Unmittelbarkeit des Werks durchdringen und die Spuren seiner Vermitteltheit aufsuchen kann. Die Grenzen der Analyse liegen nicht in dem, was der Analyse gut gelingt – in ihren technischen Leistungen, in ihrem detaillierten Erfassen des Werks als Struktur und in ihrer Identifikation der Übereinstimmung zwischen Form und Inhalt –, sondern in der fragwürdigen Überzeugung, daß dies alles ist, was es gibt, und in der Unfähigkeit, die Grenzen eines solchen Konzepts der Stimmigkeit zu erkennen und zu deuten.[51]

5. Authentizität, Autonomie und Stimmigkeit

Wie wir gesehen haben, identifiziert Adorno Authentizität mit dem Begriff der Stimmigkeit, und zwar in Verbindung damit, wie ein Kunstwerk strukturiert ist. Ein Werk ist in struktureller Hinsicht stimmig oder konsistent, wenn seine Struktur die volle Realisierung seiner dominierenden »Idee« ist (in dem Sinne, in dem Schönberg von »Gedanken« spricht). So schreibt Adorno: »Je authentischer die Werke desto mehr folgen sie einem objektiv Geforderten, der Stimmigkeit der Sache, und sie ist stets allgemein.«[52] Die »Wahrheit« eines Werks in diesem Sinne entspricht der philosophischen Konzeption der Wahrheit, die Adorno in der *Negativen Dialektik* als »Identitätstheorie« diskutiert: Demnach ist die Idee des Werks mit seiner Struktur identisch, genauso wie die Form untrennbar vom Inhalt ist. Letztlich gehört der Begriff der Stimmigkeit auf der einen Ebene zu jener Kategorie von Wahrheitstheorien, die durch die Kohärenz eines in sich stimmigen Systems charakterisiert sind und nicht durch die Korrespondenz zu etwas außerhalb seiner. Wie wir sehen werden, zerreißt Adorno jedoch diese selbstgenügsame Vorstellung von Authentizität als Stimmigkeit, um eine Kombination von Kohärenz und Korrespondenz einzubeziehen.[53] All dies ist zu sehen im Kontext der Vorstellung eines vollständig autonomen Werks in der

51 Siehe dazu Paddison (2002).

52 Adorno (1970), S. 300.

53 Mattias Martinson hat diese Theorien folgendermaßen beschrieben: »Das Spektrum der Wahrheitstheorien kann man so charakterisieren, daß es ein Extrem im Begriff der Korrespondenz und ein anderes Extrem in dem der Kohärenz hat. Wahrheit wird

westlichen Kunstmusik, der Idee einer absoluten Musik, die im Laufe der Geschichte von ihren funktionalen Ursprüngen befreit wurde. Das Werk ist »wahr« in dem Maße, in dem es seiner strukturierenden Idee treu* – und mithin stimmig – ist, und in dem Maße, in dem es auf die Anforderungen des geschichtlich tradierten musikalischen Materials antwortet. So konstituiert sich die Authentizität des Werks *auf dieser Ebene* – seine Treue sich und dem Material gegenüber, gegeben diesen Bezugsrahmen.

Natürlich handelt es sich dabei um Begriffe von Authentizität und Wahrheit, die sehr verschieden von denen sind, mit denen sich analytische Philosophen in der angelsächsischen Tradition beschäftigen. Dort liegt die hauptsächliche Aufmerksamkeit auf der Authentizität und Aufführungspraxis, den Intentionen und dem Ausdruck des Komponisten, der Unterscheidung, die man zwischen Ehrlichkeit und Authentizität machen kann, und den Problemen von Original, Fälschung und Kopie. Der Begriff der Stimmigkeit wird kaum beachtet. Für Adorno ist es dagegen der offensichtliche Ausgangspunkt für einen Begriff der Wahrheit, der wiederum die Grundlage jeder Konzeption von Authentizität bildet. Meines Erachtens ist sein Begriff der Stimmigkeit aus Hegels System der Logik abgeleitet, wie es sowohl in der *Wissenschaft der Logik* (1812) als auch im ersten Teil der *Enzyklopädie* (1830) dargelegt ist. Hegel schreibt: »Die Betrachtung der Wahrheit in dem hier erläuterten Sinn, der Übereinstimmung mit sich selbst [d. h. die Übereinstimmung eines Gegenstands mit unserer Vorstellung von ihm], macht das eigentliche Interesse des Logischen aus.«[54] Es ist ein trügerisch kleiner Schritt für Adorno, dies in musikalischen Begriffen aufzufassen, gegeben die durch das gesamte 19. Jahrhundert hindurch sich in der deutschen Ästhetik und dem deutschen Musikschriftum – von Wackenroder und den Schlegels bis zu Hanslick und Nietzsche – beständig haltende Überzeugung, daß Musik selbst eine Form der Erkenntnis, eine Form des nicht-begrifflichen Wissens ist. Allerdings bestehen zugleich einige

dann zu einer Funktion von (1) der Korrespondenz des Gedankens zum Objekt, (2) der Kohärenz eines Systems von Gedanken und (3) Kombinationen dieser beiden Optionen.« (Martinson (2000), S. 65)

* Im Englischen liegt hier ein Wortspiel vor, das in der Übersetzung nicht reproduziert werden kann: »The work is ›true‹ to the extent that it is true to its structuring idea.« (A. d. Ü.)

54 Hegel (1830), S. 86 (§ 24, Zusatz 2).

offensichtliche Probleme, wenn man einen Begriff wie den der Stimmigkeit, der in philosophischer Hinsicht von begrifflichem Erfassen abhängig ist, benutzt, um eine nicht-begriffliche Weise der Erfahrung zu beschreiben, wie sie die autonome Instrumentalmusik bereithält. Was wäre »Wahrheit« in solcher Musik, und wie könnten wir das »authentische« Werk erkennen, das diese Wahrheit in sich enthält? Hegels Konzeption der »Wahrheit« in der *Wissenschaft der Logik* macht die Sache hinreichend klar in bezug auf begriffliches Denken, indem er die Untrennbarkeit des Denkakts von der Wahrheit betont: »Wahrheit ist die Übereinstimmung des Denkens mit dem Gegenstande, und es soll, um diese Übereinstimmung hervorzubringen – denn sie ist nicht an und für sich vorhanden –, das Denken nach dem Gegenstande sich fügen und bequemen.«[55] Wie kann Musik dies erreichen? Hegel selbst hatte sowenig wie Kant Zweifel, daß sie es nicht kann, und war der Ansicht, daß die »selbständige« Musik ohne einen Text Gefahr läuft, aufgrund ihrer Identität von Form und Inhalt leer und bedeutungslos zu werden. In seinen *Vorlesungen über die Ästhetik* schreibt er:

> Der Komponist seinerseits kann nun zwar selber in sein Werk eine bestimmte Bedeutung, einen Inhalt von Vorstellungen und Empfindungen und deren gegliederten geschlossenen Verlauf hineinlegen, umgekehrt aber kann es ihm auch, unbekümmert um solchen Gehalt, auf die rein musikalische Struktur seiner Arbeit und auf das Geistreiche solcher Architektonik ankommen. Nach dieser Seite hin kann dann aber die musikalische Produktion leicht etwas sehr Gedanken- und Empfindungsloses werden, das keines auch sonst schon tiefen Bewußtseins der Bildung und des Gemütes bedarf.[56]

Wie Kant verstand auch Hegel wenig von autonomer Musik – er gestand sogar frei seine Grenzen auf diesem Gebiet ein – und erwähnte nirgends in seinen Schriften das offensichtliche Paradigma solcher Musik: das Werk seines Zeitgenossen Beethoven. Gleichzeitig dienten Hegel und Kant durch ihren immensen gemeinsamen Einfluß auf das Denken des 19. Jahrhunderts als Katalysator – man könnte auch sagen: als Provokation – für die Entwicklung einer autonomen Musik, die sich selbst als eine Form der Erkenntnis auf gleicher Höhe mit der philosophischen Spekulation betrachtete. Ein

55 Hegel (1812), Bd. 5, S. 37 (Einleitung: Allgemeiner Begriff der Logik).
56 Hegel (1835), S. 217.

kurzer Exkurs zur Musikästhetik des 19. Jahrhunderts mag helfen, die wesentliche historische Dimension dieses Punkts zu verdeutlichen. Zu fragen ist: Wie geriet eine Kunstform wie die westliche Kunstmusik, aufgefaßt als eine Form der begriffslosen Erkenntnis und gekennzeichnet durch Bedingungen maximaler Autonomie, in den Mittelpunkt einer Diskussion darüber, wie man eine authentische (d. h. wahre) Beziehung zur Welt herstellen kann?

Exkurs 1:
Kunstmusik, Stimmigkeit und die Autonomieästhetik

Ich schlage vor, sich in der Beantwortung dieser Frage auf zwei Aspekte zu konzentrieren, die sich sinnvollerweise anbieten, wenn man die Musik der zweiten Hälfte des 19. Jahrhunderts in Verbindung mit einigen Ideen von Hanslick und Nietzsche betrachtet. Einerseits versuchte Hanslick in seiner sorgfältig argumentierenden Schrift *Vom Musikalisch-Schönen* die vorherrschende Ausdrucksästhetik zurückzuweisen und eine eigenständige musikalische Logik als bedeutungsvoll und in sich stimmig zu rechtfertigen, ohne sich auf irgend etwas außerhalb ihrer zu beziehen und ohne auf metaphysische Erklärungen zurückzugreifen. Hanslicks Argumentation hatte enormen Einfluß, nicht zuletzt auf Adorno. Seine Position verdankt, genauso wie diejenige Adornos, vieles Hegels Logik, aber nur wenig den Überlegungen zur Musik, die in den *Vorlesungen über die Ästhetik* enthalten sind. Er stellt dies klar im dritten Kapitel von *Vom Musikalisch-Schönen* fest:

> Der Begriff der »Form« findet in der Musik eine ganz eigenthümliche Verwirklichung. Die Formen, welche sich aus *Tönen* bilden, sind nicht leere, sondern erfüllte, nicht bloße Linienbegrenzung eines Vakuums, sondern sich von innen heraus gestaltender Geist. [...] In der Musik ist Sinn und Folge, aber musikalische: sie ist eine Sprache, die wir sprechen und verstehen, jedoch zu übersetzen nicht imstande sind. Es liegt eine tiefsinnige Erkenntnis darin, daß man auch in Tonwerken von »Gedanken« spricht, und wie in der Rede unterscheidet das geübte Urtheil leicht echte Gedanken von bloßen Redensarten. Ebenso erkennen wir das vernünftig Abgeschlossene einer Tongruppe, indem wir sie einen »Satz« nennen. Fühlen wir doch so genau, wie bei jeder logischen Periode, wo ihr Sinn zu Ende ist, obgleich die Wahrheit beider ganz inkommensurabel ist.[57]

57 Hanslick (1854), S. 34 f.

Hanslicks Position bietet die Möglichkeit, den Begriff der Stimmigkeit in Beziehung auf die Musik zu verstehen, indem man die Form als Formierung des musikalischen Materials durch den Geist begreift. Betont wird dabei die »rationale Kohärenz« eines Werks und die Idee einer rein immanenten musikalischen Logik; all dies paßt sehr gut zur Musiktheorie und -pädagogik des mittleren und späteren 19. Jahrhunderts.[58]

Andererseits bleibt das Problem der musikalischen Bedeutung oder Referentialität ein Thema für den Formalismus, das sich nicht befriedigend abhandeln läßt, indem behauptet wird, daß musikalische Werke in der Einheit von Form und Inhalt nur auf sich selbst referieren und daß sie bedeutungsvoll sind, weil sie Produkte eines Geistes sind, der musikalisches Material formt. Man kann auch behaupten, daß Spuren der vorautonomen Referentialität der Musik bestehen bleiben und dank ihrer außermusikalischen Ursprünge demjenigen Gestalt und Form verliehen haben, was dann Hanslick und seine Nachfolger für rein musikalische Figuren und Gesten hielten. So benutzte Wagner wohlüberlegt eine ausgeklügelte Verbindung von musikalischem Motiv und außermusikalischer Geste, um das zentrale strukturelle Element seiner Musik zu entwickeln, nämlich die Theorie und Praxis des Leitmotivs. Hierin hat fraglos auch die Position ihren Ursprung, die Nietzsche in *Menschliches, Allzumenschliches* vorträgt. In den Aphorismen 215 und 216 plädiert er dafür, den Prozeß anzuerkennen, durch den musikalische Figuren, Konventionen und Gesten ihre scheinbar immanenten musikalischen Bedeutungen erwerben – nämlich vor allem durch frühere, nun aber naturalisierte Assoziationen mit dem Drama, der Dichtung, dem Tanz und der physischen Geste:

> Die »absolute Musik« ist entweder Form an sich, im rohen Zustand der Musik, wo das Erklingen in Zeitmaß und verschiedener Stärke überhaupt Freude macht, oder die ohne Poesie schon zum Verständnis redende Symbolik der Formen, nachdem in langer Entwicklung beide Künste verbunden waren und endlich die musikalische Form ganz mit Begriffs- und Gefühlsfäden durchsponnen ist.[59]

Adorno – der erheblich von Nietzsche beeinflußt war (er zitiert den gesamten Aphorismus 215 in einer langen Fußnote zur *Philosophie*

58 Siehe dazu z. B. Marx (1856).

59 Nietzsche (1878), Bd. 1, S. 573.

der neuen Musik[60]) – akzeptierte diese Tendenz als einen Aspekt des Sprachcharakters der Musik. Für ihn schloß sie auch die vorausliegende soziale Funktion der Musik ein, die nun im autonomen Werk sublimiert ist und sich nur in residualen Gesten manifestiert. So schreibt er im *Versuch über Wagner* über die gestische Dimension absoluter Musik:

> Gewiß weist alle Musik auf dies Gestische zurück und bewahrt es in sich. Im Abendland jedoch hat sie es zum Ausdruck vergeistigt und verinnerlicht, während zugleich der musikalische Totalverlauf der logischen Synthesis durch Konstruktion unterliegt; um den Ausgleich beider Elemente bemühte sich die große Musik.[61]

Während diese unterdrückte Heteronomie nicht die Fähigkeit des Werks beeinträchtigt, formale Stimmigkeit zu erlangen, handelt es sich doch um einen Faktor, der beständig die in sich geschlossene Autonomie der absoluten Musik bedroht und sie der Gefahr aussetzt, sich in heterogene Elemente zu desintegrieren. Adorno denkt an Wagner, wenn er meint, daß die gleiche Strategie, die darauf zielte, den Musikdramen ihre großformatige Einheit, Kohärenz und Stimmigkeit zu geben – also die Leitmotivtechnik –, auch die Quelle möglicher Desintegration ist, da sie zu großes Gewicht auf die gleichbleibende Identität der Leitmotive trotz ihrer beständigen Transformation legt.

Die Stimmigkeit wird also erlangt durch die Beherrschung eines Materials, das selbst die Neigung hat, zu seinen heteronomen Ursprüngen zurückzukehren. Diese Negation der Ursprünge ist ein Aspekt des ideologischen Charakters der technischen Stimmigkeit des Werks und eine Manifestation seines Scheincharakters. Wie wir gesehen haben, bezieht sich Adorno ebenso wie Hegel auf Leibniz' Theorie der Monade, indem er das Werk als in sich geschlossen, ohne Bewußtsein seiner Ursprünge außerhalb seiner abgeschlossenen Sphäre und blind für den vermittelten Charakter seines Materials auffaßt. Der andere Aspekt liegt darin, daß die Musik sich von der äußeren Welt in ihre eigene geschlossene Welt zurückzog, als sie ihre historische Autonomie durch die stets wachsende Rationalisierung ihres Materials und ihrer Verfahrensweisen in Richtung auf

60 Adorno (1949), S. 129 f.
61 Adorno (1952), S. 32.

totale Stimmigkeit erreichte – eine Manifestation der unhaltbaren philosophischen Position des Solipsismus. In konzentrierter Form fand Adorno diesen Prozeß in Brahms' Musik vor.[62]

6. Authentizität, Nicht-Authentizität und Ideologie

In der *Philosophie der neuen Musik* äußert sich Adorno über die äußerste Stimmigkeit von Brahms' Musik – ihr ökonomisches Prinzip, eine Vielzahl von Ideen aus einem Minimum an zugrundeliegendem motivischem Material abzuleiten – und über das Vermächtnis, das diese Prozesse für Schönberg und die Zweite Wiener Schule darstellten: »Es gibt nichts Unthematisches mehr, nichts, was nicht als Ableitung eines Identischen, wie sehr auch immer Latenten, zu verstehen wäre.«[63] Die immanente Vermittlung des Werks in sich, als Vermittlung von Teil und Ganzem, des kleinsten motivischen Bruchstücks durch die Totalität der in sich geschlossenen Struktur des Werks, konstituiert seine Stimmigkeit. In der *Einleitung in die Musiksoziologie* liefert Adorno jedoch eine Ideologiekritik genau dieser Merkmale:

> Unbestreitbar bis zur Platitude, daß Brahms, wie die Entwicklung seit Schumann und schon Schubert vor ihm, die Signatur der individualistischen Phase der bürgerlichen Gesellschaft trägt. Die Kategorie der Totalität, die bei Beethoven noch das Bild einer richtigen Gesellschaft festhält, verblaßt bei Brahms zunehmend zum selbstgenügsam ästhetischen Organisationsprinzip privaten Gefühls: das ist das Akademische an ihm. Insofern das Individuum, auf das seine Musik trauernd sich zurücknimmt, gegenüber der Gesellschaft falsch sich verabsolutiert, gehört sein Werk sicherlich auch einem falschen Bewußtsein an – einem wohl, aus dem keine neuere Kunst auszubrechen vermag, ohne sich selbst aufzuopfern.[64]

Adornos Konzeption der Authentizität erlaubt es also, eine weitere Stufe einzubeziehen, nämlich die Kritik in sich geschlossener Stimmigkeit und Autonomie; diese Kritik öffnet es für dasjenige, was jenseits seiner autonomen Sphäre liegt. So schreibt Adorno: »Die Stimmigkeit, durch welche die Kunstwerke an Wahrheit partizipie-

62 Siehe Paddison (2004a).

63 Adorno (1949), S. 59.

64 Adorno (1962), S. 245 f.

ren, involviert auch ihr Unwahres [. . .].«[65] Authentizität als Stimmigkeit zu fassen ist auch inadäquat – tatsächlich ist es ideologisch. Wie gesehen, ist der Ausdruck »Ideologie« hier sowohl im Hegelschen Sinne als Illusion oder Schein und im Marxschen Sinne als falsches Bewußtsein aufzufassen als auch im Sinne kultureller Formen, welche die materiellen Verhältnisse der Gesellschaft in einer Weise ausdrücken, welche die Interessen der herrschenden Klasse zugleich verkörpert und verbirgt. Auf dieser Ebene sind die Stimmigkeit des Werks und seine integrale Totalität, seine Wahrheit und Authentizität, die zunächst als universelle Prinzipien postuliert wurden, als falsch anzusehen, als illusionär, als *unauthentisch*. Wenn man es in einer bestimmten Weise auffaßt, kann jedoch auch das ideologische Moment aller Kunst als »authentisch« betrachtet werden, da es als kritischer Kommentar zu den tatsächlichen materiellen Verhältnissen der Gesellschaft fungiert, ob es möchte oder nicht. Adorno drückt dies in der *Ästhetischen Theorie* folgendermaßen aus: »Der kritische Begriff von Gesellschaft, der den authentischen Kunstwerken ohne ihr Zutun inhäriert, ist unvereinbar mit dem, was die Gesellschaft sich selbst dünken muß, um so fortzufahren, wie sie ist [. . .].«[66] Denn Adorno zufolge enthält die Musik gesellschaftliche Verhältnisse in ihrem Material und ihrer Struktur, wenn auch sozusagen unbewußt, während sie im gleichen Moment eine ideale Menge von Beziehungen postuliert, vor allem eine utopische Beziehung der Teile zum Ganzen, und so als Kritik der ausgeschlossenen realen Welt agiert. Man kann darin m. E. eher eine Nebeneinanderstellung als eine Verbindung der Kohärenz- und Korrespondenztheorien der Wahrheit sehen. Darüber hinaus ist das autonome Werk noch in einem anderen Sinne ideologisch: Seine Autonomie ist eine Illusion angesichts des Warencharakters jedweder Kunst, der aus den Wirkungen der Kulturindustrie resultiert. Wagner ist hier ein gutes Beispiel, und Adorno versucht in seiner Kritik an Wagners Musik, den Komponisten auch in seiner Beziehung zum Warenfetischismus und dem Hollywood-Kino zu erörtern. Ein ähnliches Beispiel liefert seine oft beschimpfte und mißverstandene Kritik an der populären Musik und Massenkultur. Ein zweiter kurzer Exkurs ist an dieser Stelle angebracht, um das Auftauchen der Begriffe von Authentizität,

65 Adorno (1970), S. 252.
66 Adorno (1970), S. 350.

Autonomie und Stimmigkeit in der Rockmusik und den Diskursen um sie herum zu erörtern und um diese in den Kontext der Ideologiekritik zu stellen.

Exkurs 2: Rockmusik und die Entstehung der Ideologien von Authentizität und Stimmigkeit

Entgegen dem Anschein gibt es bei Adorno Stellen, an denen er der populären Musik zugesteht, ein utopisches »Versprechen des Glücks« (*promesse de bonheur*) zu enthalten, wie auch immer sie Produkt der Kulturindustrie sein mag. Selbstverständlich liegt eine Vorstellung von Authentizität allen Werturteilen zugrunde, auch wenn die gegenwärtige Kulturtheorie behauptet, ohne sie auszukommen, indem sie sie als Teil jener Mythologie rund um den Rock-*auteur* verwirft, welche die Musikkritik des Rock erzeugt hat. Dies macht sich besonders in Diskussionen bemerkbar, in denen die Rockmusik der Popmusik gegenübergestellt wird, gleich ob sie im akademischen Bereich, von Rockjournalisten oder Rockfans geführt werden. Wenig überraschend spielt Adornos Behauptung, daß authentische Musik ihrer Kommodifizierung, ihrem Zur-Ware-Werden widersteht, während unauthentische Musik sie willkommen heißt, auch hier eine Rolle; sie wurde von der Rockkultur seit den sechziger Jahren assimiliert und internalisiert (in den fünfziger Jahren zeigte der Rock 'n' Roll kein Interesse an Fragen der Authentizität – Stars, Fans und die Musikpresse waren gleichermaßen zufrieden, die Musik als Unterhaltung zu betrachten). Wie Michael Coyle und Jon Dolan festgestellt haben:

> Das Interesse, authentischen Rock von industriell gefertigter Kost zu unterscheiden, entwickelte sich aus Ursprüngen, die antithetisch zu allem standen, was Rock 'n' Roll für seine frühe Hörerschaft darstellte. Auf der einen Seite entstammte die Vorstellung von Authentizität strikten intellektuellen Einwänden gegen die Natur der Warenkultur. Vor allem die Angriffe der deutschen kritischen Theoretiker Theodor Adorno und Walter Benjamin lieferten eine Rhetorik, mit deren Hilfe man eine prä-industrielle, prä-kommerzielle Idylle imaginieren konnte: indem man sich Formen künstlerischen Ausdrucks ausmalte, die echter Ausdruck vollständiger Lebensformen waren. Diese Rhetorik war und ist immer noch weithin überzeugend.[67]

67 Coyle/Dolan (1999), S. 26.

In einer wichtigen Hinsicht mißverstehen Coyle und Dolan Adorno allerdings gänzlich, wenn sie nämlich behaupten, seine Vorstellung von Authentizität hänge vom Bild einer »präindustriellen, präkommerziellen Idylle« ab. Tatsächlich siedelt Adorno die Authentizität in der unerschütterlichen Konfrontation mit der Fragmentierung und den Widersprüchen der Moderne an – also mit der industrialisierten und rationalisierten Welt der Städte. Authentizität in der Rockmusik hat sich sicherlich mit der Idee von »Wurzeln« und insbesondere des »folk« verbunden, vor allem – wie Coyle und Dolan gezeigt haben – durch die Zwischeninstanz der College-Szene der späten fünfziger und frühen sechziger Jahre. In dieser Hinsicht teilen die sogenannte »folk«-Bewegung und das Vermächtnis, das sie der Rockmusik hinterlassen hat, einiges mit der Suche nach »Verwurzelung« in Tradition, Volk und Gemeinschaft, die manche Richtungen der Kunstmusik des frühen 20. Jahrhunderts kennzeichnete, sowie mit den Versionen von Kontinuität und auferlegter Stimmigkeit, die mit diesen einhergingen. Meiner Meinung nach gilt Adornos Ideologiekritik an dieser Version von Authentizität ebenso für die populäre Musik wie für die »Alte Musik«-Bewegung, den Neoklassizismus und die Folklore-Bewegung. Zudem hat die Rockmusik im Lichte der Vorstellungen von Authentizität, die in den sechziger Jahren auftauchten, ihr eigenes Verständnis von Fortschritt und Reaktion entwickelt, von Moderne und Neoklassizismus, von Avantgarde (Dadaismus, Surrealismus) und Anti-Waren-Ästhetik, schließlich von einer Beziehung zur Tradition und allgemeinen Normen, die zu unterminieren waren. Man übertreibt nicht, wenn man behauptet, daß die Rockmusik in diesem Sinne Gefahr lief, sich auf ihre eigene Form von Autonomie zurückzuziehen, eine Konsequenz dessen, daß sie älter und mündig wurde, daß sie kein ausschließlich jugendliches Publikum mehr hatte und nur mehr eines unter mehreren miteinander konkurrierenden Stilsystemen war. In diesem Zusammenhang kann man es wagen, von Stimmigkeit und Authentizität der Rockmusik zu sprechen.

Zur Untermauerung dieser Thesen möchte ich auf das zentrale Argument in Allan Moores Buch *Rock: The Primary Text* verweisen: »Was dazu diente, Rockmusik von anderen Musikarten zu unterscheiden, war ein Maß von Stimmigkeit, das in ihren musikalischen Regeln und Praktiken angetroffen werden konnte. Diese Stimmigkeit kann man am deutlichsten erfassen, wenn man den Begriff des

›Stils‹ heranzieht.«[68] Simon Frith versucht in seiner Erörterung des Wertproblems in der Rockmusik das Thema der Authentizität zu umgehen und zollt dabei doch Adorno Respekt:

> Rockmusik hängt von Mythen ab – dem Mythos der Gemeinschaft der Jugend, dem Mythos des kreativen Künstlers. In Wirklichkeit ist Rockmusik, wie die gesamte populäre Musik des 20. Jahrhunderts, eine kommerzielle Form, Musik, die als Ware produziert wird, um Gewinn zu machen, und die durch die Massenmedien und die Massenkultur verbreitet wird. Praktisch ist es sehr schwer zu sagen, wen oder was Rock ausdrückt, oder wer, vom Standpunkt des Hörers aus, die in authentischer Weise kreativen Künstler sind. Der Mythos der Authentizität ist tatsächlich eine der ideologischen Wirkungen der Rockmusik, ein Aspekt des Verkaufsprozesses: Rockstars können als Künstler vermarktet werden und ihre jeweiligen *sounds* als Mittel der Authentizität. Die Musikkritik des Rock ist ein Mittel, um Geschmacksrichtungen zu legitimieren und Werturteile zu rechtfertigen, aber sie erklärt nicht, wie diese Werturteile überhaupt zustande kamen. Wenn die Musik faktisch nicht gemacht wurde, wie es die »authentische« Geschichte will, dann bleibt zu fragen, wie wir manche *sounds* als authentischer beurteilen als andere, worauf wir wirklich achten, wenn wir unsere Urteile fällen. [...] Die Frage nach dem Wert in der populären Musik ist noch unbeantwortet.[69]

Frith versucht, diese Frage zu beantworten, indem er annimmt, daß die Vorstellung von Authentizität in populärer Musik auf dem Mythos des Ausdrucks gründet, als Ausdruck des »›wirklichen‹ Künstlers, der ›wirklichen‹ Emotion oder der ›wirklichen‹ Überzeugung, die im Hintergrund steht«.[70] Er meint, daß »wir nicht fragen sollten, was populäre Musik über ›die Leute‹ *enthüllt*, sondern wie sie sie *konstruiert*«.[71] Dies ist jedoch nur die Hälfte der Antwort, denn es beruht auf einem sehr eingeschränkten Begriff von Authentizität, der nicht das Ausmaß erkennt, in dem die Idee, in der Musik gehe es ausschließlich um den »Ausdruck«, seit den 1850er Jahren in Frage gestellt wurde.[72] Außerdem betrachtet Frith, wie die meisten Soziologen, Musik stets in sehr allgemeiner Weise und fragt niemals in detaillierterer Weise, wie Musik selbst *konstruiert* ist. Diese Abneigung oder vielleicht Unfähigkeit, eine durchgehende Verbindung

68 Moore (1993), S. 1.
69 Frith (1987), S. 136 f.
70 Frith (1987), S. 137.
71 Frith (1987), S. 137.
72 Ich denke insbesondere an Hanslicks Kritik an dieser Idee in Hanslick (1854).

zwischen der Konstruiertheit der Menschen und der Konstruiertheit der Musik herzustellen, ist eine Schwäche seiner Position, die auch andere soziologische Ansätze betrifft, die ignorieren, daß ein Rocksong auch eine musikalische Struktur ist. Die Beziehung zur Kommodifizierung ist selbst eine materiale, der Struktur der Musik inhärent, und nicht nur eine Sache der Songtexte oder der Funktion als sozialer Zement.

Akademische Auseinandersetzungen mit der Rockmusik, diejenige von Frith eingeschlossen, die eine ausschließlich soziologische Perspektive auf die populäre Musik einnehmen, kritisieren zu Recht die Neigung von Musikwissenschaftlern, besonders von solchen, die sich auf die Analyse konzentrieren, das musikalische Objekt auf Kosten seiner Rolle als Bestandteil von Kontexten der Identitätskonstruktion zu fetischisieren. Als Mittelpunkt der technischen Analyse *ist* die Stimmigkeit ideologisch, da sie von einer fragwürdigen ästhetischen Autonomie abhängt. Aber sie ist eben zur gleichen Zeit signifikant: Die technische Beschaffenheit des musikalischen Objekts und seine Beziehungen zu anderen musikalischen Objekten und zum jeweils verfügbaren Material und den jeweils verfügbaren technischen Mitteln ist auch ein Indikator gesellschaftlicher Verhältnisse, vermittelt in Gestalt musikalisch-technischer Verhältnisse. Wenn man dies ignoriert, plaziert man die Musik selbst in der Peripherie als bloße Gelegenheit für die Konstruktion von Identitäten, anstatt sie mitten in das Geflecht sozialer Beziehungen zu stellen. Die Aufmerksamkeit der Musiksoziologie liegt überwiegend bei der »Musik in der Gesellschaft«, dabei, wie gesellschaftliche Verhältnisse durch die Musik vermittelt ist, und nicht bei der Umkehrung dieser Relation, bei der »Gesellschaft in der Musik«, also dabei, wie Musik durch gesellschaftliche Verhältnisse vermittelt ist, um Adorno nochmals zu paraphrasieren. Daß Adorno die zweite Richtung bevorzugt hat, sollte nicht von einer noch wichtigeren und grundlegenden Dimension seiner ästhetischen Theorie ablenken: von der Einsicht, daß Vermittlung immer *Vermittlung durch die Extreme* heißt, oder, anders gesagt, *Vermittlung der Gegensätze in sich*,[73] und daß gerade das daraus

73 Vgl. Ritsert (1987). Jürgen Ritsert bietet hier die umfassendste und am besten ausgearbeitete Darstellung von Adornos Vermittlungsbegriff aus einer soziologischen Perspektive. Ich bin ihm und Vera Lentz immer noch dankbar für ihre erhellenden Seminare zu Adornos Musiksoziologie an der Frankfurter Universität, an denen ich 1981 teilnehmen konnte.

resultierende Spannungsfeld nach einer philosophischen Interpretation verlangt.

Meines Erachtens zielt Adornos Gebrauch des Ausdrucks »Authentizität« auf die Spannung zwischen der *Stimmigkeit als Wahrheit* und der *Stimmigkeit als Ideologie*, eine antagonistische Beziehung zwischen Gegensätzen, die durch die Vermittlung durch die Extreme hindurch gekennzeichnet ist und die auf der Ebene des musikalischen Objekts nicht aufgelöst werden kann, sondern ihre Spuren als Brüche in der Struktur des Werks hinterläßt. Das authentische Werk manifestiert seinen Wahrheitsgehalt (um Adornos befrachteten Ausdruck zu verwenden) auf dieser Ebene in Gestalt seiner objektiven Formprobleme:

> Die immanente Stimmigkeit der Kunstwerke und ihre meta-ästhetische Wahrheit konvergieren in ihrem Wahrheitsgehalt. [...] Ihre Frage ist, wie die Wahrheit des Wirklichen zu ihrer eigenen werde. Kanon dessen ist die Unwahrheit. [...] Was gesellschaftlich unwahr, brüchig, ideologisch ist, teilt sich dem Bau der Kunstwerke als Brüchiges, Unbestimmtes, Insuffizientes mit. Denn die Reaktionsweise der Kunstwerke selbst, ihre objektive ›Stellung zur Objektivität‹, bleibt eine zur Wirklichkeit.[74]

Auf dieser Ebene der Authentizität des Werks als Aufhebung seiner immanenten strukturellen Stimmigkeit und ihres ideologischen Moments als des ausgeschlossenen und unterdrückten gesellschaftlichen Anderen gibt es einen weiteren wichtigen Aspekt, den ich bereits erwähnt habe: Das Werk fungiert auch als eine Art von Kritik, als kritische Reflexion; auch dies ist ein Moment seiner Vermittlung. Zu fragen ist: Auf was genau richtet sich diese Kritik der Kunst? Auf die Gesellschaft oder ihr Material? Die Antwort, vom Standpunkt der Vermittlung aus, lautet: auf *beides*. Einerseits kritisieren laut Adorno authentische moderne Werke solche der Vergangenheit, und er schreibt, »Ästhetik [werde] normativ, indem sie solche Kritik artikuliert«.[75] Damit wir dies jedoch nicht als Argument für einen reinen und einfachen Formalismus mißverstehen, betont Adorno auch, daß die Gesellschaft dem musikalischen Material immanent ist. So heißt es in der *Ästhetischen Theorie*:

74 Adorno (1970), S. 420.
75 Adorno (1970), S. 533.

Die ungelösten Antagonismen der Realität kehren wieder in den Kunstwerken als die immanenten Probleme ihrer Form. Das, nicht der Einschuß gegenständlicher Momente, definiert das Verhältnis der Kunst zur Gesellschaft.[76]

Ein solcher Blick auf Adorno zielt darauf, ein komplexes Problem seiner Ästhetik zu klären: Daß das autonome, individuelle Werk zugleich ideologisch (also eine Manifestation von falschem Bewußtsein, Illusion und Selbsttäuschung) als auch authentisch (also eine Form kritischen Erkennens und kritischer Reflexion) sein kann. Adorno selbst formuliert das Problem folgendermaßen:

Daß Gesellschaft in den Kunstwerken, mit polemischer Wahrheit sowohl wie ideologisch, ›erscheint‹, verleitet zur geschichtsphilosophischen Mystifizierung. Allzu leicht könnte Spekulation auf eine vom Weltgeist veranstaltete prästabilierte Harmonie zwischen der Gesellschaft und den Kunstwerken verfallen. Aber Theorie muß vor ihrem Verhältnis nicht kapitulieren.[77]

Ihre wahre Beziehung ist somit antagonistisch, fragmentiert und kritisch; darum muß sich Ästhetik kümmern. Letztlich ist für Adorno die Subjekt-Objekt-Beziehung im Werk signifikant. Natürlich handelt es sich dabei um ein dominierendes Thema, das die gesamte *Philosophie der neuen Musik* durchzieht, und es ist entscheidend für Adornos dortige Einschätzung von Schönberg im Verhältnis zu Strawinsky. Als eine besondere Form der Entäußerung und Objektivierung der Subjektivität wird Musik dort in ihrer Interaktion mit dem Material als sublimierte, oder unterdrückte, Beziehung zur Gesellschaft aufgefaßt. Die historischen Grundlagen einer solchen entfremdeten Beziehung – in der Kunst zu einer unbewußten Geschichtsschreibung und zum Versuch, ihr durch die Postulierung einer utopischen Alternative zu entkommen – stellen die Pole für Adornos Untersuchungsfeld bereit. Im fragmentierten Werk, dessen Selbstreflexivität Resultat seiner Mündigkeit ist, sieht Adorno Authentizität als den gescheiterten Versuch an, Kohärenz, Integration und Stimmigkeit in einer fragmentierten Welt zu erlangen.[78]

76 Adorno (1970), S. 16.
77 Adorno (1970), S. 350.
78 Vgl. Paddison (2004a).

Doch Musik ist auch eine darstellende Kunst, und in dieser Hinsicht betreffen unvermeidliche Aspekte ihrer Vermittlung auch das Verhältnis zwischen Aufführendem und Partitur, zwischen Aufführung und Publikum, zwischen Aufführung und der Technologie des Musikgeschäfts sowie den vermittelten Charakter von musikalischer Erfahrung und musikalischem Verstehen. Das Musikwerk ist vermittelt in sich, aber es ein zweites Mal vermittelt durch seine Aufführung (jedenfalls sofern wir über Musik in der Tradition hoher Kunst sprechen); dies wirft Fragen auf, welche die Identität von Partitur und Werk betreffen, die Identität von Musik als Zeitkunst mit der Partitur als räumlichem Objekt. Ferner gibt es da die Beziehung des Werks zu seinen Hörern durch die öffentliche Aufführung, seine Vermittlung durch die Technologien von Reproduktion und Distribution sowie seine Verdinglichung und Kommodifizierung. In der unvollendeten Studie *Zu einer Theorie der musikalischen Reproduktion*[79] bietet Adorno, wenn auch in fragmentarischer Form, eine Dialektik von Verräumlichung und Zeitlichkeit an, in der die Vermittlung als eine Bewegung aufgefaßt werden kann, die zwischen der Verdinglichung und ihrem Gegenteil stattfindet, der Auflösung des Werks in einen verflüssigten Zustand, in dem es durch den Prozeß der Liquidierung und Auflösung wieder unvertraut wird. Für Adorno ist die Verdinglichung einer partitur-orientierten Musik immanent, die im Kontext einer von der Kulturindustrie beherrschten Warenkultur aufgeführt wird. Zugleich betrachtet er dasjenige, was er mimetisches Verstehen nennt (eine Form davon ist die Aufführung), als Vergegenwärtigung des Vergangenen, eingebettet in das Raum-Zeit-Schema der Partitur. Diese Wiedergewinnung vergangener Zeit hatte Adorno auch im Sinn, als er 1940 in einem Brief an Walter Benjamin schrieb: »Alle Verdinglichung ist ein Vergessen.«[80] Ich möchte versuchen, meine Darstellung von Adornos Überlegungen zur Beziehung zwischen Aufführendem und Partitur mit einem rudimentären theoretischen Modell zu verbinden, indem ich der Reihe nach das Werk-als-Partitur, das Werk-als-Aufführung und das Werk-als-Ware

79 Adorno (2001).
80 Adorno, Benjamin (1995), S. 417; siehe auch Adorno (2001), S. 71.

untersuche und mit einer Diskussion der Natur der Erfahrung musikalischer Zeit schließe.

Das Werk-als-Partitur ist für Adorno die »erste Verdinglichung« der Musik, und in seiner Objektivierung ist es eine Verräumlichung der Zeitlichkeit der Musik. Als Zeichensystem ist es auch ein »Bild« des Werks, nämlich ein »Notenbild«. Adorno schreibt: »Die musikalischen Zeichen, welche die Musik der Vieldeutigkeit und Vergänglichkeit des Gestus entwanden, sind dafür Bilder von Gesten. Als Rationalisierung der Magie hat die Notenschrift die mimetische Praxis festgehalten, während der musikalischen Übung das Gedächtnis an jene bereits zu entschwinden begann.«[81] In gewisser Weise ist, so Adorno, die Partitur der Feind des Gedächtnisses, auch wenn die Notierung oft als eine *aide-mémoire* betrachtet wird, die Zugang zur Musik der Vergangenheit schafft, denn das Aufkommen der Partitur in der westlichen Gesellschaft seit dem Mittelalter bedeutete auch das Verschwinden des Gedächtnisses als Speicherort der kollektiven musikalischen Tradition. Die Verdinglichung ist eine Bedingung der Mündigkeit der Musik, durch die sie autonom wurde und sich von ihren Ursprüngen in Magie, Ritual und sozialer Funktion befreite. Der musikalische Text selbst ist der primäre Fall von Verdinglichung, weil er dem sich ausdrückenden Subjekt erlaubte, durch seine *Trennung* von der Gemeinschaft und nicht durch seine völlige Identität mit ihr in der Kollektivität des Rituals zu sprechen. Adorno betont, daß das Aufschreiben der Musik als Partitur und die in ihr angelegte Verräumlichung des Zeitlichen eine historische Voraussetzung dafür war, daß sich die Kunstform zum Vehikel der Subjektivität und zu einer Weise der Erkenntnis entwickeln konnte. Paradoxerweise hat also die Musik ihre Freiheit durch Beschränkung und ihre Autonomie durch Verdinglichung und Fetischisierung erlangt. Adorno beschreibt dies folgendermaßen: »Die Verräumlichung des Zeitlichen ist notwendig, nicht bloß empirisch inadäquat. Autonomie und Fetischismus sind zwei Seiten des *gleichen* Sachverhalts.«[82]

Die Partitur ist mehr als die Konkretisierung oder Kristallisierung der kompositorischen Idee und mehr als eine *aide-mémoire*. Adorno besteht darauf, daß die Partitur »keine Anweisung zur Aufführung, keine Fixierung der Vorstellung«[83] ist. Statt dessen ist sie »die not-

81 Adorno (2001), S. 224.

82 Adorno (2001), S. 72.

83 Adorno (2001), S. 11.

wendig fragmentarische, lückenhafte, der Interpretation bis zur endlichen Konvergenz *bedürftige* Notation eines Objektiven.«[84] Die Partitur ist das Werk, so wie es dem Aufführenden verfügbar ist, ein Text voller Löcher, doch nur mittels der Partitur als erstarrtem Objekt »im Raum« vermag das Werk als flüssiger Prozeß »in der Zeit« durch die Interpretation wieder aufzutauchen – also durch seine erneute Konvergenz mit dem interpretierenden Subjekt. Die Partitur repräsentiert das Werk auf einer Ebene vielfacher Möglichkeiten, als Quelle endloser Neulektüren, hinter oder auch jenseits jeder einzelnen Realisierung des Werks in einer individuellen Aufführung. Adorno erkennt allerdings auch, daß das Werk, sowenig es mit der Partitur identisch ist, auch mit keiner besonderen Aufführung identisch ist. Es hat einen nicht-sinnlichen Aspekt wie die Literatur, der vor allem mit dem strukturellen Kontext zu tun hat. Adorno schreibt in der *Ästhetischen Theorie*: »Musik schließt [...] Komplexe ein, die nur durch sinnlich nicht Präsentes, durch Erinnerung oder Erwartung verstanden werden können und die in ihrer eigenen Zusammensetzung derlei kategoriale Bestimmungen enthalten.«[85] In diesem Sinne bezieht sich Adorno auf die Musik mit einem Proustschen Ausdruck als »*recherche du temps perdu*«.[86] Zeit ist in die Partitur auf verschiedene Weisen eingebettet. So meint Adorno beispielsweise, die Partitur sei »abzuleiten als Erinnerungszeichen des vergänglichen Klanges, nicht als Fixierung der bleibenden Bedeutung«.[87] Zeit ist in die Partitur aber auch als historische Objektivierung und Verdinglichung der Subjektivität eingebettet, die durch den mimetischen und dynamischen Akt der Aufführung wiedererweckt wird – also durch die erneute Konfrontation mit interpretierender Subjektivität.

Die verdinglichte Partitur und die durch sie exemplifizierte Entfremdung und Objektivierung einer vergessenen Subjektivität werden aufgelöst durch ihr Zusammentreffen mit dem interpretierenden Subjekt in der Aufführung. Erst durch die Interpretation der Partitur – sozusagen die Verzeitlichung ihrer Verräumlichung – wird das Werk flüssig als ein Prozeß, der sich in der Zeit entfaltet; so geht das Werk-als-Partitur über in das Werk-als-Aufführung. Interpretation und Aufführung sind, wie die Bühnendarstellung, primär von

84 Adorno (2001), S. 11.
85 Adorno (1970), S. 150 f.
86 Adorno (2001), S. 71, S. 228.
87 Adorno (2001), S. 13.

gestischem und physischem Charakter, sie schließen eine Beziehung zum Skript ein, die nicht primär analytisch, sondern imitierend ist. Für Adorno sind die musikalische Interpretation und Aufführung Typen primär mimetischer und nicht begrifflicher Aktivität. Die ideale Aufführung vermag uns eine Röntgenaufnahme des Werks zu liefern, indem sie mimetisch die subkutane Struktur enthüllt. Für den Aufführenden ist die Partitur ein Objekt der Nachahmung: »Die wahre Interpretation ist die vollkommene Nachahmung der musikalischen Schrift.«[88] In Gestalt von Gesten spürt der Aufführende mimetisch den Verbindungen und Gliederungen nach, die in der Partitur enthalten sind, der dynamischen Bewegung zwischen ihren Teilen, einer Bewegung, die als zeitliche Entfaltung der Musik erfahren wird – dies führt unmittelbar zu Lydia Goehrs Erörterung von Adornos Begriff der Bewegung in ihrem Aufsatz »Musik und Bewegung«.[89] Doch der Aufführende muß nicht in irgendeinem rationalen oder analytischen Sinne »wissen«, was in der Musik geschieht. Die Aufführung ist eine Form des *mimetischen Verstehens*, und dadurch behält das Werk seinen Rätselcharakter. Dies meint Adorno, wenn er schreibt: »Der Musiker, der seinen Notentext versteht, folgt dessen minimalen Regungen und weiß doch, in gewissem Sinn, nicht, was er spielt; dem Schauspieler ergeht es nicht anders, und eben daran manifestiert sich das mimetische Vermögen am drastischesten in der Praxis künstlerischer Darstellung, als Nachahmung der Bewegungskurve des Dargestellten; sie ist der Inbegriff von Verständnis diesseits des Rätselcharakters.«[90]

Verdinglichte Subjektivität, in diesem Fall in Gestalt des Werks-als-Partitur, ist Subjektivität, die sich selbst vergessen hat und die sozusagen durch die wärmende Subjektivität des Aufführenden zurück ins Leben gebracht wird – in diesem Punkt verbleibt Adorno sehr unter dem Einfluß von Georg Lukács' früher Darstellung des Verhältnisses von Subjektivität und Roman in der *Theorie des Romans* (1920). Es ist interessant, daß Adorno sich zu Schuberts Musik in seinem Aufsatz über den Komponisten aus dem Jahre 1928 in genau dieser Weise äußert; er betont dort vor allem die Intensität des lyrischen Moments als wiedererwachte Subjektivität. Bezeichnenderweise ist die in das musikalische Werk eingebettete Zeit aber auch historische

88 Adorno (2001), S. 83.
89 Siehe Goehr (2004).
90 Adorno (1970), S. 189.

Zeit; darin ist Adorno von Walter Benjamins Darstellung der Verflechtung von Geschichte, Subjektivität und Allegorie im *Ursprung des deutschen Trauerspiels* (ebenfalls von 1928) beeinflußt. Die Intensität des subjektiven Moments, als eine Art suspendierter Gegenwart, schneidet sich mit der historischen Bewegung, und beide sind durch Vergänglichkeit und Verfall gekennzeichnet. Die »Gegenwart« der Musik liegt genau in diesem Punkt, in dieser Betonung der Zeitlichkeit, im Prozeß des Entstehens und im Moment des Vergehens. Die Zeit der Musik aber ist immer die Gegenwart, das Jetzt – wie Adorno sagt: »Der immanente Gestus der Musik ist immer Gegenwart.«[91] Damit meint er nicht, daß sich die »Gegenwart« oder das »Jetzt« der Musik allein auf den gegenwärtigen historischen Moment und die neue Musik bezieht; es gilt selbstverständlich genauso für die Musik der Vergangenheit.

In dem frühen Aufsatz »Nachtmusik« von 1929 meinte Adorno, wiederum unter dem deutlichen Einfluß Walter Benjamins, daß Werke der Vergangenheit aufgrund der Veränderung ihres historischen Gehalts zunehmend schwer zu interpretieren seien: »Die Werke beginnen uninterpretierbar zu werden. Denn die Gehalte, die Interpretation zu erfassen trachtet, haben in der Realität vollständig sich verwandelt und damit zugleich auch in den Werken, die in Geschichte stehen und an der realen Geschichte teilhaben.«[92] Dies ist ein weiterer Aspekt der Zeitlichkeit musikalischer Werke. Unser Bewußtsein der Geschichtlichkeit von Kunstwerken steigert sich mit unserer Aufmerksamkeit für Veränderungen im Werk selbst und den daraus resultierenden Problemen der Interpretation. Es ist der Verfall des subjektiven Gehalts von Werken der Vergangenheit, ihr *Zerfall*, wie es Benjamin 1928 beschrieb, der zugleich ihren objektiven historischen und materialen Gehalt bloßlegt. Für Adorno sind Kunstwerke durch und durch historisch, sie altern, sterben und verfallen. In diesem Prozeß wird ihm zufolge der Wahrheitsgehalt sichtbar, und in ihm ändert sich auch der Zugang zur Interpretation. Adorno entwickelt diesen Gedankengang weiter im Aufsatz »Neue Tempi« von 1930. Werke der Vergangenheit, die unverändert bleiben, werden stumm, undurchdringlich und uninterpretierbar, und sie nehmen den Charakter von Hieroglyphen an. Diejenigen, die

91 Adorno (2001), S. 85.
92 Adorno (1929), S. 52.

sich durch Interpretation und Rezeption ändern, schreiten fort zum Verfall und lösen sich auf. Adorno formuliert diese Unterteilung folgendermaßen: »Verstummen die unveränderten Werke, so zerfallen freilich die anderen in ihrer Veränderung. Allein die Veränderung des Werkes, wie sie objektiv an ihm sich vollzieht, gewährt doch für einige Dauer die Regel zur Interpretation, die im geschichtslosen Werke nicht gesucht werden kann.«[93] Daß alle Werke, sofern eine Partitur vorliegt, aufgeführt werden können, steht nicht zur Diskussion. Gefragt werden kann jedoch, ob sie sinnvoll interpretiert werden können und unter verschiedenen historischen Bedingungen als sinnvoll erfahren werden können. Diese historischen Bedingungen schließen in der Gegenwart die Auswirkungen der Industrialisierung der Musik auf Formen des Hörens und Aufführungsstile ein. Das musikalische Werk-als-Aufführung wird kommodifiziert, und das Musikwerk wird so ein zweites Mal verdinglicht, nun als Ware. Die Kommodifizierung betrifft die Musik in einer Reihe von Hinsichten, vor allem aber durch ihre Wirkung auf den Ebenen (i) der *Reproduktion*, sowohl als Aufführung wie als Aufnahme; (ii) der *Distribution*, als Marketing, Verbreitung über Rundfunk und Fernsehen und Konzertmanagement; (iii) der *Konsumtion*, in Form der Rezeptionswege und der Arten der Hörerfahrung. Meines Erachtens sind diese Wirkungen heute weniger auf der Ebene der *Produktion* spürbar, wenn man darunter die Arbeit des Komponisten und das Werk-als-Partitur faßt, gegeben die derzeitige Situation des Musikverlagswesens im Unterschied zu derjenigen in der ersten Hälfte des 20. Jahrhunderts. Faßt man unter »Produktion« aber das Musikgeschäft, dann hat sich die musikalische Produktion verschoben: Sie liegt nicht mehr in den Händen von Komponisten als denjenigen, die Musik herstellen, sondern in den Händen von Plattenfirmen und -produzenten, Rundfunkgesellschaften, Konzertagenturen und einem industrialisierten und globalisierten Mediengeschäft. Die Reproduktion als Aufnahme und die Distribution als Marketing werden zum Ort der Produktion, in dem Sinne, daß diese Stellen die Kontrolle innehaben. Die aufgenommene Aufführung ist beispielsweise zeitlich fixiert; dies macht ihre zweite Verdinglichung aus, in der sie zum Werk-als-Ware wird (nach der ersten Verdinglichung als Werk-als-Partitur). Die Manipulation des Werks-als-Ware durch Marketing und Distribution erzeugt

93 Adorno (1930), S. 66.

eine zweite Transformation des Werks vom Prozeß zum Objekt und erscheint erneut als eine Form der Verräumlichung des Zeitlichen.

Die Ware hat ihre Hauptmerkmale darin, daß sie eher um ihres Tausch- als um ihres Gebrauchswertes willen geschaffen wurde und daß ihre magische Außenseite dazu dient, die Arbeit – den Prozeß – zu verbergen, die in ihre Herstellung einging. Die Ware ist verdinglichte – oder, wie Marx es nannte, entfremdete – Arbeit; als solche hat sie ihre Ursprünge im Prozeß, der sie hervorbrachte und in ihr enthalten ist, vergessen. Im Falle des kommodifizierten Musikwerks ist dieser verdinglichte Prozeß in seinem Ursprung »zeitlich« in mehreren Hinsichten: (i) als Prozeß der Vorbereitung der Aufführung – die »geronnene« Arbeit, die im Werk-als-Ware verborgen ist; (ii) als die Entfaltung der Musik in der Zeit, die selbst in gewisser Weise illusorisch wird, insofern beispielsweise in der Aufnahme alle Momente gleichzeitig verfügbar sind; und (iii) als Geschichtlichkeit des Werks, als sein Ort in der Zeit der Geschichte, der in der Ware usurpiert wird von ihrer Verräumlichung und Lokalisierung im historischen Themenpark. Während man die erste Verdinglichung des Werks-als-Partitur zugleich als sich selbst bestimmend (durch ihre Verräumlichung als musikalisches Notat) und als befreiend ansehen könnte (durch ihre Verzeitlichung in der Aufführung), ist die zweite Verdinglichung als Werk-als-Ware endgültig in dem Sinne, daß sie – wie gesehen – zu Stillstand und Abgeschlossenheit führt. Die Verräumlichung, welche die Zeitlichkeit der Aufführung durch die Kommodifikation erfährt, bringt nicht Befreiung, sondern Beherrschung hervor. Sie präsentiert ein kontrolliertes und vorhersagbares »Jetzt« als alles, was es gibt und was möglicherweise ersehnt werden könnte, da ihre Perfektion und Makellosigkeit Anspruch auf Totalität in einer Welt erheben, in der die Zeit stillgestellt wurde – denn was wäre eine ewige Gegenwart anderes als die totale Verräumlichung der Zeit? Wie Adorno sagt: »[...] verräumlichen heißt da sein: die absolute Gegenwart wäre zeitlos und nur was ganz da ist, läßt sich beherrschen. Verräumlichung ist ihrem Inhalt nach Beherrschbarkeit.«[94]

Die Fetischisierung einzelner Aspekte eines Musikwerks (wie Melodie oder Instrumentalfarbe), so argumentierte Adorno 1938, führte zur Beherrschung der Aufführung als Reaktion auf die Forderungen der Musikindustrie nach der perfekten Ware und in der Folge

94 Adorno (2001), S. 228.

zur Regression der Hörerfahrung. Er schreibt: »Der neue Fetisch ist der lückenlos funktionierende, metallglänzende Apparat als solcher, in dem alle Rädchen so exakt ineinanderpassen, daß für den Sinn des Ganzen nicht die kleinste Lücke mehr offenbleibt.«[95] Und er fährt fort, indem er den statischen Charakter dieser zweiten Verdinglichung betont: »Die im jüngsten Stil perfekte, makellose Aufführung konserviert das Werk um den Preis seiner definitiven Verdinglichung. Sie führt es als ein mit der erste Note bereits fertiges vor: die Aufführung klingt wie ihre eigene Grammophonplatte.«[96] Die Fetischisierung einer brillanten und perfekten Oberfläche, so seine Argumentation, droht die facettenreiche Vieldeutigkeit und Komplexität der Struktur des Werks gegen die zweite Reflexion der musikalischen Erfahrung abzuschotten. Zwar erscheint aus der einen Perspektive Adornos Sicht auf die Kommodifizierung der Musik und ihre Wirkungen auf Aufführung und Erfahrung eindeutig pessimistisch, doch läßt sich aus einer anderen Perspektive sehen, daß er die kritische Funktion interpretierenden Verstehens anerkennt. Die Zeitlichkeit der Musik ist grundlegend für ihre Mehrdeutigkeit, ihren Rätselcharakter. Sie entfaltet sich in der Zeit – in der Zeit des Hörers, in unserem Zeitempfinden, das uns so nah ist wie die Erfahrung unserer eigenen Existenz –, und doch wissen wir nicht wirklich, was die Musik bzw. das Werk ist, auch wenn das musikalische Werk-als-Partitur zuvor analysiert wurde. Natürlich liegt in einem Sinne ein Moment von Illusion darin, insofern die zeitliche Entfaltung der Musik im voraus festgelegt ist, denn – wie gesehen – es ist schon »alles da« in Gestalt der in der Partitur enthaltenen Struktur (dies wird dann erweitert und für alle Zeit fixiert im Werk-als-Ware, insbesondere in der Aufnahme). In einem anderen Sinne ist aber jede Aufführung in ihren Abweichungen und Unbestimmtheiten gewissermaßen auch eine Neuschöpfung des Werks. So gesehen ist jede Aufführung neu und hat ein Moment des Unvorhersehbaren. Allerdings ist jede Aufführung auch eine unvollkommene Realisierung der Möglichkeiten, die in der Partitur angelegt sind, und Adorno zufolge kann man den Wirkungen der Kommodifizierung nur durch ein kritisches Verständnis des idealen Werks vom Standpunkt der Partitur aus entgegenwirken. Adorno geht sogar so weit, für das

95 Adorno (1938), S. 31.
96 Adorno (1938), S. 31.

stumme Lesen der Partitur auf Kosten der Aufführung des Werks zu plädieren – ein scheinbarer Rückzug in den Solipsismus, die Stille und Zeitlosigkeit.[97] Zugleich erkennt er aber an, daß Musik aufgeführt werden muß, nicht allein, weil sie sich nur dann *durch* die Zeit entfaltet, sondern auch, weil das musikalische Werk (das eben zunächst nur mit Hilfe seiner Verräumlichung in der Partitur existieren kann) Zeitlichkeit *enthält*. Letztlich ist aber für Adorno vielleicht nicht wichtig, ob das Werk aufgeführt wird oder stumm gelesen wird, sondern daß seine »verlorene Zeit« mimetisch verfolgt und mit Hilfe interpretierenden Verstehens erfahren wird. Die Mehrdeutigkeit des musikalischen Werks, seinen mannigfaltigen und sphinxartigen Charakter anzuerkennen dient dazu, die vorläufige und flüchtige Natur aller Interpretationen zu betonen und die Musik als beständigen Prozeß der Selbstreflexion in Bewegung zu halten. Auch dies ist ein wichtiger Aspekt der Zeitlichkeit des musikalischen Werks und seiner Vermittlung. Adornos gnomische Aussage »Die wahre Reproduktion ist die Nachahmung eines nicht vorhandenen Originals«[98] ermuntert den essentiellen Sinn kritischer Unzufriedenheit, die nötig ist, damit wir uns beständig zwischen Partitur und Interpretation hin- und herbewegen.[99] In seinem trügerischen Schein der Unmittelbarkeit durch die Aufführung erweist sich das vermittelte Werk als unablässig oszillierender Prozeß der Reflexion, der sich auf ein Ziel der Unmittelbarkeit zubewegt, das in dem Moment, da es erreicht wird, verdinglicht wird.

8. Vermittlung, Theorie und musikalischer Sinn

Mir ging es darum zu zeigen, welche Reichweite der Begriff der Vermittlung in Adornos Denken über Musik hat, und zu belegen, daß sich dieser Begriff, der oft in eher vager und allgemeiner Weise gebraucht wird, von Adorno weitaus differenzierter, nuancierter und – wenn man so sagen darf – auch systematischer verwendet wird. Zwar ist es leicht zu sagen, daß alles vermittelt ist und daß Unmittelbarkeit bloßer Schein oder Ideologie ist; prüft man den Begriff genauer, zeigt sich aber, daß Adorno ihn – darin treu seinen Ursprüngen in

97 Siehe Paddison (2006).

98 Adorno (2001), S. 269; eine Variante findet sich auf S. 243.

99 Siehe Paddison (2004b).

Hegels *Logik* – als kritisches und dialektisches Werkzeug benutzt, um einen dynamischen und vielschichtigen Prozeß freizulegen, der dem Gegenstand der Untersuchung zugrunde liegt (im gegebenen Fall der Musik, mit all ihren Aspekten wie Material, Werk, Aufführung und technische Reproduktion, musikalische Erfahrung und schließlich den Institutionen des Musiklebens). Besonders bedeutsam in bezug auf Adornos Verwendung des Begriffs ist, daß er dazu dient, die Vermittlung von Subjekt und Objekt durch die Interaktion der werkimmanenten, der soziologischen und der historischen Sphäre hindurch zu verfolgen, und zwar durch die dialektische Bewegung von Verdinglichung, Reflexion und Auflösung hindurch, wie sie sich innerhalb beispielsweise des Werks eines bestimmten Komponisten (wie Beethoven, Wagner, Mahler oder Schönberg), innerhalb einer bestimmten Aufführungstradition (z. B. Schnabels Beethoven) oder innerhalb einer bestimmten musikalischen Institution (z. B. der Oper) abspielt. In jedem dieser Fälle folgt Adorno Details, die oft übersehen werden, und spürt ihnen bis zu jenem äußersten Punkt nach, an denen sie eine Einsicht preisgeben, die dazu verhilft, das Ganze zu erhellen. Das eigentümliche Merkmal von Adornos Vermittlungsbegriff scheint mir darin zu liegen, daß Vermittlung für ihn nicht einfach eine Tatsache unserer Erfahrung der Welt ist, sondern auch der einzige Weg zu einer Deutung dieser Erfahrung, die ihr Bedeutung verleiht. Meines Erachtens ist dies eine entscheidende Eigenschaft des Vermittlungsbegriffs, die beim Versuch, seine Verwendung durch Adorno zu verstehen, häufig übersehen wird – und wenn man diesen Begriff nicht richtig versteht, ergeben sich ernsthafte Mißverständnisse über das, was Adorno nicht nur in seiner Ästhetik, sondern auch in seiner Soziologie und seiner Beschäftigung mit der Musik tun wollte.

Im Falle der Musik genauso wie in dem der Natur ist es zunächst die Unmittelbarkeit, die auffällt: Musik, vor allem reine Instrumentalmusik ohne Worte – die absolute Musik –, scheint zu uns in einer Weise zu sprechen, die aufgrund ihrer Intentionslosigkeit – dem Fehlen von Absichten und Zwecken jenseits ihres unmittelbaren Bereichs – kaum begrifflich zu fassen ist. Wir haben Schwierigkeiten, das Werk als Totalität zu erfassen, als Kohärenz oder Zusammenhang; diese Schwierigkeit ist insbesondere mit der Musik verbunden (im Unterschied zu den anderen Künsten), weil Musik eine Kunstform ist, die sich in der Zeit entfaltet. In diesem Sinne entzieht sich die Musik, genauso wie die Natur, besonders leicht, da sie stets in Bewegung ist. Die Bedeutung der Musik liegt für Adorno meiner Meinung nach im größeren Kontext ihrer Vermittlungen. Musik ist in sich vermittelt als autonome, hermetisch versiegelte Struktur, beispielsweise als Vermittlung von thematischer Arbeit und Form; ihre Struktur ist jedoch auch gesellschaftlich vermittelt, weil das musikalische Material gesellschaftlich vermittelt ist, in Gestalt von Gattungen, Formen, Tonsystemen usw.; und sie ist historisch vermittelt, insofern nicht alle Möglichkeiten zu einem bestimmten Zeitpunkt in der Geschichte verfügbar sind, so daß ein Werk auch eine Reaktion auf seine Zeit, auf seine Gegenwart ist. Eine Version all dieser Vermittlungen findet man auch in der Aufführung; und im Werk und seiner Aufführung ist auch ein Prozeß der Reflexion enthalten. Diese Totalität von Vermittlungen macht den Sinnzusammenhang des Werks aus und konstituiert seinen Gestus, seine Physiognomie, das Gesicht, das es uns zeigt, seinen Ausdruck. All dies erbringt das Werk, ohne es zu intendieren oder zu wollen – in dem Sinne, in dem Adorno von »Intentionslosigkeit« spricht –, und genau darin liegt seine Bedeutung: in seinem mimetischen Wesen und nicht in dem Maß an Intention, das der Komponist (oder auch der Aufführende oder Hörer) in das Werk investiert. Ich glaube, dies meint Adorno, wenn er schreibt: »Der Gegenbegriff zur Intention [...], der die Vorstellung vom intentionslosen Text allein möglich macht, ist der des mimischen Wesens der Musik, also dessen worin sie sich erfüllt, ohne es zu bedeuten, und der musikalische Sinn als Zusammenhang ist nichts anderes als die Totalität ihres Gestus.«[100]

Ich möchte mit einigen Überlegungen zur Vermitteltheit der Theorie selbst und dem damit verbundenen Problem der Ideologie schließen. Fraglos muß jede Theorie der Vermittlung ihren Blick auch auf sich selbst und ihre eigene Vermitteltheit richten, um ihre Startannahmen und Motivationen zu untersuchen, jedenfalls soweit dies angesichts des ideologiebeladenen Charakters der Theorie selbst und ihrer Beziehung zur Praxis möglich ist. Andernorts habe ich dafür plädiert, daß man im Geiste der Kritischen Theorie erneut danach fragen muß, welche Art von Theorie man hier benutzt und wie sie sich von anderen Theoriearten unterscheiden könnte. Ich habe dort drei grundsätzliche Kategorien oder Modalitäten von

100 Adorno (2001), S. 276.

Theorien identifiziert: (1) die Theorie als Kodifizierung, (2) die Theorie als Legitimation und (3) die Theorie als kritische Reflexion. Ich möchte nun diese Kategorien, die ich zuerst in *Adorno, Modernism and Mass Culture*[101] skizziert habe, einer erneuten Prüfung unterziehen und auf ihrer Basis eine Verbindung zum Begriff der Vermittlung herstellen.

Die erste Modalität, *Theorie als Kodifizierung*, ist präskriptiv, sogar doktrinär, und befaßt sich daher vor allem mit der Kodifizierung von Konventionen, der Aufstellung von Normen und der Entwicklung technischer Fähigkeiten, die auf einer gewissen Stufe zur zweiten Natur werden (also den Anschein erster Natur erwerben). Kulturelle Werte werden internalisiert und naturalisiert und stehen kritischer Prüfung normalerweise nicht direkt zur Verfügung. Es handelt sich hierbei in hohem Maße um eine Art von Theorie-in-der-Praxis, in der sich als »Spontaneität«, »Musikalität« und »Formgefühl« präsentiert, was faktisch ein Fall des Erwerbs von Fertigkeiten und des erlernten Verhaltens ist, die durch kulturelle und gesellschaftliche Institutionen (wie z. B. Konservatorien oder andere Einrichtungen, welche die musikalische Ausbildung betreiben) vermittelt wurden, und was somit Resultat eines intensiven Trainings von Komponisten, Interpreten und auch Hörern ist. Diese Art der Theorie befaßt sich damit, »wie die Dinge nun einmal sind«, mit dem, was »natürlich« ist, mit Techniken, um bestimmte Resultate zu erreichen, und hat eine empirische Ausrichtung. Sie ist normativ und muß sich – einmal gelernt und internalisiert – nicht über sich selbst und ihren Bezugsrahmen im klaren sein, um reibungslos funktionieren zu können. Natürlich handelt es sich um Ideologie, insofern sie unreflektiert ist und einen paradigmatischen Fall internalisierter Werte und Überzeugungen darstellt, die sich als Natur maskieren, in der die Theorie nahezu spurlos verschwindet. Allerdings ist ein solcher Prozeß der Internalisierung auch nötig, um die Kontinuität und Entwicklung einer Tradition zu gewährleisten, denn eine Kultur reproduziert sich auf diesem Wege der Vermittlung ihrer Werte und Praktiken – sowohl in mündlicher Form als auch in Gestalt von Texten, denen man nacheifern muß. Beispiele dieses Theorietyps findet man im Rahmen der westlichen Kunstmusik in der Musikerausbildung im 19. und frühen 20. Jahrhundert, die auf dem Studium von Harmonie-

101 Paddison (1996/2004), bes. S. 18-23.

lehre, Formenlehre und Satztechnik basierte sowie auf dem Durcharbeiten von Übungen, die darauf zielten, die schwer definierbaren Fähigkeiten der Musikalität und des Formgefühls zu erwerben, durch die sich wiederum Traditionen perpetuieren konnten.

Die zweite Modalität, *Theorie als Legitimation*, hat eine hauptsächlich deskriptive Ausrichtung und befaßt sich damit, Erklärungen und Rechtfertigungen für bestimmte Traditionen der musikalischen Praxis zu liefern (oder gegebenenfalls auch für ganze Weltbilder). Oft bildet sie aus, was man einen »Wissenskorpus« nennt, und erzählt eine Geschichte, warum die Dinge so sind, wie sie sind. Sie hat mit der Rechtfertigung und Perpetuierung von Kanons zu tun. Die theoretischen Annahmen, die den einzelnen Unterdisziplinen (Geschichte, Ästhetik, Analyse, Ethnologie und auch Theorie in jenem speziellen Sinne, in dem in der akademischen Musikwissenschaft von Theorie die Rede ist) zugrunde liegen, sind nicht notwendigerweise selbst Gegenstand der Diskussion. Beispiele hierfür liefern die großen Musikgeschichten, wie sie in der englischsprachigen Welt durch Grouts berühmtes und vielbenutztes Werk repräsentiert werden.

Die dritte Modalität, *Theorie als kritische Reflexion*, ist metatheoretisch, insofern sie eine Theorie ist, die sich ihrer selbst als Theorie bewußt ist. Sie befaßt sich damit zu untersuchen, wie Bedeutung in einer Kultur produziert und reproduziert wird und wie sich Musik in größere Sinnzusammenhänge einfügt oder Teil diskontinuierlicher Diskurse ist. Eine solche Theorie – die wesentlich interdisziplinär und selbst-reflexiv ist – ist kritisch, da sie darauf zielt, zugrundeliegende Annahmen und Werte als Ideologien zu enthüllen und Bereiche von Theorie und Praxis, die autonom und »natürlich« zu sein scheinen, in ihren Kontext zurückzuversetzen. Obwohl sie auf Ansätze zurückgreift, die der Philosophie, Soziologie, Psychoanalyse und Linguistik entstammen können, ist sie auch als Metatheorie zu denjenigen Ansätzen zu verstehen, die sowohl deskriptive Theorien als auch jene Konventionen charakterisieren, die präskriptiven Theorien zugrunde liegen. Theorien der dritten Modalität versuchen, sich über ihren eigenen Bezugsrahmen *und* über ihren Gegenstand im klaren zu sein. Sie kontextualisieren sich selbst und situieren Musik (als Praxis und als Theorie) inmitten der Zeichensysteme und Diskurse – die ich hier als »Sinnzusammenhänge« bezeichne –, durch die eine Kultur konstituiert wird. Die Ziele einer kritischen Theorie der Musik fallen ohne Zweifel in diese dritte Kategorie von Theorien, denn sie befassen sich mit der Überprüfung von Annahmen über die Musik, indem sie Musik als eine der Weisen betrachten, wie wir aus der Welt »Sinn machen« und wie wir Bedeutungen konstruieren. Allerdings ist die Rede von »Bedeutungen« in der Musik sehr problematisch, gleich ob es sich um Kunstmusik oder die Musik der Massenkultur handelt. Ein Hauptmerkmal von Kunstwerken im allgemeinen ist ihr Rätselcharakter – sie scheinen etwas zu sagen, dessen genaue Bedeutung jedoch immer verborgen oder zumindest in hohem Maße vieldeutig bleibt. Isoliert man sie, besonders durch die Verfahren der technischen Analyse, werden musikalische Werke opak, sobald man sich über die elementarste Ebene der Interpretation hinausbewegt. Bringt man sie dagegen einfach in eine erzwungene Beziehung zu ihrem unmittelbaren Kontext, dann werden sie auf bloße historische, soziale oder politische Dokumente reduziert. Sicherlich wäre das Ideal eine kritische Theorie, die beide Extreme, also den Doppelcharakter der Musik, umfaßt: als in sich abgeschlossene, selbstreferentielle Struktur und als gesellschaftliche Tatsache. Ich habe versucht zu zeigen, daß in Adornos Überlegungen genau ein solches dialektisches Modell enthalten ist, das gleichzeitig auf den Ebenen der unmittelbaren Analyse, der soziologischen Kritik und der philosophisch-historischen Interpretation operiert. Musik wird ihren eigenen Bedingungen gemäß betrachtet, als autonomes Gebilde, und zur gleichen Zeit in Relation zu dem, was »ausgelassen« wurde – also gemäß den Bedingungen dessen, was ihr fehlt oder abwesend ist. Gesucht wird, durch die Interpretation, der unterdrückte gesellschaftliche Gehalt der scheinbar isolierten Subjektivität der Musik, der im gesellschaftlichen Umfeld ihrer Produktion, Reproduktion, Distribution und Komsumtion erfaßt werden muß. Diese Totalität des Phänomens und die reflexive Methode, die in seiner Interpretation zur Anwendung kommt, sind mit dem Begriff der Vermittlung gemeint.

Aus dem Englischen von Alexander Becker

Literatur

Adorno, Theodor W. (1929): »Nachtmusik«, aus: *Moments musicaux* (1964), in: Ders.: *Gesammelte Schriften* Bd. 17, hg. von R. Tiedemann, Frankfurt/M.: Suhrkamp 1982, S. 52-59.

Adorno, Theodor W. (1930): »Neue Tempi«, aus: *Moments musicaux* (1964), in: Ders.: *Gesammelte Schriften* Bd. 17, hg. von R. Tiedemann, Frankfurt/M.: Suhrkamp 1982, S. 66-73.

Adorno, Theodor W. (1933): »Vierhändig, noch einmal«, aus: *Impromptus* (1968), in: Ders.: *Gesammelte Schriften* Bd. 17 (= Ders.: *Musikalische Schriften* IV), hg. von R. Tiedemann, Frankfurt/M.: Suhrkamp 1982, S. 302-306.

Adorno, Theodor W. (1938): »Über den Fetischcharakter in der Musik und die Regression des Hörens«, aus: *Dissonanzen* (1956), in: Ders.: *Gesammelte Schriften* Bd. 14, hg. von R. Tiedemann, Frankfurt/M.: Suhrkamp 1973, S. 14-50.

Adorno, Theodor W. (1949): *Philosophie der neuen Musik* (= Ders.: *Gesammelte Schriften*, Bd. 12), hg. von R. Tiedemann, Frankfurt/M.: Suhrkamp 1975.

Adorno, Theodor W. (1951): *Minima Moralia* (= Ders.: *Gesammelte Schriften*, Bd. 4), hg. von R. Tiedemann, Frankfurt/M.: Suhrkamp 1980.

Adorno, Theodor W. (1952): *Versuch über Wagner*, in: Ders.: *Gesammelte Schriften* Bd. 13, hg. von G. Adorno und R. Tiedemann, Frankfurt/M.: Suhrkamp 1971.

Adorno, Theodor W. (1960): *Mahler. Eine musikalische Physiognomik*, in: Ders.: *Gesammelte Schriften* Bd. 13, hg. von G. Adorno und R. Tiedemann, Frankfurt/M.: Suhrkamp 1971.

Adorno, Theodor W. (1962): *Einleitung in die Musiksoziologie* (= Ders.: *Gesammelte Schriften*, Bd. 14), hg. von R. Tiedemann, Frankfurt/M.: Suhrkamp 1973.

Adorno, Theodor W. (1966): *Negative Dialektik* (= Ders.: *Gesammelte Schriften*, Bd. 6), hg. von R. Tiedemann, Frankfurt/M.: Suhrkamp 1973.

Adorno, Theodor W. (1967): »Thesen zur Kunstsoziologie«, aus: *Ohne Leitbild. Parva Aesthetica* (1967), in: Ders.: *Gesammelte Schriften* Bd. 10.1, hg. von R. Tiedemann, Frankfurt/M.: Suhrkamp 1977, S. 367-374.

Adorno, Theodor W. (1969): »Zum Problem der musikalischen Analyse«, in: *Frankfurter Adorno-Blätter* 7 (2001), S. 73-89.

Adorno, Theodor W. (1970): *Ästhetische Theorie* (= Ders.: *Gesammelte Schriften*, Bd. 7), hg. von R. Tiedemann, Frankfurt/M.: Suhrkamp 1970.

Adorno, Theodor W. (2001): *Zu einer Theorie der musikalischen Reproduktion*, hg. von H. Lonitz, Frankfurt/M.: Suhrkamp.

Adorno, Theodor W./Benjamin, Walter (1995): *Briefwechsel 1928-1940*, hg. von H. Lonitz, Frankfurt/M.: Suhrkamp.

Bürger, Peter (1979): »Das Vermittlungsproblem in der Kunstsoziologie Adornos«, in: B. Lindner/W.M. Lüdke (Hg.): *Materialien zur ästhetischen Theorie. Th.W. Adornos Konstruktion der Moderne*, Frankfurt/M.: Suhrkamp 1979, S. 169-184.

Coyle, Michael/Dolan, Jon (1999): »Modelling Authenticity«, in: K.J.H. Dettmar/W. Richey (Hg.): *Reading Rock and Roll: Authenticity, Appropriation, Aesthetics*, New York: Columbia UP 1999, S. 17-35.

Deleuze, Gilles/Guattari, Félix (1972): *Anti-Ödipus. Kapitalismus und Schizophrenie*, übers. von B. Schwibs (*L'Anti-Œdipe. Capitalisme et schizophrénie*, Paris: Editions de Minuit), Frankfurt/M.: Suhrkamp 1974.

Frith, Simon (1987): »Towards an aesthetic of popular music«, in: R. Leppert/S. McClary (Hg.): *Music and Society: The Politics of composition, performance and reception*, Cambridge: CUP, S. 133-149.

Frow, J. (1982): »Mediation and metaphor: Adorno and the sociology of art«, in: *Clio* 12/1, S. 57-66.

Goehr, Lydia (2004): »Music and Movement«, in: *Musicae Scientiae: Discussion Forum 3. Aspects du temps dans la création musicale*, S. 111-123.

Hanslick, Eduard (1854): *Vom Musikalisch-Schönen*, 1. Aufl., Leipzig: Weigel (Nachdruck Darmstadt: WBG 1981).

Hegel, Georg Wilhelm Friedrich (1807): *Phänomenologie des Geistes* (= Ders.: *Werke* Bd. 3), hg. von E. Moldenhauer und K.M. Michel), Frankfurt/M.: Suhrkamp 1970.

Hegel, Georg Wilhelm Friedrich (1812): *Wissenschaft der Logik* (= Ders.: *Werke* Bd. 5 und Bd. 6), hg. von E. Moldenhauer und K.M. Michel), Frankfurt/M.: Suhrkamp 1969.

Hegel, Georg Wilhelm Friedrich (1830): *Enzyklopädie der philosophischen Wissenschaften, Erster Teil: Die Wissenschaft der Logik* (= Ders.: *Werke* Bd. 8), hg. von E. Moldenhauer und K.M. Michel), Frankfurt/M.: Suhrkamp 1970.

Hegel, Georg Wilhelm Friedrich (1835): *Vorlesungen über die Ästhetik* (= Ders.: *Werke* Bd. 13-15), hg. von E. Moldenhauer und K.M. Michel), Frankfurt/M.: Suhrkamp 1970.

Hohendahl, Peter Uwe (1995): *Prismatic Thought: Theodor W. Adorno*, Lincoln & London: University of Nebraska Press.

Jameson, Frederic (1984): »Foreword«, in: J.-F. Lyotard, *The Postmodern Condition: A Report on Knowledge*, engl. Übersetzung von J.-F. Lyotard, *La Condition postmoderne: rapport sur le savoir* (Paris: Editions de Minuit, 1979), von G. Bennington und B. Massumi. Manchester: Manchester University Press 1984, S. vii-xxi.

Leibniz, Gottfried Wilhelm (1676): *Vernunftprinzipien der Natur und der Gnade, Monadologie*, übers. von A. Buchenau, Hamburg: Meiner 1956.

Lyotard, Jean-François (1973): »Adorno come diavolo«, in: Ders.: (1977): *Intensitäten* (Aufsätze entnommen aus *Des dispositifs pulsionels*), dt. übers. von Lothar Kurzawa und Volker Schaefer, Berlin: Merve, S. 35-58.

Lyotard, Jean-François (1982): »Beantwortung der Frage: Was ist postmodern?«, in: Ders.: *Postmoderne für Kinder*, übers. von D. Schmidt, Wien: Böhlau 1987, S. 11-31.

Martinson, Mattias (2000): *Perseverance without Doctrine: Adorno, Self-Critique, and the Ends of Academic Theology*, Frankfurt/M.: Peter Lang.

Marx, Adolph Bernhard (1856): »Die Form in der Musik«, in: J.A. Romberg (Hg.): *Die Wissenschaften im neunzehnten Jahrhundert*, Bd. 2. Leipzig: Romberg 1856

Marx, Karl (1867): *Das Kapital, Erster Band*, Karl Marx und Friedrich Engels: *Werke* Bd. 23, Berlin: Dietz 1962.

Moore, Allan F. (1993): *Rock: The Primary Text*, Buckingham: Open University Press.

Nietzsche, Friedrich (1878): *Menschliches, Allzumenschliches*, in: Ders.: *Werke in drei Bänden*, hg. von K. Schlechta, Bd. 1. München: Hanser 1954.

Paddison, Max (1987): »Adorno's *Aesthetic Theory*«, in: *Music Analysis* 6/3, S. 355-377.

Paddison, Max (1993): *Adorno's Aesthetics of Music*, Cambridge: CUP.

Paddison, Max (1996/2004): *Adorno, Modernism and Mass Culture: Essays on Critical Theory and Music*, 2. Aufl., London: Kahn & Averill.

Paddison, Max (1998): »The Language-Character of Music«, in: R. Klein/C.-S. Mahnkopf (Hg.): *Mit den Ohren denken: Adornos Philosophie der Musik*, Frankfurt/M.: Suhrkamp 1998, S. 71-91.

Paddison, Max (2001a): »Perspectives critiques sur la musique et les relations sociales: vers une théorie de la médiation«, in: I. Deliège/M. Paddison (Hg.): *Musique contemporaine: Perspectives théoriques et philosophiques*, Sprimont: Mardaga 2001, S. 293-301.

Paddison, Max (2001b): »Postmodernisme et la survie de l'avant-garde«, in: I. Deliège/M. Paddison (Hg.): *Musique contemporaine: Perspectives théoriques et philosophiques*, Sprimont: Mardaga 2001, S. 249-266.

Paddison, Max (2002): »Immanent Analysis or Musical Stocktaking? Adorno and the Problem of Musical Analysis«, in: N. Gibson/A. Rubin (Hg.): *Adorno: A Critical Reader*, Oxford: Basil Blackwell 2002, S. 209-233.

Paddison, Max (2004a): »Authenticity and Failure in Adorno's Aesthetics of Music«, in: T. Huhn (Hg.): *The Cambridge Companion to Adorno*, Cambridge: CUP 2004, S. 198-221.

Paddison, Max (2004b): »Performance, Reification and Score: The Dialectics of Spatialization and Temporality in the Experience of Music«, in: *Musicae Scientiae: Discussion Forum 3*, S. 157-179.

Paddison, Max (2006): »Performance and the silent work: Mediation and critical reflexion in Adorno's Theory of musical reproduction«, in: M. Fahlbusch/A. Nowak (Hg.): *Musikalische Analyse und Kritische Theorie*, Tutzing: Schneider 2006, S. 221-245.

Rath, Norbert (1982): *Adornos Kritische Theorie. Vermittlungen und Vermittlungsschwierigkeiten*, Paderborn: Schöningh.

Ritsert, Jürgen (1987): *Vermittlung der Gegensätze in sich: Dialektische Themen und Variationen in der Musiksoziologie Adornos*, Frankfurt/M.: Studientexte zur Sozialwissenschaft.

Saussure, Ferdinand de (1915): *Cours de linguistique générale*, hg. von C. Bally und A. Séchehaye. Paris: Payot 1972.

Savile, Anthony (1989): »Beauty and Truth: The Apotheosis of an Idea«, in: R. Shusterman (Hg.): *Analytic Aesthetics*, Oxford: OUP 1989, S. 123-146.

Scruton, Roger (1997): *The Aesthetics of Music*, Oxford: OUP.

Weber, Max (1921): *Die rationalen und soziologischen Grundlagen der Musik*, mit einer Einleitung von Theodor Kroyer, München: Drei Masken.

Wellmer, Albrecht (1983): »Wahrheit, Schein, Versöhnung. Adornos Ästhetische Rettung der Modernität«, in: L.v. Friedeburg, J. Habermas (Hg.) (1983): *Adorno-Konferenz 1983*, Frankfurt/M.: Suhrkamp, S. 138-176.

Stefan Koelsch und Tom Fritz

Musik verstehen – Eine neurowissenschaftliche Perspektive

1. Einleitung

Kognitionswissenschaften befassen sich traditionell mit Bereichen wie Sprache, Handlung, Denken (Problemlösen, Entscheiden, Urteilen), Gedächtnis und Lernen. Es gibt jedoch noch einen weiteren kognitiven Bereich, der untersucht werden kann, um menschliche Kognition und zugrundeliegende Hirnmechanismen verstehen zu lernen, und das ist Musik. Musik ist einer der ältesten und grundlegendsten sozial-kognitiven Bereiche des Menschen. Es ist plausibel, daß die menschlichen musikalischen Fähigkeiten eine phylogenetische Schlüsselrolle für die Evolution von Sprache hatten und daß gemeinschaftliches Musizieren wichtige evolutionäre Funktionen wie Gruppenkoordination und sozialen Zusammenhalt hatte bzw. hat (die vier »Ks«: Kommunikation, Kooperation, Koordination und Kohäsion).[1] Ähnlich wird angenommen, daß im Hinblick auf die Ontogenese Kleinkinder Sprache auf Basis prosodischer Information erwerben[2] und daß musikalische Kommunikation in früher Kindheit (wie z. B. Spiel-, Wiegen- und Schlaflieder) eine entscheidende Rolle für die Entwicklung emotionaler, kognitiver und sozialer Fertigkeiten von Kindern spielt.[3]

Musik ist ein allgegenwärtiges Phänomen: In allen menschlichen Kulturen haben Menschen Musik gemacht und sich an Musik erfreut. Menschen komponieren, erlernen das Spielen von Musikinstrumenten und machen Musik in Gruppen. Gemeinschaftliches Musikmachen ist eine höchst anspruchsvolle Aufgabe für das menschliche Gehirn, an dem praktisch alle uns bekannten kognitiven Prozesse beteiligt sind: Musikmachen involviert Wahrnehmung, Handlung, soziale Kognition, Emotion, Lernen, Gedächtnis usw. Dieser Reichtum macht Musik zu einem idealen Instrument zur Erforschung des menschlichen Gehirns. Unser Beitrag stellt vor allem Zusam-

1 Vgl. Koelsch/Siebel (2005) und Zatorre/Peretz (Hg.) (2001).

2 Vgl. Soderstrom et al. (2003).

3 Vgl. Trehub (2003).

menhänge zwischen Musik und Sprache sowie zwischen Musik und Emotion dar.[4]

2. Verarbeitung musikalischer Syntax

In dur-moll-tonaler Musik werden Akkordfunktionen innerhalb harmonischer Fortschreitungen entsprechend bestimmten Regularitäten arrangiert. Das regularitäten-basierte Arrangement von Akkordfunktionen kann auch als Teil einer musikalischen Syntax bezeichnet werden[5] (Akkordfunktionen sind z. B. Akkorde, die auf den Tönen der Tonleiter aufgebaut sind, siehe auch Abb. 1a). Der Akkord auf dem ersten Tonleiterton wird Tonika genannt, der auf dem fünften Tonleiterton Dominante. Ein Beispiel für eine Regularität harmonischer Fortschreitung ist, daß die Dominante oft direkt der Subdominante folgt, aber die Subdominante nur sehr selten direkt der Dominante. Die Dominante-Tonika-Fortschreitung wird häufig eingesetzt, um das Ende einer harmonischen Sequenz anzuzeigen, das Ende einer harmonischen Sequenz (oder gar eines Musikstückes) wird jedoch nie durch eine Tonika-Dominante-Fortschreitung angezeigt.

Abbildung 1b zeigt zwei Sequenztypen aus Experimenten zur Untersuchung musik-syntaktischer Verarbeitung. Beide Sequenzen bestehen aus sechs Akkordfunktionen, die ersten fünf Akkorde unterscheiden sich nicht zwischen den beiden Sequenztypen. Der fünfte Akkord des Sequenztyps A ist eine Tonika (reguläres Ende, linke Sequenz in Abb. 1b). Der Schlußakkord des Sequenztyps B ist eine Doppeldominante (irreguläres Ende, rechte Sequenz in Abb. 1b). In einem typischen Experiment werden beide Sequenztypen in allen zwölf Durtonarten präsentiert (jede Sequenz wird in einer anderen Tonart als der Tonart der vorhergehenden Sequenz präsentiert), die Auftrittswahrscheinlichkeit für beide Sequenztypen ist 50 %, und die Abfolge von regulären und irregulären Sequenzen ist zufällig.

4 Zur Übersicht über frühe Stufen akustischer Verarbeitung und zu Untersuchungen zur Musikproduktion siehe z. B. Koelsch/Siebel (2005), Bangert/Altenmüller (2003) sowie Repp/Knoblich (2004).

5 Vgl. Riemann (1877), Koelsch (2005) und Koelsch/Siebel (2005).

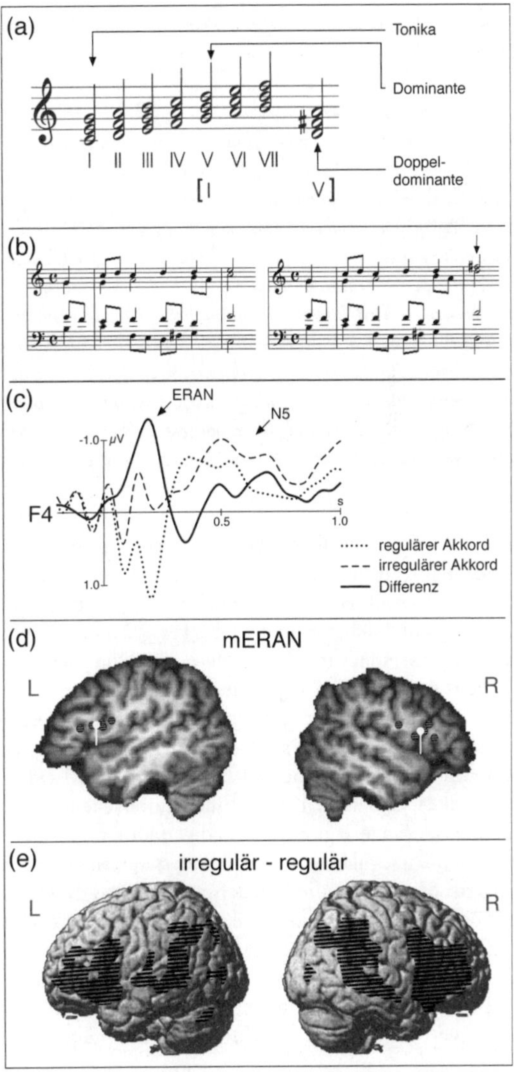

Abb. 1: In dur-moll-tonaler Musik werden Akkordfunktionen innerhalb harmonischer Sequenzen entsprechend bestimmten Regularitäten arrangiert. Akkord-

funktionen sind z. B. Akkorde, die auf den Tönen der Tonleiter aufgebaut sind. (a) Der Akkord auf dem ersten Tonleiterton wird Tonika genannt, der auf dem fünften Tonleiterton Dominante. Der Durakkord auf dem zweiten Ton einer Tonleiter wird auch als Doppeldominante bezeichnet. Die Akkordsequenz im linken Teil von (b) endet auf einer Dominante-Tonika-Fortschreitung (reguläres Sequenzende). Der Schlußakkord der Akkordsequenz auf der rechten Seite von (b) ist eine Doppeldominante (irreguläres Ende[6]*). (c) Hirnelektrische Potentiale, die durch die Schlußakkorde von (b) evoziert wurden. (d) Quell-Lokalisation der early right anterior negativity (ERAN) durch MEG.*[7] *Die Quell-Lokalisationen einzelner Versuchspersonen sind durch die gestreiften Kreise dargestellt, die weißen Dipole zeigen die Mittelung dieser individuellen Quell-Lokalisationen. (e) fMRT-Daten, die Aktivierungen im Gehirn als Reaktion auf das Hören musik-syntaktisch irregulärer Akkorde zeigen (Aktivierungen durch musik-syntaktisch irreguläre Akkorde sind kontrastiert mit Aktivierungen musik-syntaktisch regulärer Akkorde, d. h. die Aktivierungen zeigen, welche Strukturen des Gehirns beim Hören irregulärer Akkorde stärker aktiviert sind als beim Hören regulärer Akkorde).*[8]

Abbildung 1c zeigt hirnelektrische Potentiale (aufgezeichnet mit Electroencephalographie, EEG), die durch die Schlußakkorde der Sequenztypen A und B evoziert wurden. Die Versuchspersonen waren sogenannte Nichtmusiker, d. h. Personen, die nicht erklären können, was eine »Tonika« oder eine »Dominante« ist, die keine Noten lesen können oder nicht gelernt haben, ein Musikinstrument zu spielen. Die gepunktete Linie zeigt die ereigniskorrelierten Hirnpotentiale (EKPs), die durch die regulären Akkorde evoziert wurden, die gestrichelte Linie zeigt die EKPs der irregulären Akkorde. Die beiden Kurvenlinien unterscheiden sich deutlich voneinander (angezeigt durch die dicke Differenz-Kurve). Dies zeigt an, daß die irregulären Akkorde anders verarbeitet wurden als die regulären, obwohl (a) die Versuchspersonen sogenannte Nichtmusiker waren, (b) die musik-syntaktische Irregularität sehr unauffällig war und (c) der irreguläre Akkord nicht einfach einen physikalischen Abweichler darstellte. Der erste Unterschied zwischen den beiden Kurvenlinien ist um ca. 200 Millisekunden (ms) maximal. Das negative Potential, das durch den irregulären Akkord in

6 Klangbeispiele unter <www.stefan-koelsch.de/TC_DD>.

7 Übernommen aus Maess et al. (2001).

8 Abbildung modifiziert aus Koelsch (2005).

dieser Zeitspanne evoziert wurde, hat eine rechts-frontale Schädelverteilung und wurde deshalb als *early right anterior negativity* (ERAN)[9] bezeichnet.[10] Diese frühe, rechts-anteriore Negativierung wird normalerweise gefolgt von einer späteren Negativierung, der sogenannten N5 (kurzer Pfeil in Abb. 1c). Die ERAN wird interpretiert als Korrelat neuronaler Aktivität musik-syntaktischer Verarbeitungsprozesse, die N5 als Korrelat harmonischer Integrationsprozesse.[11]

Wie bereits oben erwähnt, waren die Versuchspersonen des Experiments aus Abb. 1b sogenannte Nichtmusiker. Interessanterweise verarbeiteten diese Personen die musik-syntaktische Information schnell und genau entsprechend komplexen musikalischen Regularitäten. Das implizite Wissen über musikalische Regularitäten wird wahrscheinlich durch alltägliche Hörerfahrungen erworben[12] (siehe aber auch die Anmerkungen zur Universalität dur-moll-tonaler Syntaxverarbeitung weiter unten). Dieses Wissen führt auch bei Nichtmusikern zu hochsensitiven Reaktionen des Gehirns auf musiksyntaktische Irregularitäten, auch dann, wenn sie es selbst nicht bewußt bemerken.

Der Befund, daß auch Nichtmusiker sehr musikalisch auf Musik reagieren, stimmt mit zahlreichen Studien überein, die zeigen, daß die Fähigkeit, ein sehr genaues implizites Wissen über musikalische Regularitäten zu erwerben, und die Fähigkeit, musikalische Information schnell und genau entsprechend diesem Wissen zu verarbeiten, eine allgemeine Fähigkeit des menschlichen Gehirns ist.[13] Diese allgemeine menschliche Musikalität unterstreicht die biologische Relevanz von Musik. Notabene erfordert die oben dargestellte musiksyntaktische Verarbeitung das Herstellen komplexer, weitreichender harmonischer Relationen innerhalb musikalischer Sequenzen (z. B. ist ein D-Dur-Akkord nach einem G-Dur-Akkord ja nur irregulär, wenn vor dem G-Dur-Akkord ein C-Dur-Kontext hergestellt wurde, siehe auch Abb. 1). Ob nicht-menschliche Primaten in der Lage sind,

9 Zu Überblicksarbeiten siehe Koelsch/Friederici (2003), Koelsch/Siebel (2005) und Koelsch (2005).

10 Vgl. Koelsch et al. (2000).

11 Vgl. Koelsch/Friederici (2003), Koelsch/Siebel (2005) und Koelsch (2005).

12 Vgl. Tillmann et al. (2000).

13 Vgl. Koelsch/Siebel (2005), Koelsch (2005), Koelsch/Friederici (2003) sowie Tillmann et al. (2000).

solche Relationen zu erfassen, ist zwar noch nicht geklärt, unseres Erachtens jedoch sehr unwahrscheinlich.[14] Dem Gehirn des Menschen fällt es aufgrund seiner Intelligenz jedenfalls leicht, diese Relationen zu erfassen.

Die in der »ERAN« widergespiegelte neuronale Aktivität kann evoziert werden, während Versuchspersonen ein Buch lesen oder ein Videospiel spielen, sowie unter leichter Propofol-Sedierung.[15] Dies bedeutet, daß die neuronalen Mechanismen, die der Erzeugung der ERAN zugrunde liegen, relativ unabhängig von Aufmerksamkeit aktiv sind. Das heißt, selbst wenn wir uns gar nicht auf das Hören von Musik konzentrieren und selbst wenn wir musiksyntaktische Information gar nicht wahrnehmen wollen, wird sie dennoch schnell und genau im Gehirn verarbeitet. Der Vollständigkeit halber möchten wir noch erwähnen, daß die ERAN (1) auch beim Hören »echter«, expressiv gespielter Musik evoziert werden kann (z. B. durch Musik von Bach, Haydn, Mozart und Beethoven, also nicht nur durch unsere etwas artifiziell anmutenden Stimuli), (2) größer bei Musikern als bei Nichtmusikern ist (wahrscheinlich weil Musiker spezifischere Repräsentationen musik-syntaktischer Regularitäten haben und dadurch sensitiver auf Verletzungen dieser Regularitäten reagieren) und (3) auch bei fünfjährigen Kindern (wahrscheinlich sogar schon viel jüngeren Kindern) beobachtet werden kann.[16]

Der Frage, ob die Verarbeitung dur-moll-tonaler Regularitäten an kulturelle Erfahrungen gebunden ist, ist Tom Fritz im Rahmen einer Expedition zum Volk der Mafa in Nordkamerun nachgegangen. Er spielte dort einigen Mafa (die noch nie zuvor westliche Musik gehört hatten) die Stimuli aus unseren Experimenten zur musikalischen Syntaxverarbeitung vor (ähnlich denen aus Abb. 1). Wenn die Personen aufgefordert wurden, einen Knopf für das richtige und einen für das falsche Ende zu drücken, konnten die allermeisten von ihnen reguläre von irregulären Akkorden nicht unterscheiden, selbst nach mehr als halbstündiger Übung nicht und selbst dann nicht, wenn die Sequenzen auf dem Durakkord der erniedrigten zweiten Stufe endeten (also z. B. in C-Dur auf einem Cis-Dur Akkord), einer für uns eher schauerlichen Endung, die Versuchspersonen unseres Kul-

14 Siehe dazu auch Fitch/Hauser (2004).

15 Vgl. Heinke et al. (2004).

16 Vgl. Koelsch et al. (2003).

turkreises deutlich detektieren können (mit ca. achtzigprozentiger Trefferquote[17]).

Höchst bemerkenswerterweise zeigten die Mafa jedoch einen deutlichen Unterschied zwischen regulären und irregulären Akkorden (und zwar sogar wenn die irregulären Akkorde relativ unauffällige Doppeldominanten waren) in einem Experiment mit einer impliziten Syntax-Aufgabe: In diesem Experiment war die Aufgabe nicht, auf die regulären oder irregulären Akkorde mit einem Tastendruck zu reagieren. Statt dessen wurde die Hälfte der Schlußakkorde mit einem normalen Klavierklang gespielt und die andere Hälfte der Schlußakkorde mit einem Harfenklang. Die Aufgabe war, eine Taste für die Schlußakkorde mit Klavierklang und eine für die Schlußakkorde mit Harfenklang zu drücken. Bei diesem Experiment waren die Reaktionszeiten für das Tastendrücken deutlich länger, wenn der letzte Akkord auf einer Doppeldominante endete, als wenn er auf einem Tonika-Akkord endete. Dies demonstriert, daß die unterschiedlichen Akkordfunktionen (reguläre Tonika und irreguläre Doppeldominante) kognitiv unterschiedlich verarbeitet wurden und daß also dur-moll-tonale harmonische Relationen vom menschlichen Gehirn erkannt werden, selbst wenn ein Mensch noch nie vorher dur-moll-tonale Musik gehört hat. Bei Hörer/innen unseres Kulturkreises, die dur-moll-tonale Musik schon jahrelang gehört haben, spielen dann natürlich auch Erfahrungen und Lernprozesse bei der Verarbeitung dur-moll-tonaler musikalischer Struktur eine Rolle.

Die ERAN ist nicht der einzige elektrophysiologische Index musiksyntaktischer Verarbeitung: Studien, die mit Hilfe ereigniskorrelierter Hirnpotentiale (EKPs) die neuralen Mechanismen der Verarbeitung musikalischer Syntax untersuchten, zeigten, daß die Verarbeitung musikalischer Information in einer Vielzahl von EKP-Komponenten widergespiegelt werden kann, z. B. P300,[18] LPC (»late positive component«)[19] und RATN (»right anterior temporal negativity«[20]).

Mittels magnetoencephalographischer (MEG) Methoden wurde die ERAN im inferioren frontolateralen Cortex lokalisiert (Abb. 1d).[21] Dieser Teil des Gehirns ist interessanterweise auch entscheidend

17 Vgl. Koelsch et al. (2000).

18 Vgl. Janata (1995).

19 Vgl. Besson/Faita (1995), Patel et al. (1998), Regnault et al. (2001).

20 Patel et al. (1998).

21 Vgl. Maess et al. (2001).

in die Verarbeitung sprachlicher Syntax involviert[22] (in der linken Hemisphäre wird das Areal, in dem die Quellen der ERAN lokalisiert wurden, auch als *Broca-Areal* bezeichnet). Das heißt, musiksyntaktisch irreguläre Akkorde werden in Hirnstrukturen verarbeitet, die auch entscheidend in die Verarbeitung syntaktisch irregulärer Wörter involviert sind.

Diese Quell-Lokalisation der ERAN wurde durch Experimente mit funktioneller Magnetresonanztomographie (fMRT) gestützt: Abb. 1e zeigt fMRT-Daten von zwanzig Versuchspersonen, gemessen mit einem ähnlichen Akkord-Sequenz-Paradigma wie in Abb. 1a (die gestreiften Bereiche zeigen, welche Strukturen des Gehirns beim Hören irregulärer Akkorde stärker aktiviert sind als beim Hören regulärer Akkorde). Übereinstimmend mit den MEG-Daten zeigen die fMRT-Daten Aktivierungen des inferioren frontolateralen Cortex. Die fMRT-Daten zeigen auch, daß die Verarbeitung musiksyntaktisch irregulärer Akkorde nicht nur das Broca-Areal aktiviert (und das homotope Areal in der rechten Hemisphäre), sondern auch posterior-temporale Areale.[23] Diese posterior-temporalen Areale werden in der linken Hemisphäre auch als *Wernicke-Areal* bezeichnet. Sowohl das Broca- als auch das Wernicke-Areal sind entscheidend in die Wahrnehmung und die Produktion von Sprache involviert;[24] das Zusammenspiel zwischen diesen Strukturen wurde lange Zeit für sprachspezifisch gehalten. Die Daten der Abb. 1e zeigen, daß das kortikale »Sprach-Netzwerk« auch der Verarbeitung von Musik dient. In Sprachexperimenten ist dieses Netzwerk oft in der linken Hemisphäre stärker aktiviert als in der rechten, in Musik-Experimenten ist es meist in der rechten Hemisphäre etwas stärker aktiviert als in der linken.

Musikpsychologisch ist auch erwähnenswert, daß das Ergebnis musik-syntaktischer Verarbeitungsprozesse emotionale Effekte und eine (semantische) Bedeutung haben kann:[25] Ein strukturell irreguläres musikalisches Ereignis (z. B. eine irreguläre Akkordfunktion) kann eine emotionale Reaktion hervorrufen, und solche Ereignisse können eine musikalische Bedeutung haben (Komponisten benutzen solche Ereignisse als Ausdrucksmittel). Die Prozesse der Verarbeitung

22 Vgl. Friederici (2002).

23 Vgl. Koelsch et al. (2002).

24 Vgl. Friederici (2002).

25 Vgl. Meyer (1956).

dieser Art musikalischer Bedeutung sind möglicherweise in der sogenannten N5-Komponente reflektiert (kurzer Pfeil in Abb. 1c). Weitere Aspekte musik-semantischer Verarbeitung werden im folgenden Abschnitt beschrieben.

3. Verarbeitung musikalischer Semantik

Wenn ich einen Satz höre wie *Der Junge singt ein Lied* erwarte ich das Wort *Musik* eher als das Wort *Stift*. Dieser Effekt ist der semantische Priming-Effekt, er hat zur Folge, daß Wörter mit semantisch enger Relation zu einem vorhergehenden Kontext schneller und leichter verarbeitet werden als semantisch nicht verwandte Wörter.[26]

Ein elektrophysiologischer Index semantischen Primings ist die »N400«-Komponente des ereigniskorrelierten elektrischen Hirnpotentials. Die N400 entsteht im Gehirn normalerweise um ca. 250-400 Millisekunden (ms) nach der Darbietung eines Wortes. Die durch Wörter evozierte N400 ist sensitiv für Manipulationen semantischer Relationen: sie ist kleiner, wenn auf einen Satz wie *Der Junge singt ein Lied* ein Wort mit enger semantischer Relation zu dem Satz folgt (z. B. *Musik*), und größer, wenn das Wort keinen semantischen Bezug zum Satz hat (z. B. *Stift*).[27] Eine der ersten EKP-Studien zur sprachlichen Semantik benutzte Sätze wie »Er bestrich sein Brot mit warmen Socken«, wobei das Wort »Socken« eine deutliche N400 hervorrief.[28]

Semantik ist selbstverständlich eine basale Dimension der Sprache, und für viele Menschen ist der Gedanke ungewohnt, daß auch Musik semantische Informationen vermittelt. Musik ist jedoch in erster Linie Mittel der Kommunikation, und Komponisten nutzen Musik als Mittel des Ausdrucks. Theoretisch können unterschiedliche Aspekte musikalischer Semantik unterschieden werden:[29] (1) Musikalische Bedeutung, die durch Informationen übermittelt wird, die an Objekte erinnern (z. B. an einen Vogel), oder durch Informationen, die Eigenschaften bezeichnen (z. B. *hell*, *dumpf*, *schnell*, *spitz*, *weich*, *warm*). (2) Musikalische Bedeutung, die durch

26 Vgl. Kellenbach et al. (2000), Osterhout/Holcomb (1995).

27 Vgl. Kellenbach et al. (2000), Osterhout/Holcomb (1995).

28 Vgl. Kutas/Hillyard (1980).

29 Vgl. Koelsch et al. (2004).

das Entstehen bzw. das Erkennen einer Stimmung vermittelt wird (z. B. *fröhlich*); hier ist die Ähnlichkeit zur emotionalen Prosodie (also sprechmotorischer Aktivität) und/oder die Ähnlichkeit zu gestischem Ausdruck (also ebenfalls Motorik) von Bedeutung (z. B. die Imitation einer ausschweifenden, hektischen, heldenhaften, eleganten, ruckartigen oder behäbigen Geste). Außerdem spielen vielleicht auch Ähnlichkeiten zwischen Musik und körperlichen Empfindungen eine Rolle, die wir von unterschiedlichen Stimmungen her kennen (Herzklopfen, Herzstolpern, flaches Atmen, tiefes Durchatmen, warmes, kaltes oder taubes Körpergefühl etc.). (3) Bedeutung durch extramusikalische Assoziationen, und zwar explizite (z. B. eine Nationalhymne) sowie implizite (ein Kirchenchoral erweckt Assoziationen an Kirche, auch wenn ich diesen Choral vorher noch nie gehört habe – es reicht aus, daß ich erkenne, daß es sich hier um Kirchenmusik handelt). Extramusikalische Assoziationen müssen selbstverständlich kulturell erworben werden, im Gegensatz zu (1) und (2). (4) Bedeutung, die durch das Arrangement formaler Strukturen entsteht (Spannung, Auflösung, Überraschung durch einen unerwarteten Akkord usw.); dieser Aspekt wird in der Musikwissenschaft auch als Bedeutung von Musik »sui generis« bezeichnet.[30]

Intuitiv scheint es plausibel, daß auch Musik semantische Information übermitteln kann: Bei bestimmten Passagen von Beethoven-Symphonien z. B. denken wir eher an *Held* als an *Floh*, und bei bestimmten Passagen von Mozart-Symphonien denken wir eher an *Engel* als an *Flegel*. Wie kommt es jedoch zu solchen semantischen Assoziationen beim Hören von Musik? Und sind die kognitiven Mechanismen, die beim Hören von Musik semantische Informationen entschlüsseln, dieselben Mechanismen, die auch der Verarbeitung sprachlicher Semantik dienen?

Zu dieser Frage wurde ein semantisches Priming-Experiment durchgeführt, in dem (a) Sätze sowie (b) kurze musikalische Exzerpte als »Prime-Stimuli« präsentiert wurden (die Exzerpte wurden von normalen Musik-CDs aufgenommen).[31] Diese Prime-Stimuli hatten semantisch entweder einen starken oder einen schwachen Bezug zu einem Zielwort (Abb. 2, in dem Beispiel der Abbildung hat das Zielwort *Weite* einen starken semantischen Bezug zum Satz *Die Blicke*

30 Vgl. Meyer (1956).

31 Vgl. Koelsch et al. (2004).

schweifen in die Ferne und einen schwachen Bezug zum Satz *Die Fesseln erlauben wenig Bewegung*). Zielwörter waren 44 Wörter (z. B. *Illusion, Weite, Keller, König, Nadel, Treppe, Fluß, Mann*), die Hälfte der Wörter waren konkrete Wörter, die andere Hälfte abstrakte Wörter.

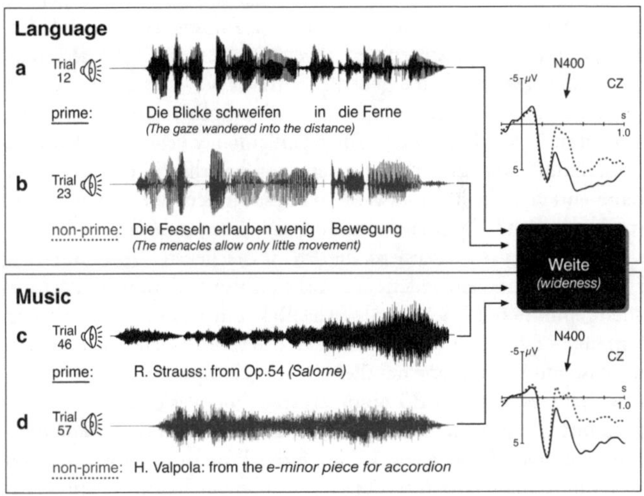

Abb. 2: Links: Beispiele der vier Experimentalbedingungen des Semantik-Experiments. Rechts: Ereigniskorrelierte elektrische Hirnpotentiale, die durch semantisch passende (schwarze Linie) und unpassende (gepunktete Linie) Wörter evoziert wurden, nach der Darbietung von Sätzen (oben) und Musik (unten). Sowohl in der Sprach-Bedingung als auch in der Musik-Bedingung evozierten Wörter, die semantisch nicht zum vorhergehenden Satz oder Musikstück paßten, eine sogenannte N400-Komponente (im Vergleich zu Wörtern, die semantisch zum vorhergehenden Prime-Stimulus paßten, siehe Pfeil). Dies zeigt, daß sowohl sprachliche als auch musikalische Prime-Stimuli einen systematischen Einfluß auf die semantische Verarbeitung von Wörtern haben können.

Die musikalischen Prime-Stimuli wurden aufgrund musik-theoretischer Terminologie oder aufgrund von Aussagen von Komponisten über ihre Stücke ausgewählt. Zum Beispiel war der musikalische

Prime-Stimulus für das Wort *Nadel* eine Passage aus einem Streichtrio von Arnold Schönberg, in dem Schönberg Stiche beschrieb, die er während einer Herzattacke empfand.[32] In dem Exzerpt von Richard Strauss aus Abb. 2 sind die Akkorde in weiter Lage gesetzt (die Töne umfassen also ein weites Frequenzspektrum), daher wurde dieses Exzerpt als Prime-Stimulus für das Wort *Weite* benutzt. Einige der musikalischen Prime-Stimuli erinnerten an Klänge von Objekten (z. B. Vogel) oder an Objektqualitäten (z. B. tiefe Töne und *Keller*, aufsteigende Intervallstufen und *Treppe*). Andere musikalische Prime-Stimuli (besonders diejenigen für abstrakte Wörter) erinnerten an prosodische und gestische Merkmale, die mit bestimmten Wörtern assoziiert sind (z. B. *Seufzer, Trost*). Außerdem wurden musikalische Prime-Stimuli eingesetzt, die typische musikalische Stile und Formen repräsentieren, die üblicherweise mit bestimmten Wörtern assoziiert werden (z. B. ein Kirchenchoral und das Wort *Andacht*).

Abb. 2 zeigt (rechts oben) die EKPs, die durch Zielwörter evoziert wurden, die entweder eine starke (schwarze Linie) oder schwache (gepunktete Linie) semantische Relation zu einem Prime-Satz hatten. Verglichen mit passenden Wörtern evozierten semantisch unpassende Wörter eine deutliche N400-Komponente. Dies ist der klassische semantische Priming-Effekt, bei dem Wörter, die semantisch nicht zum vorhergehenden Kontext passen, ein N400-Potential evozieren. Der Effekt zeigt, daß kognitive Prozesse semantischer Verarbeitung abhängig waren vom Grad der semantischen Relation zwischen Zielwort und vorhergehendem Satz.

Wir wollten herausfinden, ob solch ein semantischer Priming-Effekt auch beobachtet werden kann, wenn die Zielwörter nach einem musikalischen Exzerpt präsentiert werden. Der untere Teil von Abb. 2 (rechts) zeigt EKPs, die durch Zielwörter evoziert wurden, die entweder eine starke (schwarze Linie) oder schwache (graue Linie) semantische Relation zu einem musikalischen Prime-Stimulus hatten. Erstaunlicherweise evozierten Wörter, die semantisch nicht zu dem vorhergehenden musikalischen Exzerpt paßten, ebenfalls eine deutliche N400 (ähnlich wie wenn nach einem kurzen heldenhaften Ausschnitt einer Beethoven-Symphonie das Wort »Floh« erscheinen würde). Der N400-Effekt unterschied sich nicht zwischen der Sprach-Bedingung (in der die Zielwörter den Sätzen folgten) und

32 Beispiele unter <www.stefan-koelsch.de>.

der Musik-Bedingung (in der die Zielwörter der Musik folgten): der Unterschied zwischen den Potentialen, evoziert durch semantisch passende und unpassende Wörter, hatte den gleichen Amplituden-Wert, die gleiche Latenz und die gleiche Schädelverteilung in der Sprach- wie in der Musik-Bedingung. Auch die neuronalen Generatoren der N400 unterschieden sich nicht zwischen der Sprach-Bedingung und der Musik-Bedingung: In beiden Bedingungen wurden die primären Quellen der N400 bilateral im posterioren Anteil des Gyrus temporalis medius lokalisiert (Brodmann-Areal 21/37). Von diesen Regionen ist bekannt, daß sie in die Verarbeitung semantischer Information während der Perzeption von Sprache involviert sind.[33]

Der N400-Effekt wurde sowohl bei abstrakten als auch bei konkreten Wörtern beobachtet, was bedeutet, daß Musik sowohl abstrakte als auch konkrete semantische Information vermitteln kann. Außerdem wurde der Effekt auch unabhängig von emotionalen Beziehungen zwischen Prime-Stimuli und Zielwörtern gemessen, was bedeutet, daß Musik nicht nur emotionale Information vermitteln kann.

Der N400-Effekt in der Musik-Bedingung zeigt, daß musikalische Information einen systematischen Einfluß auf die semantische Verarbeitung von Wörtern haben kann. Der Befund, daß sich der N400-Effekt nicht zwischen Sprach- und Musikbedingung unterscheidet, zeigt, daß musikalische Information dieselben Effekte auf semantische Verarbeitungsprozesse haben kann wie sprachliche Information. Die Daten demonstrieren also, daß Musik systematisch Repräsentationen semantischer Konzepte aktivieren kann und daß daher Musik auch semantische Information vermitteln kann. Es ist durchaus möglich, daß semantische Konzepte als mentale Repräsentationen auch »sprachfrei« (z. B. als Bilder) gespeichert sind und daß diese Konzepte bzw. deren Repräsentationen sowohl durch Musik als auch durch Wörter aktiviert werden können. Dies würde die starke Ähnlichkeit der semantischen Verarbeitungsprozesse zwischen Sprach- und Musikbedingung in dem vorgestellten Experiment erklären. Diese Sicht schließt natürlich nicht aus, daß Musik Bedeutung auch noch auf andere Weise übermitteln kann (z. B. durch direkte Projektion

33 Zur funktionellen Architektur semantischer Verarbeitung auf Wortniveau siehe Friederici (2002), Démonet et al. (1992), Friederici et al. (2000) und Price et al. (1997); auf Satzniveau siehe Baumgaertner et al. (2002), Halgren et al. (2002), Helenius et al. (1998), Kuperberg et al. (2000) sowie Ni et al. (2000).

besonders relevanter akustischer Signale vom auditorischen Hirnstamm und Thalamus in die Amygdala und spätere semantische Interpretation der sich daraus ergebenden Wahrnehmungen und Empfindungen).

Einige der Stimuli des vorgestellten Semantik-Experiments hat Tom Fritz ebenfalls mit den Mafa in Kamerun getestet. Im Gegensatz zu vielen Personen unseres Kulturkreises war den Mafa durchaus plausibel, daß Musik eine Bedeutung hat, die man manchmal halt auch mit Worten beschreiben kann (unsere Versuchspersonen in Leipzig haben sich meist eher über das Experiment gewundert, weil »Musik doch schließlich gar keine Bedeutung« habe und »Musik doch schließlich gar nichts mit Sprache zu tun« habe). Einigen der verwendeten Musikstücke wurde auch von den Mafa deutlich die Bedeutung zugesprochen, die wir in unserem Kulturkreis mit dieser Musik verbinden. Dies zeigt, daß bestimmte semantische Informationen kulturübergreifend durch Musik zum Ausdruck gebracht werden können. Eine detaillierte Analyse dieses Experiments ist jedoch noch nicht abgeschlossen und kann daher hier noch nicht veröffentlicht werden.

Die in den letzten beiden Abschnitten vorgestellten Befunde zeigen, daß das menschliche Gehirn Musik und Sprache teilweise mit denselben kognitiven Prozessen und in denselben Strukturen des Gehirns verarbeitet.[34] Außerdem stützen die Befunde die Annahme, daß eine (phylogenetisch betrachtet) höchst entwickelte Musikalität eine natürliche und allgemeine Fähigkeit des menschlichen Gehirns ist.[35] Diese Annahme ist kompatibel mit Studien, die nahelegen, daß die musikalischen Fähigkeiten des Menschen eine Voraussetzung sind für Spracherwerb und -verarbeitung: Säuglinge und Kleinkinder akquirieren beträchtliche Information über Wort- und Phrasengrenzen (möglicherweise auch über Wortbedeutung) durch unterschiedliche prosodische Informationen.[36] Außerdem ist eine genaue Wahrnehmung von Tonhöhenrelationen wichtig für das Verständnis (und das Sprechen) von Tonsprachen (d. h. von Sprachen, in denen die Semantik eines Wortes auch durch Sprechmelodie vermittelt wird). Selbstverständlich erfordern auch andere Sprachen

34 Siehe auch Koelsch/Siebel (2005), Koelsch (2005) und Patel (2003).

35 Vgl. Koelsch/Siebel (2005).

36 D. h. über die musikalischen Aspekte der Sprache wie z. B. Sprechmelodie, -metrum, -rhythmus, und -timbre; siehe z. B. Jusczyk (1999) und Soderstrom et al. (2003).

eine akkurate Analyse der Prosodie (d. h. der musikalischen Information der Sprache, z. B. Melodie und Metrum), um die Struktur und Bedeutung gesprochener Sprache zu verstehen. Die Annahme einer engen Verbindung zwischen Sprache und Musik wird auch unterstützt durch Befunde weiterer stark überlappender (und teilweise identischer) neuronaler Ressourcen für die Verarbeitung von Sprache und Musik sowohl bei Erwachsenen als auch bei Kindern.[37] Unser Kollege W.A. Siebel bemerkte dazu einmal, daß dies nahelege, daß das menschliche Gehirn (zumindest im Kindesalter) Musik und Sprache nicht als separate Domänen versteht, sondern eher Sprache als einen Sonderfall der Musik.

4. Musik und Emotion

Musik ist ein ideales Werkzeug zur Erforschung von Emotion, vor allem weil Musik in der Lage ist, starke Emotionen transindividuell konsistent zu evozieren.[38] Dennoch gibt es bisher nur sehr wenige funktionell-bildgebende Studien, die Emotion anhand von Musik erforscht haben. Blood et al.[39] untersuchten neurophysiologische Korrelate der emotionalen Dimension angenehm/unangenehm mit Sequenzen harmonisierter Melodien. Die Stimuli variierten in ihrem Grad der (permanenten) Dissonanz und wurden entsprechend als mehr oder weniger unangenehm empfunden (Stimuli mit dem höchsten Grad permanenter Dissonanz wurden von den Versuchspersonen als am unangenehmsten eingestuft). Die Stimuli wurden computergesteuert, ohne musikalischen Ausdruck dargeboten (d. h. ohne Dynamik und ohne Agogik). Diese Stimuli waren daher eher für die Induktion unangenehmer als angenehmer Emotion geeignet. Zunehmender Grad an Unangenehmheit der Stimuli korrelierte mit Aktivierungen des rechten Gyrus parahippocampalis (und Regionen des Precuneus), und abnehmender Grad an Unangenehmheit korrelierte mit Aktivierungen des orbitofrontalen und frontopolaren Cortex sowie des subcallosalen cingulären Cortex.

37 Maess et al. (2001), Koelsch et al. (2003), Koelsch et al. (2002), Schoen et al. (2004), Koelsch et al. (2005).

38 Vgl. Krumhansl (1997) und Panksepp (1995).

39 Blood et al. (1999).

In einer anderen Studie untersuchten Blood und Zatorre[40] Änderungen im regionalen cerebralen Blutfluß (rCBF) während besonders angenehmer emotionaler Erlebnisse beim Hören von Musik (sogenannter »chills«[41]). In dieser Studie hörten Versuchspersonen ihre eigene Lieblingsmusik (als Kontrollbedingung hörten sie die Lieblingsmusik einer anderen Versuchsperson). Während der »chills« wurden rCBF-Änderungen im Bereich der Insel, des rechten orbitofrontalen Cortex, der rechten Amygdala und des ventromedialen präfrontalen Cortex gemessen (Blood und Zatorre bemerkten dazu, daß von diesen Regionen des Gehirns angenommen wird, daß sie in die Verarbeitung von Belohnung und Emotion involviert sind).

Im folgenden stellen wir kurz eine eigene Studie mit funktioneller Magnetresonanztomographie (fMRT) vor, in der Emotion durch angenehme und unangenehme musikalische Stimuli induziert wurde.[42] Im Gegensatz zur Studie von Blood et al.[43] waren die angenehmen musikalischen Stimuli nicht computergesteuerte Klänge, sondern natürliche Musikstücke (fröhliche Instrumental-Tanzstücke, von kommerziell erhältlichen CDs aufgenommen). Unangenehme Stimuli waren elektronisch manipulierte, kakophone (permanent dissonante) Gegenstücke dieser Musikstücke. Verglichen mit den Stimuli von Blood et al. sollten die hier eingesetzten Stimuli nicht nur unangenehme, sondern auch angenehme Emotionen induzieren (als Antwort auf die fröhliche Musik).

Während des Hörens unangenehmer Musik (im Kontrast zu angenehmer Musik, *unangenehm > angenehm*) wurden Aktivierungen des Hippocampus, des Gyrus parahippocampalis und der Amygdala (in beiden Hemisphären) gemessen. Der umgekehrte Kontrast (*angenehm > unangenehm*) zeigte in der rechten Hemisphäre Aktivierungen der anterior-superioren Insel und des anterior-frontolateralen Cortex sowie bilaterale Aktivierungen der Heschlschen Gyri und des Rolandischen Operculums (im zentralen Operculum/Gyrus subcentralis, BA 43, Abb. 3).

Aktivitätsänderungen wurden also zum einen in limbischen und paralimbischen Strukturen gemessen (Amygdala, Hippocampus, Gyrus parahippocampalis und anteriore Insel); von diesen Struktu-

40 Blood/Zatorre (2001).

41 Das Wort »chill« kann mit »Erschauern« übersetzt werden.

42 Koelsch et al. (2006).

43 Vgl. Blood et al. (1999).

ren ist bekannt, daß sie eine zentrale Bedeutung für die Entstehung und Verarbeitung von Emotion haben.[44] Die vorliegenden Daten zeigen, daß die emotionale Verarbeitung von Musik ein Netzwerk aktivieren kann, das diese zahlreichen Strukturen umfaßt.

Im Rahmen seiner Expedition zum Volk der Mafa in Nordkamerun ist Tom Fritz auch der Frage nachgegangen, ob permanente Dissonanz (psychoakustisch auch Rauhigkeit genannt) nur von Menschen unseres Kulturkreises als unangenehm oder universell von Menschen als weniger angenehm empfunden wird. Er spielte dort einigen Mafa (die noch nie zuvor westliche Musik gehört hatten) die Stimuli aus unserem Kernspinexperiment vor, und es zeigte sich, daß auch die Mafa die permanent dissonante Musik weniger angenehm fanden als die überwiegend konsonante Musik. Allerdings machten die Menschen dort für die westliche Musik im Vergleich zu deutschen Versuchspersonen erheblich weniger große Bewertungsunterschiede zwischen den eher konsonanten und den permanent dissonanten Musikstücken. Diese Befunde zeigen, daß permanente Dissonanz (also ein permanent hoher Grad an Rauhigkeit) universell von Menschen (und wahrscheinlich auch von nichtmenschlichen Säugern[45]) als unangenehm empfunden wird. Übrigens klingt Musik des zwanzigsten Jahrhunderts zwar für viele Menschen dissonant, sie ist aber meist nicht permanent dissonant, also daher bitte diese Musik nicht mit den vorliegenden fMRT-Ergebnissen in Zusammenhang bringen... Schließlich ist noch interessant, daß Schmerz- und Streßlaute auch einen höheren Grad an Rauhigkeit haben (vor allem wegen der Verkrampfung des Vokaltraktes), von daher ist es phylogenetisch sinnvoll, daß wir Signale mit stärkerer Rauhigkeit als unangenehmer empfinden, so daß uns Streßlaute unserer Artgenossen (z. B. von Babies) zur Hilfe motivieren. Übrigens haben viele Akkorde und harmonische Wendungen, die der Musik Spannung und damit Würze verleihen, einen höheren Grad an Dissonanz (z. B. Dominantseptakkord, Subdominante mit hinzugefügter Sexte etc.). Die stärkere Rauhigkeit dieser Dissonanz aktiviert phylogenetisch alte Mechanismen, deren Aktivität wir als Spannung und deren Deaktivierung wir als Entspannung empfinden (zum zerebralen Netzwerk siehe Abb. 3). Diese Effekte der Rauhigkeit machen einige Aspekte

44 Vgl. Blood et al. (1999), Blood/Zatorre (2001), Royet et al. (2000), Zald/Pardo (2002), Siebel (1994), Siebel/Winkler (1996).

45 Vgl. Koelsch et al. (2006).

dur-moll-tonaler Musik wahrscheinlich dem Menschen universell verständlich.

Interessanterweise zeigen die Daten unseres fMRT-Experiments auch starke bilaterale Aktivierungen im Bereich des Rolandischen Operculums während des Hörens angenehmer (aber nicht unangenehmer) Musik. In diesem Areal befindet sich die Repräsentation des Kehlkopfes (der Larynx), d. h. die Repräsentation eines (stimmlichen) Effektors, der in die Produktion von Vokalisationen involviert ist. Die Larynx enthält die Stimmbänder, deren Schwingungen stimmlichen Klang produzieren. Die Frequenz dieser Schwingungen bestimmt die Höhe des stimmlichen Klangs, d. h. musikalische und sprachliche Stimmmelodie wird durch die dynamische Aktivität der Larynx produziert.

Notabene haben die Versuchspersonen während des Experiments nicht wirklich gesungen (dies kann durch Mikrophone und die Aufzeichnung von Muskelpotentialen kontrolliert werden, außerdem haben die Proband/innen nach dem Experiment auf Befragung hin bestätigt, daß sie nicht gesungen haben). Die vorliegenden Daten zeigen daher, daß die Probanden vokale Klangproduktion kodiert haben (ohne begleitende motorische Aktivität), während sie die emotionalen musikalischen Stimuli (die von anderen Individuen zuvor komponiert und produziert worden sind) hörten (vgl. auch Abb. 3). Interessanterweise existiert ein analoges Phänomen in der visuellen Domäne: Beim Menschen und bei nichtmenschlichen Primaten führt bereits das Beobachten einer Handlung zur Aktivierung prämotorischer Areale.[46] Diese Aktivierung ist identisch mit derjenigen, die bei der tatsächlichen Ausführung dieser Handlung beobachtet wird. Der prämotorische Cortex (PMC) ist unter anderem involviert in die Vorbereitung und Ausführung von Handlungen, die aber nicht notwendigerweise tatsächlich motorisch ausgeführt werden. Das bedeutet, daß die Neuronen im PMC aktiv sind, wenn eine Handlung ausgeführt wird, aber auch bereits, wenn sie lediglich vorgestellt oder beobachtet wird. Ähnlich führt bereits die Beobachtung oder sogar lediglich die Nennung von Werkzeugen zur Aktivierung prämotorischer Areale, ebenfalls ohne tatsächliche Aktivität motorischer Effektoren.

46 Vgl. Rizzolatti/Craighero (2004).

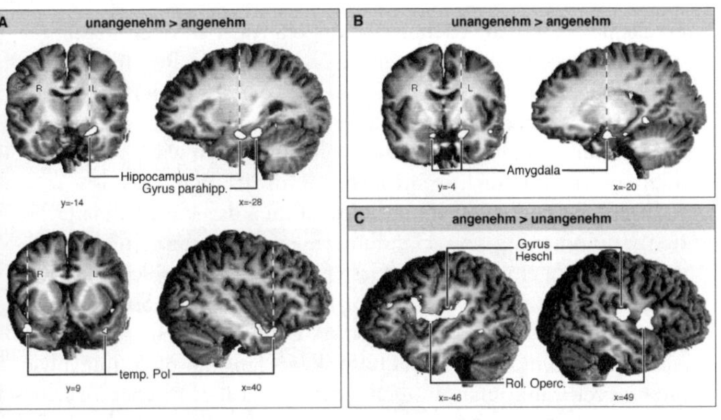

Abb. 3: Aktivitätsänderungen beim Hören angenehmer und unangenehmer Musik während der ersten 30 Sekunden eines Musikstückes (A) und im weiteren Verlauf des Hörens (B) und (C). (A) und (B) zeigen Aktivität, die beim Hören unangenehmer Musik stärker ist als beim Hören angenehmer Musik. (C) zeigt Aktivität, die beim Hören angenehmer Musik stärker ist als beim Hören unangenehmer Musik.

Wenn Individuen also visuell eine Handlung oder ein Objekt, das stark mit einer Handlung assoziiert wird, perzipieren, wird automatisch eine interne Replik dieser Handlung im PMC erstellt. Analog wurde in unserem Experiment die Perzeption und Analyse der musikalischen Information begleitet von subvokaler Aktivierung der Larynxrepräsentation, d. h. eines Effektors (melodischer) vokaler Klangproduktion. Das Perzeptions-Aktions-System (PAS), d. h. das System, das Perzeption zur Aktion dadurch vermittelt, daß es perzeptuelle Information während des Analysevorganges früh auf mögliche Effektoren überträgt, wird als basales System für das Erkennen und das Lernen von Handlungen angenommen (bei menschlichen sowie nicht-menschlichen Primaten). Es wurde berichtet, daß solch ein System nicht nur in der visuellen Domäne,[47] sondern auch in der auditorischen existiert.[48] Die vorliegenden Daten zeigen, daß

47 Vgl. Rizzolatti/Craighero (2004), Buccino et al. (2001), Decety/Grezes (1999), Fadiga et al. (1995).

48 Vgl. Kohler et al. (2002), Wilson et al. (2004).

bereits das Hören angenehmer Musik ein Areal aktiviert, das in die Produktion von Vokalisationen involviert ist; die Resultate liefern daher Evidenz für ein auditorisches PAS, das auf Repräsentationen von Vokalisationen basiert, die bereits aktiviert werden, wenn vokalisierbare auditorische Information wahrgenommen wird, sogar wenn diese Information nicht-sprachlich bzw. nicht-linguistisch ist.

Dieser Befund stützt auch die Annahme, daß ein PAS nicht nur für die Kodierung von Handlungen existiert, sondern auch für die Kodierung phonetischer Gesten und daß ein solches System möglicherweise ein neurophysiologisches Substrat der Sprachperzeption repräsentiert.[49] Notabene sind die dem PAS zugrundeliegenden Mechanismen nicht auf Handmotorik beschränkt, sondern involvieren eine Vielzahl somatotopisch organisierter motorischer Verschaltungen, die ein großes Repertoire (»körperlicher«) motorischer Aktionen vermitteln. Z. B. ist die phonetische Analyse sprachlicher Klänge wahrscheinlich eng an Prozesse der Sprachproduktion gebunden (die phonetische Analyse von Sprache aktiviert automatisch prämotorische, möglicherweise auch motorische kortikale Areale).[50]

Wie bereits erwähnt, wird die Aktivierung motorischer Repräsentationen während der Perzeption von Handlungen in der visuellen Domäne als neurophysiologische Basis für das Verstehen und das Lernen dieser Handlungen angenommen, da Beobachter möglicherweise Handlungen anderer Individuen über die gleiche neuronale Kodierung verstehen, die sie benutzen, um diese Handlung zu imitieren bzw. selber zu produzieren. Analog wird ein auditorisches PAS angenommen, das dem Verständnis von Sprache zugrunde liegt. Der Mensch hat die Fähigkeit zu höchst differenzierter vokaler Imitation, welche wahrscheinlich eine notwendige Voraussetzung für das Erlernen und die Produktion kulturspezifischer vokaler Klänge ist. Interkulturell umfassen diese Klänge phonemische Sprachklänge, prosodische Elemente der Sprache (d. h. musikalische Elemente der Sprache wie z. B. Sprachmelodie und -timbre) und Gesang. Vokale Imitation als Voraussetzung für die Akquisition von Sprache (insbesondere der Prosodie) und Gesang basiert auf neuronalen Substraten, die bisher nur wenig bekannt sind. Die vorliegenden Daten liefern Evidenz für ein PAS im Bereich musikalischer Information,

49 Vgl. Gallese et al. (1996) und Liberman/Mattingly (1985).
50 Vgl. Wilson et al. (2004).

was dadurch indiziert wird, daß vokalisierbare auditorische Information die Larynx-Repräsentation aktiviert und somit einen Effektor, der in die Produktion von (Sprach-)Melodie involviert ist.

Die Ergebnisse dieser Emotionsstudie sind im Zusammenhang dieses Buches deshalb relevant, weil die hier beschriebene emotionale Aktivität zur Handlung motiviert und diese Motivation eine Bedeutung für das musikhörende Individuum hat. Darüber hinaus ist emotionale Aktivität immer mit körperlichen Reaktionen verbunden, deren Wahrnehmung ebenfalls eine Bedeutung hat. Im folgenden Abschnitt wird daher noch kurz auf solche körperlichen Reaktionen eingegangen.[51]

5. Wie der Körper auf Musik reagiert

Emotionale Aktivität beim Hören von Musik hat immer Effekte auf das vegetative Nervensystem. Dabei besteht die Möglichkeit der Vitalisierung des Individuums durch Aktivität des vegetativen Nervensystems im Zusammenhang mit der Integration musikalischer und nicht-musikalischer (geistiger, körperlicher und emotionaler) Informationen (wahrscheinlich in den multimodalen parietalen Assoziationskortizes im Bereich der BA 7). Effekte der Verarbeitung von Musik auf das vegetative Nervensystem wurden bisher vor allem durch Messungen der elektrodermalen Aktivität und der Herzrate untersucht.[52]

Prozesse innerhalb des vegetativen Nervensystems (und damit auch Prozesse der Vitalisierung) haben Einfluß auf Prozesse innerhalb des Immunsystems. Wirkungen der Musikwahrnehmung auf das Immunsystem sind z. B. anhand von Konzentrations-Änderungen von Immunglobulin A im Speichel gemessen worden.[53]

Interessanterweise werden wahrscheinlich Prozesse innerhalb des Immunsystems positiv beeinflußt von (prä)motorischer Aktivität beim Musikmachen.[54] Dabei können die neuronalen Aktivitäten der späten Stadien der Musik-Perzeption identisch sein mit den

51 Er ist im wesentlichen übernommen aus Koelsch/Siebel (2005).

52 Vgl. Panksepp/Bernatzky (2002), Kalfha et al. (2002), Sloboda (1991) sowie Blood/Zatorre (2001).

53 Vgl. Hucklebridge et al. (2000), McCraty et al. (1996) und Kreutz et al. (2004).

54 Vgl. Kreutz et al. (2004).

neuronalen Aktivitäten der frühen Stadien der Handlungsplanung und -initiierung[55] (siehe auch den Abschnitt *Musik und Emotion* in diesem Beitrag). Mittlerweile wurde gezeigt, daß Musikperzeption mit Handlungsplanung interferieren kann,[56] daß bereits das bloße Hören von Klavierstücken zu (prä)motorischer Aktivität von Fingerrepräsentationen bei Pianisten führen kann und daß bereits lediglich das Hören von Musik auch bei sogenannten Nichtmusikern zu (prä)motorischer Aktivität der Repräsentation des Kehlkopfes führen kann (siehe Abschnitt 4).

Neben der Bedeutung für das Individuum hat Handlungsinduktion durch Musikperzeption (z. B. Mitwippen, Mitklatschen, Mittanzen oder Mitsingen) wahrscheinlich auch soziale Funktionen wie z. B. das Herstellen von Bindungen zwischen Individuen einer Gruppe oder auch zwischen Individuen unterschiedlicher Gruppen[57] (und solche sozialen Effekte haben wiederum Bedeutung für das Individuum). Interessanterweise werden diese evolutionär vorteilhaften sozialen Aspekte des Musikmachens begleitet von positiven Effekten auf das Immunsystem; diese positiven Effekte repräsentieren möglicherweise einen wichtigen Ursprung der Evolution kooperativen, gemeinschaftlichen Musikmachens beim Menschen. Mit anderen Worten: Unser Organismus ist derart gestaltet, daß auf Gemeinschaft hin orientierte soziale Aktivität sich regenerativ auf eine vitales System unseres Organismus auswirkt: auf das Immunsystem. Gemeinschaftliches Musikmachen – also interaktive, feinfühlende, kooperative Aktivität – repräsentiert eine solche auf Gemeinschaft hin orientierte Aktivität.

Schlußfolgerungen

Die vorgestellten Studien zeigen, daß das menschliche Gehirn Musik und Sprache zum großen Teil mit denselben kognitiven Prozessen verarbeitet (mit zum großen Teil denselben zerebralen Strukturen). Diese Befunde bedeuten, daß Musik und Sprache im Gehirn eng miteinander verknüpft sind und daß das Gehirn oft keinen wesentlichen Unterschied zwischen Sprache und Musik macht.

55 Vgl. Rizzolatti/Craighero (2004), Janata et al. (2002).

56 Drost et al. (2005) und Drost et al. (im Erscheinen).

57 Vgl. Hagen/Bryant (2003).

Interessanterweise waren alle Teilnehmer der hier vorgestellten Studien sogenannte Nichtmusiker, d. h. Menschen ohne formale musikalische Ausbildung. Die Ergebnisse zeigen, daß auch Nichtmusiker musikalische Syntax akkurat verarbeiten und musikalische Semantik verstehen können. Das implizite musik-syntaktische Wissen wird wahrscheinlich zu einem wesentlichen Teil durch alltägliche Hörerfahrungen erworben (übrigens ganz selbstverständlich, nebenbei, ohne jede Anstrengung und oft ohne daß wir es überhaupt merken). Diese Annahmen stimmen mit Studien überein, die zeigen, daß die Fähigkeit zum Erwerb von Wissen über musikalische Regularitäten und die Fähigkeit, musikalische Information schnell und genau entsprechend diesem Wissen zu verarbeiten, eine allgemeine Fähigkeit des menschlichen Gehirns ist. Anders gesagt: Die vorgestellten Ergebnisse zeigen unseres Erachtens, daß ein ausgeprägtes Interesse an Musik eine grundlegende Eigenschaft des Gehirns ist und daß eine ausgeprägte Musikalität eine ganz natürliche Fähigkeit des menschlichen Gehirns ist. Diese allgemeine menschliche Fähigkeit unterstreicht die biologische Relevanz von Musik.

Die Studien zur Emotion mit Musik zeigen, daß Musik ein extensives Netzwerk limbischer und para-limbischer Strukturen (also der Hirnstrukturen, die zentral für die Verarbeitung von Emotion sind) aktivieren kann und daß das Hören angenehmer Musik automatisch zu prämotorischer Aktivität (im Fall der vorgestellten Studie der Larynxrepräsentation) führen kann. Emotionale Aktivität, prämotorische Aktivität sowie körperliche Reaktionen emotionaler Aktivität haben ebenfalls eine Bedeutung für das musikhörende Individuum. Das Entschlüsseln dieser Bedeutung erleben wir wahrscheinlich auch als Verstehen von Musik.[58]

58 Die im Text zitierten Veröffentlichungen der Autoren können kostenlos heruntergeladen werden von <www.stefan-koelsch.de>.

Bangert, M./Altenmüller, E.O. (2003): »Mapping perception to action in piano practice: A longitudinal DC-EEG study«, in: *BMC Neurosci* 4 (26), S. 4-26.

Baumgaertner, A./Weiller, C./Büchel, C. (2002): »Even-related fMRI reveals cortical sites involved in contextual sentence integration«, in: *NeuroImage* 16, S. 736-345.

Besson, M./Faita, F. (1995): »An event-related potential study of musical expectancy: Comparison of musicians with nonmusicians«, in: *J Exp Psych: Hum Perc Perf* 21 (6), S. 1278-1296.

Blood, A.J./Zatorre, R.J./Bermudez, P./Evans, A.C. (1999): »Emotional responses to pleasant and unpleasant music correlate with activity in paralimbic brain regions«, in: *Nature Neurosci* 2 (4), S. 382-387.

Blood, A.J./Zatorre, R.J. (2001): »Intensely pleasurable responses to music correlate with activity in brain regions implicated in reward and emotion«, in: *PNAS* 98 (20), S. 11818-11823.

Buccino, G./Binkofsky, F./Fink, G.R./Fadiga, L./Fogassi, L./Gallese, V./Seitz, R./Zilles, K./Rizzolatti, G./Freund, H.J. (2001): »Action observation activates premotor and parietal areas in a somatotopic manner: An fMRI study«, in: *Europ J Neurosci* 13, S. 400-404.

Decety, J./Grezes, J. (1999): »Neural mechanisms subserving the perception of human actions«, in: *Trends Cogn Sci* 3 (5), S. 172-178.

Démonet, J./Chollet, F./Ramsay, S./Cardebat, D./Nespoulous, J.L./Wise, R./Rascol, A./Frackowiak, R. (1992): »The anatomy of phonological and semantic processing in normal subjects«, in: *Brain* 115, S. 1753-1768.

Drost, U.C./Rieger, M./Brass, M./Gunter, T.C./Prinz, W. (2005): »Action-effect coupling in pianists«, in: *Psychol Res* 69 (4), S. 233-241.

Drost, U.C./Rieger, M./Braß, M./Gunter, T.C./Prinz, W. (im Erscheinen): »When hearing turns into playing: Movement induction by auditory stimuli in pianists«, in: *Quart J Exp Psych*.

Fadiga, L./Fogassi, L./Pavesi, G./Rizzolatti, G. (1995): »Motor facilitation during action observation: A magnetic stimulation study«, in: *J Neurophys* 73, S. 2608-2611.

Fitch, W.T./Hauser, M.D. (2004): »Computational constraints on syntactic processing in a nonhuman primate«, in: *Science*, S. 377-380.

Friederici, A.D./Opitz, B./von Cramon, D.Y. (2000): »Segregating semantic and syntactic aspects of processing in the human brain: An fMRI investigation of different word types«, in: *Cereb Cortex* 10, S. 698-705.

Friederici, A.D. (2002): »Towards a neural basis of auditory sentence processing«, in: *Trends Cogn Sci* 6 (2), S. 78-84.

Gallese, V./Fadiga, L./Fogassi, L./Rizzolatti, G. (1996): »Action recognition in the premotor cortex«, in: *Brain* 119, S. 593-609.
Hagen, E.H./Bryant, G.A. (2003): »Music and dance as a coalition signaling system«, in: *Human Nature* 14, S. 21-51.
Halgren, E./Dhond, R.P./Christensen, N./Van Petten, C./Marinkovic, K./Lewine, J.D./Dale, A.M. (2002): »N400-like magnetoencephalography responses modulated by semantic context, word frequency, and lexical class in sentences«, in: *NeuroImage* 17, S. 1101-1116.
Heinke, W./Kenntner, R./Gunter, T.C./Sammler, D./Olthoff, D./Koelsch, S. (2004): »Differential effects of increasing propofol sedation on frontal and temporal cortices: An ERP study«, in: *Anesthesiol* 100, S. 617-625.
Helenius, P./Salmelin, R./Service, E./Connolly, J.F. (1998): »Distinct time courses of word and context comprehension in the left temporal cortex«, in: *Brain* 121, S. 1133-1142.
Hucklebridge, F./Lambert, S./Clow, A./Warburton, D.M./Evans, P.D./Sherwood, N. (2000): »Modulation of secretory immunoglobulin A in saliva; response to manipulation of mood«, in: *Biol Psych* 53, S. 25-35.
Janata, P. (1995): »ERP measures assay the degree of expectancy violation of harmonic contexts in music«, in: *J Cogn Neurosci* 7 (2), S. 153-164.
Jusczyk, P.W. (1999): »How infants begin to extract words from speech«, in: *Trends Cogn Sci* 3 (9), S. 323-328.
Kalfha, S./Peretz, I./Blondin, J.-P./Manon, R. (2002): »Event-related skin conductance responses to musical emotions in humans«, in: *Neurosci Letters* 328, S. 145-149.
Kellenbach, M./Wijers, A./Mulder, G. (2000): »Visual semantic features are activated during the processing of concrete words: event-related potential evidence for perceptual semantic priming«, in: *Cogn Brain Res* 10, S. 67-75.
Koelsch, S./Gunter, T.C./Friederici, A.D./Schröger, E. (2000): »Brain indices of music processing: ›Non-musicians‹ are musical«, in: *J Cogn Neurosci* 12 (3), S. 520-541.
Koelsch, S./Gunter, T.C./von Cramon, D.Y./Zysset, S./Lohmann, G./Friederici, A.D. (2002): »Bach speaks: a cortical ›language-network‹ serves the processing of music«, in: *NeuroImage* 17, S. 956-966.
Koelsch, S./Friederici, A.D. (2003): »Towards the neural basis of processing structure in music: Comparative results of different neurophysiological investigation methods«, in: *Ann New York Acad Sci*, S. 15-27.
Koelsch, S./Grossmann, T./Gunter, T.C./Hahne, A./Friederici, A.D. (2003): »Children processing music: Electric brain responses reveal musical competence and gender differences«, in: *J Cogn Neurosci* 15 (5), S. 683-693.
Koelsch, S./Kasper, E./Sammler, D./Schulze, K./Gunter, T.C./Friederici, A.D. (2004): »Music, language, and meaning: Brain signatures of semantic processing«, in: *Nat Neurosci* 7 (3), S. 302-307.

Koelsch, S./Siebel, W. (2005): »Towards a neural basis of music perception«, in: *Trends Cogn Sci* 9, S. 578-584.

Koelsch, S. (2005): »Neural Substrates of Processing Syntax and Semantics in Music«, in: *Current Opinion in Neurobiology* 15, S. 1-6.

Koelsch, S./Fritz, T./Schulze, K./Alsop, D./Schlaug, G. (2005): »Adults and children processing music: An fMRI study«, in: *NeuroImage* 25 (4), S. 1068-1076.

Koelsch, S./Fritz, T./von Cramon, D.Y./Müller, K./Friederici, A.D. (2006): »Investigating emotion with music: an fMRI study«, in: *Human Brain Mapping* 27, S. 239-250.

Kohler, E./Keysers, C./Umilta, M.A./Fogassi, L./Gallese, V./Rizzolatti, G. (2002): »Hearing sounds, understanding actions: Action representation in mirror neurons«, in: *Science* 297, S. 846-848.

Kreutz, G./Bongard, S./Rohrmann, S./Hodapp, V./Grehe, D. (2004): »Effects of choir singing or listening on secretary immunoglobin A, cortisol, and emotional state«, in: *J Behav Med* 27, S. 623-635.

Krumhansl, C.L. (1997): »An exploratory study of musical emotions and psychophysiology«, in: *Can J Exp Psychol* 51, S. 336-352.

Kuperberg, G./McGuire, P.K./Bullmore, E.T./Brammer, M.J./Rabe-Hesketh, S./Wright, I.C./Lythgoe, D.J./Williams, S.C.R./David, A.S. (2000): »Common and distinct neural substrates for pragmatic, semantic and syntactic processing of spoken sentences: An fMRI study«, in: *J Cog Neurosci* 12 (2), S. 321-341.

Kutas, M./Hillyard, S. (1980): »Reading senseless sentences: Brain potentials reflect semantic incongruity«, in: *Science* 207, S. 203-205.

Janata, P./Tillmann, B./Bharucha, J. (2002): »Listening to polyphonic music recruits domain-general attention and working memory circuits«, in: *CABN* 2 (2), S. 121-140.

Liberman, A.M./Mattingly, I.G. (1985): »The motor theory of speech perception revised«, in: *Cognition* 21, S. 1-36.

Maess, B./Koelsch, S./Gunter, T.C./Friederici, A.D. (2001): »Musical Syntax is processed in Broca's area: An MEG-study«, in: *Nature Neurosci* 4 (5), S. 540-545.

McCraty, R./Atkinson, M./Rein, G./Watkins, A.D. (1996): »Music enhances the effect of positive emotional states on salivary IgA«, in: *Stress Medicine* 12, S. 167-175.

Meyer, L.B. (1956): *Emotion and Meaning in Music*, Chicago: University of Chicago Press.

Ni, W./Constable, R.T./Mencl, W.E./Pugh, K.R./Fulbright, R.K./Shaywitz, B.A./Gore, J.C./Shankweiler, D. (2000): »An even-related neuroimaging study distinguishing form and content in sentence processing«, in: *J Cog Neurosci* 12 (1), S. 120-133.

Osterhout, L./Holcomb, P. (1995): »ERPs and language comprehension«, in: M. Rugg/M. Coles (Hg.): *Electrophysiology of Mind. Event-Related Potentials and Cognition*, Oxford: Oxford University Press, S. 192-208.

Panksepp, J. (1995): »The emotional sources of »chills« induced by music«, in: *Music Perc* 13, S. 171-208.

Panksepp, J./Bernatzky, G. (2002): »Emotional sounds and the brain: the neuro-affective foundations of musical appreciation«, in: *Behav Proc* 60, S. 133-155.

Patel, A.D./Gibson, E./Ratner, J./Besson, M./Holcomb, P.J. (1998): »Processing syntactic relations in language and music: An event-related potential study«, in: *J Cogn Neurosci* 10 (6), S. 717-733.

Patel, A. (2003): »Language, music, syntax and the brain«, in: *Nature Neurosci* 6 (7), S. 674-681.

Price, C./Moore, C./Humphreys, G./Wise, R. (1997): »Segregating semantic from phonological processes during reading«, in: *J Cog Neurosci* 9 (6), S. 727-733.

Regnault, P./Bigand, E./Besson, M. (2001): »Different brain mechanisms mediate sensitivity to sensory consonance and harmonic context: Evidence from auditory event-related brain potentials«, in: *J Cogn Neurosci* 13 (2), S. 241-255.

Repp, B.H./Knoblich, G. (2004): »Perceiving action identity: How pianists recognize their own performance«, in: *Psychol Science* 15 (9), S. 604-609.

Riemann, H. (1877): *Musikalische Syntaxis: Grundriss einer harmonischen Satzbildungslehre*, Niederwalluf: Sändig 1971.

Rizzolatti, G./Craighero L. (2004): »The mirror-neuron system«, in: *Annual Review of Neuroscience* 27, S. 169-192.

Royet, J.P./Zald, D./Versace, R./Costes, N./Lavenne, F./Koenig, O./Gervais, R. (2000): »Emotional responses to pleasant and unpleasant olfactory, visual, and auditory stimuli: A positron emission tomography study«, in: *J Neurosci* 20 (20), S. 7752-7759.

Schoen, D./Magne, C./Besson, M. (2004): »The music of speech: Music training facilitates pitch processing in both music and language«, in: *Psychophys* 41 (3), S. 341-349.

Siebel, W.A. (1994): *Human Interaction: Introduction to a new psychological theory of cognition*, Langwedel: Glaser-Verlag.

Siebel, W.A./Winkler, T. (1996): *Noosomatik V*, 2. Aufl., Wiesbaden: Glaser-Verlag.

Sloboda, J.A. (1991): »Music Structure and Emotional Response: Some Empirical Findings«, in: *Psychology of Music* 19 (2), S. 110-120.

Soderstrom, M./Seidl, A./Kemler Nelson, D.G./Jusczyk, P.W. (2003). »The prosodic bootstrapping of phrases: Evidence from prelinguistic infants«, in: *Journal of Memory and Language* 49 (2), S. 249-267.

Tillmann, B./Bharucha, J./Bigand,E. (2000): »Implicit learning of tonality: A self-organized approach«, in: *Psych Review* 107 (4), S. 885-913.
Trehub, S. (2003): »The developmental origins of musicality«, in: *Nature Neurosci* 6 (7), S. 669-673.
Wilson, S.M./Saygin, A.P./Sereno, M./Iacoboni, M. (2004): »Listening to speech activates motor areas involved in speech production«, in: *Nature Neurosci* 7 (7), S. 701-702.
Zald, D.H./Pardo, J.V. (2002): »The neural correlates of aversive auditory stimulation«, in: *NeuroImage* 16, S. 746-753.
Zatorre, R.J./Peretz, I. (Hg.)(2001): *The Biological Foundations of Music* (*Ann New York Acad Sci*, Vol. 930), New York: The New York Academy of Sciences.

Alexander Becker

Wie erfahren wir Musik?

> An sich ist keine Musik tief und bedeutungsvoll ... Der Intellekt selber hat diese Bedeutsamkeit erst in den Klang hineingelegt; wie er in die Verhältnisse von Linien und Massen bei der Architektur ebenfalls Bedeutsamkeit gelegt hat, welche aber an sich den mechanischen Gesetzen ganz fremd ist.
> Friedrich Nietzsche[1]

> Es gibt relativ wenig Menschen, die imstande sind, rein musikalisch zu verstehen, was Musik zu sagen hat. Die Annahme, ein Tonstück müsse Vorstellungen irgendwelcher Art erwecken, und wenn solche ausbleiben, sei das Tonstück nicht verstanden worden oder es tauge nichts, ist so weit verbreitet, wie nur das Falsche und Banale verbreitet sein kann.
> Arnold Schönberg[2]

> Musik bespült die Gedankenküste. Nur wer kein Festland hat, wohnt in der Musik.
> Karl Kraus[3]

I

In den ersten beiden Jahrzehnten des 20. Jahrhunderts entwickelte der Musikwissenschaftler Hugo Riemann seine »Lehre von den Tonvorstellungen«, die er als Summe seines wissenschaftlichen Werks betrachtete. In ihrem Zentrum steht die Idee, »gar nicht die wirklich erklingende Musik, sondern vielmehr die in der Tonphantasie des schaffenden Künstlers vor der Aufzeichnung in Noten lebende und wieder in der Tonphantasie des Hörers neu erstehende Vorstellung der Tonverhältnisse« sei das »Alpha und Omega der Tonkunst«. Befähigt seien die Hörer dazu durch eine »Art musikalischer Grammatik«, »welche ähnlich wie eine sprachliche Grammatik in den Begriffen ›Subjekt‹, ›Prädikat‹ usw. in den harmonischen Begriffen

1 Nietzsche (1886), S. 573 (= *Menschliches, Allzumenschliches*, Band 1, Aphorismus 215).
2 Schönberg (1912), S. 51.
3 Kraus (1924), S. 96.

Tonika, Dominante, Subdominante und den rhythmischen Begriffen ›schwere und leichte Zeit‹, ›schwerer und leichter Takt‹, ›Vordersatz, Nachsatz‹ usw. die Elemente aufweist und handhaben lehrt, über welche die musikalische Logik verfügt, um musikalische Sätze zu bilden«.[4]

Riemanns Lehre zielt auf nichts Geringeres als auf eine umfassende und einheitliche Theorie der musikalischen Erfahrung. Als Ausgangspunkt postulierte er der Musik eigene kognitive Fähigkeiten und Prinzipien. Sie sollten zum einen als Basis fungieren, auf die sich die reiche und vielfältige Oberflächengestalt musikalischer Werke zurückführen läßt, die der Hörer erfährt. Zum anderen lieferten sie Riemann eine Norm des Musikverstehens: Wer die »Logik« eines Musikstücks erfaßt, hat es zugleich in hinreichender Weise verstanden; was sonst an Bedeutungen, Assoziationen oder Funktionen hinzutritt, mag zwar für den Hörer wichtig sein, gehört aber nicht zum Kern der Musik und ihrer Erfahrung. Die »Lehre von den Tonvorstellungen« legitimierte so auch die Idee der Autonomie und »Reinheit« der Musik.

Die Attraktivität eines solchen Programms ist offensichtlich, und es wundert nicht, daß es immer noch Anhänger findet.[5] Aus der Perspektive der Theoriekonstruktion besticht das Versprechen eines klaren systematischen Aufbaus im Ausgang von einigen wenigen Prinzipien – und nicht zuletzt, daß Musik so überhaupt zum respektablen Gegenstand einer Theorie wird. Riemanns grundlegende Idee leuchtet ein, insofern musikalische Eigenschaften als »sekundäre Eigenschaften« einzustufen sind, also weder in den Schallwellen, die durch eine Aufführung verursacht werden, »gegeben« noch dem Notentext ohne Zuhilfenahme eines musikalischen Vorstellungsvermögens zu entnehmen sind. Vor allem aber weckt die Aussicht auf eine für die Musik spezifische Analyse der musikalischen Erfahrung die Hoffnung, daß Riemanns Programm geeignet ist, einige zentrale Desiderate der Musikästhetik zu erfüllen – nämlich erstens zu erklären, was die Musik von anderen Kunstgattungen, und überhaupt die Musikerfahrung von allen anderen Erfahrungen unterscheidet, und zweitens zu erklären, wieso wir den Eindruck haben, Musik auf eine

4 Alle Zitate Riemann (1914/15), S. 1 f.

5 Eine moderne Fortsetzung hat Riemanns Unternehmen in dem Versuch gefunden, auf der Basis einer an die Linguistik angelehnten generativen Theorie des musikalischen Hörens eine »natürliche Hörergrammatik« zu entwerfen (Lerdahl/Jackendoff (1983)).

eigene, von der Sprache gänzlich unabhängige Weise verstehen zu können.

Riemanns Programm hat die Entwicklungen, die Musikästhetik und Musikwissenschaft in den knapp hundert Jahren seit seiner Entstehung durchlaufen haben, nicht unbeschadet überstanden; Carl Dahlhaus spricht resümierend (und zutreffend) vom »dreifachen Druck des Historismus, der Ethnologie und der Neuen Musik«,[6] unter dem Riemanns System letztlich zusammengebrochen sei. Mir geht es hier jedoch nicht um die mit diesen Stichworten verbundenen Debatten;[7] mein Augenmerk richtet sich auf das zugrundeliegende Erfahrungskonzept. Für Riemann steht im Zentrum der Musikerfahrung ein einfacher Wahrnehmungsakt, der sich nicht grundsätzlich vom Erfassen einer Gestalt im Sehen oder Hören unterscheidet.[8] Dies scheint mir der Komplexität musikalischer Erfahrungen nicht angemessen. Melodien sind ausladend, Rhythmen schreitend, Akkorde bedrohlich und Figuren abstürzend: Derartige Formulierungen, die etwas der Musik Fremdes – Gesten, Körperbewegungen, Emotionen, Raumvorstellungen – in die Musikerfahrung einbringen, finden sich zuhauf in jedem Versuch, musikalische Erfahrungen zu beschreiben, und sie sind weder Symptome eines defizitären Umgangs mit Musik noch Hilfskonstruktionen, die auf unbeholfene Weise eine »eigentliche« und »reine« musikalische Erfahrung in der Sprache wiederzugeben versuchen. Es ist ein elementares Merkmal unserer Musikerfahrung, daß sie nicht auf die Musik beschränkt bleibt. Andererseits unterscheiden wir mit gleicher Selbstverständlichkeit Erfahrungen, die auf die Musik ausgerichtet sind, von solchen, die die Musik bloß zum Anlaß für anderes nehmen (von der Beeinflussung von Stimmungen über die Vermittlung von Botschaften bis hin zur Hebung der Kaufbereitschaft im Supermarkt), und betrachten erstere als Ideal. (Für dieses Ideal steht immer noch die Rezeptionsform

6 Dahlhaus (1984), S. 115.

7 Zu einem Überblick über einen Teil dieser Debatte (wenn auch nicht mit Bezug auf Riemann, sondern auf eine andere – vermeintliche – Leitfigur des »Formalismus« in der Musikästhetik, nämlich Hanslick) vgl. den Beitrag von Nicholas Cook in diesem Band.

8 Bezeichnend dafür ist die Wahl des Untertitels zu Riemanns kleiner Schrift *Grundlinien der Musikästhetik* (1919): Er lautet »Wie hören wir Musik?«. Der Titel des vorliegenden Aufsatzes ist selbstverständlich eine Abwandlung dieses Untertitels, die darauf anspielt, daß wir im alltäglichen Sprachgebrauch Erfahrungen aufgrund ihrer größeren Komplexität von Wahrnehmungen abgrenzen.

des Konzertsaals, der alles ausschließen soll, was nicht zur Musik gehört, und die Zuhörer dazu bringen soll, alle anderweitigen Impulse zu unterdrücken und sich allein auf die Musik zu konzentrieren.)

Die Musikerfahrung scheint also von zwei gegenläufigen Tendenzen geprägt zu sein: einerseits von einer »zentrifugalen« Tendenz, denn Musik scheint gerade dadurch erfahrbar zu werden, daß man den engen akustischen Bereich verläßt und die Musik mit Nicht-Musikalischem zusammenbringt; andererseits von einer »zentripetalen« Tendenz, die die Erfahrung dazu verpflichtet, auf die Musik fokussiert zu bleiben. Auf der einen Seite soll die musikalische Erfahrung allein »musikalisch« bestimmt sein; auf der anderen Seite sind außermusikalische Assoziationen, Modelle oder Vorstellungen aus ihrer Bestimmung nicht wegzudenken.[9,10]

Die Klärung dieser Spannung ist Ziel des Aufsatzes. Die beiden folgenden Abschnitte dienen der Untermauerung und Ergänzung meines Ausgangspunkts: Im zweiten Abschnitt geht es um die Idee, daß das gehörte Werk die Erfahrung bestimmt bzw. bestimmen sollte, im dritten Abschnitt um die Wirkung der Musik, die in einem ähnlichen Spannungsverhältnis steht. Zur Musikerfahrung gehört nämlich ebenso dazu, daß Musik uns »packt« oder »ergreift« wie

9 Diese These entspricht in gewissem Umfang derjenigen Roger Scrutons, daß die Eigenschaften der Musik nicht bloß sekundäre, sondern »tertiäre« Eigenschaften sind. Scruton beschreibt diese Eigenschaften folgendermaßen: »Such tertiary qualities are neither deduced from experience nor invoked in the explanation of experience. They are perceived only by rational beings, and only through a certain exercise of imagination, involving the transfer of concepts from another sphere.« (1997, S. 94) Er scheint den Status solcher Eigenschaften allerdings demjenigen sekundärer Eigenschaften anzugleichen und die Differenz zwischen beiden vor allem darin zu sehen, daß zum Erkennen tertiärer Eigenschaften noch mehr und komplexere kognitive Fähigkeiten erforderlich sind als zum Erkennen sekundärer Eigenschaften. Demgegenüber geht es mir darum, diese zusätzliche Komplexität in der Struktur der Erfahrung selbst zu lokalisieren.

10 Ob es sich hierbei um ein Spezifikum der Musikerfahrung handelt, wäre Thema eines anderen Aufsatzes. Metaphern aus der Musik finden sich natürlich auch in der Beschreibung von Sprache und Bildern, aber sie gehören vermutlich nicht in gleicher Weise zum Kern entsprechender Erfahrungen. Denn um Erfahrungen mit Texten oder Bildern zu bestimmen, steht immer zunächst die Ebene der wörtlichen Bedeutung bzw. der gegenständlichen Abbildung (bei abstrakten Bildern zumindest: der räumlichen Konstellation) zur Verfügung; im Falle der Musik fehlt aufgrund ihrer »Gegenstandslosigkeit« eine entsprechende Möglichkeit, zu bestimmen, was man erfahren hat. Daher liegt der Rückgriff auf »fremde« Bestimmungen hier besonders nahe.

daß diese Wirkung nicht zur Entfaltung kommt, sondern wir auf die Musik konzentriert bleiben. Im vierten Abschnitt werde ich ein Modell der musikalischen Erfahrung vorstellen, das zu erklären vermag, wieso die Einbeziehung von Gesten u. ä. im Zentrum dieser Erfahrung steht. Der fünfte Abschnitt schließlich ist der Frage gewidmet, welche Formen und welches Maß »zentripetaler« Tendenzen dieses Modell zuläßt.

II

Wenn man sich fragt, was die musikalische Erfahrung bestimmt, dann bietet sich eine Antwort an, die besonders einfach erscheint und ohne Rückgriff auf vermeintlich universelle Gesetze des Hörens auskommt: Bestimmend ist eben, was man hört – also das gehörte Werk. Seine Beschaffenheit legt die Beschaffenheit der Erfahrung fest. Eine klassische Formulierung dieser Position findet sich in Adornos Charakterisierung des »Experten« unter den Musikhörern:

> Der Experte selbst wäre [...] durch gänzlich adäquates Hören zu definieren. Er wäre der voll bewußte Hörer, dem tendenziell nichts entgeht und der zugleich in jedem Augenblick über das Gehörte Rechenschaft sich ablegt. Wer etwa, zum erstenmal mit einem aufgelösten und handfester architektonischer Stützen entratenden Stück wie dem zweiten Satz von Weberns Streichtrio konfrontiert, dessen Formteile zu nennen weiß, der würde, fürs erste, diesem Typus genügen. Während er dem Verlauf auch verwickelter Musik spontan folgt, hört er das Aufeinanderfolgende: vergangene, gegenwärtige und zukünftige Augenblicke so zusammen, daß ein Sinnzusammenhang sich herauskristallisiert. Auch Verwicklungen des Gleichzeitigen, also komplexe Harmonik und Vielstimmigkeit, faßt er distinkt auf. Die voll adäquate Verhaltensweise wäre als strukturelles Hören zu bezeichnen. Sein Horizont ist die konkrete musikalische Logik: man versteht, was man in seiner freilich nie buchstäblich-kausalen Notwendigkeit wahrnimmt. Ort dieser Logik ist die Technik; dem, dessen Ohr mitdenkt, sind die einzelnen Elemente des Gehörten meist sogleich als technische gegenwärtig, und in technischen Kategorien enthüllt sich wesentlich der Sinnzusammenhang.[11]

Der Maßstab des Hörens, den Adorno hier zusammenfaßt, dürfte weit über den Kreis seiner Anhänger hinaus Anerkennung finden.

11 Adorno (1962), S. 17 f.

Adorno trifft sich mit Riemann in der Ausrichtung der »Logik« des Hörens an der formalen und technischen Dimension der Musik; anders als bei Riemann ist diese Logik aber nicht im Hörer, sondern im Werk angesiedelt und kann daher von Werk zu Werk verschieden sein. Der formale Zusammenhang ergibt sich nicht daraus, daß beim Hören das Stück unbewußt nach kognitiv verankerten Prinzipien strukturiert wird. Eher soll sich der Hörer so genau wie möglich auf die einzelnen Bestandteile eines Werks – gleich ob Klänge, Motive oder größere Formteile – einlassen und ihnen folgen; sie produzieren dann »von sich aus« den Zusammenhang des Werks. Gelingt dies, dann resultiert eine dem Stück angemessene Erfahrung.

Selbstverständlich nimmt Adorno nicht an, angemessenes Hören sei durch irgendeine Art von »unmittelbarem« oder »unverstelltem« Zugang zum Werk zu erreichen (schließlich geht es hier um den Experten). Adornos Position verpflichtet denn auch nicht zu einem naiven epistemischen Realismus; sie ist damit vereinbar, daß die Eigenschaften des Gehörten sekundäre Eigenschaften sind, sich also aus dem Zusammenwirken der akustischen Eigenschaften des Gehörten mit einem geeigneten und geschulten kognitiven Apparat ergeben. Entscheidend ist, daß letzterer niemals hinreicht, die Form des Gehörten *festzulegen*. Das heißt: Bei Diskrepanzen zwischen den Erwartungen des Hörers und dem, was er tatsächlich zu hören bekommt, müssen sich die Erwartungen dem Gehörten anpassen; die Riemannsche Position erlaubt es dagegen, das Gehörte an den Erwartungen zu messen.[12] Adäquatheit in Adornos Sinne impliziert, daß die Erfahrung sich nach dem Stück, und nicht, daß das Stück sich nach den Schemata der Erfahrung richtet.[13]

12 Vgl. hierzu Riemanns Phrasierungsausgaben, in denen er beispielsweise durch die Umsetzung von Taktstrichen Kompositionen seinen Normen des Perioden- und Satzbaus anpaßte, oder auch der Vorwurf Lerdahls gegen Boulez, er habe im »Marteau sans Maître« die natürliche Hörergrammatik ignoriert (Lerdahl 1988).

13 Um Adorno nicht zu sehr in eine ihm nicht angemessene realistische Ecke zu stellen, sei angemerkt, daß für ihn das Verhältnis von Werkstruktur und Hörererwartungen in einem historischen Kontext steht, der erstens beide bedingt und der zweitens Differenzen zwischen beiden zum Bestandteil einer dialektisch verlaufenden historischen Dynamik macht. Eine von solchen Bedingungen freie Annäherung an ein Stück würde er vielleicht erst in einer Situation für möglich halten, in der man eine »musique informelle« schreiben kann – eine Musik, die »völlig frei vom heteronom Auferlegten und ihr Fremden, doch objektiv zwingend im Phänomen« ist (Adorno (1961), S. 496).

Eine neue Musik, die auf überkommene formale Strategien verzichtet, anstatt sich in der einen oder anderen Form weiterhin an sie zu binden, wäre für Adornos Position natürlich ein besonders geeigneter Fall; wenn sie zutrifft, dann aber natürlich auf jede Art von Musik, so daß sie sich auch an leichter überschaubaren Beispielen überprüfen läßt. Ich möchte hierfür einen Blick auf eine Passage aus dem ersten Satz von Mozarts Streichquartett C-Dur KV 465 (dem »Dissonanzenquartett«) werfen:

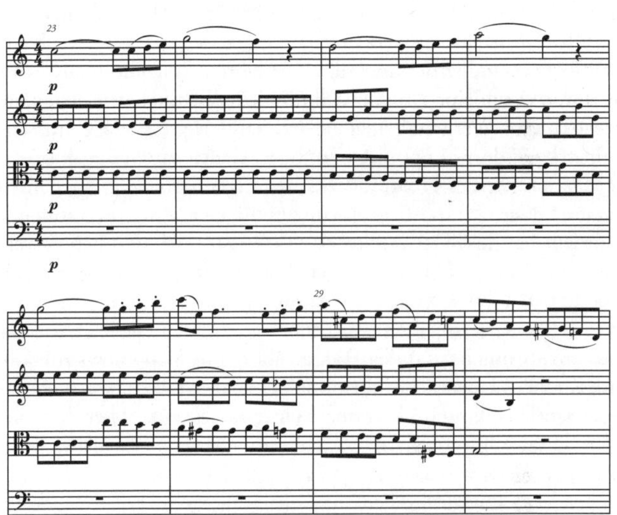

Diese acht Takte weisen nicht nur eine klare und übersichtliche periodische Gliederung auf, sie bilden auch ein dichtgewebtes Netz aus zeitlich gerichteten Bezügen zwischen den Motiven und Abschnitten, so daß sie Adornos Aufforderung, der Musik zu folgen, gut illustrieren: Die dritte Zweitaktgruppe folgt nicht nur auf, sondern *aus* den ersten beiden, insofern sie zum einen die begonnene Sequenz fortsetzt, zum anderen aber die aufsteigende Linie durch einen Sprung nach unten abfängt, die Dynamik der ersten Viertaktgruppe somit aufnimmt und zugleich in ein neues Motiv überleitet, das einen Schluß zu bilden gestattet. Die letzte Zweitaktgruppe folgt wiederum aus der dritten, insofern sie den Sextsprung abwärts mit anschließendem Sekundschritt aufwärts als motivisches Element aufgreift und zu einer neuen Bewegung ausbaut. Allerdings ist kaum vorstellbar, daß diese Abfolge in ihren Details ohne eine besondere Erwartungshaltung »notwendig« wäre, die aus der Vertrautheit mit den stilistischen Merkmalen Mozartscher Musik resultiert, allen voran jenem der stetigen Herstellung von Balance – sie ist es, die dazu »zwingt«, die sequentielle Steigerung der ersten Takte nicht zu einem Höhepunkt weiterzuführen, sondern den Bewegungsimpuls abzufangen und in eine Schlußfigur zu überführen.[14] Es genügt nicht, sich allein der Gestalt und harmonischen Beschaffenheit der ersten vier Takte zu überlassen, um den Rest als Folge zu erfahren; konventionelle Erwartungen müssen hinzutreten. Selbstverständlich können auch diese Erwartungen dem Werk angemessen sein – sie sind ein spezifisches Stilmerkmal des Komponisten, und sie werden durch die akustische Beschaffenheit des Höreindrucks bestätigt; das ändert aber nichts daran, daß es sich um ein zusätzliches die Erfahrung bestimmendes Moment handelt. Der Punkt wird vielleicht noch deutlicher, wenn man eine weitere Ebene formaler Bestimmung hinzunimmt.[15] Die zitierten acht Takte wirken als Exposition eines Themas, sogar wenn man sie isoliert von ihrem Kontext hört (man stelle sich vor, daß die Aufführung nach diesen Takten abbricht). Sicherlich sind dafür ihre Klarheit, Übersichtlichkeit und Schlichtheit verantwortlich; dies sind nämlich typische Merkmale einer klassischen Themenexposition, deren Funktion darin besteht, ein Thema in möglichst leicht faßlicher Weise vorzustellen, so daß es als Basis für spätere Entwicklungen und Abwandlungen zur Verfügung steht. Diese Merkmale können ihre erfahrungsleitende Rolle aber nur spielen, wenn sie wiederum auf eine entsprechende Erwartung in bezug auf die Position und formbildende Rolle eines Themas treffen. Auch solche Erwartungen sind eine Sache stilistischer Konventionen. Würde man die Passage mit der Erwartung hören, daß sie zu einem Satz gehört, der sich in einem großen Bogen allmählich zum Höhepunkt steigert, dann würden die Merkmale des klaren Aufbaus, der relativen Abgeschlossenheit und inneren Korrespondenz den Hörer eher ver-

14 Eine alternative Weiterführung, die eher auf einen Höhepunkt zusteuert, findet sich zu Beginn der Durchführung (T. 107-116). Natürlich sind auch die Harmonik und die formale Funktion dieser Passage andere.

15 Zum folgenden vgl. Agawu (1991), Kapitel 3.

anlassen, die Passage als eine Episode zu erfahren, die außerhalb der die Form tragenden Entwicklung steht. Natürlich bestätigt der Verlauf des Satzes die Erwartungen, die damit einhergehen, die zitierte Passage als Exposition zu hören; und selbstverständlich entsprechen diese Erwartungen auch mehr oder weniger genau den kompositorischen Vorstellungen Mozarts. All dies ändert nichts daran, daß die Erfahrung nicht allein durch die Beschaffenheit des Gehörten, vielleicht zuzüglich einfacher Prinzipien der Gestaltwahrnehmung auf melodischer, harmonischer oder rhythmischer Ebene, festgelegt wird. Ohne die Kenntnis stilistischer Konventionen ist eine »adäquate« Erfahrung nicht möglich.[16] (Hörer, die Adornos Anforderungen an den Experten erfüllen, dürften sich durch eine besondere Vertrautheit mit verschiedenen Auffassungen über die Form auszeichnen, die es ihnen erlaubt, jeweils optimale Erwartungen auszubilden).

Adorno verlangt von adäquatem Hören nicht nur, die Abfolge der Teile als »logische« Folge zu erfassen, er spricht darüber hinaus vom »*Sinn*zusammenhang«. »Sinn« hat selbstverständlich ein breites Bedeutungsspektrum, und möglicherweise spielt Adorno hier nur auf die in der Musikästhetik verbreitete Gleichsetzung syntaktischer Wohlgeformtheit mit einem semantisch bestimmten Sinn an, so daß der »Sinnzusammenhang« nicht über die »musikalische Logik« hinausgeht.[17] Aber es dürfte offensichtlich sein – und entspricht ohne Zweifel auch Adornos Intention –, daß bloße Wohlgeformtheit noch keinen Sinn schafft. Gemeint ist daher wohl eher, daß ein Zusammenhang dann sinnvoll ist, wenn man die Frage beantworten kann, *warum* etwa diese Figur auf jene folgt oder warum an einer Stelle genau dieser Klang steht. Nun richten sich solche Warum-Fragen insbesondere auf auffällige Eigenarten, und an den herangezogenen Takten aus dem Dissonanzenquartett fällt zweifellos das Fehlen der Baßstimme auf: Warum also schweigt in dieser ersten Vorstellung

16 Zur Frage, wie Erfahrungen ihren Gegenständen angemessen sein können und welche Rolle dabei Einheit und Zusammenhang spielen, siehe unten, Abschnitt V.

17 Im Hintergrund dieser Gleichsetzung steht die philosophische Logik: Ob eine Folge von Sätzen einen formal gültigen Schluß bildet, kann in einer formalisierten Sprache anhand syntaktischer Regeln überprüft werden; formale Gültigkeit ist zugleich eine Voraussetzung für sinnvolle Schlüsse, die von wahren Prämissen zu einer wahren Konklusion führen, und kann insofern in einem abgeleiteten Verständnis auch als »sinnvoll« bezeichnet werden.

des Themas das Cello? Aus einer »technischen« Perspektive läßt sich feststellen, daß Mozart durch diese Maßnahme die nachfolgende Phrase (die mit der gleichen Viertaktgruppe in der melodieführenden 1. Violine beginnt) wirkungsvoll von den ersten acht Takten abgrenzen kann; es ist also ein Mittel, um Kontraste zu schaffen. Mit dem »Sinn« dürfte jedoch mehr gemeint sein als ein solcher kompositorischer Kunstgriff. *Einem* Sinn der fehlenden Cellostimme kommt man näher, wenn man die tiefe Stimmlage als *Fundament* und diese erste Themenexposition somit als *fundamentlos* erfährt. Es ist dann ein Themeneinsatz, der sich seiner Verankerung, seiner Bodenhaftung noch nicht sicher ist, denn er folgt auf eine Einleitung, die dem Hörer in vielerlei Hinsicht den Boden unter den Füßen weggezogen hat. Die Musik muß sich erst vorsichtig vergewissern, daß sie harmonisch wieder auf vertrautem Terrain steht, und kann diese Grundlage daher erst in einem zweiten Anlauf wieder in Besitz nehmen. Eine solche Interpretation verdankt den Sinn, den sie der Musik zuschreibt, und den Zusammenhang, den sie zwischen Einleitung sowie erster und zweiter Achttaktperiode des Themas herstellt, offenkundig der Assoziation der vier Streicherstimmen mit der Vorstellung übereinandergelagerter Schichten im Raum. Diese Assoziation geht über die technischen Kategorien, von denen Adorno spricht, weit hinaus. Wenn aber Sinnzusammenhänge der Musikerfahrung wesentlich sind, dann gilt dies im gegebenen Fall auch für die Verbindung zwischen den Stimmen und ihrer Positionierung im Raum: Die Assoziation ist keine beiläufige Zutat, sondern integraler Bestandteil der Erfahrung.

Wie auch immer man zu dieser speziellen Interpretation der ersten Allegro-Takte des Dissonanzenquartetts stehen mag: Das Beispiel sollte plausibel gemacht haben, daß die Form, unter der wir Musik als sinnvollen Zusammenhang hören, nicht allein durch die klassischen technischen Kategorien der motivisch-thematisch-harmonischen Analyse zu erfassen ist, sondern die Einbeziehung vermeintlich musikfremder Vorstellungen fordert.

Die Idee, daß die musikalische Erfahrung durch ihren Gegenstand bestimmt wird, und es genügt, sich auf ihn einzulassen, erweist sich also in doppelter Hinsicht als unhaltbar: Die Form und Abfolge der Formteile eines Musikstücks zu erfassen setzt sowohl die Vertrautheit mit stilistischen Konventionen als auch nicht selten den Rekurs auf musikfremde Vorstellungen voraus. Es bestätigt sich somit die These, von der ich ausgegangen bin: »Zentrifugale« Momente gehören zum Kern der Musikerfahrung und sind von ihm nicht abzutrennen.

III

Die Konzentration auf die Form, der ich bis jetzt – im Anschluß an Adornos Beschreibung des Experten – gefolgt bin, ist in der Musikästhetik und Musikwissenschaft weithin üblich. Ein anderer Strang der musikästhetischen Tradition, der bis ins 18. Jahrhundert dominierte, besagt jedoch, daß die Erfahrung von Musik sich durch eine besondere Wirkung auszeichnet. Der zugrundeliegende Topos geht auf die antike Musiktheorie zurück und wurde gern an Legenden festgemacht, die berichten, wie Menschen unter dem Einfluß der Musik in den Wahnsinn getrieben und auch wieder aus ihm befreit wurden.[18] Eine nüchternere und theoretisch besser faßbare Fortsetzung fand dieser Topos in der Verwandtschaft, die seit dem 18. Jahrhundert zwischen der Musik und natürlichen Zeichen postuliert wurde: Während die Sprache überwiegend auf konventionellen Zeichen beruhe, sei die Musik aus natürlichen Zeichen hervorgegangen, und zwar vornehmlich aus natürlichen Zeichen für Emotionen.[19] Natürliche Zeichen sind zunächst Zeichen, die ihre Bedeutung nicht durch Übereinkunft, sondern »von Natur aus« erhalten haben. Dieser genetische Unterschied zieht allerdings eine Differenz im Verstehensprozeß nach sich. Insofern ein natürliches Zeichen ein *Zeichen* ist, besteht der angemessene Umgang mit ihm darin zu erkennen, was es bezeichnet; insofern es ein *natürliches* Zeichen ist, liegt diesem Erkennen aber ein kausaler Wirkungsmechanismus zugrunde. Es genügt nicht, daß das Zeichen identifiziert und von anderen Zeichen unterschieden wird. Der Alarmruf eines Tieres muß nicht nur von anderen

18 Eine in der Antike beliebte Anekdote berichtet von Pythagoras, der einmal nachts beobachtete, wie ein junger Mann unter dem Einfluß phrygischer Flötenmusik raste und dabei war, das Haus seiner Geliebten anzuzünden. Pythagoras brachte den Flötenspieler dazu, die Melodie zu ändern, und der junge Mann war schlagartig wieder bei Verstand (vgl. z. B. Iamblichos, *De Vita Pythagorica* 112). Sextus Empiricus, der ebenfalls auf diese Geschichte anspielt (*Adv. Math.* VI, 8), kann sich den Hinweis nicht verkneifen, daß Pythagoras mit seinem Verhalten eingestanden habe, daß die Musik weitaus besser als die Philosophie geeignet sei, den Charakter der Menschen zu verändern (VI, 23).

19 Eine klassische Quelle dieser Position ist Rousseau (o. J.).

Lauten abgegrenzt werden, er muß zudem die für Alarmrufe angemessene Reaktion auslösen, wenn er richtig verstanden werden soll. Entsprechendes soll für die Musik gelten: Auch sie muß beim Hörer einen bestimmten Effekt *auslösen*, um verstanden zu werden. Eine einfache Konkretisierung dieser Idee liefern Konzeptionen des musikalischen Ausdrucks, die Sympathiereaktionen in den Mittelpunkt der Musikerfahrung stellen. Musik ahmt die natürlichen Anzeichen von Emotionen etwa in der Sprachmelodie und im Sprachrhythmus nach; der Hörer wird mittels einer Sympathiereaktion in den emotionalen Zustand versetzt, der diese Zeichen hervorbringt; er erkennt diesen Zustand, den er nun selbst empfindet, und versteht so, was die Musik ausdrückt.

Ebenfalls seit dem 18. Jahrhundert ist jedoch bekannt, daß solche Theorien vor einem gravierenden Problem stehen: Was immer Musik bewirken mag, es läßt die angeblich ausgedrückten Emotionen in wesentlichen Hinsichten unspezifiziert. Dies betrifft nicht nur die Personen oder Gegenstände, auf die sich Emotionen in der Regel richten und die die Musik höchstens mit Hilfe eines vertonten Textes beisteuern kann. Es gilt auch für das, was man bei einer Emotion empfindet: Die Bewegung von Glucks Arie »J'ai perdu mon Euridice... « paßt, wie M. Boyé[20] vorgeführt hat, ebensogut zum gegenteiligen Text »J'ai trouvé mon Euridice... «; was im einen Fall als zarte Melancholie aufgefaßt wird, geht im anderen als verhaltene Freude durch. Als Ausweg wurde gelegentlich vorgeschlagen, Musik stelle lediglich »Formen der Gefühle« bereit, die mehrere Emotionen teilen können; die genaue Bestimmung der Gefühle kommt auf nicht-musikalischem Wege (durch einen vertonten Text oder durch die Phantasie des Hörers) zustande.[21] Musikalische Formen decken sich jedoch kaum mit den Formen, in denen wir Gefühle erleben mögen – die periodensymmetrisch gegliederte Melodie (die in der italienischen romantischen Oper immerhin zum Kennzeichen authentischen Gefühlsausdrucks wurde) ist kaum die Form, in der wir Liebe oder Trauer empfinden. Die Wirkung der Musik läßt also nicht nur den Gegenstand der angeblichen Einfühlung unbestimmt; faßt man sie nach dem Sympathiemodell auf, müssen auch wesentliche Merkmale des vermeint-

20 Boyé (1779), S. 13 f.

21 So z. B. Langer (1942), S. 234.

lichen Auslösers der Einfühlung unberücksichtigt bleiben. Schließlich besteht auch eine erhebliche Diskrepanz zwischen den vermeintlich bewirkten Emotionen und der typischen Verhaltensweise von Hörern: Daß jemand, der von heftiger Erregung gepackt, sei sie positiver oder negativer Art, still und ohne sich zu rühren sitzen bleibt, bis er sich durch Klatschen bemerkbar machen darf, wäre im Alltag eine höchst ungewöhnliche Reaktionsweise, die auch nicht leicht durch den zivilisatorischen Erwerb von Fähigkeiten zur Unterdrückung von Handlungsimpulsen zu erklären ist – denn dann müßte die am wenigsten »aufregende« Musik nicht als langweilig, sondern als besonders angenehm und entlastend gelten.

Sollte man also in der Beschreibung musikalischer Erfahrungen nicht besser auf die so beliebten Metaphern aus der Sphäre der Emotionen verzichten, da sie völlig über das Ziel hinausschießen, und sich, wenn überhaupt, auf allgemeine Merkmale wie Spannung und Entspannung beschränken?[22] Mit derart allgemeinen Kategorien kann man zwar vielleicht in der Tat erklären, was musikalische und emotionale Erfahrungen gemeinsam haben (beides sind Folgen von Spannung und Entspannung), und man kann sogar Details des musikalischen Verlaufs erfassen. Für diese Vorteile zahlt man allerdings einen hohen Preis, denn man büßt Differenzierungsmöglichkeiten ein: Auch wenn zwischen der Emotion der Trauer und einem traurigen Motiv eine große Lücke klaffen mag, gibt das emotionale Vokabular doch Unterschiede in der Musikerfahrung wieder, die durch die abstrakten Kategorien von Spannung und Entspannung nicht zu reproduzieren sind. Jede Musik, die auf der Dur-Moll-Tonalität basiert, gestaltet Form wesentlich durch den Auf- und Abbau harmonischer Spannungen; würde man die Beschreibung der Wirkung darauf beschränken, müßten sich die Wirkungen sämtlicher Dur-Moll-tonaler Stücke sehr ähnlich sein.

Das Problem, um das es hier geht, weist eine offensichtliche Parallele zur Frage nach dem Verhältnis vermeintlich rein musikalischer und vermeintlich musikfremder Elemente in der Bestimmung der Form der Erfahrung auf, und es steht daher zu hoffen, daß der Lösungsvorschlag, den ich im folgenden Abschnitt vorstellen werde, auch in der Erklärung der Wirkung der Musik weiterhilft. Bevor ich

22 So der Vorschlag von Meyer (1956), Kapitel 1.

zu diesem Vorschlag übergehe, möchte ich allerdings die eigentümliche Wirkungsweise der Musik durch den Vergleich mit der Rezeption sprachlicher Äußerungen noch etwas genauer herausarbeiten.

Eine sprachliche Äußerung hat man verstanden, wenn man weiß (oder hinreichend sicher glaubt), was sie besagt. Man kann, aber man muß sich den Inhalt dieser Äußerung nicht auch noch zu eigen machen. Wenn man einen Roman liest, genügt es, zur Kenntnis zu nehmen, was dort geschildert wird; man muß sich nicht an die Stelle des Helden versetzen und seine Überzeugungen, Wünsche oder Wertvorstellungen übernehmen. Von dem trivialen Umstand abgesehen, daß natürlich auch Musik im Rahmen eines konventionellen Zeichensystems eingesetzt werden kann, scheint mir die Reihenfolge im Falle der Musik umgekehrt zu sein. Musik hat kausale Effekte auf Hörer; die Beschreibung dieser Effekte erweist sich als schwierig, denn anscheinend kommen wir dabei nicht ohne Begriffe aus, für deren Anwendung die Musik nicht hinreichend ist (z. B. Begriffe für Emotionen). Dessenungeachtet scheint das erfolgreiche Zustandekommen dieser Effekte in vielen Fällen ein notwendiger Bestandteil des angemessenen Erfassens von Musik zu sein. Musik, die etwas ausdrücken will, muß uns »packen«, »ergreifen« oder »mitreißen«; tut sie das nicht oder sind wir unempfindlich für solche Effekte, dann bleibt das Erfassen der Musik defizitär, auch wenn wir beispielsweise anhand der Identifikation der eingesetzten technischen Mittel erkennen, daß die Musik expressiv sein soll. Anders als den Inhalt sprachlicher Äußerungen, die wir verstehen, müssen wir uns also Musik primär »zu eigen machen«, wir müssen ihre Wirkung zunächst zulassen und können uns erst sekundär von ihr distanzieren.[23]

23 Riemann hat diesen Punkt übrigens klar erkannt. Er faßt ihn unter das Stichwort »Subjektivation der Musik«. Ein Beispiel hierfür beschreibt er folgendermaßen: »Das Sehnende, weit die Flügel Aufspannende des Hornklangs tritt nicht vor unser Ohr als etwas außer uns Seiendes, dem wir beobachtend gegenüberständen, sondern es wird direkt unser eigenes Empfinden, wir sehnen uns, wir breiten die Arme aus; und so sehen und hören wir nicht ein Etwas herauf- und heruntergehen, stürmen und zurücksinken, sondern wir selbst sind es, in denen die gehörte Melodie liegt, wir werden emporgezogen, zurückgestoßen, wir streben und verzichten, wir hoffen und verzagen.« (Riemann (1919), S. 17 f.; vgl. auch S. 22 f.) Es ist bezeichnend, daß Riemann an dieser Stelle nicht ohne Metaphern auskommt, die der Musik Fremdes ins Spiel bringen, obwohl er eine Ebene des Musikhörens beschreibt, die dem Aufbau seines Systems zufolge von der Einbeziehung assoziativer Momente noch weit entfernt ist.

Zur Illustration möchte ich ein Beispiel heranziehen, das die kompositorische Auseinandersetzung mit einem Text dokumentiert, der die Möglichkeit, in der Sprache Gehalt und Wirkung auseinanderklaffen zu lassen, in besonderer Weise ausnutzt. Es handelt sich um Franz Schuberts Vertonung von Heines Gedicht »Der Doppelgänger« aus der Sammlung *Schwanengesang* (D 957).

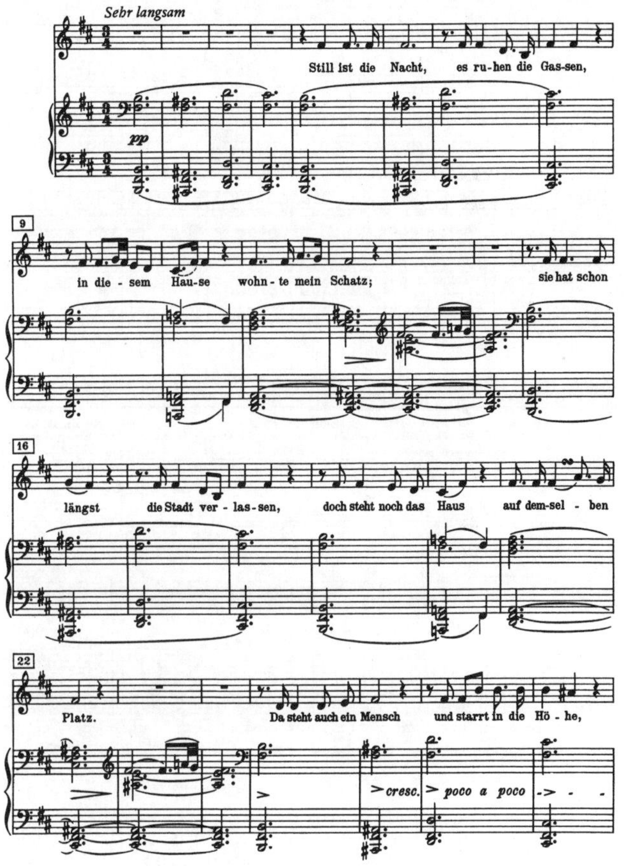

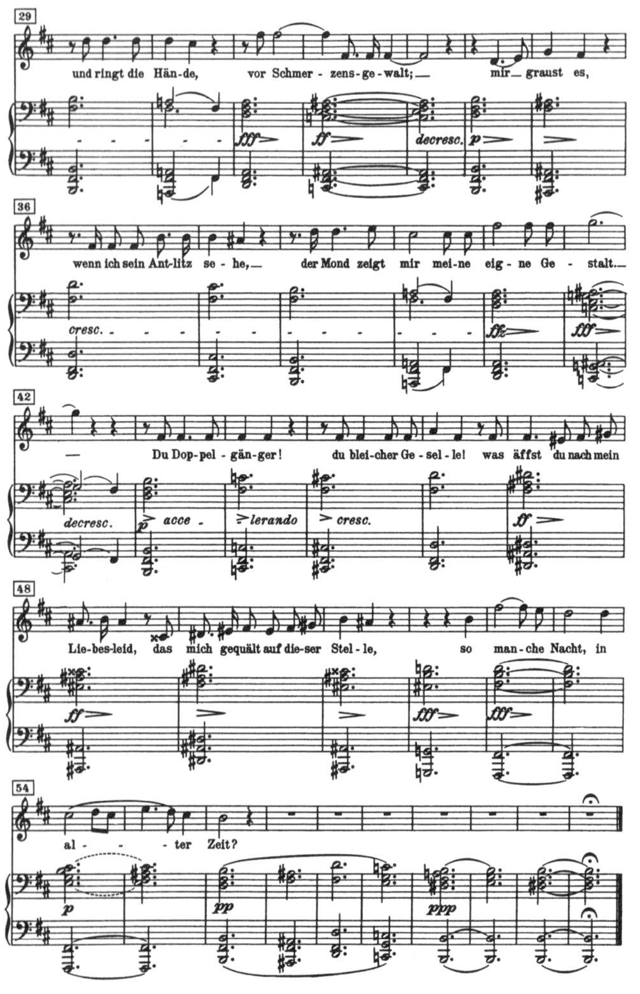

Das Gedicht beschreibt einen Mann, der in der Nacht das ehemalige Haus seiner früheren Geliebten aufsucht. Offensichtlich möchte er die Erinnerung an vergangene Gefühle wiederbeleben; vermutlich geht es um noch mehr, nämlich um die Wiederbelebung jener Gefühle der Liebe, oder eher des Liebesleids, selbst. Der Versuch mißlingt jedoch. Im Mondlicht sieht er seinen Doppelgänger, der sich vor Liebeskummer windet. Er sieht seine eigenen Ausdrucksgesten, doch sie bleiben ihm fremd, denn sie sind abgelöst von den Gefühlen, mit denen sie gewöhnlich einhergehen. Die Verbindung zwischen Ausdruck und Empfindung ist zerstört; die Gesten sind beliebig wiederholbar geworden, sie brechen nicht mehr unmittelbar hervor und haben so ihre Authentizität eingebüßt.[24] Mit der Möglichkeit authentischen Ausdrucks ist aber auch die Möglichkeit authentischer Gefühle verschwunden; wem der unmittelbare Ausdruck abhanden gekommen ist, dem ist auch das Gefühl verlorengegangen. Das Grausen, das dem Mann bleibt, hat nichts mit Liebesschmerz zu tun, es ist die Reaktion auf die Leere, die der Mann in sich entdeckt.

Mit sprachlichen Mitteln einen solchen Zustand darzustellen bereitet keine prinzipiellen Schwierigkeiten: Der Mann berichtet; dem Leser genügt es, diesen Bericht seinem wörtlichen Sinne nach zu verstehen und daraus die Lage des Mannes zu rekonstruieren. Sicherlich muß er sich dazu in allgemeiner Weise in den Ich-Erzähler des Gedichts hineinversetzen, aber er muß dessen Extremsituation nicht selbst empfinden. Im Falle der Musik ist dies anders. Schubert setzt die zweite Strophe, die die Konfrontation mit dem Doppelgänger schildert (T. 25-42), in eine hochexpressive Musik um. Singstimme und Klavier steigern sich in einem zweimaligen Anlauf zum Aufschrei, dem sich der Hörer nicht entziehen kann: Die harten *ff*- und *fff*-Dissonanzen der T. 32 und 41 im Klavier und die in die Höhe geführte Gesangsstimme, gleichfalls in voller Lautstärke, erzeugen fast schon physisches Unbehagen. Schuberts Musik ist in höchstem Maße wirkungsvoll – und stellt damit genau die Unmittelbarkeit der Empfindung her, die der Text negiert. Denn der Hörer des Lieds befindet sich in einer ähnlichen Situation wie der Mann, der vor das

24 Es sei nur angemerkt, daß die Frage, wann ein Gefühl bzw. sein Ausdruck authentisch sind, durchaus verschiedene Antworten zuläßt; welche Antwort akzeptiert wird, hängt von der jeweils bestimmenden Konzeption von Gefühlen ab. Hier ist die Vorstellung leitend, daß der Gefühlsausdruck spontan sein muß, daß er nicht durch eine *Wahl* der Ausdrucksmittel oder Auffassungen über angemessene Ausdruckskonventionen bestimmt sein darf – das Gefühl überwältigt und ist so unter anderem fähig, Konventionen zu sprengen (was selbstverständlich nichts daran ändert, daß auch diese Auffassung konventionellen Charakter hat).

Haus seiner Geliebten zieht: Auch er möchte sich Gefühle aneignen, die die Realität nicht bereithält. Dem Hörer gelingt es, dank Schuberts Musik; doch entfernt er sich gerade dadurch von der Situation des Mannes, in den er sich doch hineinversetzen will. Diese Diskrepanz ist nicht Schubert anzulasten, denn eine andere kompositorische Lösung ist kaum vorstellbar. Gefordert ist eine Musik, die dem Zustand des Abhandenkommens von authentischen Gefühlen angemessen ist. Diese Musik müßte ausdrucksvoll sein, um überhaupt als Ausdrucksmittel erkannt zu werden, und zugleich das Gelingen des Ausdrucks, das Zustandekommen ihrer Wirkung beim Hörer, unterminieren. Dies jedoch ist nicht möglich, wenn ihr erfolgreiches Wirken notwendig dafür ist, daß sie als ausdrucksvoll erfaßt wird.

Auf den ersten Blick scheint es also, daß Schubert an der Vertonung von Heines Gedicht scheitert und daß dieses Gedicht vermutlich überhaupt nicht angemessen zu vertonen ist. Ich werde später nochmals auf den »Doppelgänger« zurückkommen, und dann wird sich zeigen, daß Schubert – im durch den Primat der Wirkung gesteckten Rahmen – doch eine Vertonung gefunden hat, die nicht hinter dem Text zurückbleibt.

Einstweilen soll die offenkundige Diskrepanz zwischen Text und Musik als deutlicher Hinweis darauf genügen, daß die Musikerfahrung durch einen »Primat der Wirkung« charakterisiert ist und sich so in ihrer Wirkung nicht nur im Hinblick auf Mittel und Intensität, sondern in einer grundsätzlichen Weise von der Sprache unterscheidet. Ein Modell der musikalischen Erfahrung hat diese Besonderheit zu berücksichtigen.

IV

Eingangs habe ich eine These vorgestellt, die das Thema des Aufsatzes umreißt: Musikerfahrung ist von einer Spannung zwischen »zentrifugalen« und »zentripetalen« Tendenzen geprägt. Einerseits soll die Erfahrung auf die Musik konzentriert sein und alles ausblenden, was die Musik etwas ihr Fremdem unterordnen könnte. Andererseits ist die Musikerfahrung in ihrem Kern von musikfremden Vorstellungen oder Modellen durchsetzt. Die letzten beiden Abschnitte haben diese These bestätigt und ergänzt: Denn die gleiche Spannung läßt sich in der Bestimmung des Gegenstands der Erfahrung und der zu dieser Erfahrung gehörenden Wirkung auf die Hörer feststellen. Es ist daher an der Zeit, sich darüber Gedanken zu machen, ob und wie sich die beiden gegenläufigen Tendenzen miteinander vereinbaren lassen.

Der Rest des Aufsatzes ist dieser Aufgabe gewidmet. Ich möchte ein Modell der Musikerfahrung vorstellen, aus dem hervorgeht, warum der Musikerfahrung eine »Anschlußstelle« für musikfremde Elemente intrinsisch ist, die allerdings nicht festlegt, wie diese »Anschlußstelle« zu belegen ist; die Konkretisierung dieser Möglichkeit kann daher weit über die Musik hinausgehen und doch integraler Bestandteil der musikalischen Erfahrung sein (a). Das Modell bietet ferner Raum für die Einbeziehung der Wirkung der Musik. Es wird zeigen, warum es so naheliegt, auch diese Wirkung auf eine »überschießende« Weise zu bestimmen, und darüber hinaus eine Erklärung dafür bieten, warum diese Wirkung trotz solcher musikfremder Bestimmungen nicht die üblichen, im Alltag angemessenen Konsequenzen hat, sondern auf eine merkwürdige Weise »sublimiert« wird (b).

(a) Geht man von einer allgemeinen Charakteristik von Erfahrungen aus, dann ist es Erfahrungen wesentlich, individuierbar zu sein: Wer eine Erfahrung macht, muß auf irgendeine Weise wissen, *welche* Erfahrung er gemacht hat. Anders gesagt: Man muß für sich selbst, und vielleicht auch für andere, *angeben* können, was man erfahren hat. Gewiß tun wir dies im Alltag nicht oft in ausdrücklicher Form; die Möglichkeit besteht aber immer. Wären wir dazu nämlich in einem gegebenen Fall nicht in der Lage, dann könnten wir die bewußte Erfahrung nicht von einer unbewußt bleibenden Wahrnehmung unterscheiden. Ferner könnten wir die Erfahrung weder eindeutig wiedererkennen noch von anderen Erfahrungen abgrenzen; es wäre dann gar nicht klar, in welchem Sinne man überhaupt von *einer* Erfahrung sprechen kann. Im Alltag dominieren zwei Verfahren, um anzugeben, welche Erfahrung man gemacht hat: die sprachliche Bestimmung und die Bestimmung mit Hilfe des Wiedererkennens. In vielen Fällen genügt es zu sagen, was man erfahren hat; manchmal versuchen wir, die Situation wiederherzustellen, in der wir die Erfahrung gemacht haben, und verlassen uns dabei auf unsere Fähigkeit, die Erfahrung beim erneuten Wahrnehmen wiederzuerkennen. Oft hilft dabei die Schaffung eines differentiellen Umfelds: Wir grenzen die gesuchte Erfahrung durch den Vergleich mit verwandten, aber verschiedenen Erfahrungen allmählich ein, so daß die Fähigkeit zum Wiedererkennen von der Fähigkeit, verschiedene Erfahrungen zu unterscheiden, unterstützt wird.

Es ist eine verbreitete Auffassung, daß solche Verfahren der Angabe der Erfahrung äußerlich bleiben, daß also die Erfahrung demjenigen, der sie macht, nicht nur auf eine unmittelbare Weise zugänglich ist, sondern ebenso unmittelbar individuiert ist. Diese Meinung hält sich besonders hartnäckig im Falle der sprachlichen Individuierung, die angeblich regelmäßig hinter dem Reichtum und der Differenziertheit des »inneren Erlebens« einer Erfahrung zurückbleibt; aber auch die Fähigkeit zum Wiedererkennen könne in ähnlicher Weise mangelhaft sein. Ich halte diese Auffassung für falsch: Die Verfahren der Individuierung bestimmen die Identität von Erfahrungen; und da die Identität einer Erfahrung wesentlich ist, ist es auch das Verfahren, durch das wir angeben, um welche Erfahrung es sich handelt.

Es würde hier zu weit vom Thema wegführen, diese Debatte im einzelnen darzustellen;[25] erwähnt seien nur zwei Beobachtungen, die meine Behauptung stützen: Erstens können wir uns auch aus subjektiver Perspektive nicht vorstellen, daß eine Erfahrung über das Maß hinaus bestimmt ist, das wir manifestieren, wenn wir die Erfahrung von anderen Erfahrungen abgrenzen oder wiedererkennen; im Gegenteil, wir wenden die gleichen Verfahren auch für uns selbst an. Zweitens stellt die Sprache nicht nur sehr reiche und differenzierte Mittel zur Verfügung, um Erfahrungen zu individuieren (dies zeigt ein Blick in literarische Texte); Erfahrungen sind gegenüber der Weise, in der wir sie beschreiben, nicht invariant: Je nach der Differenziertheit der Beschreibung fallen auch die Erfahrungen reicher oder ärmer aus. Ich möchte also für die folgende Argumentation festhalten, daß das Verfahren der Individuierung bzw. Angabe der Erfahrung ein konstitutiver Bestandteil der Erfahrung ist.

Im Alltag fällt diese Abhängigkeit nicht auf, weil die beiden genannten Verfahren der Individuierung uns gleichsam als Routinen zur Verfügung stehen und sich daher die Antwort auf die Frage, was wir erfahren, meistens unmittelbar einstellt. Im Falle der Musikerfahrung haben wir – also durchschnittliche, nicht-professionelle Hörer – keine vergleichbaren Routinen, so daß die Frage »Was habe ich erfah-

25 Zu einer ausführlicheren Rechtfertigung dieser Behauptung siehe Becker (2000), Kapitel 2 und 3.

ren?« eher als explizite Frage in den Vordergrund tritt. Natürlich stellt sich diese Frage auch hier keineswegs immer. Doch erstens kann sie stets gestellt werden, da ihre Beantwortung mit der Individuierung der Erfahrung zusammenfällt (und selbstverständlich auch Musikerfahrungen individuierbar sein müssen). Und zweitens scheint es mir sinnvoll, verschiedene Ebenen der Musikerfahrung nicht nur zu unterscheiden, sondern auch hierarchisch zu ordnen, derart, daß das bloße Hören eines Werks nur den Anfang oder Ausgangspunkt bildet und erst der Versuch, anzugeben, was man gehört hat, die Erfahrung abschließt oder komplettiert.

Die beiden im Alltag dominierenden Verfahren erweisen sich bei musikalischen Erfahrungen jedoch als unbefriedigend. Die Beschreibung des Gehörten in technischen Kategorien kann zwar sehr detailliert sein, aber – wie in Abschnitt II erläutert – sie läßt Fragen nach der Fundierung solcher Beschreibungen offen und erfaßt die Ebene des »Sinns« bestenfalls unvollständig. Beschreibungen, die auf Metaphern zurückgreifen, können diese Lücken zwar vielleicht füllen, aber sie lassen gleichfalls offen, welche Grundlagen diese Metaphern haben. Eine Musikerfahrung anzugeben, indem man die Wahrnehmung wiederholt, scheint zwar seit der Erfindung des Plattenspielers einfach zu sein, aber dieser Eindruck täuscht: Während man die Wahrnehmung eines Farbtons leicht reproduzieren kann, indem man sich das gleiche Farbmuster unter gleichen Beleuchtungsbedingungen nochmals anschaut, hört man ein Musikstück selten zweimal auf die gleiche Weise. Die simple Wiederherstellung der Wahrnehmungssituation reicht hier nicht.

Dennoch möchte ich die explizite Angabe oder Individuierung dessen, was man gehört hat, in den Mittelpunkt des Modells der Musikerfahrung stellen, um das es im folgenden gehen wird. Denn im Falle der Musik stehen uns andere und sogar für die Musik spezifische Verfahren der Angabe zur Verfügung. Ich denke hier an gar nichts Außergewöhnliches: Man kann die Frage »Wie hast du diese Passage gehört?« nämlich auch beantworten, indem man die betreffende Passage vorsingt oder auf einem Instrument vorspielt. Diese Antwort ist nur insoweit auf die Sprache angewiesen, als das Vorspielen des begleitenden Kommentars »*so* habe ich diese Passage gehört« bedarf, um dem richtigen Gegenstand zugeordnet zu werden. Wir haben es hier also nicht mit einer Beschreibung zu tun, sondern mit einer *Korrelation zweier Wahrnehmungen*: des ursprünglichen Höreindrucks und des Nachsingens oder Nachspielens (oft genügt auch ein innerliches Nachsingen). Diese beiden Wahrnehmungen weisen strukturelle Gemeinsamkeiten auf: Sie verlaufen beide in der Zeit, und einzelne Abschnitte oder Momente daraus können unter Wahrung der zeitlichen Relationen einander zugeordnet werden. Man kann daher sagen, daß die zweite Wahrnehmung die erste *nachvollzieht*; ich werde deshalb das gesamte Verfahren der Angabe, für das als einfaches Beispiel hier das Nachsingen einsteht, als *Nachvollzug* bezeichnen.[26]

Nimmt man meine obige These hinzu, daß die Beantwortung der Frage »Was habe ich gehört?« dazu dient, die Erfahrung zu individuieren, also festzulegen, um welche Erfahrung es sich handelt, und somit erst durch diesen Schritt eine Erfahrung komplettiert wird, ergibt sich eine auf den ersten Blick ungewöhnliche Konsequenz: Dann wird der Nachvollzug nämlich zum integralen Bestandteil der Erfahrung. Eine musikalische Erfahrung fällt nicht mit dem einfachen Hören zusammen, denn das einfache Hören läßt noch unbestimmt, was man gehört hat; erst die Verbindung oder Korrelation von ursprünglichem Hören und nachvollziehender Wahrnehmung macht *eine* Erfahrung aus. Folgendes Schema (1) mag diesen Punkt illustrieren:

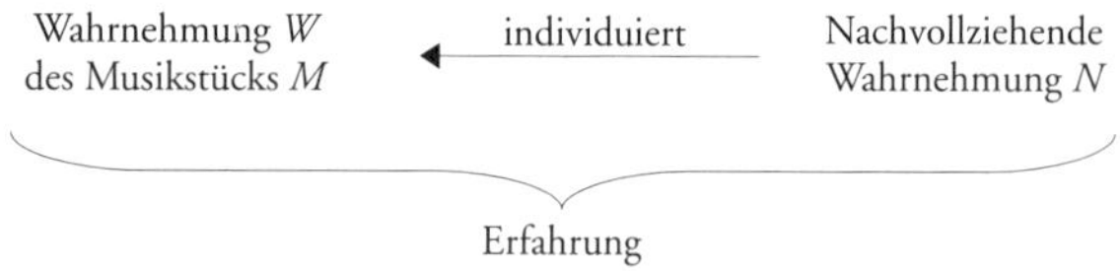

Wie bereits angedeutet, soll dieses Modell Vorgänge erfassen, die aus dem alltäglichen Umgang mit Musik vertraut sind. Die nachvollziehende Angabe kommt zum Zuge nicht nur bei der reflexiven Vergegenwärtigung dessen, was man gehört hat, sondern auch, wenn man einem anderem verdeutlichen möchte, wie man etwas hört oder auffaßt. Daß erst die Korrelation von *W* und *N* eine Erfahrung ausmacht, trägt zudem einigen weiteren Merkmalen musikalischer Erfahrungen Rechnung: Da *N* von *W* abweichen kann, können sich

26 Siehe dazu auch Becker (2000), Kapitel 4 und (2005), S. 185-193.

in der Zuordnung von *N* zu *W* Vorgänge selektiver Aufmerksamkeit und Gestaltwahrnehmung niederschlagen. Fehlt einem Hörer beispielsweise die Fähigkeit, mehrere Stimmen gleichzeitig zu verfolgen, wird er eine polyphone Struktur als lineares Gebilde erfahren; diese Selektion schlägt sich darin nieder, daß er das Stück als eine Linie nachvollzieht, und wird so konstitutiver Bestandteil der Erfahrung. Entgehen ihm beim Hören einer Melodie Nuancen der Phrasierung, dann wirkt sich auch dies darauf aus, was er als geeigneten Nachvollzug ansieht, und bestimmt so, was er erfahren hat. In solchen Fällen mag es zwar richtig sein zu sagen, daß der Hörer mehr wahrgenommen hat, als er nachvollzieht; aber dieser Überschuß an wahrgenommenen Merkmalen ist eben kein Bestandteil der Erfahrung geworden. Das Modell des Nachvollzugs berücksichtigt also die bekannte Abhängigkeit unserer Erfahrungen von Fähigkeiten des Wiedererkennens, des Unterscheidens und der Gestalterfassung – diese Fähigkeiten entscheiden letztlich über die Korrelation zwischen *W* und *N* –; indem es die Zuordnung von *N* zu *W* aber an die Oberfläche dessen hebt, was bewußt vollzogen wird, schafft es zusätzlichen Spielraum für die Abstimmung der genannten Fähigkeiten und die Suche nach einem angemessenen Nachvollzug. Falsch wäre es jedoch anzunehmen, daß einer solchen Suche eine bereits vollständig bestimmte Erfahrung als Maßstab zugrunde liegt; es ist bestenfalls ein unbewußt bleibendes Potential, das den Hörer mit einem bestimmten Nachvollzug unzufrieden sein läßt, das aber nur in der Suche nach einem angemesseneren Nachvollzug aktualisiert wird. Obendrein dürfte sich dieses Potential je nach der individuellen Gedächtnisfähigkeit rasch verflüchtigen; bleibend ist die durch den Nachvollzug bestimmte Erfahrung.

Ein Einwand gegen dieses Modell liegt auf der Hand: Denn es bindet offensichtlich die Erfahrung nicht nur an die bisher erwähnten Fähigkeiten, sondern auch an die praktischen Fähigkeiten des Hörers, das Gehörte anzugeben. Das scheint zu einer absurden Einschränkung zu führen: Ist damit nicht schon jemand, der kein Instrument beherrscht, auf dem sich mehrere Stimmen gleichzeitig wiedergeben lassen, von der Erfahrung mehrstimmiger Musik als solcher ausgeschlossen, eben weil er nicht in der Lage ist, die Gleichzeitigkeit der verschiedenen Stimmen anzugeben? Dieser Einwand geht jedoch erstens von einer zu engen Vorstellung aus, wie man musikalische Erfahrungen angeben kann. Begrenzten Fähigkeiten der

Ausführung kann nämlich ein geschultes musikalisches Vorstellungsvermögen zu Hilfe kommen. Man kann eine Stimme spielen und sich andere dazu vorstellen; man kann auch mit Hilfe anderer Modelle die Gleichzeitigkeit verschiedener Bewegungen nachvollziehen (auf derartige Erweiterungen komme ich gleich zurück). Zweitens können in einem gegenüber *W* reduzierten Nachvollzug *N* mehrere Ebenen von *W* zusammengefaßt sein: Natürlich muß man beim Nachsingen einer Melodie die Begleitstimmen weglassen, das harmonische Fundament, das sie liefern, kann sich aber in der Art und Weise, wie die Melodie phrasiert wird, niederschlagen. Drittens schließlich scheint mir der Gedanke nicht abwegig zu sein, daß sich mit einer Erweiterung der Fähigkeiten zur Angabe des Gehörten – sei es praktischer Art, sei es im musikalischen Vorstellungsvermögen – auch die Fähigkeit erweitert, Musik zu erfahren.

Im Rahmen des Nachvollzugs lassen sich nun zwei Ebenen unterscheiden. Die erste Ebene betrifft die Form. So wie der Nachvollzug bestimmt, was man erfahren hat, vermag er auch die Form des Gehörten festzulegen, dann nämlich, wenn *N* dazu dient, diese Form anzugeben. Nun dürfte in vielen Fällen eine solche Angabe der Form eher das Resultat unbewußt bleibender Prozesse der Gestalterfassung sein, so daß der explizite Nachvollzug weniger das bestimmende Moment ist als vielmehr ihm vorausliegende Bestimmungen dokumentiert. Außerdem ist die Form, wie in Abschnitt II illustriert, in hohem Maße von Erwartungen abhängig. Zwar können solche Erwartungen in enger Beziehung zum Verfahren des Nachvollzugs stehen, denn sie können sich in Schemata oder Modellen für den Nachvollzug niederschlagen; aber sie lassen sich darauf nicht reduzieren und sind in der Regel auch komplexer. Dennoch gibt es Fälle, in denen der Nachvollzug eine konstitutive Rolle für die Form spielen kann. Ein Beispiel ist die Melodie der 2. Violine zu Beginn des ersten Satzes aus Mahlers 9. Symphonie (T. 7-16):

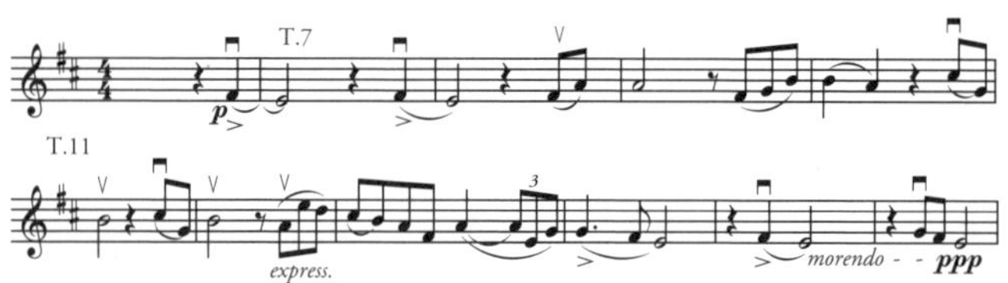

Die Form dieser Melodie – ihre Herauslösung aus dem Kontext sei für den Moment zugestanden – ist mehrdeutig, und durch verschiedene Arten, sie nachzuvollziehen, kann diese Mehrdeutigkeit zum Vorschein kommen. Einerseits läßt sie sich als eine in 4+4+2 Takte gegliederte Phrase nachvollziehen, wenn man die Figur in T. 11 und 12 auf diejenige in T. 7 und 8 (jeweils mit Auftakt) zurückbezieht, sie also als zweimaligen fallenden Sekundschritt auffaßt. Man kann die gesamte Phrase aber auch als einen einzigen Bogen nachvollziehen, der sich allmählich zu einer Bewegung aufschwingt, die in T. 13 ihren Höhepunkt erreicht, um dann wieder abzuklingen. In diesem Fall wird man die Figur in T. 11 und 12 eher als Zwischenstation auf dem Weg zum Höhepunkt erfahren, an der die Bewegung mit dem cis^1 zwar den bisher höchsten Ton erreicht, aber für einen Moment stockt, um erst danach zu voller Entfaltung zu gelangen. Versucht man, die Melodie explizit nachzuvollziehen, und ist man sich über die beiden Möglichkeiten im klaren, dann kann die Erfahrung in einem Hin- und Herwechseln zwischen beiden Varianten bestehen. Voraussetzung dafür ist aber, daß der Nachvollzug eine formkonstituierende Rolle spielt.

Die zweite Ebene, auf der Musik nachvollzogen wird, betrifft jene Dimension, die ich in Abschnitt II als »Sinn« bezeichnet habe. Zur groben Orientierung, was mit diesem Begriff in bezug auf die Musik gemeint sein kann, dienten dort Warum-Fragen wie »Warum folgt dieses Motiv/diese Phrase/dieser Klang auf jene(s)/jenen?«, die allein in technischen Kategorien nicht zufriedenstellend zu beantworten sind.[27] Hier möchte ich nun vorschlagen, daß solche Fragen auch durch den Nachvollzug eines Musikstücks beantwortet werden können. Dies scheint mir beispielsweise dann möglich zu sein, wenn man das Gehörte mit Hilfe einer anderweitig vertrauten Gestalt nachvollzieht: So kann der Verlauf einer Tonfolge dadurch Sinn gewinnen, daß man sie als eine Geste oder eine auf andere Weise in sich zusammenhängende Bewegung erfährt. Die Töne gewinnen ihren Zusam-

27 Die Rede vom »Sinn« in bezug auf die Musik weist natürlich entsprechend der Vielfalt der Bedeutungen des Begriffs in der Alltagssprache mehrere Dimensionen auf. Die Beantwortung der erwähnten Warum-Fragen ist nur eine davon, sie genügt aber, um den Zusammenhang zwischen Nachvollzug und Sinn deutlich zu machen. Neben semantischen Konnotationen ist auch die Frage des Wertes musikalischer Erfahrungen von großer Bedeutung; siehe dazu den Beitrag von Matthias Vogel in diesem Band S. 335 ff.

menhang so durch die Geschlossenheit der Geste; da wir nach dem inneren Zusammenhang der Geste nicht weiter fragen – denn sie ist uns vertraut –, genügt sie als Antwort auf die Frage, warum die Töne so und nicht anders aufeinanderfolgen.[28]

Insofern auch die Ebene des Sinns Bestandteil der Erfahrung ist, bestätigt sich erneut die Vorstellung, daß die Erfahrung durch den Nachvollzug »komplettiert« wird. Eine entscheidende Ergänzung zu den bisherigen Erläuterungen des Nachvollzugsmodells ergibt sich aber daraus, daß die möglichen Einsetzungen für *N* (s. o., S. 286 Schema (1)) auch dem außermusikalischen Bereich entstammen können. Die Korrelation zwischen *W* und *N* weist somit eine beträchtliche Offenheit auf. Bereits aus dem ersten Beispiel, dem Nachsingen, geht hervor, daß *W* und *N* nicht identisch sein müssen. Dort, wo der Nachvollzug zur Verdeutlichung von Weisen der Erfahrung eingesetzt wird, ist eine Abweichung zwischen *W* und *N* sogar wünschenswert: Denn nichts trägt besser zur Verdeutlichung bei als die Reduktion auf einige wenige Merkmale, die *W* und *N* gemeinsam sind. Diese Offenheit der Korrelation macht an der Grenze verschiedener sensorischer Bereiche nicht halt: Wenn es schon beim Nachsingen auf strukturelle Gemeinsamkeiten zwischen *W* und *N* ankommt (die z. B. in der Phrasierung zum Ausdruck kommen), dann können zumindest einige dieser Gemeinsamkeiten auch zwischen einer Melodie und einer Geste bestehen, die ja ebenso in der Zeit verläuft und gegliedert sein kann. Letztlich entscheidet auch hier über die Korrelation, ob derjenige, der die Erfahrung macht, *W* in *N* wiedererkennt.

Sind diese Überlegungen plausibel, dann ergibt sich eine erste Erklärung für die zentrale Rolle musikfremder Elemente in der

28 In ähnlicher Weise können auch rhetorische und narrative Modelle im Nachvollzug wirksam werden. In der Musikästhetik waren solche Modelle in der Beschreibung musikalischer Erfahrungen bis ins 18. Jahrhundert verbreitet, bis ihnen in motivisch-thematischen Modellen von Einheit und Zusammenhang eine ernsthafte Konkurrenz erwuchs. Seit dem Streit um die Programmusik im 19. Jahrhundert sind rhetorische und narrative Modelle in Mißkredit geraten, zum einen, weil sie in eine eher grobschlächtige Konfrontation gerieten, zum anderen, weil die unterstellten Programme mit dem Gestus präsentiert wurden, die »eigentliche« Struktur eines Werks zu enthüllen (was u. a. dazu führte, daß man nachweisen wollte, die vermeintlichen Programme seien vom Komponisten intendiert gewesen). Das Nachvollzugsmodell zeigt, daß solche Modelle zumindest grundsätzlich sinnvoll sind und ihr Überschuß über das hinaus, was sich auf die Musik projizieren läßt, kein zwingender Grund zur Kritik ist.

Musikerfahrung: Wenn der Sinn für die Erfahrung konstitutiv ist, dann gilt dies selbstverständlich auch für das, was den Sinn festlegt. Dies ist aber, zumindest in einigen Fällen, der Nachvollzug; es handelt sich in diesen Fällen um einen Sinn, der überhaupt nur durch den Nachvollzug zu erfassen ist. Nun habe ich oben behauptet, daß erst der gesamte Komplex aus der Korrelation von *W* und *N* *eine* Erfahrung bildet; somit ist *N* selbst ein konstitutiver Bestandteil der Erfahrung – und dies gilt selbstverständlich auch dann, wenn *N* kein musikalisches Phänomen ist. Für eine Erfahrung, die in einem gestischen Nachvollzug besteht, ist das gestische Element wesentlich; man kann es nicht herauslösen, denn dann verlöre die Erfahrung ihren Sinn.

Dies gilt um so mehr, wenn man berücksichtigt, daß die Ebenen, die ich hier unter den Stichworten »Form« und »Sinn« auseinandergehalten habe, interagieren können. Sicherlich wird in vielen Fällen die Form, zumindest in einigen Hinsichten, unabhängig vom Sinn bestimmt; dann kann die Form als Kriterium für einen angemessenen weitergehenden Nachvollzug dienen. Aber wenn es beispielsweise erst der gestische Nachvollzug ist, der dem Gehörten Zusammenhang verleiht, dann ist dieser Nachvollzug auch für ein zentrales formales Merkmal verantwortlich, und es ist nicht abwegig, daß die Geste, narrative Struktur oder was sonst herangezogen wurde, auch die Form bestimmt. In solchen Fällen verlöre das, was man erfährt, sogar seine Form, wollte man die musikalische Erfahrung »rein« halten.[29] Andererseits bleibt gänzlich kontingent, was jeweils zum Nachvollzug herangezogen wird. Das erklärt den Eindruck der Beliebigkeit, der immer bleibt, wenn man Außermusikalisches in die Musikerfahrung hineinbringt. Eine Geste ist nie in einem absoluten Sinne konstitutiv für die Erfahrung eines bestimmten Musikstücks, sondern nur in einem bedingten Sinne: *Wenn* dieses Musikstück mit Hilfe jener Geste nachvollzogen wird, *dann* ist sie für die Erfahrung konstitutiv.

(b) Wie verhält sich das Nachvollzugsmodell zu jener besonderen Art der Wirkung der Musik, die ich in Abschnitt III als »Primat der Wirkung« beschrieben habe? In seiner bisherigen Form beschränkt

29 Auf eine solche Verschränkung weist auch von Massow in seinem Beitrag zu diesem Band hin, wenn er betont, daß die musikalische Analyse nicht beim »Wie« der Realisierung einer Intention stehenbleiben kann, sondern einbeziehen muß, *was* intendiert (z. B. ausgedrückt) wird (vgl. oben, S. 161 f.).

sich die Wirkung der Musik darauf, die Wahrnehmung *W* zu verursachen, doch dies ist selbstverständlich von den oben anvisierten Wirkungen noch weit entfernt. Das Modell läßt sich jedoch einer Weise ergänzen, die diese Lücke zu schließen erlaubt.

Zu den Relata des Nachvollzugs können nämlich nicht nur Wahrnehmungen, sondern auch Tätigkeiten gehören. Es mag befremdlich klingen, daß Erfahrungen Tätigkeiten involvieren, das Phänomen ist jedoch genauso wie der Nachvollzug aus dem Alltag vertraut. Relevant sind hier bereits elementare körperliche Bewegungen – gleich ob tatsächlich ausgeführt oder bloß imaginiert –, sofern diese durch das, was wir wahrnehmen, beeinflußbar sind. Die Wahrnehmung eines engen, geschlossenen Raums hemmt imaginierte Bewegungen; diese Hemmung führt zur Erfahrung der Klaustrophobie. Bilder können die Bewegung und Ausrichtung des Blicks steuern; ein auf einen unendlich fernen Punkt gelenkter Blick macht räumliche Tiefe erfahrbar.

Eine elementare Bewegung, die in der musikalischen Erfahrung eine große Rolle spielt, ist die Atmung. In ihrer natürlichen Form weist sie einen großen Variationsspielraum auf und ist daher in hohem Maße durch die Musik beeinfluß- und gestaltbar: Einer in lange, gleichmäßige Perioden gegliederten Melodie folgt man mit einer entsprechend gleichmäßigen Atmung; kurz aufeinanderfolgende, sich in Dynamik oder Tonhöhe steigernde Phrasen lassen die Atmung flach und hektisch werden (solche Atembewegungen können auch beim stummen, innerlichen Nachsingen ausgeführt werden). Ähnliches gilt für die Umsetzung des Rhythmus in Körperbewegungen, angefangen von den halb unterdrückten Bewegungen, die im Konzertsaal gerade noch zulässig sind, bis hin zum Tanz.

Daß zur Erfahrung von Musik dazugehört (bzw. dazugehören kann), etwas zu tun, ist also ein wohlbekanntes Phänomen.[30] Das folgende Schema (2) zeigt, wie solche Tätigkeiten formal in das Modell des Nachvollzugs zu integrieren sind:

30 Auch Riemann zielt m. E. auf diesen Punkt, wenn er (wiederum unter dem Stichwort der »Subjektivation der Musik«) darauf verweist, daß das »Gefühl der eigenen Körperlichkeit« »beim Hörgenuß eine Hauptrolle spielt« (1919, S. 22), und zur Erläuterung unter anderem das »Gefühl der Möglichkeit der Selbsthervorbringung der gehörten Töne« durch die eigene Stimme anführt (S. 24).

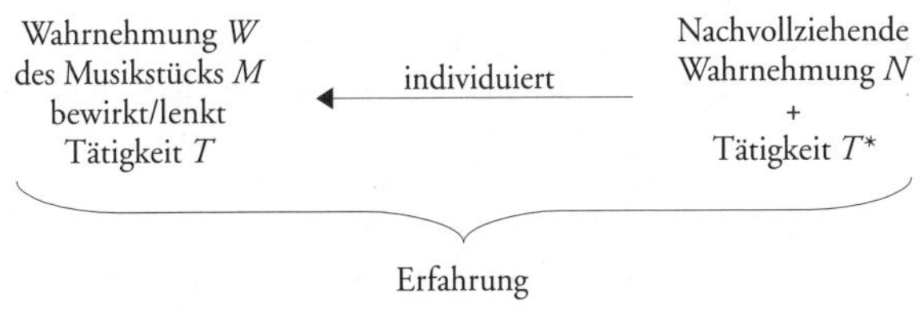

Kurz gesagt, man kann die Antwort auf die Frage, welche Erfahrung man macht, um den Nachvollzug auch jener Tätigkeiten ergänzen, die das Hören des Musikstücks ausgelöst hat; die Antwort ist dann die Verbindung von *N* und *T** (oder vielleicht sogar *T** allein). Beispiele habe ich bereits erwähnt: Im Nachsingen kann man die unwillkürliche Beeinflussung der Atmung durch die Musik nachvollziehen; durch bewußt gestaltete Bewegungen bis hin zum Tanz kann man die Körperbewegungen nachvollziehen, die die Musik spontan ausgelöst hat. Auf diese Weise läßt sich nun eine der beiden Besonderheiten der Wirkung der Musik erklären, die ich in Abschnitt III erwähnt habe: daß diese Wirkung nämlich in der Regel in Kategorien beschrieben wird, die weit über das hinausgehen, was die Musik als Grundlage bietet, und die auch der Situation, in der die Musik gehört wird, nicht angemessen zu sein scheinen. Überträgt man nämlich das zuvor zum (beispielsweise) gestischen Nachvollzug Gesagte auf das komplexere Schema (2), dann sieht man, daß selbstverständlich auch die Tätigkeiten *T** nicht auf den musikalischen Bereich beschränkt bleiben müssen, sondern gleichfalls musikfremden Bereichen entstammen können. Der gestische Nachvollzug liefert bereits ein gutes Beispiel: Schließlich kann man mit einer Geste auch einen Bewegungsimpuls nachvollziehen, den das Hören des Stücks ausgelöst hat; die Geste steht aber in anderen Kontexten, hat andere Konnotationen, gehört vielleicht zum Ausdrucksrepertoire einer bestimmten Emotion, so daß über den Nachvollzug eine Verbindung zu Bereichen geschlagen wird, die weit über das Musikstück hinausgehen, aber trotzdem für die Erfahrung, die jemand an ihm macht, konstitutiv sein können.

Hilfreich mag an dieser Stelle ein erneuter Blick auf Schuberts Vertonung des »Doppelgängers« sein.

Die unmittelbare, physische Wirkung der zweiten Strophe habe ich in Abschnitt III als Unbehagen beschrieben; dies läßt sich durch eine bestimmte Weise des Nachvollzugs präzisieren. In der

Vertonung der ersten Strophe gibt es im wesentlichen zwei Ebenen der Musik: eine gedehnte, ostinate Viertaktfigur im Klavier und eine Singstimme, die um einen Ton (das fis^{1}) kreist. Konzentriert man die Aufmerksamkeit auf diesen Ton, dann wird man unwillkürlich dazu gebracht, die Singstimme durch eine Art monotonen Sprechgesangs nachzuvollziehen. Eine derartige Monotonie steht im Kontext einer Befindlichkeit, die man als Depression beschreiben könnte. Diese Befindlichkeit wiederum führt auf eine Tätigkeit, durch die sich der Bewegungsimpuls der Viertaktfigur in der Klavierbegleitung nachvollziehen läßt: Sie wirkt in diesem Kontext wie ein extrem verlangsamtes, schleppendes Schreiten, das nicht von einem Ziel, sondern von der Gewohnheit der Wiederholung in Gang gehalten wird. Wenn man also die Vertonung der ersten Strophe (bis T. 24) als depressiv beschreibt, dann weder, weil die im Gedicht geschilderte Situation des Mannes es suggeriert, noch, weil die Musik Depressionen erzeugt, noch, weil sie den typischen Ausdrucksweisen depressiver Menschen gleicht (das tut sie nicht, denn depressive Menschen singen in der Regel nicht), sondern weil sie etwas auslöst, das sich mit Hilfe einer bestimmten Tätigkeit – des monotonen, langsamen Sprechens – nachvollziehen läßt; diese Tätigkeit fügt sich in einen Verhaltenskontext ein, der für Depressionen charakteristisch ist und der es erlaubt, weitere Ebenen der Musik nachzuvollziehen.

Dieser Nachvollzug läßt sich nun auf die zweite Strophe übertragen: Das Klavier gibt den Grundrhythmus der Bewegung vor, die Gesangsstimme den Ton, in dem man sich äußert. Der Charakter von beiden ändert sich aber erheblich: Zwar bleibt die Bewegung gleich, doch die immergleiche Figur wird nun zu einem harten und starren Korsett; anstatt auszubrechen, entlädt sich die ganze Energie in den harten *ff*- und *fff*-Akkorden.[31] Es ist eine gehemmte Bewegung, gleich einem ohnmächtigen Stampfen; diese Hemmung macht das Unbehagen aus, das die Musik verursacht. Auch die Gesangsstimme behält den Deklamationsrhythmus bei, gibt jedoch das Kreisen um einen Ton auf, erweitert ihren Umfang und steigert sich

31 Wurde in der ersten Strophe die strukturierende Dominantdissonanz (ein gewöhnlicher Septakkord) in T. 12 und T. 22 durch das Klaviernachspiel in seiner Wirkung noch gemildert, fallen diese Nachspiele nun aus; dafür wird die Dominantdissonanz in T. 32 zum Septakkord mit verminderter Quint verschärft und auf zwei Takte gedehnt und in T. 41 zur sehr harten Dissonanz eines verkürzten und zweifach verminderten Dominantseptnonakkords weiter gesteigert.

ebenfalls zum *fff*. Führt man den Nachvollzug der Gesangsstimme fort, müßte das monotone Sprechen in einen Schrei umschlagen – aber in einen Schrei, dem das explosive Hervorbrechen fehlt, der statt dessen, gefesselt an den unnachgiebig langsamen Grundrhythmus, erstarrt. So gelingt es Schubert, in die Wirkung der Musik eine Spannung hineinzubringen, die vielleicht doch jenem Riß entspricht, den der Text schildert.[32]

Wiederum handelt es sich hierbei natürlich nur um die Beschreibung einer subjektiven Weise der Erfahrung, für die ich keine Allgemeingültigkeit beanspruchen möchte. Aber sie sollte folgendes deutlich gemacht haben:

- Tätigkeiten, auch wenn man sie bloß imaginiert, können ein wesentlicher Bestandteil nachvollziehenden Erfahrens sein;
- gerade die Einbeziehung von Tätigkeiten erlaubt es, Emotionen in die Musikerfahrung zu integrieren;
- obgleich Emotionen in solchen Fällen zu einem konstitutiven Bestandteil der Erfahrungen werden, greift der Einwand nicht, daß die Musik diese Emotionen gar nicht ausreichend spezifiziert, denn es geht ja nicht darum, daß die Musik irgendwelche Emotionen ausdrückt und dazu diese bewirken oder ihnen ähnlich sein müßte, sondern darum, daß der Komplex von Verhaltensweisen, zu dem eine bestimmte Emotion disponiert, die Musik nachvollziehbar macht;
- und schließlich läßt das Beispiel auch erahnen, daß die Schemata (1) und (2) im Vergleich zu tatsächlichen Erfahrungen viel zu einfach sind; wenn man Musik erfährt, werden sich meistens mehrere Ebenen des Nachvollzugs miteinander verschränken.

Von hier aus fällt schließlich auch Licht auf die zweite Besonderheit der Wirkung der Musik, den »Primat der Wirkung«. Wie sich gezeigt hat, kann das, was Musik unmittelbar auslöst, auf elementare Bewegungen und Tätigkeiten beschränkt sein; solche Wirkungen bereiten keine theoretischen Probleme. Erklärungsbedürftig bleibt, wieso diese Wirkungen in einer Weise Bestandteil der Musikerfahrung werden, die es höchstens in einem zweiten Schritt zuläßt, sich von ihnen

32 In der dritten Strophe (T. 43-56) laufen Text und Musik gänzlich parallel: Dem Mann gelingt es, sich durch die Anrede an den Doppelgänger aus dem Bann des Entsetzens zu lösen; die Musik gibt erstmals durch ein *accelerando* die starre Gleichförmigkeit des Grundrhythmus auf.

zu distanzieren. Das erweiterte Schema (2) des Nachvollzugsmodells liefert hierfür eine Erklärung: Wenn Musik etwas auslöst, das überhaupt Bestandteil der Erfahrung werden soll, dann gehört es zum Nachvollzug – und damit zur Komplettierung der Erfahrung –, dieser Wirkung Raum zu geben, sie in Gestalt der Ausführung einer Tätigkeit in den Nachvollzug einzubeziehen. Würde man das Unbehagen, die Verbindung von Ausbruch und Hemmung, die Schuberts Vertonung der zweiten Strophe des »Doppelgängers« auslöst, aus der Erfahrung herausstreichen, dann bliebe die Erfahrung defizitär. Zugleich erlaubt der Nachvollzug dessen, was die Musik auslöst, die Sublimierung der ursprünglichen Impulse; in der nachvollziehenden Erfahrung werden Impulse nicht unmittelbar umgesetzt, sondern ebenso wie die Wahrnehmungen einem Prozeß unterworfen, der sie verändert und in andere Kontexte einbetten kann.

V

Das Nachvollzugsmodell erweist sich somit als geeignet, eine Erklärung der »zentrifugalen« Tendenz unserer Musikerfahrung zu liefern. Es erklärt sie, insofern es zeigt, daß und wie der Rückgriff auf der Musik Fremdes zur Individuierung einer musikalischen Erfahrung beitragen kann, ferner, warum ein solcher Rückgriff sinnvoll und angebracht sein kann, und schließlich, warum der jeweilige Nachvollzug dem Gehörten gegenüber dennoch kontingent bleibt. Und nicht zuletzt zeigt das Nachvollzugsmodell, daß die Rede von einer zentrifugalen Tendenz strenggenommen irreführend ist: Denn wenn man ein Musikstück (beispielsweise) gestisch nachvollzieht, dann gehört die Geste zum Zentrum dieser Erfahrung als integraler Bestandteil dazu; es gibt keine sinnvolle Unterscheidung mehr zwischen einem »kontaminierten« Rand und einem »reinen« Zentrum.

Ungeachtet dessen bleibt es natürlich richtig, daß wir uns in der Erfahrung, zumindest dem Ideal nach, auf die »Musik selbst« – was immer das nun sein mag – konzentrieren und Funktionen und Assoziationen, die nicht zur »Musik selbst« dazugehören, auszuschließen versuchen; dies ist die der »zentrifugalen« Tendenz entgegengesetzte »zentripetale Tendenz«.

Kann das Nachvollzugsmodell angesichts der in ihm angelegten Aufhebung des Zentrums dem überhaupt noch Rechnung tragen?

Tatsächlich bietet das Modell, so wie es in den Schemata (1) und (2) vorliegt, nur einen Anknüpfungspunkt: Die Relation zwischen *W* und *N* ist asymmetrisch, sie geht von *N* aus und zielt auf *W*. Hat diese Asymmetrie aber irgendeine Grundlage im Modell, oder handelt es sich bloß um eine willkürliche Einschränkung? Die Konstruktion des Modells selbst wie auch die kognitiven Fähigkeiten, die der Korrelation von *W* und *N* zugrunde liegen, liefern keinen Grund dafür, die Relation auf eine Richtung zu beschränken; sie könnten genausogut von *W* ausgehen und auf *N* zielen. Allein die dem Modell eigentlich äußerliche Ausrichtung der Aufmerksamkeit – der Umstand, daß sich in der Musikerfahrung unser Interesse und unsere Aufmerksamkeit eben auf das Musikstück und nicht auf die Geste richten – sorgen dafür, daß der Ausrichtung von *N* auf *W* der Vorzug gegeben wird.

Nun heißt dies zunächst nicht mehr, als daß die Schemata (1) und (2) für ein angemessenes Modell musikalischer Erfahrung nicht ausreichen; das hatte ich selbstverständlich auch nie behauptet. Allerdings reichen die Hindernisse, die das Nachvollzugsmodell der Berücksichtigung jener »zentripetalen« Tendenz in den Weg legt, noch weiter. Die Ausrichtung der Aufmerksamkeit auf *W* ist nämlich keine Frage der inneren Einstellung, sondern muß praktische Konsequenzen haben. Eine solche Konsequenz besteht darin, daß *W* als *Maßstab* für *N* fungiert, daß sich also *N* an *W* anpassen muß, bzw. in einer Aneinanderreihung verschiedener Erfahrungen *W* fixiert gehalten wird und *N* das veränderliche Element ist. (Wiederum handelt es sich hierbei um nichts Ungewöhnliches: Man hört sich das Musikstück mehrfach an, bis man auf ein *N* stößt, in dem man wiedererkennt, was man in *W* hört, oder man variiert *N*, bis man es selbst für eine angemessene Angabe von *W* hält; daß auch *W* sich dabei faktisch verändern kann, spielt keine Rolle, denn im bewußten Prozeß ist *N* das Element, das aktiv verändert wird.) Eine solche Anpassung ist aber nur dann möglich, wenn *W* unabhängig von *N* bestimmt ist, genauer, wenn diejenigen Merkmale von *W*, an denen sich *N* messen lassen soll, nicht durch *N* festgelegt werden. Im Rahmen einer Erfahrung, in der der Nachvollzug eine konstitutive Rolle spielt, kann das wiederum nur heißen: Entweder sind die besagten Merkmale von *W* gar nicht von irgendeinem expliziten Nachvollzug abhängig, oder *W* wird auf zwei verschiedene Weisen nachvollzogen, deren erste von der zweiten unabhängig ist. Beide

Möglichkeiten sind nicht abwegig; die Form kann so evident sein wie die Periodenstruktur der zitierten acht Takte aus dem Dissonanzenquartett, oder man kann, wie im vorigen Abschnitt angedeutet, auch im Nachvollzug die Ebenen von »Form« und »Sinn« unterscheiden. Das Problem ist aber: Es gibt keinen absoluten Bezugspunkt, der als Maßstab für *N* fungieren könnte. »Das Musikstück« steht als unabhängiger Maßstab nicht zur Verfügung, da wesentliche Eigenschaften – wie seine Form, die hier relevant wäre – selbst von der Erfahrung abhängig sind und eine formkonstitutive Ebene der Erfahrung nicht strikt von anderen Ebenen zu trennen ist, sondern mit ihnen in Wechselwirkung treten kann. Sowenig wie die »zentrifugale« Tendenz einen Mittelpunkt hat, von dem sie sich entfernt, so wenig scheint die »zentripetale« Tendenz über etwas zu verfügen, dem sie zustreben kann. Handelt es sich bei der Neigung, sich in der Erfahrung auf die »Musik allein« zu konzentrieren, also um eine bloße Illusion?[33]

Wenn die Musikerfahrung nicht in ihrem Gegenstand einen ihr vorgängigen Bezugspunkt findet, was sonst käme als Zentrum in Frage, an dem sie sich orientieren, auf das sie sich zubewegen und dem sie einen Maßstab entnehmen kann? Klar ist nach allem bisher Gesagten, daß das Erfahrungssubjekt an der Konstitution eines solchen Zentrums beteiligt ist. Klar scheint mir auch zu sein, daß ein Ausweg, der in der verwandten metaphysischen Debatte über das Verhältnis von Erfahrungssubjekt und Welt zur Verfügung steht, hier keine Option darstellt: nämlich die Konstitution von Objektivität durch Prozesse intersubjektiver Kommunikation.[34] Wenn die Erfahrungen zweier Hörer gegenläufige Konsequenzen haben, dem Gehörten beispielsweise unvereinbare Formen zuschreiben, dann gibt es keine Grundlage, auf der sich die eine Erfahrung als falsch und die andere als richtig ausweisen läßt. Damit fehlt aber auch die Möglichkeit, von Wahrheit und Falschheit im üblichen Sinne zu sprechen und auf einer solchen Grundlage einen Begriff von Objektivität einzuführen.

33 Eine letztlich positive Antwort auf diese Frage gibt Nicholas Cook in seinem Beitrag zu diesem Band, wenn er die Musik als »Nuance ohne Emotion« bezeichnet (vgl. oben, S. 100), also als etwas, das in der Erfahrung eine Ergänzung nicht nur zuläßt, sondern sie benötigt.

34 Ich denke hier insbesondere an die Position Donald Davidsons.

Dennoch ist es möglich, einer einzelnen Erfahrung etwas gegenüberzustellen, an dem sie gemessen werden kann: Zum einen kann man ein Ideal postulieren, das festlegt, wie eine musikalische Erfahrung beschaffen sein soll; zum anderen kann man der Erfahrung bestimmte Vorstellungen über die Beschaffenheit ihres Gegenstands zugrunde legen. Ich möchte zunächst beide Möglichkeiten etwas genauer vorstellen, um dann – sozusagen als dritte Variante – darauf einzugehen, wie sich beide verbinden lassen.

Auf den ersten Blick scheint es keine Grenzen zu geben, die dem Entwurf idealer Musikerfahrungen Schranken auferlegen, faktisch kreisen die Ideale aber meistens um die Merkmale von Einheit und Zusammenhang.[35] Warum diese Merkmale dominieren, ist eine wichtige Frage, die hier aber nicht im Mittelpunkt steht.[36] Mir kommt es auf zwei andere Aspekte an: Erstens bieten diese Merkmale die Grundlage für reich ausdifferenzierbare Normen, denen ein einzelner Nachvollzug mehr oder weniger genügen kann. Sie erlauben daher, eine Menge von Erfahrungen, in denen das Gehörte jeweils anders nachvollzogen wird, nach der Nähe zum Ideal zu ordnen bzw. einen Nachvollzug so zu verändern, daß die Erfahrung sich ihrem Ideal annähert. Zweitens bietet ein solches Ideal keinen Spielraum für die Vorstellung, daß zwischen der Erfahrung und ihrem Gegenstand ein Konflikt oder eine unüberbrückbare Kluft besteht, denn alle relevanten Parameter gehören gänzlich dem Bereich der Erfahrung an. Wenn man den Gegenstand der Erfahrung überhaupt einbringen will, dann nur auf einem Umweg: Man kann beispielsweise annehmen, daß die Komponistin (die ja auch Hörerin ihrer eigenen Werke ist) versucht hat, ihr Werk am gleichen Ideal auszurichten, und insofern davon sprechen, daß die Annäherung an das Ideal auch eine Annäherung an das Werk ist. Man muß dazu übrigens nicht, wie Riemann, das Ideal auf einer anthropologischen Ebene ansiedeln; man kann auch von kulturell geformten Idealen ausgehen, die man

35 Vgl. z. B. die lapidare Bestimmung der musikalischen Analyse durch Carl Dahlhaus (1989, S. 223): »Die Analyse eines musikalischen Werks besteht, sofern sie sich nicht in ›Buchhaltung‹ erschöpft, in der Entdeckung und Explikation eines Formprinzips, das den inneren Zusammenhalt der Teile verbürgt und zugleich darüber entscheidet, welche Strukturmerkmale als wesentlich gelten sollen und welche nicht.«

36 Vgl. dazu den Beitrag von Matthias Vogel in diesem Band (bes. S. 324 ff.); eine ausführliche Erörterung der Rolle von Einheit, Stimmigkeit und Zusammenhang in Adornos Musikästhetik findet sich im Beitrag von Max Paddison (S. 205 ff.).

durch die Sozialisation im Kontext einer bestimmten Musikkultur aufnimmt.

Legt man dagegen nicht eine ideale Beschaffenheit der Erfahrung zugrunde, sondern bestimmte Vorstellungen über den Gegenstand der Erfahrung, dann ergeben sich weitere Optionen. Verschiedene Erfahrungen können insofern den gleichen Ausgangspunkt haben, als sie von der (akustisch) gleichen Wahrnehmung ausgehen; hat man es mit notierter Musik zu tun, kann man noch einen Schritt weiter zurückgehen und die Partitur als gemeinsamen Ausgangspunkt all der Aufführungen betrachten, die wiederum in den einzelnen Erfahrungen nachvollzogen wurden. Nun ist klar, daß die akustische Beschaffenheit oder das in der Partitur Notierte nicht festzulegen vermag, wie die einzelnen Erfahrungen beschaffen sind. Aber man kann die Rolle von Aufführung oder Partitur als bloßem Ausgangspunkt zu der eines gemeinsamen *Bezugs*punktes aufwerten, beispielsweise indem man annimmt, daß der Ausgangspunkt eine solche Fülle an Eigenschaften, sowohl der Vielfalt wie der Differenziertheit nach, aufweist, daß ihm niemals eine einzelne Erfahrung gerecht werden kann, sondern erst eine Reihe von Erfahrungen. Sie beziehen sich gemeinsam auf die Partitur oder eine Aufführung, um deren Merkmalsfülle allmählich einzuholen. Es nicht nötig vorauszusetzen, daß diese Fülle positiv bestimmt oder je ausgeschöpft werden kann: Sie kann auch als bloß negativ bestimmter Bezugspunkt fungieren, als ein Ziel, demgegenüber sich jede noch so reiche Erfahrung als vorläufig erweist.

Im Falle notierter Musik gibt es noch eine weitere Möglichkeit der Gruppierung verschiedener Erfahrungen, die über ein solches eher unspezifisches »Postulat der Fülle« hinausgeht. Wenn man in der Lage ist, notierte Musik zu *spielen*, dann verfügt man über zwei deutlich verschiedene Möglichkeiten, das *gleiche* Stück zu erfahren – der gemeinsame Bezugspunkt wird hier durch die Partitur festgelegt –: Man kann das Stück sowohl spielend als auch hörend erfahren.[37] Das

37 Zum spielenden Erfahren vgl. auch die Überlegungen Adornos zum »mimetischen Verstehen«, die Paddison (oben, S. 222) diskutiert. Wenn Adorno in seinem Aufsatz »Über das gegenwärtige Verhältnis von Philosophie und Musik« (1953) schreibt, »daß einzig derjenige Musik enträtselt, welcher Musik richtig spielt, als ein Ganzes« (S. 154), dann meint er damit sicherlich nicht, daß es genügt, sich auf die Ebene der Praxis zu begeben, um ein Musikstück hinreichend zu erfassen. Eher heißt für Adorno das Spielen bzw. spielende Interpretieren, sich vollständig dem »Vollzug«

Spiel kann deshalb zu einer gegenüber dem Hören eigenständigen Erfahrung werden, weil es mit Tätigkeiten – Bewegungsabläufen – verbunden ist, die einerseits durch die Partitur veranlaßt werden, andererseits von den Bewegungen oder Gesten, die eventuell im Nachvollzug des Gehörten relevant werden, unabhängig sind. Selbstverständlich stehen diese Erfahrungen für denjenigen, der das gleiche Stück spielt *und* hört und für den beides eigenständige Weisen der Erfahrung sind, nicht einfach nebeneinander, so daß der Versuch, beide aufeinander zu beziehen, zu einem fruchtbaren Erfahrungsprozeß führen kann. Ein solcher Prozeß kommt übrigens ohne ein Zentrum aus, das den beiden Erfahrungsweisen vorgeordnet wäre; es genügt, daß sie durch den gemeinsamen Bezugspunkt der Partitur miteinander verknüpft sind.

Neben verschiedenen Wegen, Erfahrungen um einen Bezugspunkt herum zu gruppieren, dem Eigenschaften zugewiesen werden, die diese Zusammenstellung einzelner Erfahrungen rechtfertigen, gibt es natürlich auch die Möglichkeit, den Gegenstand der Erfahrung a priori in einer Weise zu bestimmen, die ihn zum Maßstab von Erfahrungen werden läßt. Die Konsequenzen dieses Schrittes ähneln denen, die sich ergeben, wenn man ein Ideal der Erfahrung postuliert. Erstens liegt in beiden Fällen eine wohlbestimmte Norm vor, und zweitens stehen auch hier in der Regel Merkmale wie Einheit und Zusammenhang im Mittelpunkt. Setzt man voraus, daß dasjenige,

oder »Werden« der Musik zu überlassen und auf eine fixierende, für Adorno immer begriffliche Reflexion zu verzichten, die aber als Gegenpol für den ihm so wichtigen »Rätselcharakter« der Musik notwendig ist (»Als Sphinx narrt sie [die Musik] den Betrachter, indem sie unablässig Bedeutungen verspricht und auch intermittierend gewährt, die ihr doch nur im wahrsten Sinne Mittel zum Tode der Bedeutung sind, und in denen sie darum niemals sich erschöpft«, S. 154 f.). Die hier angedeutete Unterscheidung zwischen spielender und hörender Erfahrung deckt sich mit Adornos Unterscheidung zwischen Interpretation und Reflexion insofern nicht, als auch das Spielen einer Art von Reflexion – nämlich dem Nachvollzug – zugänglich ist. Allerdings ist der Gedanke nicht abwegig, daß das spielende Erfahren einen so eigenständigen Bereich bildet, daß er wie durch eine Kluft von unserer übrigen Erfahrungswelt und insbesondere den Versuchen, Musik im Nachvollzug auf anderweitig vertraute Modelle zu beziehen, getrennt erscheint. Auch halte ich es für möglich, daß im spielenden Nachvollzug das Moment der Ausführung von Tätigkeiten so wichtig wird, daß der sonst so zentrale Bezug auf die Einheit des Stücks vorübergehend in den Hintergrund tritt und man von einem Kontrast zwischen »Vollzug« und »Sein« sprechen könnte (Adorno allerdings stellt durch die Nachbemerkung in der ersten zitierten Passage auch den Vollzug unter das Gebot, Einheit herzustellen).

was man hört, eine Einheit bildet und einen inneren Zusammenhang aufweist, der die Einheit des Ganzen artikuliert, dann ist eine Erfahrung ihrem Gegenstand nur dann angemessen, wenn sie Einheit und Zusammenhang nachvollziehbar macht. Auch auf diese Weise lassen sich detaillierte Maßstäbe gewinnen, je nachdem, was man als geeignet ansieht, um Zusammenhang zu stiften. (Die Überlegungen zum Nachvollzug in Abschnitt IV deuten allerdings darauf hin, daß die gängigen technischen Vorstellungen, die den Zusammenhang auf die Dimensionen von harmonischer Geschlossenheit und motivisch-thematischer Arbeit beschränken, zu kurz greifen.[38] Der Zusammenhang eines Stücks kann auch auf der Ebene des »Sinns« unter Rückgriff auf (vermeintlich) Musikfremdes hergestellt werden – vor allem dann, wenn die Ebenen von Form und »Sinn« interagieren.) Verschiedene Erfahrungen lassen sich nach dem Grad des Zusammenhangs, den sie herstellen, ordnen, und man kann sich durch den Zuwachs an Zusammenhang dem Gegenstand in der Erfahrung allmählich annähern. Eine solche Annäherung verdient sicherlich das Prädikat »zentripetal«: Denn das Zentrum ist das in sich geschlossene, seinen inneren Zusammenhang in reichhaltiger Weise artikulierende Werk, das einem Prozeß das Ziel vorgibt, der sich aus vielen einzelnen Versuchen, das Werk nachzuvollziehen, zusammensetzt.[39]

38 Zu Zweifeln an der Validität gängiger Konzeptionen der Einheit musikalischer Werke in der Erfahrung siehe auch Cook (1990), S. 52 ff. sowie die weiteren bei de la Motte-Haber/Rötter (2005) berichteten Beispiele empirischer Untersuchungen zur Formwahrnehmung.

39 Ich spreche hier vom Werk und nicht von dem, was man hört, um die Tendenz zur Objektivierung des Erfahrungsgegenstands zu betonen. Statt dessen könnte ich auch von der Wahrnehmung sprechen, vorausgesetzt, sie ist als Typ wiederholbar, beispielsweise durch eine Tonaufnahme. Im Falle improvisierter Musik steht ohnehin nichts anderes zur Verfügung; ist die Wahrnehmung überhaupt nicht wiederholbar, ist auch die gesamte Diskussion über eine Annäherung an das Werk überflüssig. Das Verhältnis von Wahrnehmung und Werk im Falle notierter Musik ist, grob gesagt, folgendes: Die Wahrnehmung *W* in den Schemata (1) und (2) ist das Resultat einer Aufführung; Aufführungen sind Realisierungen von Werken, wobei Werke über das hinausgehen, was in der Partitur notiert ist, da die Partitur auf den Kontext der Aufführungspraxis, also auf Regeln und Fertigkeiten zur Umsetzung der Partitur angewiesen ist. Da dieser Kontext historisch veränderlich ist, sind es auch die Werke. Gesteht man jedoch als Idealisierung zu, daß dieser Kontext über längere Zeit einen stabilen Kern wahrt, dann kann man näherungsweise davon sprechen, daß eine einzelne, der Partitur und den Regeln der Aufführungspraxis genügende Aufführung eine Instantiierung des Werks ist.

Beide Varianten – das Postulat eines Erfahrungsideals und Bestimmungen a priori über die Beschaffenheit des Erfahrungsgegenstands – bieten einen Ersatz für den fehlenden objektiven Orientierungspunkt der Erfahrung. Zumindest vermögen sie dessen Funktion als Maßstab zu übernehmen; das genügt, um von einzelnen Erfahrungen zu einem gerichteten Erfahrungs*prozeß* überzugehen und so ein wichtiges Merkmal der »zentripetalen« Tendenz zu retten. Zudem decken die beiden Varianten ein breites Spektrum der gängigen Modelle musikalischer Erfahrung ab (Riemann steht paradigmatisch für die erste Variante, Adorno dürfte der zweiten Variante zuzuordnen sein, auch wenn es ihm nicht um schlichte Vorabbestimmungen des musikalischen Werks geht.) Allerdings gibt es trotz einiger äußerlicher Ähnlichkeiten zwischen den beiden Varianten erhebliche Unterschiede, sogar wenn beide in Normen von Einheit und Zusammenhang münden. Eine erste Differenz liegt in der jeweiligen Rechtfertigung der leitenden Eigenschaften. Muß die Rechtfertigung im ersten Fall allein auf das Erfahrungssubjekt bezogen sein, kann im zweiten Fall der kompositorischen *Herstellung* von Einheit und Zusammenhang größeres Gewicht zugewiesen werden: Die Einheit des Werks kann als Resultat eines Prozesses aufgefaßt werden, in dem einem unorganisierten »Material« Ordnung und Zusammenhang aufgeprägt wurden oder in dem sich eine schöpferische Subjektivität in einem zwar organisierten, aber ihr zunächst fremden Material ausdrückt. Der nachvollziehenden Erfahrung eröffnen sich damit neue Aspekte, denn der Nachvollzug kann als Nachvollzug solcher Prozesse aufgefaßt werden: In der Annäherung an das Werk geht es dann nicht mehr allein darum, seiner Einheitlichkeit gerecht zu werden, sondern diese Einheit auf die richtige Weise herzustellen. Die zweite Differenz besteht schlicht und einfach darin, daß die beiden Varianten, der Erfahrung ein Zentrum zu geben, zu divergierenden Bestimmungen seiner Beschaffenheit führen können: Die ideale Einheit der Erfahrung und die postulierte Einheit des Werks können voneinander abweichen.

Diese Divergenz macht sich natürlich nur dann bemerkbar, wenn die beiden Varianten in einem Erfahrungsprozeß zusammentreffen. Nun ist ein solches Zusammentreffen keineswegs weit hergeholt – im Gegenteil scheint es mir üblich zu sein, ein harmonisches Verhältnis zwischen der Einheit der Erfahrung und derjenigen des Werks anzunehmen: Sei es, daß man Komponisten als Hörer ihrer eigenen Werke betrachtet, die in ihren Werken dem erfahrungsleitenden Ideal so gut wie möglich zu entsprechen versuchen; sei es, daß man umgekehrt davon ausgeht, daß Hörer innerhalb einer Musikkultur ihre Ideale im Umgang mit paradigmatischen Werken erwerben und aufgefordert sind, sich an deren technischer Verfertigung zu orientieren – in beiden Fällen konvergieren die postulierten Zentren. Diese Konvergenz ist jedoch nicht zwangsläufig. Es ist möglich, daß sich ein Werk keinem der erfahrungsleitenden Modelle fügt – daß es nicht gelingt, das Gehörte als einheitliches, in sich zusammenhängendes Gebilde nachzuvollziehen, und daß auch jeder Versuch einer allmählichen Annäherung mißlingt. Derartiges ist aus dem Umgang mit neuer Musik vertraut. Wieso sollte man dennoch unterstellen, daß es sich überhaupt um ein einheitliches Gebilde handelt? Zunächst lautet die Antwort: Weil es sich um das Produkt einer auf die Herstellung von Zusammenhang gerichteten kompositorischen Tätigkeit handelt; dies rechtfertigt die Unterstellung, daß der Gegenstand der Erfahrung Einheit und Zusammenhang aufweist. Nahe liegt es dann, in einer solchen Situation auf der Konvergenz zu beharren und den Hörer aufzufordern, seine Erfahrung an der kompositorischen Verfahrensweise zu orientieren. Dieser Weg, der in Erläuterungen zu neuen Werken häufig eingeschlagen wird, führt jedoch keineswegs immer zum Ziel. Nicht nur in der seriellen Musik ist das Kompositionsverfahren in dem, was man hört, kaum noch wiederzuerkennen, und kann folglich der Erfahrung keine Vorgaben liefern.

Die Musikerfahrung hält also eine Möglichkeit des Scheiterns im Versuch, ein Stück als einheitliches, zusammenhängendes Gebilde zu erfassen, bereit, die sich nicht als Scheitern relativ zu einer gegebenen und bekannten Norm einordnen läßt. In solchen Fällen gewinnt die »zentripetale« Tendenz der Musikerfahrung offensichtlich eine neue Qualität: Es geht nicht mehr nur um den Versuch, etwas zu erfassen, von dem man schon im Prinzip weiß, wie es beschaffen ist, so daß man nur die Aufgabe hat, diese Beschaffenheit im Gehörten wiederzufinden, bzw. sie so zu spezifizieren, daß sie zum Gehörten paßt. Der Gegenstand der Erfahrung ist hier auf eine radikalere Weise der Verfügung des Hörers entzogen als in Situationen, in denen bloß im Prinzip vertraute Formen des Zusammenhangs in etwas zunächst Unvertrautem wiederzufinden sind. Eine derartige Fremdheit verstärkt aber die »zentripetale« Tendenz der Musikerfahrung: Je mehr sich der Gegenstand entzieht, um so mehr wird er zu einem Rätsel, das seine Auflösung einfordert. Die resultierende Situation ist nun von einer fundamentalen Spannung geprägt. Denn die Rätselhaftigkeit des Musikstücks ergibt sich nicht schon daraus, daß es da ist. Daß es einen im Nachvollzug faßbaren Zusammenhang aufweist, ist nicht »gegeben«, so wie gegeben ist, daß es (als sich in der Zeit erstreckendes Ereignis) einen Anfang und ein Ende hat (denn es könnte einen Anfang und ein Ende haben und dennoch zusammenhanglos sein). Dieser Zusammenhang muß vom Hörer unterstellt werden; woher aber nimmt er das Recht dazu? Es darf nicht eine Form sein, die wir als Hörer dem Gehörten auferlegen; dann wäre sie nicht so radikal unserer Verfügung entzogen. Es ist aber auch nicht einfach die Form, die der Komponist dem Werk gegeben hat; dann würde der Rekurs auf die Verfertigung genügen, um die Form zu erfassen. Was übrigbleibt, läßt sich vermutlich nur in einer Weise beschreiben, die paradox anmutet. Vielleicht könnte man den gesuchten Zusammenhang als ein »nichtintendiertes Nebenprodukt« des Kompositionsprozesses bezeichnen, als eine Art von Zusammenhang, die sich beiläufig aus etwas ergibt, das eine ganz andere, technische Art von Zusammenhang aufweist. Aus der Perspektive der Erfahrung ist ersterer Zusammenhang aber die Hauptsache, denn er ist es, der den Gegenstand bestimmt. Er steht wie das Produkt einer fremden Intention dem Hörer gegenüber; da er aber auch nicht auf dem Weg über die kompositorische Intention einzuholen ist, entzieht er sich der Verfügung des Hörers wie ein beliebiger Erfahrungsgegenstand. Der Zusammenhang des Gehörten gewinnt eine Quasi-Objektivität, die aber gänzlich von der Spannung abhängt, daß der Hörer dem, was er hört, formale Eigenschaften unterstellt, und zugleich über keinerlei vorgängige Bestimmung dieser Eigenschaften verfügt.[40]

Ich möchte versuchen, diese abstrakten Bemerkungen mit Hilfe eines letzten Beispiels etwas plastischer werden zulassen, das sich wiederum unter anderem durch seine Überschaubarkeit auszeichnet.

40 Die von mir anvisierte Erfahrungssituation hat eine gewisse Ähnlichkeit mit der Utopie kompositorischer Freiheit, die Adorno in »Vers une musique informelle« umreißt. Adornos kreist diese Utopie ein, indem er gegenläufige Bestimmungen zusammenstellt, die sich durch die informelle Musik als vereinbar erweisen sollen. Beispielsweise soll eine informelle Musik Zusammenhang allein aus sich heraus produzieren (vgl. (1961), S. 515); sie soll also jede von außen kommende Verpflichtung abweisen und zugleich selbst genau die Art von Verpflichtung schaffen, die nötig ist, um von Zusammenhang sprechen zu können (vgl. S. 518); eine solche Verpflichtung ist ohne prinzipielle Allgemeingültigkeit aber kaum denkbar.

Es handelt sich um den Schlußsatz von Chopins Klaviersonate b-Moll op. 35.

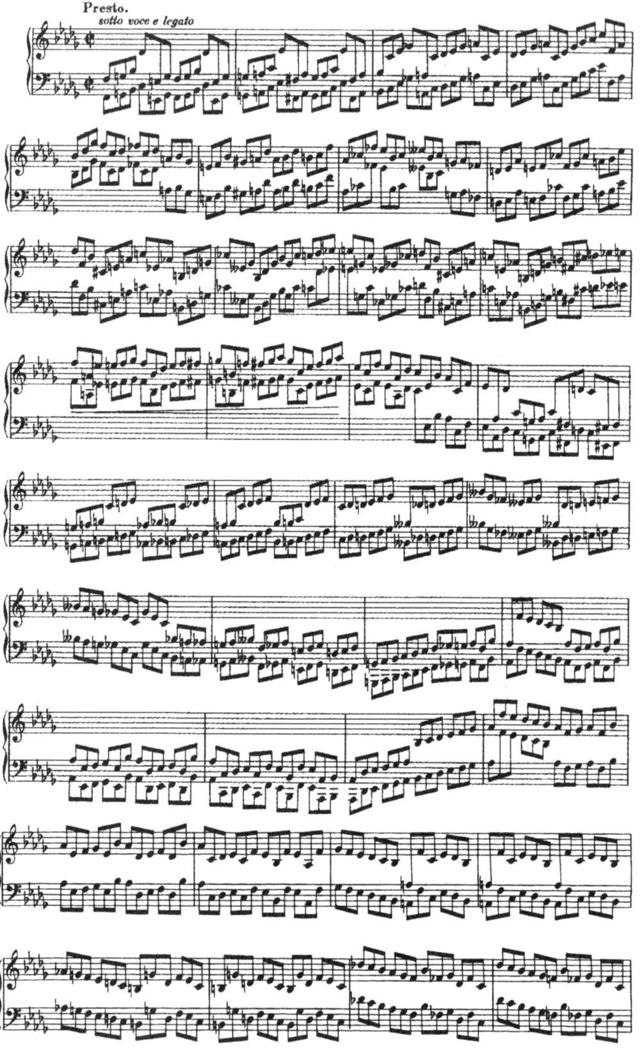

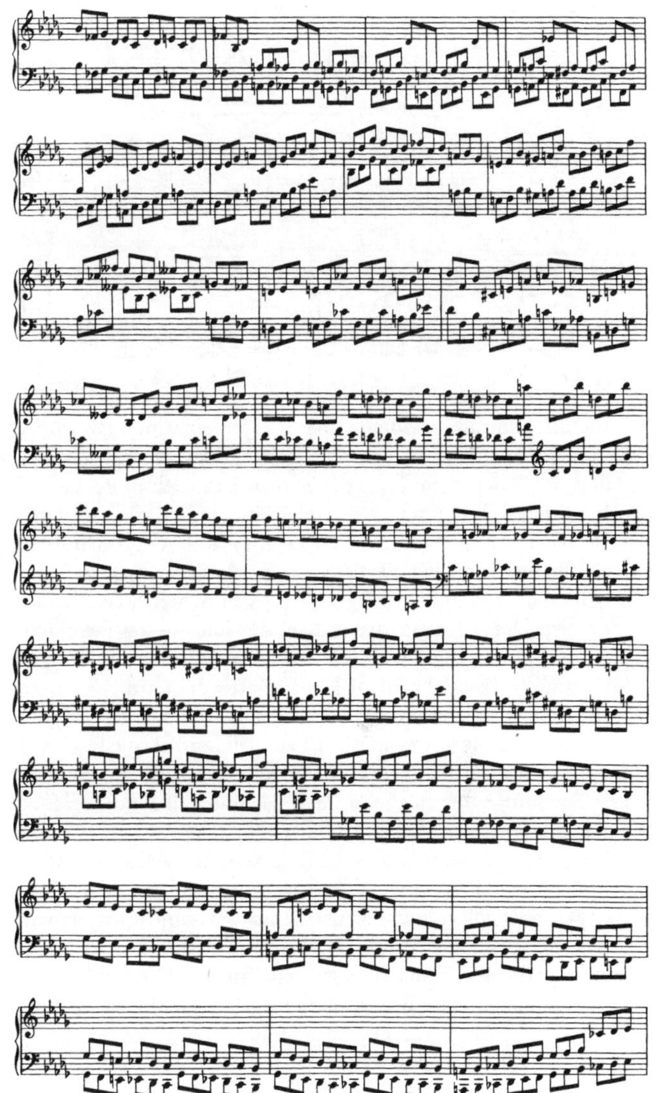

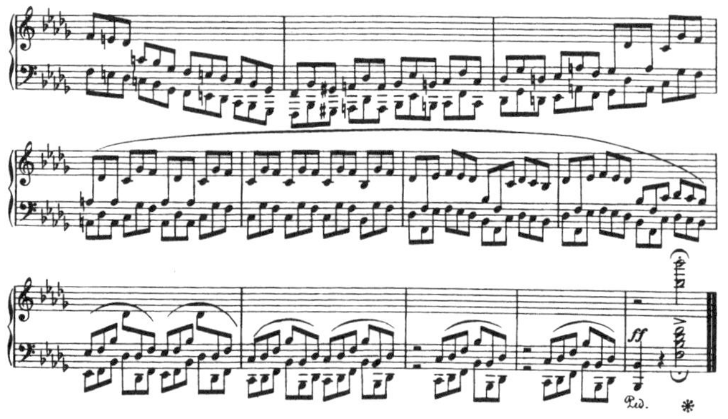

Nachdem Chopin seine Sonate über drei im einzelnen zwar originelle, im großen und ganzen aber der Konvention gehorchende Sätze entfaltet hat – der dritte Satz, der zeitlich ausgedehnteste, enthält den berühmten Trauermarsch –, folgt ein äußerst knapper Finalsatz (je nach Interpretation dauert er etwa anderthalb Minuten). Noch außergewöhnlicher als die Kürze ist aber, was man zu hören bekommt: einen ununterbrochenen Lauf von Achteltriolen, beiden Händen im Oktavabstand zugewiesen, der mit größter Geschwindigkeit und durchgängig *sotto voce e legato* auszuführen ist. Es gibt keine Zäsuren, keine Themen, keine Motive, noch nicht einmal sich deutlich abhebende melodische Gestalten, die den Satz strukturieren würden. Zwar wechselt der Lauf gelegentlich die Lage, von Höhepunkten kann man jedoch kaum sprechen, weil ein vorbereitender Spannungsaufbau ebenso fehlt wie unterstützende Veränderungen der Dynamik. Manchmal blitzen Gestalten auf, sei es durch die Sequenzierung von Figuren (z. B. T. 31-34 oder T. 53-58), sei es durch die Wiederholung von Spitzentönen (z. B. T. 51 oder T. 70), sie bleiben aber folgenlos, weil sie ebenso unvermittelt verschwinden, wie sie aufgetaucht sind. Der Lauf vermeidet aber auch jede Monotonie, die den Hörer veranlassen könnte, willkürliche Einteilungen vorzunehmen (so wie wir dazu neigen, absolut gleichförmige Tonfolgen in Gruppen zusammenzufassen).

Dem Satz fehlt also alles, was eine strukturierte und nachvollziehbare Form ausmachen könnte. Er versetzt seine Zuhörer in eine tiefgreifende Irritation, die Robert Schumann in einer berühmt gewordenen Bemerkung festgehalten hat: »... was wir im Schlußsatze unter der Aufschrift ›Finale‹ erhalten, gleicht eher einem Spott als irgendeiner Musik. Und doch gestehe man es sich, auch aus diesem melodie- und freudelosen Satze weht uns ein eigener grausiger Geist an, der, was sich gegen ihn auflehnen möchte, mit überlegener Faust niederhält, daß wir wie gebannt und ohne zu murren bis zum Schlusse zuhorchen – aber auch ohne zu loben: denn Musik ist das nicht.«[41]

Natürlich wurde auch in diesem Falle der Versuch unternommen, auf der Ebene der Kompositionstechnik Hilfestellungen für die Erfahrung zu finden: So lassen sich in der Tat Rudimente einer Sonatensatzform nachweisen.[42] Doch scheint es mir offensichtlich, daß diese Rudimente in dem, was man hört, kaum Spuren hinterlassen; sie mögen für den von Interesse sein, der herausfinden will, auf welchem Wege Chopin zu einer solchen Komposition gelangte, für den Hörer aber sind sie irrelevant. Andererseits weckt der Kontext des Satzes formale Erwartungen: Nicht nur die Gattungskonvention, auch der lange Trauermarsch fordern eigentlich ein gewichtiges Finale, das sich in der Zeit ausbreitet (und dazu einer artikulierten Form bedarf) und vielleicht sogar zum Höhepunkt einer Apotheose steigert. Was Chopin anbietet, desavouiert diese Erwartungen auf ganzer Linie.

41 Schumann (1854), Bd. 2, S. 207.

42 Da in T. 5 und 6 die vorgezeichnete Tonart b-Moll erreicht wird und die vier ersten Takte eine kadenzielle Vorbereitung dieser Tonart bieten, kann man von einer Art von Thema sprechen; die ersten 10 Takte werden ab T. 37 wiederholt, was an eine Reprise erinnert; ab Takt 65 kann man von einer Coda sprechen, da die Dominante zur Haupttonart überwiegt und die Gestaltung der Linie übersichtlicher wird (vgl. Rosen (1995), S. 294-302). Auch Rosen stellt jedoch fest, daß Chopin alles daran gesetzt hat, die vielleicht zugrundeliegende harmonische und motivische Disposition des Satzes bis zur Unkenntlichkeit zu verwischen. Samson (1985), S. 178 f. weist auf die Ähnlichkeit zwischen dem Schlußsatz von op. 35 und zwei der Préludes op. 28 (Nr. 14 und Nr. 19) hin. Dieser Vergleich ist aber eher geeignet, die Sonderstellung des Sonatensatzes zu unterstreichen: Das Prélude Nr. 14 – das die gleiche Monophonie und den gleichen Klaviersatz aufweist – zeigt, daß man mit diesen Mitteln durchaus aus einem Motiv heraus einen Bogen spannen, zum Höhepunkt führen und ausklingen lassen kann; das Prélude Nr. 19 (in dem den beiden Händen verschiedene Linien zugewiesen sind) demonstriert, daß Chopin in der Lage war, aus einer Linie eine mehrstimmige Struktur mit einer führenden Melodiestimme entstehen zu lassen. Auch Samson konstatiert am Ende die »schwer faßbare Qualität« des Sonatensatzes, die »durch die ständig wechselnden Spannweiten melodischer Bögen und deren Überschneidungen noch verstärkt« wird, »so daß wiedererkennbare (d. h. wiederholte) Formen nur vorübergehend aus der ununterbrochen Klangflut blitzartig aufsteigen« (ebd., S. 180).

Was soll der Hörer tun? Eine mögliche Reaktion deutet Schumann an: Der Hörer kann es bei der Irritation belassen und das Finale als eine Art von Anti-Musik auffassen (so kommt man zur Vermutung, der Satz verspotte seine Hörer). Schumann notiert aber auch, daß der Satz trotzdem auf eine merkwürdige Art zusammenhängend und einheitlich wirkt. Dieser Eindruck entspricht, so glaube ich, der zuvor beschriebenen unauflösbaren Spannung: Denn der Hörer scheitert ja mit jedem Versuch, den Satz in einer Weise nachzuvollziehen, die ihn als einheitliches, einen internen Zusammenhang artikulierendes Gebilde erfahrbar macht. Der Bann, in dem der Satz den Hörer hält, ist keine faßbare Einheit; es ist eine Einheit, die der Hörer unterstellt und die ihm zugleich gänzlich entzogen bleibt. Vielleicht läßt sich dieser Bann – der ja offensichtlich eine Art von Zusammenhang impliziert – als ein »nichtintendiertes Nebenprodukt« erklären: nicht der kompositorischen Tätigkeit, sondern der Suche nach einer Form auf seiten des Hörers. Tritt man nämlich für einen Moment von der Suche nach der Form des Satzes zurück, dann zeichnet sich eine Parallele zwischen dieser Suche und dem Satz ab: Beide sind ohne Einsatz- und Zielpunkt, beiden fehlt eine Richtung, beide beginnen zufällig und werden eher abgebrochen, als daß sie zu einem Ende finden, auf das der gesamte Verlauf zusteuert. So mag sich paradoxerweise das anhaltende Scheitern beim Versuch, den Satz nachzuvollziehen, als ein Modell für den Nachvollzug anbieten. Die Form von Chopins Finale zu erfassen mißlingt jedenfalls nicht deshalb, weil sie für den Hörer zu komplex wäre oder weil Chopin dort eine neuartige Struktur realisiert hätte, die dem Hörer bloß unbekannt ist. Die Suche nach einer Form, nach einem Zentrum, an dem sich die Erfahrung orientieren kann, bleibt prinzipiell erfolglos. Man kann sich aber als Hörer kaum damit zufriedengeben, den Satz aus dem Bereich der Musik auszuschließen (das wäre eine dritte Reaktion, die Schumanns Kommentar anbietet). So bleibt nur, die Spannung zwischen der Unterstellung von Einheit und Zusammenhang und dem beständigen Scheitern in der Suche danach auszuhalten.

Ich bin nicht zuletzt deshalb so ausführlich darauf eingegangen, welcher Spielraum in dem durch das Nachvollzugsmodell gesteckten Rahmen für zentripetale Tendenzen der Musikerfahrung bleibt, weil dieses Modell den Eindruck einer gewissen Beliebigkeit erweckt, die wiederum ausschließt, daß man im Umgang mit Musik auch scheitern kann. Denn – so könnte es scheinen – wenn es allein im subjektiven Ermessen des Hörers liegt, ob er das Gehörte im Nachvollzug wiedererkennt, dann fehlen Kriterien, an denen ein Nachvollzug zu messen wäre. Eine solche Beliebigkeit entspricht aber nicht den tatsächlichen Musikerfahrungen; nicht nachvollziehen zu können, was man hört, ist keine Seltenheit im Umgang mit neuer Musik, aber – wie das Beispiel von Chopins Sonatenfinale zeigt – keineswegs auf sie beschränkt. Doch folgt diese Beliebigkeit nicht zwingend aus dem Nachvollzugsmodell. Es ist mit der Vorgabe von Maßstäben vereinbar, denen eine einzelne Erfahrung bzw. ein einzelner Nachvollzug mehr oder weniger gut entsprechen kann. Solche Vorgaben können intersubjektiv geteilt sein und den Status kultureller Normen annehmen, so daß sie die Beliebigkeit faktisch stark eingrenzen. Allerdings bieten sie darum noch keine prinzipielle Grenze der subjektiven Verfügung über den Gegenstand musikalischer Erfahrungen. Der Sprung in den naiven Realismus – in die Auffassung, daß der Gegenstand mit all seinen Eigenschaften objektiv gegeben ist – würde eine solche Grenze liefern, er ist aber verwehrt, und zwar nicht allein aus grundsätzlichen metaphysischen Überlegungen heraus, sondern aufgrund einer Besonderheit der Musikerfahrung, jedenfalls soweit es in ihr um das Erfassen von Eigenschaften wie Einheit und Zusammenhang geht. Diese Eigenschaften ergeben sich nicht schon daraus, daß jede Erfahrung einen Gegenstand hat; sie sind keine für die Gegenständlichkeit konstitutiven Eigenschaften (wobei zu den Gegenständen im Falle musikalischer Erfahrungen auch Ereignisse zu zählen sind, für die es konstitutiv ist, Anfang und Ende zu haben – was aber nicht hinreicht, um eine Einheit zu bilden). Es könnte sein, daß das, was man hört, eben keine Einheit ist – so wenig wie eine beliebige Geräuschsequenz, die man aus der alltäglichen Geräuschkulisse herausschneidet, eine Einheit ist –, so daß die Annahme, das Gehörte bilde eine Einheit, einer besonderen Rechtfertigung bedarf. Zu fragen bleibt dann, ob diese Rechtfertigung mit jener Art radikaler Nicht-Verfügbarkeit des Erfahrungsgegenstands vereinbar ist, die sich meines Erachtens in bestimmten Weisen des Scheiterns im Versuch, Musik nachzuvollziehen, dokumentiert. Der Rekurs auf die kompositorische Intention mag gelegentlich eine positive Antwort ergeben, aber er hilft keineswegs immer weiter. In den anderen Fällen bleibt nur – so mein vorläufiges Fazit –, daß die Musikerfahrung von einer unauflösbaren Spannung geprägt ist.

Noch gar nicht angesprochen ist damit die Frage, warum wir uns solchen Erfahrungen aussetzen sollten; sie ist im Rahmen eines Textes, in dem es um die Analyse musikalischer Erfahrungen geht, auch nicht zu beantworten. Vielleicht liefert aber die Bemerkung von Karl Kraus, die diesem Text als Motto diente, einen erhellenden Vergleich: Die Suche nach der »Musik selbst«, die dort am meisten angebracht erscheint, wo die Musik sich dem Versuch, sie zu erfassen, entzieht, aber gleichzeitig dem Hörer ein Rätsel aufgibt und so das Versprechen bietet, daß es etwas zu erfassen gibt, gleicht dem sehnsüchtigen Blick desjenigen, der am Ufer steht und aufs Meer möchte, aber genau weiß, daß man sich dort nicht auf Dauer einrichten kann.

Zitierte Literatur

Adorno, Theodor W. (1953): »Über das gegenwärtige Verhältnis von Philosophie und Musik«, in: Ders.: *Gesammelte Schriften* Bd. 18 (= *Musikalische Schriften V*), hg. von R. Tiedemann und K. Schultz, Frankfurt/M.: Suhrkamp 1984.

Adorno, Theodor W. (1961): »Vers une musique informelle«, aus: *Quasi una fantasia* (*Musikalische Schriften II*) (1963), in: Ders.: *Gesammelte Schriften* Bd. 16, hg. von R. Tiedemann, Frankfurt/M.: Suhrkamp 1978, S. 493-540.

Adorno, Theodor W. (1962): *Einleitung in die Musiksoziologie* (= Ders.: *Gesammelte Schriften* Bd. 14, hg. von R Tiedemann), Frankfurt/M.: Suhrkamp 1973.

Agawu, Kofi (1991): *Playing With Sings. A Semiotic Interpretation of Classical Music*, Princeton: Princeton UP.

Becker, Alexander (2000): *Verstehen und Bewußtsein*, Paderborn: mentis.

Becker, Alexander (2005): »Das Verstehen von Kunstwerken und die Unbegrenztheit der ästhetischen Erfahrung«, in: *Zeitschrift für Ästhetik und allgemeine Kunstwissenschaft* 50, S. 173-198.

Boyé, M. (1779): *L'Expression musicale, mise au rang des chimères*, Amsterdam.

Cook, Nicholas (1990): *Music, imagination & culture*, Oxford: OUP.

Dahlhaus, Carl (1984): *Die Musiktheorie im 18. und 19. Jahrhundert I: Grundzüge einer Systematik* (= Geschichte der Musiktheorie, hg. von F. Zaminer, Bd. 10), Darmstadt: Wissenschaftliche Buchgesellschaft.

Dahlhaus, Carl (1989): *Die Musiktheorie im 18. und 19. Jahrhundert II: Deutschland*, (= Geschichte der Musiktheorie, hg. von F. Zaminer, Bd. 11), herausgegeben von R. Müller, Darmstadt: WBG.

Kraus, Karl (1924): *Sprüche und Widersprüche*, In: K. Kraus, *Schriften* Bd. 8, hg. von Chr. Wagenknecht, Frankfurt/M.: Suhrkamp 1986.

Langer, Susanne (1942): *Philosophie auf neuem Wege*, übers. von A. Löwith, (*Philosophy in a New Key*, Cambridge (Mass.): Harvard UP), Frankfurt/M.: Fischer 1965.
Lerdahl, Fred (1988): »Cognitive Constraints on Compositional Systems«, in: J. Sloboda (Hg.) (1988): *Generative Processes in Music*, Oxford: OUP, S. 231-259.
Lerdahl, Fred/Jackendoff, Ray (1983): *A Generative Theory of Tonal Music*, Cambridge (Mass.): MIT Press.
Meyer, Leonard (1956): *Emotion and Meaning in Music*, Chicago: Chicago University Press.
de la Motte-Haber, Helga/Rötter, Günther (2005): »Formwahrnehmung«, in: H. de la Motte-Haber/G. Rötter (Hg.): *Musikpsychologie*, Laaber: Laaber 2005, S. 263-267.
Nietzsche, Friedrich (1886): *Menschliches, Allzumenschliches*, In: F. Nietzsche, *Sämtliche Werke in sechs Bänden*, Bd. 2, hg. von K. Schlechta, München: Hanser 1966.
Riemann, Hugo (1914/15): »Ideen zu einer ›Lehre von den Tonvorstellungen‹«, in: *Jahrbuch der Musikbibliothek Peters* Bd. 21/22, S. 1-25.
Riemann, Hugo (1919): *Grundlinien der Musikästhetik (Wie hören wir Musik?)*, 4. Auflage, Berlin: Max Hesse.
Rosen, Charles (1995): *The Romantic Generation*, London: HarperCollins.
Rousseau, Jean-Jacques (o. J.): »Essay über den Ursprung der Sprachen, worin auch über Melodie und musikalische Nachahmung gesprochen wird«, in: J.J. Rousseau: *Musik und Sprache*, hg. und übers. von P. Gülke, Wilhelmshaven: Heinrichshofen 1984, S. 99-168.
Samson, Jim (1985): *Frédéric Chopin*, übers. von M. Saremba (*The Music of Chopin*, London: Routledge), Stuttgart: Reclam 1991.
Schönberg, Arnold (1912): »Das Verhältnis zum Text«, in: A. Schönberg: *Stil und Gedanke*, hg. von F. Schneider, Leipzig: Reclam 1989, S. 51-55.
Schumann, Robert (1854): *Gesammelte Schriften über Musik und Musiker*, (dritte Auflage, neue Ausgabe), Leipzig: Breitkopf & Härtel 1883.
Scruton, Roger (1997): *The Aesthetics of Music*, Oxford: OUP.

Matthias Vogel

Nachvollzug und die Erfahrung musikalischen Sinns

> Denn das weiß das Publikum nicht und mag es nicht wissen, daß, um ein Kunstwerk zu empfangen, die halbe Arbeit an demselben vom Empfänger selbst verrichtet werden muß.
>
> Ferruccio Busoni[1]

Im Sommer des Jahres 1977 veröffentlichte der amerikanische Komponist und Musikwissenschaftler George Perle einen Aufsatz unter dem Titel »Das geheime Programm der Lyrischen Suite«, in dem er von der Entdeckung einer Taschenpartitur der *Lyrischen Suite* berichtet. Die Partitur, die Perle am Ende einer mit detektivischem Spürsinn vorangetriebenen Untersuchung in Händen hielt, enthält dreifarbige Eintragungen Alban Bergs, die das verborgene Programm der *Lyrischen Suite* offenbaren: Die Geschichte einer geheimen Liebe zwischen dem »glücklich verheirateten« Berg und der »glücklich verheirateten« Prager Industriellengattin Hanna Fuchs-Robettin. Mit Bezug auf die Freiheiten, die ihm die Zwölftontechnik gelassen habe, die Anfangstakte des *Tristan* zu zitieren, schreibt Berg unter die letzten Sätze des Vorworts der Widmungspartitur:

> Sie hat mir, meine Hanna, auch noch andere Freiheiten gelassen! Z. Bsp. die, in dieser Musik immer wieder unsere Buchstaben, H, F und A, B hineinzugeheimnissen; jeden Satz und Satzteil in Beziehung zu unseren Zahlen 10 und 23 zu bringen. Ich habe dies und vieles andere Beziehungsvolle für Dich (für die allein – trotz umstehender offizieller Widmung – ja jede Note dieses Werks geschrieben ist) in diese Partitur hineingeschrieben. Möge sie ein kleines Denkmal sein einer großen Liebe.[2]

Wenn man sich die interpretatorische Unsicherheit vergegenwärtigt, unter der musikalisches Verstehen gerade im Falle von Musik ohne Text oder explizites Programm leidet, dann scheinen wir es hier mit dem äußerst seltenen Fall der empirischen »Verifikation« einer semantischen Hypothese über ein musikalisches Werk zu tun zu haben, die

1 Busoni (1907), S. 26.

2 Zitiert nach Perle (1977), S. 57.

zwei Jahre vor Perles Entdeckung von Constantin Floros auf der Grundlage musikwissenschaftlicher Analysen formuliert wurde. Und tatsächlich: Auch wenn Floros den Bergschen Anmerkungen mit Distanz begegnet, sie etwa als Verniedlichungen betrachtet, sieht er die eigene Analyse als bestätigt an: »So konnte auch meine Folgerung verifiziert werden, daß die programmatische Idee der Lyrischen Suite ›die Schilderung des »Schicksals« einer Liebe‹ sei, ›die eine »große Entwicklung« durchmacht und in dem Liebestod letzte Erfüllung findet‹.«[3] Allerdings, das konzediert Floros, ist »die Lyrische Suite nicht für Helene Berg geschrieben, wie ich angenommen hatte, sondern für Hanna Fuchs«.[4]

Wenn wir uns auf die Idee einlassen, daß Bergs Musik wesentlich eine dramatische Entwicklung »schildert«, dann könnte man ohne bösen Willen sagen, nun, es scheint einen Unterschied ums Ganze zu machen, ob die Adressatin der Musik eine heimlich Angebetete oder die Ehefrau des Komponisten ist. Es macht doch schließlich auch einen Unterschied, ob der Gärtner oder der Pastor der Mörder ist. Man kann den Fall einer mit den Weihen einer empirischen Bestätigung ausgestatteten Deutung jedoch auch zum Anlaß nehmen, sich in dem Zweifel bestätigt zu sehen, daß Musik überhaupt etwas schildert. Denn gerade ein solcher Fall macht auch deutlich, daß die Enthüllung aller im Hintergrund stehenden Kodes und Bedeutungszuweisungen gar nicht die Ebene erreicht, die uns gewöhnlich als Hörer interessiert. Was nützt es, die von Berg kommentierte Partitur auf den Knien, beim Hören so etwas zu denken wie: »Ja, hier geht es um Hanna, und im Kontext dieser Klänge um Berg, und hier sogar um Hannas Kinder Munzo und Dodo.« Vielleicht übertreibt man, wenn man sagt, daß das Wissen um den biographischen Hintergrund zur Hörerfahrung ungefähr soviel beiträgt wie der bei Museumsführungen beliebte Hinweis, daß sich hier der Künstler in einer Randfigur selbst porträtiert habe. Womit wir jedoch eigentlich konfrontiert sind, ist die klingende Oberfläche der Musik, die gerade frei ist von Repräsentationen, Geschichten und sonstwie in Sprache Übersetzbarem.

Ich will nicht behaupten, daß Forschungen dieser Art ohne jedwedes Interesse sind und Musikwissenschaftler besser die Finger davon

3 Floros (1975/78), S. 47. Floros zitiert hier Formulierungen aus der ersten Veröffentlichung seiner Deutung von 1975.

4 Floros (1975/78), S. 47.

lassen sollten,[5] aber wäre die Musik der *Lyrischen Suite* nur die musikalische Form einer dramatischen Geschichte, warum erzählt man sie nicht einfach? Wäre das, worum es in der Musik geht, derart dekodierbar, wäre zugleich fraglich, warum wir uns mit der Musik aufhalten sollten, wo sie doch nichts weiter wäre als ein hübsches Einwickelpapier für etwas, das man auch ohne diese Verpackung haben kann. Wenn das, was für unser Verstehen von Musik wesentlich ist, darin bestünde, daß Musik etwas erzählt, etwas darstellt oder sonstwie repräsentiert, dann wäre sie immer durch etwas erläuterbar und ersetzbar, das den gleichen repräsentationalen Gehalt hat. Auch wenn Hinweise auf die biographische Situation des Komponisten unserer Wahrnehmung Anhaltspunkte oder Strukturierungshinweise liefern können, sind wir zunächst mit dem klingenden Werk konfrontiert, und jede für die Musik spezifische Erläuterung dessen, was es heißen könnte, sie zu verstehen, muß davon ausgehen, wie wir sie hören.[6]

1.1. Musik verstehen als Musikmachen

Wenn wir an der Intuition festhalten wollen, daß Musik mehr ist als ein oft angenehmes Stimulans für Geist und Psyche, wenn wir also erklären wollen, inwiefern Musik etwas zu artikulieren vermag, das sich anders nicht artikulieren läßt, dann müssen wir nach einer Relation zwischen uns und der Musik Ausschau halten, in der die Musik *unersetzbar* ist, und zeigen, daß diese Relation gleichwohl als eine des *Verstehens* erläutert werden kann. Weil musikalisches Verstehen aufgrund der Unersetzbarkeit nicht an das Kriterium der informativen *Angabe* der Bedeutung gebunden werden kann, werde ich nicht vom Verstehen der *Bedeutung* eines Musikstück, sondern vom Verstehen seines *Sinns* reden – womit natürlich zunächst nur ein terminologischer Unterschied markiert ist. Daß Musik keine Bedeutung hat, kann man natürlich auch zum Anlaß nehmen, den Begriff

5 Vgl. dazu Davies' Beitrag in diesem Band S. 63-65.

6 Tim Becker (2003) hat darauf aufmerksam gemacht, daß Floros' Semantisierung der Musik weitgehend von Relationen des musikalischen Materials der *Lyrischen Suite* zu anderen Musikstücken abhängt, die ihrerseits in etablierte »Bedeutungsrelationen« eingebettet sind wie etwa Zemlinskys *Lyrische Symphonie* (für Orchester, Sopran und Bariton), der ein Zitat entstammt, auf das im Originalkontext die Worte »Du bist mein Eigen, mein Eigen« gesungen werden, oder Wagners *Tristan*, aus dem Berg das »Leidens-«, »Sehnsuchts-« und »Verhängnismotiv« zitiert.

des Verstehens in diesem Zusammenhang ganz fallenzulassen, doch diese Konsequenz stünde im Gegensatz zu weitverbreiteten Intuitionen und einer etablierten Sprachpraxis, die Wittgenstein folgendermaßen beschreibt:

> Wir reden vom Verstehen eines Satzes in dem Sinne, in welchem er durch einen andern ersetzt werden kann, der das Gleiche sagt; aber auch in dem Sinne, in welchem er durch keinen andern ersetzt werden kann. (So wenig wie ein musikalisches Thema durch ein anderes.)
> Im einen Fall ist der Gedanke des Satzes, was verschiedenen Sätzen gemeinsam ist; im andern, etwas, was nur diese Worte, in diesen Stellungen, ausdrücken. (Verstehen eines Gedichts.)[7]

Aber was rechtfertigt diese Redeweise? Schließlich ist »verstehen« ein Erfolgsverb, das auf den Kontrast zum Mißverstehen und Nichtverstehen angewiesen ist, so daß wir das Verstehen von Musik in einem Sinne erläutern müssen, der es erlaubt, die Verwendung des Verstehensbegriffs im Rückgriff auf intersubjektiv zugängliche Erfolgskriterien zu beurteilen. Klar ist aber bisher nur, daß wir den Erfolgsfall nicht an die Bedingung knüpfen können, daß jemand einen bedeutungsäquivalenten Ausdruck gefunden hat, der das zu verstehende Musikstück vertreten und insofern ersetzen kann. Diese Auffassung teilt auch Adorno, der in der folgenden Formulierung zudem andeutet, was ein Indiz für das Verstehen eines Musikstücks sein könnte:

> Man versteht ein Kunstwerk nicht, wenn man es in Begriffe übersetzt – tut man einfach das, so ist es vorweg mißverstanden –, sondern sobald man in seiner immanenten Bewegung darin ist; fast möchte man sagen, sobald es vom Ohr seiner eigenen Logik nach nochmals komponiert, vom Auge gemalt, vom sprachlichen Sensorium mitgesprochen wird.[8]

Adorno bindet das Verstehen von Musik an eine Tätigkeit, und zwar an die Tätigkeit des Nachkomponierens. Adornos Formulierung ist jedoch vorsichtig. Das »fast« signalisiert, daß man die nachfolgende Formulierung nicht wörtlich nehmen darf, man also nachkomponieren, nachmalen und nachsprechen, kurz: nachmachen nicht als (notwendige und) *hinreichende* Bedingung des ästhetischen Verstehens auffassen darf. Bloßes Nachmachen, so können wir vermuten,

7 Wittgenstein (1958), Nr. 531.
8 Adorno (1961), S. 433.

offenbart nicht, daß jemand den Sinn erfaßt hat. Was aber mit der stärkeren Bedingung gemeint ist, wonach sich das Nachmachen an der »Logik« des Werks orientieren soll, ist alles andere als selbstverständlich, zumal es naheliegt, die »Logik« eines Musikstücks als einen derart fundamentalen Aspekt seines Sinns zu betrachten, daß die Erläuterung von »Sinn« im Rückgriff auf »Logik« einen geradezu tautologischen Charakter hätte. Denn mit »Logik« ist ganz offenbar ja nicht die Lehre vom wahrheitserhaltenden Schließen gemeint, sondern etwas, das man auch »Zusammenhang« oder eben »Sinn« nennen könnte.

Auch wenn Musik nicht durch eine Übersetzung vertretbar ist und sie also keine angebbare Bedeutung hat, ist bloßes Nachmachen keine Form, in der uns der Sinn eines Stück zugänglich wird. Das nachgemachte Stück stellt uns nämlich vor dieselben Verstehensprobleme, wie das Musikstück selbst. Das nachgemachte Stück, mithin seine Wiederholung, ist etwas, das das Musikstück vertreten kann, und wir können die Relationen zwischen dem Musikstück und seiner Wiederholung als Startpunkt für eine Reihe von Korrelationen nutzen, in denen das Nachmachen zunehmend informativ wird: Für Korrelationen, in denen das Stück nicht einfach wiederholt, sondern aufführend interpretiert wird.

Beginnen wir also mit der Wiederholung. Zwar hätten Musiker – vom Publikum gefragt, welchen Sinn das gerade gespielte Musikstück habe – ein anderes Recht, mit einer bloßen Wiederholung zu antworten, als jemand, der gerade einen wissenschaftlichen Vortrag gehalten hat, aber die blanke Wiederholung eröffnet dem Publikum im Falle gravierender Verstehensprobleme nur eine weitere Chance, den Sinn zu erfassen, sie führt jedoch keine *anderen* – für das Publikum möglicherweise hilfreichen – Mittel ein, um den Sinn zugänglich zu machen. Die Tatsache, daß Musikstücke wiederholt werden können, ist selbst jedoch keine triviale Tatsache.

Wenn das Ensemble das Stück als Reaktion auf die Frage aus dem Publikum tatsächlich wiederholt und das Publikum die zweite Aufführung als eine Wiederholung akzeptiert, dann kann es dies auf der Grundlage der Fähigkeit, das Stück zu reidentifizieren. Es betrachtet die zweite Aufführung als eine Wiederholung, weil die zweite Aufführung aus denselben *musikalischen* Ereignissen besteht wie die erste. Wenn wir annehmen, daß die Temperatur im Saal zwischen der ersten und der zweiten Aufführung ein wenig gestiegen ist, die

Musiker sich nicht die Zeit genommen haben, die Instrumente nachzustimmen, und während der Wiederholung draußen ein Gewitter niedergeht, dann werden sich die beiden Aufführungen akustisch beträchtlich unterscheiden. Daß die Hörer die zweite als Wiederholung der ersten hören, verdanken sie der Fähigkeit, in dem Strom akustischer Ereignisse genau die musikalischen Ereignisse zu reidentifizieren, die sie auch während der ersten Aufführung erkannt haben. Die Zuhörer hören mithin Töne und nicht Luftschwingungen mit bestimmten Frequenzen, es ist ihnen also möglich, unterschiedliche physikalische Ereignisse als Vorkommnisse der gleichen musikalischen Ereignisse, etwa das Auftreten eines Tons, zu hören. Die Tatsache, daß sie dazu in der Lage sind, verdanken sie der Einsozialisation in eine Praxis, in der sie unter anderem gelernt haben, Töne (mit bestimmten relativen Dauern und Tonhöhen) zu singen.

Ich habe an anderer Stelle vorgeschlagen, solche Praktiken als *mediale* Praktiken zu verstehen. Im Mittelpunkt medialer Praktiken stehen tradierte und erlernbare Tätigkeitstypen, die wahrnehmbare physikalische Ereignisse hervorbringen, wobei die Produzenten und die Rezipienten dieser Ereignisse sich nicht an deren physikalischen Eigenschaften, sondern an deren beobachterrelativen Eigenschaften orientieren. Wenn wir diese Bestimmung für die Musik reformulieren, dann können wir folgendes sagen: Es gibt Luftschwingungsereignisse (mit bestimmten Frequenzen), die wir als Realisierung von Tönen hören, wobei wir die Fähigkeit, diese Töne singend hervorzubringen, in Kontexten gelernt haben, in denen sich andere an der Praxis Beteiligte interpretierend zu den Konstellationen verhalten, etwa indem sie tanzen usf.[9]

In Differenzierung von Überlegungen Roger Scrutons können wir sagen, daß Schallereignisse, die Musik realisieren, durch physikalische Eigenschaften (Frequenz, Spektrum, Schalldruck) ausgezeichnet sind, die ihnen unabhängig (oder relativ zu physikalischen Meßinstrumenten) zukommen. Wenn wir diese Eigenschaften *primäre Eigenschaften* nennen, dann können wir diejenigen Eigenschaften, die diese Schallereignisse in der Wahrnehmung von Wesen haben, die die gleiche sinnliche Ausstattung teilen, ihre *sekundären Eigenschaften* (Klangfarbe, Lautstärke) nennen. Die Ebene musikalischer Eigenschaften – und damit die Ebene *tertiärer Eigenschaften* –

9 Eine formale Definition von Medien findet sich in Vogel (2003a), S. 131.

erreichen wir, wenn wir (einen Teil der) Eigenschaften betrachten, die Klänge für Angehörige einer musikalischen Kultur haben, mithin für Wesen, deren Wahrnehmung aufgrund einer gemeinsamen Lerngeschichte so strukturiert ist, daß sie Töne und Akkorde, Rhythmen und Melodien hören.[10] Hörer, die im wesentlichen die gleiche musikalische Sozialisation durchlaufen haben, sollten daher über die grundlegenden musikalischen Eigenschaften eines Werks derselben Meinung sein. Weil es möglich ist, daß Hörer hinsichtlich der tertiären Eigenschaften übereinstimmen, mit Blick auf die »expressiven« Eigenschaften eines Musikstück aber uneins sind, sollten wir diese Eigenschaften, die Musikstücke in der Perspektive eines interpretierenden Hörens auszeichnen, als *quartäre Eigenschaften* betrachten.[11]

Wenn Hörer eine Aufführung als die Wiederholung einer vorangegangenen hören können, dann scheitert das Verstehen nicht daran, daß sie die Schallereignisse nicht als Realisierung von Tönen oder allgemeiner als Realisierung musikalischer Eigenschaften hören konnten. Sie stehen nicht vor dem Problem, etwa mit achteltöniger Musik konfrontiert zu sein, die sie innerlich nicht mitsingen und deren Töne sie daher nicht reidentifizieren können.[12] Das Publikum »versteht« das Stück also in dem Sinne, daß es seine medialen Elemente erfassen und reidentifizieren kann, und es erkennt, daß die zweite Aufführung dieselben medialen oder tertiären Eigenschaften hat wie die erste.

Mit Blick auf das Problem der Angebbarkeit der Bedeutung und die Unvertretbarkeit der Musik können wir nun präzisierend sagen:

10 Vgl. dazu Scruton (1997), S. 6 ff., 93 f. und S. 160 f. Scrutons Unterscheidung ist nicht ganz klar: Während er auf Seite 93 f. primäre Eigenschaften mit physikalischen, sekundäre mit wahrgenommenen und tertiäre mit musikalischen Eigenschaften von Schallereignissen identifiziert, betrachtet er auf S. 160 auch deren expressive Eigenschaften wie z. B. Traurigkeit als tertiäre Eigenschaft.

11 Diese Terminologie ist alles andere als schön, sie kann darüber hinaus auch den Eindruck vermitteln, daß primäre Eigenschaften die wesentlichen Eigenschaften einer Sache ausmachen. Das ist hier keinesfalls intendiert. Primäre Eigenschaften sind vielleicht ontologisch primär, epistemologisch sind sie nachrangig, denn wir gewinnen sie erst durch eine Dezentrierung der Perspektive, in der wir es mit den wahrgenommenen Eigenschaften zu tun haben.

12 Den Unterschied, um den es hier geht, kann man sich leicht vergegenwärtigen: Wer einen Text abschreibt, der zeichnet kein graphisches Äquivalent des Textes, sondern identifiziert Buchstaben (und Wörter) und orientiert sein Handeln daran, daß das, was er schreibt, buchstabenäquivalent zum Ausgangstext ist.

In einem trivialen Sinne ist keine komplexe sinnliche Wahrnehmung wiederholbar, dennoch können wir Aufführungen als Wiederholungen hören, und solche Wiederholungen bilden die Grundlage einer *generischen* Vertretbarkeit, einer Vertretbarkeit, die nicht auf der Identität der primären Eigenschaften zweier Schallereignisse beruht, sondern auf unserer Fähigkeit, Typen musikalischer Ereignisse entlang ihrer tertiären Eigenschaften zu identifizieren. Daß Aufführungen von Musikstücken generisch vertretbar sind, sichert demnach einen nichttrivialen Sinn ihrer Wiederholbarkeit.

Da jedoch alles, was die Aufführung eines Musikstücks vertreten kann, dieselben weitergehenden Verstehensprobleme aufwerfen wird wie die Aufführung selbst, bleibt uns nichts anderes als der Versuch, das Verstehen des musikalischen Sinns mit Hilfe von Relationen zu erläutern, die zwischen dem Musikstück (bzw. seiner Aufführung) und etwas anderem bestehen können, das es gerade *nicht* vertreten kann. Dann jedoch haben wir die Perspektive, nach einer Bedeutung der Musik zu suchen, aufgegeben und fragen uns statt dessen, wie der Sinn eines Stücks mit Hilfe von etwas, das das Musikstück nicht vertreten kann, *zugänglich* gemacht werden kann. Was aber kann mit der Musik in Verbindung gebracht werden, um ihren Sinn zugänglich zu machen? Adorno gibt einen Hinweis: »In der Musik geht es nicht um Bedeutung, sondern um Gesten.«[13] Und wiederum scheint ihm Wittgenstein zuzustimmen, wenn er schreibt:

> Das Verstehen und die Erklärung einer musikalischen Phrase. – Die einfachste Erklärung ist manchmal eine Geste; eine andere wäre etwa ein Tanzschritt, oder Worte, die einen Tanz beschreiben. [...] Wer Musik versteht, wird anders (mit anderem Gesichtsausdruck, z. B.) zuhören, reden, als der es nicht versteht.[14]

In diesen Formulierungen hängt der Zugang zum Sinn eines Musikstücks ganz offenbar von Relationen zu Musikexternem wie Gesten und Tanzschritten ab. Aber gemessen an der Idee, den musikalischen Sinn in Korrelation zu etwas zu erläutern, das nahezu geeignet ist, ein Musikstück vertreten zu können, schießen die Formulierungen übers Ziel hinaus. Ich möchte daher die gleichfalls aufgeworfene Frage, woran man verstehende Hörer erkennen und von mißver-

13 Adorno (1953), S. 154.
14 Wittgenstein (1977), S. 548 f.

stehenden Hörern unterscheiden kann, zurückstellen und Korrelationen betrachten, die es erlauben, an der Idee einer Autonomie des musikalischen Sinns festzuhalten. Auf solche Korrelationen stoßen wir, wenn wir Versuche betrachten, den Sinn eines Musikstücks zugänglich zu machen, und zwar mit Mitteln, die die geringstmögliche Distanz zu einer Wiederholung des Musikstück aufweisen. Mit solchen haben wir es zu tun, wenn ein Musikstück beim Proben oder im Unterricht erarbeitet wird, denn in diesen Kontexten versuchen Musiker, einander den Sinn eines Musikstücks zugänglich zu machen, indem sie es auf eine bestimmte Weise *spielen*.

Nehmen wir an, die technischen Probleme des Aufführens seien bewältigt, so daß die Interpreten kein Problem damit haben, ein akustisches Ereignis mit den von der Partitur vorgeschriebenen medialen Eigenschaften hervorzubringen. Dennoch kann der Eindruck entstehen, daß das Stück irgendwie nicht richtig – nicht so gespielt wird, daß sein Sinn zugänglich wird. In solchen Situationen geht es darum, eine Spielweise zu finden, die die Aufführung mit Eigenschaften jenseits der durch sie realisierten tertiären Eigenschaften ausstattet. Dann kommt es typischerweise zu Dialogen wie den folgenden: »Du spielst das so ..., es sollte aber so ... klingen!« Wenn ein Schüler dann antwortet: »Ja, aber so habe ich es doch gespielt«, stehen Lehrern zwei Mittel zur Verfügung, um auf die Differenz zwischen ihrer eigenen Spielweise und der des Schülers hinzuweisen: Entweder sie beschreiben die Differenzen verbal, etwa indem sie sagen: »Die stakkatierten Achtel klingen bei dir wie Sprossen einer Hühnerleiter, die müssen aber wie eisige Nadelspitzen aus dem Hintergrund herausragen!«, oder sie vergrößern die Differenz auf der Wahrnehmungsebene, indem sie das (monotone, ungegliederte) Spiel der Schüler persiflieren und/oder die Eigenschaften ihres eigenen Spiels bis zur Übertreibung betonen, auch indem sie relevante Merkmale durch pointiertes Vorsingen oder durch gestische, mimische oder tänzerische Mittel unterstreichen.

Interessanterweise wird in beiden Verfahren versucht, den Sinn des Musikstücks zu vermitteln, indem die Wahrnehmung des unvollkommenen Spiels zu einer anderen Wahrnehmung oder einer wahrnehmungsbezogenen Vorstellung (Nadelspitzen) in Beziehung gesetzt wird. Auch wenn es vielleicht möglich wäre, die »richtige« Spielweise durch eine extrem exakte Handlungsanleitung zu beschreiben (»zwischen den Achteln jeweils 16 ms Pause, jede Achtel mit 200 Pond

Druck auf dem Bogen und einer Ausklingzeit von einer Millisekunde ...«), setzen Musiklehrer und Musiker darauf, den Sinn des Stücks im Rückgriff auf andere wahrnehmungsbezogene Erfahrungen vermitteln zu können. Diese Tatsache ist jedoch nicht Ausdruck eines Mangels an sprachlicher Genauigkeit, sondern steht vielmehr in einer systematischen Beziehung zu dem, was für musikalischen Sinn spezifisch ist.

Dieser Zusammenhang wird deutlicher, wenn wir überlegen, worauf ein Lehrer noch zurückgreifen kann, wenn sein technisch brillanter Schüler mit den angebotenen Wahrnehmungen oder dem Appell an gemachte Erfahrungen nichts anzufangen weiß und etwa sagt: »Ja, aber was hat das mit Nadelspitzen zu tun?« oder trotz aller gestisch-mimischen Mittel und allem übertriebenem Vormachen doch wieder nur so spielt wie zuvor. Vielleicht könnte ein Lehrer in einer solchen Situation tatsächlich versuchen, das gewünschte Spiel mit Hilfe einer minutiösen Handlungsvorschrift zu erreichen. Solange sich dieser Erfolg jedoch einzig und allein in Abhängigkeit von solchen Handlungsvorschriften einstellt, sollten wir daran zweifeln, ob der Schüler den Sinn des Stücks erfaßt hat, ob er also das Stück als Gegenstand einer mit dem Hören und Aufführen des Stücks verbundenen strukturierten Erfahrung erfaßt hat. Dieser Zweifel kann sich auf zwei Überlegungen stützen: Zum einen wäre es möglich, die Handlungsanweisung des Lehrers in die Form eines Programms zu bringen, das die Bewegungen eines elektromechanischen Roboters so steuert, daß der Lehrer mit dem Klangergebnis zufrieden wäre. Dennoch würden wir kaum annehmen, der Roboter verfüge über einen Zugang zum Sinn des Stücks, das er gerade zum Erklingen bringt. Zum anderen bleibt die Handlungsanleitung – wie deren maschinensprachliche Form – von jenem Zugang zum Sinn des Stücks abhängig, den der Lehrer entwickelt hat. Denn schließlich ist er es, der jede einzelne Anweisung dahingehend auswählt und daran prüft, ob sie zu einem wahrnehmbaren, den Sinn offenbarenden Klangganzen führt. Für jedes neue Stück blieben der Roboter und unser merkwürdiger Schüler auf jemanden angewiesen, der auf der Grundlage seines Zugangs zum Sinn des jeweiligen Stücks eine Ausführungsanweisung entwerfen kann.

Auch wenn man Mühe hat, sich einen solchen Schüler vorzustellen und ihn beispielsweise mit einer halbwegs plausiblen Biographie auszustatten, ist es nützlich, sich zu vergegenwärtigen, worin genau eigentlich sein Defizit bestünde. Dieser Schüler ist nach Voraussetzung in der Lage, sehr detaillierte Handlungsanleitungen zu befolgen und die damit verbundenen technischen Herausforderungen zu meistern. Auch seine Sinnesorgane sind intakt, er kann die Noten lesen, und er kann Fälle, in denen er etwa aufgrund einer Unkonzentriertheit von der Handlungsanleitung abgewichen ist, als Fehler identifizieren – er hört, daß er etwas insofern falsch gespielt hat, als das von ihm Gespielte die Handlungsanleitung nicht erfüllt. Der Schüler hat auf der Ebene der Wahrnehmung und der Herbeiführung von Ereignissen unter dem Gesichtspunkt ihrer sekundären und tertiären Eigenschaften ganz offenbar keine Probleme. Aber er ist gewissermaßen taub für die quartären Eigenschaften musikalischer Ereignisse; man könnte auch sagen, er ist aspekttaub. Er kann musikalische Ereignisse als langsam, nicht aber als zuversichtlich ruhig hören. Er hört keine Flächen, keine vorwärtstreibenden Beats, keine dumpfe Repetition, keine fragilen Linien. Er hört Sechzehntel, aber er hört sie nicht fallen.

Betrachten wir nun den weniger exotischen Fall einer Schülerin, die in der Lage ist, im Rahmen eines Unterrichts, in dem es um die Vermittlung musikalischen Sinns geht, erfolgreich zu sein. Worin müßte sich dieser Fall vom vorangegangenen Szenario unterscheiden, damit sie zu Recht als erfolgreich gelten kann? Zunächst sollte es der Schülerin gelingen, die Hinweise des Lehrers so umzusetzen, daß der Lehrer mit ihrem Spiel zufrieden ist. Das aber würde so lange nicht der Fall sein, wie er den Verdacht hat, das Spiel der Schülerin sei durch nichts anderes zustande gekommen als durch bloßes Nachmachen. Der Lehrer wir daher nach Anzeichen dafür suchen, ob die Schülerin vermittels der neugelernten Spielweise das Stück auf eine Weise *erfährt*, die sie unabhängiger von den Hinweisen des Lehrers macht, nämlich so, daß sie das Stück spielend und hörend als eine integrierte *Einheit* erfährt, wobei sich diese Erfahrung der neugewonnenen Strukturierung ihres Spiels verdankt. Das Stück sollte in *ihren* Ohren nicht mehr nur eine Abfolge von Klangereignissen sein, sondern ein *Ganzes*, das sich aus gestischen Teilen zusammensetzt, das für die Schülerin »aufgeht« und eine »Pointe« hat. Mit anderen Worten: Die Schülerin sollte selbst erfahren, warum es Sinn hat, das Stück *so* zu spielen.

Was genau lernen Schüler dabei? Sie lernen, daß man Gegenstände der Wahrnehmung so strukturieren kann, daß sie als integrierte Einheiten erfahren werden können, Einheiten, die durch eine Suggestivität ausgezeichnet sind, die durch einen auf bestimmte Weise gestalteten spielenden Nachvollzug des Stücks erfahrbar wird. Fragen wir Schüler nun, warum sie ein Stück so und nicht anders spielen, dann werden sie sich selbst ebenjener Mittel bedienen, auf die sich die Didaktik ihrer Lehrer stützt, und mit Hilfe von Gesten, Beschreibungen, Vergleichen usf. auf das hinzuweisen versuchen, was ihre Interpretation zu einer guten macht. Eigenständige Interpreten musikalischer Texte werden sie in dem Maße, in dem sie selbst aktiv Aufführungsweisen suchen, die sich daran orientieren, den Gegenstand der Wahrnehmung so zu strukturieren, daß mit seiner Wahrnehmung eine zusammenhängende Erfahrung einhergeht. Dazu werden sie alle mit dem Notentext vereinbaren Möglichkeiten nutzen, um Zusammengehörigkeiten, Verwandtschaften, Kontraste, Hierarchien, Abhängigkeiten erfahrbar zu machen. Die Spielweisen bewähren sich dadurch, daß sie das Ganze des Stücks erfahrbar machen. Im Hintergrund dieser Überlegung steht folgende These:

(MS_1) Der Sinn eines Musikstücks ist eine Erfahrung, die seine Aufführung integriert.

Mit Blick auf die Unvertretbarkeitsforderung leistet (MS_1) folgendes: Weil wir des Sinns von Musik *erfahrend* innewerden, ist die Musik unvertretbar; denn um das Stück zu erfahren, müssen wir es aufführen, und nichts kann den Gegenstand unserer Aufführung ersetzen, das uns nicht Anlaß zu den gleichen Erfahrungen gibt.[15] Dennoch ist es möglich, an den Sinn eines Stücks heranzuführen, indem man die Weise demonstriert oder beschreibt, in der es aufgeführt werden soll. Solche Demonstrationen unterbreiten Vorschläge zur Strukturierung der Produktion entlang eines Wahrnehmungsmodells, das seinerseits im Rekurs auf andere Wahrnehmungen, Tätigkeiten oder begriffliche Mittel Kontur gewinnt.[16]

Wir können (MS_1) auch in bezug auf die quartären Eigenschaften reformulieren. Denn die quartären Eigenschaften einer Aufführung sind genau jene, die die Wahrnehmung des Stücks jenseits bloß formaler Erwartungen strukturieren. Daher versuchen Interpreten mit

15 Es ist klar, daß (MS_1) einer Ausarbeitung bedarf, die plausibel macht, wie Hörer, die keine Aufführenden sind, einen Zugang zum Sinn eines Musikstück erlangen können. Mehr dazu unten in (MS_2).

16 Vgl. dazu Alexander Beckers Überlegungen in diesem Band S. 286 und 292.

Hilfe von Mitteln, die mit den tertiären Eigenschaften des Stücks vereinbar bleiben, beispielsweise solchen der Agogik, der Phrasierung, Betonung und Klangfarbe, wahrnehmbare Zusammenhänge zu stiften, die die Abfolge musikalischer Ereignisse strukturieren. Denn: »Von der Genauigkeit und Schärfe, mit der diese mikrologische Arbeit geleistet wird (ihr einfachstes Beispiel ist das Auseinanderhalten von Haupt- und Nebenstimmen in der Kammermusik), hängt der *Sinn* der Formen [...] ab.«[17] Dennoch bleibt an (MS_1) auch manches rätselhaft. Denn es ist natürlich fraglich, ob *jede* Erfahrung, die die Wahrnehmung eines Stücks integriert, dessen Sinn erfaßt. Es ist also unklar, ob der Sinn eines Stücks ein vollkommen subjektives Phänomen ist – was zur Folge hätte, daß wir die Verwendung des Ausdrucks »Sinn« keiner intersubjektiv zugänglichen Regel unterwerfen könnten. Ich werde auf diese Frage zurückkommen, möchte zunächst aber das sich abzeichnende Bild des Musikverstehens so erweitern, daß verständlich wird, wie Hörer, die keine Musiker sind, Zugang zum Sinn eines Stücks gewinnen können.

1.2 Verstehen als Nachvollziehen

Die bisherigen Überlegungen stützen sich auf die Korrelationen zwischen den Wahrnehmungen, die mit zwei Weisen, ein Musikstück zu spielen, verbunden sind. Wenn die Überlegungen nicht völlig in die Irre gehen, dann haben wir Aspekte der Zugänglichkeit musikalischen Sinns rekonstruiert, nämlich einen Teil der Aspekte, die Adorno vor Augen gehabt haben könnte, als er schrieb, daß »einzig derjenige Musik enträtselt, welcher Musik richtig spielt, als ein Ganzes«.[18] Zugleich schränkt Adornos Formulierung den Kreis derer, die Zugang zum musikalischen Sinn finden können, empfindlich ein, nämlich auf Personen, die in der Lage sind, ein Stück zu interpretieren, indem sie es spielen. Denn: »Sprache interpretieren heißt: Sprache verstehen; Musik interpretieren heißt: Musik machen.«[19]

17 Adorno (2001), S. 9. Diese Details schöpfen den Spielraum aus, der sich durch unterschiedliche Möglichkeiten der Realisierung tertiärer Eigenschaften ergibt. Daher supervenieren quartäre Eigenschaften nicht auf tertiären Eigenschaften, sondern auf sekundären Eigenschaften, die Realisierungen der tertiären sind.

18 Adorno (1953), S. 154.

19 Adorno (1956a), S. 253.

Was ist dann aber mit Hörern, die über solche Fähigkeiten nicht verfügen? Um den Zugang zum musikalischen Sinn für solche Hörer zu rekonstruieren, müssen wir dafür sorgen, daß Hörer Korrelate zur Verfügung haben, die nicht ihr Spielen, sondern ihr Hören strukturieren. Dazu aber müssen wir die Relationen, auf die sich die Rekonstruktion des Zugangs zum musikalischen Sinn im Falle des Musikunterrichts oder der musikalischen Probe stützt, *nicht* prinzipiell erweitern. In der Interaktion zwischen Musikern, die »Musik machen« können, geht es um die Korrelation zwischen zwei Weisen, ein Stück zu spielen. Die als richtig oder besser empfundene Spielweise wird jedoch nicht allein im Rückgriff auf die tertiären Eigenschaften plausibilisiert, sondern dadurch, daß eine der Spielweisen den Vorzug hat, Anlaß für eine zusammenhängende Erfahrung zu sein, weil sie etwa eine durch Relationen zu Gesten, Atemrhythmen oder Tanzschritten erfaßbare Struktur gewinnt. Über solche wahrnehmungsstrukturierende Modelle verfügen aber nicht allein Musiker, sondern auch »bloße Hörer«. Die Plausibilität dieser Modelle verdankt sich nicht musikalischem Spezialwissen, sondern gerade der Tatsache, daß wir mit den Modellen auf einer elementareren Ebene vertraut sind, sei es, weil wir bestimmte kulturelle Erfahrungen teilen oder weil wir körperliche Erfahrungen – einen jagenden Puls, das Gleichmaß des Atmens beim Einschlafen oder die Anspannung beim Heben von Lasten – teilen. Was bloßen Hörern fehlt, sind nicht diese Modelle, sondern die Möglichkeit, Musik zu machen, die durch solche Modelle strukturiert wird. Dieser Mangel ist jedoch kein prinzipieller, sondern ein gradueller. Denn Hörer verfügen in Form des »Mitvollzugs«[20] oder des *Nachvollzugs* über ein *Tun*, das auf dem Wege inneren Mitsingens klangliche Vorstellungen erzeugt, die durch die Nachvollzugsmodelle strukturiert werden.[21]

Das Interpretieren bloßer Hörer ist somit gleichfalls eines des »Musikmachens«, allerdings eines Musikmachens, das in der Regel inhibiert ist und durch die in der medialen Sozialisation erworbenen Fähigkeiten zum Mitsingen und auditiven Imaginieren begrenzt

20 Adorno (1961), S. 433.

21 Gemäß dieser Auffassung hat das musikalische Hören nicht den Charakter bloßer Rezeptivität, sondern weist ein aktives Element des Tuns auf. Dies scheint gut mit der Entdeckung eines Perzeptions-Aktions-Systems (PAS) im Bereich der auditiven Wahrnehmung zu harmonieren. Vgl. dazu den Beitrag von Stefan Koelsch und Tom Fritz in diesem Band, insbesondere S. 254-257.

wird. So sind auch bloße Hörer mit Fähigkeiten ausgestattet, die es ihnen – wie von Adorno gefordert – erlauben, ein Musikstück seiner eigenen Logik nach mit dem Ohr (also imaginativ) nochmals zu komponieren.[22]

Ich glaube, daß auf diese Weise ein großer Teil der Arbeit beschrieben ist, von der Busoni sagt, daß sie vom Publikum selbst zu verrichten sei, um ein Musikstück zu empfangen. Problematisch bleibt weiterhin jedoch die Vorstellung von der »Logik« des Musikstücks. Als zusätzliche, den Nachvollzug regulierende Bedingung wirft der Begriff erneut die bereits oben gestellte Frage auf, ob jede Form des Nachvollzugs, die für einen Hörer durch ein Nachvollzugsmodell integriert ist, als ein Fall des Verstehens von Musik gelten soll.

Um diese Konsequenz zu vermeiden, stehen uns zwei Wege offen: Zum einen können wir darauf setzen, daß sich eine Weise, ein Stück zu erfahren, zu den Eigenschaften des Stücks in Beziehung setzen lassen muß (a); zum anderen können wir überlegen, was die Bedingungen dafür sind, daß wir die Modelle, die uns Zugang zum Sinn eröffnen – wie Gesten, Tanzschritte oder begriffliche Vergleiche –, ihrerseits verstehen können (b).

(a) Weil unser Bezug auf Gegenstände unserer Wahrnehmung nicht unmittelbar ist, sondern vermittels strukturierender Wahrnehmungen, Tätigkeiten oder Begriffe gegeben ist, können wir nicht einfach geltend machen, daß ein Musikstück so und so beschaffen ist und deshalb bestimmte, mit diesen Eigenschaften unvereinbare Weisen, es zu erfahren, als unangemessen ausgeschlossen werden können. Was wir als Eigenschaften des Musikstücks bewußt wahrnehmen, steht vielmehr in der Perspektive eines Wahrnehmens-als. Daher hängt der Streit darüber, welche Eigenschaften das Stück auszeichnen, von den unterschiedlichen Weisen ab, es zu erfahren, und keine Instanz jenseits dieser Erfahrungsweisen kann den Streit entscheiden.

In dieser Situation stattet uns das Verständnis der Musik als eines Mediums mit einer Ebene des Wahrnehmens-als aus, auf der der Streit über die Eigenschaften des Musikstücks Halt finden kann. Denn wenn Hörer, die den Sinn eines Musikstücks durch ganz unterschiedliche Erfahrungen erfassen, in ihrer musikalischen Sozialisation in dieselben medialen Praktiken eingeübt wurden, dann sollte es auf der Ebene der medialen Eigenschaften eines Stück keinen –

22 Vgl. Adorno (1961), S. 433.

oder jedenfalls keinen fundamentalen – Dissens geben. Von solchen Hörern erwarten wir, daß sie in ihrer Bezugnahme auf ein und denselben Abschnitt eines Stücks die gleichen Töne im gleichen Rhythmus singen, also die gleichen für das Stück spezifischen medialen Eigenschaften identifizieren. Weil die Hörer die Sozialisation in eine mediale Praxis miteinander teilen, teilen sie auch die Disposition miteinander, das Schallereignis, das das Stück realisiert, als die Realisierung derselben musikalischen Ereignisse zu hören. Vergleichen wir diese Situation mit der eines Dissenses darüber, wie ein Text zu verstehen ist, so können wir eine Ebene strukturierten Wahrnehmens auszeichnen, die die Frage, aus welchen Buchstaben und Worten der Text besteht, aus dem Streit heraushält.

(b) Weil die Einsozialisierung in eine mediale Praxis selbst aber eine prototypische *Verwendung* medialer Äußerungen einschließt, wir also nicht bloß das Singen von Tönen mit bestimmter Tonhöhe und Dauer, sondern von Liedern lernen, die im Kontext paradigmatischer Interpretationen (in Form von Tänzen, Gesten, Geschichten) stehen, können wir darüber hinaus erwarten, daß Angehörige einer musikalischen Kultur auf gemeinsame paradigmatische Erfahrungsweisen zurückgreifen können, die mit den quartären Eigenschaften verbunden sind. Denn im Kontext paradigmatischer Interpretationen wird die Wahrnehmung des Musikstücks etwa durch gemeinsame Tätigkeiten (und die mit ihnen verbundenen Wahrnehmungen) strukturiert, wie beispielsweise in dem Spiel »Alle Vögel fliegen hoch!« oder in Situationen, wo das Singen oder Hören von Musik mit Tänzen verbunden wird. Hörer, die solche Sozialisationskontexte teilen, können damit rechnen, daß eine Äußerung wie die folgende verstanden wird: »Das hat doch einen Rhythmus wie *Hänschen klein*, das klingt also doch eher naiv vorwärtsstrebend als larmoyant.«[23]

Musikalische Aufführungen stehen jedoch nicht nur im Rahmen von Sozialisationsprozessen in (proto)interpretativen wahrnehmungsanleitenden Kontexten, sondern auch im Falle vieler kulturell etablierter Rezeptionssituationen. Solche Situationen sorgen dafür, daß die an ihnen Beteiligten die jeweilige Musik mit Hilfe ähnlicher

23 Auf Zusammenhänge dieser Art weist auch Wittgenstein hin, wenn er schreibt: »Weist das Thema auf nichts außer sich? Oh ja. Das heißt aber: – Der Eindruck, den es in mir macht, hängt mit Dingen in seiner Umgebung zusammen – z. B. mit unserer Sprache und ihrer Intonation, also mit dem ganzen Feld unserer Sprachspiele.« (Wittgenstein (1967), Nr. 175)

Wahrnehmungen strukturieren, sei es, weil sie im Falle von Tanzmusik ähnliche Bewegungen vollziehen und daher ähnliche propriozeptive Wahrnehmungen machen, sei es, weil sie dieselben Körperbewegungen sehen, die mit der Hervorbringung der Klänge einhergehen. Da zwischen Klangereignissen und Körperbewegungen ein relativ stabiler Zusammenhang besteht, wir Körperbewegungen aber immer zu eigenen Erfahrungen solcher oder doch ähnlicher Bewegungen in Beziehung setzen können, ist die Beobachtung des Musikmachens in den Kontext einer elementaren körperlichen Sympathetik eingebettet: heftige Bewegung – lauter Klang, zarte Bewegung – leiser Klang. Und nicht zuletzt haben musikalische Klänge Effekte auf uns, die in einem nicht zu unterschätzenden Ausmaß transindividuell sind.[24]

Kulturelle Kontexte, in denen musikalische Aufführungen in transindividuellen Relationen zu Wahrnehmungen und Tätigkeiten stehen, bilden den Hintergrund dafür, daß uns unterschiedliche Nachvollzugsweisen unterschiedlich plausibel erscheinen, so daß uns nicht jedes Nachvollzugsmodell akzeptabel zu sein scheint. Auch wenn wir auf diesem Wege eine Begrenzung der Willkürlichkeit des Nachvollzugs erreichen können, haben wir die Rede von der »Logik« des Musikstücks als begrenzendem Faktor für richtiges Musikmachen oder Nachvollziehen noch nicht eingeholt. Vielleicht können wir uns einem unproblematischen Sinn der »Logik« eines Musikstücks nähern, wenn wir Logik als die Organisation des Musikstücks betrachten, die seine Einheit verbürgt. Schließlich hatte Adorno das richtige Spielen, das die Musik enträtselt, als eines ausgezeichnet, das Musik »als ein Ganzes« spielt. Ein Ganzes jedoch, dies ist eine Konsequenz meiner Überlegungen, ist die Musik nicht für sich genommen, sondern nur als Gegenstand einer Erfahrung, die selbst eine Einheit bildet. Wir hätten somit die »Logik« eines Musikstücks in Begriffen seiner Erfahrung als ein Ganzes zu erläutern.

Was aber heißt es, daß die Einheit einer Erfahrung die Einheit eines Stück stiftet? Ist die Einheit einer Erfahrung ein triviales Merkmal jeder Erfahrung, die eine Identität hat, oder gibt es eine Sorte von Erfahrungen, die in einem emphatischen Sinne Einheiten sind? Und wie hängt die Einheit einer Erfahrung mit ihrer Qualifizierung als ästhetischer Erfahrung zusammen?

24 Vgl. dazu den Beitrag von Stefan Koelsch und Tom Fritz in diesem Band, S. 253 und S. 257

Da hier nicht der Ort ist, um eine umfassende Theorie der Erfahrung zu entwickeln, werde ich mich bei der Bearbeitung dieser Fragen sehr selektiv auf Überlegungen stützen, die John Dewey in *Kunst als Erfahrung* skizziert hat.[25] Dewey gewinnt sein Konzept der ästhetischen Erfahrung auf dem Wege einer Spezifizierung von Elementen, die auch gewöhnliche Erfahrungen auszeichnen: Auch wenn Menschen dieses oder jenes erfahren, leben sie nicht in einem Kontext unstrukturiert auftretender und verschwindender Wahrnehmungen. Sie leben vielmehr im Kontext von Situationen, in denen Wahrnehmungen eine Rolle für diejenigen Belange spielen, die die Situation strukturieren, etwa den Versuch, Geld zu verdienen, Ruhe zu finden, jemanden zu verstehen und so fort. Wenn sich solche Situationen auf ein Gelingen oder Scheitern zubewegen, dann werden die Wahrnehmungen, die wir in den Situation machen, so Dewey, unter einen Gesichtspunkt (*pervasive quality*) gestellt, der sie zu einer Erfahrung integriert. Wir sagen dann: »Das war eine wirkliche Erfahrung,[26] den Aufsatz gerade noch rechtzeitig fertig zu bekommen.« Oder: »Es war tatsächlich die Erfahrung vollständiger Hilflosigkeit, als wir mit dem Auto liegengeblieben sind.« In solchen Erfahrungen, verbinden sich Wahrnehmungen (die Tankanzeige steht auf »leer«), Gefühle (Frieren, Hunger), Impulse (vielleicht sollten wir zu Fuß gehen) und Überzeugungen (der nächste Ort ist mehr als 200 km entfernt) zu einer Erfahrung, die diese Elemente integriert und in das Licht eines Gesichtspunktes (Hilflosigkeit) stellt, das der Erfahrung ihren Namen gibt.[27] Dieser Gesichtspunkt wählt aus den Wahrnehmungen, Gefühlen und Gedanken, die uns im *Verlauf* der Situation widerfahren, diejenigen aus, die für ihn und damit mittelbar für die Einheit der Erfahrung relevant sind, und betrachtet andere als irrelevant.

Eine Erfahrung machen ist ein dynamischer Prozeß, der eine Entwicklung von unterschiedlichen mentalen Widerfahrnissen über deren Integration nicht bis zu einem Ende, sondern zu einem Abschluß durchläuft, in dem sich die Einheit der Erfahrung erfüllt. Wenn wir nun wahrnehmen, wie die von der Erfahrung integrierten Elemente den Gesichtspunkt bestimmen, der ihre Einheit artikuliert, dann machen wir eine *ästhetische* Erfahrung. Übertragen wir dieses

25 Vgl. zum folgenden Kaminsky (1957), Kennedy (1959) sowie Mathur (1966).

26 Vgl. Dewey (1934), S. 36 (dt.: S. 48).

27 Vgl. Dewey (1934), S. 37 (dt.: S. 49).

Bild auf den erfahrenden Nachvollzug eines Musikstücks, so können wir sagen, daß das Hören des Stücks zunächst Wahrnehmungen, Gefühle, Impulse und Gedanken auslöst, die durch unseren Versuch, das Stück nachzuvollziehen, in eine Perspektive des Gelingens und Scheiterns gestellt werden, so daß wir einen Gesichtspunkt gewinnen, der selektiv mit Blick auf unsere Wahrnehmungen, Gefühle, Gedanken ist und jene aussucht, die für das Gelingen des Nachvollzugs relevant sind und damit mittelbar für die Einheit der Erfahrung.[28]

Die Einheit des Musikstück ist in dieser Perspektive kein ideologisches ästhetisches Ideal mit begrenzter historischer Reichweite,[29] sondern eine abgeleitete Eigenschaft, die es der Tatsache verdankt, Gegenstand eines Nachvollzugs zu sein, der sich an der Vollendung einer Erfahrung als integrierte Einheit orientiert. Die »Logik« eines Werks können wir nun in Begriffen von Relationen erläutern, die deutlich machen, wie Eigenschaften des Werks in die Erfahrung seines Nachvollzugs so eingehen, daß sie zur Einheit der Erfahrung beitragen. Auf die Einheit der Erfahrung können wir uns beziehen, indem wir uns auf die Form beziehen, die das Werk als Gegenstand des Nachvollzugs gewinnt. Dewey schreibt:

> Nur dort, wo die konstituierenden Teile eines Ganzen den spezifischen Zweck haben, zur Erfüllung einer bewußten Erfahrung beizutragen, verlieren Gestaltung und Kontur den Charakter des äußerlich Auferlegten und gehen in Form über.[30]

Weil unser Bezug auf die Eigenschaften des Werks nicht vollständig von unserem Erfahren abhängt, weil wir uns auf seine medialen Eigenschaften auch unabhängig von einem gelingenden Nachvollzug beziehen können, können wir nun sagen:

(MS_2) Der Sinn eines Musikstücks ist eine Erfahrung, die die Wahrnehmung seiner medialen (oder tertiären) Eigenschaf-

28 Diese Überlegungen, so abstrakt sie zunächst daherkommen mögen, scheinen mir gut mit der Art von Engagement zu harmonieren, das insbesondere das Hören von (subjektiven) Ur-Aufführungen prägt. Man bangt und hofft, daß das sich etablierende Nachvollzugsmodell, das nichts anderem als der Erfüllung einer Erfahrung verpflichtet ist, im Fortgang der Aufführung nicht derart radikal gefährdet wird, daß die Aussicht, eine integrierte Erfahrung zu machen, schwindet.

29 Vgl. dazu Nicholas Cooks Beitrag in diesem Band, S. 80.

30 Vgl. Dewey (1934), S. 117 (meine Übersetzung) (dt.: S. 137).

ten durch ein Nachvollzugsmodell integriert, das seinerseits diese Eigenschaften als konstitutive Aspekte nach ihrem Beitrag zum Gelingen einer erfüllten Erfahrung selegiert.[31]

An (MS_2) ist, wie schon an (MS_1), irritierend, daß der Sinn eines Musikstücks als eine Erfahrung bestimmt wird. Wittgenstein, der offenbar eine verwandte Irritation wahrgenommen hat, schreibt jedoch:

> Das Verstehen der Musik ist weder eine Empfindung, noch eine Summe von Empfindungen. Es ein Erlebnis zu nennen, ist aber dennoch insofern richtig, als *dieser* Begriff des Verstehens manche Verwandtschaften mit andern Erlebnisbegriffen hat. Man sagt »Ich habe diese Stelle diesmal ganz anders erlebt«.[32]

Ein Stück ganz anders erleben zu können heißt dann aber nichts anderes, als eine Erfahrung zu machen, deren Einheit sich einem anderen Nachvollzugsmodell verdankt, das seinerseits die Wahrnehmungen, die mit dem Stück verbunden sind, danach befragt, ob und wie sie zum Gelingen des Nachvollzugs beitragen. In das ästhetische Verstehen ist somit eine Reflexivität auf die Bedingungen eingebaut, etwas zum Gegenstand einer integrierten Erfahrung machen zu können. Und diese Bedingungen sind erfüllt, wenn der Gegenstand der Erfahrung für uns eine Form gewinnt, die seine Erfahrung integriert. Wir können daher prägnanter auch sagen:

(MS_3) Der Sinn eines Musikstücks ist eine Form, die seine Wahrnehmung zu einer emphatischen Erfahrung integriert.

Wie seine Vorgänger geht auch (MS_3) nicht davon aus, daß es für jedes Musikstück nur genau *eine* Form gibt, die seine Wahrnehmung zu integrieren vermag. So wie sprachliche Bedeutung auf Interpretation angewiesen ist, ist Sinn auf integrativen Nachvollzug angewiesen. Und so wie jede Interpretation Anspruch darauf hat, ernstgenommen zu werden, die eine sprachliche Äußerung verständlich macht und sich dabei am Ziel der Maximierung ihrer Rationalität orientiert, so ist jeder integrative Nachvollzug ernst zu nehmen, der unser Wahrnehmen an Formen orientiert, die es in eine emphatische Erfahrung

31 (MS_2) ist eine Präzisierung von (M12) in Vogel (2001), S. 387.

32 Wittgenstein (1967), Nr. 165.

transformieren. Beide, sprachliche Interpretation und Nachvollzug, müssen sich dabei darum bemühen, die medialen Eigenschaften der sprachlichen oder musikalischen Äußerung möglichst umfassend zu integrieren. Aber diese Maxime ändert nichts daran, daß Bedeutung bzw. Sinn in einer Pluralität gelingender Interpretationen und Nachvollzüge artikuliert bzw. zugänglich gemacht werden kann. Zusammengenommen ergibt sich also folgendes Bild:

(1) Weil es nichts gibt, wozu Musikstücke in der Relation »hat dieselbe Bedeutung wie« stehen könnten, kann ihre Bedeutung nicht angegeben werden. Da Bedeutungen notwendig angebbar sind, haben Musikstücke keine Bedeutung.
(2) Gleichwohl reden wir vom Verstehen von Musikstücken. Wenn wir ein Musikstück verstehen, dann wird uns ein Sinn zugänglich, den wir nicht angeben, anderen aber zugänglich machen können.
(3) Die grundlegende Weise, den Sinn eines Musikstücks zugänglich zu machen, besteht darin, das Musikstück richtig aufzuführen.
(4) Die richtige Aufführung eines Musikstücks steht im Mittelpunkt kommunikativer Praktiken, in denen Spielweisen gelehrt und danach beurteilt werden, ob sie den Sinn des Stücks zugänglich machen.
(5) Da in solchen Praktiken nicht auf eine Angabe des Sinns verwiesen werden kann, können Spielweisen nur daran gemessen werden, inwieweit sie zu einer Erfahrung des Stücks im emphatischen Sinne beitragen. Daher werden richtige Spielweisen dadurch plausibilisiert, daß sie so strukturiert sind, daß sie zu integrierten Wahrnehmungen der tertiären Eigenschaften eines Musikstücks führen, deren Integration durch Wahrnehmungs- und Nachvollzugsmodelle vermittelt werden kann.
(6) Hörer, denen die Möglichkeit des Aufführens für die Artikulation eines musikalischen Gegenstands der Erfahrung nicht zur Verfügung steht, realisieren die Integration der Wahrnehmung – wie Musiker – durch Nachvollzüge. Diese bleiben, zumal in etablierten Rezeptionssituationen, meist aber imaginativ.
(7) Erfahrungen im emphatischen Sinn integrieren Wahrnehmungen, imaginative Vorstellungen und Gedanken, indem sie sie in das Licht einer Eigenschaft stellen, der die Erfahrung ihre prozessuale Identität verdankt.

(8) Erfahrungen im emphatischen Sinn sind ästhetische Erfahrungen, wenn wir die Rolle des Gegenstands der Erfahrung für die Möglichkeit einer emphatischen Erfahrung betrachten und bewerten.
(9) Wir verstehen einen musikalischen Sinn, wenn wir unser nachvollziehendes Wahrnehmen an einer Form orientieren, die es zu einem Prozeß macht, der sich in einer emphatischen Erfahrung vollendet. Dabei bleibt unser Zugang zum Sinn eines Musikstücks an die Wahrnehmung des Stücks gebunden.

2. Warum wir Musik hören

Selbst wenn an der vorangegangenen Analyse etwas Richtiges sein sollte, bleibt rätselhaft, warum wir überhaupt Musik hören, und dieses Faktum würde rätselhaft bleiben, wenn wir die Tatsache unerwähnt ließen, daß Musik zu denjenigen Phänomenen gehört, die uns Genuß, Freude oder – allgemeiner – Lust bereiten können. Wie aber verhalten sich die Überlegungen zum erfahrenden Verstehen von Musik zu der Tatsache, daß uns das Hören von Musik Lust bereiten kann? Gibt es einen Zusammenhang zwischen ihrem Nachvollzug und der Lust an ihr, oder ist die Lust ein kontingenterweise auftretendes Phänomen?

Wenn wir einmal von den in vielen Hinsichten problematischen soziobiologischen Annahmen absehen, daß wir Musik machen und schätzen, weil sie im Kontext von Werbungsverhalten die Attraktivität steigert, weil sie die soziale Homogenität erhöht, die Koordination von kooperativer körperlicher Arbeit erleichtert oder unsere Hör- oder Artikulationsfähigkeiten verbessert – wobei sich diese Effekte hinter unserem Rücken einstellen –, dann bleiben insbesondere zwei Ansätze im Spiel:

Ein *spielästhetischer* Theoriestrang, der Musikstücke und die Produkte anderer Künste als Gegenstände begreift, die in uns Prozesse des Spielens in Gang setzen, die wir ihrerseits als lustvoll erfahren (2.1), und ein *erkenntnistheoretischer* Theoriestrang, der die Musik wie auch andere Künste in den Kontext von Erkenntnisprozessen stellt, so daß sich unsere Lust an der Musik als eine Lust verstehen läßt, die sich dem Zugewinn an Erkenntnissen und entsprechenden artikulativen Mitteln verdankt (2.2). Weil beide Ansätze, soweit ich sehe, mit gravierenden Problemen verbunden sind, entwickle ich abschließend einen alternativen Ansatz, der ästhetische Lust und im besonderen unsere Lust an der Musik auf der Grundlage einer Theorie der Nachahmung verständlich zu machen versucht und zugleich geeignet sein soll, einige Aspekte des erkenntnistheoretischen und des spielästhetischen Theoriestrangs zu integrieren (2.3).

2.1 Die Lust am Spiel

Daß die ästhetische Erfahrung durch eine besondere Lust ausgezeichnet ist, die nicht mit der Lust am Angenehmen verwechselt werden darf, ist eine Überlegung, die erklären helfen könnte, warum wir Musik hören. Weil die Vorstellung einer spezifisch ästhetischen Lust in Kant einen einflußreichen Vertreter hat, bliebe die Auseinandersetzung mit der Frage, warum wir Musik hören, so lange defizitär, wie sie sich, trotz der damit verbundenen Schwierigkeiten, nicht mit Kants ausgearbeiteter Theorie auseinandersetzt.

Zwar werden wir im Anschluß an Kant nicht einfach sagen können, daß wir Musik um der Lust willen hören, die wir von ihr erwarten, weil uns die Orientierung an der Lust daran hindern würde, die Musik unabhängig von einem vorgängigen Zweck zu hören. Aber wir könnten plausibel machen, daß sich uns in der ästhetischen Einstellung die *Möglichkeit* einer Lust eröffnet und uns diese Möglichkeit motiviert, Musik in einer ästhetischen Einstellung zu erfahren.[33] Selbst wenn also die ästhetische Lust nicht den Zweck einer ästhetischen Erfahrung bestimmen kann, so scheinen wir das Spezifische des Ästhetischen nicht zu begreifen, so lange wir die Lust am Schönen oder am Gelungenen nicht begreifen.

Kants grundlegende Idee, das Spezifikum der ästhetischen Lust zu bestimmen, besteht darin, die ästhetische Lust als die Folge eines Spiels zu erläutern, in das unsere Erkenntnisvermögen anläßlich gewisser Gegenstände geraten, die wir, falls sie dieses Spiel in Gang setzen, »schön« nennen. Im ersten Schritt muß es daher um ein Verständnis dessen gehen, was dieses Spiel genau auszeichnet, um anschließend prüfen zu können, ob es einen Beitrag zur Beantwortung der Frage leisten kann, warum wir Musik hören.

33 Vgl. dazu auch Davies (1987).

Die Vorstellung eines Spiels unserer sinnlichen und begrifflichen Erkenntnisvermögen führt Kant in Zusammenhang mit folgenden Überlegungen ein: Wenn wir uns in gewöhnlicher erkenntnisorientierter Einstellung auf wahrnehmbare Gegenstände beziehen, dann ist uns ein Gegenstand bewußt, wenn wir ihn identifizieren, indem die *bestimmende* Urteilskraft unsere Einbildungskraft so anleitet, daß sie die Mannigfaltigkeit der sinnlichen Anschauungen nach der Maßgabe vorgängiger Begriffe des Verstandes strukturiert. Dort, wo wir über solche Begriffe nicht verfügen, die Vorstellungen, die wir uns von verschiedenen Einzeldingen machen, aber Ähnlichkeiten zu anderen Vorstellungen aufweisen, fordert die *reflektierende* Urteilskraft den Verstand auf, das, was den Vorstellungen gemein ist, begrifflich zu artikulieren. In der ästhetischen Einstellung hingegen arbeitet die Einbildungskraft nicht unter der Ägide der bestimmenden Urteilskraft, die einzelnes unter vorgängige allgemeine begriffliche Bestimmungen bringt, sondern konfrontiert die reflektierende Urteilskraft mit Vorstellungen, zu der sie allgemeine Begriffe erst noch zu finden hätte. Fände die Urteilskraft nun jedoch diese Begriffe, würden wir keine ästhetische Erfahrung machen; wir würden schlicht einen Begriff finden, der geeignet ist, etwas für den Gegenstand Spezifisches begrifflich zu erfassen.[34]

Für die ästhetische Erfahrung ist es nun aber weder hinreichend, daß die sinnliche Vielfältigkeit des Gegenstands *gar nicht* begrifflich strukturiert wird, noch ist es hinreichend, daß die begriffliche Strukturierung zu *keinem* Abschluß kommt und immer wieder neue begriffliche Strukturierungen probiert und verworfen werden. Entscheidend ist vielmehr, daß der Gegenstand zum Anlaß einer Reflexion auf die Arbeit der Urteilskraft selbst wird.[35] In dieser Reflexion beziehen wir die »Form eines Gegenstandes der Anschauung« auf das »Vermögen [unserer Urteilskraft], Anschauungen auf Begriffe zu beziehen«.[36] Wenn wir im Rahmen dieser Reflexion nun feststellen, daß unsere Erkenntnisvermögen unabsichtlich miteinander harmonieren und dadurch ein Gefühl der Lust entsteht, dann muß der

34 So daß also dieser Gegenstand ein Fall der Instantiierung jener Prädikate wäre, die der Verstand unter der Regie der reflektierenden Urteilskraft anläßlich der Vorstellungen der Einbildungskraft hervorgebracht hat.

35 Vgl. dazu auch Kern (2000), S. 57.

36 Kant (1790), B XLIV.

Gegenstand, der dieses Zusammenspiel bewirkt hat, »als zweckmäßig für die Urteilskraft angesehen werden«.[37]

Was aber heißt es, daß unsere Erkenntnisvermögen zusammenspielen? Es muß heißen, daß die Einbildungskraft selbsttätig, also ohne Anleitung durch den Verstand, Vorstellungen produziert, die sich einerseits an der Form des Objekts orientieren, die andererseits das Mannigfaltige des Gegenstands aber so organisieren, als seien sie an der Gesetzmäßigkeit des Verstandes orientiert.

Weil diese Vorstellungen weder die Aufgabe haben, den Gegenstand begrifflich zu bestimmen, noch mit anderen Vorstellungen verglichen werden sollen, dennoch aber zur Erkenntnis des Gegenstands geeignet *wären*, muß die Urteilskraft diese Vorstellungen auf sich selbst beziehen und fragen, inwiefern sie für das Vermögen, Sinnliches auf Begriffe zu beziehen, nützlich sind. Eine Antwort auf diese Frage kann nicht darin bestehen, daß diese Vorstellungen so zum Verstand passen, daß tatsächlich eine Erkenntnis gemacht wird; die Antwort lautet vielmehr, daß diese Vorstellungen *ihrer Form nach* so beschaffen sind, als hätten sie den Zweck, Einbildungskraft und Verstand in ein Verhältnis zu setzen, das geeignet *wäre*, eines der Erkenntnis zu sein.[38] Das Zusammenspiel von Einbildungskraft und Verstand erzeugt keine Erkenntnis, sondern ist, wie Kant sagt, auf »Erkenntnis überhaupt« bezogen. Gegenstände schließlich, die unsere Einbildungskraft zu Vorstellungen inspirieren, die mit dem Verstand so harmonieren, daß beide dabei auf »Erkenntnis überhaupt« bezogen sind, und die somit eine Reflexion der Urteilskraft auf ihre eigenen Voraussetzungen in Gang setzen, die durch das Spiel der Vermögen erfahrbar werden, nennen wir »schön«.

Das bisher skizzierte Bild wirft natürlich eine Reihe von Schwierigkeiten auf, die ich hier nicht im Detail thematisieren will. Für unsere Überlegungen sind folgende Fragen ausschlaggebend: (1) Kann Kant plausibel machen, daß wir das skizzierte Spiel als lustvoll erfahren? (2) Läßt sich überhaupt ein Verständnis des Spiels unserer Erkenntnisvermögen entwickeln, das erläutert, was in diesem Spiel genau gelingt? (3) Gibt es einen Zusammenhang zwischen der Erfahrung der ästhetischen Lust und dem Prozeß des Verstehens von Musikstücken?

37 Kant (1790), B XLIV.
38 Vgl. Kant (1790), B 65.

(1) Nehmen wir mit Kant an, die ästhetische Erfahrung sei dadurch gekennzeichnet, daß unsere Erkenntnisvermögen anläßlich eines wahrgenommenen Gegenstandes in ein Verhältnis des freien Spiels treten. Warum sollte dieses Spiel ein Zustand sein, den wir als lustvoll erfahren? Wäre es nicht denkbar, dieses Spiel achselzuckend – also ohne die Empfindung von Lust – zur Kenntnis zu nehmen? Kants Antwort auf diese Frage lautet, daß dies unmöglich sei, denn die Erfahrung des Spiels sei zwar nicht mit der Erfahrung einer Zweckmäßigkeit des Gegenstands relativ zu inhaltlich subjektiven oder objektiven Zwecken verbunden, wohl aber mit der Erfahrung einer *formalen* subjektiven Zweckmäßigkeit des Gegenstands für unsere Erkenntnisvermögen. Diese subjektive Zweckmäßigkeit werde in der ästhetischen Reflexion einsichtig, in der wir beurteilen, wie sich eine Vorstellung zum Vermögen, Anschauungen auf Begriffe zu beziehen, (also zur Urteilskraft) verhält. In dieser Perspektive geht es nicht um die begriffliche Bestimmung des Gegenstands, es geht nicht um Erkenntnis, sondern um die Frage, ob sich Einbildungskraft und Verstand anläßlich eines Gegenstands in einem Verhältnis zueinander befinden, das geeignet wäre, »um daraus Erkenntnis zu machen«, das also geeignet wäre, die »subjektive Bedingung des Erkennens« zu erfüllen.[39] Wenn sich in dieser Reflexion herausstellt, daß eine Vorstellung diese subjektive Bedingung des Erkennens erfüllt, dann ist diese Vorstellung subjektiv zweckmäßig für unser Erkenntnisvermögen. Etwas als subjektiv zweckmäßig zu erfahren heißt aber für Kant nichts anderes, als die Erfahrung subjektiver Lust zu machen. Daher geht mit dem Spiel unserer Erkenntnisvermögen für Kant *notwendig* die Erfahrung von Lust einher.[40]

Wenn wir diese Auskunft akzeptieren, dann verstehen wir, warum uns ästhetische Erfahrungen Lust bereiten können; und wenn Musikstücke das Spiel unser Erkenntnisvermögen in Gang setzten, dann hätten wir mit den obengenannten Einschränkungen eine Erklärung dafür, warum wir Musik hören. Daß Kant die Erfahrung subjektiver Zweckmäßigkeit und die Erfahrung von Lust miteinander identifiziert, kann aber auch Fragen aufwerfen. Klar ist, daß Kant nicht Nützlichkeit und Lust identifiziert, denn man kann sehr wohl einen Gegenstand als nützlich betrachten, ohne Lust an ihm zu haben.

39 Kant (1790), B 65.
40 Vgl. Kant (1790), § 18-22.

Wenn ich aber *erfahre*, daß etwas relativ zu einem meiner tatsächlichen gegenwärtigen Ziele zweckmäßig ist, wenn ich etwa Hunger habe und es mein Ziel ist, den Hunger zu beseitigen, und ich eine Speise als nützlich für die Erreichung meines Ziel *erfahre*, dann werde ich die Speise als lustvoll erfahren. Doch besteht dieser Zusammenhang auch, wenn ich ein inhaltlich unbestimmtes Ziel habe?

Schließlich fordert Kant, daß die Zweckmäßigkeit der Form eines Gegenstands für unser Erkenntnisvermögen verstanden werden muß, »ohne daß der Begriff der Zweckmäßigkeit hier im mindesten auf das Begehrungsvermögen Rücksicht nimmt«.[41] Wir können also die Lust nicht im Rückgriff auf die Erreichung einer Absicht erläutern, von der auch Kant sagt, daß sie »mit dem Gefühle der Lust verbunden« ist.[42] Die Erfahrung der Zweckmäßigkeit scheint daher auf eine Absicht angewiesen zu sein, und wir müssen in Ermangelung einer Absicht vermuten, daß die *Funktion* unserer Erkenntnisvermögen, Erkenntnisse hervorzubringen, die Rolle eines Analogons zu einer tatsächlichen Absicht spielen soll. Daß das Spiel auf Erkenntnis überhaupt und damit auf die Funktion der Erkenntnisvermögen bezogen ist, soll demnach plausibel machen, daß wir die Nützlichkeit eines Gegenstands für dieses Spiel als lustvoll erfahren. Doch es ist fraglich, ob wir uns die Funktion der Erkenntnisvermögen als Gehalt einer Absicht vorstellen können. Natürlich können wir ein Interesse an bestimmten Erkenntnissen haben, aber wir müssen ja unterstellen, daß wir ein Interesse an Erkenntnis überhaupt haben, damit wir die Nützlichkeit für das Spiel der Erkenntnisvermögen als lustvoll erfahren. Das hieße, daß nur derjenige eine lustvolle ästhetische Erfahrung machen kann, der ein Interesse an Erkenntnis überhaupt hat. Dann aber wäre die ästhetische Lust derivativ zu unserem Interesse an Erkenntnis, und es würde fraglich werden, warum ein Spiel, das gerade keine Erkenntnis hervorbringt, mit Lust verbunden sein sollte.

Es scheint, als würden wir vor der Alternative stehen, entweder die Lust an Gegenständen der ästhetischen Erfahrung einfach als ein Faktum hinzunehmen oder dieses Faktum relativ zu unserem Interesse an Erkenntnis zu erläutern, so daß wir die Lust als Indiz einer Zweckmäßigkeit relativ zu diesem Interesse begreifen müssen.

41 Kant (1790), B XXXIX.

42 Kant (1790), B XXXIX.

Offen bleibt dann allerdings, warum mit tatsächlichen Erkenntnissen nicht die größere Lust verbunden ist und die ästhetische Lust wie eine defizitäre Form der Lust an der Erkenntnis erscheint. Schließlich rechnet Kant selbst damit, daß Erkenntnisse Lust bereiten.[43]

Vielleicht verfehlen diese Überlegungen eine wichtige Pointe des ästhetischen Spiels. Wenden wir uns also der zweiten Frage zu und prüfen, was genau in diesem Spiel gelingt.

(2) Wenn wir unterstellen, daß unsere Erkenntnisvermögen anläßlich eines Gegenstands in ein Spiel geraten, in dem sie auf »Erkenntnis überhaupt«, also auf die formalen Bedingungen des Erkennens bezogen sind, dann müssen wir uns fragen, woran die ästhetische Urteilskraft, die sich reflexiv auf ihre eigenen Arbeitsbedingungen bezieht, eigentlich merkt, daß die Vermögen in diesem Spiel tatsächlich auf *Erkenntnis* bezogen sind. Die Tatsache, daß wir dieses Spiel als lustvoll erfahren und die Lust im Rückgriff auf die formale Zweckmäßigkeit einer Vorstellung für unser Erkenntnisvermögen erläutern, erklärt nämlich noch nicht, wie die Urteilskraft feststellt, daß eine Vorstellung die subjektiven Bedingungen für Erkenntnis tatsächlich formal erfüllt.

Es bleibt demnach fraglich, aufgrund welcher Kriterien man sagen könnte, daß eine Vorstellung, die die Einbildungskraft frei – also ohne Anleitung durch einen Begriff – hervorbringt,[44] mit dem Verstand in seiner Gesetzmäßigkeit so »zusammenstimmt«, daß dieses Zusammenstimmen auf »Erkenntnis überhaupt« bezogen ist. Dieses Zusammenstimmen oder Passen könnte sich doch nur erweisen, wenn die freien Produkte der Einbildungskraft den Verstand *erfolgreich* zu Begriffsfindungen oder -bildungen inspirieren, dadurch also, daß es tatsächlich zu Erkenntnissen kommt. Dann jedoch wäre der auf »Erkenntnis überhaupt« bezogene Zustand einer, der nur *transitorisch* besteht, d. h. so lange, bis das Spiel der Erkenntnisvermögen dadurch ein Ende findet, daß eine freie Vorstellung der Einbildungskraft ihren begrifflichen »Deckel« gefunden hat. Das Spiel wäre zu einem Ende gekommen, und es wäre unklar, woher es neuen Schwung beziehen könnte.

Diese Aussicht macht verständlich, warum Kant sagt, daß sich das Zusammenstimmen einstellen soll, »ohne auf *eine* bestimmte

43 Vgl. Kant (1790), B XLII, XL.
44 Kant (1790), B 146.

Erkenntnis eingeschränkt zu sein«.[45] Allerdings läßt seine Formulierung offen, ob das Zusammenstimmen die Form eines Spiels annehmen könnte, in dem eine *Vielzahl* von spezifischen Erkenntnissen möglich ist, oder ob *jede* bestimmte Erkenntnis, die innerhalb des Spiels auftritt, notwendig zu seinem Ende führt. Wollen wir letztere Konsequenz vermeiden, dann müssen wir davon ausgehen, daß die begriffliche Bestimmung des ästhetischen Gegenstands durch die reflektierende Urteilskraft insofern vorläufig bleibt, als den jeweils gefundenen Begriffen ein *Makel* anhaftet. Dann aber ist die Vorstellung des Zusammenstimmens gefährdet. Wenn wir die Vorstellung eines spezifischen Gelingens des ästhetischen Spiels retten wollen, dann müssen wir die Vorstellung des Zusammenstimmens und die Bedingung, daß es bei diesem Zusammenstimmen zu *keiner* Erkenntnis kommt, aussöhnen. Hierfür gibt es meines Erachtens genau eine Möglichkeit: Wir müssen annehmen, *daß innerhalb des Spiels mindestens zwei verschiedene Begriffe gefunden werden, die jeweils auf den Gegenstand zu passen scheinen, aber nicht miteinander vereinbar sind.*

Dieses Verständnis erlaubt es, die Bedingung des Zusammenstimmens und die Vorstellung des Spiels miteinander zu versöhnen. Zugleich läßt sich auf diesem Wege das einseitige Bild des Spiels, in dem zunächst immer nur die Einbildungskraft befreit vom bestimmenden Einfluß des Verstandes spielte, um ein Verständnis des spielerischen Einflusses des Verstandes auf die Einbildungskraft erweitern. Insofern nämlich der Verstand die Unvereinbarkeit der begrifflichen Bestimmungen nicht einfach hinnehmen kann, gehen von ihm Impulse zu einer Restrukturierung des Gegenstandes aus, die ihrerseits nicht an einem gegebenen Begriff Maß nimmt, gleichwohl aber seiner »Eigengesetzlichkeit« entstammt: »Nur da, wo die Einbildungskraft in ihrer Freiheit den Verstand erweckt *und* dieser *ohne Begriffe* die Einbildungskraft in ein regelmäßiges Spiel *versetzt*: da teilt sich die Vorstellung, nicht als Gedanke, sondern als inneres Gefühl eines zweckmäßigen Zustandes des Gemüts, mit.«[46] Nun läßt sich auch zeigen, wie der Verstand – *also die Domäne des Begrifflichen* – auf die Einbildungskraft Einfluß nimmt, ohne sie der Anleitung durch spezifische Begriffe zu unterwerfen. Dieser Einfluß findet, so müssen wir vermuten, nicht *positiv* vermittels spezifischer Begriffe,

45 Vgl. Kant (1790), B 37 (Hervorhebung von mir).

46 Kant (1790), B 161 (erste und zweite Hervorhebung von mir).

sondern *negativ* im Rekurs auf die *logische Unvereinbarkeit* mindestens zweier Begriffe statt, zu denen der Verstand durch die Einbildungskraft inspiriert wurde. Das Spiel, das Kant leider immer nur im Rückgriff auf die stereotype Formel einer freien Interaktion von Einbildungskraft und Verstand beschreibt, vollzieht sich also einerseits vermittels von Zügen, die das *Zusammenstimmen* belegen, und andererseits durch solche Züge, in denen vom Verstand angesichts des Passens *inkompatibler* Begriffe der Impuls an die Einbildungskraft ausgeht, andere Vorstellungen vom Gegenstand zu produzieren.

Dieses Bild harmoniert gut mit dem Verständnis des ästhetischen Spiels, das Andrea Kern entwickelt hat, um Kants Theorie der ästhetischen Erfahrung – und deren spezifisches Verständnis der ästhetischen Lust – mit seiner Theorie der Darstellung ästhetischer Ideen bzw. allgemeiner mit einer Theorie des ästhetischen *Verstehens* zu verbinden.[47] Kern macht geltend, daß Kants Theorie der Erfahrung, die um das freie, auf Erkenntnis bezogene Spiel zentriert ist, nicht ohne weiteres erklärt, was es heißt, daß wir Kunstwerke in verstehender Absicht interpretieren. Denn der »genuin ästhetischen Erfahrung [...] geht es allein darum, an dem ästhetischen Gegenstand das Gefühl der Lust zu empfinden. Für diese genuin ästhetische Betrachtung ist es völlig gleichgültig, ob der Gegenstand auch Bedeutung hat.«[48]

Demgegenüber geht es Kern darum, die Erfahrung ästhetischer Lust systematisch mit dem Prozeß der Interpretation ihrer Gegenstände zu verbinden. Auch wenn meines Erachtens unklar ist, ob in

47 Auch Ruth Sonderegger hat vorgeschlagen, das Spezifische ästhetischer Erfahrungen im Rekurs auf den Begriff des Spiels zu erläutern. Sie sieht die Pointe der ästhetischen Erfahrung »in einem spielerischen Verhältnis zwischen einander ausschließenden Verstehensvollzügen, wobei in diesem Spielverhältnis impliziert ist, daß es kein begründbares Ende für das wechselseitige Restituieren und Fortsetzen der verschiedenen Verstehensvollzüge gibt« (2000, S. 276). Sonderegger erläutert die Lust, die mit dem ästhetischen Spiel verbunden ist, als eine Lust an seiner Unendlichkeit (S. 339). Ich bin weder sicher, ob die Auszeichnung der ästhetischen Erfahrung als Erfahrung (oder Entfaltung) eines spielerischen Verhältnisses zwischen unterschiedlichen einander ausschließenden Interpretation eine hinreichende Bestimmung liefert, weil auch die Interpretation philosophischer Klassiker als ein solches Spiel beschrieben werden kann, noch verstehe ich, warum wir die Unendlichkeit dieses Spiel als lustvoll (und nicht etwa als furchtbar) erfahren sollten, wenn das Spiel nicht unabhängig von seiner Unendlichkeit lustvoll ist. Und selbst wenn es lustvoll ist, kann man unendliche Lust wirklich wünschen?

48 Kern (2000), S. 121.

Kants Augen eine ästhetische Erfahrung defizitär bleibt, solange sie nicht Prozesse des Verstehens einschließt,[49] ist es für die Perspektiven einer Spielästhetik aufschlußreich, daß auch Kern eine Rekonstruktion des ästhetischen Spiels vorschlägt, in der Züge gelingenden begrifflichen Verstehens mit Zügen verbunden werden, die dieses Verstehen annullieren oder »suspendieren«.

Wenn wir uns im Rahmen einer ästhetischen Reflexion vergegenwärtigen, wie wir einen Gegenstand mit Hilfe begrifflicher Bestimmungen auffassen oder verstehen, uns dabei in »bezug auf (mindestens) ein bedeutungshaftes Element eine alternative Deutung aufscheint«[50] und wir zwischen den beiden Deutungen sowohl entscheiden *müssen* als auch nicht entscheiden *können*, dann kommt es zu einem ästhetischen Spiel, und wir nennen den Gegenstand »schön«. Anläßlich solcher Gegenstände geraten wir in eine Situation der ästhetischen Unentscheidbarkeit, die »notwendig eine Verwandlung unserer bestimmenden Vollzüge in Vollzüge eines Spiels impliziert, an dem sich unsere Lust entzündet«.[51] Wenn wir uns auf diese Analyse des ästhetischen Spiels einlassen, dann machen wir uns ein Verständnis des Spiels zu eigen, das ähnlich wie das oben entwickelte Relationen des Passens begrifflicher Bestimmungen und die Relation ihrer Unvereinbarkeit zusammendenkt, wobei die Unvereinbarkeit Kern zufolge die Ursache für die Notwendigkeit ist, zwischen den Deutungen zu entscheiden, was gerade angesichts des jeweiligen Passens nicht möglich ist.[52]

49 Vgl. Kern (2000), wo es auf Seite 145 f. heißt: »Die bloße Beurteilung der Schönheit eines Gegenstands, der nichts bedeutet, ist recht besehen nicht einfach eine *defiziente* ästhetische Erfahrung, sondern *gar keine* ästhetische Erfahrung [...].« Es ist fraglich, ob man die Kritik der Urteilskraft so lesen muß, daß Kant seiner Theorie des Schönen in den Paragraphen 43-53 eine »Theorie der Kunst« als Korrektiv (vgl. Scheer (1971)) zur Seite stellt oder auf dem Wege einer Theorie der ästhetischen Darstellung Elemente einer Theorie des Kunstverstehens ins Spiel bringt, die mit der Analytik des Schönen nur mangelhaft verbunden sind (vgl. Kern (2000), S. 145). Denn es scheint mir nicht aussichtslos zu sein, daß Kant ästhetischen Geist (Esprit) und die Fähigkeit des Genies zur Darstellung ästhetischer Ideen analysiert, um plausibel zu machen, daß Kunstwerke aufgrund dieser Fähigkeiten so beschaffen sind, daß sie Anlaß zum freien Spiel unserer Erkenntnisvermögen werden.

50 Kern (2000), S. 191.

51 Kern (2000), S. 191.

52 Kern entwickelt eine Reihe weiterer Bedingungen für die Art von Zweideutigkeit, die für das ästhetische Spiel grundlegend sind, auf die ich hier aber nicht näher eingehen kann. Vgl. dazu Kern (2000), S. 193, 234.

Wenn ich recht sehe, dann läuft also Kants Idee eines freien Spiels unserer Erkenntnisvermögen, sowohl gemäß meiner Lektüre als auch gemäß einer Lektüre, die sich um eine enge Verzahnung von ästhetischem Spiel und Prozessen des Verstehens bemüht, darauf hinaus, daß das ästhetische Spiel nur dann in Gang kommt und in Gang bleibt, wenn unsere Auseinandersetzung mit dem Gegenstand zu unvereinbaren Deutungen oder begrifflichen Bestimmungen führt, die nicht mit Hilfe eines umfassenderen Verständnisses integriert werden können. Daß wir einen Gegenstand als schön erfahren, ist daran gebunden, daß »wir uns spielend zwischen zwei Alternativen, [...] [den Gegenstand] als eine bedeutungshafte Einheit zu verstehen, hin und her bewegen«.[53] Da wir nun über ein halbwegs artikuliertes Verständnis des ästhetischen Spiels verfügen, können wir uns jetzt fragen, ob es geeignet ist, das in Begriffen des Nachvollzugs erläuterte Verstehen von Musik mit der Erfahrung ästhetischer Lust zu verbinden. Dazu müssen wir fragen:

(3) Was hieße es, im Falle der Musik zwischen zwei inkompatiblen Begriffen oder Deutungen spielerisch hin und her zu springen? Und: Wie verhalten sich unterschiedliche Deutungen zu unterschiedlichen Nachvollzügen?

Wenn wir zunächst einmal annehmen, unterschiedliche Deutungen realisierten sich in Form unterschiedlicher Nachvollzüge, dann stehen wir vor folgendem Problem: Wie sollen wir die Erfahrung machen, daß *unterschiedliche* unvereinbare Nachvollzüge eines Musikstück möglich sind? Wenn wir ein Musikstück hören, können wir schließlich immer nur genau einen Nachvollzug realisieren. Wir müßten also voraussetzen, daß wir das Stück mehrfach hören. Angesichts der Tatsache, daß es nicht unüblich ist, interessante Stücke wieder und wieder zu hören, scheint das keine gravierende Annahme zu sein, so daß wir zusätzlich annehmen könnten, jedes Hören sei durch eigene miteinander unvereinbare Nachvollzüge charakterisiert. Allerdings wäre die ästhetische Lust dann nicht nur an die Voraussetzung gebunden, daß wir Musikstücke mehrfach hören, sondern auch daran, daß uns beim späteren Hören der konkurrierende Nachvollzug eines früheren Hörens gegenwärtig ist. Diese Auskunft scheint in zwei Hinsichten phänomenologisch unangemessen zu sein.

Zum einen absorbiert uns das Hören von Musikstücken, zumal

53 Kern (2000), S. 231.

wenn sie komplex sind, in einem Maße, daß man sich fragt, woher die Kapazität für die Vergegenwärtigung eines früheren, alternativen Nachvollzugs kommen soll, wo doch schon das gegenwärtige Hören unsere Aufmerksamkeit weitgehend in Beschlag nimmt. Und selbst wenn wir annehmen, daß es sich hierbei um ein graduelles Problem handelt, das durch Übung gemildert werden kann, scheinen seine Implikationen zum anderen mit der Tatsache unvereinbar, daß die ästhetische Lust am Hören nicht erst dann eintritt, wenn der Nachvollzug, der unser gegenwärtiges Hören strukturiert, in Konkurrenz zu einem vorangegangenen Nachvollzug tritt. Da die ästhetische Lust schon beim ersten Hören eines Musikstücks auftreten kann und dies auch häufig tut, müßte schon dieses erste Hören durch ein Wechselspiel zweier inkompatibler Hörmodelle geprägt sein, die uns im Hören gegenwärtig sind. Doch genau diese Voraussetzung scheint angesichts der Herausforderung, die das Hören nicht weniger Musikstücke darstellt, eine Überforderung zu sein.

Ein weiteres Problem tut sich auf, wenn wir überlegen, was es heißen soll, daß zwei Nachvollzüge miteinander *unvereinbar* sein könnten. Die Inkompatibilität von Deutungen (im obengenannten Sinn) scheint daran gebunden zu sein, daß die Deutungen begriffliche Aspekte ins Spiel bringen, da erst auf der begrifflichen Ebene logische Relationen der Unvereinbarkeit zur Verfügung stehen. Zwar sind Nachvollzüge in dem Sinne miteinander unvereinbar, daß sie nicht gleichzeitig vollzogen werden können, doch diese Unvereinbarkeit ist *empirischer* und nicht *logischer* Natur. Mit der Eigenschaft, im logischen Sinne unvereinbar zu sein, könnten wir Nachvollzüge nur ausstatten, wenn wir sie unter eine Beschreibung stellen. Dann aber würden wir gerade die Vorzüge des Nachvollzugsmodells, das keine begriffliche Bestimmung des nachvollziehenden Interpretans fordert, einbüßen, und selbst wenn wir bereit sind, diesen Preis zu zahlen, würde die Unvereinbarkeit von der begrifflichen Bestimmung des Nachvollzugs abhängen, der auch unabhängig von einer bestimmten begrifflichen Bestimmung möglich ist.[54]

Natürlich sind diese Überlegungen nicht hinreichend, um das

54 Natürlich gibt es Handlungen, die *aufgrund* ihrer *begrifflichen* Bestimmung miteinander unvereinbar sind. So sind die Handlungen, etwas zu behaupten und es zu leugnen, oder die Handlungen, für jemanden Geld aufzubewahren und es zu stehlen, nicht miteinander vereinbar, aber diese Unvereinbarkeit verdankt sich dem konstitutiven Charakter des Begrifflichen für die jeweilige Handlung.

Projekt einer Spielästhetik in Gänze zu diskreditieren. Sie machen aber deutlich, daß dessen Anwendung auf Musik Schwierigkeiten zur Folge hat, die jedenfalls plausibel machen, warum andere Erläuterungen unserer Lust an der Musik attraktiv bleiben.

2.2 Die Lust an der Erkenntnis

Auch wenn in Kants Ästhetik das Spiel der Erkenntnisvermögen als eines beschrieben wird, das zwar auf Erkenntnis bezogen ist, gleichwohl aber keine Erkenntnis hervorbringt, rechnet Kant damit, daß Erkenntnis Lust bereitet. Wenn es nun möglich wäre, Musikhören als eine Form zu verstehen, in der uns Erkenntnisse offenstehen, dann würde uns eine Antwort auf die Frage, warum wir Musik hören, sozusagen in den Schoß fallen. Wir würden Musik hören, weil wir ihr – möglicherweise für sie spezifische – Erkenntnisse verdanken.

Allerdings ist die Vorstellung, daß Musik eine Form der Artikulation von Erkenntnis und ihr Hören ein Zugang zu Erkenntnissen ist, mit derartig vielen Einwänden konfrontiert, daß man sich fragt, warum die Rede vom »Erkenntnischarakter«, von »Erkenntnispotentialen«, von der »Welthaltigkeit« der Musik oder ihrem »welterschließenden« Charakter sich so hartnäckig hält. Richtig scheint doch zunächst folgendes zu sein: Da Musik schlicht keine propositionale Struktur hat, weder über Äquivalente für singuläre noch für generelle Termini verfügt, kann sie keine Sachverhalte repräsentieren oder Aussagen machen, die wahr oder falsch sein könnten. Wenn *Wahrheitsfähigkeit* eine notwendige Bedingung dafür ist, Erkenntnisse vermitteln oder artikulieren zu können, dann scheint es keiner weiteren Auseinandersetzung mit Erkenntnispotentialen der Musik zu bedürfen.

Angesichts solcher Kritik ist es nicht gerade hilfreich, die Rede von Erkenntnis mittels paradoxaler Formulierungen zu schützen, etwa indem man wie Adorno sagt: »Musik ist eine sich selbst und den Erkennenden verhüllte Weise von Erkenntnis.«[55] Was wäre denn eine Erkenntnis, die niemand kennt? Und wie könnte jemand, dem die Erkenntnis (wie allen Erkennenden) verhüllt ist, wissen, daß das Verhüllte überhaupt Wissen ist? Zwar steht Adornos Rede von

55 Adorno (1956b), S. 654.

Erkenntnis im Kontext von Überlegungen zum Wahrheitsgehalt musikalischer Werke, aber der unterstellte Wahrheitsbegriff ist gerade keiner, der in Analogie zum Zutreffen deskriptiver Sätze erläutert werden könnte.[56] Zugleich läßt Adornos Verständnis der Erkenntnispotentiale nur wenig Raum für die Vorstellung, daß etwa Musikstücke *aus eigener Kraft* fähig wären, Erkenntnisse zu artikulieren. Denn »das Bedürfnis der Werke nach Interpretation als der *Herstellung* ihres Wahrheitsgehalts [ist] Stigma ihrer konstitutiven Unzulänglichkeit. Was objektiv von ihnen gewollt ist, erreichen sie nicht.«[57] Wenn die Unfähigkeit der Werke, Erkenntnis zu artikulieren, konstitutiv für sie ist und das durch sie Artikulierte erst im Rahmen einer philosophischen Interpretation Anspruch auf Erkenntnis erheben kann, dann ist die Rede von Musik als Erkenntnis bloß derivativ und primär einem Erkenntnisideal geschuldet, das mimetisches Verstehen und begriffliches Erfassen nur um den Preis von Paradoxien zusammendenken kann.[58]

Nehmen wir also einen zweiten Anlauf und wenden uns einem entschlosseneren, nämlich Nelson Goodmans Versuch zu, die Künste neben den Wissenschaften unter dem Dach erkenntnisorientierter Projekte zu versammeln. Was Goodman zufolge unsere sprachlichen oder nichtsprachlichen symbolischen Aktivitäten antreibt, als die er Kunst und Wissenschaft betrachtet, ist »der Drang nach *Wissen*, was uns Freude bereitet, ist die Entdeckung«. »Der primäre Zweck ist Erkenntnis an und für sich [...].«[59] Und ganz den Konsequenzen dieser Auffassung verpflichtet, postuliert Goodman eine Unterordnung der Ästhetik unter die Erkenntnistheorie, fordert er doch »daß die Künste als Modi der Entdeckung, Erschaffung und Erweiterung des *Wissens* [...] ebenso ernst genommen werden müssen wie die

56 Adornos Verständnis von »Wahrheit« (als Eigenschaft von Werken) läßt sich meines Erachtens im Rückgriff auf den Begriff der *Erfüllung* erläutern. Kunstwerke sind »wahr« (im Sinne von »stimmig«), insofern sie ihre kompositorische Idee erfüllen, sie sind »wahr« (im Sinne von »reflektiert«), wenn sie den Anspruch erfüllen, ein Bewußtsein ihrer potentiellen Ideologizität zu artikulieren, und sie sind schließlich »wahr« (im Sinne von »authentisch«), wenn sie den Anspruch erfüllen, die Spannung zwischen ihrer Autonomie und der historisch-sozialen Bedingtheit ihrer Produktion mit eigenen Mitteln bearbeiten. Vgl. dazu genauer Vogel (2005), S. 170-174, sowie Max Paddisons Beitrag in diesem Band, S. 207 ff.

57 Adorno (1970), S. 193.

58 Vgl. dazu die Überlegungen von Martin Seel (1985), S. 300-307.

59 Vgl. Goodman (1976), S. 237 (meine Hervorhebung).

Wissenschaften und daß die Philosophie der Kunst mithin als wesentlicher Bestandteil der Metaphysik und Erkenntnistheorie betrachtet werden sollte«.[60]

Für Goodman sind künstlerische Ausdrucksweisen wie die Musik, aber auch wissenschaftliche Ausdrucksformen symbolische Äußerungen, und Symbole sind allgemein durch die Eigenschaft ausgezeichnet, auf etwas Bezug nehmen zu können. Anders aber als in der Sprache oder in Bildern, für deren Bezugnahme der Modus der Denotation grundlegend ist – Symbole also auf Gegenstände zutreffen, sie auszeichnen oder beschreiben –, versteht Goodman die grundlegende Form, in der die Musik auf etwas Bezug nimmt, als eine der Exemplifikation. Musikalische Symbole beziehen sich auf etwas, indem sie vermittels der Eigenschaften, die ihnen tatsächlich oder metaphorisch zukommen, auf Eigenschaften hinweisen, sie demonstrieren oder ausstellen. Ein Musikstück »könnte also einige seiner harmonischen, melodischen und rhythmischen Eigenschaften exemplifizieren«,[61] mit anderen Worten: es könnte seine tertiären Eigenschaften exemplifizieren. Darüber hinaus kann es jedoch auch Eigenschaften wie Zerbrechlichkeit oder Melancholie exemplifizieren, und dies deshalb, weil ihm diese Eigenschaften metaphorisch zukommen – also so, wie einer Burg Stolz oder einer Freundschaft Eingefrorenheit. Auf diese Weise scheint es möglich zu sein, insbesondere die expressiven (oder quartären) Eigenschaften der Musik als solche zu verstehen, die metaphorisch exemplifiziert werden. Um vor diesem Hintergrund ein Werk verstehen zu können, »müssen wir nicht wissen, welche Eigenschaften es gerade besitzt, sondern welche von ihnen es exemplifiziert«.[62]

Ich will nun auf die zahlreichen Schwierigkeiten speziell der Theorie der metaphorischen Exemplifikation nicht im Detail eingehen,[63] sondern unmittelbar überlegen, ob sich ein belastbarer Zusammenhang zwischen Exemplifikation und Erkenntnis herstellen läßt. Entscheidend scheint mir folgende Frage zu sein: In welcher Hinsicht ist Exemplifikation eine Relation, die die Grundlage einer Erkenntnis bilden könnte?

Zunächst ist es doch so, daß denotative Beziehungen zwischen

60 Goodman (1978), S. 127 (meine Hervorhebung).

61 Goodman/Elgin (1988), S. 36.

62 Goodman/Elgin (1988), S. 36.

63 Einige Anmerkungen dazu finden sich in Vogel (2005), S. 165-169.

Symbolen und irgendwelchen Sachverhalten scheitern können: Ein Satz kann falsch sein, weil der durch ihn beschriebene Sachverhalt nicht besteht; eine Küstenlinie kann anders verlaufen als im Atlas eingezeichnet. Die Tatsache, daß Sätze oder Karten Sachverhalte richtig (oder falsch) darstellen können, ist konstitutiv dafür, daß sie den Status gewinnen können, Erkenntnisse zu artikulieren. Genau diese Möglichkeit scheint mit Blick auf die Exemplifikationsrelation nicht zu bestehen. Denn was hieße es, zu sagen, daß eine Probe bei der Exemplifikation einer ihrer (unendlich vielen) Eigenschaften scheitert? Natürlich können wir – gemessen an der Absicht, eine bestimmte Farbe zu exemplifizieren – falsche Proben verwenden. Doch in diesen Fällen ist die Falschheit der Probe systematisch von der Falschheit denotativer Sätze wie »dein Teppich hat dieselbe Farbe wie diese Probe« abhängig. Die Probe hat, unabhängig von Sätzen, die sie in einen Geltungskontext stellen, nicht das Potential, richtig oder falsch zu sein, und genau deshalb ist die Relation der Exemplifikation, unabhängig von Kontexten, in denen sie mit Angemessenheitskriterien aufgeladen wird, kein epistemisch relevantes Phänomen.

Um es vorsichtiger und etwas genauer zu sagen: Die Rede von Erkenntnis ist auf den Kontrast zwischen Wahrheit und Falschheit angewiesen. Ein (verständlicher) deskriptiver Satz kann *nicht* daran scheitern, einen Sachverhalt auszudrücken, aber er kann daran scheitern, wahr zu sein. Eine Probe kann *nicht* daran scheitern, eine ihrer Eigenschaften zu exemplifizieren, aber sie kann daran scheitern, zugleich eine Probe für eine Eigenschaft zu sein, die etwas anderem zukommt. Während die Möglichkeit der Falschheit des Satzes allein davon abhängt, daß wir ihn verstehen, hängt die Möglichkeit, eine Eigenschaft zu exemplifizieren, die etwas anderem *nicht* zukommt, davon ab, daß die Probe in den Kontext einer über sie hinausgehenden Aufgabenstellung gestellt wird, die mit sprachlichen Mitteln beschrieben werden muß. Kurz: Der Satz individuiert den Sachverhalt, von dem seine Wahrheit abhängt; die Probe ist darauf angewiesen, daß der Sachverhalt sprachlich beschrieben wird, von dem die Möglichkeit ihrer Unangemessenheit abhängt. Selbst wenn man nun Goodmans Redeweise hinnimmt, der zufolge »Wahrheit und ihr ästhetisches Gegenstück [...] letztlich nichts anderes [sind] als Angemessenheit unter verschiedenen Namen«,[64] ist die

64 Goodman (1976), S. 242.

Angemessenheit einer Probe und damit ihr Erkenntnispotential von der denotativen Beschreibung ihrer Aufgabe abhängig – wir müssen also schon wissen, welche seiner Eigenschaften etwa ein Musikstück exemplifizieren *soll.*

Mit einem unabhängigen, der Musik innewohnenden Erkenntnispotential, das sich Exemplifikationsbeziehungen verdankt, scheint es also nicht weit her zu sein. Wenn wir Musikstücken die Möglichkeit verdanken, uns Eigenschaften zu vergegenwärtigen, dann hängt diese Möglichkeit davon ab, daß wir sie mit der Aufgabe betrauen, eine Probe für Eigenschaften zu sein, auf die wir uns unabhängig von der Musik beziehen können müssen, weil wir unabhängig von diesem Bezug diese Aufgabe gar nicht beschreiben könnten.

Aber auch wenn wir die Ansprüche an den vermeintlichen Erkenntnischarakter weiter absenken und annehmen, daß Musik etwas anschaulich oder erfahrbar und uns somit etwas kognitiv zugänglich macht, bleibt unklar, welchen Bedingungen sich dieser kognitive Zugang verdankt. So könnte der Erkenntnisgewinn, der dem Verstehen eines Kunstwerks innewohnen soll, darin bestehen, auf etwas aufmerksam zu machen, das wir begrifflich noch gar nicht erfassen. Die Musik wäre sozusagen ein *Sensorium* für Prozesse, denen wir begrifflich (noch) nicht gewachsen sind, sie könnte psychische oder soziale Stimmungen und Formationen artikulieren, die wir (noch) nicht beschreiben können. Um Erkenntnis jedoch ginge es hier allerdings erst dann, wenn wir über die begrifflichen Beschreibungen verfügten, als deren nichtbegrifflichen »Vorgänger« wir die Musik retrospektiv adeln. Erst retrospektiv können wir die Musik so verstehen, daß sie etwas artikuliert, das uns begrifflich zu artikulieren zuvor nicht möglich war. Die Einsicht allerdings, daß diese Artikulation angemessen, richtig oder zutreffend war, verdanken wir der Tatsache, daß wir nun über ein begrifflich artikuliertes Wissen verfügen, als dessen musikalische Entsprechung wir die Musik nun ausgeben können. Das bedeutet: Erst *nachdem* man psychische oder soziale Prozesse als solche von der und der Art erkannt hat, kann man Eigenschaften, die zu jenen Prozessen homolog zu sein scheinen, durch das Musikstück exemplifiziert sehen. Erst dann kann das Wissen über eine psychische oder soziale Situation die Rolle eines Strukturierungsmodells für die Wahrnehmung des Kunstwerks übernehmen und an dieses herangetragen werden – wie jedes andere Modell. Die Erkenntnis, die aus dem Kunstwerk herausspringen soll, ist in Wahrheit eine, die am Gegenstand des mit ihm korrelierten Modells gewonnen wurde.[65]

Man ist geneigt, die Akte »Musik und Erkenntnis« zu schließen und Gottfried Krause zuzustimmen: »Nie ist jemand durch ein Concert gelehrter, klüger und verständiger geworden. Niemand sagt: das war eine lehrreiche Musik.«[66] Wenn es etwas gibt, das uns vermittels der Musik »kognitiv zugänglich« wird, dann scheint Erkenntnis nicht das richtige Wort dafür zu sein. Dem Unbehagen, das sich mit dieser Einsicht verbinden mag, versuche ich am Ende des nächsten Abschnitts Rechnung zu tragen, der einen letzten Versuch unternimmt, unsere Lust an der Musik zu erläutern.

2.3 Nachahmung und die Lust an der Musik

Der Begriff der Nachahmung hat keinen guten Klang im Kontext der (Musik)ästhetik, und die Gründe dafür scheinen auf der Hand zu liegen. Denn abgesehen von dem grundsätzlichen Zweifel, ob Musik etwas darstellt, und abgesehen davon, daß der Begriff der Nachahmung kaum geeignet ist, jene Aspekte verständlich zu machen, derentwegen ein Musikstück ästhetisch interessant oder gelungen ist, scheint ein generalisiertes Verständnis von Musik als Nachahmung einen eher exotischen Sonderfall, nämlich die intendierte klangliche Ähnlichkeit zwischen musikalischen und musikexternen Klängen (»Kuckuck!«) unzulässig zu verallgemeinern. Darüber hinaus übersieht das Nachahmungskonzept der Musik schlicht die Eigenständigkeit musikalischer Formen und ihre Konstruktivität, die kein simples Vorbild außerhalb der Musik haben.

Was mit Blick auf das Theater vielleicht noch eine gewisse Plausibilität hat, daß nämlich das Geschehen auf der Bühne soziale Handlungen nachahmt (und Zuschauern so Formen sozialen Handelns vergegenwärtigt), scheint in Kontexten, in denen keine belastbaren Ähnlichkeitsrelationen zur Verfügung stehen, einfach fehl am Platz zu sein. Kurz: Das Begräbnis der Nachahmungstheorie der

65 Vgl. dazu auch den Beitrag von Nicholas Cook in diesem Band, S. 83.

66 Gottfried Krause (1753): *Von der musikalischen Poesie*. Gelänge es dennoch, Musik als eine Form der Erkenntnis zu verstehen, bliebe die Frage zu beantworten, ob unsere Lust an der Musik von der Art ist, die wir erfahren, wenn wir Erkenntnis gewinnen.

Musik hat schon stattgefunden und bedarf keiner zweiten Inszenierung.[67]

Interessant ist jedoch, daß sich der schlechte Ruf des Nachahmungsbegriffs zum einen einem gegenüber dem aristotelischen Mimesisbegriff verengten Sinn verdankt, der sich am lateinischen *imitatio* orientiert, zum anderen aber auch der Tatsache, daß die Nachahmung gewöhnlich mit der Unterstellung ins Spiel gebracht wird, es sei die Absicht von Künstlern, etwas vorgängig Gegebenes mit Mitteln eines künstlerischen Mediums nachzuahmen. Dann jedoch wird nicht nur fraglich, warum es der Nachahmung überhaupt bedarf, sondern auch unverständlich, daß das künstlerische Produkt eine Form der Artikulation ist, das einen spezifischen, an seine Form gebundenen Sinn hat.

Warum sollte man sich angesichts solch manifester Schwierigkeiten noch mit dem Konzept der Nachahmung auseinandersetzen? Mir scheinen insbesondere zwei Punkte interessant zu sein. Das Konzept des Nachvollzugs weist erstens eine Affinität zum Begriff der Nachahmung auf, so daß wir hoffen können, die Theorie des Nachvollzugs durch ein Verständnis des Nachahmens vertiefen zu können, wenn wir das Nachahmen nicht in einer produktions-, sondern rezeptionsästhetischen Perspektive betrachten. Darüber hinaus scheint es mir zweitens möglich zu sein, einige Elemente der Spielästhetik und Elemente einer auf Erkenntnis bezogenen Ästhetik in ein Modell des mimetischen Verstehens zu integrieren. Dazu später mehr. Zunächst muß es darum gehen, was das Nachahmen eigentlich auszeichnet und welche Rolle es in einer rezeptionsästhetischen Perspektive spielen könnte.

Da hier nicht der Raum ist, den Begriff der Nachahmung im Rückgriff auf eine Rekonstruktion des Mimesisbegriffs bei Aristoteles, für den sich offenbar eine Übersetzung im Sinne von »Repräsentation« etabliert hat,[68] wieder mit den Dimensionen auszustatten, die er durch das Verständnis als Imitation verloren hat, versuche

67 Vgl. dazu etwa auch Kutschera (1989), S. 186, wo es lapidar heißt: »Die Nachahmungstheorie paßt allenfalls auf Malerei und Plastik, aber nicht aber auf Musik und Architektur und nicht einmal auf Dichtung, in der ja auch Gefühle und Gedanken beschrieben werden.«

68 Vgl. etwa den Artikel Mimēsis von Glenn W. Most in der *Routledge Encyclopedia of Philosophy*. Paul Woodruff (1992) zeigt, daß diese Übersetzung weder informativ noch angemessen ist.

ich im folgenden, weitgehend unabhängig von historischen Bezügen einen tragfähigen Begriff der Nachahmung auszuzeichnen. Die Idee, die ich dabei verfolge, besteht nicht darin, den ästhetischen Nachvollzug als ein Nachahmen zu verstehen, sondern als eine Weise des Erfahrens, die sich auf unsere Nachahmungsfähigkeit *stützt*, wodurch zugleich plausibel gemacht werden soll, warum wir den ästhetischen Nachvollzug als lustvoll erfahren können.

Die Fähigkeit nachzuahmen – darin sind sich Aristoteles und die Anthropologie unserer Tage einig[69] – ist uns angeboren und muß mithin nicht erst erworben werden. In den individualgeschichtlich frühesten Kontexten, in denen die Aktualisierung dieser Fähigkeit beobachtet werden kann, ist das Nachahmen eine Aktivität, die sich nicht auf irgendwelche Dinge oder Prozesse in der Welt bezieht, sondern auf die Aktivität anderer Menschen. So ahmen bereits wenige Wochen alte Neugeborene Gesten ihrer Bezugspersonen nach, wie etwa das Spitzen der Lippen, das Öffnen des Mundes oder das Herausstrecken der Zunge.[70] Etwa ab dem Alter von 18 Monaten ahmen Kinder dann nicht mehr nur das Verhalten ihrer Bezugspersonen nach, sondern auch das ihrer Peers. Mit 20 bis 24 Monaten nimmt die Häufigkeit des Nachahmens deutlich zu und schließt auch das Verhalten nichtvertrauter Kinder ein, wobei wechselseitig nonverbale Tätigkeiten nachgeahmt werden.[71]

Nachahmungen, das zeigen die empirischen Forschungen, sind im Kontext der sozialen Interaktion nicht bloß beiläufig auftretende Prozesse. Kinder haben vielmehr den intensiven Wunsch, nachzuahmen und von anderen nachgeahmt zu werden, sie halten einander zu Nachahmungen an und reagieren auf das Ausbleiben von Nachahmungen eigenen Tuns mit Frustration. Gelingende Nachahmungen – eigene oder die eigenen Tuns – werden ganz offensichtlich positiv erfahren, da Kinder in diesen Fällen spontan lächeln.[72] Ein Befund, der gut mit Aristoteles' Bemerkung harmoniert,[73] daß die Wahrnehmung von Nachahmungen Menschen Freude bereitet, wenngleich wir den Grund, den Aristoteles dafür nennt, nämlich die Freude an der technischen Perfektion der Nachahmung und den Prozeß

69 Vgl. Aristoteles (Poet.), 4, 1448 b5 f. und Tomasello (1999).

70 Vgl. die vielfach bestätigten Experimente in Meltzoff/Moore (1977).

71 Vgl. Brownell et al. (2006), S. 803 f.

72 Vgl. etwa Meltzoff (2005), S. 59.

73 Vgl. Aristoteles (Poet.), 4, 1448 b8-13.

des intellektuellen Erkennens, im Falle der Kinder wohl eher nicht unterstellen sollten.

Bisher habe ich mich darauf verlassen, daß wir den Begriff der Nachahmung irgendwie schon verstehen. Eine Definition der Nachahmung ist jedoch nicht trivial. Im Anschluß an Überlegungen Andrew Meltzoffs könnte man etwa folgende Festlegung vorschlagen:[74]

(N) Ein Tun[75] T' ist eine Nachahmung eines Tuns T genau dann, wenn
- (1) T' von einem Beobachter B von T hervorgebracht wird und
- (2) T' und T einander ähnlich sind, wobei
- (3) die Hervorbringung von T' durch Bs Wahrnehmung von T mitverursacht wird und
- (4) die Ähnlichkeit zwischen (dem von einem anderen hervorgebrachten) Tun T und (dem durch den Beobachter hervorgebrachten) Tun T' eine Rolle für die Hervorbringung von T' spielt, wobei diese Ähnlichkeit B nicht bewußt sein muß, gleichwohl aber auf irgendeiner neuralen, kognitiven oder komputationalen Ebene registriert werden muß.

Nachahmen im Sinne von (N) ist ein Prozeß, der unabhängig von der Intention nachzuahmen beschrieben werden kann, denn es ist hinreichend anzunehmen, daß die Nachahmenden die Disposition haben, Tätigkeiten nachzuahmen, sich dabei an wahrnehmbaren Eigenschaften des Nachzuahmenden orientieren und diese Eigenschaften das *Modell* für die Produktion der Nachahmung (und ihre Bewertung durch den Nachahmenden) spezifizieren.

Problematisch erscheint an (N) möglicherweise insbesondere die Bestimmung (2), denn Ähnlichkeit ist ein notorisch schwieriger Begriff. Es ist jedoch fraglich, ob wir ihn vermeiden können, denn Nachahmungen können nicht im Rückgriff auf einen Katalog objektiver, notwendiger Merkmalsübereinstimmungen definiert werden. Daher können T und T' immer nur relativ zu B (und relativ zu

74 Vgl. Meltzoff (1995), S. 55.

75 Ich verwende hier den Begriff des Tuns und nicht den des Handelns, weil mit dem Handlungsbegriff bei weitem zu starke Annahmen ins Spiel gebracht würden derart, daß Kindern Gründe für ihr Tun in Form propositional differenzierter mentaler Zustände wie Absichten und Überzeugungen gegenwärtig wären.

uns), d. h. subjektiv, ähnlich sein, indem sie einige beobachterrelative Eigenschaften teilen. Solange wir aber sehen, daß einige Eigenschaften von T' nicht bloß zufällig mit denen von T übereinstimmen, sondern Veränderungen an T zu prognostizierbaren Veränderungen an T' führen, läßt sich der Nachahmungsmechanismus intelligibel machen. Denn wir können seine Funktionsweise so beschreiben, daß er nicht bloß einzelne *bestimmte* Eigenschaften, sondern, genereller, *bestimmbare* Eigenschaften miteinander korreliert.[76]

Nachahmen ist eine komplexe Fähigkeit. Sie impliziert, daß die Nachahmenden ein Tun nicht nur mit bestimmten Eigenschaften ausstatten, sondern diese Eigenschaften in Relation zum Ausführenden erfassen. Um ein Tun nachahmen zu können, muß man die Bewegungen in Relation zu der Person erfassen, die sie ausführt, und diese Relationen im eigenen Tun reproduzieren. Für das Nachahmen können Relationen zwischen dem Tun und Umgebungsbedingungen eine Rolle spielen, etwa wenn das Tun bestimmte Dinge einbezieht. Grundlegend ist jedoch die Fähigkeit, die Relationen zwischen einem Tätigen und seinem Tun so zu reproduzieren, daß das nachahmende Tun zu dem, der es hervorbringt, in ähnlichen Relationen steht wie das nachzuahmende Tun zu dem, der es hervorbringt. Auch aus diesem Grunde sollten wir (N) folgendermaßen präzisieren:

(N′) Ein Tun T' ist eine Nachahmung eines Tuns T genau dann, wenn
- (1) T' von einem Beobachter B eines Tuns T hervorgebracht wird und
- (2) T' und T einander ähnlich sind, wobei
- (2b) T und T' insbesondere in ihren Relationen zum jeweiligen Akteur ähnlich sind und
- (3) die Hervorbringung von T' durch Bs Wahrnehmung von T mitverursacht wird und
- (4) die Ähnlichkeit zwischen T und T' durch einen Mechanismus in B hervorgebracht wird, der bestimmbare Eigenschaften von T und T' miteinander korreliert.

76 Der Mechanismus korreliert nicht bloß eine langsame mit einer langsamen Bewegung (bestimmte Eigenschaft), sondern Bewegungen mit der (subjektiv) *gleichen Geschwindigkeit* (bestimmbare Eigenschaft). Diese Strategie ist an Ruth Millikans Auszeichnung des Reproduktionsbegriffs orientiert, mit dem (N) ohnehin verwandt ist. Vgl. Millikan (1984), S. 19 f.

Mit dieser Ergänzung können wir nun erläutern, warum das Nachahmen eine wichtige Rolle bei der Entstehung eines Verständnisses für andere spielt und dieses Verständnis nicht seinerseits vorausgesetzt werden muß, um die Fähigkeit zum Nachahmen zu erklären.[77] Denn immerhin eröffnet das Nachahmen eine Perspektive, die jenen Perspektiven ähnlich ist, die andere bezüglich ihrer eigenen Aktivitäten einnehmen. Darüber hinaus können wir aber auch vermuten, daß die Nachahmung einen Beitrag zur Entwicklung eines Selbstbezugs leistet, insofern der Nachahmende als diejenige Instanz bestimmt wird, die über die Nachahmungen des Tuns anderer stabil bleibt.[78]

In einer funktionalen Perspektive kann man sagen, daß die Tätigkeit, die ein anderer in Nachahmung einer eigenen Tätigkeit vollzieht, ein sozialer Spiegel für die eigene Tätigkeit darstellt. Das Bild, das wir uns von uns machen, entwickelt sich anhand der Perspektive, die dadurch möglich wird, daß wir an anderen sehen, was wir selbst tun. Wir gewinnen eine Außenperspektive auf uns. In dieser Hinsicht treten die Nachahmung und der Wunsch, nachgeahmt zu werden, die Nachfolge der affektuellen Kommunikation an, in der Erwachsene den affektuellen Zustand des Kindes (markiert) spiegeln,[79] allerdings in einem dramatisch erweiterten Sinn. Im Falle des gewünschten Nachgeahmtwerdens durch andere bildet nämlich eine eigene und *selbstgesteuerte* Tätigkeit das Modell der Nachahmung und nicht das mit einem angeborenen Affekt einhergehende expressive mimische Verhalten.

Gelungene Nachahmungen etablieren jene Relationen zwischen zwei Tätigkeiten, mit Blick auf die man die *Form* eines Tuns bestimmen kann. Wenn eine Tätigkeit T' als Nachahmung einer Tätigkeit T akzeptabel ist, dann machen diejenigen Eigenschaften, die T'

77 Diese These vertreten Tomasello et al. (1993).

78 Ich möchte ausdrücklich betonen, daß meine Bezugnahme auf die Tatsache, daß die Nachahmung in der Kindheit eine große Rolle spielt, weder als Votum für eine Simulationstheorie des Geistes noch für die weitergehenden Implikationen der Meltzoff/Gopnikschen »Wie-ich«-Hypothese zu verstehen ist. Insbesondere die Annahme, daß Kinder über die Fähigkeit verfügen, sich den durch Nachahmung eingetretenen phänomenalen Zustand introspektiv bewußt zu machen, aber auch die Unterstellungen, daß die Fähigkeit zum Nachahmen eine angeborene *Philosophy of Mind* oder ein mentalistisches Verständnis der Intentionen des Gegenübers voraussetzt, sind alles andere als plausibel. Eine Kritik dieser weitreichenden nativistischen Annahmen und eine Alternative dazu finden sich in Fonagy et al. (2002), S. 157 ff.

79 Vgl. dazu Gergely/Watson (1996) und Vogel (2001), S. 248-253.

und T aus der Perspektive von Beobachtern teilen, die Form einer Tätigkeit aus, die auch durch eine weitere Tätigkeit T'' instantiiert werden könnte. Da den Kindern zunächst die begrifflichen Mittel fehlen dürften, um die Form zu *beschreiben*, sie gleichwohl aber über das Gelingen einer Nachahmung entscheiden können – wie sich an dem mit dem Gelingen verbundenen Lächeln zeigt –, scheinen sie die Wahrnehmungen, die mit der Beobachtung von T und der Ausführung von T' einhergehen, als Wahrnehmungen des Gleichen zu betrachten. Damit beziehen sie sich mit nichtbegrifflichen Mitteln auf die Form eines Tuns, die sie an ihrem eigenen Tun *reidentifizieren*. Sie machen sich eine Form, die zunächst nur ihrem Wahrnehmungsapparat zugänglich ist, nichtbegrifflich bewußt, indem sie diese Form tätig reinstantiieren. Interessant ist dabei, daß Kinder das Gelingen des Nachahmens ganz offenbar *genießen*. Sie reagieren auf dieses Gelingen, als hätten sie die Pointe eines Tuns nachahmend erfaßt. Es ist schwierig, sich über die Ursache dieser Freude klarzuwerden, und was ich im folgenden sagen werde, hat eher den Status einer fragilen Theorie als den einer sicheren Überzeugung. Meine Hypothese ist funktionalistischer Natur und besagt folgendes:

(1) Die Fähigkeit zum Imitieren ist Kindern angeboren; sie wird nicht erst im Rahmen eines Nachahmungsunterrichts erlernt.
(2) Kinder sind in einem radikalen Sinne von ihrer sozialen Umwelt abhängig; sie sind darauf angewiesen, daß ihre Bedürfnisse von ihrer sozialen Umwelt erkannt und hinreichend befriedigt werden.
(3) Gelingende Nachahmung ist eine Form, in der Kinder einander als Akteure anerkennen können, so daß auf diesem Wege soziale Bindungen etabliert bzw. gefestigt werden können.
(4) Kinder müssen auf dem Weg zur Selbständigkeit eine Vielzahl von Tätigkeiten erlernen, und Nachahmung ist ein Weg des Erlernens von Tätigkeiten (genauer: Tätigkeitsformen), der nicht von begrifflichen Kompetenzen abhängt.
(5) Die neuronalen Strukturen, deren Effekt es ist, daß Kinder erfolgreich das Tun anderer nachahmen, haben biologische Funktionen,[80] nämlich die Funktion, soziale Bindungen zu etablieren, weiterzuentwickeln und zu festigen (vgl. 3), sowie die Funk-

80 D. h. sie haben Eigenfunktionen im Sinne Millikans, vgl. Millikan (1984), S. 23-28.

tion, Kinder mit solchen praktischen Fähigkeiten auszustatten, die nicht angeboren sind, sondern erlernt werden müssen (vgl. 4).

(6) Der Mechanismus, dessen Effekt es ist, das Gelingen von Nachahmungen positiv zu evaluieren (indem der Mechanismus das Belohnungssystem aktiviert), hat die Funktion, jene Zustände zu affirmieren, die die neuronale Grundlage erfolgreicher Nachahmungen darstellen.

Meine These vor diesem Hintergrund ist nun, daß die ästhetische Lust eine differenzierte und *irreduzible* Nachfahrin der Lust an gelingender Nachahmung ist. Daß die ästhetische Lust eine irreduzible Nachfahrin ist, soll heißen, daß sie zwar in einer genetischen Beziehung zur Nachahmungslust steht, *nicht* aber mit ihr identifiziert werden kann. Ich will also weder behaupten, daß ästhetische Lust nichts anderes als die Lust an gelingender Nachahmung ist, noch will ich sagen, daß die Begriffe, mit deren Hilfe wir die Nachahmungslust beschreiben, hinreichend sind, um das Phänomen der ästhetischen Lust zu erfassen. Meine These ist bescheidener und keinesfalls naturalistisch. Sie sagt nur, daß wir die ästhetische Lust nicht vollständig erläutern können, ohne zugrunde zu legen, daß diese Lust in jenen Lüsten *verwurzelt* ist, die wir als Angehörige der biologischen Gattung Mensch erfahren können.[81]

Wenn wir mit dem Gedanken der Irreduzibilität des ästhetischen Nachvollzugs auf die kindliche Nachahmung ernst machen wollen, dann müssen wir zugleich eine Theorie darüber liefern, wie sich Nach*ahmung* und Nach*vollzug* zueinander verhalten. Inwiefern ist Nachvollzug ein individualgeschichtlich späterer Nachfahre der Nachahmung, was verbindet beide, und was unterscheidet sie?

Gemeinsam ist Nachahmen und Nachvollzug eine Einstellung zum Gegenstand: Es gilt, seine Form tätig zu erfassen. Das Nachahmen muß dabei aber immer öffentlich zugängliche Produkte hervorbringen, die wir daraufhin befragen können, ob sie gelungene Nachahmungen sind. Nachvollzüge hingegen können sich imaginativer Mittel bedienen, die erst in einem zweiten Schritt, etwa durch Beschreibungen oder durch Handlungen, zugänglich gemacht

81 Zugleich ist die These aber anspruchsvoller als die Behauptung, daß wir Lust, die einen adaptiven Sinn hat (etwa die Präferenz für Zucker), auch auf nichtadaptive Weise verfolgen können.

werden können. Darüber hinaus muß eine Nachahmung sich solcher Mittel bedienen, die zum gleichen Typ gehören wie das Nachgeahmte: Gesten können nur durch Gesten, Klänge nur durch Klänge, Bilder nur durch Bilder nachgeahmt werden. Von solchen Anforderungen wird der Nachvollzug nicht beschränkt. Nichts spricht dagegen, einen Klang durch eine Bewegung nachzuvollziehen oder eine Geste durch einen Klang. Der Nachvollzug ist daher in der Wahl seiner Mittel freier, seine Beziehung auf den Gegenstand nimmt nicht am Eintreten vergleichbarer Effekte Maß, sondern an der Strukturierung und Erschließung des Gegenstands, und zwar entlang von Eigenschaften, die der Gegenstand durch den Nachvollzug gewinnt und nicht schon aufweisen muß. Während die Nachahmung voraussetzt, daß ihr Gegenstand in den Hinsichten bestimmt ist, an denen sich die Nachahmung bewähren kann, erlaubt der Nachvollzug, daß der Gegenstand durch den Nachvollzug eine Struktur gewinnt, über die wir unabhängig vom Nachvollzug gar nicht verfügen. Eine gelingende Nachahmung, etwa die eines Stimmenimitators, macht uns aufmerksam auf Eigenschaften, die den Sprechweisen der Imitierten unabhängig von der Imitation zukommen. Der gestisch-mimische Nachvollzug der Sprechweise hingegen stattet sie mit Eigenschaften aus, die sie gerade nur im Lichte dieses Nachvollzugs hat, und der Nachvollzug wird plausibel, wenn diese Eigenschaften transindividuell wahrgenommen werden. Nachvollzüge sind, anders als Nachahmungen, wesentlich nicht reproduktiv, sondern *produktiv*, man könnte auch sagen: *kreativ*.

Insbesondere der letzte dieser drei Unterschiede sichert einen robusten Sinn der Nichtreduzierbarkeit des Nachvollzugs auf Nachahmung, denn das Nachvollziehen hat nicht allein die Funktion, eine gegebene Form zu erfassen, um diese handelnd realisieren zu können, sondern das Potential zu einer Restrukturierung des Gegenstands. Genau diese Eigenschaft des Nachvollzugs scheint jedoch auch sein Verständnis als Nachfahre der Nachahmung zu gefährden: etwas nachzuvollziehen scheint etwas ganz anderes zu sein, als es nachzuahmen. Aber gefährdet die Kreativität des Nachvollzugs seine Verwandtschaft mit der Nachahmung? Wenn etwas als ein Nachvollzug gelten können soll, dann darf die Produktivität nicht so weit gehen, daß der Bezug auf den Gegenstand des Nachvollzugs vollkommen idiosynkratisch und damit gefährdet wird. Insofern setzt auch der Nachvollzug einen Bezug auf seinen Gegenstand voraus, an dem sich das Nachvollziehen orientieren muß, um noch als Nachvollzug gelten zu können. So wie im interpretierenden Nachvollzug, von dem im ersten Abschnitt die Rede war, gesichert werden muß, daß eine Aufführung dieselben medialen Eigenschaften aufweist wie eine konkurrierende, so müssen Nachvollzüge immer einen Bezug auf Eigenschaften gewährleisten, die sich nicht gänzlich ihrer Produktivität verdanken.

Wenn diese Überlegungen es uns erlauben, das Verhältnis zwischen Nachahmung und Nachvollzug als kontinuierlich und diskontinuierlich zugleich zu betrachten, was folgt dann für die ästhetische Lust? Und was gewinnen wir mit Blick auf die Frage, warum wir Musik hören?

Die Lust an der Nachahmung, die wir bei Kindern beobachten können, hatte ich oben so beschrieben, daß sie als die Folge der Fähigkeit eintritt, die *Form* einer Handlung zu erfassen, einzig und allein *indem* diese Form tätig reinstantiiert wird. Dabei habe ich unterstellt, daß Kinder einen nichtbegrifflichen Zugriff auf die Form der Handlung haben, weil sie über nichtbegriffliche Kriterien des Gelingens einer Nachahmung verfügen. Wenn wir etwas nachvollziehen, dann stellen wir den Gegenstand gleichfalls in die Perspektive der tätigen Erfassung seiner Form, und wir unterscheiden dabei Fälle des Gelingens von solchen des Scheiterns. Aber während sich das Nachahmen auf kognitiv relevante Erfolgskriterien stützen kann, die einer nachahmenden Handlung die gleiche Form geben wie der, die sie nachahmt, steht dem Nachvollzug diese Möglichkeit dann nicht offen, wenn der Gegenstand gar keine Handlung ist oder sich der Nachvollzug anderer oder inhibierter Tätigkeiten bedient als jener, die eine nachzuahmende Handlung auszeichnen. Die Pointe, die sich uns im Nachvollzug erschließt, ist daher nicht die Form einer Tätigkeit, sondern eine Form, mit deren Hilfe wir die Wahrnehmung des Gegenstands in eine emphatische Erfahrung transformieren können. Damit stiftet der Versuch des Nachvollzugs den Rahmen für eine Situation, die sich mit dem Gelingen des Nachvollzugs zu einer emphatischen Erfahrung vollenden kann.

Auch mit Blick auf die Lust, die wir an Nachvollzügen haben, können wir verständlich machen, inwiefern diese Lust eine irreduzible Nachfahrin der Lust an der Nachahmung ist. Denn die Strukturierung unserer Wahrnehmung dient nicht bloß der Erfassung und Aneignung einer gegebenen Form, sondern schließt eine reflexive

Komponente ein, weil sich der Nachvollzug an der Struktur unseres Erfahrens orientiert. Jeder Versuch des Nachvollzugs, mit dessen Hilfe ein Gegenstand der Wahrnehmung eine an unserem Erfahren orientierte Form gewinnt, ist zugleich aber auch auf intersubjektiv zugängliche mediale Eigenschaften bezogen, die Nachvollzüge zu integrieren haben. Weil mediale Eigenschaften solche Eigenschaften sind, die *tätig* instantiiert werden, ist jeder Nachvollzug trotz seiner Produktivität auf Handlungen bezogen, die die Korrelate für die kognitiven Strukturen bilden, die unsere Nachahmungsfähigkeit realisieren. In Nachvollzügen, die die tertiären oder medialen Eigenschaften integrieren, schwingen daher imaginierte Nachahmungen mit, die sich auf die Performativität der Musik stützen. Und dort, wo diese Nachahmungen zu den Handlungen passen, die geeignet sind, die Klänge, die wir hören, zu verursachen, da empfinden wir Lust an ihnen. Die nachvollziehende Strukturierung dieses Gegenstands, die an seiner Erfahrbarkeit Maß nimmt, ist aus der Sicht des Systems, das unsere Nachahmungsfähigkeit realisiert, der Versuch, die performative Form eines Gegenstands der Wahrnehmung tätig zu erfassen.

Auch wenn dies nicht das letzte Wort über die ästhetische Lust bleiben kann, können wir vor diesem Hintergrund Hypothesen darüber formulieren, unter welchen Bedingungen eine Lust am Nachvollzug eintritt, und wir können überlegen, ob diese Hypothesen mit unseren Erfahrungen harmonieren.

(1) Die ästhetische Lust tritt *nicht* ein, wenn uns keine Form eines noch so vorläufigen Nachvollzugs gelingt. Die Tatsache, daß uns kein solcher Nachvollzug gelingt, sagt zugleich etwas über uns als Rezipienten aus wie auch über die Struktur, die das rezipierte Werk für uns hat. Da unsere Fähigkeit zum Nachvollzug plastisch ist und von Bildungsprozessen abhängt, ist es möglich, daß der Nachvollzug scheitert, weil wir unsere Nachvollzugskompetenzen nicht im erforderlichen Maße geschult haben. In solchen Fällen fehlen uns beispielsweise Erfahrungen mit Musikstücken, in denen historische Grundlagen für Kompositionen gelegt wurden, deren Aufführungen uns vor Nachvollzugsprobleme stellen. Auf vergleichbare Schwierigkeiten stoßen wir, wenn wir Musik aus kulturellen Kontexten hören, die sich weitgehend von denen unterscheiden, in denen wir unsere Nachvollzugskompetenzen ausgebildet haben. Weil unsere Nachvollzugskompetenzen sich zum Teil aber auch im Rekurs auf Effekte

erläutern lassen, die Musik auf uns hat, und einige dieser Effekte bezogen auf unsere Körper eintreten, scheint es immer auch Aspekte der Musik zu geben, die wir aufgrund solcher Effekte nachvollziehen können.

Gleichwohl ist es möglich, wie etwa im Falle aleatorischer Musik – also im Falle von Musik, die im Kontext fortgeschrittener ästhetisch-technischer Diskurse einen Ort hat –, daß Musikstücke uns strukturlos und damit als nicht nachvollziehbar erscheinen. Meinen Überlegungen zufolge hat solche Musik bestenfalls eine metaästhetische Pointe, insofern sie uns auf die Grenzen des Nachvollzugs aufmerksam macht und zu einer Reflexion dieser Grenzen auffordert.

(2) Es ist eine interessante Tatsache, daß Musik zu den Künsten gehört, deren Werke wir immer wieder rezipieren. Diese Tatsache können wir vor dem Hintergrund der Lust am Nachvollzug folgendermaßen erläutern: Solange ein Stück eine Herausforderung für unsere Fähigkeit zum Nachvollzug darstellt, solange besteht die *Möglichkeit* des Eintretens ästhetischer Lust. In dem Moment, in dem der Herausforderungscharakter vollständig verlorengeht, weil der Nachvollzug zur Routine geworden ist und keine neuen Aspekte des Stücks mehr zutage fördert, ist die Möglichkeit, ästhetische Lust an diesem Stück zu erfahren, aufgezehrt. Das schließt natürlich nicht aus, daß ein Stück nach einiger Zeit wieder Gegenstand der ästhetischen Lust werden kann, sei es, weil das gefundene Nachvollzugsmodell verblaßt ist, sei es, weil wir frei geworden sind, das Stück als Anlaß für die Entwicklung eines anderen Nachvollzugsmodells erfahren zu können.

(3) Aus der letzten Überlegung folgt, daß ästhetische Lust nicht einfach eintritt, wenn uns ein Nachvollzug gelingt, sondern dann, wenn der jeweils gefundene Nachvollzug noch den Charakter einer Herausforderung hat, wenn er also noch vor der Alternative des Gelingens und Scheiterns steht, und uns das Musikstück nicht erscheint, als seien alle seine Aspekte in unseren Nachvollzug integriert. Genau das sollten wir auch erwarten, denn daß der Nachvollzug vor der Alternative von Gelingen und Scheitern steht, stiftet die integrative Perspektive, die unsere Wahrnehmungen und Reaktionen zu Elementen einer Erfahrung im emphatischen Sinne macht.

In einer wichtigen Hinsicht ist das bisher entworfene Bild, das zugegebenermaßen in manchem skizzenhaft ist, unvollständig geblieben. Denn obwohl vielleicht plausibel geworden ist, daß unsere

Fähigkeit zum Nachvollzug im Rückgriff auf unsere Fähigkeit zum Nachahmen erläutert werden kann, ist bisher nicht klargeworden, welche Implikationen dieses Vorgehen für das Verständnis der ästhetischen Lust hat. Wenn unsere Fähigkeit zum Nachvollzug nicht auf unsere Nachahmungkompetenzen reduziert werden kann, wie verhält es sich dann in dieser Hinsicht mit der ästhetischen Lust? Worin geht die Lust am Nachvollzug über die Lust an der gelingenden Nachahmung hinaus, und inwiefern bleibt sie mit ihr verwandt? Und zu guter Letzt: Welche Elemente der Spiel- und der Erkenntnisästhetik können in einer Ästhetik des Nachvollzugs rekonstruiert oder geborgen werden?

Die bisher gegebene Erklärung der ästhetischen Lust setzt darauf, daß in der nachvollziehenden Rezeption eine Ebene des Nachahmens erhalten bleibt, auf der wir das, was wir hören, vor dem Hintergrund seiner medialen Eigenschaften als etwas Nachahmbares strukturieren, etwa indem wir es mitsingen. Zugleich ist aber auch klar, daß diese Ebene des Nachvollzugs gerade nicht das Niveau erreicht, auf dem sich der Nachvollzug zu einer emphatischen Erfahrung verdichtet. Dieses Niveau erreichen wir erst, wenn der Nachvollzug eine produktive Integration des Wahrgenommenen herbeiführt, die der Vielfalt der nachahmbaren musikalischen Ereignisse eine Form oder eine Ordnung verleiht. Wenn uns ein solcher zugleich formerfassender und formstiftender Nachvollzug gelingt, dann geht mit ihm eine Lust einher, die über die Lust an gelingender Nachahmung hinausgeht. Denn diese Lust ist keine biologisch erklärbare, sondern eine Lust daran, daß es uns gelingt, die Vielfalt von Wahrnehmungen nachvollziehend so aufeinander zu beziehen, daß wir sie als einen Sinnzusammenhang erfahren. Dabei erfahren wir etwas, das nichts anderes ist als eine Konstellation vielfältiger wahrnehmbarer Eigenschaften, als etwas, das nichts *sagt* und doch Sinn für uns hat. Weil wir solche Erfahrungen vor dem Hintergrund der Alternative des Scheiterns und Gelingens unseres Nachvollziehens machen, gewinnen sie den Status von emphatischen Erfahrungen, in denen unsere spontanen Nachvollzüge und das, was sie herausfordert, unauflösliche Verbindungen miteinander eingehen. Die Lust am Gelingen des Nachvollzugs ist insofern eine Lust an der Integration von Sinnlichem zu Sinn, die allein an seiner Erfahrbarkeit Maß nimmt. Gelingt solcher Nachvollzug, dann machen wir die lustvolle Erfahrung, daß das, was er integriert, für uns da ist. Diese Lust geht über die an der

Nachahmung hinaus, mit der sie retrospektiv gleichwohl verwandt ist. Denn auch als Nachahmenden gelingt es uns, aus der Vielfalt des Wahrgenommenen eine Form herauszugreifen, indem wir sie tätig reinstantiieren. Während das Nachahmen aber auf vorgefundene Formen des Tuns angewiesen und auf Ähnlichkeitsrelationen verpflichtet ist, ist das Nachvollziehen offen für die spielerische Produktion von Gesichtspunkten, die sich primär an der Integration von Wahrnehmungen in Erfahrungen bewähren.

Mit diesen Überlegungen ist natürlich nur angedeutet, daß eine Ästhetik des Nachvollzugs spielästhetische Elemente aufnehmen kann. Mit Blick auf Motive der Erkenntnisästhetik ist ihr Spielraum deutlich kleiner: Wenn es uns gelingt, Musikstücke mit Hilfe von Nachvollzügen (und den mit ihnen einhergehenden Wahrnehmungen) so zu strukturieren, daß sie sich als Anlässe emphatischer Erfahrungen erweisen, dann nehmen wir dem Musikstück gegenüber eine *Haltung* ein, die man als die Bereitschaft zu diesen Nachvollzügen beschreiben kann. Hat sich eine solche Haltung etabliert, dann muß sie nicht an die Gegenstände gebunden bleiben, an denen sie sich entwickelt hat. Es besteht vielmehr die Möglichkeit, daß eine solche Haltung die Wahrnehmung anderer Gegenstände strukturiert, indem sie sie spezifischen Regieanweisungen unterstellt. Insofern also gelingende Nachvollzüge Modelle für andere Wahrnehmungen darstellen können, ist es möglich, daß musikalische Erfahrungen unsere Sicht auf die Welt verändern. Aber weder lassen sich solche Sichtweisen über epistemische Vorzüge ausweisen, noch können wir Musik um der Entwicklung solcher Sichtweisen willen hören; denn jede dieser Sichtweisen stellt sich nur derivativ zu gelingenden, durch Nachvollzüge integrierte Erfahrungen ein.

Literatur

Adorno, Theodor W. (1949): *Philosophie der neuen Musik* (= Ders.: *Gesammelte Schriften* Bd. 12.), Frankfurt/M.: Suhrkamp 1975.

Adorno, Theodor W. (1953): »Über das gegenwärtige Verhältnis von Philosophie und Musik«, in: Ders.: *Gesammelte Schriften* Bd. 18 (= Ders.: *Musikalische Schriften* V), Frankfurt/M.: Suhrkamp 1984, S. 149-176.

Adorno, Theodor W. (1956a): »Fragment über Musik und Sprache« (aus: »Quasi una fantasia«), in: Ders.: *Gesammelte Schriften* Bd. 16 (= Ders.: *Musikalische Schriften* I-III), Frankfurt/M.: Suhrkamp 1978, S. 251-256.

Adorno, Theodor W. (1956b): »Musik, Sprache und ihr Verhältnis im gegenwärtigen Komponieren«, in: Ders.: *Gesammelte Schriften* Bd. 16 (= Ders.: *Musikalische Schriften* I-III), Frankfurt/M.: Suhrkamp 1978, S. 649-664.

Adorno, Theodor W. (1961): »Voraussetzungen«, in: Ders.: *Noten zur Literatur* (= Ders.: *Gesammelte Schriften* Bd. 11), Frankfurt/M.: Suhrkamp 1981, S. 431-446.

Adorno, Theodor W. (1970): *Ästhetische Theorie*, Frankfurt/M.: Suhrkamp 1973.

Adorno, Theodor W. (2001): *Zu einer Theorie der musikalischen Reproduktion* (= Ders.: *Nachgelassene Schriften* Abt. I, Bd. 2), Frankfurt/M.: Suhrkamp.

Aristoteles (Poet.): *Poetik*, Übersetzt und herausgegeben von Manfred Fuhrmann, Stuttgart: Reclam, 1996.

Bar-Elli, Gilead (2006): »Wittgenstein on the Experience of Meaning and the Meaning of Music«, in: *Philosophical Investigations* Bd. 29, Nr. 3, S. 217-249.

Becker, Tim (2003): *Plastizität und Bewegung. Körperlichkeit als Konstituens der Musik und des Musikdenkens im frühen 20. Jahrhundert* (Diss., Ms.), <http://www.opus-bayern.de/uni-bamberg/volltexte/2005/39/>, auch: Berlin: Frank & Timme 2005.

Brownell, Celia A./Ramani, Geetha B./Zerwas, Stephanie (2006): »Becoming a Social Partner With Peers: Cooperation and Social Understanding in One- and Two-Year-Olds«, in: *Child Development* Bd. 77, Nr. 4, S. 803-821.

Busoni, Ferruccio (1907): *Entwurf einer neuen Ästhetik der Tonkunst*, Frankfurt/M.: Florian Nötzel 2001.

Davies, Stephen (1987): »The Evaluation of Music«, in: Ders.: *Themes in the Philosophie of Music*, Oxford: Oxford UP 2003, S. 195-212.

Davies, Stephen (1994): *Musical Meaning and Expression*, Ithaca, London: Cornell University Press.

DeBellis, Mark (1991): »The Representational Content of Musical Experience«, in: *Philosophy and Phenomenological Research* Bd. 51, Nr. 2, S. 303-324.

Dewey, John (1934): *Art as Experience*, New York: Capricorn Books 1958 (Dt.: *Kunst als Erfahrung*, Frankfurt/M.: Suhrkamp 1980).

Floros, Constantin (1975/78): »Das esoterische Programm der Lyrischen Suite von Alban Berg«, in: *Musikkonzepte* Nr. 4 (Alban Berg Kammermusik I), 1978, S. 5-48.

Fonagy, Peter/Gergely, György/Jurist, Elliot L. u. a. (2002): *Affektregulierung, Mentalisierung und die Entwicklung des Selbst*, Stuttgart: Klett-Cotta 2004.

Gergely, György/Watson, John S. (1996): »The Social Biofeedback Theory of Parental Affect Mirroring: The Development of emotional Self-Awareness and Self-Control in Infancy«, in: *International Journal of Psycho-Analysis* Nr. 77, S. 1181-1212.

Goldman, Alan H. (2006): »The Experiential Account of Aesthetic Value«, in: *The Journal of Aesthetics and Art Criticism* Bd. 64, Nr. 3, S. 333-342.

Goodman, Nelson: (1976): *Sprachen der Kunst. Entwurf einer Symboltheorie*, Frankfurt/M.: Suhrkamp 1995.

Goodman, Nelson (1978): *Weisen der Welterzeugung*, Frankfurt/M.: Suhrkamp 1990.

Goodman, Nelson/Elgin, Catherine Z. (1988): *Revisionen. Philosophie und andere Künste und Wissenschaften*, Frankfurt/M.: Suhrkamp 1989.

Hanslick, Eduard (1854): *Vom Musikalisch-Schönen. Ein Beitrag zur Revision der Ästhetik der Tonkunst*, Wiesbaden: Breitkopf & Härtel 1989.

Kaminsky, Jack (1957): »Dewey's Concept of an Experience«, in: *Philosophy and Phenomenological Research* Bd. 17, Nr. 3, S. 316-330.

Kant, Immanuel (1790): »Kritik der Urteilskraft«, in: Ders.: *Werkausgabe* Bd. 10 (hg. von W. Weischedel), Frankfurt/M.: Suhrkamp 1978.

Karbusicky, Vladimir (1986): *Grundriß der musikalischen Semantik*, Darmstadt: Wissenschaftliche Buchgesellschaft 1986.

Kennedy, Gail (1959): »Dewey's Concept of Experience: Determinate, Indeterminate, and Problematic«, in: *The Journal of Philosophy* Bd. 56, Nr. 21, S. 801-814.

Kern, Andrea (2000): *Schöne Lust. Eine Theorie der ästhetischen Erfahrung nach Kant*, Frankfurt/M.: Suhrkamp.

Krause, Gottfried (1753): *Von der musikalischen Poesie*, Leipzig: Zentralantiquariat der DDR, 1973.

Kutschera, Franz von (1989): *Ästhetik*, Berlin, New York: de Gruyter.

Levinson, Jerrold (2003): »Musical Thinking«, in: *Midwest Studies in Philosophy* Bd. XXVII, S. 59-68.

Mathur, D.C. (1966): »A Note on the Concept of ›Consummatory Experience‹ in Dewey's Aesthetics«, in: *The Journal of Philosophy* Bd. 63, Nr. 9, S. 225-231.

Meltzoff, Andrew N./Moore, M. Keith (1977): »Imitation of Facial and Manual Gestures by Human Neonates«, in: *Science* 198, S. 75-78.

Meltzoff, Andrew N. (2005): »Imitation and other minds: The ›Like Me‹ hypothesis«, in: S. Hurley/N. Chater (Hg.): *Perspectives on Imitation: From Neuroscience to Social Science* Bd. 2, Cambridge, Mass.: MIT Press, S. 55-77.

Miller, Thomas G. (1994): »On Listening to Music«, in: *The Journal of Aesthetics and Art Critizism* Bd. 52, Nr. 2, S. 215-223.

Millikan, Ruth Garrett (1984): *Language, Thought, and Other Biological Categories. New Foundations for Realism*, Cambridge/Mass.: MIT Press 1995.

Perle, George (1977): »Das geheime Programm der Lyrischen Suite«, in: *Musikkonzepte* Nr. 4 (Alban Berg Kammermusik I) 1978, S. 49-74.
Scheer, Brigitte (1971): »Zur Begründung von Kants Ästhetik und ihrem Korrektiv in der ästhetischen Idee«, in: W.F. Wiebel (Hg.): *Philosophie als Beziehungswissenschaft. Festschrift für Julius Schaaf*, Frankfurt/M.
Schellenberg, Glenn E. (2005): »Music and Cognitive Abilities«, in: *Current Directions in Psychological Science* Bd. 14, Nr. 6, S. 322-325.
Scruton, Roger (1997): *The Aesthetics of Music*, Oxford: Oxford University Press 1999.
Seel, Martin (1985): *Die Kunst der Entzweiung. Zum Begriff der ästhetischen Rationalität*, Frankfurt/M.: Suhrkamp.
Sonderegger, Ruth (2000): *Für eine Ästhetik des Spiels. Hermeneutik, Dekonstruktion und der Eigensinn der Kunst*, Frankfurt/M.: Suhrkamp.
Tomasello, M./Kruger, A.C./Ratner, H.H. (1993): »Cultural learning«, in: *Behavioral and Brain Sciences* 16, S. 495-552.
Tomasello, Michael (1999): *Die kulturelle Entwicklung des menschlichen Denkens*, Frankfurt/M.: Suhrkamp 2002.
Vogel, Matthias (2001): *Medien der Vernunft*, Frankfurt/M.: Suhrkamp.
Vogel, Matthias (2002b): »›Truth‹ in Monteverdi's ›L'incoronazione di Poppea‹«, in: W. Detel/C. Zittel (Hg.): *Ideal and Culture of Knowledge in Early Modern Europe. Concepts, Methods, Historical Conditions, and Social Impact*, Berlin: Akademie Verlag, S. 303-320.
Vogel, Matthias (2003a): »Medien als Voraussetzungen für Gedanken«, in: S. Münker/A. Roesler/M. Sandbothe (Hg.): *Medienphilosophie. Beiträge zur Klärung eines Begriffs*, Frankfurt/M.: Fischer, S. 107-134.
Vogel, Matthias (2005): »Medienphilosophie der Musik«, in: L. Nagl/M. Sandbothe (Hg.): *Systematische Medienphilosophie*, Berlin: Akademie Verlag, S. 163-179.
Wittgenstein, Ludwig (1958): »Philosophische Untersuchungen«, in: Ders.: *Werkausgabe* Bd. 1, Frankfurt/M.: Suhrkamp 1984, S. 225-580.
Wittgenstein, Ludwig (1967): »Zettel«, in: Ders.: *Werkausgabe* Bd. 8, Frankfurt/M.: Suhrkamp 1984, S. 259-433.
Wittgenstein, Ludwig (1977): »Vermischte Bemerkungen«, in: Ders.: *Werkausgabe* Bd. 8, Frankfurt/M.: Suhrkamp 1984, S. 445-573.
Woodruff, Paul (1992): »Aristotle on Mimēsis«, in: A.O. Rorty (Hg.): *Essays on Aristotle's* Poetics, Princeton, Oxford: Princeton UP 1993, S. 73-95.

Hinweise zu den Autoren

Alexander Becker ist Lehrbeauftragter am Zentrum für Philosophie und Grundlagen der Wissenschaft an der Justus-Liebig-Universität in Gießen.
Veröffentlichungen u. a.: *Verstehen und Bewußtsein* (2000); *Ideal and Culture of Knowledge in Plato* (hg. gemeinsam mit W. Detel und P. Scholz) (2003); *Gene, Meme, Gehirne. Geist und Gesellschaft als Natur. Eine Debatte* (2003) (hg. gemeinsam mit H.H. Nau, Ch. Mehr, G. Reuter, D. Stegmüller); *Platon: Theätet. Übersetzung (von Friedrich Schleiermacher, überarbeitet) und Kommentar* (2007); *Natürlicher Geist. Beiträge zu einer undogmatischen Anthropologie* (hg. gemeinsam mit W. Detel) (2009).

Nicholas Cook ist Professor an der Faculty of Music der University of Cambridge.
Veröffentlichungen u. a.: *A Guide to Musical Analysis* (1987); *Musical Analysis and the Listener* (1989); *Music, Imagination, and Culture* (1990); *Beethoven: Symphony No. 9* (1993); *Analysis through Composition: Principles of the Classical Style* (1996); *Analysing Musical Multimedia* (1998); *Music: A Very Short Introduction* (1998); *The Schenker Project: Culture, Race, and Music Theory in Fin-de-siècle Vienna* (2007).

Stephen Davies ist Professor für Philosophie an der University of Auckland, Neuseeland.
Veröffentlichungen u. a.: *Definitions of Art* (1991); *Musical Meaning and Expression* (1994); *Musical Works and Performances: A Philosophical Exploration* (2001); *Themes in the Philosophy of Music* (2003); *The Philosophy of Art (Foundations of the Philosophy of the Arts)* (2005); *Philosophical Perspectives on Art* (2007); *A Companion to Aesthetics* (Mitherausgeber, [2]2009).

Tom Fritz ist Doktorand am Max-Planck-Institut für Kognitions- und Neurowissenschaften in Leipzig und Mitarbeiter in der Selbständigen Nachwuchsgruppe »Neurokognition der Musik«.

Stephan Koelsch ist Professor für Musikpsychologie im Exzellenzcluster »Languages of Emotion« an der Freien Universität Berlin.
Zahlreiche Aufsätze in internationalen Fachzeitschriften.

Albrecht von Massow ist Professor am Institut für Musikwissenschaft Weimar-Jena.
Veröffentlichungen u. a.: *Halbwelt, Kultur und Natur in Alban Bergs ›Lulu‹* (1998); *Musikalisches Subjekt – Idee und Erscheinung in der Moderne* (2001); *Zwischen Macht und Freiheit. Neue Musik in der DDR* (hg. gemeinsam M. Berg und N. Noeske) (2004).

Max Paddison ist Professor für Musikästhetik an der University of Durham. Veröffentlichungen u. a.: *Adorno's Aesthetics of Music* (1993); *Adorno, Modernism and Mass Culture: Essays on Critical Theory and Music* (1996); *Order and Disorder: Music-Theoretical Strategies in Twentieth-Century Music* (2004) (gemeinsam mit J. Dunsby, J.N. Straus, Y. Knockaert und K. Boehmer); *Contemporary Music: Theoretical and Philosophical Perspectives* (hg. gemeinsam mit I. Deliege) (2010).

Matthias Vogel ist Professor am Zentrum für Philosophie und Grundlagen der Wissenschaft an der Justus-Liebig-Universität in Gießen.
Veröffentlichungen u. a.: *Medien der Vernunft. Eine Theorie des Geistes und der Rationalität auf Grundlage einer Theorie der Medien* (2001); *Wissen zwischen Entdeckung und Konstruktion. Erkenntnistheoretische Kontroversen* (hg. gemeinsam mit Lutz Wingert) (2003).

Verzeichnis der Notenbeispiele

Namenregister

- Band 17: Musikalische Schriften IV. Moments musicaux. Impromptus. stw 1717. 349 Seiten
- Band 18: Musikalische Schriften V. stw 1718. 841 Seiten
- Band 19: Musikalische Schriften VI. stw 1719. 665 Seiten
- Band 20: Vermischte Schriften. Zwei Bände. stw 1720. 877 Seiten

Nachgelassene Schriften
Herausgegeben vom Theodor W. Adorno Archiv

Abteilung I: Fragment gebliebene Schriften
- Band 1: Beethoven. Philosophie der Musik. Herausgegeben von Rolf Tiedemann. 388 Seiten. Gebunden
- Band 2: Zu einer Theorie der musikalischen Reproduktion. Herausgegeben von Henri Lonitz. 400 Seiten. Gebunden
- Band 3: Current of Music. Elements of a Radio Theory. Herausgegeben von Robert Hullot-Kentor. 690 Seiten. Gebunden

Abteilung IV: Vorlesungen
- Band 4: Kants »Kritik der reinen Vernunft«. Herausgegeben von Rolf Tiedemann. 440 Seiten. Gebunden
- Band 7: Ontologie und Dialektik. Herausgegeben von Rolf Tiedemann. 448 Seiten. Gebunden
- Band 10: Probleme der Moralphilosophie. Herausgegeben von Thomas Schröder. 318 Seiten. Gebunden
- Band 13: Zur Lehre von der Geschichte und von der Freiheit. Herausgegeben von Rolf Tiedemann. 496 Seiten. Gebunden
- Band 14: Metaphysik. Begriff und Probleme. Herausgegeben von Rolf Tiedemann. 320 Seiten. Gebunden
- Band 15: Einleitung in die Soziologie. Herausgegeben von Christoph Gödde. 330 Seiten. Gebunden
- Band 16: Vorlesung über negative Dialektik. Herausgegeben von Rolf Tiedemann. 464 Seiten. Gebunden

NF 138/2/4.05

Briefe und Briefwechsel
Herausgegeben vom Theodor W. Adorno Archiv

- Band 1: Theodor W. Adorno – Walter Benjamin. Briefwechsel 1928-1940. Herausgegeben von Henri Lonitz. 501 Seiten. Gebunden
- Band 2. Theodor W. Adorno – Alban Berg. Briefwechsel 1925-1935. Herausgegeben von Henri Lonitz. 380 Seiten. Gebunden
- Band 3: Theodor W. Adorno – Thomas Mann, Briefwechsel 1943-1955. Herausgegeben von Christoph Gödde und Thomas Sprecher. 179 Seiten. Gebunden
- Band 4.1: Adorno – Max Horkheimer. Briefwechsel I. 1927-1937. Herausgegeben von Christoph Gödde und Henri Lonitz. 612 Seiten. Gebunden
- Band 4.2.: Adorno – Max Horkheimer. Briefwechsel II. 1938-1944. Herausgegebenvon Christoph Gödde und Henri Lonitz. 662 Seiten. Gebunden
- Band 4.3.: Adorno – Max Horkheimer. Briefwechsel III. 1945-1949. Herausgegeben von Christoph Gödde und Henri Lonitz. 589 Seiten. Gebunden
- Band 5: Briefe an die Eltern. 1939-1951. Herausgegeben von Christoph Gödde und Henri Lonitz. Mit einem vierfarbigen Bildteil. 576 Seiten. Gebunden

»So müßte ich ein Engel und kein Autor sein«. Adorno und seine Frankfurter Verleger. Der Briefwechsel mit Peter Suhrkamp und Siegfried Unseld. Herausgegeben von Wolfgang Schopf. 650 Seiten. Gebunden

NF 138/3/4.05

Einzelausgaben. Eine Auswahl

Beethoven. Philosophie der Musik. Fragmente und Texte. Herausgegeben von Rolf Tiedemann. stw 1727. 392 Seiten

Einleitung in die Soziologie. Herausgegeben von Christoph Gödde. stw 1673. 336 Seiten

Erziehung zur Mündigkeit. Voträge und Gespräche mit Hellmut Becker 1959 bis 1969. Herausgegeben von Gerd Kadelbach. st 11. 148 Seiten

Jargon der Eigentlichkeit. Zur deutschen Ideologie. es 91. 139 Seiten

Minima Moralia. Reflexionen aus dem beschädigten Leben. BS 236. 339 Seiten

Negative Dialektik. stw 113. 408 Seiten

Studien zum autoritären Charakter. Übersetzt von Milli Weinbrenner. stw 1182. 483 Seiten

Traumprotokolle. Herausgegeben von Christoph Gödde und Henri Lonitz. Mit einem Nachwort von Jan Philipp Reemtsma. BS 1385. 122 Seiten

Zu einer Theorie der musikalischen Reproduktion. Herausgegeben von Henri Lonitz. stw 1750. 400 Seiten

Zur Lehre von der Geschichte und von der Freiheit. stw 1785. 491 Seiten

NF 138/4/4.05